JONATHAN KELLERMAN

Vouant dès son plus jeune âge une véritable passion à l'écriture, c'est en 1985 que Jonathan Kellerman publie son premier roman, récompensé par l'Edgar Award du meilleur thriller de l'année, un des prix les plus prestigieux pour la littérature de suspense aux États-Unis. Deux ans plus tard, il renonce à exercer la psychologie, qu'il pratiquait auprès d'enfants, pour se consacrer pleinement à sa nouvelle activité. Il vit aujourd'hui à *Los Angeles* avec sa femme, elle aussi romancière, et leurs quatre enfants.
Il est d'ores et déjà l'auteur de douze romans, lesquels sont traduits dans le monde entier. En France, sont déjà parus *Double miroir*, *La valse du diable*, *Terreurs nocturnes* et *Le nid de l'araignée*.

LA VALSE DU DIABLE

DU MÊME AUTEUR
CHEZ POCKET

Dans la série Alex Delaware :

DOUBLE MIROIR
LE NID DE L'ARAIGNÉE

JONATHAN KELLERMAN

LA VALSE DU DIABLE

PLON

Titre original :
The Devil's Waltz

Traduit de l'américain (États-Unis)
par Thierry Arson

ISBN 978-2-266-14674-6

À mon fils Jesse,
gentleman et érudit.

L'auteur remercie
tout spécialement
Reuben Eagle, Allan Marder,
Yuki Novick, Michael Samet,
Dennis Payne et Harry Weisman, M.D.

1

C'était un lieu où régnaient la peur et le mythe, le lieu des plus beaux miracles et des pires échecs.

J'y avais passé un quart de ma vie, à apprendre comment m'accommoder de son rythme, de sa folie, de cette blancheur empesée partout présente.

Cinq années d'absence avaient fait de moi un étranger, et en pénétrant dans le grand hall une sourde anxiété me noua le ventre.

Portes vitrées, sols dallés de granite noir, hauts murs à la partie supérieure concave portant le nom de bienfaiteurs décédés.

Le cadre glacé d'un circuit sans guide pour l'incertitude.

À l'extérieur, c'était le printemps, mais ici le temps possédait une signification différente.

Un groupe d'internes en chirurgie — bon Dieu ! ils les prenaient au berceau, à présent... — allaient d'un pas maladroit dans leurs chaussures entourées de papier désinfecté, le dos courbé par l'humilité qu'infligent les horaires doublés. Les semelles en cuir de mes mocassins claquaient sur le dallage.

Des sols glissants comme de la glace. Je commençais mon internat quand ils les avaient posés. Je me souvenais encore des protestations et des pétitions qui avaient circulé pour dénoncer l'aberration de sols polis sur lesquels des enfants allaient courir, marcher, claudiquer ou rouler. Mais quelque philanthrope influent avait voulu cette décoration. C'était à l'époque où les philanthropes existaient encore en nombre suffisant.

Le granite était assez peu visible ce matin : une foule avait envahi le hall, une foule à la peau sombre en majorité, aux vêtements bon marché, qui faisait la queue devant les guichets vitrés en attendant les faveurs d'employés au visage fermé. Ces derniers évitaient tout contact oculaire et sacrifiaient avec une ferveur sereine au rituel de la paperasserie. Les files d'attente ne paraissaient pas avancer.

Des bébés pleuraient ou tétaient leur biberon ; des femmes se voûtaient ; les hommes ravalaient leur irritation et fixaient le sol d'un regard vide. Un inconnu bouscula un autre inconnu par inadvertance, et tous deux se réfugièrent dans la plaisanterie aimable. Certains enfants — ceux qui ressemblaient encore à des enfants — se contorsionnaient et tentaient de se dégager de l'emprise du bras parental, gagnant quelques secondes de liberté pour être rattrapés et immobilisés de nouveau. D'autres, pâles, maigres, chauves, les yeux caves, peints de couleurs extravagantes, restaient là en silence, dans une soumission misérable. Des paroles sèches prononcées dans des langues étrangères claquaient au-dessus du murmure des annonces ; un rire ou des rires brefs éclairaient ce brouillard humain pendant une seconde, aussi fugitifs que l'étincelle accrochant une mèche humide.

Je me rapprochai et reconnus l'odeur.

Alcool à 90, le cocktail amer des antibiotiques, l'élixir poisseux de la vieillesse et du chagrin.

Eau d'hôpital. Certaines choses ne changent pas. Moi, si : mes mains étaient glacées.

Je me frayai un chemin à travers la foule. Alors que j'atteignais les ascenseurs, un homme corpulent en uniforme de vigile bleu se matérialisa devant moi. Ses cheveux blond-gris étaient coupés en brosse, et il était rasé de si près que sa peau évoquait du sable mouillé. Des lunettes fumées, un visage triangulaire.

— Je peux vous aider, monsieur ?

— Je suis le Dr Delaware. J'ai rendez-vous avec le Dr Eves.

— Puis-je voir une pièce d'identité, monsieur ?

Un peu surpris, je pêchai un badge vieux de cinq ans dans ma poche. Il le prit et l'étudia comme s'il s'agissait d'un indice capital. Puis il me dévisagea, pour revenir à l'examen de la photo noir et blanc datant de dix ans. Il tenait un talkie-walkie dans son autre main. Je remarquai l'arme à la ceinture, dans son étui.

— On dirait que les choses se sont un peu tendues depuis ma dernière visite ici, fis-je.

— La date de validité de votre badge est dépassée, constata-t-il. Vous faites toujours partie du personnel, monsieur ?

— Oui.

Il se rembrunit et empocha mon badge.

— Il y aurait un problème ?

— Il faut le nouveau badge, monsieur. Allez juste derrière la chapelle, on vous prendra en photo et vous fera le badge.

Il toucha le sien, accroché à sa poche de blouson. Le cliché était en couleurs, et le numéro d'immatriculation avait dix chiffres.

— Combien de temps cela prendra-t-il ?

— Ça dépend, monsieur, répondit-il en regardant ailleurs, comme si cette conversation l'ennuyait profondément.

— Ça dépend de quoi ?

— S'il y a du monde avant vous. Si vos papiers sont en règle...

— Écoutez, mon rendez-vous avec le Dr Eves est dans quelques minutes. Je régulariserai en ressortant, d'accord ?

— Bien peur que non, monsieur, dit-il en croisant les bras sur sa poitrine, mais toujours sans me regarder. C'est le règlement.

— Et ce règlement est récent ?

— Un courrier a été envoyé au personnel médical l'été dernier.

— J'ai dû le rater, alors...

Ou plutôt le mettre au panier sans l'ouvrir, comme à peu près tout le courrier que je recevais de l'hôpital.

Il ne répondit pas.

— Je suis vraiment pressé, plaidai-je. Et si j'obtenais un badge de visiteur ?

— Les badges « visiteur » ne sont délivrés qu'aux *visiteurs*, monsieur.

— Eh bien, je rends *visite* au Dr Eves.

Ses yeux revinrent se poser sur moi. Nouveau froncement de sourcils, plus prononcé. Il scruta le motif de ma cravate, effleura sa ceinture du côté de l'arme.

— Les badges « visiteur » sont délivrés à l'Enregistrement, dit-il en désignant du pouce un des guichets, assiégé par une queue interminable.

Et il recroisa les bras.

Je le gratifiai de mon plus beau sourire.

— Et aucun moyen de contourner, bien sûr ?

— Aucun, monsieur.

— Juste après la chapelle ?

— Juste derrière, à droite.

— Vous avez eu des crimes, ici ?

— Je ne fais pas le règlement, monsieur. Je l'applique, c'est tout.

Il laissa passer quelques secondes avant de s'écarter et me surveilla d'un œil soupçonneux tandis que je m'éloignais. Quand je tournai le coin, je m'attendis presque qu'il me suive à distance. Mais le couloir resta silencieux et désert.

Une vingtaine de pas plus avant, je découvris une porte marquée SERVICES DE SÉCURITÉ. Une petite pancarte avec une horloge en carton était accrochée à la poignée : DE RETOUR À, et les aiguilles indiquaient neuf heures trente. D'après ma montre, il n'était que neuf heures dix. Je toquai quand même. Pas de réponse. Je regardai derrière moi. Pas de vigile. Je me souvins alors de l'ascenseur réservé au personnel qui se trouvait derrière l'unité de médecine nucléaire. Je continuai dans le couloir.

La médecine nucléaire était devenue la documentation générale. Une autre porte close. L'ascenseur n'avait pas été supprimé, mais il n'y avait plus le bouton d'appel qu'on avait remplacé par une serrure. N'ayant pas la clef, j'allais me mettre en quête du plus proche escalier quand deux garçons de salle apparurent, poussant devant eux un chariot vide. Ils étaient jeunes, grands, noirs et arboraient la coupe rase hip-hop en vogue. Ils approchaient en bavardant avec une certaine fougue du dernier match des Raiders. Celui de droite sortit une clef de sa poche et l'introduisit dans la serrure de l'ascenseur. La porte coulissa. Le sol de la cabine était jonché d'emballages de snack et d'un morceau de gaze sale. Les garçons de salle poussèrent le chariot à l'intérieur. Je suivis le mouvement.

Le service de pédiatrie générale se trouvait à l'extrémité est du quatrième niveau, séparée du quartier des nouveau-nés par une double porte battante en bois. Le service des consultations externes n'était ouvert que depuis quinze minutes, mais la petite salle d'attente était déjà bondée. Éternuements et reniflements, regards voilés et hyperactivité y régnaient en maîtres. Les mains maternelles tenaient les bambins, les papiers administratifs et le plastique rectangulaire magique de leur carte Medi-Cal. À la droite du guichet de réception se trouvait une porte double agrémentée du panneau PATIENTS INSCRITS PRIORITAIRES, souligné de sa traduction en espagnol.

Je la poussai et entrai dans un long couloir décoré de posters vantant les règles d'hygiène et d'alimentation, de bulletins d'information sur la santé et d'exhortations bilingues à la vaccination et à l'abstinence en matière d'alcool et de drogue. Une douzaine de salles d'examen étaient occupées, leur tableau de rendez-vous plus que rempli. Des cris de chat et des murmures de réconfort passaient sous les portes. Le long du couloir se succédaient classeurs métalliques, vitrines verrouillées contenant des produits médicaux et un réfrigérateur marqué d'une grosse croix rouge. Une secrétaire pianotait sur le clavier d'un ordinateur. Des infirmières se hâtaient de la salle d'attente aux salles d'examens. Des internes parlaient à voix basse dans le combiné de téléphones muraux ou suivaient sans entrain des médecins pressés.

Le couloir bifurquait sur la droite pour distribuer les bureaux des praticiens. La porte de celui de Stephanie Eves, la troisième sur les sept, était ouverte.

Son bureau mesurait trois mètres sur quatre environ. Les murs couverts du papier beige de rigueur disparaissaient en partie derrière deux posters de Miró et des étagères chargées de livres et de revues médicales. Une fenêtre ouvrait vers l'est. Au-delà des alignements de voitures, on apercevait les hauteurs de Hollywood qui semblaient se dissoudre dans le brouillard.

Le bureau poussé contre un mur était du modèle hospitalier standard, faux acajou et chromes. Une chaise métallique à siège et dossier orange disputait le peu de place à un fauteuil inclinable Naugahyde. Entre les deux, une petite table sans doute achetée d'occasion était occupée par une machine à café et un philodendron anémique en pot.

Stephanie était assise derrière le bureau, concentrée sur un formulaire d'admission pour quelque patient extérieur. Elle avait enfilé une longue blouse blanche sur sa robe lie-de-vin et gris. Une pile de dossiers la dissimulait en partie. Quand j'entrai, elle releva les yeux, posa son stylo et se leva en souriant.

— Alex !

Pas de doute, Stephanie était devenue une belle femme. Sa chevelure brune qui naguère tombait raide sur ses épaules cascadait maintenant en une crinière courte et bouclée du meilleur effet. Des lentilles de contact avaient remplacé ses lunettes de grand-mère, mettant en valeur des prunelles d'ambre que je n'avais jamais remarquées auparavant. Le modelé de son visage semblait plus ferme, mieux dessiné. Elle n'avait jamais été obèse, mais à présent sa sveltesse retenait l'œil. Les années ne l'avaient pas totalement épargnée à l'aube de la quarantaine et quelques ridules marquaient le coin externe de ses yeux, tandis que sa bouche s'était un peu durcie. Mais son maquillage compensait largement ces petits défauts.

— Ravie de te revoir, fit-elle en me prenant la main.

— Moi aussi, Steph.

Nous nous étreignîmes rapidement.

Elle désigna la machine à café d'un geste, et des bracelets de vermeil tintèrent à son bras. Elle portait une montre en or à l'autre poignet, aucune bague aux doigts.

— Je peux t'offrir quelque chose ? Café noir ou véritable café au lait ? Cette merveille fait aussi bouillir le lait !

Je déclinai et observai la machine. Un petit percolateur compact, tout en surfaces noires et acier mat, avec un logo allemand. Le carafon était très petit, de la contenance de deux tasses au maximum. À côté était disposé un petit pot en cuivre.

— Mignon, hein ? fit-elle. Cadeau d'un ami. Il faut bien ajouter une petite touche de classe au cadre de travail, pas vrai ?

Elle souriait. La « classe » n'avait jamais fait partie de ses préoccupations. Je lui souris en réponse et m'assis dans le fauteuil. Un livre à reliure de cuir était posé sur la table. Je le pris. Une édition de poèmes choisis de Byron. Le marque-page portait le nom d'une librairie Browsers, et une adresse à Los Feliz. Interne, je m'y étais rendu quelquefois, durant l'heure de pause. Un endroit poussiéreux et trop fréquenté, spécialisé dans la poésie. Beaucoup d'ouvrages sans intérêt, quelques trésors.

— C'est un écrivain monumental, commenta Stephanie. Je m'efforce d'élargir mes horizons, en ce moment.

Je reposai le livre tandis qu'elle prenait place sur sa chaise, qu'elle tourna pour me faire face. Elle croisa les jambes et je notai les bas gris pâle et les escarpins coordonnés à la robe.

— Tu as une mine superbe, lui dis-je.

Un autre sourire, rapide mais sincère, comme si elle s'attendait au compliment mais l'appréciait à sa juste valeur.

— Toi aussi, Alex. Merci d'être venu aussi vite.

— Tu as éveillé ma curiosité.

— Vraiment ?

— Bien sûr. Toutes ces allusions à une noire intrigue...

Elle pivota d'un quart de tour vers son bureau, prit un dossier dans la pile et le posa sur ses genoux sans l'ouvrir.

— « Intrigant » est le terme qui convient à ce cas, c'est certain.

Soudain elle se leva, alla fermer la porte et vint se rasseoir.

— Alors, fit-elle, quelle impression cela fait-il de se retrouver ici ?

— J'ai failli être arrêté en arrivant.

Je lui narrai ma rencontre avec le vigile.

— Fasciste, lâcha-t-elle d'un ton jovial.

Sa réflexion mit en branle ma banque de données personnelle : je me souvins des comités de doléances qu'elle avait présidés. À l'époque, elle dédaignait les blouses blanches pour leur préférer un jeans, des sandales et des chemisiers en coton blanc épais. *Stephanie, pas Docteur, merci. Les titres sont les artifices exclusifs des pouvoirs en place...*

— Oui, c'était une expérience... paramilitaire, approuvai-je.

Elle avait baissé les yeux sur le dossier.

— Noire intrigue... répéta-t-elle. Nous cherchons le coupable, le mobile et surtout s'ils sont réels. Mais ça n'a rien d'une enquête à la Agatha Christie, Alex. C'est un drame réel. Je ne sais pas si tu peux aider, mais je ne vois pas quoi faire d'autre...

Des voix s'élevèrent dans le couloir, des bruits de pas, puis le cri de terreur d'un enfant.

— Cet endroit est un vrai zoo, dit-elle. Sortons d'ici.

2

La porte à l'arrière du bâtiment ouvrait sur un escalier. Nous le descendîmes jusqu'au premier sous-sol. Stephanie me précédait du pas rapide de l'habituée.

La cafétéria était presque vide. Une des tables orange était occupée par un interne plongé dans la section Sports de son journal, deux autres par des couples, avachis dans leurs vêtements fripés, qui semblaient avoir passé une nuit blanche. Des parents, sans aucun doute.

Des plateaux vides et de la vaisselle sale s'amoncelaient sur d'autres tables. Une femme de salle aux cheveux emprisonnés dans un filet circulait lentement, remplissant les salières avec méthode.

De l'autre côté de la cafétéria se trouvait la porte donnant sur le petit réfectoire réservé aux médecins : panneaux de teck poli, plaques nominatives en argent gravées devant chaque place, cadeau probable d'un philanthrope. Stephanie passa devant l'entrée et me mena vers un box dans un coin.

— Sûr de ne pas vouloir de café ? dit-elle.

Je n'avais pas oublié le goût de celui qu'on servait ici.

— J'ai déjà eu mon quota de caféine.

— Je vois ce que tu veux dire.

Elle se passa la main dans les cheveux d'un geste las. Nous nous assîmes.

— Bien, commença-t-elle aussitôt. Nous sommes en présence d'une patiente de race blanche, vingt et un mois, née après une grossesse normale, et un accouchement sans problème. Le seul facteur significatif est historique : juste avant la naissance de l'enfant, son frère âgé d'un an est décédé du syndrome de la mort subite du nourrisson.

— D'autres enfants dans la famille ? demandai-je en sortant mon calepin et un stylo.

— Non, seulement Cassie. Qui semblait en parfaite santé jusqu'à trois mois, âge auquel sa mère est venue la voir dans sa chambre et s'est rendu compte que le bébé ne respirait plus.

— Elle venait vérifier parce qu'elle craignait le syndrome de mort subite ?

— Exactement. Comme elle n'arrivait pas à réveiller le bébé, elle lui a administré du CPR, ce qui a eu pour effet de rétablir la respiration. Et ils l'ont amenée de suite aux Urgences, ici. Quand ils sont arrivés, l'enfant semblait aller bien, et les examens n'ont rien révélé. Je l'ai admise en observation, pour lui faire la batterie de tests habituelle. Rien. Après l'avoir rendue à ses parents, nous les avons équipés d'un moniteur et d'une alarme. Pendant les quelques mois suivants l'alarme s'est déclenchée à plusieurs reprises, mais toujours sans motif : l'enfant respirait normalement. Les graphiques montraient quelques tracés qui pouvaient correspondre à de très brèves périodes d'apnée, mais il y avait aussi le signe de multiples mouvements. Le bébé devait gigoter pas mal. J'ai supposé que Cassie était simplement une enfant agitée — ces alarmes sont loin de l'infaillibilité — et j'ai rangé la première alerte dans la catégorie « anecdotes ». J'ai quand même demandé au service de pneumologie d'examiner la gamine, à cause du décès de son frère. Rien à signaler. Nous avons donc décidé de simplement garder un œil sur elle pendant la période à hauts risques de la prime enfance.

— Un an, c'est ça ?

Elle acquiesça.

— J'ai voulu jouer la sécurité, et je suis allée jusqu'à quinze mois. J'ai commencé par des examens hebdomadaires dont j'ai diminué le rythme progressivement, de sorte qu'à son neuvième mois j'ai proposé de ne refaire d'examen que pour son premier anniversaire. Deux jours après sa dernière visite, Cassie était de retour aux Urgences en plein milieu de la nuit, pour des problèmes respiratoires. Le bébé s'était réveillé en hoquetant, avec des cris évoquant le croup. Un peu plus de CPR donné par maman et ils l'ont amenée ici.

— Le CPR n'est pas un traitement un peu fort pour le croup ? Le bébé a perdu connaissance ?

— Non, elle n'a jamais perdu connaissance, seulement hoqueté. Maman en rajoutait peut-être, mais après avoir perdu son premier enfant, c'est assez compréhensible. Quand je suis arrivée aux Urgences, le bébé allait bien, pas de fièvre, pas d'agitation. Et aucune mauvaise surprise. L'air frais de la nuit peut soigner le croup. Je lui ai fait une radio des poumons et des examens sanguins. Rien d'anormal. J'ai prescrit des décongestionnants, un sirop et du repos. J'allais la renvoyer chez elle, mais sa mère a insisté pour que je l'admette ici. Elle était convaincue qu'il arrivait quelque chose de grave à sa fille. J'étais persuadée du contraire, mais nous avions eu quelques cas de complications respiratoires imprévisibles peu avant, et j'ai donc accepté. J'ai signé l'ordre d'admission de Cassie et ordonné des examens sanguins quotidiens. Les taux étaient normaux, et après deux jours ici, la pauvre gamine devenait hystérique à la vue d'une blouse blanche. J'ai décidé de la faire sortir et de revenir à un examen hebdomadaire, hors de ma présence. Dès que j'entre dans sa chambre, la gamine se met à hurler.

— Le privilège d'être médecin... plaisantai-je.

Elle me répondit d'un sourire maussade, puis regarda par-dessus son épaule les serveurs.

— Ils vont fermer. Tu veux quelque chose ?

— Non, merci.

— Si ça ne te dérange pas, moi je n'ai pas encore pris mon petit déjeuner...

— Bien sûr, vas-y.

Elle alla d'un pas nerveux jusqu'aux comptoirs vitrés et revint une minute plus tard avec une grappe de raisin dans une assiette et une tasse de café. Elle trempa ses lèvres dans le liquide et grimaça.

— Il lui faudrait peut-être un peu de lait bouilli ? fis-je.

Elle s'essuya la bouche avec une serviette en papier.

— Rien ne peut arranger une telle catastrophe.

— Au moins c'est gratuit.

— Qui a dit ça ?

— Quoi ? Le café n'est plus gratuit pour les toubibs ?

— L'époque de la gratuité est révolue, Alex.

— Une autre tradition qui mord la poussière... Un coup de blues budgétaire ?

— Quoi d'autre ? La tasse de café ou de thé coûte maintenant quarante-neuf cents. Je me demande combien il leur faudra vendre de tasses pour équilibrer les comptes de la boutique...

Elle mangea quelques grains de raisin tandis que je jouais avec mon stylo.

— Je me souviens combien vous avez bataillé pour obtenir ces petits extras aux internes, fis-je après un temps.

— Bizarre quand on repense à ce qu'on estimait important, à l'époque, fit-elle avec un mouvement de tête las.

— Les problèmes budgétaires se sont aggravés ?

— J'en ai bien peur, dit-elle en se rembrunissant. Elle reposa sa cuillère et poussa l'assiette contenant le raisin. Enfin bref, revenons à Cassie. Où en étais-je ?

— Le bébé qui hurle quand il te voit.

— Ah oui. Donc, de nouveau tout semblait aller bien. Je lui signe sa sortie et fixe un rendez-vous pour deux mois plus tard. Trois jours après, retour aux Urgences à deux heures du matin. Une autre attaque de croup. Mais cette fois la mère affirme que Cassie a perdu connaissance. Qu'elle est devenue toute bleue. Et un peu plus de CPR...

— Trois jours après l'avoir fait sortir... répétai-je en notant l'information. La fois précédente, il s'était passé deux jours.

— Intéressant, non ? Bon, ce coup-là je fais un check-up aux Urgences. La tension artérielle du bébé est un peu forte, et sa respiration assez rapide. Elle inspire donc plus d'oxygène. Pas de respiration sifflante, mais j'imagine possible une pointe d'asthme ou une quelconque réaction à l'anxiété.

— Un peu de panique à revenir dans l'hôpital ?

— Ça, ou l'inquiétude de la mère qui se serait transmise au bébé.

— La mère montrait de l'inquiétude ?

— Pas vraiment, mais tu sais comment c'est entre les mères et leur enfant, les vibrations. D'un autre côté, je ne voulais pas écarter la possibilité d'un problème physique. Un bébé qui perd connaissance, c'est à prendre au sérieux.

— Certainement. Mais il pouvait s'agir d'une simple crise de colère poussée un peu trop loin. Certains enfants apprennent très tôt à retenir leur respiration pour s'évanouir.

— Je sais, mais ça s'est produit en pleine nuit, Alex, pas après une colère quelconque de l'enfant. Donc je l'ai admise de nouveau, avec tests d'allergies, batterie complète d'examens pour les fonctions pulmonaires. Pas d'asthme. Alors je pense à ces problèmes qu'on rencontre rarement : ceux de la membrane, ou un truc neuro-idiopathique, un désordre dans les enzymes. La mère et la fille font la tournée des grands-ducs pendant une semaine, Cassie passe par à peu près tous les services de l'hôpital, et dans chacun on l'ausculte et on lui fait des examens. La pauvre défaille de peur dès que la porte de sa chambre s'ouvre, personne ne peut donner le moindre diagnostic, et pendant tout son séjour ici elle n'a aucune difficulté respiratoire. Ce qui renforce ma théorie de l'anxiété. Je rédige le bon de sortie, et le coup suivant, je les vois dans mon bureau et ne fais rien d'autre avec

Cassie que de jouer. Enfin, d'essayer, parce qu'elle ne veut toujours pas que je l'approche. Finalement, j'aborde la possibilité de crises d'anxiété en présence de la mère, mais elle n'est pas du tout d'accord.

— Comment a-t-elle réagi ?

— Pas de colère, ce n'est pas le style de la dame. Elle m'a simplement répondu qu'elle n'arrivait pas à envisager cette possibilité, parce que son enfant était encore si jeune, etc. Je lui ai fait remarquer que les phobies pouvaient apparaître à n'importe quel âge, mais visiblement cela ne l'a pas convaincue. Alors j'ai fait marche arrière, je les ai renvoyées chez elles pour lui laisser le temps de réfléchir un peu. Le bébé approchait d'un an et les risques de mort subite du nourrisson s'amenuisaient, j'espérais que les craintes de la mère diminueraient en conséquence, ce qui ne pouvait que détendre le bébé. Mais quatre jours plus tard elles étaient de retour aux Urgences. Le croup, les hoquets spasmodiques, la mère en pleurs qui me suppliait d'admettre sa fille. J'ai donc fait admettre le bébé, mais sans ordonner aucun test ni examen. Rien qu'une mise en observation. Et le bébé paraissait en parfaite santé, elle ne reniflait même pas. Alors j'ai pris la mère à part et je me suis permis d'insister sur une approche psychologique du problème. Toujours aucun écho de sa part.

— As-tu jamais abordé le sujet de la mort du premier enfant ?

— Non. J'y ai pensé, mais à ce moment-là, ça ne semblait pas spécialement indiqué, Alex. Accabler la dame... J'avais un bon feeling avec elle, tu comprends, j'assistais le médecin de garde quand ils ont amené leur premier enfant mort. C'est moi qui me suis occupée de tout ce qui a suivi... Je l'ai transporté à la morgue, Alex.

Elle ferma les yeux, les rouvrit mais son regard m'ignora et se fixa dans le vague.

— Dur, fis-je.

— Oui... Mais c'était une chance aussi. C'étaient des patients privés de Rita, mais à ce moment-là elle n'était pas en ville et c'est moi qui étais de garde. Je ne les connaissais pas du tout, je me suis retrouvée avec le communiqué de décès sur les bras. Je me suis efforcée de faire de mon mieux, je les ai conseillés un peu, j'ai donné les coordonnées de plusieurs groupes de parents dans la même situation, qui partagent leur chagrin pour l'exorciser. Mais ils n'ont pas été intéressés. Alors, quand ils sont revenus un an et demi plus tard en me demandant de soigner leur nouveau bébé, tu peux imaginer ma surprise.

— Pourquoi ?

— J'aurais imaginé qu'ils m'associeraient à la tragédie, qu'ils verraient en moi une sorte de messager de la mort, si tu veux. Comme cela n'a pas été leur réaction, je me suis dit que je m'étais bien tirée de l'épreuve.

— Je n'en doute pas une seconde.

Elle eut un haussement d'épaules désabusé.

— Comment a réagi Rita quand tu as pris l'affaire en main ?

— Elle n'avait pas vraiment le choix, puisqu'elle ne se trouvait pas là quand ils avaient eu besoin d'elle. Et puis, elle avait ses propres problèmes à régler, à l'époque. Son mari... Tu sais avec qui elle est mariée, n'est-ce pas ?

— Otto Kohler.

— Oui, Otto le célèbre chef d'orchestre. C'est comme ça qu'elle parlait de lui : « Mon mari, le célèbre chef d'orchestre. »

— Il est mort récemment, non ?

— Il y a quelques mois. Il était malade depuis un certain temps déjà, plusieurs attaques d'apoplexie. Depuis, Rita est absente encore plus qu'auparavant et nous avons souvent dû assurer une partie de son service. Elle se contente d'assister aux colloques et de présenter de vieux articles. En fait, elle est sur le point de prendre sa retraite... — Elle eut un bref sourire d'embarras. — Je pense à me présenter pour lui succéder, Alex. Tu me vois à la tête d'un service ?

— Bien sûr.

— Sérieusement ?

— Sérieusement, Steph. Pourquoi pas ?

— Je ne sais pas... Diriger un service, ça comporte une obligation d'autorité.

— Jusqu'à un certain point, oui. Mais je pense que le poste peut s'adapter à différents styles de direction.

— Eh bien, je ne sais pas si je ferais une très bonne directrice. Je n'aime pas beaucoup dire aux gens comment ils doivent agir... mais laissons ça pour l'instant. Je m'égare... Il y a eu encore deux autres admissions pour évanouissement avant que je ne reparle de l'angle psychologique.

— Deux de plus, fis-je en consultant mes notes. J'ai un total de cinq, c'est bien ça ?

— C'est ça.

— Quel âge a Cassie à ce moment ?

— Tout près d'un an, et c'est déjà un vétéran des hôpitaux. Les deux admissions se sont révélées négatives à tous niveaux. C'est alors que j'ai pris la mère à part et que j'ai insisté sur les paramètres psychologiques de cette histoire. J'ai recommandé avec insistance une consultation auprès d'un psychologue pour enfants. Ce à quoi elle a répondu... Attends, je vais te donner la citation exacte...

Elle ouvrit le dossier et lut d'une voix égale :

— « Je sais que ce serait la logique, docteur Eves, mais comprenez, j'ai la certitude que Cassie est malade. Si seulement vous la voyiez quand elle est couchée comme ça... cyanosée. » Fin de la citation.

— Elle a employé ce terme « cyanosée » ?

— Oui. Mais elle a une formation médicale, elle a fait des études de techniques respiratoires.

— Et ses deux enfants souffrent de graves problèmes respiratoires... Intéressant.

Elle eut un sourire dur.

— N'est-ce pas ? À l'époque je n'avais pas saisi tout l'intérêt du rapprochement. J'étais en plein dans le cas clinique, j'essayais de définir un diagnostic, je m'inquiétais de la prochaine crise et de savoir si je serais capable de faire quelque chose. Et à ma grande surprise il ne s'est rien passé pendant un temps...

Elle chercha dans son dossier.

— Un mois est passé, puis deux, et trois, sans aucun signe de problème. J'étais heureuse que le bébé aille bien, mais d'un autre côté je me demandais s'ils n'avaient pas pris un autre médecin. Alors j'ai appelé chez eux, et j'ai discuté avec la mère. Tout allait bien. Et brusquement je me suis rendu compte qu'avec toutes ces alertes Cassie n'avait pas subi son examen annuel. Nous avons donc arrêté une date. Rien à signaler, sinon qu'elle est un peu lente du point de vue de l'expression et du vocabulaire.

— Lente à quel point ?

— Pas de retard grave ni rien de la sorte. Elle émet juste très peu de sons. En fait je n'ai jamais rien entendu d'elle, et sa mère dit qu'à la maison Cassie est très calme aussi. J'ai tenté un test de Bailey, mais sans succès parce que le bébé a refusé de coopérer. J'estime son retard à deux mois environ, mais on sait qu'à cet âge il en faut peu pour faire varier les moyennes, et avec tout ce stress subi par la pauvre gamine, ça n'a sans doute pas grande signification. Mais j'ai vraiment été inspirée. En parlant de ce retard, j'ai réussi à inquiéter la mère pour ça aussi. Je les ai donc envoyées en pédiatrie, pour des tests. Là-bas, ils ont conclu que le système auditif et la structure laryngique étaient normaux à cent pour cent. Ils ont appuyé mon hypothèse : léger retard en réaction aux traumatismes médicaux. J'ai suggéré à la mère qu'elle essaie de stimuler la parole chez Cassie, et je n'ai plus eu de nouvelles d'elles pendant deux mois de plus.

— Cassie atteint donc quatorze mois.

— Et quatre jours plus tard, elle est de retour aux Urgences. Mais pas pour des problèmes respiratoires. Cette fois elle avait de la fièvre. Quarante degrés. Le visage écarlate, la peau sèche et la respiration très rapide. Pour être totalement franche, Alex, j'étais presque contente de constater cette fièvre : au moins, là, j'avais des symptômes organiques sur lesquels travailler. Mais les résultats ont été négatifs : pas trace d'affection virale ou bactérienne. J'ai donc fait la batterie d'examens toxicologiques. Rien. Mais nous savons que les examens sont sujets à caution, puisque le taux d'erreur est de dix pour cent environ. J'ai vérifié sa température moi-même. Nous lui avons fait prendre un bain, puis nous lui avons administré du Tylenol et la température est retombée à trente-huit cinq. Je l'ai admise sous le diagnostic de fièvre d'origine indéterminée, et je lui ai fait subir un petit enfer hospitalier : prélèvement de moelle épinière pour détecter une éventuelle méningite, bien que ses oreilles soient nettes et son cou souple. Mais d'après ce que nous pouvions en juger elle devait souffrir d'une migraine carabinée dont évidemment elle ne pouvait pas nous parler. Plus deux prises de sang quotidiennes. Elle a piqué sa crise et il a fallu l'attacher. Même ainsi elle a trouvé moyen de déloger l'aiguille à deux reprises.

Elle souffla lentement et poussa un peu plus loin d'elle l'assiette avec la grappe de raisin. Son front luisait de transpiration qu'elle épongea rapidement avec sa serviette en papier.

— C'est la première fois que je raconte toute l'histoire depuis le début.

— Tu n'as eu aucune réunion pour discuter de ce cas ?

— Non, on n'en fait plus beaucoup, à présent. Pour parler net, Rita ne fait plus grand-chose.

— Comment a réagi la mère à ces procédures ? lui demandai-je.

— Quelques larmes, mais en gros elle a gardé son calme. Elle a même réconforté le bébé quand tout a été terminé. Je me suis assurée qu'elle n'ait jamais à maintenir le bébé couché — pour préserver l'intégrité du lien mère-enfant. Tu vois, Alex, tes conférences laissent des traces. Et bien sûr, nous nous sommes tous sentis des nazis...

Elle essuya de nouveau son front.

— Bref, les analyses de sang sont redevenues normales, mais j'ai attendu qu'elle n'ait plus de fièvre pour rédiger le bon de sortie. Quatre jours plus tard.

Avec un soupir elle planta les doigts d'une main dans sa chevelure et de l'autre feuilleta le dossier.

— Accès de fièvre suivant : Cassie a quinze mois, et la mère assure que sa température atteint quarante et un dixième.

— Dangereux...

— Tu parles ! Le toubib des Urgences a enregistré une température de quarante et deux dixièmes. Il lui a fait prendre un bain et c'est descendu à trente-huit six. Et la mère a parlé de nouveaux symptômes : haut-le-cœur, projection buccale suite à des nausées, diarrhée. Et selles noires.

— Saignements internes ?

— Ça en avait l'air. La nouvelle a mis tout le monde en alerte. La couche qu'elle avait montrait quelques traces de diarrhée, en effet, mais pas de sang. La mère a dit qu'elle avait jeté la couche ensanglantée et qu'elle essaierait de la récupérer si nécessaire. À l'examen, la zone rectale du bébé était un peu rouge, sans doute une légère irritation des bords externes du sphincter. Mais pas de dilatation intestinale palpable. Son ventre est doux, peut-être un peu mou au toucher. Mais c'est difficile à dire car elle était terrorisée tout le temps des examens.

— Rectum à vif... pas de cicatrice ?

— Non, non, rien de tel. Juste une légère irritation qui cadrait très bien avec la diarrhée. Mais il fallait s'assurer qu'il n'y avait pas occlusion intestinale ou appendicite. J'ai donc appelé un chirurgien, Joe Leibowitz — tu sais combien il est méticuleux. Il l'a examinée et a conclu qu'il n'y avait rien justifiant une opération, mais que nous devrions peut-être la garder en observation quelques jours. Nous l'avons mise sous perfusion — très amusant, avec elle — et lui avons fait toute la batterie des examens, et cette fois le taux de globules blancs était un peu élevé, mais sans dépasser les limites normales, rien donc qui aurait pu expliquer une pareille poussée de température. Le lendemain, elle était redescendue à trente-sept huit, et à trente-sept quatre un jour plus tard. Et elle ne semblait plus souffrir du ventre. Joe a affirmé qu'il n'y avait aucun signe d'appendicite. Je me suis adressée à Tony Franks qui a fait passer une autre série d'examens à la petite pour détecter d'éventuels signes annonciateurs d'irritation intestinale, de la maladie de Crohn ou de problèmes au foie. Négatif sur toute la ligne. Une autre recherche toxicologique, et on a aussi épluché son régime alimentaire depuis sa naissance. J'ai demandé une nouvelle fois aux services d'allergologie et d'immunologie de déterminer si elle ne faisait pas de l'hypersensibilité à une substance quelconque.

— L'enfant était nourrie avec du lait en poudre ?

— Non, élevée au sein, et à ce moment-là elle était déjà passée à l'alimentation solide. Après une semaine elle avait l'air en parfaite santé. Grâce à Dieu nous ne l'avons pas opérée...

— Quinze mois... Juste après la période à haut risque pour le syndrome de la mort subite du nourrisson... Donc les problèmes respiratoires ont cessé et les ennuis intestinaux ont commencé ?

Stephanie posa sur moi un long regard interrogateur.

— Tu veux te risquer à un diagnostic ?

— Rien d'autre depuis ?

— Si. Deux autres crises intestinales. À seize mois — quatre jours après une visite à Tony, au service de gastro — et un mois et demi plus tard, juste après la dernière visite chez Tony.

— Mêmes symptômes ?

— Identiques. Mais ces deux fois-là, la mère a apporté des couches ensanglantées, ce qui nous a permis de faire toutes les analyses imaginables pour repérer tout indice pathogène. Je veux dire la typhoïde, le choléra, ou une maladie tropicale inconnue sur notre continent. Et certaines toxines environnementales, présence de plomb ou d'autres métaux lourds, etc. Mais le sang était parfaitement sain.

— Les parents ont-ils un emploi qui pourrait exposer l'enfant à des polluants rares ?

— Très improbable. La mère reste chez elle et le père est professeur dans un institut universitaire.

— En biologie ?

— En sociologie. Mais avant d'en venir à la structure familiale, il y a plus. Un autre type de crises. Il y a de cela six semaines. Finis les problèmes intestinaux, entrée en scène d'autres organes. Devine ?

Je réfléchis quelques secondes.

— Problèmes neurologiques ?

— Gagné, fit-elle en m'effleurant le bras de la main. Et je crois que ça justifie amplement mon appel.

— Des crises ?

— Oui, en pleine nuit. Épilepsie, selon les parents, avec écume à la bouche. L'électro-encéphalogramme n'a rien révélé d'anormal, et l'enfant jouissait de la plénitude de ses réflexes, mais nous lui avons quand même fait passer un scanner avec l'imageur à rayons X, un autre examen de la moelle, et tous les derniers jeux vidéo débarqués en neuroradiologie. Ça m'a vraiment fait peur, Alex, parce que en y réfléchissant je me suis rendu compte qu'une tumeur pouvait être à l'origine de tout ce qui s'était passé depuis le début. Une tumeur affectant différents centres du cerveau et causant des symptômes divers à mesure qu'elle grossit, la théorie se tenait...

Elle secoua la tête d'un air chagrin.

— Est-ce que ça n'aurait pas été une situation de rêve ? Moi qui parlais de problèmes psychosomatiques alors qu'une tumeur se développait en elle ? Grâce au Ciel toutes les scannographies étaient normales.

— La gamine semblait-elle en état de choc quand tu l'as vue aux Urgences ?

— Si l'on prend pour preuves son indolence et même sa semi-somnolence, oui. Mais il faut également se souvenir qu'il s'agit d'une enfant amenée à l'hôpital en pleine nuit et passée au crible. Pourtant ça m'a effrayée qu'on ait pu négliger une cause organique. J'ai donc demandé aux gars de neuro de la suivre, ce qu'ils ont fait un mois durant sans rien trouver. Ensuite, ils ont laissé tomber, ce qui est logique. Et deux semaines plus tard — il y a seulement deux jours — une autre crise... J'ai vraiment besoin de ton aide, Alex. En ce moment, elles sont au cinquième, dans l'aile ouest. Voilà toute l'histoire. Alors, prêt à me faire partager un peu de ta sagesse ?

Je relus rapidement mes notes.

Affections récurrentes et inexpliquées. Hospitalisations multiples…

Pour des causes passant d'un organe à un autre.

Contradiction entre les symptômes et les résultats des examens de laboratoire.

Une mère ayant une formation paramédicale.

Une mère type.

Mais une mère type qui était peut-être un monstre, préparant, chorégraphiant et dirigeant chaque scène d'un Grand Guignol sinistre où sa fille avait le rôle de victime.

Le diagnostic auquel je pensais était rare, mais tout concordait. Il y a une vingtaine d'années, personne n'en avait entendu parler.

— Syndrome de Münchausen par procuration, ou relayé, dis-je en reposant mon carnet. Ça ressemble à un cas d'école.

Ses yeux s'étrécirent.

— En effet, quand on entend la succession des faits d'une traite. Mais quand on se trouve en situation au quotidien... Même maintenant je ne pourrais être affirmative.

— Tu penses toujours à l'éventualité d'une cause purement organique ?

— Jusqu'à ce que cette hypothèse soit totalement invalidée, il le faut bien. Il y a eu un cas semblable, l'année dernière, au County. Vingt-cinq admissions consécutives pour des infections récurrentes étranges, sur six mois. Un bébé de sexe féminin aussi, avec une mère très attentionnée dont le calme olympien a fini par intriguer le personnel. La santé de ce bébé-là était vraiment en danger et nous allions alerter les autorités, quand le cas s'est révélé découler d'une immunodéficience rare. Trois cas connus seulement, avec examens spéciaux. Dès que j'en ai entendu parler, j'ai soumis Cassie aux mêmes examens. Tous négatifs. Mais ça n'exclut pas qu'il y ait un autre facteur que nous n'aurions pas décelé. Les progrès médicaux sont constants, et j'ai du mal à me tenir au courant...

Elle fit des cercles avec sa cuillère dans son café.

— Ou alors je me cache la vérité à moi-même, en refusant de voir le syndrome de Münchausen plutôt par simple confort personnel. C'est pour cette raison que je t'ai contacté : j'ai besoin d'être guidée, Alex. Dis-moi quelle voie suivre.

Je réfléchis un moment.

Syndrome de Münchausen.

Autant dire *Pseudologia fantastica.*

Ou désordre comportemental imitant une affection.

Une forme particulièrement grotesque de mensonge pathologique baptisée d'après le nom du baron de Münchausen, le plus célèbre affabulateur de l'Histoire.

Le syndrome de Münchausen est une sorte d'hypocondrie sans limite. Les patients fabriquent leur maladie en s'automutilant ou en s'auto-empoisonnant, ou simplement en s'inventant des maux. Ils mentent aux médecins et aux infirmières, et à tout le système médical.

Les sujets adultes atteints du syndrome de Münchausen s'efforcent d'être hospitalisés régulièrement, d'avoir des traitements inutiles, et même de passer sur la table d'opération sans nécessité réelle.

C'est pitoyable, masochiste et très mystérieux. Une déviance du psychisme qui défie toujours la compréhension.

Mais ce que nous subodorions ici était bien au-delà du pitoyable. C'était une variante maléfique : le syndrome de Münchausen relayé.

Les parents — la mère dans tous les cas répertoriés — mettant en scène la maladie simulée de l'enfant. L'utilisant comme réceptacle d'une concoction affreuse de mensonges, de souffrances et de maladies, surtout quand l'enfant est une fille.

— Il y a beaucoup d'éléments concordants, dis-je enfin. Et depuis le commencement. L'apnée et les évanouissements ont pu être déclenchés par un début d'étouffement. Et les relevés sur le moniteur peuvent signifier qu'elle se débattait.

Stephanie grimaça.

— Mon Dieu, c'est vrai... J'ai fait quelques recherches, et j'ai trouvé un cas en Angleterre où les mouvements du moniteur correspondaient aux tentatives d'étouffement sur le bébé, ce qui a mis la puce à l'oreille des médecins.

— De plus, comme la mère a une formation en techniques respiratoires, ce système peut avoir été le premier qu'elle ait choisi de perturber. Et pour les problèmes intestinaux ? Une sorte d'empoisonnement ?

— Très possible, mais rien que les examens toxicologiques n'aient pu déterminer.

— Peut-être a-t-elle utilisé une substance à effets rapides ?

— Ou un irritant inerte qui a déclenché les troubles intestinaux par effet mécanique avant de disparaître.

— Mais les crises ?

— Même chose, je suppose. Je ne sais pas, Alex. Vraiment, je ne sais pas... — Elle toucha de nouveau mon bras. — Je n'ai aucune preuve, alors, et si je me trompais ? J'ai besoin de ton objectivité. Laisse le bénéfice du doute à la mère de Cassie, peut-être que je la juge mal. Essaie de comprendre ce qu'elle a en tête.

— Je ne peux pas promettre de miracle, Steph.

— Je le sais bien. Mais tout ce que tu pourras faire

aidera. La situation pourrait vraiment devenir critique avec ce cas.

— As-tu prévenu la mère que je les rencontrerais ?

Elle acquiesça.

— Est-elle plus disposée à une consultation avec un psychologue, maintenant ?

— Je ne dirais pas « disposée », mais elle a accepté. Je crois que je l'ai convaincue en évitant de suggérer que le stress pouvait être la cause des problèmes de Cassie. Elle croit que j'attribue les crises de sa fille à une cause organique. Mais j'ai insisté pour que Cassie soit aidée pour prévenir le traumatisme possible de l'hospitalisation. J'ai dit à la mère que la théorie de l'épilepsie impliquait une présence beaucoup plus fréquente de Cassie à l'hôpital, et qu'il nous faudrait l'aider à affronter cette situation. J'ai ajouté que tu étais un spécialiste des traumatismes médicaux, que tu pourrais sans doute tenter un peu d'hypnose douce pour détendre Cassie pendant la procédure hospitalière. C'est raisonnable ?

J'acquiesçai.

— En attendant, tu pourras analyser le comportement de la mère, dit-elle. Pour voir si c'est une psychopathe.

— S'il s'agit bien du syndrome de Münchausen relayé, ce n'est peut-être pas une psychopathe qu'il faudra chercher.

— Alors quoi ? Quel genre de dingue peut infliger ça à sa propre fille ?

— Personne ne le sait avec précision. Ça fait quelque temps que je n'ai pas écumé la littérature sur le sujet, mais de l'avis général ce serait une sorte de désordre de la personnalité mixte. Le problème, c'est que la documentation sur ces cas est très rare, si bien qu'on manque de données fiables.

— C'est toujours ainsi, Alex. J'ai cherché tout ce qui avait été publié sur ce sujet à la bibliothèque de l'école de médecine, et je n'ai pas trouvé grand-chose.

— J'aimerais emprunter ces documents.

— J'ai lu les articles là-bas, sans les prendre, dit-elle. Mais je crois avoir noté les références quelque part... Et il me semble me souvenir de cette théorie du dédoublement de personnalité...

— Ça signifie que nous sommes dans le brouillard et que nous allons à l'aveuglette. Les psychologues et les psychiatres dépendent des informations que leur donne le patient. Et chercher à comprendre auprès d'un adepte du syndrome de Münchausen revient à écouter un menteur patenté. Mais, une fois analysées, les histoires qu'il raconte peuvent ouvrir des pistes solides : expérience précoce avec des traumatismes ou des maladies physiques sérieuses, famille qui exagère tout ce qui touche à la maladie et la santé, mauvais traitements durant l'enfance, parfois inceste. Tout ça conduit à une très piètre image du sujet, à des problèmes relationnels et à un besoin pathologique de capturer l'attention d'autrui. La maladie devient l'arène où le sujet expose ce besoin, et c'est bien pourquoi le sujet évolue souvent dans une profession de santé. Mais beaucoup de gens réunissant ces caractéristiques ne tombent pas dans le syndrome de Münchausen. Et cet historique général s'applique aux sujets s'infligeant eux-mêmes le syndrome de Münchausen comme à ceux, par procuration, qui tourmentent leurs enfants. En fait, il n'est pas impossible que les parents atteints du syndrome de Münchausen relayé aient commencé par se l'infliger à eux-mêmes avant de se tourner vers leurs enfants. Mais quant à savoir pourquoi et quand la chose se produit, personne n'a de réponse.

— Bizarre, dit-elle en secouant la tête. C'est comme une danse. Comme valser avec la maladie, et c'est elle qui mène la danse.

— La valse du diable.

L'image la fit frissonner.

— Je sais bien que nous ne parlons pas d'une science exacte, Alex, mais si tu pouvais creuser un peu le problème, et me dire si tu penses que la mère est atteinte du syndrome...

— Bien sûr. Il y a un détail qui m'étonne un peu, je l'avoue : pourquoi n'as-tu pas fait appel au service psy de l'hôpital ?

— Je n'ai jamais beaucoup aimé les services psys hospitaliers, dit-elle. Ils sont un peu trop... « freudiens » à mon goût. Hardesty voulait allonger tout le monde sur son divan. Mais le problème n'existe plus, de toute façon. Ici, il n'y a pas de service psy.

— Comment cela ?

— Ils ont tous été virés.

— Tout le service ? Quand ?

— Il y a quelques mois. Tu ne lis pas les courriers qu'envoie l'hôpital à son personnel ?

— Euh, pas très régulièrement...

— Ça semble évident ! Eh bien, le service psy a été dissous. Le contrat d'Hardesty avec le comté a été annulé, et comme il n'a jamais demandé de subventions, personne n'a voulu suivre financièrement.

— Et la titularisation de Hardesty ? Et les autres ? Greiler et Pantissa n'étaient pas titularisés, eux aussi ?

— Probablement. Mais la titularisation dépend de l'école de médecine et non de l'hôpital. Donc ils ont toujours leur titre. Pour les salaires, c'est différent. Et ça a été une révélation pour ceux d'entre nous qui croyaient à la sécurité de l'emploi ici. N'empêche, personne n'a soutenu Hardesty. Tout le monde pensait qu'il était inutile, lui et son équipe.

— Plus de service psy... répétai-je. Plus de café gratuit. Quoi d'autre ?

— Oh, beaucoup de choses. La disparition du service psy risque d'affecter tes avantages de fonction ?

— Non, je suis seulement détaché au service pédiatrie. Oncologie, pour être précis, bien que je n'aie pas vu de patient cancéreux depuis des années.

— Bien, alors il n'y aura pas de procès à rallonge. D'autres questions avant que nous remontions ?

— Juste deux ou trois observations. S'il s'agit bien du syndrome de Münchausen relayé, le temps accentue la chose. Habituellement, le syndrome se développe de plus en plus. Et il arrive qu'il y ait mort d'enfants, Steph.

— Je sais, murmura-t-elle d'un ton misérable en pressant le bout de ses doigts sur ses tempes. Et je sais aussi que je vais peut-être devoir affronter directement la mère. C'est pour ça que j'aimerais être sûre.

— La seconde observation concerne le premier enfant, le garçon. Je suppose que tu vois dans son décès un possible homicide ?

— Mon Dieu, oui... C'est une question qui me ronge. Quand j'ai commencé à soupçonner la mère, j'ai ressorti le dossier du premier bébé et je l'ai épluché au microscope. Mais rien d'anormal. Les notes de Rita étaient anodines. L'enfant était en parfaite santé avant son décès, et l'autopsie n'a absolument rien révélé, comme dans beaucoup de cas. Et maintenant je me retrouve avec une enfant vivante, qui respire toujours, et je ne peux rien faire pour l'aider.

— Je dirais que tu fais tout ce que tu peux pour l'aider, au contraire.

— J'essaie, mais c'est tellement frustrant...

— Et le père ? dis-je. Nous n'avons pas encore parlé de lui.

— Il ne me fait pas très bonne impression. La mère s'occupe de l'enfant, c'est clair, et c'est elle que j'ai presque toujours vue. Quand j'ai pensé qu'il pouvait s'agir du syndrome de Münchausen relayé, il m'a semblé évident de me concentrer sur elle. Ce sont toujours les mères les coupables dans ces cas, n'est-ce pas ?

— Oui, ou presque. Mais dans certains cas le père se révèle un complice passif. Il a montré des soupçons ?

— S'il en a, il ne m'a rien confié. Il ne semble pas spécialement passif. Il est plutôt agréable. Elle aussi, d'ailleurs. Un couple agréable, Alex. C'est un des aspects qui rendent cette affaire si difficile.

— Scénario typique du syndrome de Münchausen. Je suis sûr qu'ils plaisent tous les deux aux infirmières, je me trompe ?

— Non, c'est exact.

— Quel est l'autre ?

— L'autre quoi ?

— L'autre aspect qui rend cette affaire si difficile.

Elle ferma les paupières, les frotta du bout des doigts et prit son temps avant de répondre.

— L'autre aspect, et je sais que ça peut paraître horriblement froid et politique, vient de ce qu'ils sont. Socialement. Politiquement. Le nom complet de l'enfant est Cassie Brooks Jones. Le nom te dit quelque chose ?

— Non. Jones n'est pas exactement un nom inoubliable.

— Jones, comme Charles L. Junior. Le grand financier ? Le premier directeur financier de l'hôpital ?

— Inconnu au bataillon.

— C'est bien vrai : tu ne lis pas le courrier que t'envoie l'hôpital. Eh bien, depuis huit mois il est aussi président du comité directeur. Il y a eu un grand remaniement.

— À cause du budget ?

— Quelle autre raison ? Bref, voilà la généalogie : le seul fils de Charles Junior est Charles le Troisième — comme dans les familles royales. Le père de Cassie. La mère s'appelle Cindy. Le fils décédé s'appelait Chad : Charles le Quatrième.

— Que des C, commentai-je. On dirait qu'ils aiment l'ordre.

— Sans doute. Le problème, c'est que Cassie est le seul petit-enfant de Charles Junior. Ça n'est pas merveilleux, Alex ? Me voilà avec sur les bras un cas potentiel de syndrome de Münchausen relayé qui pourrait exploser au visage de tout le monde, et l'enfant concerné est le seul petit-enfant du type qui a supprimé les cafés gratuits ici...

3

— Si ça ne te fait rien, dit-elle comme nous quittions la table, remontons par l'escalier.

— La séance d'aérobic du matin ? D'accord.

Elle lissa sa robe du plat de la main et boutonna sa blouse.

— Tu approches des trente-cinq ans et le bon vieux métabolisme basal commence à se déglinguer. Il faut batailler dur pour ne pas se ramollir. Et puis, les ascenseurs fonctionnent toujours au Valium.

Nous nous dirigions vers la sortie principale de la cafétéria. Les tables étaient toutes désertées, à présent. Un employé de maintenance en tenue marron nettoyait le carrelage à la serpillière, et nous dûmes zigzaguer pour l'éviter.

— L'ascenseur que j'ai pris pour monter te voir était commandé par un système à serrure, dis-je. Pourquoi de telles mesures de sécurité ?

— La raison officielle est la lutte contre le crime. Se prémunir des dingueries qui arrivent dans la rue. Elle est valable jusqu'à un certain point : il y a eu accroissement des problèmes, en particulier durant les horaires de nuit. Mais te rappelles-tu une époque où Hollywood Est n'était pas dangereux la nuit ?

Nous avions atteint la porte. Un autre employé de maintenance la refermait. En nous voyant, il la tint ouverte pour nous en nous jaugeant d'un regard las.

— Réduction des horaires, commenta Stephanie. Une autre coupe budgétaire.

Dans le couloir régnait un véritable tohu-bohu. Des médecins passaient en groupes bruyants, emplissant l'air de conversations hachées. Des familles déambulaient lentement. Certaines poussaient des enfants dans leur fauteuil roulant vers l'étape suivante du supplice imposé par la science.

Une foule silencieuse était assemblée devant les portes des trois ascenseurs, à attendre le premier qui reviendrait du troisième étage où ils étaient tous arrêtés. L'attente, toujours l'attente...

Stephanie ouvrait le chemin avec l'aisance que confère une autorité naturelle. De temps à autre elle saluait d'un hochement de tête un visage familier, mais jamais elle ne ralentissait. Je suivais au plus près en louvoyant pour éviter de bousculer une perfusion ici, un malade apathique là.

Lorsque nous arrivâmes à l'escalier du sous-sol, je pus enfin lui poser la question qui me trottait dans la tête :

— Quelle sorte de crimes y a-t-il eu ici ?

— Les problèmes habituels, plus quelques-uns plus graves, dit-elle en gravissant les marches. Vols de voitures, actes de vandalisme, vols à la tire. Et plusieurs agressions dans le parking de l'autre côté de la rue, il y a quelques mois.

— Des agressions à caractère sexuel ? lui demandai-je en montant les marches deux à deux pour ne pas être distancé.

— Ça n'a jamais été très clair. Aucune des victimes n'est revenue nous parler. C'étaient des auxiliaires qui travaillaient de nuit, pas des membres du personnel. D'après ce que j'ai entendu, on les a sévèrement battus et dépouillés de leur argent. La police nous a envoyé un îlotier-conseiller qui nous a exposé les habituelles recommandations de sécurité individuelle, et qui a implicitement reconnu qu'il n'y avait aucun moyen de garantir la sécurité de chacun, à moins de transformer l'hôpital en camp retranché. Le personnel féminin a beaucoup protesté, et l'administration a promis de renforcer les patrouilles de vigiles.

— Cette annonce a été suivie d'effets ?

— Je crois, oui. On voit des uniformes un peu partout, et depuis il n'y a pas eu d'autre agression. Mais l'accroissement de la protection a été accompagné d'un tas d'autres mesures que personne ne réclamait. Des robocops sur le campus, ces nouveaux badges, et diverses tracasseries comme celle que tu as expérimentée en arrivant. Personnellement j'estime que nous avons fait le jeu de l'administration en leur donnant une excuse en or pour exercer un contrôle plus grand sur l'établissement. Ils l'ont saisie au vol et ils ne sont pas prêts à y renoncer.

— Des étudiants de gestion qui prendraient leur revanche ?

Elle s'arrêta et me jeta un regard un peu gêné par-dessus son épaule.

— Tu te souviens de ça ?

— Très bien.

— J'étais plutôt assez grande gueule à l'époque, n'est-ce pas ?

— Le feu de la jeunesse, dis-je. Et ils le méritaient, à vouloir te rabaisser devant tout le monde, « M'dame Doc » et ce genre de blagues...

— Oui, ils étaient assez insolents, fit-elle en reprenant son ascension, mais à une allure plus lente. Avec leurs horaires de banquiers, leurs tournées de Martini au déjeuner et leur habitude de bavasser des heures à la cafétéria pour finir par nous envoyer des mémos sur la meilleure manière d'améliorer l'efficacité des services et de réaliser des économies de fonctionnement…

Quelques marches plus haut, elle fit une nouvelle halte.

— Les étudiants en gestion... Je n'arrive pas à croire que je les aie traités de la sorte. — Elle avait rougi violemment. — J'étais insupportable, non ?

— En rage, plutôt, Steph.

— En nage, oui ! C'était une époque dingue, quand j'y repense, Alex. Complètement dingue.

— C'est vrai, mais n'oublie pas ce que nous avons obtenu : égalité de salaire pour le personnel féminin, hébergement des parents de malades, salle de jeux pour les enfants.

— Et n'oublions surtout pas la gratuité du café pour le personnel !

Un demi-escalier plus haut :

— Même comme ça, Alex, ce pour quoi nous avons tant bataillé me semble maintenant tellement détourné de son but premier... Nous nous étions focalisées sur les personnes, alors que le véritable problème, c'est le système. Un groupe d'étudiants de troisième année s'en va, un autre le remplace, et les problèmes ne changent pas. Il m'arrive de me demander si je ne suis pas là depuis trop longtemps déjà. Regarde-toi : tu es parti d'ici depuis des années et tu n'as jamais paru en meilleure forme.

— Toi aussi, dis-je en repensant à ce qu'elle m'avait dit sur sa possible candidature pour la direction d'un service.

— Moi ? Elle sourit. C'est très galant de ta part de le dire, mais dans mon cas ça n'est pas dû à un accomplissement personnel. Seulement à une bonne hygiène de vie.

Le cinquième étage accueillait les enfants âgés de un à onze ans qui ne nécessitaient pas de soins spéciaux. La centaine de lits dans l'aile est prenait les dcux tiers de l'étage.

Le dernier tiers était réservé à une unité privée de vingt lits dans l'aile ouest et séparée du reste de l'étage par des portes en teck marquées UNITÉ SPÉCIALE HANNAH CHAPELL en lettres de cuivre.

Loin de la plèbe et des stagiaires, un espace payé par les donations, les assurances privées et les chèques individuels. Ici, on ne risquait pas de voir un formulaire Medi-Cal.

Unité privée signifiait musique de supermarché dispensée par des haut-parleurs cachés dans les plafonds, moquette au sol à la place du carrelage, un patient par chambre et non trois ou plus, téléviseurs individuels fonctionnant sans arrêt, bien que ce soient d'antiques modèles noir et blanc.

Ce matin, la grande majorité des vingt chambres était vide. Un trio d'infirmières aux mines boudeuses se tenait derrière le comptoir du bureau des gardes. Un peu à l'écart, une secrétaire médicale se limait les ongles avec application.

— Bonjour, docteur Eves, fit l'une des infirmières.

Elle s'adressait à Stephanie mais elle me toisa sans trop d'aménité. Je me demandai bien pourquoi et la gratifiai d'un de mes irrésistibles sourires conviviaux. Elle me tourna le dos. La cinquantaine, trapue, la peau abîmée, la mâchoire inférieure trop forte, les cheveux teints en blond. Son uniforme bleu était bordé d'un liseré blanc. Sur ses cheveux raides était juchée une coiffe amidonnée, d'un modèle que je n'avais pas vu depuis une éternité.

Ses deux collègues, des Philippines d'une vingtaine d'années, échangèrent un bref regard avant de s'éloigner, comme obéissant à quelque code muet.

— Bonjour, Vicki, répondit Stephanie. Comme va notre jeune demoiselle ?

— Bien jusqu'à maintenant.

L'infirmière blonde prit un dossier dans le casier vertical marqué 505W et le tendit à Stephanie. Je remarquai ses ongles courts et rongés au maximum. Son regard se posa de nouveau sur moi. J'avais toujours autant de succès...

— Je vous présente le Dr Delaware, annonça Stephanie en feuilletant le dossier. C'est notre psychologue-consultant. Docteur Delaware, Vicki Bottomley, infirmière attitrée de Cassie.

— Cindy nous a prévenues que vous viendriez, dit l'infirmière d'un ton peu satisfait.

Stephanie continua de lire sans répondre.

— Ravi de faire votre connaissance, dis-je aimablement.

— Moi aussi, fit-elle avec un tel manque d'entrain que Stephanie leva les yeux.

— Tout va bien, Vicki ?

— C'est le paradis, répondit l'infirmière avec un sourire aussi jovial qu'une gifle. Tout va bien, oui. Elle a avalé presque tout son petit déjeuner et ses médicaments, sans rien vomir.

— Quels médicaments ?

— Seulement du Tylénol. Il y a une heure, Cindy a dit qu'elle avait mal à la tête.

— Du Tylénol pour enfants ?

— Bien sûr, docteur Eves, en liquide, et juste une cuillère à café. Tout est marqué là, ajouta-t-elle en désignant le dossier.

— Oui, je vois, dit Stephanie en parcourant un document. Eh bien, ce sera tout pour aujourd'hui, Vicki. Mais à l'avenir aucun médicament sans mon accord exprès. Je tiens à donner mon autorisation pour tout ce qui passe les lèvres de cette enfant, en dehors de la nourriture et des boissons. D'accord ?

— Bien sûr, fit Bottomley avec le même sourire crispé. Aucun problème. Je m'étais simplement dit...

— Pas de problème, Vicki, dit Stephanie en tapotant gentiment l'épaule de l'infirmière. J'aurais autorisé le Tylénol. C'est simplement qu'avec les antécédents de cette enfant nous devons redoubler de prudence pour minimiser ses possibles réactions aux médicaments.

— Bien, docteur Eves. Y a-t-il autre chose ?

Stephanie lut encore le dossier quelques secondes, puis le referma et le lui rendit.

— Non, pas pour l'instant, à moins que vous ne désiriez ajouter quelque chose ?

Bottomley secoua la tête négativement.

— Bien, alors je vais aller présenter le Dr Delaware dans le service. Rien d'autre à propos de Cassie ?

Bottomley rajusta une pince à cheveux pour maintenir quelques mèches blondes à sa coiffe. Ses yeux étaient écartés, frangés de longs cils recourbés, ses prunelles d'un bleu doux qui jurait dans le paysage dur de son visage grêlé.

— Par exemple ? répliqua-t-elle.

— N'importe quel détail que le Dr Delaware devrait connaître pour aider Cassie et ses parents, Vicki.

Bottomley contempla fixement Stephanie un moment, puis se tourna vers moi, toujours aussi accorte.

— Ce sont des gens très bien. Une famille tout à fait normale.

— J'ai appris que Cassie manifeste une anxiété visible devant toute procédure médicale, intervins-je.

Bottomley me fit face, poings sur les hanches.

— Vous ne réagiriez pas de la même façon à sa place ?

— Vicki... fit Stephanie d'un ton d'avertissement ennuyé.

— Bien sûr, répondis-je en souriant. C'est une réaction très normale, mais parfois l'anxiété normale peut être réduite par un comportement approprié.

Bottomley laissa échapper un petit rire aigre.

— Peut-être bien. Alors je vous souhaite bonne chance.

Stephanie allait la rappeler à l'ordre vertement, mais je lui effleurai le bras avant qu'elle ait ouvert la bouche.

— Et si nous y allions ? lui proposai-je.

— Oui, bien sûr... Et, à Bottomley : Souvenez-vous, rien sans mon accord en dehors de la nourriture et de la boisson.

Bottomley s'accrochait à son sourire figé.

— Compris, Docteur. Maintenant, si vous n'y voyez pas d'inconvénient, j'aimerais quitter le service quelques minutes.

Stephanie jeta un œil à sa montre.

— C'est la pause ?

— Non, j'avais seulement l'intention de descendre à la boutique de cadeaux pour acheter un LuvBunny à Cassie. Vous savez, ces lapins en peluche qu'on voit dans la série d'animation, à la télé ? Elle en raffole. Je me suis dit que, puisque vous êtes là, elle ne risquerait rien.

Stephanie me consulta du regard. Bottomley l'observait, et ce qu'elle vit parut lui plaire, car elle nous gratifia de son rire tendu avant de partir. Elle marchait avec un dandinement brusque. La coiffe amidonnée s'éloigna dans le couloir désert comme un cerf-volant pris dans un vent arrière.

Stephanie me saisit par le bras et nous quittâmes le bureau des infirmières.

— Désolée, Alex. Je ne l'avais encore jamais vue comme ça.

— Elle s'est occupée de Cassie, les fois précédentes ?

— Plusieurs fois. Presque depuis le début, en fait. Elle a développé de bons rapports avec Cindy, et Cassie semble l'apprécier aussi. Quand Cassie est admise, maintenant ils la demandent.

— Elle a l'air d'être devenue un peu possessive...

— Elle a effectivement tendance à beaucoup s'impliquer

dans son travail, mais j'ai toujours pris cette attitude comme un point positif. Les familles l'apprécient beaucoup. C'est une des infirmières les plus dévouées avec qui il m'a été donné de travailler. Avec la moralité actuelle, le dévouement se fait rare...

— Son dévouement s'étend à des visites à domicile ?

— Pas que je sache. Les seules démarches à domicile ont été de mon fait, avec un des internes, au tout début, pour régler le moniteur... — D'un geste inconscient elle se caressa les lèvres de l'index. — Tu ne sous-entendrais pas qu'elle a quelque chose à voir avec...

— Je ne sous-entends rien, assurai-je en me demandant si c'était vrai à cent pour cent, car Bottomley m'avait un peu irrité. Je vérifie juste des détails.

— Hmm... Eh bien, c'est une piste, oui. Une infirmière vecteur du syndrome de Münchausen ? Le cadre médical correspondrait...

— Il y a eu des cas recensés, dis-je. Des infirmières et des médecins qui cherchaient à se faire remarquer, et en général ils se sont révélés être très possessifs. Mais si les problèmes de Cassie ont toujours eu leur origine au foyer familial et se sont résolus à l'hôpital, Bottomley serait implicitement innocentée, à moins qu'elle ne soit une invitée permanente chez les Jones...

— Ce n'est pas le cas. Enfin, d'après ce que j'en sais. Non, bien sûr ce n'est pas possible : je le saurais.

Mais elle ne paraissait pas certaine de ses affirmations. Elle semblait même un peu désorientée. Je me rendis compte du prix qu'elle payait à s'occuper de ce cas.

— Ce que j'aimerais comprendre, c'est pourquoi elle a manifesté une telle hostilité à mon égard, dis-je. Non pour des raisons personnelles mais par rapport à la famille de l'enfant. Si Vicki et la mère sont très proches et que Vicki ne m'aime pas plus que ça, mon rôle pourrait en être affecté.

— Bien vu... Je ne sais pas ce qui la ronge...

— Je suppose que tu ne lui as pas fait part de tes soupçons envers Cindy ?

— Non. Tu es la première personne à qui je les confie. C'est pourquoi j'ai expliqué mon interdiction des médicaments en arguant de réactions imprévisibles. J'ai aussi expliqué à Cindy qu'il ne fallait pas apporter de la nourriture de chez elle, pour la même raison. Vicki et les infirmières des autres équipes doivent consigner tout ce que Cassie ingère. — Elle se rembrunit. — Bien sûr, Vicki outrepasse son rôle, et il n'est pas impossible qu'elle ne respecte pas toutes les instructions. Tu veux que je la fasse transférer ? Le Bureau des Infirmières va me faire la guerre, mais je pense que je pourrais y arriver assez rapidement.

— Pas à ma demande, en tout cas. Je propose de garder les choses en l'état, pour l'instant.

Nous passâmes derrière le bureau. Stephanie reprit le dossier et l'étudia de nouveau.

— Tout a l'air en règle, dit-elle après un temps. Mais il faudra que je parle avec elle, de toute façon.

— Je peux jeter un œil ? demandai-je.

Elle me donna le dossier. Je reconnus son écriture claire et son goût pour le détail. Un moment je m'attardai sur la partie concernant la famille.

— Pas de grands-parents du côté maternel ?

— Non. Cindy a perdu ses parents très tôt. Et Chip a perdu sa mère aussi, quand il était adolescent. Le vieux Chuck est le seul grand-parent restant.

— Il vient souvent lui rendre visite quand elle est ici ?

— De temps en temps. C'est quelqu'un de très occupé.

Je continuai de parcourir le dossier.

— Cindy n'a que vingt-six ans... Peut-être que Vicki joue un peu un rôle de la mère pour elle.

— Peut-être, convint-elle. De toute façon, je vais la surveiller de près.

— Ne sois pas trop dure avec elle maintenant, Steph. Je ne veux pas être vu par Vicki ou Cindy comme celui qui rend la vie difficile à tout le monde. Laisse-moi une chance de connaître un peu Vicki. Elle pourrait devenir une alliée, qui sait...

— D'accord. Les relations humaines, c'est ton domaine, après tout. Mais fais-moi savoir si elle conserve l'attitude qu'elle vient d'avoir. Je ne veux pas la moindre entrave à la résolution de ce cas.

La chambre était envahie par une armée de LuvBunny. Il y en avait sur l'appui de fenêtre, sur la table de nuit, sur le téléviseur. Un comité d'accueil multicolore.

Les barres latérales de sécurité du lit avaient été abaissées. Une enfant très belle dormait là, petite forme dérangeant à peine les couvertures.

Son visage en cœur était tourné de côté et sa bouche semblable à un bouton de rose restait entrouverte. Sa peau était très douce, ses joues rebondies, son nez petit et retroussé. La chevelure noire, longue et raide, cascadait sur ses épaules. Des mèches humides étaient collées à son front. Le col en dentelle de son vêtement dépassait à peine de sous la couverture. Une main était cachée, l'autre, minuscule et adorablement potelée, était crispée sur le drap. Le pouce avait la taille d'un gros haricot.

Le canapé convertible près de la fenêtre était ouvert pour former un lit d'une place refait avec une précision militaire. Un nécessaire de voyage en plastique imprimé à fleurs était posé sur le sol, près d'un plateau-repas vide.

Assise sur le bord du matelas, une jeune femme lisait le dernier numéro du *TV Guide*. Dès notre entrée elle posa son magazine et se leva.

Un mètre soixante-cinq, svelte, avec la même chevelure d'un noir de jais que sa fille, coiffée avec la raie au milieu, la masse ramenée en une longue tresse épaisse qui tombait presque jusqu'aux reins. Le bâti du visage était le même que celui de Cassie, mais la maturité en avait quelque peu allongé l'ovale parfait. Le nez fin, la bouche droite et assez grande, les lèvres d'une carnation naturelle foncée, sans rouge. De grands yeux marron. Injectés de sang.

Dépourvu de maquillage, son visage apparaissait frais et net. Une femme-enfant. Vingt-six ans, mais elle aurait aisément pu se faire passer pour une étudiante de cinq ans plus jeune.

Du lit monta un son de souffle très léger. La respiration de Cassie, pareille à un soupir. Nous nous tournâmes vers elle. Ses paupières restaient closes mais elles étaient agitées de spasmes rapides. Le dessin lavande de ses veines était visible sous la peau diaphane. Elle roula sur elle-même et détourna son visage de nous.

Je songeai à une poupée.

Tout autour de nous, les LuvBunny ricanaient silencieusement.

Cindy Jones contempla sa fille quelques secondes, puis elle s'approcha et ôta les cheveux du front de l'enfant.

Se retournant vers nous, elle parcourut vivement des mains ses vêtements, comme pour s'assurer que chaque bouton était bien mis. Sa tenue était sobre, une chemise en coton et un jeans délavé, des sandales à talons mi-hauts. Une Swatch rose au poignet. Pas du tout la débutante de bonne famille à l'ancienne, la belle-fille d'un personnage important telle que je l'avais imaginée.

— Eh bien, murmura Stephanie, on dirait que quelqu'un

ronronne dans les bras de Morphée. Et vous, vous avez pu vous reposer, Cindy ?

— Un peu.

La voix était douce, agréable. Elle n'avait pas eu besoin de chuchoter.

— Nos matelas ne sont pas si terribles, n'est-ce pas ?

— Je vais bien, docteur Eves, assura-t-elle avec un sourire las. Cassie a très bien dormi. Elle ne s'est réveillée qu'une fois, vers cinq heures du matin, pour un petit câlin. Je l'ai tenue dans mes bras et j'ai chantonné pour elle. Elle s'est rendormie vers sept heures. C'est sans doute pourquoi elle dort encore maintenant.

— Vicki nous a dit qu'elle avait eu mal à la tête ?

— Oui, quand elle s'est réveillée. Vicki lui a administré un peu de Tylénol liquide, et ça a eu l'air de marcher.

— Du Tylénol... Oui, c'était exactement ce qui convenait, Cindy. Mais à l'avenir rien ne doit plus lui être administré sans mon accord, même la médication la plus légère. Par simple mesure de précaution.

La surprise et la gêne agrandirent les yeux de la jeune femme.

— Oh oui, bien sûr. Je suis désolée.

Stephanie la rassura d'un sourire.

— Ça n'est pas bien grave. Je tiens juste à être prudente. Cindy. Voici le Dr Delaware, le psychologue dont nous avons parlé.

— Bonjour, Dr Delaware.

— Bonjour, madame Jones.

— Cindy, fit-elle en me tendant une main étroite.

EIle me décocha un sourire timide, et je sus que ma tâche ne serait pas aisée...

— Comme je vous l'ai dit, reprit Stephanie, le Dr Delaware est un expert en ce qui concerne l'anxiété enfantine. Si quelqu'un peut aider Cassie, c'est lui. Il aimerait s'entretenir avec vous maintenant, si le moment vous convient.

L'air soudain inquiet, la mère effleura sa natte d'un geste vif.

— Oh... Mais bien sûr, je suis à sa disposition...

— Parfait. Si vous avez besoin de quoi que ce soit, je m'en charge.

— Rien auquel je puisse penser maintenant, Dr Eves. Mais je me demandais si vous... si vous aviez découvert quelque chose de nouveau ?

— Pas encore, Cindy. L'électro-encéphalogramme d'hier

était absolument normal. Mais, comme nous l'avons dit, pour des enfants de cet âge, ça n'est pas une preuve. Les infirmières n'ont enregistré aucun comportement annonciateur de crise. Avez-vous remarqué quoi que ce soit ?

— Non... Pas vraiment...

— « Pas vraiment » ? s'étonna Stephanie.

Elle avança d'un pas vers Cindy. Elle était à peine plus grande que la mère, mais paraissait soudain beaucoup plus corpulente.

— Ce n'est rien... dit la mère en se mordillant la lèvre inférieure. Enfin, je veux dire, c'est probablement sans importance.

— N'empêche, Cindy. Dites-moi de quoi il s'agit, même si vous estimez que c'est anodin.

— Eh bien, je suis sûre que ce n'est rien, mais parfois je me demande si elle ne fait pas la sourde oreille, si elle m'écoute vraiment quand je lui parle. Elle reste là, à regarder dans le vide... Je suis certaine que ce n'est rien du tout, et je ne m'en suis rendu compte que parce que je fais attention aux moindres détails, maintenant.

— Quand avez-vous noté ce comportement, pour la première fois ?

— Hier, après l'admission.

— Jamais chez vous ?

— Je... Non. Mais il est possible que la même chose se soit produite sans que j'y aie pris garde. Mais ce n'est peut-être rien. Oui, c'est probable... Je ne sais pas.

Son visage avenant s'assombrit.

Stephanie posa une main sur son épaule et Cindy eut un mouvement presque imperceptible vers le contact amical, comme pour en retirer le maximum de réconfort.

— Quelle est la fréquence de ces comportements ? s'enquit Stephanie en reculant d'un pas.

— Deux, peut-être trois fois par jour. Mais ce n'est sans doute rien : elle doit se concentrer, c'est tout. Elle a toujours été très douée pour se concentrer. Quand elle est à la maison et qu'elle joue, elle fait preuve d'une concentration surprenante.

— Eh bien, voilà un point positif : elle maîtrise bien son attention.

Cindy acquiesça, mais elle ne paraissait pas réellement rassurée.

De la poche de sa blouse Stephanie tira un agenda dont

elle déchira une des dernières pages. Elle tendit le morceau de papier à la jeune femme.

— Je vais vous dire ce que vous allez faire la prochaine fois que vous la voyez agir ainsi : notez l'heure exacte et appelez aussitôt Vicki ou l'infirmière de service. D'accord ?

— Compris. Mais ça ne dure jamais très longtemps, docteur Eves. Quelques secondes, c'est tout.

— Je sais que vous ferez de votre mieux, affirma Stephanie. Bien, pour l'instant je vais vous laisser avec le Dr Delaware pour que vous fassiez connaissance.

Elle jeta un dernier coup d'œil à l'enfant endormie, nous sourit et sortit.

Dès la porte refermée, Cindy baissa les yeux sur le canapé-lit ouvert.

— Je vais le replier pour que vous puissiez vous asseoir.

Je remarquai le délicat tracé bleuté des veines sous sa peau. Et à ses tempes, où elles battaient à un rythme soutenu.

— Je vais vous aider, proposai-je.

Mon offre parut la déconcerter.

— Non, non, ça ira très bien...

Elle se pencha et souleva l'extrémité du canapé. Je l'imitai et nous replacâmes le convertible en position haute.

Après avoir lissé les coussins du plat de la main, elle s'écarta.

— Je vous en prie, fit-elle.

J'avais un peu l'impression de me trouver dans une maison de geisha, mais je m'exécutai.

Cindy alla débarrasser le fauteuil vert des LuvBunny qui l'encombraient. Elle plaça les peluches sur la table de chevet, tira le siège et s'y installa dans une pose très sage, pieds bien à plat sur le sol, mains posées sur les cuisses.

J'étendis le bras et pris une des peluches sur le rebord de la fenêtre. À travers la vitre, le faîte des arbres de Griffith Park était d'un vert sombre et brumeux.

— Très mignon, commentai-je en caressant la tête du LuvBunny. Ce sont des cadeaux ?

— Certains, oui. D'autres viennent de la maison. Nous voulions que Cassie se sente ici comme chez elle.

— Il est vrai que l'hôpital est devenu un second foyer pour elle, n'est-ce pas ?

Elle me regarda fixement, et des larmes envahirent ses yeux, les agrandissant un peu plus encore. Une expression honteuse passa sur son visage.

Honte, ou culpabilité ?

Elle plaqua aussitôt ses mains sur son visage, pour le dissimuler.

Elle pleura en silence pendant un moment.

Je pris un mouchoir en papier de la boîte posée sur la table de chevet et j'attendis.

4

Elle baissa les mains.

— Désolée, bredouilla-t-elle.

— Aucune raison de l'être, répondis-je. Il y a peu de choses aussi stressantes que d'avoir une enfant malade.

Elle approuva d'un hochement de tête.

— Le pire, c'est de ne pas savoir... Elle souffre devant vous et vous ne savez pas pourquoi… Si seulement quelqu'un pouvait découvrir les causes de son mal...

— Les autres symptômes ont disparu. Celui-là disparaîtra peut-être aussi.

Elle fit passer sa natte sur une épaule et en roula l'extrémité entre ses doigts.

— Je l'espère de tout mon cœur. Mais...

Je l'encourageai d'un sourire, sans rien dire.

— Les autres symptômes étaient plus... typiques. Normaux, pour ainsi dire.

— Des affections enfantines classiques, proposai-je.

— Oui. Le croup, les diarrhées... Les autres enfants en souffrent fréquemment. Peut-être pas de façon aussi intense, mais ils sont sujets à ces maux, si bien qu'on finit par les trouver compréhensibles. Mais ces crises… Ça, ce n'est pas normal, tout simplement.

— Il n'est pas rare que des enfants souffrent de crises après une forte poussée de fièvre. Ça leur arrive une ou deux fois, puis le phénomène disparaît.

— Oui, je sais. Le Dr Eves m'en a parlé. Mais Cassie n'avait aucune poussée de fièvre avant ses crises. Les autres fois, quand elle a eu ses problèmes gastro-intestinaux, elle a fait de la fièvre. Elle était brûlante : quarante et un... — Elle tirailla sa tresse d'un geste inconscient. — Et puis la température retombait et je pensais que tout allait revenir à la normale, mais ces crises réapparaissaient sans raison. C'était vraiment très effrayant. Une fois j'ai entendu des bruits dans sa chambre, comme si on tambourinait contre une cloison.

Je suis entrée et j'ai vu qu'elle tremblait si fort que son berceau en tremblait aussi.

Ses lèvres frémirent et elle les couvrit d'une main. Dans l'autre, elle serrait le mouchoir que je lui avais donné.

— Impressionnant, dis-je.

— Effrayant, oui, fit-elle en plongeant son regard dans le mien. Mais le pire, c'était de la voir souffrir sans pouvoir rien faire. L'impuissance, c'est le pire... Vous avez des enfants, Docteur ?

— Non.

Ses yeux me quittèrent instantanément, comme si j'avais perdu tout intérêt pour elle. Avec un soupir elle se leva et alla jusqu'au lit. Elle tenait toujours le mouchoir dans son poing crispé. Elle se pencha, arrangea la couverture sous le menton de la fillette puis déposa un baiser sur sa joue. La respiration de Cassie s'accéléra un moment puis reprit son rythme lent. Cindy restait près de sa fille, à l'observer dans son sommeil.

— Elle est très jolie, dis-je.

— C'est mon petit sucre à moi.

Elle se baissa, effleura le front de l'enfant puis ôta sa main et la laissa retomber mollement le long du corps. Après un regard attendri à Cassie, elle retourna s'asseoir.

— En ce qui concerne la souffrance, nous n'avons aucune preuve que ces attaques soient douloureuses, fis-je.

— C'est ce que m'a dit le Dr Eves, fit-elle d'un ton dubitatif. Bien sûr, je l'espère... Mais si vous l'aviez vue après... Elle avait l'air complètement épuisée.

Elle pivota et regarda par la fenêtre. J'attendis un moment avant de rompre le silence :

— En dehors de ses maux de tête, comment était-elle aujourd'hui ?

— Pour le peu qu'elle a été éveillée, ça allait.

— Et son mal de tête s'est produit à cinq heures ce matin ?

— Oui. Elle s'est réveillée avec.

— Vicki était déjà de service ?

— Oui. Elle assure deux rotations. La nuit dernière, elle est arrivée pour le service de onze heures du soir à sept heures du matin, mais elle a enchaîné avec le service de sept heures à trois heures de l'après-midi.

— Elle est très dévouée.

— Oh oui. Et elle est d'une grande aide. C'est une chance que nous l'ayons.

— Lui arrive-t-il de se rendre à domicile ?

La question surprit Cindy.

— Une ou deux fois. Pas pour aider, juste pour rendre visite en passant. C'est elle qui lui a offert son premier Luv-Bunny, et depuis, Cassie adore ces peluches.

L'étonnement planait toujours sur ses traits. Plutôt que d'essayer de le dissiper, j'éludai par une autre question :

— Comment Cassie vous a-t-elle fait comprendre qu'elle souffrait de maux de tête ?

— En désignant son crâne du doigt et en criant. Elle ne me l'a pas dit avec des mots, si c'est ce que vous voulez savoir. Elle a un vocabulaire assez restreint. Bou-bou pour bouteille, ien pour chien, et même en utilisant ces mots elle désigne ce qu'ils représentent. D'après le Dr Eves, elle a quelques mois de retard sur le développement oral.

— Ce qui n'a rien d'inhabituel pour une enfant qui a été hospitalisée avec cette fréquence. Ce retard n'a rien de permanent, rassurez-vous.

— J'essaie de la faire progresser un peu, à la maison. Je lui parle autant que je peux, et je lui lis des histoires quand elle est d'humeur à les écouter.

— Excellente initiative.

— Parfois elle aime ça, mais il lui arrive de se montrer très nerveuse, surtout après une mauvaise nuit.

— Et elle passe souvent de mauvaises nuits ?

— Pas très souvent, mais elle en souffre beaucoup.

— Que se passe-t-il ?

— Elle se réveille en sursaut, comme si elle venait de faire un cauchemar. Elle s'agite, se tourne et se retourne dans le lit en pleurant. Alors je la prends dans mes bras, et parfois cela suffit à la calmer : elle se rendort. Mais souvent, rien n'y fait et elle reste éveillée un temps très long, à pleurnicher. Le lendemain matin, elle est très nerveuse.

— Nerveuse dans quel sens ?

— Elle a des difficultés à se concentrer. À d'autres moments elle est capable de fixer son attention sur quelque chose pendant un long moment, une heure ou même plus. Quand elle est dans une de ces phases, j'essaie de lui faire un peu la lecture et je lui parle, pour qu'elle rattrape son retard en vocabulaire et en expression orale. Vous avez d'autres suggestions ?

— Tout ça me semble très adapté à la situation, dis-je.

— Il m'arrive de penser qu'elle ne parle pas, simplement parce qu'elle n'en éprouve pas le besoin. Je crois que je parviens à deviner ce qu'elle veut, et je le lui donne avant qu'elle demande.

— C'est ce qui s'est passé avec les maux de tête ?

— Oui. Elle s'est réveillée en criant et en s'agitant. La première chose que j'ai faite a été de toucher son front pour voir si elle avait de la fièvre, mais pas du tout. Ça ne m'a pas vraiment surprise, parce que son cri n'était pas un cri de peur, mais plutôt un cri de douleur. Maintenant je sais faire la différence. Alors je lui ai demandé où elle avait mal et elle a fini par montrer son front. Je sais bien que ça n'a rien de très scientifique, mais on finit par développer une sorte de sixième sens envers son enfant, un peu comme un radar.

Elle coula un regard vers le lit.

— Si les résultats des examens n'étaient pas revenus à la normale cet après-midi, j'aurais vraiment commencé à m'inquiéter.

— À cause des maux de tête ?

— Après être resté un certain temps ici, on finit par voir certaines choses. On commence à imaginer le pire. Je suis toujours terrorisée quand elle se met à hurler la nuit, je ne sais jamais ce qui va se passer.

De nouveau elle céda aux larmes et se tamponna les yeux avec la boule informe qu'était devenu le mouchoir. Je lui en donnai un autre.

— Je suis vraiment désolée, docteur Delaware, mais je ne supporte pas de la voir souffrir...

— Je comprends. Et l'ironie de la situation, c'est que tout ce qu'on peut faire pour l'aider, les examens et les procédures, la fait souffrir encore plus.

Elle inspira profondément en acquiesçant.

— C'est pourquoi le Dr Eves m'a demandé de vous voir. Il existe des techniques psychologiques qui peuvent aider les enfants à maîtriser leur anxiété, et parfois même réduire la souffrance elle-même.

— Des techniques... répéta-t-elle de la même façon que Vicki Bottomley, mais sans les intonations sarcastiques de l'infirmière. Ce serait bien... Si vous pouviez faire quelque chose... La voir supporter ces prises de sang... c'est horrible.

Je me remémorai ce qu'avait dit Stephanie sur l'attitude de l'enfant durant les procédures médicales.

Comme si elle lisait dans mes pensées, Cindy ajouta :

— Chaque fois que je vois quelqu'un entrer dans cette chambre avec une seringue à la main, je suis pétrifiée intérieurement, même si j'arrive à sourire. Je souris pour Cassie.

J'essaie de toutes mes forces de ne pas paraître mal à l'aise devant elle, mais je sais qu'elle le sent.

— Le radar...

— Nous sommes si proches... C'est ma seule fille. Il lui suffit de me regarder, et elle sait. Je ne l'aide pas, mais que pourrais-je faire ? Je suis incapable de la laisser ici avec le personnel médical.

— Le Dr Eves pense que vous avez une influence très positive.

Quelque chose passa dans ses prunelles sombres. Un durcissement fugitif ? Elle eut un sourire triste.

— Le Dr Eves est merveilleux. Nous... Elle a... Elle a toujours été vraiment parfaite avec Cassie, même si Cassie ne veut rien avoir à faire avec elle. Je sais que toutes ces crises ont été horribles pour elle aussi. Chaque fois que les Urgences l'appellent, je me sens coupable de lui imposer ça une nouvelle fois.

— C'est son métier, dis-je.

Elle me considéra avec la même expression que si je venais de proférer une insanité.

— Je suis certaine que pour elle c'est plus qu'un métier.

— Bien sûr.

Je me rendis alors compte que j'avais toujours le Luv-Bunny dans les mains.

Je tapotai l'estomac de la peluche et la reposai sur l'appui de la fenêtre. Cindy m'observait en tirant sur sa natte.

— Je ne voulais pas être agressive, s'excusa-t-elle. Mais quand vous avez dit que le Dr Eves faisait son métier... Ça m'a fait penser à mon métier. Mon métier de mère. Je n'ai pas l'impression d'être vraiment à la hauteur, vous ne trouvez pas ? Personne ne vous forme à être mère...

Elle détourna les yeux.

— Cindy, fis-je en me penchant vers elle, c'est une épreuve difficile à passer. Pas exactement le rôle habituel.

Un sourire joua aux commissures de ses lèvres, qui s'évanouit aussitôt. Un sourire de madone accablée par la fatalité.

Une madone-monstre ?

Stephanie m'avait recommandé de garder l'esprit ouvert, mais je savais que je prenais ses soupçons pour base.

Coupable jusqu'à ce que l'innocence soit prouvée ?

Ce que Milo aurait appelé un raisonnement étriqué. Je me concentrai sur le moment présent et sur ce que je pouvais en apprendre.

Rien de pathologique, jusqu'alors. Aucun signe évident

de déséquilibre émotionnel, pas de comportement ayant ouvertement pour but de se faire remarquer. Pourtant je me demandais si elle n'y était pas parvenue, à sa façon simple et plutôt paisible, en faisant porter l'attention sur elle. Nous avions commencé à parler de Cassie, mais nous en étions maintenant à ses doutes de mère.

Mais n'avais-je pas poussé à la confession, avec mon attitude de psy, mes phrases de psy pour l'aider à se livrer ?

Je songeai à sa manière de se présenter, à cette natte qu'elle triturait comme un chapelet, à son absence de maquillage, à ces vêtements volontairement anodins pour une femme de son milieu social et de son âge.

Tous ces éléments pouvaient être interprétés comme les signes d'une volonté d'inverser sa position et le drame.

D'autres détails titillaient mon goût de l'analyse tandis que je tentais de la faire correspondre au profil d'un monstre atteint du syndrome de Münchausen.

Cet usage si aisé de termes hospitaliers : *cyanosée, symptômes typiques, rotations*…

Des restes de sa formation en technique respiratoire ? Ou la preuve d'une fâcheuse attirance pour tout ce qui touchait au domaine médical ?

Mais tout ceci pouvait également ne découler que d'un temps trop long passé ici. Durant mes années d'internat, j'avais rencontré des plombiers, des mères au foyer, des comptables, des camionneurs, tous parents d'enfants atteints de maladies chroniques, qui avaient dormi, mangé, vécu dans l'hôpital assez longtemps pour finir par parler comme des internes de première année.

Et aucun d'entre eux n'avait empoisonné son enfant.

Cindy effleura l'extrémité de sa natte de l'index et posa de nouveau les yeux sur moi.

Je lui répondis d'un sourire que j'espérais rassurant en m'interrogeant sur sa certitude d'être capable de communiquer avec Cassie à un niveau presque télépathique.

Des ego aux frontières devenues trop floues ?

Le genre de suridentification qui peut faire basculer dans les mauvais traitements à enfant ?

Mais là encore, quelle mère ne se targuerait pas, et avec raison bien souvent, d'entretenir un lien presque télépathique avec son enfant ? Pourquoi soupçonner cette mère d'autre chose que d'un simple rapport fort avec sa fille ?

Parce que l'enfant de cette mère ne menait pas une existence normale, ni saine.

Cindy me surveillait toujours. Je me savais incapable de poursuivre mes supputations en conservant un air détaché. Je regardai l'enfant dans le lit, aussi parfait qu'une poupée de chair.

La poupée-vaudou de sa mère ?

— Vous faites de votre mieux, dis-je enfin. Personne ne peut vous demander plus.

J'espérais que mes paroles étaient empreintes d'une plus grande sincérité que celle que j'éprouvais. Avant que Cindy puisse répondre, Cassie ouvrit les yeux, bâilla, se frotta les paupières de ses petits poings et s'assit avec des mouvements approximatifs. Elle avait sorti ses deux mains de sous les couvertures. Celle qui était restée cachée était gonflée et portait la marque de perfusions successives et des traces jaunâtres de Bétadine.

Cindy se précipita vers elle et la prit dans ses bras.

— Bonjour, ma chérie.

Une nouvelle musique dans la voix. Elle déposa un baiser très doux sur la joue de l'enfant.

Cassie leva les yeux vers sa mère puis appuya la tête contre l'abdomen de l'adulte. Cindy lui caressa tendrement les cheveux et la serra contre elle. Un nouveau bâillement, puis Cassie regarda autour d'elle. Ses yeux s'arrêtèrent sur les peluches occupant la table de chevet.

Elle pointa le doigt vers elles et se mit à pousser une succession de petits sons implorants.

Cindy prit une peluche rose.

— Tiens, mon bébé. Lui, c'est FunnyBunny, et il te dit : « Bonjour, mademoiselle Cassie Jones ! Vous avez fait de jolis rêves ? »

Elle avait parlé bas, lentement, avec ces intonations un peu puériles de l'adulte qui veut faire plaisir à un enfant.

Cassie lui prit la peluche et la plaqua contre sa petite poitrine. Puis elle ferma les yeux et se balança un peu d'avant en arrière. Pendant une seconde je crus qu'elle allait retomber dans le sommeil. Mais elle rouvrit les yeux et resta immobile.

Son regard voleta sur la chambre, m'atteignit et se figea.

Je lui souris.

Elle se mit à hurler.

5

Cindy la prit dans ses bras et se mit à la bercer.

— Tout va bien, mon bébé, répéta-t-elle plusieurs fois. C'est un ami.

Cassie jeta le LuvBunny sur le sol puis se mit à pleurnicher pour qu'on le lui redonne.

Je ramassai la peluche et la lui tendis. Elle eut un mouvement de recul et se recroquevilla contre sa mère. Je donnai alors le jouet à Cindy, pris une peluche jaune sur l'étagère et me rassis.

Je commençai à jouer avec le LuvBunny en babillant des inepties et en bougeant ses membres. Cassie se relança dans un concert de hurlements tandis que Cindy continuait à lui murmurer des paroles apaisantes mais inaudibles. Je poursuivis mon entreprise de séduction. Après une bonne minute, les cris de Cassie baissèrent un peu d'intensité.

— Regarde, ma chérie, dit alors Cindy. Tu vois, le Dr Delaware aime les peluches, lui aussi.

Cassie hoqueta, déglutit et répondit d'un vagissement peu amène.

— Mais non, il ne te fera pas de mal, mon bébé. C'est notre ami.

Je concentrai toute mon attention sur la tête du LuvBunny et serrai une de ses pattes. Un cœur blanc sur son ventre portait l'inscription SillyBunny et le sigle R. Une étiquette dépassant de sa hanche indiquait MADE IN TAIWAN.

Cassie s'interrompit. Pour reprendre son souffle.

— Tout va bien, répéta Cindy. Tout va bien, ma chérie.

Un gémissement, suivi d'un reniflement.

— Tu veux que je te raconte une histoire ? Oui ? Il était une fois une princesse nommée Cassandra qui vivait dans un très beau château et qui faisait des rêves merveilleux où les nuages étaient en sucre et en crème fouettée...

Cassie leva les yeux vers sa mère. Sa main gonflée toucha ses lèvres.

Je plaçai le LuvBunny sur le sol, ouvris mon attaché-case

et en tirai un bloc-notes et un crayon. Cindy cessa de parler un instant, puis reprit le fil de son histoire. À présent l'enfant était calme, envoûtée par le monde imaginaire que lui décrivait sa mère.

Je commençai à dessiner. Un LuvBunny. Du moins c'était mon intention.

Quelques minutes plus tard il était clair que les créateurs des studios Disney n'avaient rien à craindre de ma concurrence, mais je jugeai le résultat assez mignon et suffisamment ressemblant à un lapin. Je lui ajoutai un chapeau et un nœud papillon. De l'attaché-case je sortis la boîte de stylos-feutre de couleur que j'emportais toujours.

J'entrepris de colorier mon œuvre. La pointe des marqueurs crissait sur le papier. Des mouvements se produisirent sur le lit. Cindy s'était arrêtée de parler.

— Oh, regarde, ma chérie, fit-elle, le Dr Delaware est en train de dessiner. Et que dessinez-vous, docteur Delaware ?

Avant que je puisse répondre, le mot « docteur » déclencha une autre crise de larmes.

De nouveau, le réconfort maternel y remédia.

Je brandis mon chef-d'œuvre.

— Oh, regarde, ma chérie, c'est un lapin. Et il porte un chapeau et un nœud papillon. Oh, c'est vraiment drôle, non ?

Silence.

— En tout cas, moi je trouve que c'est drôle. Tu crois que c'est un des LuvBunny, Cass ?

Silence.

— Est-ce que le Dr Delaware a dessiné un LuvBunny ?

Gémissement.

— Allons, Cass, il n'y a aucune raison d'avoir peur. Le Dr Delaware ne te fera aucun mal. Lui, c'est un docteur qui ne fait jamais de piqûre, tu sais...

Lamentation assourdie.

Il fallut encore quelques minutes à Cindy pour calmer sa fille. Enfin elle put repartir sur son histoire. La princesse Cassandra montait un cheval blanc...

Je dessinai un compagnon pour M. Lapin-Chapeau. Même visage de rongeur mais avec des oreilles courtes et une robe à pois. Madame Écureuil. J'ajoutai un gland très imparfait, déchirai la page du bloc et la posai sur le lit, près des pieds de Cassie.

Elle tourna la tête au moment où je me réinstallai sur mon siège.

— Oh, regarde ! s'exclama Cindy. Il a fait un... un chien

de prairie ! Et c'est une fille, Cassie, tu as vu sa robe ? Ça c'est drôle ! Et elle a de gros pois partout sur sa robe, Cass. C'est très drôle, un chien de prairie qui porte une robe !

Elle eut un rire chaud, très féminin, et un bref gloussement d'enfant vint en soutenir la dernière note.

— C'est si drôle... Je me demande si elle va à une fête avec cette robe... Ou alors elle va faire des courses ? Ce serait vraiment drôle, ça, un chien de prairie qui va faire ses courses dans le centre commercial. Avec son ami M. Lapin et son drôle de chapeau. Tous les deux, ils sont vraiment drôlement habillés, tu ne trouves pas ? Peut-être qu'ils vont aller au magasin de jouets pour s'acheter des peluches ? Oh oui, ça serait vraiment drôle, n'est-ce pas, Cass ? Oh, c'est sûr, le Dr Delaware fait de drôles de dessins... Je me demande ce qu'il va bien pouvoir dessiner, maintenant...

Je leur souris et levai mon crayon. Voyons, quelque chose de facile : un hippopotame, par exemple. Une baignoire à pattes, ce devait être dans mes cordes.

— Quel est votre nom de peluche, docteur Delaware ?

— Lenny Lapin.

— Lenny Lapin ? Mais c'est ridicule !

Je souris de nouveau sans montrer mes efforts artistiques. La baignoire avait un air un peu trop féroce... Le problème venait du sourire. Trop agressif. On aurait plutôt dit un rhinocéros dépourvu de corne... Quel commentaire en aurait tiré Freud ?

Avec la gomme et le crayon je m'attelai à une opération de chirurgie reconstructrice sur la bouche du monstre.

— Lenny Lapin-Chapeau, tu as entendu ça, Cass ?

Un rire aigu d'enfant.

— Et le chien de prairie, docteur Delaware, comment s'appelle-t-il ?

— Priscilla.

Le dessin commençait à ressembler à un hippopotame, mais quelque chose clochait encore... Le sourire était désagréable, ironique... Un chien aurait peut-être été plus facile à dessiner...

— Priscilla le chien de prairie ! Tu imagines ça, Cass ?

— Pilla !

— Oui, *Priscilla* !

— Pilla !

— Très bien, ma chérie ! C'est excellent ! Priscilla. Tu peux le redire encore une fois ?

Silence.

— Priscilla. Pri-scil-la. Tu viens de le dire. Regarde mes lèvres, Cass.

Silence.

— D'accord, tu n'es pas obligée si tu ne veux pas. Revenons à la princesse Cassandra Étincelle, qui parcourait le Pays Doré sur son cheval Flocon de Neige…

L'hippopotame était enfin terminé. Balafré de coups de gomme, certes, mais au moins il avait l'air sympathique. Je plaçai le dessin sur les couvertures.

— Oh, regarde, Cass. Nous savons comment s'appelle cet animal, n'est-ce pas ? Il s'appelle un hippopotame. Et il tient un...

— Un yoyo, oui, dis-je.

— Un yoyo ! Un hippopotame avec un yoyo ! Alors ça, c'est vraiment drôle ! Tu sais ce que je pense, ma chérie ? Je pense que le Dr Delaware peut être très drôle quand il veut, même si c'est un docteur. Qu'est-ce que tu en penses ?

Je fis face à la fillette. Nos regards se croisèrent de nouveau, et le sien vacilla. Le bouton de rose de sa bouche se gonfla en une moue adorable. Difficile d'imaginer quelqu'un capable de la martyriser.

— Tu as envie que je dessine encore ? lui demandai-je.

Elle regarda sa mère et se cramponna à sa manche.

— Bien sûr, dit Cindy. Voyons quels autres drôles d'animaux le Dr Delaware va dessiner, d'accord ?

Acquiescement imperceptible de Cassie, puis elle cacha son visage dans le chemisier de sa mère.

Je me remis à crayonner.

Après avoir dessiné un canard loucheur, un chien pelé et un cheval aux pattes biscornues, elle tolérait petit à petit ma présence.

J'approchai la chaise du lit, tout en bavardant avec Cindy de jouets, de jeux et des meilleures friandises. Quand Cassie parut m'avoir accepté, je m'aventurai jusqu'à toucher le matelas et montrai à sa mère un jeu : nous transformions à tour de rôle le gribouillis de l'autre en objet. La technique de l'analyste face à l'enfant pour établir avec lui un rapport et un accès à son inconscient sans qu'il se sente jamais menacé.

J'utilisai Cindy comme un biais, même quand je l'étudiais.

Quand je la surveillais.

Je dessinai un trait anguleux et tendis le dessin à la jeune femme. Elle et Cassie étaient pelotonnées ensemble, l'image parfaite de la mère et de la fille. Cindy transforma la ligne brisée en maison et me redonna la feuille.

— Ce n'est pas très réussi, s'excusa-t-elle, mais...

Les coins de la bouche de Cassie remontèrent un peu. Puis redescendirent. Elle ferma les yeux et pressa son visage contre le chemisier de Cindy. Lui agrippa un sein et serra. Cindy abaissa doucement la main crispée et la plaça sur ses propres genoux. Je vis les traces de piqûres sur la chair de l'enfant. Des marques sombres, pareilles à des morsures de serpent.

Cindy émit des sons doux et apaisants. Cassie changea mollement de position, enferma un pli du chemisier dans ses doigts.

Somnolente, de nouveau. Cindy déposa un baiser sur le haut de son crâne.

J'avais appris comment soigner, appris à croire à une relation thérapeutique ouverte, honnête. Je ressentais ma présence dans cette pièce comme une trahison intime.

Puis je songeai aux fièvres subites, au sang dans les selles, à ces convulsions si intenses qu'elles faisaient craquer le berceau, et je me souvins d'un bébé de sexe masculin qui était mort dans son berceau. Les doutes que j'avais sur ma position furent balayés.

À 10 h 45 j'étais là depuis déjà plus d'une demi-heure, à observer Cassie assoupie dans les bras de Cindy la plupart du temps. Mais l'enfant paraissait plus à l'aise avec moi, et elle m'avait même souri une ou deux fois. Il était temps de disparaître et de se déclarer vainqueur.

Je me levai. Cassie se mit à s'agiter.

Cindy renifla l'air, plissa le nez et dit :

— Oh-oh...

Avec des gestes doux, elle fit rouler Cassie sur le dos pour la changer.

Talquée et parée d'une nouvelle couche, Cassie restait nerveuse. Elle tressautait sur le matelas instable. Désignant le sol, elle déclara :

— Ah-Ah-Ah ! Ah !

— Par terre ?

Hochement de tête résolu.

— Terrr !

Elle se mit à genoux et tenta de se redresser sur le lit,

mais elle vacillait sur le matelas trop mou. Cindy la stabilisa en la tenant sous les aisselles, puis la fit descendre sur le sol.

— Tu veux te promener ? Mais d'abord, il faut mettre tes chaussons.

Elles marchèrent ensemble jusqu'au placard. Le pantalon de pyjama de Cassie était un peu trop long et traînait derrière ses talons. Debout elle paraissait encore plus maigre. Mais solide. Elle avançait avec un bon sens de l'équilibre, d'un pas résolu.

Je ramassai mon attaché-case.

Cindy s'agenouilla et enveloppa les pieds de sa fille de petits chaussons pelucheux en forme de lapins. Ils étaient décorés d'yeux en plastique clair aux pupilles mobiles noires, et à chaque mouvement, les pieds de Cassie couinaient.

Elle fit une petite tentative de saut.

— Joli saut, Cass, dit aussitôt Cindy.

La porte s'ouvrit et un homme apparut.

Il devait approcher de la quarantaine. Un mètre quatre-vingt-cinq environ, la taille élancée, les cheveux bruns et bouclés, juste assez longs pour couvrir le col de sa chemise. Son visage plein, à la rondeur accentuée par une barbe broussailleuse marquée de gris, offrait un contraste surprenant avec sa minceur. Son expression était plutôt avenante. Un clou en or perçait le lobe de son oreille gauche. Sa mise ample révélait un goût certain pour la qualité vestimentaire, veste sport en tweed gris sur une chemise blanche à fines rayures bleues, pantalon noir, chaussures assorties, visiblement neuves.

Il tenait un gobelet de café à la main.

— C'est Papa ! annonça joyeusement Cindy.

Cassie lui ouvrit les bras.

— Bonjour, mesdames ! lança l'arrivant en posant le gobelet.

Après un rapide baiser sur la joue de Cindy, il souleva sa fille à bout de bras.

L'enfant poussa un petit cri tandis qu'il la tenait ainsi, et il la rapprocha de lui avec douceur jusqu'à lui chatouiller le visage de sa barbe.

— Comment va mon bébé ? dit-il, et il frotta son nez dans la chevelure de Cassie, ce qui la fit glousser de plaisir. Comment va ma petite *grande dame* de la couche ?

Des deux mains elle agrippa la chevelure de son père et tira.

— Aïe !

Petit rire de l'enfant. Nouvelle traction.

— Aïe-aïe !

Gloussement ravi.

— Aïe-aïe-ouille !

Ils jouèrent ainsi encore un peu, puis il l'écarta de lui.

— Woah, tu es beaucoup trop forte pour moi, terreur !

— Je te présente le Dr Delaware, chéri, intervint Cindy. Le psychologue, tu sais ? Docteur, le père de Cassie.

L'homme se tourna vers moi, fit passer Cassie sur un bras et me tendit la main.

— Chip Jones. Enchanté de faire votre connaissance.

Sa poigne était ferme. Cassie s'efforçait toujours de lui arracher des touffes de cheveux, mais il restait impassible.

— À l'Université j'avais pris psy en seconde matière, dit-il en souriant, mais j'ai à peu près tout oublié. À Cindy : Comment ça se passe ?

— Pas de grand changement.

Il se rembrunit, consulta sa montre. Une autre Swatch.

— Toujours en retard ? fit Cindy.

— Hélas oui. Je faisais juste un saut pour vous voir.

Il prit son café et le tendit à sa femme.

— Non, merci.

— Tu es sûre ?

— Oui. Je vais bien.

— L'estomac ?

— Encore un peu sensible, c'est tout, dit-elle en effleurant son abdomen. Tu peux rester un peu ?

— Il faut que je reparte tout de suite. J'ai un cours à midi, ensuite des réunions jusqu'à la fin de la journée. C'était sans doute un peu idiot de faire tout ce trajet pour rester aussi peu, mais vous me manquiez.

Cindy le remercia d'un sourire.

Il l'embrassa, puis Cassie.

— Papa ne peut pas rester, ma chérie, expliqua la mère à la fille. Dommage, hein ?

— Pô-pah.

Chip donna une pichenette affectueuse au menton de sa fille. Elle en profita pour saisir sa barbe.

— Je ferai mon possible pour revenir dans la soirée, et je resterai aussi longtemps que nécessaire.

— Super, commenta Cindy.

— Pô-pah.

— Pôpah t'aime beaucoup, dit Chip. Tu es adorable. Il se

tourna vers sa femme : Finalement passer en coup de vent était une très mauvaise idée. Maintenant vous allez me manquer encore plus.

— Tu nous manques aussi.

— J'étais dans le coin. Enfin, façon de parler. De ce côté-ci de la ville.

— À l'Université ?

— Oui. Un boulot à la bibliothèque, précisa-t-il à mon attention : J'enseigne au nouvel établissement de West Valley. Flambant neuf, mais pas très bien équipé en matériel de référence, ce qui fait que je dois aller à l'Université dès que j'ai une recherche un peu sérieuse à effectuer.

— Mon *alma mater*, dis-je.

— Vraiment ? Moi j'ai fait mes études dans l'Est... Il chatouilla le ventre de Cassie. Elle s'est reposée un peu, Cin ?

— Oui, très bien.

— Vrai ?

— Oui.

— Tu veux une infusion ? Je dois avoir de la camomille dans la voiture.

— Non, merci, chéri. Le Dr Delaware connaît des techniques pour aider Cassie à supporter la D-O-U-L-E-U-R.

Chip me considéra tout en caressant le bras de sa fille.

— Ce serait merveilleux. C'est plutôt éprouvant, vous savez.

Ses yeux étaient d'un bleu ardoise, légèrement tombants aux coins, enfoncés dans les orbites.

— Je m'en doute, dis-je.

Chip et Cindy s'entre-regardèrent, puis revinrent à moi.

— Eh bien, fis-je, maintenant il faut que j'y aille. Je repasserai vous voir demain matin.

Je me penchai pour murmurer un au revoir à Cassie qui battit des cils et se détourna.

Chip eut un petit rire amusé.

— Quelle séductrice ! Ça doit être congénital, non ?

— À propos de vos techniques, me dit Cindy, quand pourrons-nous en discuter ?

— Très bientôt. Mais tout d'abord j'aurai besoin d'être accepté par Cassie. Je crois que nous avons bien avancé aujourd'hui.

— Oh oui. Très bien, même. N'est-ce pas, ma chérie ?

— Dix heures demain, cela vous conviendrait ?

— Bien sûr, répondit-elle. Nous ne bougerons pas.

Chip la dévisagea une seconde.

— Le Dr Eves n'avait pas parlé de la sortie pour demain ?

— Pas encore. Elle veut la garder encore un peu en observation.

Il soupira.

— Bon, d'accord.

Je me dirigeai vers la porte.

— Docteur, je dois y aller aussi, me lança Chip. Si vous avez une seconde, nous pourrions partir ensemble.

— Avec plaisir.

Il prit la main de sa femme.

Je refermai la porte derrière moi et me rendis au poste des infirmières, où je m'installai derrière le bureau. Vicki Bottomley était revenue de la boutique de cadeaux et lisait une revue, assise dans un coin. Personne d'autre dans la pièce. Un cadeau enveloppé dans du papier au sigle de l'hôpital était posé sur le comptoir, près d'une pile de formulaires et d'une longueur de tube pour cathéter.

Elle ne réagit pas quand je pris le dossier de Cassie pour le feuilleter. Je cherchai l'historique médical et trouvai très vite le résumé psychosocial établi par Stephanie. La différence d'âge entre les époux m'intriguait, et je recherchai les éléments biographiques.

Charles L. Jones III. Âge : 38. Niveau d'études : Maîtrise. Poste : Professeur d'Université.

Sentant qu'on m'observait, je baissai le dossier et surpris Vicki qui derechef se plongea dans son magazine.

— Alors, dis-je, ça s'est bien passé à la boutique des cadeaux ?

À regret elle abandonna sa prétendue lecture.

— Y a-t-il quelque chose de particulier que vous désiriez de moi ?

— Oui : tout ce qui pourrait m'aider à soulager l'anxiété de Cassie.

Ses jolis yeux s'étrécirent.

— Le Dr Eves m'a déjà posé la même question, et vous étiez présent.

— Je me demandais simplement s'il ne vous était rien arrivé entretemps.

— Il n'est rien arrivé. Et je ne sais rien. Je ne suis qu'une infirmière.

— Une infirmière en sait souvent beaucoup plus que tout le monde.

— Alors parlez-en au comité qui fixe les salaires, dit-elle en levant le magazine devant son visage.

J'hésitais sur une réponse quand j'entendis qu'on m'appelait. Chip Jones arrivait dans ma direction.

— Merci de m'avoir attendu.

Au son de sa voix, Vicki cessa de simuler sa lecture. Elle redressa sa coiffe et le salua poliment d'un « Bonjour, docteur Jones », tandis qu'un sourire accueillant s'épanouissait sur son visage, un peu comme le miel le plus doux qu'on étalerait sur une tranche de pain rassis.

Chip s'accouda au comptoir, lui sourit aimablement et secoua la tête d'un air désabusé.

— Et vous recommencez, Vicki. Vous êtes trop bonne avec moi. À mon adresse, il expliqua : Notre trop généreuse Ms Bottomley tient absolument à me monter en grade sans que je le mérite.

Vicki réussit un autre sourire forcé.

— Diplôme ou pas, quelle différence cela fait-il ?

— Eh bien, ça fait une différence notable pour quelqu'un comme le Dr Delaware ici présent, par exemple, qui lui mérite pleinement ce titre.

— Je n'en doute pas.

L'acidité du ton ne pouvait échapper à Chip, et il lui décocha un regard interloqué. Désarçonnée, elle baissa les yeux.

Il remarqua le paquet-cadeau.

— Encore, Vicki ?

— Oh, ce n'est qu'une babiole.

— C'est vraiment très gentil de votre part, Vicki, mais ce n'est vraiment pas nécessaire, vous savez.

— Je voulais juste lui faire plaisir, docteur Jones. C'est un tel ange.

— Ça, je vous le concède bien volontiers, dit-il avec un sourire. Une autre peluche ?

— Eh bien, elle les adore, docteur Jones, alors...

— *Monsieur* Jones, Vicki, d'accord ? Mais si vous tenez tant à m'affubler d'un titre, pourquoi pas Herr Professor ? Ça a une petite sonorité classique bien agréable, je trouve. Ce n'est pas votre avis, docteur Delaware ?

— Tout à fait.

— Allons, je plaisantais, Vicki. Cet endroit m'embrouille les idées... Plus sérieusement, je vous remercie encore, Vicki. Vous êtes vraiment très gentille.

L'infirmière devint écarlate.

Chip se tourna vers moi.

— Docteur, c'est quand vous voulez.

Nous passâmes les portes en teck et nous nous immergeâmes dans le brouhaha du Cinquième Est. Un enfant poussé dans un landau hurlait à pleins poumons, alors qu'un gamin raccordé à une perfusion et couvert de bandages au point de ressembler à une momie gardait un calme terrifiant. Chip engloba toute la scène du regard. Il fronça les sourcils mais ne fit aucun commentaire.

Tandis que nous approchions des ascenseurs, il parla enfin :

— Cette bonne vieille Vicki. Elle est un peu lèche-bottes, mais bien brave... Elle n'a pas l'air de trop vous apprécier, je me trompe ?

— Je ne suis pas son idole, en effet.

— Pourquoi ?

— Je ne sais pas au juste.

— Vous aviez eu un sujet de conflit avec elle auparavant ?

— Non, je ne l'avais même jamais rencontrée.

Il eut une moue attristée.

— Navré pour vous. Mais elle me semble très bien s'occuper de Cassie. Et Cindy l'aime bien. Je crois qu'elle lui rappelle sa tante, celle qui l'a élevée. C'était une infirmière aussi, pas très commode, d'après ce que j'ai cru comprendre...

Nous croisâmes un groupe agité d'internes, et il reprit :

— Vicki réagit de la sorte sans doute parce qu'elle a l'impression que vous empiétez sur son territoire. Vous ne croyez pas ?

— Ça n'est pas impossible.

— J'ai déjà remarqué cette attitude assez souvent ici. Une sorte de possessivité envers les patients. Comme s'ils appartenaient à qui s'en occupe.

— Avez-vous eu cette sensation personnellement ?

— Oh, bien sûr. De plus, notre situation particulière accentue la tension. Les gens croient que nous méritons plus d'attention du fait que nous sommes en ligne directe avec les structures dirigeantes de l'établissement. Je suppose que vous savez qui est mon père.

J'acquiesçai.

— Ça me hérisse d'avoir ce traitement de faveur. Je crains que ça n'entraîne des soins excessifs pour Cassie.

— Comment cela ?

— Je ne pourrais pas l'expliquer très précisément, mais je crois que je n'aime pas être traité comme une exception. Je ne veux pas que quiconque rate quelque chose d'important simplement parce que le personnel médical ne veut pas prendre d'initiative en dehors de la stricte routine, de peur d'offenser la famille. N'allez pas croire que je critique indirectement le Dr Eves, surtout. C'est quelqu'un de remarquable, et je n'ai à son endroit que du respect. Non, je parle du système dans sa globalité. C'est une impression qui m'assaille dès que j'entre ici.

Il ralentit un peu son pas.

— Mais peut-être que j'exagère tout ça. La frustration, vous comprenez. Cassie a été malade d'une chose ou d'une autre presque depuis sa naissance, et personne n'a encore réussi à savoir de quoi, et puis nous... Ce que je veux dire, c'est que cet hôpital fonctionne sur une structure extrêmement rigide, et dès que vous modifiez les paramètres de cette structure vous courez le risque de défaillances dans le fonctionnement. C'est mon champ de recherches : les organisations formelles. Et je peux vous dire une chose, cet établissement en est un bel exemple.

Nous arrivions devant les ascenseurs. Il appuya sur le bouton d'appel.

— J'espère sincèrement que vous parviendrez à aider Cassie pour ses piqûres. Pour elle, c'est un vrai cauchemar. Pour Cindy aussi, d'ailleurs. C'est une mère fantastique, vous savez, mais dans ce genre de situation, douter de soi est presque inévitable.

— Elle s'accuse ?

— Ça lui arrive. Bien que ce soit totalement injustifié. J'essaie de l'en convaincre, mais...

Il eut un rictus crispé et joignit les mains si fort que les articulations de ses doigts blanchirent. Puis il fit tourner le clou en or au lobe de son oreille, entre le pouce et l'index.

— Elle endure une tension incroyable.

— Ça ne doit pas être facile pour vous non plus.

— Ce n'est pas une partie de plaisir, c'est sûr. Mais le pire échoit à Cindy. Pour être tout à fait franc, notre mariage fonctionne sur les bases traditionnelles de la répartition des rôles selon les sexes : je travaille, elle s'occupe du foyer. C'est un choix mutuel, ce que *Cindy* désirait vraiment. Bien sûr, je m'investis dans notre foyer, sans doute pas autant que je le devrais, je dois bien le reconnaître, mais l'éducation de Cassie reste en majeure partie le domaine de Cindy. Et Dieu sait qu'elle est mille fois plus douée que moi pour ça. Alors, évidemment, quand quelque chose ne va pas dans ce domaine, elle s'en accuse entièrement.

L'air pensif, il se caressa la barbe.

— Bon sang, je viens de vous débiter une jolie tirade de pédanterie défensive, non ? Oui, bien sûr, j'en ai souffert, moi aussi. Quand vous voyez quelqu'un que vous aimez... Je suppose que vous êtes au courant, pour notre premier bébé, Chad ?

— Oui.

— Nous avons touché le fond, à l'époque, docteur Delaware. Dans ces cas-là, il n'y a pas de moyen pour... — Il ferma les yeux et secoua la tête vigoureusement, comme pour chasser de son esprit des souvenirs insupportables. — Disons que c'est quelque chose que je ne souhaiterais pas à mon pire ennemi.

Il enfonça de nouveau le bouton d'appel, jeta un coup d'œil à sa montre.

— Je crois qu'on est tombé sur l'omnibus, Docteur... Bon sang, nous nous en sortions tout juste, Cindy et moi. Nous reprenions goût à la vie, nous redevenions capables d'apprécier pleinement Cassie quand ce truc nous est tombé dessus... C'est incompréhensible.

La porte de l'ascenseur s'ouvrit. Deux jeunes filles s'occupant d'œuvres de bienfaisance dans les hôpitaux et un médecin sortirent de la cabine, et nous y entrâmes. Chip sélectionna le bouton RDC et s'adossa contre la paroi du fond.

— Vous ne pouvez jamais savoir ce que la vie vous réserve, dit-il. J'ai toujours été quelqu'un d'entêté. Jusqu'à l'excès, sans doute. Un individualiste insupportable, diront certains. Probablement parce qu'on a voulu m'inculquer un peu trop de conformisme dès mon plus jeune âge. Mais j'en suis venu à comprendre que j'étais en fait plutôt conservateur de nature. Je tiens à des valeurs basiques simples : menez votre vie selon les règles et tout finira par s'arranger. C'est d'une grande naïveté, j'en suis conscient. Mais ça vous donne une certaine façon de penser qui semble correcte, alors vous la suivez. C'est une définition de la foi qui en vaut une autre, je suppose. Or je perds la mienne assez vite, ces temps-ci...

L'ascenseur s'arrêta au quatrième. Une femme de type hispanique d'une cinquantaine d'années et un garçon d'environ dix ans, petit, trapu, avec des lunettes, nous rejoignirent. Le visage du gamin portait le masque du syndrome de Down. Chip leur adressa un sourire cordial. L'enfant ne parut pas le remarquer. La femme semblait harassée. Pas un mot ne fut échangé. La mère et le fils descendirent au troisième étage.

La porte de l'ascenseur se referma, et Chip garda le regard fixé dessus.

— Prenez cette pauvre femme, dit-il alors que la cabine reprenait sa descente. Elle ne s'attendait certainement pas à une telle malédiction. Un gamin comme ça, à son âge, dont elle devra prendre soin tous les jours... Ce genre de situation bouleverse complètement votre vision de l'existence. C'est ce qui s'est produit pour moi. Ce problème insoluble avec Cassie. On en oublie très vite la simple *possibilité* d'un dénouement heureux, croyez-moi.

Il me fit face. La férocité illuminait ses prunelles.

— J'espère vraiment que vous pourrez aider Cassandra. Aussi longtemps qu'elle devra supporter cette épreuve, il faut lui épargner le maximum de souffrances.

L'ascenseur s'arrêta, la porte coulissa et il sortit aussitôt.

En revenant dans le service de pédiatrie générale, je trouvai Stephanie dans une des salles de consultation. J'attendis dans le couloir quelques minutes. Elle sortit, suivie d'une grosse femme noire et d'une fillette de cinq ans environ. La gamine portait une robe rouge à pois. Sa peau était d'un noir magnifique, ses cheveux tressés à l'africaine et ses traits d'une beauté angélique. Une de ses mains tenait celle de Stephanie, l'autre une sucette. Telle une traînée de laque translucide sur de l'ébène, une larme coulait sur sa joue. Un pansement adhésif rose marquait le creux de son bras.

— Tu as été très courageuse, Tonya, disait Stephanie.

En m'apercevant, elle articula silencieusement « mon bureau » avant de retourner son attention sur la fillette.

J'entrai dans son cabinet de consultation. Le livre de Byron avait repris sa place sur l'étagère, sa tranche luisante jurant avec la fadeur des manuels médicaux.

Je parcourus un numéro récent de *Pediatrics*. Une minute plus tard Stephanie réapparut, referma la porte et alla s'écrouler dans le fauteuil derrière son bureau.

— Alors, dit-elle, comment ça s'est passé ?

— Bien, si l'on excepte l'antagonisme persistant de Ms Bottomley.

— Elle crée des problèmes ?

— Non, juste l'attitude. — Je lui résumai l'échange entre l'infirmière et Chip. Elle essaie de se mettre dans ses petits papiers, mais c'est sans doute voué à l'échec. Il voit en elle une lèche-bottes, mais pense qu'elle prend très bien soin de Cassie. Et son explication de la méfiance de Vicki à mon égard ne manque pas de bon sens : elle prend nos rapports comme une compétition pour s'attirer les bonnes grâces de la patiente numéro un.

— Elle cherche à se faire remarquer, hein ? On pourrait y voir des relents du syndrome de Münchausen...

— En effet. De plus, elle s'est déjà rendue en visite chez eux. Mais seulement deux ou trois fois, et il y a déjà un certain temps. Il semble donc improbable qu'elle ait pu déclencher quoi que ce soit. Restons vigilants quand même.

— J'ai déjà commencé, Alex. Je me suis renseignée sur elle. Le bureau des infirmières pense que c'est un excellent élément. Elle a de très bonnes appréciations, aucune plainte. Et d'après ce que j'ai pu apprendre, il n'y a jamais eu aucune évolution suspecte de maladie chez aucun des patients dont elle s'est occupée. Mais mon offre tient toujours : si elle devient une gêne trop importante, je la fais transférer.

— Laisse-moi le temps de voir si je peux arranger nos rapports. Cindy et Chip l'aiment bien.

— Malgré son côté lèche-bottes ?

— Malgré cela, oui. D'ailleurs il a l'impression que tout l'hôpital joue à ce petit jeu avec lui. Et il n'aime pas ce genre de traitement spécial.

— De quelle façon ?

— Oh, rien de bien particulier. En revanche il a bien précisé qu'il avait de l'estime pour toi. Il a juste dit qu'il craignait un peu qu'on ne néglige quelque chose simplement pour ne pas l'alerter, parce qu'il est le fils du grand manitou. Mais surtout, il donne l'impression d'être épuisé. Elle aussi.

— Est-ce que nous ne le sommes pas tous ? Ton impression sur la mère ?

— Elle ne ressemble pas à la personne que je m'attendais à rencontrer. Ni lui, d'ailleurs. Ils paraissent plus adeptes de restaurants diététiques que de country-clubs. Et ils sont très différents l'un de l'autre. Elle est très... je crois que le meilleur mot pour la définir serait « simple ». Aucune sophistication. Remarquable quand on sait que c'est la bru du grand patron. On sent bien que Chip a grandi dans l'aisance, mais ce n'est pas non plus l'archétype du fils de famille riche.

— Le clou à l'oreille ?

— Le clou, oui, et son choix de carrière, son comportement en général. Il a parlé du conformisme qu'on avait voulu lui inculquer dans sa jeunesse et contre lequel il s'était rebellé. Peut-être que son mariage avec Cindy y est pour quelque chose. Ils ont douze ans de différence. Elle a été son étudiante ?

— Possible, je ne sais pas. Ça pourrait jouer, pour le syndrome de Münchausen ?

— Pas vraiment. Je cherche un peu dans toutes les directions. Pour le syndrome de Münchausen, il est encore un peu tôt pour se faire une idée. Elle emploie un vocabulaire intéressant, et elle s'identifie beaucoup à Cassie. On dirait qu'elles ont toutes les deux une sorte de lien télépathique. Leur ressemblance physique est assez frappante, aussi. Cassie est comme une miniature de sa mère. Ça pourrait accentuer le phénomène d'identification, je suppose.

— Tu veux dire que si Cindy se détestait, elle pourrait projeter ce sentiment sur Cassie ?

— C'est possible, mais je suis très loin de cette interprétation. Chad ressemblait-il beaucoup à sa mère ?

— Je l'ai vu mort, Alex, dit-elle en se couvrant le visage des deux mains. Puis elle se frotta les yeux et releva la tête. Tout ce dont je me souviens, c'est que c'était un gamin mignon. Gris, comme ces statues de chérubins qu'on voit dans les parcs. Pour être franche, je l'ai regardé le moins possible.

Elle prit une tasse de café, parut hésiter à la jeter.

— Seigneur, quel cauchemar... C'est moi qui l'ai porté à la morgue. L'ascenseur du personnel était bourré, et j'ai dû attendre, avec ce *cadavre* dans les bras. Attendre... Les gens passaient devant moi en bavassant. J'aurais voulu hurler. Finalement je suis allée aux ascenseurs publics, et je suis descendue avec d'autres personnes. Des patients, des parents. En essayant de ne pas les voir. Pour qu'ils ne voient pas ce que j'avais dans les bras.

Nous restâmes assis en silence pendant un bon moment. Puis elle se pencha vers la machine à café et la mit en marche. Le témoin rouge s'illumina.

— Espresso. Chargé, prêt à l'emploi. Un peu de bonne vieille caféine nous détendra. Oh, que je te donne les références...

Elle prit une feuille de papier sur le bureau et me la tendit. Une liste de dix articles.

— Merci.

— Tu n'as rien remarqué d'autre à propos de Cindy ? demanda-t-elle.

— Non. Pas d'indifférence suspecte ou de besoin d'attention trop marqué, jusqu'ici. Au contraire, elle m'a paru très modérée dans son comportement. Chip m'a dit que la tante qui l'avait élevée était infirmière, ce qui peut expliquer qu'elle ait été très tôt habituée à un comportement de professionnelle de la santé, en plus de sa formation en techniques respiratoires. Mais tout ça ne nous donne pas beaucoup d'indications sérieuses. Sa manière de s'occuper de sa fille me semble très bonne. Exemplaire, même.

— Et ses relations avec son mari ? Tu n'as décelé aucune tension entre eux ?

— Non. Et toi ?

Elle secoua la tête en souriant.

— Non. Mais je croyais que vous autres les hommes aviez vos petits trucs spéciaux.

— J'ai oublié mon nécessaire de magicien ce matin. En fait, ils m'ont l'air de très bien s'accorder.

— Une jolie famille bien soudée. As-tu déjà rencontré un cas semblable auparavant ?

— Jamais, avouai-je. Mais les gens atteints du syndrome de Münchausen évitent les psychologues et les psychiatres comme la peste, parce que nous sommes la preuve que personne ne prend leur maladie au sérieux. Les cas les plus proches que j'aie connus sont ceux des persécuteurs de médecins, ces parents qui sont convaincus que quelque chose ne va pas chez leur enfant et qui courent d'un spécialiste à un autre alors qu'aucun ne trouve rien d'anormal chez leur progéniture. Quand j'avais mon cabinet, des collègues m'adressaient assez souvent des patients qui les rendaient dingues avec cette attitude. Mais je n'ai jamais eu à les traiter très longtemps. Quand ils venaient me voir, ce qui n'arrivait pas toujours, ils avaient tendance à se montrer plutôt hostiles et ils repartaient assez vite.

— Persécuteurs de médecins... Tu n'as jamais pensé qu'ils pouvaient souffrir d'un syndrome de Münchausen à l'état embryonnaire ?

— Ça pourrait être la même dynamique à un niveau moindre, oui. L'obsession de la santé, le besoin d'attirer l'attention des autorités dites compétentes. Trois petits tours et puis s'en vont...

— Curieuse forme de valse, commenta-t-elle. Et Cassie ? Comment se comporte-t-elle ?

— Exactement comme tu me l'as dit. Elle était terrorisée quand elle m'a vue, mais elle s'est graduellement calmée.

— Alors c'est que tu te débrouilles mieux que moi.

— Je ne fais pas de piqûres, Steph.

Elle me décocha un sourire amer.

— J'ai peut-être choisi la mauvaise spécialité. Autre chose à m'apprendre sur elle ?

— Pas de pathologie majeure, peut-être un léger retard dans l'expression orale. Si elle n'a pas progressé dans les six mois, je lui ferai passer un examen psychologique complet, y compris neuropsychologique.

Elle se mit à ranger les documents sur son bureau. Puis elle pivota sur son fauteuil et me regarda droit dans les yeux.

— Six mois... Si elle est encore vivante d'ici là.

6

L'impatience et la foule dans la salle d'attente semblaient avoir fait monter la température de quelques degrés. Plusieurs mères posèrent un regard plein d'espoir sur Stephanie quand elle me raccompagna. Elle sourit et affirma « bientôt » à la cantonade tout en me poussant vers la porte donnant sur le couloir.

Trois médecins en blouse blanche et un homme en costume trois-pièces gris venaient vers nous.

— Docteur Eves ! s'exclama le praticien qui menait le groupe.

— Magnifique, grommela Stephanie.

Les quatre hommes l'entourèrent aussitôt. Ses trois collègues partageaient cette cinquantaine impeccable et autosatisfaite des professionnels de la santé à la clientèle bien établie.

L'homme en costume de ville était jeune, trente-cinq ans tout au plus, grand et fort, avec des épaules de camionneur enrobées de graisse et un visage qui semblait taillé dans une épaisse colonne de chair et surmonté d'une chevelure courte au blond fade. Un nez cassé et tordu apportait un peu de piment à ses traits doucereux. Même une moustache pâle et trop fine n'arrivait pas à donner du caractère à son visage. Il évoquait un ancien sportif tentant de jouer à l'homme d'affaires. D'où je me trouvais, je ne pouvais lire son badge.

Le médecin en tête du quatuor était lui aussi d'un beau gabarit, mais encore plus grand. Ses lèvres presque inexistantes avaient la sécheresse d'une coupure de rasoir, et son menton proéminent lui conférait un air conquérant. Le regard brun était d'une extrême vivacité, le teint rose comme au sortir d'une séance de sauna, et la chevelure un peu rare, argentée, ondulait sur les côtés et la nuque. Ses deux autres collègues étaient assez peu remarquables : cheveux gris, lunettes, taille moyenne.

Le meneur prit la parole :

— Comment ça se passe sur le front, docteur Eves ?

Sa voix était basse mais curieusement nasillarde.

— Comme sur un front, répondit Stephanie.

Il se tourna vers moi et ses sourcils exécutèrent une gymnastique éloquente.

— Le Dr Delaware, me présenta Stephanie. C'est un membre de notre personnel.

Sa main jaillit vers moi.

— Je ne crois pas avoir déjà eu le plaisir. George Plumb.

— Ravi de faire votre connaissance, docteur Plumb.

Il m'écrasa la main en un quart de seconde.

— Delaware... Dans quel service êtes-vous, Docteur ?

— Je suis psychologue.

— Ah.

Les deux autres médecins m'observaient avec un détachement digne de statues. L'homme au costume s'était absorbé dans la contemplation du faux plafond d'isolation phonique.

— Il est rattaché au service de pédiatrie, précisa Stephanie. Comme consultant sur le cas Cassie Jones. Il aide la famille à supporter le stress.

Plumb reporta son attention sur elle.

— Ah ! Très bien.

Il toucha son bras d'un geste léger. Elle rompit le contact après une seconde en reculant d'un demi-pas.

— Il faudra que nous discutions, Stephanie, dit-il avec un sourire forcé. Ma nénette appellera la vôtre pour fixer un rendez-vous.

— Je n'ai pas de *nénette*, George. Une *femme* travaille pour nous cinq en qualité de *secrétaire*.

Les deux autres médecins la considérèrent comme si elle flottait dans un bocal de formol. L'homme au costume était ailleurs.

Plumb ne se départait pas de son sourire.

— Bien sûr, c'est l'évolution perpétuelle de la nomenclature. Eh bien, ma *fille* appellera votre *secrétaire*, donc. Bonne journée, Stephanie.

Il entraîna son groupe un peu plus loin dans le hall, s'arrêta et regarda un mur comme s'il en prenait mentalement les mesures.

— Que va-t-il encore détruire ? souffla Stephanie entre ses dents.

Plumb repartit, suivi de ses trois fidèles accompagnateurs. Ils disparurent dans un couloir latéral.

— De quoi s'agissait-il au juste ? demandai-je.

— Il s'agissait du *Docteur* Plumb, notre nouvel administrateur en chef et directeur général. Le chouchou de Papy Jones. M. Bilan Financier.

— Un médecin et un administrateur ?

Elle eut un rire sans joie.

— À cause de la blouse blanche ? Non, il n'est pas médecin. Un abruti titulaire d'un quelconque doctorat de philo ou quelque chose de ce genre... — Elle s'interrompit brusquement et rougit.

— Mince, je suis désolée, Alex.

Je ne pus que rire de son embarras.

— Ne t'en fais pas pour si peu.

— Non, je suis vraiment désolée, Alex. Tu sais ce que je pense des psychologues...

— Oublions ça, dis-je en passant un bras autour de ses épaules.

Elle glissa le sien autour de ma taille.

— Je crois que je n'ai plus toute ma tête, marmonna-t-elle. Je commence à perdre les pédales.

— En quoi Plumb est-il diplômé ?

— Commerce ou gestion, quelque chose dans ce goût-là. Mais il s'en sert jusqu'au ridicule. Il insiste pour être appelé docteur et adore se balader en blouse blanche. La plupart de ses laquais possèdent également des doctorats, comme les Dupont et Dupond qui le suivaient tout à l'heure : Roberts et Novak, ses esclaves-comptables. Ils adorent traîner dans le réfectoire des médecins. Ils se montrent dans les réunions médicales sans aucune raison apparente, ils dévisagent tout le monde et prennent des notes, quand ils ne regardent pas autour d'eux avec cet air de réfléchir à quelque modification capitale. Comme Plumb quand il s'est arrêté devant ce mur. Je ne serais pas surprise que des ouvriers viennent bientôt pour faire six bureaux dans trois. Ils empiètent sur l'espace clinique pour créer des services administratifs. Et maintenant il veut *discuter* avec moi... Les mots me manquent pour exprimer mon impatience devant un tel honneur.

— Tu penses que ton poste pourrait être menacé ?

— Nous sommes tous dans ce cas, mais General Peds est en train de toucher le fond. Nous n'avons pas de technologie de pointe, pas de cerveau héroïque qui puisse faire la une des journaux. En fait, nous traitons surtout des patients venus de l'extérieur, de sorte que notre taux de remboursement est le plus bas de l'hôpital. Depuis la disparition du service psy, ajouta-t-elle avec un sourire d'excuse.

— Même les services à forte technologie ne semblent pas

épargnés, dis-je. Ce matin, alors que je cherchais un ascenseur, je suis passé devant ce qui était naguère le service de médecine nucléaire. Il a été remplacé par un service baptisé documentation générale.

— Une autre invention de Plumb. Mais ne te fais pas de souci pour le service de médecine nucléaire. Il a été simplement transféré au deuxième étage, avec autant de place. Les patients ont seulement un peu plus de problèmes pour le trouver. Mais d'autres services ont eu de vrais problèmes : néphrologie, rhumato, tes copains d'oncologie. On les a parqués dans des préfabriqués mobiles, de l'autre côté de la rue.

— Des préfabriqués mobiles ?

— Comme des roulottes, mais en plus moderne.

— Mais ce sont des services importants, Steph. Pourquoi a-t-on accepté ça ?

— On n'avait pas vraiment le choix, Alex. Les médecins avaient déjà renoncé à leurs droits par écrit. Au départ, ils devaient être réinstallés dans la vieille tour d'Hollywood Lutheran. Western Peds l'a rachetée il y a deux ans, après que la Lutheran eut dû revendre, suite à ses propres problèmes de budget. Bref, la direction a promis de construire des services magnifiques à quiconque accepterait de déménager là-bas. Les travaux devaient commencer l'année dernière. Les services qui avaient signé le protocole d'accord ont été « temporairement » installés dans des caravanes et on a attribué l'espace libéré à d'autres. Et puis on a découvert — Plumb a découvert — que même si les fonds suffisaient pour le règlement de l'acompte et une partie des aménagements indispensables, il n'y aurait pas assez d'argent pour terminer les travaux et assurer la maintenance de l'ensemble. Il manquait à peine treize millions de dollars. Essaie de trouver une somme pareille dans ce genre d'ambiance... Ils sont déjà pris à la gorge.

— Des préfabriqués, répétai-je, abasourdi. Melendez-Lynch est sûrement fou de joie...

— Melendez-Lynch a dit *adios* l'année dernière.

— Tu plaisantes ? Raoul passait quasiment sa vie ici.

— Plus maintenant. Il est à Miami. Un hôpital lui a proposé la direction du personnel, et il a accepté. D'après ce que j'ai entendu dire, son salaire serait trois fois supérieur à celui d'ici, pour deux fois moins de migraines.

— J'ai visiblement raté quelques épisodes, dis-je. Mais Raoul avait toutes ces subventions de recherches... Comment l'ont-ils laissé partir ?

— Alex, il faut que tu comprennes que la recherche ne présente aucun intérêt pour ces gens-là. Ils ne veulent même pas payer les frais généraux. Les règles du jeu ont changé du tout au tout.

Elle ôta son bras de ma taille et nous avançâmes dans le couloir.

— Qui est cet autre type ? demandai-je. Monsieur Costume Gris ?

— Oh, lui... Elle semblait presque démoralisée. C'est Huenengarth. Presley Huenengarth. Chef de la Sécurité.

— Il pourrait passer pour un homme de main, fis-je. Est-ce qu'il va faire peur aux patients qui ne paient pas leurs frais médicaux ?

— Ce ne serait pas forcément une mauvaise chose, dit-elle en riant. La dette de l'hôpital atteint près de quatre-vingts pour cent. Non, Huenengarth ne m'a pas l'air de faire grand-chose sinon de suivre Plumb partout et épier tout le monde dans les coins. Il en arrive à faire peur à certains.

— De quelle façon ?

Elle mit un moment avant de répondre :

— Sa façon d'être, je suppose.

— Tu as déjà eu des problèmes avec lui ?

— Moi ? Non. Pourquoi ?

— Parler de lui a l'air de te rendre un peu nerveuse.

— Non, assura-t-elle. Il n'y a là rien de personnel. C'est simplement sa façon d'agir envers tout le monde. Il apparaît au moment où on ne l'attend pas, il se matérialise à un coin de couloir. Tu sors d'une salle de consultation et il est *là*, sorti de nulle part.

— Délicieuse ambiance...

— Je ne te le fais pas dire. Mais comment peut réagir une *fille* ? Doit-elle appeler la Sécurité ?

Je redescendis seul jusqu'au rez-de-chaussée, trouvai le bureau de la Sécurité ouvert et subis un interrogatoire de cinq minutes mené par un garde en uniforme avant de me voir accorder le privilège d'un badge de couleur.

La photo sur le rectangle plastifié avait tout d'un cliché issu du sommier de la police. J'accrochai le badge au revers de ma veste et empruntai l'escalier jusqu'au deuxième sous-sol pour me rendre à la bibliothèque de l'hôpital. Je voulais consulter les documents listés par Stephanie.

La porte était verrouillée, mais on y avait scotché une note de service non datée donnant les nouveaux horaires : de 15 à 17 heures, du lundi au mercredi.

J'essayai la salle de lecture adjacente. Ouverte mais déserte. Je pénétrai dans un autre monde : murs lambrissés, canapés et fauteuils plein cuir moelleux, tapis persans vieillis mais d'une qualité indéniable sur un parquet de fine marqueterie, taillé dans le meilleur chêne.

Hollywood me parut soudain à des années-lumière.

Naguère bibliothèque privée d'un manoir de Cotswolds, la pièce en son entier représentait une donation faite des années plus tôt, avant même mon internat ici, transportée par-delà l'Atlantique pour être reconstituée dans ce sous-sol, sous la surveillance éclairée d'un directeur d'hôpital très anglophile qui estimait que les médecins avaient besoin de ce luxe pour se détendre. Un directeur d'hôpital qui n'avait jamais gaspillé son temps avec un médecin du Western Peds.

Je traversai la pièce et tentai la porte de communication avec la bibliothèque. Ouverte.

La salle aveugle était plongée dans les ténèbres, et j'allumai l'éclairage. La plupart des rayonnages étaient vides, à l'exception de quelques tas de revues dépareillées, ici et là. On avait empilé sans soin des livres à même le sol. Le mur du fond était totalement nu.

L'ordinateur que j'avais utilisé pour consulter Medline avait disparu. De même le fichier en bois de chêne doré avec ses étiquettes calligraphiées. Le seul meuble restant était un bureau métallique gris. On y avait apposé une feuille de papier maintenue par du ruban adhésif transparent. Note interne, datée de trois mois auparavant.

DESTINATAIRE : Personnel hospitalier.
ÉMETTEUR : G.H. Plumb, Directeur Général, Gestion Générale.
OBJET : Restructuration de la Bibliothèque.

Afin de répondre aux requêtes répétées du personnel hospitalier et de satisfaire à la décision confirmative du Comité de Recherche, du Conseil d'Administration réuni en Assemblée Générale et du Sous-Comité aux Finances du Conseil de Direction, l'index de la Bibliothèque Médicale est en cours d'informatisation selon les systèmes Orion & Melvyl. Le contrat de cette conversion a fait l'objet d'un appel d'offres et, suite à une analyse coûts-avantages très poussée, le projet a été confié à BIO-DAT Inc., de Pittsburgh, Pennsylvanie, société spécialisée dans la saisie informatique des données médicales et de santé. Les ingénieurs de BIO-DAT estiment que l'opération devrait être menée à son terme dans un délai approximatif de trois semaines dès qu'ils auront collecté toutes les données nécessaires. En conséquence les fichiers actuels de la bibliothèque ont été transférés au siège de BIO-DAT, à Pittsburgh, et ce pour la durée de sa conversion informatique, ils reviendront à Los Angeles dès l'opération de conversion achevée aux fins d'archivage. Nous sollicitons donc votre compréhension et votre coopération durant cette période de transition.

Trois semaines qui s'étaient transformées en trois mois.

Je passai un doigt sur la surface du bureau et récoltai une fine pellicule de poussière.

J'éteignis le plafonnier et ressortis.

Sunset Boulevard était une bouillabaisse de rage et de misère noire mêlée à des espoirs fous de déplacement et animée par les épices de la tricherie anonyme.

Je roulai devant les façades des clubs vantant la viande humaine, les cavernes dispensant la musique à la mode, les immenses panneaux d'affichage du show-biz et les boutiques pour anorexiques branchés, puis je traversai Doheny et m'immisçai entre les temples à la gloire du dieu Dollar de Beverly Hills. Dépassant la bifurcation que je prenais habituellement à Beverly Glen, je me dirigeai vers un quartier où l'on pouvait toujours conduire des recherches sérieuses. Le quartier où Chip Jones avait conduit les siennes.

La bibliothèque BioMed était occupée par des habituels inquisiteurs et autres travailleurs obligés. J'identifiai presque aussitôt une silhouette assise devant un moniteur.

Le visage de gamine espiègle n'avait pas changé, l'intensité du regard non plus, mais la coupe à la garçonne s'était muée en une belle chevelure auburn coulant jusque sur les épaules.

Quand l'avais-je vue pour la dernière fois ? Trois ans plus tôt, à peu près. Elle devait donc avoir atteint vingt-ans. Avait-elle déjà décroché son doctorat d'État ?

Elle pianotait avec rapidité et faisait défiler les données sur l'écran. En approchant je me rendis compte que le texte affiché était en allemand. Le mot *neuropeptide* revenait régulièrement.

— Salut, Jennifer.

Elle pivota sur le tabouret.

— Alex ! s'exclama-t-elle avec un sourire lumineux, et elle m'accorda un baiser sonore sur la joue en se levant à demi.

— Alors, dois-je dire docteur Leavitt ?

— Pas avant juin. Je mets la dernière main à ma thèse.

— Félicitations. Neuro-anatomie ?

— Neurochimie. Beaucoup plus pragmatique, n'est-ce pas ?

— Toujours dans l'optique de l'université de médecine ?

— En septembre prochain, Stanford.

— Psychiatrie ?

— Je ne sais pas encore, avoua-t-elle. Peut-être une discipline un peu plus... concrète. Sans snobisme aucun, mais je compte prendre mon temps pour voir ce qui m'attire le plus.

— Bah, il n'y a certainement pas péril en la demeure. Quel âge avez-vous, maintenant ? Douze ? Treize ?

— Vingt ans ! J'en aurai vingt et un le mois prochain.

— Ah, la sénilité approche déjà...

— Et vous, quand vous avez eu votre diplôme, vous n'étiez pas aussi jeune ?

— Pas vraiment : je me rasais déjà.

Elle rit une nouvelle fois.

— Je suis vraiment heureuse de vous revoir. Vous avez eu des nouvelles de Jamey ?

— Une carte de vœux pour Noël. Du New Hampshire. Il loue une ferme là-bas. Il écrit de la poésie.

— Est-il... Il va bien ?

— Il va mieux, disons. Il n'avait pas indiqué d'adresse où lui répondre sur la carte, et il ne figure pas dans l'annuaire. J'ai donc contacté la psychiatre qui le traitait à Carmel et elle m'a dit qu'il avait bien suivi le traitement. Apparemment, il a trouvé quelqu'un pour s'occuper de lui. Une des infirmières qui travaillait avec lui là-bas.

— Eh bien, contente de l'apprendre, dit-elle. Le pauvre ! Il avait tant d'atouts, et tant d'ennuis...

— La formule est assez juste. Avez-vous eu des contacts avec d'autres membres du groupe ?

Le groupe. *Le Projet 160*. Comme pour le QI. Un enseignement intensif pour enfants à l'intellect d'un niveau exceptionnel. Une expérience d'envergure. Un de ses membres avait terminé accusé de meurtres en série. J'avais trempé dans cette ambiance délicieuse et j'avais eu ma part de haine et de corruption humaine...

— ... en droit à Harvard et travaille pour un juge. Felicia étudie les maths à Columbia, et David a laissé tomber l'université médicale de Chicago au bout d'un semestre pour se lancer dans le négoce de matières premières. Les mines. Il a toujours été marqué par la folie des années quatre-vingt. Mais pour en revenir au projet, il a été abandonné. Le Dr Flowers n'a pas renouvelé les subventions.

— Des problèmes de santé ?

— En partie. Et bien sûr, la publicité autour de Jamey n'a pas arrangé la situation. Elle a déménagé pour Hawaii. Je crois qu'elle voulait minimiser son propre stress. À cause de sa maîtrise en sciences.

Pour la seconde fois dans la même journée, le passé me rattrapait et je me rendis compte du nombre d'interrogations que j'avais laissées en suspens.

— Alors, dit Jennifer, qu'est-ce qui vous amène ici ?

— Je cherche quelques données pour un cas dont je m'occupe.

— Quelque chose d'intéressant ?

— Un syndrome de Münchausen relayé. La chose vous est familière ?

— J'ai entendu parler de ce syndrome. Des gens qui se martyrisent physiquement pour feindre des problèmes physiques, c'est bien ça ? Mais le côté « relais » ?

— Des gens qui provoquent artificiellement des maladies chez leurs enfants.

— Brrr, ça a l'air plutôt moche ! Quel genre de maladies ?

— À peu près toutes. Les symptômes les plus courants sont les difficultés respiratoires, les saignements de nature indéterminée, les fièvres, les infections, les crises simulées.

— Relayé... répéta-t-elle. Le terme seul est dérangeant. Ça semble tellement calculé, comme une sorte de contrat. Et vous travaillez actuellement sur une famille où s'est révélé ce syndrome ?

— J'en suis à la phase d'évaluation, pour voir si c'est bien ce qui se passe dans cette famille. Je m'efforce d'établir un diagnostic valable. J'ai bien quelques références préliminaires, mais je voulais potasser un peu la littérature parue sur le sujet.

Elle sourit.

— Vous en êtes encore aux fichiers sur bristol, ou vous êtes devenu un as de l'investigation informatique ?

— Informatique. Si l'écran veut bien parler anglais.

— Vous avez un passe RI ?

— Non. Qu'est-ce que cela veut dire ?

— *Recherche et Impression*. C'est un nouveau système. Les journaux sont informatisés, tous les articles enregistrés au scanner, de sorte que vous pouvez demander des articles et les avoir sur papier dans la minute. Mais c'est une facilité payante. Mon directeur de thèse m'a obtenu une autorisation temporaire et un compte à mon nom. Il espère bien que je publierai mes résultats et qu'il pourra y accoler son nom. Malheureusement, les publications étrangères n'ont pas encore été scannérisées, et il faut que je les recherche avec l'ancienne méthode.

Elle désigna l'écran.

— La langue des maîtres. Comment ne pas aimer ces mots de soixante lettres avec tous ces trémas ? Leurs règles grammaticales me rendraient folle, mais ma mère m'aide pour les passages les plus ardus.

Je me remémorai sa mère. Une femme corpulente et très agréable, qui sentait le pain et le sucre. Avec des chiffres bleus gravés sur l'avant-bras...

— Essayez d'obtenir un passe RI, dit Jennifer. C'est vraiment super.

— Je ne sais pas si j'y parviendrai. J'ai un rendez-vous à l'autre bout de la ville.

— Je pense que vous devriez tenter votre chance. Il vous suffit de montrer votre carte de médecin et de régler les frais d'inscription. Il faut à peu près une semaine pour obtenir l'accès.

— Je le ferai plus tard, alors. Je ne peux pas attendre aussi longtemps.

— Non, bien sûr. Écoutez, il me reste un crédit de temps important. Mon patron de thèse me pousse à l'utiliser dans son intégralité pour qu'il puisse demander un budget informatique plus important l'année prochaine. Si vous voulez que je fasse les recherches pour vous, laissez-moi le temps de finir mon travail en cours et je vous réunirai toutes les données disponibles sur ces gens qui relaient leur syndrome de Münchausen sur leur progéniture.

Nous allâmes ensemble au bout des rayonnages. Le système de recherche n'avait rien de particulier comparé aux autres terminaux de la salle : les écrans étaient disposés dans de petits boxes individuels. Nous en trouvâmes un de libre et Jennifer s'attela à traquer les renseignements sur le syndrome de Münchausen relayé. L'écran s'anima dans les secondes suivantes. La liste des références incluait celles transmises par Stephanie, plus d'autres.

— On dirait que le premier cas répertorié remonte à 1977, dit-elle. Un article du *Lancet*... Meadow, R. : « *Syndrome de Münchausen relayé : l'arrière-pays des mauvais traitements à enfants.* »

— C'est l'article de base, commentai-je. Meadow est le pédiatre britannique qui a identifié le syndrome et l'a nommé.

— « L'arrière-pays »... Encore une expression un peu effrayante. Et il y a une liste de sujets connexes : mauvais traitements à enfants, inceste, réactions dissociatives.

— Essayez « réactions dissociatives » en premier, pour voir.

Pendant l'heure qui suivit, nous passâmes au crible des centaines de références et décortiquâmes une douzaine d'autres articles qui semblaient bien définir le sujet. Quand nous en eûmes terminé, Jennifer enregistra le tout sur un fichier et tapa un code.

— Ça va transmettre le tout au système d'impression-papier, expliqua-t-elle.

Les imprimantes étaient alignées derrière des panneaux bleus qui longeaient deux murs de la salle voisine. Chacune était équipée d'un petit écran de contrôle, d'un lecteur de carte à puce, d'un clavier et d'un chariot sous une mince fente horizontale d'une trentaine de centimètres de largeur qui me fit penser à la bouche de George Plumb. Deux des terminaux étaient libres, un autre marqué d'un autocollant HORS SERVICE.

Jennifer mit en marche un des appareils en insérant simplement sa carte dans le lecteur prévu à cet effet et en tapant son code numérique, puis celui du premier et du dernier article que nous avions sélectionnés. Deux secondes plus tard les feuillets imprimés commençaient à s'accumuler dans le chariot.

— Sélection automatique, dit Jennifer. Efficace, n'est-ce pas ?

— Orion & Melvyl, dis-je, ce sont les programmes de base de ce genre de système, non ?

— Non, maintenant ils font partie de la préhistoire informatique. Le premier perfectionnement supérieur aux fichiers manuels.

— En admettant qu'un hôpital veuille informatiser toutes ses archives en ne disposant que d'un budget restreint, pourrait-il choisir des systèmes plus performants pour un coût équivalent ?

— Oh oui. Bien plus performants, même. Il existe maintenant des quantités de programmes cent fois plus puissants. La moindre secrétaire médicale choisirait mieux.

— Déjà entendu parlé d'une société informatique appelée BIO-DAT ?

— Non, ça ne me dit rien, mais je ne suis pas experte en la matière. Pour moi l'informatiqne n'est qu'un outil. Pourquoi ? Que font-ils ?

— Ils informatisent la bibliothèque du Western Pediatric Hospital. Ils utilisent le système Oryon & Melvyl pour transférer toutes les fiches sur informatique. Ça devait prendre trois semaines, mais ils y sont depuis trois mois, apparemment.

— Il s'agit d'une grosse bibliothèque ?

— Non. Assez réduite, en fait.

— S'ils ne font qu'enregistrer et classer, avec un scanner ordinaire ça ne devrait pas prendre plus de deux jours.

— Et s'ils ne disposent pas d'un scanner ?

— Alors, c'est qu'ils en sont encore à l'âge de pierre. Ça veut dire une saisie au clavier, fiche par fiche, à recopier chaque référence. Mais pourquoi passer un contrat avec une société qui dispose d'un système aussi archaïque alors qu'il serait si facile de... Ah, voilà, c'est fini.

Une épaisse liasse de feuillets imprimés emplissait le bac.

— Illico presto, et sans effort, dit-elle. Bientôt on pourra même programmer l'agrafage.

Je la remerciai, lui souhaitai le succès pour sa thèse et revins chez moi, le paquet de documents posé sur le siège avant droit. Après avoir appelé mon service-répondeur et parcouru le courrier du jour, j'allai nourrir les poissons. Les koï qui avaient survécu aux infanticides qui faisaient loi chez eux étaient surexcités. Je dévorai mon demi-sandwich au roast-beef restant de la veille, avalai une bière et m'attelai aux tâches ménagères.

Des gens qui provoquent artificiellement des maladies chez leurs enfants...

Trois heures plus tard, je me sentais sali par certaines suppositions. Même la prose aseptisée des publications médicales n'avait pu atténuer l'horreur qui me hantait.

La valse du diable...

Empoisonnement par sel, sucre, alcool, narcotiques,

expectorants, laxatifs, vomitifs, et même fèces et pus utilisés pour créer des « bébés bactériologiquement maltraités ».

Des nouveau-nés et des bambins soumis à une liste effrayante de tourments qui évoquaient irrésistiblement les « expérimentations » nazies. Des cas d'enfants à qui une diversité horrible de maux fabriqués avaient été imposés. Virtuellement, n'importe quelle maladie pouvait être contrefaite, semblait-il.

D'après les cas connus, les mères étaient les coupables.

Les filles presque toujours les victimes.

Le profil type du parent criminel : une mère modèle, très souvent charmante et de belle prestance, possédant des connaissances dans le domaine médical ou paramédical. Un calme étonnant face au désastre : un affect brutal masqué par une attitude attentionnée. Un tempérament protecteur, toujours disponible. Un spécialiste mettait même en garde les praticiens contre ces mères « trop attentionnées ».

Je me souvins comment les larmes de Cindy Jones avaient cessé dès le réveil de Cassie. Comment elle s'était investie pour réconforter sa fille dans une profusion de caresses, de douceurs, comment elle avait raconté des contes de fées d'une voix aimante.

Une attitude maternelle sans défaut, ou quelque chose de sinistre ?

Autre chose...

Un autre article du *Lancet*, du Dr Roy Meadow, pionnier dans ce champ de recherches. Une découverte, en 1984, après avoir examiné l'historique familial de trente-deux enfants atteints d'épilepsie provoquée artificiellement.

Sept frères ou sœurs, morts et enterrés.

Tous décédés de la mort subite du nourisson.

7

Je lus encore un peu, jusqu'à sept heures, ensuite je corrigeai les épreuves d'une monographie qui venait d'être acceptée pour publication : l'adaptation psychologique d'élèves pris pour cibles par un tireur dans une école, un an auparavant. La directrice de l'établissement était devenue une amie, puis plus qu'une amie... Et elle était retournée au Texas, au chevet de son père malade. Lui avait succombé, elle n'était jamais revenue.

Dérive...

Je joignis Robin à son studio. Elle m'avait dit être plongée dans un projet assez fastidieux : l'élaboration de quatre guitares Stealth en forme d'avion de guerre pour un groupe de *heavy metal*, sans budget ni contrôle. Je ne fus donc pas étonné de discerner une certaine tension dans sa voix.

— Mauvaise période ?

— Non, non, ça fait plaisir de parler à quelqu'un qui n'est pas ivre.

Des cris en fond sonore.

— Ce sont tes clients que j'entends ?

— Et quels clients... Je n'arrête pas de les mettre dehors, et ils reviennent tout le temps. Pire que le mildiou. J'aurais cru qu'ils avaient de quoi s'occuper, par exemple en saccageant leurs chambres d'hôtel, mais non... Attends une seconde... Lucas, écarte-toi de là si tu veux conserver tes doigts ! Excuse, Alex, mais il faisait de la batterie un peu trop près de la scie circulaire.

Sa voix s'adoucit pour ajouter :

— Écoute, il faut que je te laisse. Que dirais-tu de se voir vendredi soir ? Si ça te va.

— Ça me va très bien. Chez moi ou chez toi ?

— Je ne suis pas sûre de l'heure à laquelle je serai prête, Alex, il vaudrait peut-être mieux que je passe chez toi. Je te promets de ne pas arriver plus tard que neuf heures. D'accord ?

— D'accord.

Après avoir raccroché, je restai un temps assis à songer à cette nouvelle indépendance qu'elle avait acquise.

Je sortis ma vieille Martin pour jouer en picking un bon moment, puis je retournai à mon bureau et relus les articles sur le syndrome de Münchausen dans l'espoir de relever quelque indice ou piste clinique que j'aurais pu négliger. Mais en pure perte. Je ne pouvais penser à autre chose qu'au visage poupin de Cassie Jones devenant un masque terreux et sépulcral.

Je commençai à me demander si c'était seulement une question scientifique, et si toute la sagesse médicale du monde m'amènerait où je voulais parvenir.

Il était peut-être temps de faire appel à une autre sorte de spécialiste.

Je composai un numéro dans West Hollywood. Une voix féminine fort sensuelle me répondit : « Vous êtes en communication avec Blue Investigations. Nos bureaux sont fermés. Si vous désirez laisser un message non urgent, veuillez parler après le premier bip sonore. En cas de réelle urgence, parlez après les deux bips sonores. »

Après le second bip, je récitai mon message :

— Milo, ici Alex. Rappelle-moi chez moi.

Et je repris ma guitare.

J'avais joué une dizaine de mesures de *Windy and Warm* quand le téléphone sonna.

— Quelle est l'urgence réelle, mon pote ? fit une voix qui semblait lointaine.

— Blue Investigations ?

— Eh oui. Blue comme bleu, ou flic.

— Ah.

— Tu trouves ça trop abstrait ? Tu y voyais une connotation porno, peut-être ?

— Non, non, c'est parfait. Très L.A. À qui est la voix du répondeur ?

— À la sœur de Rick.

— La dentiste ?

— Ouais. Bel organe, non ?

— Irrésistible. On dirait Peggy Lee.

— Normal : elle te fout la fièvre quand elle te passe la roulette sur les molaires.

— Quand t'es-tu mis privé ?

— Bah, tu sais ce que c'est... L'attrait du billet vert. Pour l'instant ce n'est qu'une petite lune de miel, en fait. Tant que le département me force à un boulot assommant dans la journée, je me suis dit que je ferais aussi bien de rentabiliser ça pendant mes heures libres.

— Tu n'es toujours pas amoureux de tes ordinateurs ?

— Hem, disons que je les aime mais qu'eux ne m'aiment pas. Et maintenant on raconte que ces foutues bécanes dégagent de mauvaises vibrations, littéralement : des saloperies électromagnétiques qui finiront probablement par détruire ce corps d'éphèbe qui est le mien.

— D'où téléphones-tu ? demandai-je.

— De la bagnole. Je termine un boulot.

— La voiture de Rick ?

— La mienne. Le téléphone est à moi aussi. Nous sommes entrés dans une ère nouvelle, Doc. Une ère de communication rapide et de décadence encore plus rapide. Enfin bref... Que se passe-t-il ?

— Je voulais te demander ton avis sur quelque chose, un cas sur lequel je travaille et...

— Pas un mot de plus.

— Je...

— Je suis sérieux, Alex. N'en. Dis. Pas. Plus. Les bigos cellulaires et la discrétion ne vont pas du tout ensemble. N'importe qui peut espionner notre conversation. Ne bouge pas.

Il coupa aussitôt. Vingt minutes plus tard, il sonnait à la porte.

— J'étais dans le coin, fit-il en se dirigeant sans hésiter vers la cuisine. Sur Wilshire Boulevard, pas très loin de Barrington. Surveillance pour un amant paranoïaque.

Il tenait un calepin orné du signe LAPD dans la main gauche et un téléphone portable de la taille d'une savonnette. Il avait endossé sa tenue de passe-muraille pour travailler : un blouson Members Only bleu marine sur une chemise de même couleur, un pantalon gris en serge, des chaussures montantes marron. Depuis notre dernière rencontre, il avait dû perdre deux kilos et demi, ce qui en laissait encore au moins cent vingt distribués de façon originale sur son mètre quatre-vingt-dix : de longues jambes qui paraissaient presque minces, un torse impressionnant, des bajoues qui cédaient aux lois de la gravité et écrasaient le col de sa chemise.

Ses cheveux gardaient les stigmates d'un passage récent chez le coiffeur : courts sur les côtés et derrière, nettement plus longs sur le sommet du crâne. La mèche noire balayant son front avait pris quelques traces de blanc. Les pattes descendaient jusqu'au bas du lobe de l'oreille, soit deux bons centimètres de plus que la coupe réglementaire.

Milo ne suivait pas du tout la mode. Il avait la même dégaine depuis que je le connaissais. À présent les dandys de Melrose l'adoptaient, mais je doutais fort qu'il s'en soit rendu compte.

La pâleur de son teint dû au travail nocturne marquait son large visage grêlé. Mais ses prunelles vert vif semblaient plus claires qu'à l'accoutumée.

— Toi, tu as l'air crevé, grommela-t-il.

Il ouvrit le réfrigérateur et, négligeant les canettes de Grolsch de façon assez surprenante, prit un carton de jus de raisin qu'il ouvrit de ses doigts épais.

Je lui tendis un verre. Il le remplit, le but, et recommença la manœuvre.

— Vitamine C, libre entreprise, une firme avec un nom ronflant... Tu vas trop vite pour moi, Milo.

Il reposa le verre en se léchant les lèvres.

— Pour être franc, Blue est une idée de Rick. Et même si sur le moment ça m'a paru assez adéquat, créer une agence de privé n'est pas vraiment la transition douce dont tu parlais. Mais je ne regrette pas de l'avoir fait, mes épinards avaient besoin d'un peu de beurre. Je suis devenu très sérieux sur le sujet de ma sécurité financière pour mes vieux jours.

— Quels tarifs pratiques-tu ?

— De cinquante à quatre-vingts dollars de l'heure, selon le cas. Pas autant qu'un psy, mais je ne me plains pas. Si la municipalité veut gaspiller ce qu'elle m'a appris et que je reste assis devant un écran toute la journée, c'est son droit, mais elle y perd. Aucune raison que j'y perde aussi. Alors la nuit, j'enfile mon costume de privé.

— Des affaires intéressantes ?

— Nan, la plupart du temps des surveillances de merde, pour rassurer les paranos. Mais au moins ça me permet d'être un peu dehors.

Il se servit un troisième verre de jus de fruits, qu'il avala dans le même mouvement.

— Je ne sais pas combien de temps je pourrai le supporter. Je veux dire, mon boulot de jour.

Il passa une main sur son visage comme s'il voulait le

laver sans eau. Soudain il semblait harassé, vidé de tout enthousiasme ou d'esprit d'entreprise.

Je savais ce qu'il avait enduré pendant l'année passée. Devant des caméras de télévision il avait brisé la mâchoire d'un supérieur qui avait mis sa vie en danger. Le département de police l'avait relativement épargné parce qu'un déballage public aurait été très embarrassant. Aucune poursuite n'avait été engagée contre lui, et il s'en était tiré avec six mois de mise à pied, avant de retourner à la section Vols-Homicides de West L.A., avec rétrogradation au poste d'inspecteur de base. Six mois plus tard, il avait découvert qu'il n'y avait aucune place d'inspecteur disponible à West L.A. ni ailleurs, pour cause de coupes budgétaires « imprévues ».

Ils l'avaient « temporairement » casé à un poste de traitement informatique à Parker Center, où il s'était retrouvé chaperonné par un instructeur civil ouvertement efféminé qui devait lui apprendre à se servir des ordinateurs. Une manière pour le Département de lui rappeler sans trop de subtilité que si son agression était une affaire classée, ce qu'il faisait au lit ne serait jamais oublié, ni pardonné.

— Tu penses toujours à un procès ? demandai-je.

— Je ne sais pas trop. Rick me pousse à me battre jusqu'au bout. Il dit que la façon dont ils ont manqué à leur parole signifie qu'ils ne me lâcheront jamais la grappe. D'un autre côté, si je fais un procès, je peux dire adieu au Département. Même si je gagne. Surtout si je gagne.

Il ôta son blouson et le lança sur le petit comptoir.

— Bon, assez de ce foutu apitoiement sur ma charmante personne. Qu'est-ce que je peux faire pour toi ?

Je lui exposai le cas de Cassie Jones en lui résumant ce qu'était le syndrome de Münchausen. Il but encore un peu de jus de raisin en m'écoutant. J'avais presque l'impression qu'il pensait à autre chose.

— Tu en as déjà entendu parler ?

— Non. Pourquoi ?

— La plupart des gens réagissent un peu plus quand on leur parle du syndrome de Münchausen.

— J'étais en pleine phase d'enregistrement, c'est tout... En fait, ça me rappelle quelque chose. Il y a pas mal d'années de ça, il y a eu un type qui est arrivé aux Urgences de Cedars. Ulcère purulent. Rick l'examine et lui demande s'il est stressé. Le type répond qu'il a taquiné très sérieusement la bouteille parce qu'il est coupable de meurtre et qu'il n'a jamais été inquiété. Il raconte qu'il était avec une pute, qu'il a eu un coup de folie et qu'il l'a saignée. Mais pas un simple coup de canif : un truc de psycho, une vraie boucherie. Rick le confesse sans perdre son calme, puis il sort des Urgences tranquille et dès la porte fermée il fonce alerter la Sécurité. Ensuite il m'appelle. D'après le type, le carnage a eu lieu à Westwood. Ce jour-là je patrouillais en voiture avec Del Hardy, pour une histoire de vols, du côté de Pico et Robertson. On rapplique illico et on va écouter ce qu'il a à nous dire.

« Ce rat était enchanté de nous voir. Il s'est mis à vomir un tas de détails comme si nous détenions son salut. Des noms, des adresses, des dates, la description de l'arme. Il a nié tout autre crime et on n'a rien trouvé sur lui au sommier. Un type très anodin, à la tête d'une petite entreprise de nettoyage de moquettes, je crois me souvenir. Bref on dresse un PV, on lui fait répéter sa confession sur bande et on se dit qu'on a du bol. Et puis on commence les vérifications, et là ça se gâte : rien. Pas de crime, aucune preuve matérielle d'un meurtre à la date et dans le coin cités. D'ailleurs aucune pute n'avait jamais habité à l'adresse donnée, ni même dans les parages. Aucune pute correspondant au nom et à la description n'avait jamais habité nulle part à L.A. On se rabat sur les victimes non identifiées, mais à la morgue on ne trouve rien non plus. Ni dans les dossiers des Mœurs. On va même jusqu'à contacter les collègues d'autres villes et le FBI, en se disant que peut-être le type est désorienté à cause de problèmes psychologiques et qu'il a confondu les lieux. Pourtant lui continue d'affirmer que tout s'est passé exactement comme il l'a dit. Et il continue de demander à être puni.

« Après trois jours pleins de ce cirque : *nada*. Le type se voit refiler un avocat commis d'office, et le baveux fait son numéro : on expose nos arguments pour boucler son client, ou on le laisse sortir. Le lieutenant nous tanne de son côté : on l'inculpe ou on laisse tomber. On creuse un peu plus l'affaire. Zéro pointé... À ce moment-là, on commence à soupçonner un bobard grand format, et on tombe sur le gars. Il nie en bloc. Alors on recommence depuis le début. On refait toutes les vérifs à s'en rendre marteau. Toujours rien. Finalement on a la conviction que tout ça n'est qu'une arnaque, et on commence à s'énerver. On sort le grand numéro du Flic-Brutal-Qui-Est-Très-Colère au type. Il réagit dans le genre offusqué, lui aussi. Mais d'une façon un peu gênée, comme s'il forçait la dose parce qu'il se sait démasqué et qu'il veut nous mettre sur la défensive en en faisant des tonnes.

Il secoua la tête avec une moue dégoûtée, en fredonnant le générique de *La Quatrième Dimension*.

— Que s'est-il passé ? demandai-je.

— Que pouvait-il se passer ? Nous l'avons relâché et nous n'avons plus jamais entendu parler de ce dingo. Oh, on aurait pu l'inculper pour faux témoignage spontané, mais ça aurait signifié beaucoup de paperasse et du temps bloqué au tribunal, et tout ça pour quel résultat ? Le type se serait fait sermonner et il aurait écopé d'une amende. Non, merci. On avait vraiment les boules, Alex. Je n'avais jamais vu Del dans un tel état. La semaine avait été dure, avec beaucoup de crimes et peu de pistes pour les résoudre. Et ce petit connard qui vient nous secouer avec un bobard total...

Au simple souvenir de cette colère passée, son visage s'était empourpré.

— Des barges qui veulent se confesser de trucs inventés, grogna-t-il. Des types qui cherchent l'attention d'autrui et qui emmerdent tout le monde pour l'avoir. Ça ne ressemble pas à tes branques de Münchausen ?

— Ça y ressemble même beaucoup. Je n'avais jamais envisagé le problème sous cet angle.

— Tu vois ? Je suis une mine pour qui aime cogiter. Bien, maintenant continue avec ton histoire.

Je finis de lui rapporter le peu que je savais.

— Bon, et tu attends quoi de moi ? Que je farfouille un peu dans le passé de la mère ? Des deux parents ? De l'infirmière ?

— Je n'avais pas pensé à la chose en ces termes.

— Non ? Alors comment ?

— Je ne sais vraiment pas, Milo. Je crois que je voulais juste un conseil.

Il croisa ses mains sur son ventre, baissa la tête puis la releva.

— Honorable Bouddha en service. Honorable Bouddha donner conseil suivant : buter tous les méchants, et qu'un autre dieu reconnaisse les siens.

— Il serait intéressant de savoir qui sont les méchants.

— Mouais, en effet. C'est bien pour ça que je proposais de farfouiller dans les passés. Au moins sur notre premier suspect.

— Premier suspect qui serait dans ce cas la mère.

— Alors il faut enquêter sur elle en priorité. Tant que je pianote sur un clavier, je peux fouiner sur les autres sans augmentation de tarif. Ça sera toujours plus marrant que l'établissement des fiches de paie qui constitue ma punition actuelle.

— Où irais-tu fouiner ?

— Historique criminel. C'est une banque de données réservée à la police. Est-ce que ta copine toubib sera mise au courant du fait que je fouine ?

— Pourquoi ?

— J'aime connaître les paramètres de ma situation quand je fais ce genre de trucs : en principe, c'est strictement interdit.

— Non. Laissons-la en dehors de ça. D'ailleurs pourquoi lui poser des problèmes moraux ?

— Très juste.

— En ce qui concerne l'historique criminel, le problème est que les gens atteints du syndrome de Münchausen sont la plupart du temps des citoyens modèles, comme ton nettoyeur de moquette. Et nous savons déjà, pour le décès du premier enfant : on a conclu à la mort subite du nourrisson.

Milo réfléchit un moment.

— Il devrait y avoir un rapport du coroner sur le décès, mais s'il n'y avait aucun soupçon de mort maquillée, il n'aura sans doute rien décelé d'anormal. Je vais voir si je peux mettre la main dessus. Peut-être serais-tu en mesure de le trouver toi-même, en jetant un œil sur les archives de l'hôpital ? Si tu peux le faire discrètement...

— Rien n'est moins sûr. L'hôpital a beaucoup changé.

— De quelle façon ?

— Beaucoup plus de sécurité. Dans le genre pesante.

— Bah, tu ne peux pas leur en vouloir. Ce coin de la ville est devenu assez moche.

Il se leva, alla ouvrir le réfrigérateur et trouva une orange qu'il pela au-dessus de l'évier. Son visage s'était fermé.

— Qu'y a-t-il ?

— J'essaie de définir une stratégie. On dirait que la seule manière de résoudre un cas pareil serait de prendre le méchant sur le fait. Les problèmes de la gamine surviennent chez elle, tu m'as dit ?

J'acquiesçai.

— Alors la seule procédure serait une surveillance électronique de la maison. Systèmes audio et vidéo planqués, pour essayer d'enregistrer quelqu'un qui empoisonne le bébé.

— Ça ressemble aux petits jeux du colonel.

Il se rembrunit un peu plus.

— Ouais, exactement le genre de trucs dont se régalerait ce connard... Il a déménagé, au fait.

— Pour où ?

— Washington. Quel autre endroit ? Une nouvelle vie pour lui. Une firme avec un de ces titres qui ne disent rien sur ses activités. J'ai reçu un mot et une carte de visite par courrier, il y a quelque temps. Il me félicitait pour mon entrée dans l'ère informatique.

— Il savait donc ce que tu faisais ?

— À l'évidence oui... Revenons à ton empoisonneur de bébé. Nous parlions d'espionner électroniquement sa maison. À moins d'une décision judiciaire, tout ce qu'on pourrait découvrir serait sans valeur. Mais une décision judiciaire, on ne l'obtient qu'avec des preuves déjà sérieuses, et pour l'instant tu n'as que des soupçons. Sans parler du fait que le pépé de la famille est un ponte. Il va falloir que tu la joues très fine.

Il avait fini de peler l'orange. Il la posa, se lava les mains puis la sépara en quartiers.

— Et cette histoire peut devenir un crève-cœur. Merci de ne pas me dire combien la gamine est mignonne.

— La gamine est adorable...

— Merci beaucoup.

— Il y a eu deux ou trois cas signalés en Angleterre dans une publication de pédiatrie. On a filmé sur bande vidéo des mères étouffant à demi leur bébé. Mais rien d'assez net pour aller au-delà du soupçon.

— On avait réalisé ces enregistrements à domicile ?

— Non, à l'hôpital.

— Ça fait toute la différence. Et la loi n'est pas la même en Angleterre... Laisse-moi cogiter un brin, Alex. Voir s'il y a quelque chose de nouveau que nous puissions tenter. Pour l'instant je vais commencer à utiliser les fichiers locaux, au cas assez improbable où un des adultes concernés se serait mal conduit auparavant. Alors nous pourrons peut-être décrocher un mandat. J'ai bien appris les leçons de ce vieux Charlie, tu devrais me voir manier ces ordinateurs...

— Ne te mets pas en danger, fis-je.

— Ne t'inquiète pas. Les recherches préliminaires sont identiques à ce que tout officier fait quand il contrôle un conducteur sur la route. Pour creuser plus, je serai très prudent. Les parents ont-ils habité ailleurs qu'à L.A. ?

— Je ne sais pas. En fait, je ne sais pas grand-chose à leur sujet. Et je crois qu'il est grand temps de combler cette lacune.

— Ouais, tu creuses de ton côté, et moi du mien, dit-il en se penchant sur le comptoir, le visage rendu sérieux par la réflexion. Ils sont de la haute, ce qui peut signifier études dans des établissements privés. Plus dur à percer, ça.

— La mère a peut-être fréquenté les établissements publics, dis-je. Elle ne donne pas l'impression d'être née dans le luxe.

— Une parvenue ?

— Non, ce n'est pas aussi simple. Lui est enseignant universitaire. Elle a pu être une de ses élèves.

— Possible, admit-il en ouvrant son calepin. Quoi d'autre ? Le dossier militaire pour lui, peut-être une formation d'officier ; pas facile non plus. Avec l'informatique, Charlie m'a montré comment je peux avoir accès à quelques renseignements militaires, mais pas grand-chose : ministère des Anciens Combattants, les allocations, références, ce genre de trucs.

— Qu'est-ce que vous faites au juste ? Vous vous amusez avec les banques de données confidentielles ?

— Lui joue, et moi je regarde, plutôt. Où enseigne le père ?

— À West Valley Community College. La sociologie.

— Et maman ? Elle travaille ?

— Non, mère à plein-temps.

— Et elle prend son boulot au sérieux. OK, donne-moi un nom que je me mette au travail.

— Jones.

Il me regarda avec incrédulité.

Je hochai la tête.

Son rire était grave et fort, presque celui d'un homme ivre.

8

Le lendemain matin, j'arrivai à l'hôpital à neuf heures trois quarts. Le parking réservé aux médecins était complet, et je dus aller au niveau supérieur pour trouver une place. À demi caché par la pénombre, un garde en uniforme adossé contre un piédroit fumait une cigarette. Il me surveillait tandis que je sortais de la Seville, et ses yeux ne me quittèrent que lorsque j'agrafai mon badge sur mon veston.

L'unité spéciale Hannah Chappell était aussi calme que la veille. Une infirmière était assise au bureau d'accueil. Elle lisait un numéro de *McCall's*.

Je parcourus le dossier de Cassie. Stephanie était déjà passée pour sa tournée du matin, et sa note indiquait une absence de symptômes. Toutefois elle prolongeait la présence de la fillette d'au moins un jour encore. J'approchai de la chambre 505W, tambourinai à la porte et l'ouvris.

Cindy Jones et Vicki Bottomley étaient assises sur le convertible. Un jeu de cartes était posé sur les genoux de Vicki. Toutes deux levèrent les yeux à mon entrée.

— Bonjour, dit Cindy en me gratifiant d'un sourire.

— Bonjour.

— Très bien, fit Vicki en se levant.

La tête du lit de Cassie avait été relevée en position assise, et l'enfant jouait avec une maison Fisher Price. D'autres jouets dont une colonie de LuvBunny étaient dispersés sur le lit. Un plateau de petit déjeuner portait un bol à demi consommé de flocons d'avoine et un gobelet en plastique contenant encore un peu d'un liquide rouge. Le téléviseur diffusait un dessin animé hystérique, mais le son était coupé. Cassie paraissait très préoccupée par la disposition des meubles et des figurines en plastique de la maison. Une perche à perfusion occupait le coin le plus proche du lit.

Je plaçai un nouveau dessin sur le bord du lit. Elle n'y jeta qu'un coup d'œil avant de revenir à son jeu.

Avec des gestes pressés, Vicki tendit les cartes à Cindy, puis lui serra brièvement la main dans les siennes. Elle approcha du lit en évitant de croiser mon regard et ébouriffa les cheveux de l'enfant.

— À plus tard, mon trésor, dit-elle.

Cassie leva les yeux sur elle une seconde. Vicki lui repassa la main dans les cheveux, puis sortit de la chambre.

Cindy se leva. Un chemisier rose remplaçait le blanc de la veille, mais le jeans et les sandales étaient les mêmes.

— Voyons un peu ce que le Dr Delaware a dessiné pour toi aujourd'hui ?

Elle prit la feuille. Aussitôt Cassie étendit le bras et la lui arracha de la main.

La jeune femme vint entourer les épaules de sa fille d'un bras.

— Un éléphant ! Le Dr Delaware t'a dessiné un très joli éléphant bleu.

Cassie scruta le dessin.

— Ai-fan.

— Bien, Cass, c'est très bien ! Vous avez entendu ça, docteur Delaware ? Éléphant ?

— Magnifique, approuvai-je.

— Je ne sais pas ce que vous avez fait, docteur Delaware, mais depuis hier elle parle davantage. Cassie, tu peux dire « éléphant » encore une fois ?

Cassie serra les lèvres et froissa la feuille.

— Oh, souffla Cindy en la câlinant.

Nous regardâmes en silence l'enfant qui défroissait la feuille.

— Ai-fan ! lâcha-t-elle quand enfin elle y fut à peu près parvenue.

Et elle fit une boule encore plus serrée du dessin, qu'elle considéra ensuite avec une perplexité visible.

— Désolée, docteur Delaware, s'excusa Cindy. On dirait que votre éléphant ne va pas trop bien.

— Mais on dirait que Cassie oui.

Elle s'obligea à sourire et acquiesça.

Cassie recommençait à déplier la feuille, mais cette fois elle ne réussit pas et Cindy vint à son aide.

— Voilà, ma chérie... Oui, elle va mieux.

— Des problèmes avec les procédures hospitalières ?

— Il n'y a pas eu de procédures hospitalières. Pas depuis hier matin. Nous sommes juste restées assises ici... C'est...

— Quelque chose ne va pas ?

Elle fit passer sa natte sur son épaule et en lissa l'extrémité entre deux doigts.

— Les gens doivent penser que je suis folle.

— Pourquoi dites-vous cela ?

— Je ne sais pas. C'est sans doute ridicule de dire ça. Excusez-moi.

— Qu'y a-t-il, Cindy ?

Elle se détourna en jouant avec sa tresse quelques instants, avant de se rasseoir. Elle prit le paquet de cartes et le fit passer d'une main à l'autre.

— C'est seulement que... commença-t-elle d'un ton si bas que je dus m'approcher. Je... Chaque fois que je l'amène ici elle va mieux. Mais quand nous rentrons à la maison, en pensant que désormais tout ira bien, rien ne se passe pendant un temps et puis...

— Et elle retombe malade, c'est ce que vous voulez dire ?

La tête baissée, elle hocha la tête.

Cassie babilla quelque chose à l'adresse d'une de ses figurines en plastique.

— C'est bien, mon bébé, lui dit Cindy, mais l'enfant ne parut pas entendre.

— Elle retombe malade et vous vous retrouvez ici... et ça vous rend folle.

Cassie jeta son jouet et prit un autre personnage qu'elle commença à secouer en rythme.

— Et puis, tout d'un coup, Cassie va bien, reprit-elle. Comme maintenant. C'est ce que je veux dire quand je parle d'être folle. Il y a des moments où je me dis que je suis folle.

Elle secoua la tête et se tourna vers Cassie. Prenant une mèche des cheveux de l'enfant dans sa main, elle la caressa en laissant glisser ses doigts.

Elle regarda attentivement l'intérieur de la maison de poupée.

— Oh, tu as vu ça, ma chérie ? Ils mangent tout ce que tu leur as préparé pour le dîner !

Sa voix était si joviale que je réprimai une grimace gênée.

Elle continua à jouer avec les cheveux de sa fille et à désigner l'une ou l'autre figurine en parlant pour la faire réagir. Cassie émit quelques sons dont certains pouvaient passer pour une imitation des mots entendus.

— Que diriez-vous de descendre boire un café ? proposai-je. Vicki peut rester avec Cassie.

Cindy me regarda, une de ses mains posée légèrement sur l'épaule de sa fille.

— Oh non, non. Je suis désolée, docteur Delaware, mais c'est impossible. Je ne la quitte jamais.

— Jamais ?

— Pas quand elle est ici. Je sais que ça peut paraître ridicule, mais j'en suis incapable. On entend trop de... choses.

— Quelles sortes de choses ?

— Des accidents, des erreurs de traitement. Non que je m'inquiète ici, c'est un très bon établissement. Mais... J'éprouve le besoin de rester ici. Je suis désolée.

— Pas de problème. Je comprends.

— Je sais que c'est plus pour moi que pour elle, mais... — Elle se baissa pour embrasser Cassie qui se dégagea et continua son jeu. Cindy me jeta un regard désemparé. — Je sais que je veux la protéger à l'excès.

— Si l'on considère ce que vous avez subi, peut-être pas.

— Eh bien... Merci de me dire cela.

Je désignai la chaise.

Elle répondit d'un sourire et s'assit.

— Venir ici aussi souvent doit constituer une réelle tension. C'est une chose que de travailler dans un hôpital, mais c'en est une autre que de dépendre d'un hôpital.

Elle parut désorientée.

— Travailler dans un hôpital ?

— Vous n'avez pas suivi une formation en techniques respiratoires dans un hôpital ?

— Oh, ça... C'était il y a si longtemps... Et je ne suis pas allée très loin. Je n'ai jamais passé mon diplôme.

— Par manque d'intérêt ?

— On pourrait dire ça, je suppose... — Reprenant le paquet de cartes, elle se mit à en tapoter son genou gauche d'un geste absent. — En fait, la formation de technicienne respiratoire était une idée de ma tante, qui l'avait suivie et qui prétendait qu'une femme doit avoir des connaissances même si elle ne les utilise pas. Elle m'a fortement recommandé de trouver une spécialité toujours recherchée, dans un service de santé par exemple. Avec la pollution et tous ces gens qui fument, elle pensait qu'on aurait toujours besoin de gens formés aux soins respiratoires.

— Votre tante semble être quelqu'un qui a des opinions très affirmées.

Elle sourit.

— Elle l'était. Elle est morte... C'était quelqu'un d'extraordinaire. Je me suis retrouvée orpheline alors que j'étais encore jeune, et c'est elle qui m'a élevée seule, pour ainsi dire.

— Et elle ne vous a pas encouragée à embrasser la profession d'infirmière ? Alors qu'elle l'était elle-même ?

— En réalité, elle m'a mise en garde contre la profession d'infirmière. Elle disait que le travail était très ingrat, la paie trop maigre, et qu'il n'y avait pas assez de...

Elle eut un autre sourire, embarrassé celui-là.

— De respect de la part des médecins ?

— Comme vous l'avez dit, docteur Delaware, elle avait des opinions assez affirmées sur à peu près tous les sujets.

— Elle était infirmière dans un hôpital ?

— Non, elle a travaillé pour le même médecin généraliste durant vingt-cinq ans, et ils se sont chamaillés pendant tout ce temps comme un vieux couple. Pourtant c'était un homme très gentil, le genre de médecin de famille à l'ancienne mode, pas très doué pour se faire payer. Tante Harriet le lui reprochait continuellement. Elle ne laissait aucun détail au hasard, sans doute tenait-elle cette habitude de la période passée à servir dans l'armée, en Corée, sur le front. Elle avait obtenu le grade de capitaine, vous savez.

— Vraiment ? dis-je.

— Oui, vraiment. À cause d'elle j'ai moi aussi tenté d'entrer comme auxiliaire féminine dans l'armée. Mon Dieu, tout cela remonte à bien des années...

— Vous étiez dans l'armée ?

Elle me lança un demi-sourire, comme si elle s'attendait à mon étonnement.

— Étrange pour une femme, n'est-ce pas ? C'est arrivé pendant ma dernière année d'études. Un recruteur est venu lors d'une journée d'orientation professionnelle et sa présentation des carrières dans l'armée était plutôt attrayante : bourses d'étude, formation continue... Tante Harriet a trouvé elle aussi que c'était une bonne idée, alors j'ai fait ma demande.

— Combien de temps y êtes-vous restée ?

— Quelques mois seulement, fit-elle en tripotant l'extrémité de sa natte. Ensuite je suis tombée malade et on m'a réformée.

— Navré de l'apprendre... Ça devait être sérieux pour motiver votre réforme...

Elle me regarda en tiraillant nerveusement sur sa tresse. Elle avait rougi un peu.

— Ça l'était. Une grippe, très sérieuse, qui a évolué en

pneumonie. Pneumonie virale aiguë, pour être précise. Il y a eu une épidémie terrible dans les baraquements. Beaucoup de filles sont tombées malades. Quand j'ai été remise, ils m'ont dit que mes poumons étaient sans doute affaiblis et qu'ils ne pouvaient pas me garder. Et c'est ainsi que s'est terminée ma carrière militaire.

— Vous avez été très déçue ?

— Non, pas vraiment. Par la suite tout s'est très bien passé pour moi.

Elle jeta un regard attendri à Cassie.

— Où étiez-vous cantonnée ?

— À Fort Jackson, en Caroline du Sud. C'était un des rares centres d'entraînement pour femmes. C'est arrivé en été. On ne pense pas à la pneumonie en été, mais un germe est un germe, n'est-ce pas ?

— Exact.

— Là-bas, l'air était très humide. Vous pouviez prendre une douche et vous sentir sale deux minutes plus tard. Je n'étais pas habituée.

— Vous avez grandi en Californie ?

— J'y suis née, fit-elle en brandissant un drapeau imaginaire. À Ventura. Ma famille est venue de l'Oklahoma à l'époque de la Ruée vers l'Or. Une de mes arrière-grand-mères était métisse indienne, d'après ma tante. C'est de là que me viendrait cette chevelure.

Elle souleva légèrement sa natte, puis la laissa retomber.

— Bien sûr, c'est probablement faux, ajouta-t-elle en souriant. De nos jours, tout le monde veut avoir du sang indien dans les veines, ça semble être devenu une sorte de mode... — Elle me considéra une seconde. — Delaware. Avec un nom pareil vous pourriez être d'origine indienne, vous aussi.

— Il y a une légende qui le prétend dans ma famille, un arrière-arrière-grand-père qui aurait eu un tiers de sang indien. En fait, je pense que je suis « composite » : un peu de tout.

— Eh bien, c'est une bonne chose pour vous. Ça vous rend américain à cent pour cent, non ?

— Je suppose, oui, répondis-je en souriant à mon tour. Chip a été dans l'armée ?

L'idée parut l'amuser.

— Chip ? Non.

— Comment vous êtes-vous rencontrés ?

— À l'Université. J'avais pris sociologie, après avoir

arrêté ma formation en techniques respiratoires, et il était mon professeur.

Un autre regard en direction de Cassie, qui était toujours absorbée par la maison de poupée.

— Vous voulez commencer à travailler avec elle maintenant ?

— Il est encore un peu tôt, dis-je. Je veux qu'elle ait vraiment confiance en moi.

— Eh bien... Je crois qu'elle vous fait déjà confiance. Elle aime beaucoup vos dessins. Nous avons soigneusement mis de côté ceux qu'elle n'avait pas détruits.

— Mais il vaut quand même mieux ne pas se précipiter. Et si elle ne suit aucun traitement, il n'y a aucune raison de se presser.

— C'est vrai. Pour ce qu'on lui fait ici, nous pourrions aussi bien rentrer à la maison maintenant.

— C'est ce que vous voulez ?

— C'est ce que je veux toujours. Mais avant tout, ce que je veux, c'est qu'elle aille mieux.

Cassie leva les yeux de ses jouets et sa mère rebaissa la voix pour continuer :

— Ces attaques m'ont vraiment effrayée, docteur Delaware. C'était comme...

Elle secoua la tête et s'interrompit.

— Comme quoi ?

— Comme une de ces scènes de film. C'est horrible à dire, mais ça m'a rappelé *L'Exorciste*... Je suis certaine que le Dr Eves finira par trouver ce qui ne va pas, n'est-ce pas ? Elle a dit que nous devrions rester encore au moins une nuit, peut-être deux, en observation. C'est sans doute la décision la plus sage. Cassie est toujours tellement bien ici...

Ses yeux s'étaient embués.

— Quand vous serez rentrées chez vous, dis-je, j'aimerais vous rendre visite, si c'est possible.

— Oh, mais bien sûr...

À son expression, je devinai qu'elle taisait un flot de questions.

— Pour continuer à travailler sur le rapport, expliquai-je. Si je parviens à ce que Cassie soit parfaitement à l'aise avec moi quand elle ne suit aucun traitement, je me trouverai en meilleure position pour l'aider si le besoin s'en fait sentir.

— Oui, c'est logique. Merci, c'est très gentil de votre part. Je... je ne savais pas que les psychologues faisaient des visites à domicile.

— De temps à autre.

— Je vous en remercie par avance. J'apprécie beaucoup que vous lui consacriez votre temps.

— Je vous appellerai après votre sortie, pour que nous fixions un rendez-vous. Vous pourriez me donner vos coordonnées, s'il vous plaît ?

Je déchirai une page de mon agenda et la lui tendis ainsi qu'un stylo.

Elle écrivit trois lignes et me rendit le tout.

Une écriture déliée, toute en courbes, légère.

CASSIE B. JONES
19547 DUNBAR COURT
VALLEY HILLS, CA.

Le numéro de téléphone indiqué commençait par 818.

— C'est un peu après Topanga Boulevard, au nord, dit-elle. Près de Santa Susanna Pass.

— Ça fait une jolie trotte pour venir à l'hôpital.

— Oh oui.

Elle s'essuya les yeux de nouveau, se mordit la lèvre inférieure et risqua un sourire vacillant.

— Qu'y a-t-il ?

— Rien, je pensais... Quand nous venons ici, c'est toujours en pleine nuit, et il y a très peu de circulation sur l'autoroute. Il m'arrive de détester la nuit...

Je serrai sa main dans la mienne. Ses doigts restèrent inertes. J'interrompis le contact, pliai la feuille d'agenda et l'empochai.

— Cassie B., fis-je. Le B signifie ?

— Brooks. C'est mon nom de jeune fille. Une sorte d'hommage envers tante Harriet. Ce n'est pas très féminin, j'imagine. Brooke avec un e aurait été plus approprié pour une fille. Comme Brooke Shields. Mais je voulais un souvenir de tante Harriet... Elle coula un regard vers sa fille. Que font-ils maintenant, Cass ? La vaisselle ?

— Ai-elle.

— Oui ! Vaisselle !

Elle se leva et je l'imitai.

— Si vous avez des questions à me poser, avant que je parte...

— Non... Je ne crois pas.

— Alors je repasserai vous voir demain.

— Oui. Parfait. Ma chérie ? Le docteur Delaware s'en va. Tu lui dis bye-bye ?

Cassie leva les yeux de ses jouets. Elle tenait une figurine en plastique dans chaque main.

— Bye-bye, Cassie, dis-je.

— Bah-bah.

— Magnifique ! fit Cindy. C'était vraiment très bien, ma chérie !

— Bah... bah. Elle frappa dans ses mains et les figurines s'entrechoquèrent sans ménagement. Bah ! Bah !

J'avançai vers le lit. Cassie m'observait, les yeux brillants, l'expression neutre. D'un doigt j'effleurai sa joue, qui était tiède et douce.

— Bah !

Un doigt minuscule appuya sur mon bras l'espace d'une seconde.

— Bye, bout de chou, fis-je.

— Bah !

Je trouvai Vicki au bureau des infirmières. Comme elle ne répondait pas à mon salut, j'inscrivis ma visite dans le dossier de Cassie, puis je me dirigeai vers l'aile est du cinquième étage, et descendis au rez-de-chaussée par les escaliers. Après avoir quitté l'hôpital je pris de l'essence à une station-service au coin de Sunset et La Brea. J'en profitai pour appeler Milo à Parker Center d'une cabine publique.

La ligne était occupée. J'essayai deux fois encore, avec le même résultat. Alors je téléphonai à son domicile et entendis la sœur de Rick qui imitait toujours Peggy Lee.

Je n'attendis que le premier bip pour laisser mon message :

— Mr. Blue, pas d'urgence, mais quelques éléments qui pourraient t'économiser du temps dans tes recherches. Le père n'a jamais été dans l'armée, mais la mère oui. Joli retournement, tu ne trouves pas ? Nom de jeune fille : Brooks. Elle a revêtu l'uniforme à Fort Jackson, Caroline du Sud. Réformée assez vite, pour cause de pneumonie virale, dit-elle. Mais elle a rougi et est devenue un peu nerveuse en racontant cette période, donc ce n'est peut-être pas l'exacte vérité. Elle s'est peut-être mal conduite et ils l'ont virée. Elle est maintenant âgée de vingt-six ans, et elle était en dernière année universitaire quand elle s'est engagée, ce qui te laisse une jolie période de temps à éplucher.

J'accomplis le reste du trajet en songeant à la pneumonie et aux techniques respiratoires, et à un bébé figé dans son berceau. Quand j'arrêtai la Seville devant chez moi, j'avais l'impression d'être oppressé.

Je troquai ma tenue de ville contre un short et un T-shirt, puis me repassai mentalement mon entrevue avec Cindy.

Les gens doivent me croire folle... Il m'arrive de penser que je suis folle.

Culpabilité ? Confession voilée ? Ou jeu du chat et de la souris avec moi ?

Une vraie partie de plaisir.

Elle s'était montrée très coopérative jusqu'à ce que je propose que nous quittions la chambre.

La mère « trop attentionnée » du syndrome de Münchausen ? Ou simplement l'anxiété normale d'une mère qui a déjà perdu un enfant et souffre beaucoup avec l'autre ?

Je me rappelai sa nervosité quand j'avais suggéré une visite à domicile.

Quelque chose à cacher ? Ou juste la surprise, une réaction logique puisque les psychologues ne font quasiment pas de visites à domicile ?

Un autre problème : sa tante, l'infirmière. Une femme décrite comme quelqu'un de plutôt sévère, même à travers le filtre des souvenirs aimants de sa nièce.

Une infirmière qui travaillait pour un médecin mais qui s'y opposait fréquemment. Qui dénigrait les médecins.

Une ambivalence envers les médecins ? Envers la puissance de toute la structure médicale ? Une obsession de la maladie et des traitements ?

Tout cela avait-il été communiqué à Cindy dès son plus jeune âge ?

Et il y avait le chapitre de ses propres maladies, une grippe évoluant en pneumonie qui avait bouleversé ses projets de carrière.

Tout s'est très bien passé pour moi.

La rougeur du visage, le tiraillement nerveux de la natte. La réforme constituait à l'évidence un sujet sensible.

Sur le téléphone de la cuisine je composai le code 803 pour obtenir la Caroline du Sud, puis le numéro des renseignements. Fort Jackson se révéla être situé à Columbia. Je notai le numéro, raccrochai et l'appelai.

Une voix féminine à l'accent traînant répondit. Je demandai à parler à l'officier dirigeant le service médical de la base.

— Vous désirez parler au commandant de l'hôpital ?

— Oui, s'il vous plaît.

— Un moment.

Quelques secondes plus tard :

— Bureau du colonel Hedgeworth.

— Ici le Dr Delaware, de Los Angeles. J'aimerais parler au colonel, je vous prie.

— Vous pouvez me répéter votre nom, monsieur ?

— Delaware.

Je précisai mon titre professionnel et mon affiliation à l'université de médecine.

— Le colonel Hedgeworth n'est pas dans son bureau actuellement, Monsieur. Voulez-vous parler au major Dunlap ?

— Parfait. Oui, s'il vous plaît.

— Veuillez patienter un instant...

Un chapelet de secondes, puis une autre voix aux intonations traînantes, mais cette fois sur un timbre mâle de baryton :

— Major Dunlap.

— Major, ici le Dr Delaware de Los Angeles.

Et je lui répétai mes références.

— Bien, que puis-je pour vous, Docteur ?

— Nous travaillons sur des recherches expérimentales : le mode de contagion lors d'épidémies virales, grippe et pneumonie en particulier, dans des environnements clos comme les prisons, les écoles privées et les bases militaires. Et nous comparons avec des groupes échantillons de la population.

— Recherches épidémiologiques ?

— Nous travaillons pour le service de pédiatrie. Nous en sommes encore à rassembler les données de base préliminaires à notre étude, et Fort Jackson nous est apparu comme un site d'études possible.

— Je vois, fit-il avant de garder le silence un long moment. Vous avez une subvention légale pour ces recherches ?

— Pas encore, seulement un fonds pour les recherches préliminaires. La demande de subvention dépend de ce que donneront les données de base. Si nous rédigeons un projet ce sera sur le principe de la collaboration avec les sites étudiés. Nous prendrions en charge tout le travail, il nous faudrait seulement accéder aux données brutes.

Il gloussa.

— Vous voulez dire que nous vous donnerions les statistiques et que vous mentionneriez nos noms sur vos rapports ou vos articles ?

— C'est un aspect de la chose, mais bien sûr nous serions toujours ouverts aux données scientifiques.

— Quelle université de médecine, vous avez dit ?

Je le lui dis.

— Je vois... — Un autre rire. — Eh bien, je pense que ça pourrait être assez intéressant, si ce genre de choses m'intéressait encore. Mais oui, bien sûr, je crois que vous pourriez mentionner nos noms. Je parle au conditionnel, naturellement, vous comprenez que je ne peux prendre aucun engagement. Il faut que j'obtienne l'accord du colonel Hedgeworth avant toute décision.

— Quand sera-t-il de retour ?

Il rit de nouveau.

— *Elle* sera de retour d'ici deux ou trois jours. Donnez-moi vos coordonnées téléphoniques.

Je lui communiquai mon numéro personnel.

— C'est une ligne privée, plus facile à joindre.

— Et quel est votre nom ?

— Delaware.

— Comme l'État ?

— Exact.

— Et vous dites que vous êtes en pédiatrie...

— Oui.

Techniquement, c'était vrai, mais j'espérais qu'il ne vérifierait pas de trop près et qu'il n'apprendrait pas que j'avais certes une affectation hospitalière mais que je n'avais pas donné de cours depuis des années.

— Très bien, dit-il. Je vous rappelle dès que possible. Si vous n'avez pas de nouvelles de moi d'ici, disons... une semaine, recontactez-moi.

— Je n'y manquerai pas, major. Merci.

— Pas de quoi.

— En attendant, si vous pouviez me fournir un petit renseignement, je vous en serais reconnaissant. Vous souvenez-vous d'épidémies de grippe ou de pneumonie survenues dans votre base durant les dix dernières annéees ?

— Les dix dernières années ? Hmm... Je ne suis pas en poste ici depuis aussi longtemps. Nous avons bien eu des cas de méningite il y a deux ans, mais c'était bactérien. Très mauvais.

— Nous limitons nos recherches aux affections respiratoires virales.

— Dans ce cas... Cette information doit bien figurer quelque part... Ne quittez pas.

Deux minutes passèrent.

— Capitaine Katz, annonça une autre voix. Comment puis-je vous aider ?

Je répétai ma requête.

— Des données aussi lointaines dans le temps ne sont pas sur nos ordinateurs, dit-il. Je peux vous rappeler à ce sujet ?

— Bien sûr. Je vous en remercie par avance.

Nouvel échange de numéros de téléphone.

Quand je raccrochai, j'étais en proie à une frustration assez intense. Je savais que ces renseignements se trouvaient sur le disque dur d'un des ordinateurs, ou sur une disquette, et qu'ils étaient accessibles dans l'instant, en appuyant sur la bonne touche du clavier.

Milo ne téléphona que vers quatre heures.

— J'ai essayé de me rencarder sur tes Jones, annonça-t-il. Le médecin légiste a un certificat de décès sur ses tablettes, pour le premier enfant. Charles Lyman Jones numéro Quatre. Rien d'anormal. Syndrome de la mort subite du nourrisson, certifié par ton amie Stephanie et un certain Dr Rita Kohler.

— Elle dirige le service de pédiatrie. C'est le supérieur de Stephanie. À l'origine, c'était également leur médecin, mais elle n'était pas en ville quand Chad est mort.

— Uh-huh... Bon, tout a l'air en règle. Maintenant, en ce qui concerne les parents, voilà ce que j'ai pu apprendre. Ils vivent dans West Valley et ils paient leurs impôts fonciers dans les temps. Beaucoup d'impôts, parce qu'ils possèdent beaucoup de terrains. Cinquante.

— Cinquante ? Et où ?

— Là où ils habitent. Tous les alentours leur appartiennent. Pas mal pour un simple prof d'université, huh ?

— Un prof d'université avec des fonds en fidéicommis ?

— Probable. En dehors de ça, ils semblent mener une vie simple, sans fantaisie. Charles Lyman III roule dans une Volvo 240 quatre portes de 1985. Trois amendes, une pour excès de vitesse, deux pour stationnement interdit durant l'année passée. Toutes payées aussitôt. Cindy Brooks Jones conduit un van Plymouth Voyager, aucune infraction enregistrée. Idem pour ton infirmière préférée, s'il s'agit bien de Victoria June Bottomley, née le 24 avril 1936, résidant à Sun Valley.

— Ça lui ressemble assez.

— Mouais, en résumé : jusqu'ici on n'a pas grand-chose.

— Tu n'as pas eu mon message, c'est évident.

— Non. Quand et où ?

— Vers onze heures. Je l'ai laissé aux bons soins de la sœur de Rick.

— Je n'ai pourtant reçu aucun message urgent.

— Parce que je l'ai laissé après le premier bip. Je respecte tes procédures de boulot.

Je lui résumai les soupçons nés de ma conversation avec Cindy, et mon appel en Caroline du Sud.

— Sherlock Delaware, railla-t-il. Tu ne peux pas t'en empêcher, hein ?

— Eh, avec les honoraires que tu demandes, je me suis dit que tout ce que je pourrais grappiller moi-même serait une bonne affaire.

Il émit un grognement ironique.

— Me connaître est en soi une bonne affaire. Pneumonie, huh ? Tu en penses quoi, toi ? Ses poumons sont attaqués et ça fout en l'air son plan de carrière martiale, du coup elle bousille les poumons de sa gosse ? Comment tu appelles ça, dans ton jargon, une projection ?

— Quelque chose comme ça, oui. Et en plus, elle a eu une formation en techniques respiratoires.

— Alors pourquoi s'écarterait-elle des trucs respiratoires ? Pourquoi ces problèmes stomacaux et ces crises ?

— Je n'en sais rien, mais les faits demeurent : une maladie respiratoire a bouleversé son existence. Et/ou lui a apporté beaucoup d'attention de la part d'autrui.

— Alors elle a reproduit le truc sur sa gosse pour qu'on lui porte encore un peu plus d'attention ? Ou bien sa maladie l'a rendue dingue et elle s'est vengée sur la petite ?

— L'un ou l'autre. Ou les deux. Ou aucun. Je ne sais pas. Tout ça, ce ne sont que des hypothèses. Rien de sûr.

— Cette façon qu'elle a eue de dire qu'elle était dingue... Tu crois qu'elle soupçonne une surveillance ?

— C'est possible. À moins qu'elle ne s'amuse avec moi. Elle est à cran, mais qui ne le serait pas avec un enfant continuellement malade ? C'est le problème central de ce cas. Tout ce que je constate peut s'expliquer de plusieurs façons, mais ce qui m'a marqué, c'est la manière dont elle a rougi et comment elle a trituré sa natte quand elle a parlé de son passage dans l'armée. Je me demande si cette histoire de pneumonie ne serait pas une couverture dissimulant une réforme pour motifs psychiatriques, ou pour une autre raison qu'elle ne tient pas du tout à ébruiter. J'espère que l'armée pourra confirmer, dans un sens ou dans l'autre.

— Quand les guerriers doivent-ils te rappeler ?

— Le type que j'ai eu ne s'est engagé à rien. Il a prétendu que les dossiers de santé aussi anciens n'étaient pas entrés sur leur ordinateur. Ces dossiers-là seraient-ils compris dans les données militaires que Charlie peut consulter ?

— Aucune idée, mais je vais lui poser la question.

— Merci.

— Comment va la gosse ?

— Pleinement remise. Aucun problème neurologique qui aurait pu causer ses attaques. Stephanie m'a demandé de la surveiller un jour ou deux. La mère affirme qu'elle aimerait rentrer chez eux, mais elle ne fait aucun effort pour accélérer les choses. C'est Madame Arrangeante, pour elle les médecins savent tout. Elle prétend également que Cassie parle sensiblement plus depuis que j'ai fait sa connaissance. Elle est certaine que c'est grâce à quelque chose que j'aurais fait.

— Un petit coup de brosse à reluire, tu crois ?

— Les mères atteintes du syndrome de Münchausen sont coutumières du fait. En général, le personnel hospitalier les adore.

— Eh bien, profites-en tant que ça dure. Si tu déterres quelque chose qui craigne sur la dame, m'étonnerait fort qu'elle continue à te cirer les pompes...

9

Après avoir raccroché j'emportai mon courrier, le journal du matin et un mois entier de factures, à une épicerie fine faisant restaurant dans West L.A. L'endroit était saturé de monde, retraités penchés sur leur velouté de légumes, jeunes familles avec des enfants en bas âge, deux policiers en uniforme qui plaisantaient avec le patron de l'établissement, au fond de la salle, de gigantesques sandwichs occupant leur table avec leurs talkies-walkies.

Je m'installai près de la devanture, à gauche du comptoir, pour savourer un sandwich à la dinde fumée et aux oignons, une salade de chou cru, le tout arrosé d'une excellente boisson pétillante.

Un régal, mais mes interrogations hospitalières gênaient un peu l'harmonie de mon festin.

À neuf heures du soir, je résolus de retourner à l'hôpital. Une petite apparition impromptue, pour voir comment réagirait l'épouse de Charles Lyman Jones III.

C'était une nuit sans étoiles et, sur Sunset, les ombres semblaient se mouvoir au ralenti. En approchant de la partie bourgeoise de la ville, le boulevard prit des airs fantomatiques. Après quelques kilomètres à croiser des regards vides, des pas guidés à la Thorazine et des motels sinistres, l'enseigne en forme de silhouette d'enfant du Western Peds et la flèche lumineuse désignant l'entrée des urgences étaient comme un avant-poste réconfortant de la normalité, même aseptisée.

À cette heure le parking était presque désert. Des lampes protégées par de petites cages grillagées pendaient au plafond en ciment et dispensaient un éclairage cru sur chaque place. L'espace restant était plongé dans les ténèbres, ce qui créait un effet de zébrures alternées de lumière et d'ombre. Alors que je me dirigeais vers l'escalier, j'eus l'impression d'être observé. Mais, quand je me retournai, je ne vis personne.

Le hall était lui aussi désert, et le miroir de marbre du sol ne reflétait aucun mouvement. Derrière le guichet de l'accueil, une femme collait avec méthode des timbres sur des enveloppes. L'hôtesse paraissait payée pour faire de la figuration muette. Le tic tac d'une pendule résonnait dans le silence. Une odeur de papier adhésif et celle, plus discrète, de transpiration traînaient encore dans l'air, souvenirs de personnes stressées.

Une chose que j'avais oubliée : la nuit, les hôpitaux semblent toujours différents, étranges. L'endroit était aussi peu rassurant que les rues.

Je pris l'ascenseur jusqu'au cinquième étage et traversai le service sans qu'on remarque ma présence. La plupart des chambres étaient closes, et des pancartes rédigées à la main offraient la seule distraction dans ce lieu bien ordonné : ZONE D'ISOLATION, SURVEILLANCE DES INFECTIONS/ENTRÉE INTERDITE... par les quelques portes ouvertes parvenaient le murmure des téléviseurs et le cliquetis des perfusions à compteur. Je vis des enfants endormis et d'autres hypnotisés par le spectacle cathodique. Les parents restaient assis auprès d'eux, aussi raides que s'ils avaient été amidonnés. En attente.

Passé la double porte en teck de l'unité spéciale, je pénétrai dans un silence total. Personne derrière le bureau.

Je tambourinai doucement à la porte de la chambre 505W. Pas de réponse. J'ouvris doucement et jetai un œil à l'intérieur.

Les barreaux de sécurité bordant le lit de Cassie avaient été relevés et elle dormait paisiblement entre ces protections métalliques. Cindy faisait de même sur le convertible, la tête près des pieds de sa fille. Une de ses mains était passée à travers les barreaux d'acier du rail et touchait le drap.

Je refermai la porte sans bruit.

— Elles dorment, fit une voix derrière moi.

Je me retournai.

Les poings calés sur ses hanches solides, Vicki Bottomley me fixait d'un regard dur.

— Une autre double rotation ? demandai-je aimablement.

Elle leva les yeux au plafond et allait s'éloigner mais je l'arrêtai d'un « Une minute » dont l'autorité me surprit presque autant qu'elle.

Elle se figea et fit lentement volte-face.

— Quoi ?

— Quel est le problème, Vicki ?

— Il n'y a pas de problème.
— Je crois le contraire.
— C'est votre droit, me répondit-elle en s'éloignant d'un pas.
— Attendez.
Le vide du couloir amplifia ma voix. Ou peut-être étais-je vraiment irrité.
— J'ai du travail, dit-elle.
— Moi également, Vicki. Et il s'agit de la même patiente.
Elle désigna le classeur à dossiers médicaux.
— Je vous en prie.
Je m'approchai d'elle, très près. Elle recula. J'avançai en conséquence.
— Je ne sais pas quel est le problème que vous croyez avoir avec moi, mais je propose que nous le réglions.
— Je n'ai de problème avec personne, répliqua-t-elle.
— Oh ? Ce que j'ai vu jusqu'alors serait donc un exemple de votre amabilité habituelle ?
Ses jolis yeux bleus clignèrent plusieurs fois. Bien qu'ils fussent secs, elle les essuya d'un revers rapide de la main.
— Écoutez, dis-je en reculant d'un pas, je ne tiens nullement à entrer dans un quelconque conflit personnel avec vous. Mais dès le premier instant, vous vous êtes montrée hostile envers moi, et j'aimerais en connaître la raison.
Elle me toisa un instant, ouvrit la bouche puis la referma.
— Ce n'est rien, déclara-t-elle après quelques secondes. Tout ira bien, je vous le promets. D'accord ?
Elle me tendit la main.
Je la serrai mais elle ne m'accorda que le bout de ses doigts, d'ailleurs aussitôt retirés. Un demi-tour et elle s'éloignait.
— J'allais descendre prendre un café. Vous m'accompagnez ?
Elle s'immobilisa mais sans se retourner.
— Je ne peux pas. Je suis de service.
— Vous voulez que je vous en monte un ?
Cette fois elle fit vivement volte-face.
— Que me voulez-vous, au juste ?
— Rien. Avec vos doubles rotations, je me suis dit que vous auriez peut-être envie d'un café.
— Je vais très bien comme ça, merci.
— Je l'ai entendu dire.
— Qu'est-ce que ça signifie ?

— Le Dr Eves a une excellente opinion de vous. En tant qu'infirmière. Cindy aussi.

Elle croisa les bras dans un geste de protection.

— Je fais mon travail.

— Et vous estimez que je le gêne ?

Ses épaules se relevèrent sensiblement, et elle parut réfléchir à une réponse, puis se raviser :

— Non. Tout ira bien. D'accord ?

— Vicki...

— Je vous le promets, insista-t-elle avec une pointe d'aigreur. D'accord ? Je peux partir, maintenant ?

— Bien sûr. Désolé si je me suis montré un peu trop direct.

Elle pinça les lèvres, pivota sur les talons et retourna dans le bureau des infirmières.

Je regagnai les ascenseurs, dans l'aile est. L'un était arrêté au sixième étage, et les deux autres arrivèrent simultanément. Chip Jones sortit de celui du milieu, un gobelet de café dans chaque main. Il portait un jeans délavé, un pull à col roulé et un blouson de même matière et aussi défraîchi que le pantalon.

— Docteur Delaware.

— Professeur.

Il rit et avança d'un pas dans le hall.

— Je vous en prie, dit-il. Comment vont ces dames ?

— Elles dorment toutes les deux.

— Dieu soit loué. Cet après-midi, quand j'ai parlé avec Cindy, elle paraissait épuisée. J'apportais ça de la cafétéria. — Il leva un gobelet —, pour la requinquer un peu. Mais le sommeil est bien meilleur pour elle.

Il fit quelques pas en direction des portes en teck, et je l'accompagnai.

— Se pourrait-il que nous vous retenions hors de chez vous, Docteur ? dit-il.

— Non. J'y suis retourné, et je suis revenu.

— Je ne savais pas que les psychologues avaient ce genre d'horaires...

— Quand nous le pouvons, nous évitons.

Il sourit.

— Eh bien, le fait que Cindy se soit endormie peut sans doute être interprété comme une amélioration suffisante de l'état de Cassie pour que sa mère se détende. C'est plutôt bon signe.

— Elle m'a dit qu'elle ne quittait jamais Cassie.

— Jamais, en effet.

— Ce doit être assez éprouvant pour elle.

— Incroyablement éprouvant, oui. Au début j'ai essayé de la convaincre de ne pas autant s'investir, mais après être venu ici plusieurs fois et avoir vu les autres mères, je me suis rendu compte que c'était un comportement normal. Rationnel, pourrait-on dire. Une sorte d'autodéfense.

— Contre quoi ?

— Les erreurs médicales.

— Cindy m'en a parlé aussi. Avez-vous constaté beaucoup d'erreurs médicales ici ?

— En qualité de parent ou de fils de Chuck Jones ?

— Il y a une différence ?

Cette fois son sourire était plus dur.

— Vous pouvez le dire. En tant que fils de Chuck Jones, je pense que cet endroit est un paradis pédiatrique, et je l'écrirai dans le prochain bulletin interne. Comme parent, j'ai vu des choses... Les inévitables erreurs humaines. Je vais vous donner un exemple qui m'a particulièrement secoué. Il y a de ça deux mois environ, tout le cinquième étage était en pleine effervescence. Il y avait un gamin, traité pour une sorte de cancer, à qui on administrait une médication expérimentale, sans doute parce qu'il restait bien peu d'espoir de le sauver. Mais là n'est pas le problème. Quelqu'un s'est trompé d'une décimale et il a fait une surdose massive. Lésions cérébrales irréversibles, coma, toute la panoplie. Tous les parents qui se trouvaient à cet étage ont entendu le chirurgien réanimateur et ont vu l'équipe d'urgence se précipiter dans la chambre du gamin. Tout le monde a entendu sa mère appeler au secours. Même nous. Je me trouvais dans l'entrée, quand la mère s'est mise à crier au secours.

Il eut une grimace attristée.

— Je l'ai vue, deux jours plus tard, docteur Delaware. Alors que son enfant était toujours sous assistance respiratoire. Elle m'a fait penser à ces victimes des camps de concentration. Ce regard désespéré... Tout ça à cause d'une décimale. Ce genre d'erreur survient certainement de temps à autre, mais avec des effets beaucoup moins dramatiques. Alors on ne peut pas en vouloir aux parents d'être aussi vigilants, n'est-ce pas ?

— Non. On dirait que vous n'avez pas une confiance énorme en cet établissement...

— C'est tout le contraire, dit-il d'un ton impatient. Avant

de décider de faire traiter ici Cassie, nous nous sommes renseignés, malgré mon père. Et je sais par expérience que c'est le meilleur endroit de la ville pour les enfants malades. Mais quand il s'agit de son enfant, les statistiques ne comptent pas vraiment, n'est-ce pas ? Et l'erreur humaine est impossible à éradiquer à cent pour cent.

Je lui tins ouvertes les portes tandis qu'il entrait avec les deux gobelets de café.

La silhouette replète de Vicki était visible à travers la porte vitrée de la salle d'approvisionnement voisine du poste d'infirmières. Elle plaçait quelque chose sur un rayonnage supérieur. Nous continuâmes dans le couloir jusqu'à la chambre de Cassie.

Chip entrebâilla la porte et passa la tête à l'intérieur une seconde avant de reculer d'un pas.

— Toujours endormies, chuchota-t-il avant de baisser les yeux sur les gobelets et de m'en tendre un. Inutile de perdre un café, même mauvais.

— Non, merci.

Il eut un rire silencieux.

— La voix de l'expérience, hein ? Il a toujours été aussi imbuvable ?

— Aussi loin que je m'en souvienne, oui.

— Regardez ça... On dirait un échantillon offert par l'Exxon Valdez...

Sur la surface noire du café jouait une irisation arc-en-ciel. Il porta l'autre gobelet à ses lèvres.

— Miam... L'essence même des bienfaits inattendus des études supérieures... Mais j'en ai besoin pour rester conscient.

— La journée a été longue ?

— Au contraire : trop courte. Elles semblent devenir de plus en plus courtes à mesure qu'on avance en âge, vous ne trouvez pas ? Courtes et surchargées de tâches. Et puis il y a les trajets entre la maison, mon travail et ici. Ah, nos glorieuses autoroutes, illustration du génie humain à son zénith...

— Valley Hills, ça signifie qu'il vous faut emprunter Ventura Freeway. Difficile de faire pire, en effet.

— Une véritable malédiction, oui. Quand nous cherchions une maison, j'ai choisi à dessein un endroit proche de mon travail pour éviter ces navettes... Bah, les plans les mieux établis... Il m'arrive de me retrouver pare-chocs contre pare-chocs pendant une heure ou plus, et ça me donne une idée de ce à quoi peut ressembler l'enfer.

Il rit de nouveau, but une gorgée de café.

— Je ferai cette expérience dans deux jours, annonçai-je. Je viendrai faire une petite visite à domicile.

— Oui, Cindy m'en a parlé. Ah, voici notre oiseau de nuit... Bonsoir, Vicki. Vous êtes encore de nuit ?

Me retournant, je vis l'infirmière qui venait vers nous, le sourire aux lèvres.

— Bonsoir, Professeur Jones, fit-elle en aspirant l'air comme si elle s'apprêtait à soulever un poids énorme.

Elle ne m'accorda qu'un hochement de tête.

Chip lui tendit le café intact.

— Buvez-le ou jetez-le.

— Merci, Professeur Jones.

D'un mouvement de menton, il désigna la chambre de Cassie.

— Depuis combien de temps les Belles au Bois Dormant ronflent-elles ?

— Cassie s'est endormie vers huit heures, madame Jones trois quarts d'heure plus tard.

Il consulta sa montre.

— Vous pourriez me rendre un service, Vicki ? Je vais accompagner le Dr Delaware et peut-être manger quelque chose, pendant que je suis en bas. Prévenez-moi par mon beeper si jamais elles se réveillent.

— Si vous le voulez, je peux descendre vous chercher quelque chose à manger, Professeur.

— Non, merci, j'ai besoin de me remuer un peu si je ne veux pas faire une autoroutose aiguë.

— Bien sûr, approuva Vicki avec empressement. Je vous préviendrai dès que l'une des deux ouvrira un œil.

Quand nous eûmes franchi les portes en teck, il s'arrêta et me regarda.

— Que pensez-vous de la façon dont nous sommes soignés ?

— Soignés ? Comment ça ?

Il se remit à marcher et je l'imitai.

— Médicalement. L'hospitalisation actuelle. Aucun bilan, aucune évaluation en cours, d'après ce que je sais. Personne ne surveille réellement Cassie sur le plan physique. Non que je m'inquiète, Dieu merci elle n'a pas à endurer ces horribles perfusions. Mais je commence à croire qu'on joue au placebo... Donnons-nous la main, faisons appel à un psy — rien de personnel dans cette réflexion, je précise — et laissons disparaître naturellement ce que Cassie peut avoir.

— Vous trouvez cela insultant ?

— Pas insultant... Enfin, peut-être un peu, finalement. Comme si tout cela n'existait que dans nos têtes. Ici, vous n'avez pas vu ce que nous avons vu, le sang, les crises...

— Vous avez vu tout cela ?

— Pas tout, non. C'est Cindy qui se lève, la nuit. J'ai tendance à avoir le sommeil plutôt profond. Mais j'en ai vu assez, croyez-moi. Quand on voit du sang, on ne discute pas. Alors pourquoi ne fait-on rien de plus ici ?

— Je ne peux répondre pour autrui, mais à mon avis personne ne sait réellement ce qu'il conviendrait de faire, et personne ne veut se montrer inutilement indiscret.

— C'est possible, et d'après ce que j'en sais, c'est sans doute la meilleure attitude à adopter. Le docteur Eves me semble très compétente. Peut-être que les symptômes de Cassie ne sont que de la... quel est le terme exact, déjà ? de l'autorestriction ?

— De l'autolimitation.

— De l'autolimitation, oui, répéta-t-il avec un fin sourire. Les médecins inventent plus de vocabulaire que dans n'importe quelle autre profession... Je prie Dieu pour qu'il ne s'agisse que de ça : de l'autolimitation. Et je serais très heureux que la chose reste un mystère médical si Cassie n'en souffrait plus. Mais espérer commence à devenir difficile...

— Chip, on ne m'a pas demandé de venir parce que quelqu'un pensait que les problèmes de Cassie pouvaient être d'ordre psychosomatique. Ma tâche consiste à l'aider à combattre son anxiété et sa souffrance. La seule raison pour laquelle j'aimerais visiter son foyer, c'est pour établir avec elle un rapport qui me permettra de lui être utile si elle a besoin de moi.

— Bien sûr, je comprends, fit-il.

Il contempla le plafond et tapota le sol de la pointe d'un pied. Deux infirmières nous croisèrent. Il les suivit d'un regard absent.

— Je crois que j'ai surtout du mal à supporter le côté irrationnel de la situation, dit-il. Comme si nous flottions dans une mer d'événements imprévisibles. Mais qu'est-ce qui la met dans ces états, bon Dieu ?

Il frappa le mur du poing.

Je sentis qu'une réponse ne pourrait qu'aggraver l'ambiance, mais je savais que le silence n'était pas plus souhaitable.

La porte de l'ascenseur coulissa devant nous et nous entrâmes dans la cabine.

— Des parents à cran, marmonna-t-il en écrasant le bouton DESCENTE de l'index. Agréable façon de terminer votre journée de boulot, non ?

— Ça fait partie de mon boulot.

— Chouette boulot...

— Il vaut pas mal de boulots honnêtes.

Je réussis à le faire sourire. J'enchaînai en désignant son gobelet.

— Il doit être froid. Si nous allions en prendre un autre ?

Il ne réfléchit qu'une seconde.

— Oui, pourquoi pas ?

La cafétéria était fermée, et nous nous rabattîmes donc sur les distributeurs situés près du vestiaire du personnel. Une jeune femme en tenue chirurgicale s'éloignait avec deux poignées de barres chocolatées. Nous prîmes tous deux un café noir et il y ajouta un sachet contenant deux gâteaux secs au chocolat.

Plus loin dans le couloir se trouvait une zone de repos : des sièges en plastique moulé orange disposés en L près d'une longue table basse encombrée d'emballages vides et de magazines antédiluviens. Le laboratoire d'analyses se trouvait juste à côté. Je songeai à son garçon et me demandai s'il avait fait la relation. Mais il alla s'asseoir en bâillant sur un siège, sans autre émoi visible.

Il déchira le sachet plastique, prit un des gâteaux et le trempa dans son café.

— Voilà de la nourriture saine, ironisa-t-il en mordant dans la partie détrempée.

Je m'assis perpendiculairement à lui et sirotai mon café, dont le goût assez horrible me parut pourtant étrangement réconfortant, un peu comme sentir l'haleine chargée d'un oncle très aimé au sortir d'un cauchemar, pendant la prime enfance.

— Bon, fit-il en plongeant la seconde moitié du biscuit dans son café. Je vais vous parler un peu de ma fille. Un naturel adorable, elle mange bien et dort bien : à cinq semaines elle passait toute une nuit sans se réveiller. Pour n'importe qui d'autre, ce serait plutôt de bonnes nouvelles, n'est-ce pas ? Après ce qui est arrivé à Chad, ça nous a tout simplement terrorisés. Nous voulions qu'elle soit éveillée, et nous allions à tour de rôle la réveiller, la pauvre petite. Mais ce qui m'étonne le plus est sa capacité de résistance, la façon dont elle se remet aussi vite. Jamais on ne croirait qu'une enfant aussi menue puisse être aussi solide...

« Je me sens un peu ridicule de parler d'elle avec un psychologue, je ne vous le cache pas. Bon sang, ce n'est qu'un bébé. De quelle sorte de névrose pourrait-elle souffrir ? Quoique je suppose qu'avec tout ça elle pourrait bien finir par en récolter quelques-unes, n'est-ce pas ? Avec tout ce stress... Est-ce que vous entrevoyez une psychothérapie lourde jusqu'à la fin de sa vie ?

— Non.

— Quelqu'un s'est déjà penché sur des cas semblables ?

— Il y a eu quelques recherches... Les enfants atteints de maladie chronique tendent à mieux se remettre que ne le prévoient les spécialistes, en général.

— Ils « tendent » ?

— La majorité.

Il eut un sourire froid.

— Je sais : pas de règle mathématique. D'accord, je vais donc m'accorder un optimisme momentané.

Il se crispa volontairement puis se détendit, comme s'il avait suivi un cours de méditation. Il laissa les bras pendre le long de son corps, étira les jambes au maximum, rejeta la tête en arrière. Puis il se massa lentement les tempes.

— Ça ne vous énerve pas, vous, d'écouter les gens toute la journée ? De devoir les approuver, leur montrer de la sympathie, leur dire qu'ils vont très bien ?

— Parfois, oui. Mais habituellement, quand on découvre les gens, on découvre aussi leur humanité...

Il se rassit et sortit le second gâteau sec de l'emballage.

— Tout le mérite est pour vous. Je serais incapable de faire ce que vous faites. Donnez-moi quelque chose de net, de précis, de théorique et j'en fais mon affaire.

— Je n'avais jamais considéré la sociologie comme une science exacte.

— Elle ne l'est pas dans la majorité de ses aspects. Mais l'organisation formelle offre toutes sortes de modèles magnifiques et d'hypothèses mesurables. L'illusion de la précision. Je commets souvent des erreurs.

— De quoi vous occupez-vous au juste ? Management industriel ? Analyse des systèmes ?

— Non, ça c'est le versant pratique. Moi je reste dans la

théorie. Je définis des modèles de fonctionnement des groupes et des institutions, sur un plan structurel, et je m'efforce de trouver les paramètres des affinités entre les composantes, d'un point de vue phénoménologique. Un truc du genre tour d'ivoire, mais je m'amuse beaucoup. J'ai fait des études dans une tour d'ivoire.

— Où donc ?

— Yale puis l'université du Connecticut, pour mon diplôme. Mais je n'ai jamais terminé ma thèse de doctorat, après m'être rendu compte qu'enseigner me plaisait plus que la recherche.

Il observa le long couloir désert et le passage occasionnel de silhouettes de blanc vêtues, à l'autre bout.

— Inquiétant, fit-il.

— Quoi donc ?

— Cet endroit.

Il bâilla encore, jeta un coup d'œil à sa montre.

— Si vous avez besoin de me parler, voici mes coordonnées professionnelles.

Il posa son gobelet, fouilla dans sa poche revolver et en sortit une pince métallique indienne en argent incrustée de turquoises. Un billet de vingt dollars, des cartes de crédit et et d'autres papiers. Prenant toute la liasse il la parcourut rapidement et en sortit une carte de visite professionnelle. Il la plaça sur la table basse, prit un stylo Bic dans une autre poche et inscrivit quelque chose sur le bristol avant de me le tendre.

Le logo représentait un tigre montrant les crocs entouré de l'inscription WVCC TYGERS. En dessous était imprimé :

WEST VALLEY COMMUNITY COLLEGE
DÉPARTEMENT DES SCIENCES SOCIALES
(818) 509-3476

Deux lignes étaient tracées en bas de la carte, qu'il avait remplies en lettres majuscules:

CHIP JONES
POSTE 23 59

— Si je suis en cours, dit-il, laissez un message au service central. Si vous désirez me voir quand vous viendrez à la maison, je vous demanderai de me prévenir au moins un jour à l'avance.

Avant que j'aie pu répondre, des pas rapides et lourds résonnèrent à l'autre bout du couloir. Une silhouette massive avançait vers nous.

Elle portait un blouson en cuir noir, un pantalon bleu et une casquette. Un des vigiles patrouillant les couloirs du Paradis Pédiatrique à la recherche du Mal ?

Il approchait. C'était un Noir moustachu au visage carré et aux yeux aigus. En voyant son badge, je compris qu'il ne faisait pas partie de la Sécurité : c'était un sergent de police. L'étiquette d'identité portait le nom PERKINS.

— Excusez-moi, messieurs, fit-il d'une voix douce mais en nous détaillant d'un regard soupçonneux.

— Oui ? répondit Chip.

Le policier lut mon badge et sembla perplexe.

— Vous êtes médecin ? me demanda-t-il.

— Oui.

— Depuis combien de temps vous trouvez-vous ici, messieurs ?

— Cinq ou dix minutes, dit Chip. Que se passe-t-il ?

Le regard de Perkins passa à la poitrine de Chip, après avoir noté la barbe et la boucle d'oreille.

— Vous êtes médecin aussi ?

— C'est un parent, dis-je. Il est venu voir sa fille.

— Vous avez un badge de visite, monsieur ?

Chip le sortit de sa poche et le brandit sous le nez de Perkins.

Celui-ci mâchonna l'intérieur de ses joues puis revint à moi. Il sentait le salon de coiffure.

— L'un de vous a-t-il remarqué quelque chose d'inhabituel ?

— Inhabituel ? reprit Chip. Comme quelqu'un de bien portant ?

Les yeux de Perkins se réduisirent à deux fentes. Je crus bon d'intervenir :

— Nous n'avons rien vu, sergent. Tout était tranquille. Pourquoi ?

— Merci, éluda-t-il avant de tourner les talons.

Je le suivis du regard et le vis ralentir comme il passait devant les portes du laboratoire de pathologie.

Nous primes l'escalier pour remonter au rez-de-chaussée. Une foule d'employés de nuit était massée devant les portes vitrées ouvrant sur l'extérieur. De l'autre côté, la nuit était striée du pouls écarlate d'un gyrophare de police. Les phares se réfléchissaient sur les vitres avec un éclat aveuglant.

— Mais qu'est-ce qu'il se passe ici ? fit Chip.

Sans se retourner, une infirmière proche lui répondit :

— Quelqu'un s'est fait attaquer dans le parking.

— Attaquer ? Par qui ?

L'infirmière le regarda enfin, vit qu'il ne faisait pas partie du personnel et s'éloigna.

Je cherchai en vain un visage familier dans la foule, mais trop d'années avaient passé.

— Ça commence à bien faire ! lança d'une voix nasillarde un garçon de salle pâle, cheveux platine et moustache blanche à la Fu Manchu. Moi, je veux rentrer chez moi, c'est tout.

Quelqu'un grogna son assentiment.

Des murmures inintelligibles emplissaient le hall. Je vis une silhouette en uniforme à l'extérieur, qui bloquait les portes. On entendait les crachotements de la radio de police. Un véhicule balaya le hall de ses phares pendant son demi-tour puis s'éloigna. J'aperçus le lettrage sur le flanc : AMBULANCE. Mais pas de gyrophare ni de sirène.

— Pourquoi n'ont-ils pas amené la femme ici, tout simplement ? commenta quelqu'un.

— Qui a dit qu'il s'agissait d'une femme ? demanda une autre voix.

— C'est toujours une femme, lâcha une infirmière.

— Vous avez remarqué ? Pas de sirène. Ce n'est sans doute pas une urgence.

— À moins qu'il ne soit trop tard...

Un frisson parcourut la foule.

— J'ai essayé de sortir par l'arrière, mais ils avaient bloqué les portes aussi. Marre !

— Je crois que j'ai entendu l'un d'eux dire que c'était un médecin.

— Qui ?

— Je n'ai entendu que ça.

Murmures divers.

— Magnifique, grogna Chip.

Il tourna brusquement les talons et fendit la foule pour repartir vers le cœur de l'hôpital. Il disparut avant que j'aie pu réagir.

Cinq minutes plus tard, la porte vitrée fut déverrouillée et la foule avança aussitôt vers elle. Mais le sergent Perkins se glissa à l'intérieur, referma la porte et leva une main avec autorité. Il ressemblait à un professeur-remplaçant devant une classe indisciplinée.

— Un instant d'attention, je vous prie...

Il attendit qu'un silence relatif s'établisse avant de continuer :

— Une agression a eu lieu dans le parking de cet établissement. Nous allons vous demander de sortir un par un et de répondre à quelques questions.

La foule le prit de vitesse :

— Quel genre d'agression ?

— La victime va bien ?

— Qui est-ce ?

— Un médecin ?

— Dans quelle section du parking cela s'est-il produit ?

Les yeux de Perkins s'étrécirent de nouveau.

— Essayons d'en finir au plus vite, d'accord ? Et vous pourrez tous rentrer chez vous.

— Et si vous nous disiez d'abord ce qui est arrivé, que nous soyons en mesure de nous protéger nous-mêmes ? fit l'homme aux moustaches à la Fu Manchu.

Un grondement approbateur s'éleva de la foule.

— Ne nous énervons pas, lâcha Perkins.

— Non, *vous*, ne vous énervez pas ! répliqua le garçon de salle. Tout ce que vous faites, c'est distribuer des contraventions aux piétons qui ne traversent pas dans les clous sur le boulevard ! Mais quand il se passe quelque chose de sérieux, vous posez trois questions et vous disparaissez. Et c'est à nous de régler le problème !

Perkins restait aussi imperturbable qu'une statue.

— Allez, quoi, fit un Noir voûté portant une tenue d'infirmier. Certains d'entre nous ont aussi une vie privée. Dites-nous ce qui s'est passé.

— Oui !

Les narines de Perkins frémirent. Il fusilla la foule du regard, puis ouvrit la porte et sortit.

Les gens massés dans le hall s'exclamèrent de colère.

— Foutus flics !

— Foutus distributeurs de contredanses, oui !

— Ouais ! Une bande d'incapables ! Ils savent seulement vous contrôler quand vous arrivez, comme ça vous pointez en retard au boulot.

La foule approuva bruyamment. Plus personne ne parlait de ce qui s'était produit dans le parking.

La porte s'ouvrit de nouveau. Un autre policier entra. Une femme. Blanche, jeune, la mine sévère.

— Bon, écoutez-moi. Sortez un par un pour que nous contrôlions votre identité. Ensuite vous pourrez rentrer chez vous.

— Ouais, fit le Noir. Bienvenue à San Quentin. Et après, ce sera quoi ? Une fouille au corps ?

Il y eut d'autres commentaires de la même eau, mais la foule s'était résignée à son sort.

Il me fallut vingt minutes pour franchir la porte. Un policier tenant une écritoire à pince copia mon nom d'après mon badge, me demanda une pièce d'identité et nota le numéro de mon permis de conduire. Dehors, six voitures de patrouille étaient garées sans ordre devant l'entrée de l'hôpital, ainsi qu'une conduite intérieure marron sans aucune inscription. À mi-chemin de la rampe d'accès descendant vers le parking, je rencontrai un groupe d'hommes.

— Où s'est passée l'agression ? demandai-je à un policier.

Du pouce il désigna le parking.

— C'est là qu'est garée ma voiture, fis-je.

— À quelle heure êtes-vous arrivé ?

— Vers neuf heures et demie.

— Du soir ?

— Oui.

— A quel niveau êtes-vous garé ?

— Niveau 2.

L'information parut beaucoup l'intéresser.

— Avez-vous remarqué quelque chose d'inhabituel à ce moment-là ? Quelqu'un qui se serait conduit d'une manière suspecte ?

Je me remémorai l'impression d'être observé quand j'avais quitté la Seville.

— Non, mais l'éclairage était défectueux.

— Que voulez-vous dire par « défectueux » ?

— Irrégulier. La moitié des places n'étaient pas éclairées. Quelqu'un aurait facilement pu se dissimuler dans les zones sombres.

Il me détailla du regard, émit un claquement de langue et relut mon badge.

— Vous pouvez y aller, monsieur.

Je descendis la rampe d'accès. Alors que j'approchai du groupe, je reconnus un homme. Presley Huenengarth. Le chef de la Sécurité de l'hôpital fumait une cigarette en contemplant le ciel pourtant dépourvu de la moindre étoile. Un autre homme en costume arborait une plaque de police à la poche de poitrine de sa veste et lui parlait. Huenengarth ne semblait pas lui porter la moindre attention.

Nos regards se croisèrent mais il ne s'attarda pas. Il souffla la fumée par les narines et balaya les alentours d'un œil désintéressé. Pour un homme responsable d'un système de sécurité gravement pris en défaut, il me parut faire montre d'un calme remarquable.

10

Dans l'édition des journaux de mercredi, l'agression s'était transformée en homicide.

Volée et battue à mort, la victime était bien un médecin : Lawrence Ashmore — un nom que je ne connaissais pas —, quarante-cinq ans, au Western Peds depuis seulement un an. Son meurtrier l'avait assommé par-derrière et dépouillé de son portefeuille, de ses clés et de la carte magnétique de parking réservée aux médecins. Un porte-parole anonyme de l'hôpital insistait sur le fait que tous les codes d'accès électroniques de l'établissement avaient été changés, mais il avait dû admettre que l'entrée des piétons dans l'hôpital serait toujours aussi aisée.

Un assassin non identifié, et aucune piste.

Je reposai le journal et cherchai dans mes tiroirs une photographie de groupe des médecins de l'hôpital. Mais bien sûr elle datait déjà de cinq ans, bien avant l'arrivée d'Ashmore.

Je retournai au Western Pediatrics peu avant huit heures. L'accès au parking des médecins était interdit par une barrière métallique en accordéon, et les véhicules étaient amassés dans l'allée courbe devant l'entrée principale. Une pancarte COMPLET avait été placée à l'entrée de l'allée, et un vigile me tendit une feuille ronéotée indiquant la procédure à suivre pour obtenir une nouvelle carte magnétique.

— Et en attendant, je me gare où ?

Il désigna l'autre côté de la rue, le parking au sol défoncé qu'utilisaient infirmiers et personnel soignant. Après une marche arrière je contournai le bâtiment et me retrouvai à faire la queue pendant un quart d'heure avant de pouvoir pénétrer dans le parking. Il me fallut encore dix minutes avant de trouver une place. Je piquai un petit sprint pour traverser le boulevard et poussai une des portes vitrées de l'entrée principale. Deux vigiles au lieu d'un seul dans le hall, mais je ne repérai aucun autre signe consécutif au drame survenu à une cinquantaine de mètres de là. Je savais que la mort était une résidente incontournable d'un hôpital, mais j'aurais cru qu'un meurtre entraînerait des réactions plus importantes. Puis j'observai les visages des gens qui entraient, sortaient ou attendaient et je compris : rien de tel que l'inquiétude ou le chagrin pour rétrécir la perspective de l'être humain.

En me dirigeant vers l'escalier situé au fond du bâtiment, je remarquai un tableau de service près du bureau d'accueil. La photographie de Lawrence Ashmore se trouvait en haut, à gauche. Spécialité : toxicologie.

Si le cliché était récent, Ashmore n'avait pas fait son âge. Le visage étroit était sérieux, couronné par une chevelure noire indisciplinée. La bouche se résumait à un trait, les yeux étaient abrités derrière des lunettes à monture d'écaille. Woody Allen atteint de dyspepsie. Certainement pas un adversaire dangereux pour un voleur. Alors pourquoi l'avoir tué pour voler son portefeuille ? À peine posée, la question m'apparut dans toute son absurdité.

Soudain des bruits venant du fond du couloir attirèrent mon attention. Un groupe de silhouettes en blouses blanches passa dans mon champ de vision à vive allure, se dirigea vers l'ascenseur réservé aux patients et poussait une civière portant un enfant. Une des blouses blanches tenait brandie une bouteille de perfusion.

Je reconnus Stephanie et deux personnes en civil : Chip et Cindy.

Je les rattrapai au moment où ils s'engouffraient dans l'ascenseur et j'y montai avec eux. Avec quelque peine je réussis à me placer près de Stephanie.

Elle me salua d'un très bref sourire. Cindy tenait dans les siennes une des mains de Cassie. Elle et Chip paraissaient aussi défaits l'un que l'autre, et ils gardaient la tête baissée.

La cabine commença son ascension. Personne ne parlait. Alors que nous sortions au cinquième, Chip remarqua ma présence et me tendit la main, que je serrai une fraction de seconde.

Les garçons de salle poussèrent Cassie dans le couloir et passèrent les portes en teck. En quelques instants, le corps inerte de la fillette fut déposé sur le lit, la perfusion accrochée à son montant métallique, les rails de sécurité relevés.

La feuille de température de Cassie était accrochée au pied du lit. Stephanie la prit et l'étudia.

— Merci, les gars, dit-elle aux infirmiers qui s'éclipsèrent.

Cindy et Chip s'étaient immobilisés près du lit. L'éclairage de la chambre était éteint et la lueur argentée de l'aube filtrait entre les rideaux mal tirés.

Le visage de Cassie était gonflé, très pâle. Cindy lui prit encore une fois la main. L'air désespéré, Chip secoua la tête et passa un bras autour de la taille de sa femme.

— Le Dr Bogner devrait bientôt arriver, déclara Stephanie, ainsi que ce médecin suédois.

Acquiescements muets.

Stephanie me fit un léger signe de tête et nous sortîmes tous deux dans le couloir.

— Une autre crise ? dis-je.

— À quatre heures du matin. Nous étions aux Urgences, à tout faire pour la tirer de là.

— Comment va-t-elle ?

— Son état s'est stabilisé. Léthargique. Bogner utilise tous ses moyens de diagnostic, mais il n'a pas trouvé grand-chose.

— Elle courait un réel danger ?

— Pas mortel, en tout cas. Mais tu sais ce que peuvent être les dommages accumulés lors de crises à répétition. Et s'il s'agit d'une phase croissante, nous pouvons probablement nous attendre à pire...

Elle se frotta les yeux des deux poings.

— Qui est ce médecin suédois dont tu parlais ?

— Un neuroradiologue, Torgeson. Il a publié quelques articles sur l'épilepsie infantile. Il donne justement un cours à l'école de médecine. Alors je me suis dit : pourquoi pas ?

Nous arrivâmes dans le bureau des infirmières. Une jeune femme brune y était de permanence. Stephanie inscrivit quelque chose sur la main courante avant de s'adresser à elle :

— Prévenez-moi immédiatement s'il y a le moindre changement.

— Bien, Docteur.

Nous ressortîmes dans le couloir et fîmes quelques pas.

— Où se trouve Vicki ? demandai-je.

— Chez elle, endormie. Du moins je l'espère. Elle a quitté son service à sept heures, mais elle est restée aux Urgences jusqu'à sept heures et demie environ, à tenir la main de Cassie. Elle voulait enchaîner un autre service, mais j'ai insisté pour qu'elle aille se reposer. Elle avait l'air complètement épuisée.

— Elle a été témoin de la crise ?

— Oui. Ainsi que la secrétaire du service. Cindy a pressé

le bouton d'appel avant de se ruer hors de la chambre pour appeler du secours.

— Quand Chip est-il arrivé ?

— Dès que nous avons réussi à stabiliser l'état de Cassie, Cindy lui a téléphoné chez eux et il est venu aussitôt. Il devait être quatre heures et demie, à peu près.

Une sacrée nuit...

— Au moins nous avons confirmation des crises. La gamine souffre d'épilepsie, ça ne fait plus aucun doute.

— Et maintenant tout le monde sait que Cindy n'est pas folle...

— Que veux-tu dire ?

— Hier, elle m'a confié que certaines personnes la croyaient dérangée.

— Elle a dit ça ?

— Oui. Nous parlions du fait qu'elle était la seule à avoir vu Cassie commencer une crise, et que Cassie se rétablissait dès qu'elle était admise ici. Comme si sa crédibilité était soupçonnée. Peut-être n'était-ce qu'un peu de frustration, mais peut-être aussi qu'elle se sait soupçonnée et qu'elle a dit ça pour voir ma réaction. Ou simplement pour me faire marcher...

— Et comment as-tu réagi ?

— De façon calme et assurée, je l'espère... Hmm, fit-elle en fronçant les sourcils. Un jour elle s'inquiète de sa crédibilité ; et brusquement nous avons quelque chose d'organique à nous mettre sous le stéthoscope ?

— Le synchronisme est parfait, dis-je. Qui d'autre se trouvait auprès de Cindy quand elle veillait Cassie cette nuit ?

— Personne. Enfin, personne en permanence. Tu penses qu'elle lui aurait fait avaler quelque chose ?

— Elle aurait aussi pu lui pincer les narines. Ou presser le cou au niveau de la carotide. Ces comportements sont rapportés dans la documentation que j'ai pu lire sur le syndrome de Münchausen, et je parierais qu'il y a quelques autres petites méthodes non encore répertoriées.

— Des méthodes que quelqu'un ayant suivi une formation dans les techniques respiratoires connaîtrait, oui... Bon sang. Mais comment diable détecter quelque chose comme ça ?

Elle décrocha le stéthoscope de son cou et l'enroula autour de son poing. Se plaçant face au mur, elle y appuya son front et ferma les yeux.

— Tu vas lui prescrire quelque chose ? De la Dilantine, ou un phénobarbital ?

— Impossible. Si elle n'a pas un problème physique clair, toute médication risque de s'avérer plus mauvaise que bonne.

— Mais si tu ne lui donnes rien, tu ne crois pas qu'ils vont avoir des soupçons ?

— Peut-être... Je vais leur dire la vérité, tout simplement. L'électro-encéphalo ne révèle rien, et je veux découvrir la cause exacte des crises avant de la traiter. Bogner m'aidera. Il est hors de lui parce qu'il ne parvient pas à trouver.

Les portes en teck s'ouvrirent sur George Plumb. Il avançait d'un pas décidé, mâchoire en avant, les pans de sa blouse voletant derrière lui. Il retint un battant pour laisser passer un homme d'environ soixante-dix ans vêtu d'un costume bleu marine à fines rayures. Nettement plus petit que Plumb, un mètre soixante-cinq tout au plus, l'homme était trapu, et chauve. Sur ses courtes jambes arquées il marchait à pas rapides, et son visage aux traits mobiles semblait avoir reçu plus que sa part de coups : nez cassé, menton de travers, sourcils broussailleux abritant de petits yeux profondément enfoncés et entourés d'un réseau de ridules. Il portait des lunettes cerclées d'acier, une chemise blanche au col ouvert et une cravate bleu sombre.

Les deux hommes vinrent droit sur nous. Le plus petit paraissait très occupé, même quand il s'immobilisa.

— Docteur Eves, salua Plumb. Et docteur... Delaware, c'est bien ça ?

J'acquiesçai.

Monsieur Très Occupé paraissait négliger les présentations. Il regardait autour de lui avec ce même air de juge qu'avait eu Plumb deux jours auparavant.

— Comme va notre petite fille, docteur Eves ? s'enquit Plumb.

— Elle se repose, répondit Stephanie qui observait l'autre. Bonjour, Mr. Jones.

Un mouvement rapide de la tête chauve. Le petit homme la considéra un instant, puis se tourna vers moi. Son regard était intense, mais du genre que pourrait avoir un tailleur pour un lot de tissus de qualité contestable.

— Que s'est-il passé, exactement ? fit-il d'un ton grave.

— Cassie a eu une crise d'épilepsie tôt ce matin, répondit Stephanie.

— Bon sang ! fit Jones en frappant de son poing son

autre paume ouverte. Et toujours aucune idée de la cause de ces crises ?

— Pas encore, je le crains. Lors de sa précédente admission nous lui avons fait tous les examens possibles, mais nous recommençons cette fois encore, et le Dr Bogner doit venir. Il y a également un professeur suédois en visite qui devrait arriver d'une minute à l'autre. Il est spécialiste de l'épilepsie infantile. Toutefois je me dois d'ajouter que lorsque je lui ai expliqué la situation au téléphone il a estimé que nous avions fait tout ce qui convenait.

— Bon sang, grommela le petit homme, et ses yeux revinrent se fixer sur moi. Chuck Jones.

— Alex Delaware.

Nous échangeâmes une poignée de main aussi rapide qu'énergique. Sa paume était rugueuse, dure. Tout en lui semblait sous-tendu par une impatience dynamique.

— Le Dr Delaware est psychologue, Chuck, précisa Plumb.

Jones cligna des yeux et me dévisagea.

— Il travaille avec Cassie, ajouta Stephanie. Pour l'aider contre sa peur des piqûres.

Jones émit un grognement impossible à interpréter.

— Bon, tenez-moi au courant. Allons au fond de ce problème.

Il se dirigea vers la chambre de Cassie. Plumb lui emboîta le pas comme un chien fidèle.

Quand ils furent à l'intérieur, je me retournai vers Stephanie.

— Il y a un problème ?

— Ça te plairait de l'avoir pour grand-père, hein ? railla Stephanie.

— Il doit adorer la boucle d'oreille de Chip...

— Il y a une catégorie de personnes qu'il n'aime pas : les psys. Après la suppression du service psy, nous avons été quelques-uns à aller le voir pour lui demander de mettre en place une structure pour traiter la santé mentale des patients. On aurait aussi bien pu lui demander un prêt sans intérêts. Plumb essayait de te faire accepter en douceur quand il a expliqué à Jones ce que tu faisais.

— Ces vieilles niaiseries de corpo ? Pourquoi ?

— Qui sait ? Je te préviens, tu restes sur tes gardes. Ces gens-là jouent un jeu différent.

— C'est noté. À regret, mais c'est noté.

Nous quittâmes le service et allâmes vers les ascenseurs.

— Alors, qu'allons-nous faire, Alex ? demanda Stephanie.

J'hésitai une seconde à lui dire que j'avais mis un certain Milo sur l'affaire avant de décider qu'il valait mieux passer son concours sous silence, au moins pour l'instant.

— D'après ce que j'ai pu lire, la seule solution viable serait de prendre la personne sur le fait, ou d'organiser une confrontation directe qui déclencherait des aveux.

— Une confrontation ? Tu veux dire l'accuser nommément ?

— Oui.

— Je ne peux pas vraiment faire ça au point où nous en sommes, tu ne crois pas ? Pas au moment où elle a des témoins de première classe pour une des crises de sa fille, et alors que je fais venir des spécialistes. Qui sait, peut-être que je suis complètement à côté de la plaque et qu'il y a réellement une sorte d'épilepsie. Je ne sais plus... Ce matin, j'ai reçu une lettre de Rita, par courrier urgent de New York. Elle y fait le tour des galeries d'art. « Comment progressez-vous sur le cas ? » Est-ce que je fais des « progrès » dans mon « diagnostic »... J'ai l'impression que quelqu'un est passé outre et l'a prévenue.

— Plumb ?

— Peut-être. Tu te souviens de cette entrevue qu'il voulait ? Nous l'avons eue hier et il s'est montré toute douceur. Il m'a dit combien il appréciait mon investissement personnel dans l'établissement. Et il m'a même avoué que la situation financière de l'hôpital n'était pas brillante et que les choses n'allaient certainement pas s'arranger, mais il a surtout sous-entendu que si je ne faisais pas de vagues je pourrais décrocher un meilleur job...

— Celui de Rita ?

— Il ne l'a pas franchement dit mais c'était bien le message. Ça lui ressemblerait assez d'aller ensuite la voir pour la dresser contre moi... Mais passons, tout ça n'est pas très important. Que vais-je faire avec Cassie ?

— Pourquoi n'attendrais-tu pas de voir ce que Torgeson en pense ? S'il estime que les crises ont pu être provoquées artificiellement, tu aurais un peu plus de munitions pour une éventuelle confrontation.

— Une confrontation, hein ? Je commence à être impatiente !

Alors que nous approchions de la salle d'attente, je commentai le peu de réactions que l'assassinat de Lawrence Ashmore semblait déclencher dans l'établissement.

— Que veux-tu dire ?

— Personne n'en parle.

— C'est vrai, tu as raison... C'est terrible, n'est-ce pas ? La façon dont nous avons pu nous durcir. Nous sommes trop bouffés par le boulot.

Quelques mètres plus loin, elle ajouta :

— Je ne le connaissais presque pas. Ashmore... Il était assez peu sociable. Jamais il n'a assisté aux réunions du personnel, jamais il n'a répondu aux diverses invitations pour des soirées ou des repas.

— Avec ce genre d'attitude, comment a-t-il pu avoir des références ?

— Il ne voulait pas de références. Il n'a jamais fait aucune tâche clinique. Uniquement de la recherche pure.

— Un rat de labo ?

— Avec les yeux de fouine et toute la panoplie. Mais j'ai entendu dire que c'était un crack dans sa spécialité : la toxicologie. Alors, quand Cassie a commencé à être admise pour des problèmes respiratoires, je lui ai demandé de venir voir son dossier...

— Tu lui as expliqué pourquoi ?

— Tu veux dire, à propos de mes soupçons ? Non. Je voulais qu'il arrive sans préjugés. Je lui ai simplement demandé de chercher tout ce qui pourrait lui paraître sortir de l'ordinaire. Il n'était pas très chaud, et c'est peu dire : il avait l'air quasiment irrité. Comme si je lui imposais une vraie corvée. Deux jours plus tard il m'a téléphoné pour m'annoncer qu'il n'avait rien trouvé d'anormal. Sur le ton « Et maintenant, soyez gentille de me ficher la paix ! »

— Comment a-t-il payé son entrée ? Une bourse ?

— Je le suppose.

— Je croyais que la politique de l'hôpital était de décourager les candidatures au maximum. Pour ne pas payer les charges.

— Je ne sais pas, avoua-t-elle. Peut-être qu'il a lui même apporté ses charges.

Elle se rembrunit.

— Quelle que soit la façon dont il a pu se débrouiller, ce qui lui est arrivé est horrible. Il fut un temps où les pires horreurs pouvaient se dérouler dans la rue, si vous portiez une blouse ou un stéthoscope, vous ne risquiez rien. Maintenant tout ça appartient au passé. Parfois j'ai l'impression que tout se désagrège petit à petit.

Nous arrivions au service de consultations externes. La

salle d'attente était toujours aussi bruyante et bourrée de patients.

— Mais assez de jérémiades, fit-elle. Personne ne m'a forcée à épouser cette glorieuse carrière. Enfin, je ne refuserais pas un peu de vacances...

— Pourquoi n'en prends-tu pas ?

— J'ai un emprunt-logement à rembourser.

Plusieurs mères la saluèrent d'un geste qu'elle leur rendit. Nous pénétrâmes dans la section réservée aux médecins et elle se dirigea vers son bureau.

— Bonjour, docteur Eves, fit une infirmière. Votre carnet de bal est déjà plein.

Stephanie eut un petit sourire fataliste. Une autre infirmière apparut et lui tendit une série de dossiers.

— Joyeux Noël, Joyce, plaisanta Stephanie.

L'infirmière s'éloigna en riant.

— Bon, je vais y aller, annonçai-je.

— Oui, bien sûr. Merci pour tout, Alex. Au fait, j'ai appris autre chose sur Vicki. Une infirmière avec qui j'ai travaillé m'a confié qu'elle pensait que Vicki avait des problèmes familiaux. Un mari alcoolique et violent. Elle en garde peut-être un certain ressentiment envers les hommes. Elle est toujours aussi froide avec toi ?

— Non. Nous avons eu une petite explication et avons instauré une sorte de trêve.

— Voilà une bonne nouvelle.

— Elle en veut peut-être aux hommes, dis-je, mais certainement pas à Chip.

— Chip n'est pas un homme : c'est le fils du grand patron.

— Touché, répondis-je. Un mari abusif, voilà qui pourrait expliquer pourquoi je la fais grincer des dents. Elle a pu voir un thérapeute pour chercher de l'aide, la chose aurait échoué et elle en aurait conçu un ressentiment diffus... Bien sûr, un stress familial majeur pourrait également la conduire à devenir une héroïne au travail afin de retrouver son amour-propre. Comment s'est-elle comportée pendant la crise ?

— En pro. Mais je n'irais pas qualifier son attitude d'héroïque. Elle a calmé Cindy, elle s'est assurée que Cassie allait bien et elle m'a prévenue. Elle m'a semblé très calme malgré l'urgence, elle a tout fait selon les règles.

— Une infirmière typique pour un cas typique.

— Mais comme tu l'as dit, comment pourrait-elle avoir

un rôle dans ces crises puisque toutes les autres se sont produites à domicile ?

— Mais pas celle-ci. Non, pour être tout à fait équitable, je ne peux pas dire que je la soupçonne vraiment. C'est juste le contraste entre une vie de famille assez perturbée et son attitude rayonnante ici... Je dois la surveiller d'un peu trop près simplement parce qu'elle n'a pas été très aimable avec moi au début.

— Je vois que tu t'amuses beaucoup, hein ?

— L'intrigue reste à percer, comme tu l'as dit.

— Je tiens toujours mes promesses ! — Un autre coup d'œil à sa montre, puis : Il faut que je fasse mes visites du matin, ensuite je dois me rendre à Century City pour prendre Torgeson. Je ne veux pas que sa voiture soit bloquée dans l'enfer du parking. Où t'ont-ils envoyé ?

— De l'autre côté de la rue, comme tout le monde.

— Désolée de l'apprendre.

— Bah, certains d'entre nous sont des gloires internationales, et d'autres doivent se garer de l'autre côté de la rue, voilà tout.

— Au téléphone ce type est plutôt désagréable, mais c'est vrai, c'est une sommité. Tu savais qu'il avait été membre du comité Nobel ?

— Woah.

— Woah par excellence, oui. Voyons si nous pouvons le frustrer, lui aussi.

D'une cabine publique j'appelai Milo et lui laissai un autre message après le premier bip : « Vicki Bottomley a un mari qui boit et qui la bat peut-être. C'est sans doute sans importance, mais si tu pouvais vérifier d'éventuels appels à la police pour violence domestique, et les dates ? Merci ? »

Une infirmière typique...

Un cas typique de syndrome de Münchausen relayé.

Une mort subite du nourrisson typique, authentifiée par feu le Dr Ashmore.

Un médecin qui ne voyait pas de patients.

Coïncidence lugubre, rien de plus. Il suffit de rester assez longtemps dans un hôpital pour que le côté lugubre de certaines coïncidences devienne routinier. Toutefois, comme je n'avais rien d'autre à faire, je décidai d'étudier de près le dossier de Chad Jones en personne.

Les archives médicales se trouvaient toujours au sous-sol. Je fis la queue derrière deux secrétaires munies de leurs formulaires de demande et un interne avec son micro-ordinateur portable. Quand vint mon tour, j'appris que les dossiers des patients décédés étaient regroupés au second sous-sol, dans une salle baptisée SIP, Statut Inactif Permanent. L'appellation avait quelque chose d'assez militaire.

À la sortie de l'escalier un plan du second sous-sol était accroché au mur, agrémenté d'une de ces flèches rouges VOUS ÊTES ICI dans le coin inférieur gauche. L'ensemble avait des airs de labyrinthe. Les murs des couloirs étaient carrelés de blanc et le sol couvert d'un épais linoléum gris décoré de triangles noirs et roses. Les portes étaient grises également, les plaques rouges. L'éclairage fluorescent inondait ces lieux où planait une odeur vinaigrée de laboratoire de chimie.

Le SIP se trouvait en plein cœur du dédale souterrain. À quelle distance de l'escalier, il était difficile de le déterminer d'après le plan.

Je me mis en marche et lus les plaques sur les portes que je dépassai. CHAUFFERIES, GARDE-MEUBLES... Plusieurs portes ne portaient aucune indication, et une demi-douzaine la même : RÉSERVES.

Le couloir bifurquait à droite.

SPECTOGRAPHIE CHIMIQUE. ARCHIVES RAYONS X. ARCHIVES PRÉLÈVEMENTS. Une double porte battante était marquée d'un MORGUE-ENTRÉE INTERDITE.

Je fis halte. Aucune odeur de formol, rien qui trahît ce qui se trouvait de l'autre côté. Seulement un silence profond, cette morsure acétique et ce frisson peut-être dû à une température inférieure à celle du couloir.

Je me représentai mentalement le plan du sous-sol. Si ma mémoire ne me trahissait pas, pour rejoindre SIP il fallait tourner à droite, puis à gauche et continuer sur quelques dizaines de mètres. Je repris mon exploration en remarquant que je n'avais encore vu personne ici. L'air se rafraîchissait.

J'accélérai l'allure et allais d'un pas énergique quand une porte s'ouvrit soudainement sur ma droite, au point que je dus faire un bond de côté pour ne pas être percuté.

Celle-là ne portait aucune plaque. Deux hommes en tenue grise d'employés de maintenance émergèrent, chargés d'un micro-ordinateur imposant, noir et apparemment haut de gamme. Tandis qu'ils s'éloignaient, deux autres employés sortirent par la même porte. Un autre ordinateur. Puis un seul homme, manches relevées et biceps gonflés, qui portait une imprimante laser. Un bristol collé sur la machine portait un nom : *L. Ashmore*.

Je passai devant la porte et vis Presley Huenengarth qui se tenait sur le seuil de la pièce, chargé de feuillets imprimés. Derrière lui j'aperçus des murs beiges et nus, un mobilier métallique anthracite et d'autres ordinateurs à différents stades de réparation.

Une blouse blanche accrochée à une patère était le seul indice d'une présence humaine dans cette salle.

Huenengarth me dévisagea.

— Je suis le Dr Delaware. Nous nous sommes rencontrés récemment...

Il acquiesça.

— Horrible, la fin du Dr Ashmore, lâcha-t-il.

Il hocha de nouveau la tête puis recula dans la pièce et en referma la porte.

Je contemplai les employés qui s'éloignaient dans le couloir avec leur fardeau, et leur vision me fit penser à des pilleurs de tombes. Soudain une salle emplie de dossiers post-mortem m'apparut comme une destination accueillante, pour ne pas dire rassurante.

11

STATUT INACTIF PERMANENT était une pièce tout en longueur occupée du sol au plafond par des rayonnages que séparaient d'étroites allées. Les étagères étaient encombrées de dossiers médicaux, chacun muni d'une étiquette noire. Ces centaines d'étiquettes créaient des lignes ondulantes qui semblaient couper les théories de dossiers en leur milieu.

L'accès des archives était bloqué par un comptoir d'environ un mètre de hauteur derrière lequel une Asiatique d'une quarantaine d'années était absorbée dans la lecture d'un journal à la typographie orientale arrondie, sans doute du thaïlandais ou du laotien. À mon entrée elle posa son journal et me sourit comme si j'étais annonciateur de bonnes nouvelles.

Je demandai à consulter le dossier de Charles Lyman Jones IV. Le nom ne paraissait rien évoquer pour elle. Fouillant sous le comptoir elle prit un formulaire de demande et me la donna. Quand je l'eus remplie, elle lut à haute voix « Jones », me sourit et s'éclipsa entre les rayonnages. Je l'entrevis qui hésitait, passait d'une allée à l'autre en lisant les étiquettes des dossiers, pour finalement revenir au comptoir les mains vides.

— Pas là, Docteur, dit-elle.

— Une idée de l'endroit où ce dossier pourrait se trouver ?

— Quelqu'un l'a pris, fit-elle avec un haussement d'épaules fataliste.

— Quelqu'un l'a emporté ?

— Quelqu'un, sûrement, Docteur.

Qui pouvait s'intéresser au dossier d'un décès vieux de deux ans ?

— C'est important, insistai-je poliment. Pour la recherche. Il y a un moyen de retrouver ce quelqu'un ?

Elle réfléchit un instant, sourit encore et sortit de derrière le comptoir une boîte de cigares *El Producto*. À l'intérieur étaient proprement rangés cinq paquets de talons de formulaires attachés par des clips métalliques. Elle les aligna sur le comptoir. Le coupon supérieur de chaque liasse portait la signature d'un pathologiste. Je lus également le nom des patients sans remarquer le moindre ordre alphabétique ou une quelconque volonté de classement.

— S'il vous plaît, m'invita l'Asiatique sans se départir de son sourire.

Son devoir accompli, elle se replongea dans sa lecture.

J'ôtai le clip du premier paquet et feuilletai les talons. Je compris très vite le système de classement adopté : chronologique, tout simplement. Chaque paquet regroupait toutes les demandes d'un mois, en partant du premier jour. Et il y avait cinq paquets parce qu'on était en mai.

J'examinai les coupons un à un. Mais si le dossier de Chad Jones avait été consulté avant le 1er janvier, je ne trouverais rien.

Je m'efforçai de lire le nom des enfants décédés comme s'il s'agissait de simples assemblages de lettres.

Je trouvai assez vite ce que je cherchais, dans le deuxième paquet. Un talon daté du 14 février et signé par un stylo assez illisible. Avec beaucoup d'effort je décryptai un D. Kent Herbert, à moins que ce ne fût Dr Kent Herbert.

En dehors de la signature, de la date et d'un poste téléphonique hospitalier, le talon était vide. Les lignes POSITION/TITRE, SERVICE, MOTIF DE LA DEMANDE n'avaient pas été remplies. Je recopiai le numéro de téléphone et remerciai la femme derrière le comptoir.

— Tout bien ? demanda-t-elle.

— Vous savez qui est cette personne ?

Elle vint lire le nom inscrit sur le talon.

— Herbert... Non. Je travaille ici un mois seulement. — Un autre sourire. — Hôpital bien.

Je commençai à me demander si elle avait la moindre idée de ce qu'elle faisait remplir aux visiteurs.

— Avez-vous un répertoire téléphonique de l'hôpital ?

La question la rendit perplexe.

— Petit livre orange ?

Elle se baissa, fouilla derrière le comptoir et en sortit un exemplaire.

Aucun Herbert dans le répertoire hospitalier. Dans la section PERSONNEL NON HOSPITALIER, je trouvai un Ronald Herbert, directeur adjoint de la restauration. Mais le numéro indiqué ne correspondait pas à celui inscrit sur le talon, et je ne voyais pas pourquoi un restaurateur se serait intéressé à un enfant décédé.

Je remerciai l'employée et ressortis. Juste avant que la porte se referme, je l'entendis me dire :
— À bientôt, Docteur.

Je rebroussai chemin dans le sous-sol et repassai devant le bureau de Lawrence Ashmore. La porte en était toujours close mais quand je m'immobilisai pour écouter, il me sembla entendre un bruit à l'intérieur. Je continuai en cherchant un téléphone. J'en repérai un, juste après les ascenseurs. Avant d'y arriver les portes d'une cabine coulissèrent et Presley Huenengarth apparut, immobile dans la cabine. Il me toisa une seconde, hésita puis sortit dans le couloir. Me tournant le dos il pêcha un paquet de Winston dans sa poche-revolver et en retira le film plastique avec une lenteur étudiée.

La porte de l'ascenseur se refermait. Je la bloquai du plat de la main et montai. Je vis alors le regard placide du chef de la Sécurité qui m'observait à travers un nuage de fumée.

Au premier étage je trouvai un téléphone intérieur près du service de radiothérapie. Je composai le numéro de poste de D. Kent Herbert. Le central de l'hôpital répondit.

— Western Pediatrics, bonjour.

— Bonjour. Je cherche à joindre le poste 25 06.

— Je vous le passe dans une seconde, monsieur... — Une série d'impulsions, puis : Désolée, ce poste n'est plus en service.

— Depuis quand ?

— Je ne sais pas, monsieur.

— Auriez-vous une idée de la personne qui avait ce poste ?

— Non, monsieur. Qui vouliez-vous joindre ?

— D. Kent Herbert.

— C'est un médecin ?

— Aucune idée.

— Un moment, je vous prie... Le seul Herbert que j'ai sur mes tablettes est Ronald Herbert, à la restauration. Désirez-vous que je vous connecte à son poste ?

— Pourquoi pas ?

Cinq sonneries.

— Ron Herbert, fit une voix un peu sèche.

— Monsieur Herbert, ici le service des archives médicales. Nous vous rappelons au sujet du dossier que vous nous avez emprunté.

— Pardon ?

— Le dossier médical que vous avez pris en février pour consultation.

— Vous devez vous tromper de bonhomme, l'ami. Ici c'est la cafétéria.

— Vous n'avez pas demandé à consulter un dossier chez nous, le 14 février dernier ?

Rire.

— Pourquoi diable voudrais-je consulter un dossier ?

— Il doit s'agir d'une erreur. Excusez-nous. Merci, monsieur.

— De rien. Je vous souhaite de trouver le bonhomme que vous cherchez.

Je raccrochai, me rendis au rez-de-chaussée et m'aventurai dans la foule toujours compacte du hall d'entrée. Me frayant un passage dans la masse humaine je parvins au comptoir de l'accueil. Je repérai immédiatement le répertoire posé devant l'hôtesse et le tournai vers moi.

L'employée, une Noire teinte en blonde, répondait à la question en espagnol d'un visiteur. L'un comme l'autre paraissait las et irrité, mais elle remarqua mon geste et me fusilla du regard. Derrière moi, la file d'attente ondula comme un énorme serpent qui s'éveillerait.

— Vous n'avez pas le droit de consulter ce document, monsieur, lâcha-t-elle.

Avec mon sourire le plus désarmant, je désignai mon badge du pouce.

— Je ne vous l'emprunte qu'une minute.

Elle soupira sans retenue.

— Pas plus d'une minute, alors.

Je m'écartai jusqu'à l'extrémité du comptoir, ouvris le répertoire à la première page et m'attelai à parcourir la colonne de droite, celle des numéros de postes. J'étais certain de devoir en lire des centaines avant de trouver, mais la chance était avec moi. Je touchai le jackpot après seulement une vingtaine de lignes. Un jackpot somme toute assez logique :

ASHMORE, L.W. (TOX) 25 06

Je rendis le répertoire à l'hôtesse et la remerciai. Elle me gratifia d'un coup d'œil venimeux, m'arracha le document de la main et le plaça hors de portée.

— Une minute, lui dis-je. Je n'ai pas droit à une ristourne sur le sourire ?

Puis je vis l'expression des gens qui faisaient la queue, et je regrettai ce trait de mauvais humour.

Je montai voir Cassie, mais une pancarte **NE PAS DÉRANGER** me dissuada d'entrer dans la chambre, et une infirmière de service m'informa que l'enfant, comme sa mère, dormait.

Alors que je me dirigeais vers la sortie de l'hôpital, plongé dans mes pensées, quelqu'un m'appela par mon nom. Je vis un grand homme moustachu portant lunettes qui venait vers moi de l'entrée principale. Sa moustache formait un guidon de vélo amidonné pour le moins extravagant. Il devait frôler la quarantaine, et avait passé sa blouse blanche sur des vêtements dignes de l'Ivy League.

Il me fit un grand signe.

Du passé surgit un nom.

Dan Kornblatt. Cardiologue et ancien directeur de l'internat à l'université de San Francisco. Sa première année d'hôpital avait correspondu à ma dernière. Nos rapports s'étaient bornés à des débats sur des cas de patients et à des bavardages cordiaux sur Bay Area. De lui, je gardai le souvenir d'un homme doté d'une grande intelligence et d'un tact limité envers ses pairs et les parents des malades, mais très doux et attentionné avec les enfants qu'il soignait. Quatre autres jeunes médecins accompagnaient Kornblatt, deux hommes et deux femmes. Tous cinq avançaient rapidement, en balançant leurs bras à l'unisson, avec assurance. Alors qu'ils se rapprochaient, je remarquai les tempes grisonnantes de Kornblatt et quelques rides supplémentaires sur son visage émacié.

— Alex Delaware ! s'exclama-t-il. Ça alors !

— Salut, Dan.

— Et à quoi devons-nous cet honneur ?

— Je suis ici en consultation.

— Vraiment ? Tu es passé dans le privé ?

— Depuis quelques années déjà.

— Où ça ?

— Dans le West Side.

— Ah-ah. Es-tu repassé dans la vraie ville récemment ?

— Non, pas récemment.

— Moi non plus. Pas depuis... Oh, deux Noëls. Je regrette un peu le Tadich Grill et toute la culture de la vraie ville.

Il fit les présentations. Deux des autres médecins étaient internes, l'un en cardiologie et une des jeunes femmes en médecine générale. Il y eut la tournée obligée de sourires polis et de poignées de main, et j'appris quatre identités que j'oubliai dans l'instant.

— Alex, expliqua Kornblatt, était un de nos psys vedettes. Quand la psy existait encore ici... — Se tournant vers moi, il ajouta : Tiens, à ce sujet, je croyais que vous autres psys étiez *verboten* ici. Ça aurait donc changé ?

— Il ne s'agit que d'une consultation isolée, répondis-je.

— Ah bon. Et où vas-tu, là ? Dehors ?

— Oui.

— Si tu n'es pas trop pressé par le temps, pourquoi ne pas venir avec nous ? Il y a une réunion du personnel médical des Urgences. Tu fais toujours partie du personnel, au fait ? Oui, sûrement, puisque tu donnes une consultation ici... — Il fronça les sourcils —. Comment as-tu réussi à échapper au massacre des psys ?

— En faisant une spécialité. Je suis affilié au service de pédiatrie, pas au service psy.

— En pédiatrie ? Intéressant. Joli biais, en tout cas. — Aux autres : Vous voyez, on peut toujours trouver un biais.

Quatre regards entendus. Aucun des jeunes médecins n'avait la trentaine.

— Alors, tu viens avec nous ? Cette réunion est importante. Enfin, si tu te sens toujours assez impliqué pour te soucier de ce qui se passe ici.

— Bien sûr, fis-je. Quel est le sujet de cette réunion ?

— Déclin et chute de l'empire Western Peds, comme démontré par l'assassinat de Larry Ashmore. En fait, c'est une petite réunion à sa mémoire... Tu es au courant de ce qui lui est arrivé, n'est-ce pas ?

— Oui. Affreux.

— Affreux et symptomatique, Alex.

— Symptomatique de quoi ?

— De ce qui se produit dans cet établissement. Il suffit de voir comment ce drame a été géré par l'administration. Un médecin se fait assassiner et personne ne prend la peine de rédiger le moindre communiqué. Ils ne sont pourtant pas avares de mémos quand il s'agit de faire connaître leurs directives.

— Je sais, j'en ai lu un, affiché sur les portes de la bibliothèque.

Ses impressionnantes moustaches frémirent quand il renifla d'un air attristé.

— Quelle bibliothèque ?

— Oui, j'ai vu ça aussi.

— Bon Dieu ! Maintenant, chaque fois que je dois faire une recherche, je suis obligé d'aller en voiture jusqu'à l'école de médecine.

Nous traversâmes le hall en contournant les files d'attente qui convergeaient vers le bureau d'accueil. Un des médecins reconnut un patient et alla saluer l'enfant et les parents après avoir promis de nous rattraper.

— N'oublie pas la réunion, lui lança Kornblatt sans ralentir.

Une fois loin de la foule il revint sur la discussion amorcée.

— Oui, plus de bibliothèque, plus de service psy, plus de fonds automatiques pour les frais généraux, gel total des embauches... Il est même question de réduction de personnel, et dans tous les services, à tous les niveaux. Entropie, qu'ils disent. Ces salopards veulent sans doute foutre l'hôpital en l'air pour revendre le terrain.

— Tu plaisantes ?

— J'aimerais bien, Alex. On ne fait pas de bénéfices et les patients sont des gens désargentés. Alors autant raser la baraque et construire un parking payant.

— Ils pourraient déjà remettre en état celui qui se trouve de l'autre côté du boulevard, dis-je.

— Ne rêve pas. Pour ces types nous ne sommes que des *péons*. Une autre catégorie de personnel de service.

— Comment se sont-ils retrouvés à diriger le Western ?

— Le nouveau président, Jones, s'occupait des placements de l'hôpital. Avec la réputation d'être très compétent. Quand les temps sont devenus plus durs, le conseil d'administration a décrété qu'il fallait un pro et ils ont voté sa nomination. Dès son entrée en fonction, il a viré la vieille équipe pour imposer ses sbires.

Une autre foule était massée près des ascenseurs. Beaucoup de gens piétinaient avec une irritation perceptible, appuyaient sans résultat sur les boutons d'appel ou soupiraient avec des mines mécontentes. Deux des ascenseurs étaient bloqués à des étages supérieurs et la porte du troisième portait un écriteau EN PANNE.

— En avant, soldats ! fit Kornblatt en désignant l'escalier et en pressant l'allure.

Notre petit groupe partit à l'assaut des marches avec entrain. Au premier palier, Kornblatt sautillait comme un boxeur à l'échauffement.

— À l'attaque ! dit-il en poussant les portes battantes.

L'auditorium était à quelques mètres. Deux médecins se tenaient devant les portes surmontées d'une bannière indiquant **EN MÉMOIRE DE L. ASHMORE.**

— Qu'est devenu Kent Herbert ? lançai-je d'un ton innocent.

— Qui donc ? fit Kornblatt.

— Herbert. Le toxicologue. Il travaillait avec Ashmore.

— Je ne savais pas que quelqu'un travaillait avec Ashmore. C'était un solitaire, un vrai... — Il s'interrompit. — Herbert ? Non, ça ne me dit rien.

Nous pénétrâmes dans la grande salle pentue en forme d'éventail. Les rangées arrondies de sièges tendus de tissu gris descendaient en gradins vers la tribune. Un tableau noir poussiéreux monté sur roulettes était placé derrière le pupitre de l'orateur. Je notai la fatigue des fauteuils dont certains étaient tachés. Le bourdonnement des conversations emplissait la salle.

L'auditorium offrait plus d'un demi-millier de places mais moins d'une centaine étaient occupées. Kornblatt et ses suiveurs allèrent directement vers les premières rangées, serrant des mains au passage ou saluant d'un geste un collègue éloigné. Je préférai rester en retrait et m'installai au fond de la salle.

Les blouses blanches dominaient dans l'assistance. Des membres à plein temps de l'hôpital. Mais où étaient donc les praticiens privés ? Incapables de se libérer en un délai aussi court, ou absents par choix ? Pourtant, par le passé, le personnel régulier et les médecins privés avaient toujours réussi à entretenir une sorte de symbiose tacite.

En regardant autour de moi je fus frappé par une autre particularité de l'auditoire. Les chevelures grisonnantes y étaient très nettement majoritaires. Où donc se trouvaient tous les jeunes médecins que j'avais déjà vus ?

Je n'eus pas le temps de réfléchir à cette question. Un homme muni d'un micro sans fil vint se camper derrière le pupitre et réclama un peu de silence. Trente-cinq ans, un visage rebondi et pâle sous une tignasse afro blonde. Sa blouse tirait sur le jaune et semblait bien trop grande pour lui. En dessous, il portait une chemise et un pantalon noirs, et une cravate marron.

— S'il vous plaît... fit-il d'une voix forte.

Les conversations cessèrent. Quelques beepers se déclenchèrent encore, puis le silence s'établit.

— Merci à toutes et tous d'être venus. Quelqu'un pourrait s'occuper de la porte ?

Des visages se tournèrent vers moi et je me rendis compte que j'étais le plus proche de l'entrée. Je me levai et fermai la porte.

— Bien, dit Afro. La première chose qui s'impose, je crois, est une minute de recueillement à la mémoire de notre collègue le Dr Lawrence Ashmore. Si vous voulez bien vous lever...

Tout le monde se mit debout et resta ainsi un moment, dans un silence total.

— Bien, dit alors Afro. Reprenez place, je vous prie.

Il alla jusqu'au tableau et inscrivit à la craie :

1. — L. ASHMORE
2. — .....
3. — .....
4. — ..... ?

S'écartant de deux pas, il déclara :

— Quelqu'un veut-il prononcer quelques mots à la mémoire du Dr Ashmore ?

Silence.

— Alors permettez-moi de dire, et je pense parler en votre nom à tous, que je condamne avec la plus grande énergie la révoltante sauvagerie qui a entraîné le décès de Larry. Et je présente toute ma sympathie à ses proches. Au lieu de fleurs, je propose que nous organisions une collecte dont le résultat serait attribué à une organisation choisie par la famille du défunt. Ou par nous, si cette demande paraît trop perturbante à la famille. Nous pouvons le décider maintenant ou ultérieurement, selon l'avis général. Quelqu'un désire-t-il intervenir sur ce point ?

À la troisième rangée, une femme aux cheveux courts se leva.

— Et si nous choisissions le Centre de Contrôle Anti-Poison ? Ashmore était toxicologue...

— Ça me semble une bonne idée, dit Afro. Qui est d'accord ?

Une main se dressa au milieu de la salle.

— Merci, Barb. Très touché. Qui connaît la famille ? Pour les informer de ce que nous avons projeté ?

Pas de réponse.

Il se tourna vers la femme qui avait fait la suggestion.

— Barb, accepteriez-vous de prendre en charge la collecte ?

Elle acquiesça.

— Très bien. Mes amis, les dons seront reçus au bureau de Barb Loman, en rhumato, et nous transférerons l'ensemble au Centre de Contrôle Anti-Poison au plus vite. D'autres idées à ce sujet ?

— Non, fit quelqu'un. On n'a pas assez d'informations.

— Pourriez-vous vous lever et préciser votre propos, Greg ? demanda Afro.

Un homme trapu se mit debout. Il était barbu et vêtu d'une chemise à carreaux. Il me sembla le reconnaître, mais sans la barbe. Un résident avec un nom italien, si ma mémoire ne me trompait pas.

— Ce que je veux dire, John, c'est que la Sécurité de l'hôpital n'est qu'une sinistre plaisanterie. Ce qui est arrivé à Larry aurait pu arriver à n'importe lequel d'entre nous, et puisqu'il est question de nos vies, j'estime que nous avons droit à toutes les informations. Ce qui s'est passé exactement, les progrès de l'enquête policière ainsi que toutes les mesures que nous pourrions prendre pour assurer notre sécurité.

— Il n'y en a aucune, de sécurité ! s'exclama un Noir à lunettes assis de l'autre côté de la salle. Pas tant que la direction ne s'engagera pas à imposer une véritable sécurité intérieure. Je parle de vigiles postés vingt-quatre heures sur vingt-quatre à chaque entrée et devant chaque escalier.

— Ça implique des fonds, Hank, rétorqua le barbu. Bonne chance...

Une femme aux longs cheveux coiffés en une tresse se leva de son siège.

— Les fonds seraient disponibles, Greg, mais pour cela il faudrait que la direction définisse les vraies priorités. Nous n'avons pas besoin de brutes paramilitaires qui importunent les visiteurs et les patients dans le hall et les couloirs. Ce dont nous avons besoin, c'est de cours d'autodéfense, de karaté, bref d'un entraînement personnalisé, en particulier pour le personnel féminin. Les infirmières sont confrontées tous les jours à ce genre de risque, de l'autre côté du boulevard. Surtout les équipes de nuit. Vous savez que plusieurs ont déjà été agressées, et...

— Je sais que...

— ... les parkings ouverts ne sont absolument pas surveillés. Nous le savons tous, par expérience personnelle. Je suis venue garer ma voiture à cinq heures ce matin, pour une urgence, et laissez-moi vous dire que je n'étais pas du tout rassurée. Je dois aussi ajouter qu'à mon avis c'est une grave erreur que d'avoir limité cette réunion aux seuls médecins. Le moment n'est certainement pas à l'élitisme. Il y a des infirmières et du personnel de service non diplômé ici, qui ont les mêmes problèmes que nous et qui travaillent dans le même but. Nous devrions faire bloc, nous serions plus forts.

Personne ne fit de commentaire.

La femme à la tresse survola du regard l'assistance, puis se rassit.

— Merci, Elaine, dit enfin Afro, nous avons saisi le message. Bien que je pense que nous n'ayons pas voulu délibérément être exclusifs.

— Eh bien, dit la femme en se relevant, alors qui a été prévenu à part les médecins ?

— C'était une réunion pour le personnel médical, répondit Afro en souriant. Il est donc logique que les médecins aient été...

— Vous ne croyez pas que le reste du personnel est tout autant concerné, John ?

— Bien sûr que si. Je...

— Mais les femmes qui travaillent ici sont terrifiées, John ! Réveillez-vous donc, tous autant que vous êtes ! Tout le monde doit être consulté. Souvenez-vous que les victimes des deux dernières agressions étaient des femmes et que...

— Je ne l'ai pas oublié, Elaine. Personne ici ne l'a oublié. Et je vous assure que si d'autres réunions ont été prévues — et pour moi, il est clair qu'elles sont indispensables — un effort très net sera fait pour qu'elles aient le plus de participants possible.

Elaine faillit répondre mais se ravisa au dernier moment. Elle se rassit en secouant la tête d'un air écœuré.

Afro revint auprès du tableau, craie prête.

— Je pense que nous pouvons passer au point suivant, puisque c'est ce que nous faisons depuis cinq minutes... La sécurité, donc ?

Quelques hochements de tête approbateurs. Le manque de cohérence dans l'assemblée était patent, et cette ambiance me rappela les réunions du passé, les discussions sans fin pour peu ou pas de résultats...

Afro traça une croix devant L. ASHMORE, inscrivit SÉCURITÉ sur la ligne suivante et se retourna vers son public.

— Bon. D'autres suggestions en dehors d'un plus grand nombre de vigiles et de cours de karaté pour le personnel ?

— Oui, fit un homme au teint bistre et aux épaules de lutteur : des armes.

Quelques gloussements.

Afro lui décocha un sourire crispé.

— Merci, Al. C'est ainsi qu'on faisait à Houston ?

— Un peu, oui. S-W dans chaque sac de dame. *S-W* pour *Smith and Wesson*, je précise pour les pacifistes présents...

Afro simula un revolver avec son index et son pouce à angle droit, le pointa sur Al et fit un clin d'œil.

— Autre chose, à part transformer l'hôpital en Fort Alamo ?

Dan Kornblatt se mit debout.

— Je déteste dire ça, mais il me semble que nous sommes en train de nous mettre des œillères. Il conviendrait peut-être de voir les véritables problèmes.

— C'est-à-dire, Dan ?

— C'est-à-dire : la légitimité de cet établissement.

Afro était visiblement décontenancé.

— Nous pouvons donc clore la discussion sur le deuxième point ? fit-il.

— En ce qui me concerne, oui, répondit Kornblatt. La sécurité n'est qu'un symptôme d'un malaise beaucoup plus profond.

Après un instant d'hésitation, Afro marqua une croix devant la deuxième ligne.

— Quel malaise, Dan ?

— Une apathie chronique, au dernier stade. Une indifférence institutionnalisée. Il suffit de regarder autour de vous. Combien y a-t-il de médecins privés dans le personnel, John ? Deux cents ? Regardez simplement le pourcentage qui s'est déplacé aujourd'hui à cette réunion, et tirez-en les conclusions...

— Dan...

— Attendez, laissez-moi terminer. S'il y a aussi peu de médecins privés ici, c'est pour une raison très simple, la même qui les pousse à ne pas envoyer leur clientèle privée ici s'ils peuvent trouver localement une chambre à peu près décente. La même qui fait qu'une partie de nos meilleurs éléments sont partis d'ici. Cet hôpital a été étiqueté PERDANT. Institutionnalisé perdant. Et la ville a accepté cette réputation parce que la direction elle-même et l'administration ont très peu d'estime pour cet hôpital. Et nous aussi. Je suis sûr que nous avons tous des bases suffisantes en psychologie pour savoir ce qui arrive à l'image qu'un enfant a de lui-même quand on lui répète sans arrêt que c'est un raté. Il se met à le croire. La même chose s'applique à...

La porte s'ouvrit brusquement. Les têtes se tournèrent vers George Plumb qui entrait dans l'auditorium en réajustant la cravate rouge vermillon qu'il portait sur une chemise blanche avec un costume gris clair en soie grège. Ses talons claquèrent tandis qu'il descendait vers l'estrade. Il se plaça à côté d'Afro, comme si c'était là sa position naturelle.

— Bonjour, mesdames et messieurs, fit-il simplement.

— Nous parlions de l'indifférence institutionnelle, George, lui dit Kornblatt.

Plumb prit une mine songeuse.

— J'avais cru comprendre qu'il s'agissait d'une réunion en hommage au Dr Ashmore...

— Exact, mais nous avons abordé quelques autres sujets de discussion.

Pivotant sur ses talons, Plumb considéra une seconde le tableau noir.

— Je vois, fit-il. M'autorisez-vous à revenir quelque peu en arrière pour dire quelques mots sur le disparu ?

Silence. Puis quelques acquiescements. L'air ouvertement dégoûté, Kornblatt se rassit.

— Tout d'abord, je tiens à vous faire part de l'émotion ressentie par toute la direction et tout le conseil d'administration devant le décès du Dr Lawrence Ashmore. C'était un chercheur de tout premier ordre et son absence sera cruellement ressentie par tous. Au lieu de fleurs, le Dr Ashmore avait demandé que les dons éventuels soient envoyés à l'UNICEF, en cas de décès. Il va sans dire que mon bureau est prêt à prendre en charge la collecte de ces dons. En second lieu, je veux vous annoncer que des progrès très nets ont été réalisés dans la fabrication des nouvelles cartes magnétiques pour accéder aux parkings. Elles sont déjà disponibles et pourront être retirées à la Sécurité aujourd'hui et demain, entre quinze et dix-sept heures. Nous vous présentons nos excuses pour les désagréments causés. Mais je ne doute pas que chacun d'entre vous comprenne la nécessité de changer tous ces passes. Des questions ?

Le barbu nommé George se leva.

— Qu'en est-il de l'instauration d'une vraie sécurité ? Des vigiles à chaque cage d'escalier, par exemple ?

Plumb sourit finement.

— J'y venais justement, docteur Spironi. Oui, la police et notre propre service de sécurité nous ont informés que les cages d'escalier représentaient un problème, et malgré un coût élevé nous sommes résolus à mettre en place une surveillance continue, soit un vigile par rotation, à chaque étage du parking des médecins ainsi qu'à chacun des trois parkings extérieurs situés de l'autre côté du boulevard. Ce qui fera un total de quinze vigiles pour les seuls parkings, c'est-à-dire onze hommes ajoutés aux quatre déjà en poste. Le coût total, salaire et assurance compris, devrait dépasser légèrement quatre cent mille dollars.

— Quatre cent mille ! s'écria Kornblatt qui venait de bondir sur ses pieds. Mais ça fait presque quatre mille dollars par flic !

— Vigile, docteur Kornblatt, et non pas flic. Des flics, comme vous dites, reviendraient beaucoup plus cher. Comme je viens de l'indiquer, ce chiffre comprend le salaire, l'assurance, l'équipement et une formation spécifique aux lieux. La société que nous avons contactée présente une excellente réputation, et son offre de service comprend une formation d'autodéfense et de prévention du crime pour l'ensemble du personnel. L'Administration n'a pas jugé utile de marchander étant donné le sujet en cause, docteur Kornblatt. Néanmoins si vous désirez rechercher des services équivalents pour un coût plus faible, ne vous gênez surtout pas. Mais ne perdez pas de vue que le temps est un facteur crucial. Nous tenons à rétablir un sentiment de sécurité dans cet établissement, et dans les délais les plus brefs.

Croisant les mains sur son abdomen, il posa sur Kornblatt un regard assuré.

— Jusqu'à plus ample information, George, mon boulot consiste à soigner des enfants.

— Précisément, fit Plumb avant de survoler la salle des yeux. D'autres questions ?

Il y eut un silence aussi long que celui qui avait honoré la mémoire d'Ashmore.

Kornblatt se releva.

— Je ne sais pas pour vous autres, mais moi j'ai la vague impression d'avoir été récupéré.

— Récupéré ? Comment cela, docteur Kornblatt ?

— Ce devait être une réunion entre médecins, or vous êtes entré et vous en avez pris la direction.

Plumb se caressa la mâchoire d'une main, laissa son regard errer sur les visages attentifs, sourit et secoua la tête.

— Eh bien, ce n'était certainement pas mon intention.

— Peut-être, George, mais le résultat est là.

Plumb avança jusqu'à la première rangée de fauteuils, posa un pied sur celui qui se trouvait devant lui, son coude sur le genou dressé, puis cala son menton sur son poing fermé. *Le Penseur* de Rodin, version administrateur en costume.

— Récupéré... Tout ce que je peux dire, c'est que ce n'était pas du tout mon intention.

— George, intervint Afro, ce que Dan voulait dire, c'est que...

— Inutile d'expliquer, docteur Runge. Le décès tragique du Dr Ashmore nous a tous mis dans un état de tension extrême.

Sans quitter sa position de statue, il tourna légèrement la tête vers Kornblatt.

— Docteur Kornblatt, je dois avouer que je suis particulièrement surpris d'entendre ce genre de discours sectaire dans votre bouche. Si ma mémoire est bonne, le mois dernier vous avez rédigé un mémo pour demander une plus grande communication entre l'administration et le personnel médical. Je crois même me souvenir que vous avez employé le terme imagé de « fécondation mutuelle »...

— Je parlais des décisions à prendre, George.

— Et c'est très exactement ce que je m'efforce d'améliorer, docteur Kornblatt. Une « fécondation mutuelle » au sujet des problèmes de sécurité à résoudre. C'est dans cet esprit que je réitère mon offre à chacun de vous. N'hésitez pas à proposer vos solutions. Si vous pouvez développer une sécurité aussi sérieuse que la nôtre, pour un coût égal ou moindre, soyez assurés que le conseil d'administration et la direction seront très heureux de l'étudier. Et je suis sérieux. Je suis sûr qu'il n'est nul besoin de vous rappeler la situation financière de l'établissement. Ces quatre cent mille dollars devront bien venir de quelque part...

— Des soins aux patients, évidemment, fit Kornblatt.

Plumb eut un sourire désenchanté.

— Comme je l'ai déjà expliqué par le passé, les réductions sur les soins aux patients représentent toujours le tout dernier recours. Mais chaque mois voit notre situation financière s'aggraver. Ce n'est la faute de personne, simplement la réalité actuelle. En fait, c'est peut-être une bonne chose que nous nous soyons écartés du sujet initial, le décès du Dr Ashmore, et que nous parlions plus librement. Jusqu'à un certain point, le rapport entre la sécurité et les crédits dépend de données démographiques qui échappent au contrôle.

— Le quartier n'est plus ce qu'il était, ironisa Spironi.

— Hélas, Docteur, le quartier s'en est déjà allé.

— Alors que suggérez-vous ? dit Elaine. La fermeture ?

Plumb lui lança un regard aigu. Ôtant son pied du siège, il se redressa.

— Docteur Eubanks, je pense que nous sommes tous douloureusement conscients des réalités qui nous limitent, malgré toute notre bonne volonté et notre dévouement. Les problèmes spécifiques à l'institution accroissent les difficultés déjà considérables affectant les services de santé et de soins dans cette ville, dans cet État et, jusqu'à un certain point, dans tout le pays. Je suggère que nous œuvrions tous dans une optique réaliste afin que cet établissement puisse toujours fonctionner à un certain niveau.

— « Un certain niveau » ? répéta Kornblatt. Ça sent le futur plan d'économie, ça, George. Qu'est-ce qui se prépare ? Un autre pogrom, comme pour le service psy ? Ou des amputations dans chaque service, comme le prétend la rumeur ?

— Franchement, je ne trouve pas le moment propice à ce genre de débat.

— Et pourquoi pas ? Discussion ouverte, non ?

— Tout simplement parce que les données de ce problème ne sont pas disponibles pour l'instant.

— Donc vous ne niez pas que de nouvelles restrictions auront lieu bientôt ?

— Non, Daniel, fit Plumb en croisant les mains derrière son dos. Je ne pourrais être honnête si je niais cette éventualité. Je ne la nie pas et je ne la confirme pas non plus, parce que dans un cas comme dans l'autre ce serait desservir le personnel autant que l'établissement. La raison de ma venue ici était de présenter mes respects au Dr Ashmore et d'exprimer ma solidarité — autant personnelle qu'institutionnelle — à l'objet de cette réunion. Sa nature politique m'avait échappé, et si j'avais su que ma venue serait perçue comme une intrusion, je me serais abstenu. Aussi je vous prie de pardonner mon intervention, même si je reconnais certains de mes pairs parmi vous, sauf erreur de ma part... — Il me jeta un coup d'œil très rapide. — Bonne journée à tous, donc.

Il fit un petit geste de la main et se dirigea vers le fond de la salle.

— George, dit Afro dans son dos. Docteur Plumb ?

Celui-ci s'arrêta et fit demi-tour sur place.

— Oui, docteur Runge ?

— Nous apprécions votre venue, et je suis certain de parler pour nous tous ici.

— Merci, John.

— Peut-être que si elle aide à une meilleure communication entre l'administration et les équipes professionnelles, la mort du Dr Ashmore aura acquis un peu de signification.

— Dieu le veuille, John, dit Plumb. Dieu le veuille.

12

Plumb parti, la réunion s'acheva assez vite. Quelques médecins restèrent dans la salle pour discuter en petits groupes, mais la plupart s'éclipsèrent. Je sortais moi aussi quand je vis Stephanie qui arrivait dans le couloir.

— C'est déjà fini ? demanda-t-elle en pressant le pas. J'ai été retenue.

— Fini, terminé. Mais tu n'as pas manqué grand-chose. Personne ne m'a semblé avoir quoi que ce soit à dire sur Ashmore. C'est très vite devenu une critique en règle de l'administration. Ensuite Plumb est arrivé et il les a tous matés en offrant de faire tout ce que le personnel réclamait.

— Comme ?

— Comme d'améliorer la sécurité.

Je lui détaillai l'annonce de Plumb puis relatai son échange avec Kornblatt.

— Moi j'ai de meilleures nouvelles, dit-elle. Il semblerait bien que nous ayons enfin trouvé quelque chose de physique concernant Cassie. Regarde ça.

De sa poche elle sortit une feuille de papier. Le nom de Cassie et le numéro d'immatriculation hospitalière étaient inscrits en haut, au-dessus de deux colonnes de nombres.

— Tout frais sorti du labo. Ce matin.

Elle posa l'index sous un chiffre.

— Taux de sucre insuffisant. Hypoglycémie. Ce qui expliquerait l'épilepsie, Alex. Il n'y avait quasiment pas d'anomalie dans le tracé de l'électro-encéphalo et d'après Bogner ça laisse le champ libre à pas mal d'interprétations. Je suis sûre que tu sais combien c'est fréquent chez les enfants. Si nous n'avions pas détecté ce taux de sucre trop bas, nous aurions vraiment séché.

Elle empocha la feuille.

— Les examens précédents n'avaient jamais indiqué d'hypoglycémie, n'est-ce pas ? dis-je.

— Non, et j'ai vérifié à chaque fois. Quand un enfant a une crise, on contrôle toujours les taux de sucre et de calcium. Pour le profane, l'hypoglycémie n'a rien de grave, mais chez un bébé cela peut réellement déséquilibrer tout le système nerveux. Après ses crises, les deux fois, Cassie avait un taux de sucre normal. Mais j'ai demandé à Cindy si elle lui avait donné quelque chose à boire avant de l'amener aux Urgences, et elle m'a dit qu'elle lui avait fait boire du jus de fruits ou un soda. Ce qui est une réaction logique : l'enfant semble déshydraté, on le désaltère. Mais ajouté au délai pour arriver ici, cela pourrait très bien avoir faussé tous les examens précédents. D'une certaine façon, c'est une bonne chose qu'elle ait eu une crise ici : nous avons pu contrôler son état immédiatement.

— Une idée sur la cause d'un taux de sucre aussi bas ?

Elle fit la grimace.

— Là est toute la question, Alex. D'habitude, l'hypoglycémie marquée avec crises est plus fréquente chez les nouveau-nés que chez les enfants de son âge. Les prématurés, les bébés de mères diabétiques, les enfants nés avec des complications périnatales — tout ce qui peut endommager le fonctionnement du pancréas. Le taux de globules blancs de Cassie est normal, mais peut-être que nous ne constatons que des effets résiduels. Un dommage graduel causé par une ancienne infection. Je ne peux pas non plus écarter l'hypothèse de désordres du métabolisme, même si nous avons contrôlé cela quand elle a eu ses problèmes respiratoires. Elle pourrait souffrir d'un de ces problèmes rares de fixation des glycogènes qu'on ne peut détecter.

Elle contempla un instant le couloir d'un air préoccupé, puis soupira longuement.

— L'autre éventualité, c'est une tumeur pancréatique qui sécréterait de l'insuline. Et ça, ce ne serait pas une bonne nouvelle...

— Aucune des deux éventualités ne ressemble à une bonne nouvelle, observai-je.

— Non, mais au moins nous saurions à quoi nous avons affaire.

— Tu as averti Cindy et Chip ?

— Je leur ai seulement dit que le taux de sucre de Cassie était bas et que très probablement elle n'était pas atteinte d'épilepsie classique. Je ne vois aucune raison d'être plus précise tant que nous cherchons toujours à établir un diagnostic fiable.

— Comment ont-ils réagi ?

— Ils sont tous les deux restés assez passifs. Comme

anéantis. Du style : « Redonnez-moi un coup en pleine figure. » Ni l'un ni l'autre n'ont beaucoup dormi cette nuit. Lui est reparti travailler, et elle a repris son poste sur le canapé.

— Et la petite ?

— Toujours somnolente. Nous nous efforçons de stabiliser son taux de sucre. Elle sera bientôt remise.

— Qu'est-ce qui l'attend ?

— D'autres examens sanguins, une tomographie intestinale. Une intervention chirurgicale pourrait s'avérer nécessaire pour examiner son pancréas, mais pas dans l'immédiat. Il faut que je retourne voir Torgeson. Il épluche le dossier de Cassie dans mon bureau. Il s'est révélé un type charmant, très simple.

— Il épluche aussi le dossier de Chad ?

— J'ai demandé qu'on me l'apporte, mais les archives ne l'ont plus.

— Je sais. J'ai moi aussi voulu le consulter pour voir les antécédents familiaux. Un dénommé D. Kent Herbert l'a pris. Il travaillait pour Ashmore.

— Herbert ? Jamais entendu parler de lui. Pourquoi Ashmore aurait-il voulu ce dossier alors qu'il n'était pas intéressé à l'époque du décès ?

— Excellente question.

— Je vais chercher de mon côté. En attendant, concentrons-nous sur le système métabolique de mademoiselle Cassie.

Nous nous dirigeâmes vers l'escalier.

— L'hypoglycémie pourrait-elle expliquer les autres problèmes ? Les difficultés respiratoires et le sang dans les selles ? demandai-je.

— Pas directement, mais tous ces problèmes pourraient n'être que les symptômes d'un processus infectieux généralisé, ou d'une affection rare. On en apprend tous les jours. Chaque fois qu'une nouvelle enzyme est découverte, nous trouvons quelqu'un qui n'en a pas. Et il pourrait aussi s'agir d'un cas atypique de quelque chose que nous aurions correctement testé et qui ne serait pas apparu dans les analyses sanguines, pour Dieu seul sait quelle raison.

Elle marchait d'un pas vif, nerveusement. À l'évidence, elle était heureuse de se mesurer à des ennemis familiers.

— Tu veux toujours de ma participation ? dis-je.

— Bien sûr. Pourquoi cette question ?

— On dirait que tu as abandonné la possibilité du syndrome de Münchausen et que tu es persuadée d'une cause naturelle.

— Eh bien, j'aimerais beaucoup que la cause soit naturelle, je l'avoue. Et possible à soigner. Mais même dans ce cas, nous sommes sans doute confrontés à une affection chronique. Alors ton aide leur sera précieuse, si tu es toujours partant.

— Toujours.

— Merci beaucoup.

Nous descendîmes un étage.

— Cindy ou quelqu'un d'autre pourrait-il provoquer l'hypoglycémie de Cassie ? fis-je.

— Bien sûr, par une simple injection d'insuline en pleine nuit. J'y ai pensé tout de suite. Mais ça requiert une très grande connaissance du dosage et du moment auquel faire l'injection.

— Il faudrait une grande pratique des injections ?

— Théoriquement c'est possible. Cindy passe beaucoup de temps avec Cassie. Mais connaissant la réaction de Cassie aux piqûres, si sa mère lui en faisait souvent, ne serait-elle pas terrorisée à sa seule vue ? Et je suis la seule que ce petit cœur semble détester... De toute façon, je n'ai jamais remarqué aucune trace inhabituelle d'injection quand je l'examinais.

— Ces marques seraient forcément très visibles avec toutes les autres piqûres qu'elle subit ?

— Pas *très* visibles, mais je suis très consciencieuse lors de mes examens, Alex. Je peux te certifier que le corps de cette gamine est ausculté avec beaucoup d'attention.

— Et l'insuline pourrait lui être administrée autrement que par piqûre ?

Elle secoua la tête en continuant à descendre les marches.

— Il existe bien des hypoglycémiques oraux, mais ils apparaîtraient lors des analyses toxicologiques.

Je pensai à la réforme de Cindy, à l'armée.

— Aucun cas de diabète dans la famille ?

— Quelqu'un qui partagerait son insuline avec Cassie ? Non. Au tout début, quand nous recherchions des déficiences métaboliques chez elle, nous avons soumis Chip et Cindy à une batterie d'examens. Rien d'anormal.

— Alors bonne chance pour trouver le fin mot de cette histoire...

Elle s'arrêta et déposa un baiser léger sur ma joue.

— Alex, je veux te remercier. Tes commentaires et tes

questions me sont très profitables. Je suis tellement contente d'utiliser les ressources de la biochimie que je cours le risque de réduire mon champ d'investigation.

De retour au premier, je demandai à un vigile de m'indiquer le bureau du personnel. Il me détailla d'un regard soupçonneux avant de me montrer la direction, au même étage.

Le bureau se trouvait exactement au même endroit que dans mon souvenir. Deux femmes étaient assises devant des machines à écrire, et une troisième remplissait des fiches. C'est elle qui vint vers moi. Elle avait les cheveux raides, le visage sec et devait approcher de la soixantaine. Sous son badge elle avait accroché une sorte de camée bricolé avec la photo d'un chien de berger à poil long. Je lui annonçai que, désirant envoyer quelques mots de condoléances à la veuve du Dr Ashmore, je cherchais son adresse.

— Oh oui, dit-elle aussitôt d'une voix éraillée par la cigarette. C'est épouvantable, n'est-ce pas ? On se demande ce que va devenir cet endroit... — Elle ouvrit un dossier de la taille d'un petit annuaire. — Voilà, Docteur : North Whittier Drive, à Beverly Hills.

Elle récita une adresse avec un code 900.

North Beverly Hills... Un coin de premier choix. Le code le plaçait juste au-dessus de Sunset. La crème de la crème. Ashmore avait forcément vécu avec plus d'argent que ses émoluments de chercheur.

— Pauvre homme, geignit l'employée. Ce qui prouve bien qu'on ne peut jamais être certain de sa sécurité.

— C'est bien vrai, approuvai-je.

— N'est-ce pas ?

Nous échangeâmes un sourire de connivence.

— Très joli chien, fis-je en désignant le camée.

Cette basse flatterie la fit rayonner de bonheur.

— C'est mon trésor adoré. Un pur anglais. Je préfère, pour le caractère et l'obéissance, vous comprenez.

— Il a l'air de bonne compagnie.

— Oh, il est bien plus que cela. Les animaux donnent sans rien attendre en retour. Nous autres humains aurions beaucoup à apprendre d'eux.

J'acquiesçai avec conviction.

— Une dernière chose. Le Dr Ashmore travaillait avec quelqu'un, D. Kent Herbert, je crois ? L'équipe médicale aimerait qu'il soit mis au courant de la collecte de charité organisée à la mémoire de feu le Dr Ashmore, mais personne ne semble en mesure de le localiser. On m'a demandé de le retrouver, mais je ne sais même pas s'il travaille toujours ici. Si vous aviez ses coordonnées, cela m'aiderait beaucoup...

— Herbert ? Hhm... Et vous pensez qu'il a démissionné ?

— Je ne sais pas. Mais je pense qu'il faisait encore partie du personnel en janvier ou février, si cela peut vous aider.

— Peut-être. Herbert ; voyons...

Elle alla prendre un autre dossier sur une étagère murale.

— Herbert, Herbert, Herbert... Ah, voilà. J'en ai deux ici, mais aucun n'a l'air de correspondre à celui que vous cherchez. Le premier est Herbert Ronald, du service de restauration, le second Herbert Dawn, en toxicologie.

— C'est peut-être Dawn. La toxicologie était la spécialité du Dr Ashmore.

Elle fit la moue.

— Mais Dawn est un prénom féminin. Je croyais que vous recherchiez un homme ?

J'exprimai mon ignorance d'un haussement d'épaules.

— Il y a certainement eu confusion de ma part. Le médecin qui m'a donné ce nom ne connaissait pas personnellement Herbert, et nous avons supposé tous les deux qu'il s'agissait d'un homme. Pardonnez ce sexisme latent.

— Oh, ne vous inquiétez pas pour ça, dit-elle. Je ne m'intéresse pas aux bêtises comme cette notion de sexisme.

— Dawn est-il suivi d'une initiale ? Un K ?

Elle consulta le document.

— En effet.

— Alors c'est bien elle. On m'avait indiqué D. Kent Herbert. Quelle est son numéro de poste ?

— Hmm... 533 A. Voyons... — Elle feuilleta rapidement un autre registre. — Assistant de recherche, Niveau 1.

— Aurait-elle changé de service à l'intérieur de l'hôpital, par chance ?

— Non, répondit-elle après consultation d'un autre répertoire. Elle a dû démissionner.

— Aïe. Et vous auriez une adresse où la joindre ?

— Hélas non, rien. Nous jetons tous les documents personnels trente jours après le départ. À cause du manque de place, vous comprenez.

— Quand a-t-elle démissionné, exactement ?

— Ça, je dois pouvoir vous le dire... — Elle tourna quelques pages et arrêta son index osseux sous un code qui ne signifiait rien pour moi. — Voilà. Vous aviez raison quand vous avez dit qu'elle était encore là en février. Mais c'était son dernier mois. Elle a signifié sa démission le 15 et a été officiellement rayée du personnel le 28.

— Le 15...

Le jour qui suivait l'emprunt sans retour du dossier de Chad Jones.

— Oui, le 15. Vous voyez, là ? Quinze tiret zéro deux.

Je m'attardai encore quelques minutes à écouter des histoires de chiens. Mais je pensai à des bipèdes.

Il était trois heures quarante-cinq quand je quittai le parking. À quelques mètres de l'entrée, un motard de la police dressait contravention à une infirmière, visiblement pour avoir traversé le boulevard hors des clous. L'infirmière paraissait furieuse. Le visage du policier restait impassible.

Sur Sunset, la circulation était bloquée par un accrochage entre quatre véhicules, avec en fond sonore les récriminations des conducteurs et les invectives lasses d'officiers de police. Il me fallut presque une demi-heure pour atteindre l'étendue verte et calme du boulevard dans Beverly Hills. Là s'alignaient des demeures monumentales à toits de tuiles, perchées sur des collines artificielles gazonnées, aux portails rébarbatifs, avec ici et là un court de tennis et l'incontournable automobile allemande de luxe.

Je passai devant la propriété vaste comme un stade olympique autrefois dominée par la Villa Arden et que les herbes folles avaient maintenant envahie. Le gazon était desséché, les arbres décoratifs morts pour la plupart. Le palais de style méditerranéen avait un temps servi de gentilhommière à un cheik arabe d'une vingtaine d'années, avant d'être réduite en cendres par un pyromane resté inconnu. Peut-être une sensibilité artistique choquée par le style mauresque, ou un acte de pure xénophobie. Quelle qu'ait été la raison de cet incendie, des rumeurs avaient ensuite circulé sur un possible fractionnement de la propriété pour construire des maisons plus modestes. Mais la crise immobilière semblait avoir calmé ces ardeurs spéculatives.

Quelques blocs plus loin on arrivait en vue du Beverly Hills Hotel, bordé d'une collection de limousines blanches rallongées. Un mariage ou une opération de promotion pour un nouveau film.

En approchant de Whittier Drive je décidai de continuer. Mais quand la pancarte de la rue devint visible je me surpris à tourner à droite pour remonter lentement la rue bordée de jacarandas.

La maison de Larry Ashmore se trouvait à l'extrémité d'un bloc. C'était une bâtisse en pierre à chaux construite sur trois niveaux, de style géorgien, sur un terrain d'au moins soixante mètres de façade. La demeure, assez massive, était dans un état impeccable. Une allée courbe en brique coupait dans une pelouse parfaitement plate et entretenue. Le jardinier paysagiste avait fait sobre et bien, avec une préférence pour les azalées, les camélias et les fougères hawaïennes. Style géorgien agrémenté d'une touche tropicale. Un olivier au feuillage en cloche ombrageait une petite moitié de la pelouse, l'autre restant exposée à la caresse du soleil.

Sur la gauche de la maison, je repérai une porte cochère assez longue pour abriter derrière elle une des limousines que j'avais vues garées devant l'hôtel. Au-delà, j'aperçus la cime d'arbres décoratifs et les nuages rougeoyants des bougainvillées.

La crème de la crème. Même en tenant compte de la récession, l'ensemble valait encore au moins quatre millions de dollars.

Un seul véhicule était garé dans l'allée, une Oldsmobile Cutlass blanche vieille de cinq ou six ans. Pas de couronne mortuaire ni même de fleurs accrochées à la porte. Volets clos, aucun signe d'occupation. Le panonceau d'une société de gardiennage était proprement fiché en bord de pelouse.

Je continuai sur quelques dizaines de mètres, effectuai un demi-tour et rentrai chez moi.

Mon service de répondeur téléphonique n'avait que des appels de routine à me communiquer. Rien de Fort Jackson. Je contactai quand même la base et demandai le capitaine Katz. Il répondit rapidement.

Après avoir espéré que je n'interrompais pas son repas, je lui remémorai notre première conversation.

— Justement, j'allais vous appeler, répondit-il. Je crois avoir trouvé ce que vous demandiez.

— Magnifique.

— Une seconde. Nous y sommes : Épidémies de pneumonie et de grippe sur les dix dernières années, c'est bien ça ?

— En effet.

— Eh bien, d'après mes données nous n'avons eu qu'une

seule vraie épidémie de grippe — un virus oriental — en 1973. Avant la période qui vous intéresse.

— Rien depuis ?`

— Il semble bien que non. Et aucune pneumonie. Bien sûr, nous avons eu notre lot de cas de grippe isolés, mais rien qu'on puisse qualifier d'épidémie. Et nos dossiers de santé sont très bien tenus. En termes de contagion, le seul problème rencontré a été une méningite bactérienne. Vous savez sans doute quels ravages elle peut causer dans un environnement clos.

— J'imagine. Vous avez donc eu des épidémies de méningite ?

— Quelques-unes. La plus récente il y a deux ans. Avant, nous en avons eu une en 1983, une en 1978 et une en 1973. C'est presque cyclique, quand on y réfléchit. Il serait d'ailleurs intéressant d'étudier cette hypothèse pour voir si on peut dégager un schéma logique sur la périodicité de ces épidémies.

— Ces épidémies étaient sérieuses ?

— De celles que j'ai pu observer personnellement, seule celle de 1983 l'était. Plusieurs soldats en sont morts.

— Et les séquelles ? Lésions cérébrales, attaques inexpliquées ?

— Elles sont très probables. Je n'ai pas les données sous la main, mais je pourrais me les procurer. Vous envisagez de modifier votre protocole de recherche ?

— Pas pour l'instant. Simple curiosité.

— Oui, la curiosité peut avoir du bon. Du moins, dans le monde des civils.

Stephanie possédait ses informations brutes. Je disposai maintenant des miennes.

Cindy avait menti sur la raison de sa réforme.

Peut-être Lawrence Ashmore avait-il découvert lui aussi certaines informations brutes. En voyant le nom de Cassie sur le registre des admissions et sur celui des réformes, il avait pu devenir curieux.

Pourquoi sinon aurait-il voulu consulter à nouveau le dossier de Chad Jones ?

Jamais il ne me le révélerait, mais son ancienne assistante pourrait peut-être le faire.

J'appelai les renseignements pour les zones téléphoniques 213, 310 et 818 et demandai le numéro de Dawn Kent Herbert. Sans résultat. J'élargis mes recherches aux zones 805,

714 et 619 avec autant de succès. Je contactai alors Milo à Parker Center.

— Je suis au courant, pour l'homicide d'hier soir à l'hosto, m'annonça-t-il d'entrée.

— Je me trouvais au Western quand c'est arrivé...

Et je lui racontai mon interrogatoire, la scène dans le hall et l'impression d'être épié alors que je quittais le parking.

— Sois prudent, mon pote. J'ai eu des messages sur ton Bottomley, mais il n'y a aucune trace d'appels pour violences domestiques à son adresse, et personne dans les archives qui puisse être son mari. Mais il y a bien une petite frappe enregistrée à son domicile : Reginald Douglas Bottomley, né en 1970. Ce qui fait probablement de lui son fils, ou un neveu dévoyé.

— Que lui reproche-t-on ?

— Un max. La liste est assez longue pour cacher un panier de Magic Johnson au public. Le dossier de délinquance juvénile est inaccessible, mais ensuite tu as le choix : recel, vol à l'étalage, larcins mineurs, cambriolage, vol avec voies de fait, agressions diverses. En contrepartie, pas mal d'arrestations, quelques peines prononcées et un peu de prison, en majeure partie locale. J'ai mis sur le coup un pote inspecteur à Foothill, pour voir ce qu'il peut récolter. Mais dis-moi, quel rapport entre la situation familiale de Bottomley et la gosse ?

— Je ne sais pas au juste, avouai-je. Je cherche des facteurs possibles de stress chez Bottomley qui pourraient expliquer son comportement actuel. Sûrement parce qu'elle m'a un peu tapé sur les nerfs. Bien sûr, si Reginald a mal tourné à cause de sévices infligés par Vicki, nous aurions une piste cohérente. De mon côté j'ai découvert quelque chose de réellement significatif. Cindy Jones m'a menti sur son motif de réforme militaire. Je viens d'appeler Fort Jackson, et il n'y a pas eu d'épidémie de pneumonie là-bas en 83.

— Et alors ?

— Elle a peut-être eu une pneumonie, mais ce n'était pas lors d'une épidémie. Or elle a insisté sur l'épidémie.

— Ça semble un peu ridicule de mentir sur ce point, non ?

— Cela pourrait être un mensonge typique du syndrome de Münchausen. Ou alors elle essaie de couvrir autre chose. Souviens-toi, je t'ai dit que cette histoire de réforme m'avait paru un sujet très sensible pour elle. L'officier de santé de la base m'a appris qu'il y avait bien eu une épidémie en 1983, mais de méningite bactérienne. Et c'est une affection qui peut entraîner plus tard des attaques. Ce qui nous donne un lien avec un autre organe fragile chez Cassie. En fait, elle a eu une crise d'épilepsie hier soir. À l'hôpital.

— C'est la première ?

— Oui. La première, mais Cindy en a été témoin.

— Qui d'autre y a assisté ?

— Bottomley et l'infirmière de salle. Ce qui est intéressant, c'est qu'hier Cindy m'a parlé du fait que Cassie tombait malade à la maison pour se remettre très vite à l'hôpital. Si bien que des gens commencent à croire que c'est la mère qui a des problèmes. Et quelques heures plus tard, nous avons des témoins oculaires et une confirmation chimique. Les examens de labo ont révélé une hypoglycémie, et maintenant Stephanie est convaincue que Cassie est réellement souffrante... Mais on peut provoquer l'hypoglycémie, Milo, par toute substance affectant le taux de sucre dans le sang, par exemple par une injection d'insuline. J'en ai parlé à Stephanie, mais je ne suis pas sûr qu'elle ait saisi l'allusion. Elle est très excitée à l'idée de se trouver en présence d'un dysfonctionnement rare du métabolisme.

— Volte-face assez brutale, grogna-t-il.

— Je ne peux pas dire que je lui en veux. Après des mois à tourner en rond sur ce cas, elle est très frustrée. C'est un médecin, et elle a envie de pratiquer la médecine qu'elle connaît, pas de jouer à des devinettes psychologiques.

— Toi, en revanche...

— J'ai l'esprit tordu, je sais. Je dois te fréquenter depuis trop longtemps.

— Ouais... Je comprends ton intérêt pour le truc de la méningite, si c'est ce que la mère a eu. Des attaques pour tout le monde : telle mère, telle fille. Mais tu n'en es pas encore certain. Et si elle couvre autre chose, pourquoi aurait-elle abordé d'elle-même le sujet de sa réforme ? Pourquoi d'ailleurs t'avoir seulement dit qu'elle avait signé pour en baver ?

— Si elle est atteinte du syndrome de Münchausen, elle aurait tendance à me provoquer par des demi-vérités. Ce serait certainement très instructif d'avoir sous les yeux ses papiers de réforme, Milo. De savoir ce qui lui est vraiment arrivé en Caroline du Sud.

— Je peux essayer, mais ça va prendre un peu de temps.

— Autre chose. J'ai voulu consulter le dossier de Chad

Jones aujourd'hui, mais il a disparu. Emprunté par l'assistante d'Ashmore en février, et jamais rendu.

— Ashmore ? Le toubib qui s'est fait buter ?

— En personne. C'était un toxicologue. Stephanie lui avait déjà demandé d'éplucher ce dossier six mois plus tôt, quand elle a commencé à avoir des soupçons sur le cas de Cassie. Il s'est exécuté sans grand enthousiasme, apparemment : c'était un chercheur, il n'avait pas pour habitude de travailler avec des patients. Et il lui a dit qu'il n'avait rien trouvé. Alors pourquoi aurait-il fait prendre une nouvelle fois le dossier par la suite, sinon parce qu'il avait découvert un élément nouveau à propos de Cassie ?

— S'il ne travaillait pas avec les patients, comment était-il au courant pour Cassie, d'abord ?

— En voyant son nom sur le registre des admissions. Celles du jour sont transmises quotidiennement à tous les médecins. En voyant le nom de Cassie à plusieurs reprises, il aurait fini par devenir curieux, assez pour décider de réétudier le dossier concernant le décès de son frère. Il était assisté d'une femme, Dawn Herbert. J'ai voulu la contacter, mais elle a quitté l'hôpital le lendemain de l'emprunt du dossier. Et maintenant, Ashmore se fait assassiner. Je ne veux pas ressembler à un obsédé des conspirations, mais c'est quand même bizarre, non ? Herbert serait peut-être en mesure d'expliquer un peu tout cela, mais il n'y a ni adresse ni numéro de téléphone enregistrés à son nom entre Santa Barbara et San Diego.

— Dawn Herbert, répéta-t-il. Herbert comme l'autre Hoover.

— Le nom complet est Dawn Kent Herbert. Comme pour le duc de...

— Super. Je vais essayer de trouver des traces avant de quitter le boulot.

— Je te remercie, Milo.

— Remercie-moi en nourrissant mon corps de sylphide. Tu as des trucs comestibles chez toi ?

— Je crois, oui...

— Mieux, de la haute cuisine ? Je suis preneur. Des trucs bien riches, hors de prix, mais ce n'est pas grave : c'est toi qui régales avec ta carte de crédit.

Il arriva à huit heures, un carton plat et blanc à la main. D'après le logo décorant le couvercle, pizza.

— De la pizza ? Où sont passées la haute cuisine et la note astronomique ?

— Attends de voir la facture...

Il alla déposer le carton sur la table de la cuisine, l'ouvrit et prit une part prédécoupée qu'il engloutit en deux bouchées, appuyé contre le comptoir. Puis il m'en donna une, en prit une deuxième pour lui et s'assit à la table.

J'examinai la part que j'avais en main. Un désert bosselé de fromage fondu, avec ici et là un morceau de champignon, une rondelle d'oignon, du piment, des anchois, des tranches de saucisse et un tas d'autres douceurs impossibles à identifier.

— C'est quoi, ça ? De l'ananas ?

— Et il y a de la mangue aussi, et du bacon canadien et du chorizo. Mon pote, tu as dans les mains un échantillon d'une authentique pizza pogo-pogo de Spring Street. Le nec plus ultra de la cuisine consensuelle : un peu de chaque ethnie. Une vraie leçon d'internationalisme gastronomique.

Il mangeait tout en parlant, ce qu'il faisait avec force postillonnades.

— Un petit gars indonésien vend ça sur un stand près de Center. Les gens font la queue.

— Les gens font bien la queue pour payer leurs notes de parking...

— Comme tu voudras, fit-il en passant une main sous une autre part pour retenir le fromage fondu.

Dans le placard je trouvai des assiettes en carton et des serviettes en papier.

— Whoa, on sort la porcelaine de grand-mère ! gloussa-t-il en s'essuyant le menton d'un revers de main négligent. Il y a quelque chose à boire ?

Je sortis deux canettes de Coke du frigo.

— Ça ira ?

— S'il est frais.

Il termina sa troisième part, ouvrit la canette et but longuement.

Je m'attablai et mordis dans la pizza.

— Pas mauvais.

— Milo est un as de la gastronomie à emporter. — Il but encore du Coke. — En ce qui concerne ta Miss Dawn K. Herbert, pas de mandat ou de condamnation. Une autre vierge.

De sa poche il tira un morceau de papier et me le tendit. Deux lignes y étaient inscrites à la machine :

Dawn Kent HERBERT *née le 13/12/63*
1,70 m — 76,5 kg — yx marron — chvx bruns. Mazda Miata.

En dessous était notée une adresse sur Lindblade Street, à Culver City.

Je le remerciai et lui demandai s'il avait appris quelque chose sur l'assassinat d'Ashmore.

— Non. Ça ressemble beaucoup à une agression de barge. Rien de très exceptionnel à Hollywood.

— C'était le type à agresser, en effet. Il était riche.

Je lui décrivis sa demeure de North Whittier.

— Je ne savais pas que la recherche payait aussi bien, fit-il.

— Elle ne paie pas aussi bien. Ashmore devait avoir une autre source de revenu, ce qui expliquerait pourquoi l'hôpital l'a engagé à une époque où ils se débarrassaient d'autres médecins et sabraient les crédits de recherche. Il a sans doute apporté dans son escarcelle une dotation.

— Il aurait acheté son poste ?

— Ça arrive.

— Je voudrais te poser une question, dit-il. Sur ta théorie selon laquelle Ashmore serait devenu trop curieux. Depuis sa naissance, Cassie n'a fait qu'entrer et sortir de cet hosto. Pourquoi aurait-il attendu février pour se mettre à fouiner dans les affaires des autres ?

— Bonne question. Attends une seconde.

Je passai dans le bureau-bibliothèque, et ramassai les notes que j'avais prises sur l'historique médical de Cassie. Milo s'était rassis à la table, et je m'installai avec lui pour passer en revue les données.

— Nous y voilà, dis-je. Le 10 février. C'était la deuxième hospitalisation de Cassie pour troubles stomacaux. Le diagnostic indique une douleur gastrique d'origine inconnue, un état septique possible, le symptôme principal étant du sang dans les diarrhées. En lisant ça, Ashmore a peut-être pensé à un empoisonnement bien précis. Sa formation de toxicologue a pu vaincre son indifférence.

— Pas assez en tout cas pour qu'il aille en parler à Stephanie.

— C'est vrai.

— Il a donc peut-être cherché et n'a rien trouvé.

— Alors pourquoi n'a-t-il pas rendu le dossier aux archives ?

— Oubli par paresse. Herbert devait le faire, mais elle ne l'a pas fait. Elle allait démissionner et n'avait plus rien à braire de la paperasserie.

— Quand je la verrai, je lui poserai la question.

— Ouais. Qui sait, elle te fera peut-être faire un tour dans sa Miata.

— Vroum-vroum, fis-je sans entrain. Rien de nouveau sur Reginald Bottomley ?

— Pas encore. Fordebrand — le type de Foothill — est en congé, j'ai donc dû contacter un autre gars qui le remplace. En espérant qu'il coopérera vraiment.

Il posa la canette de Coke. La tension crispait son visage, et je crus en deviner la raison. Il se demandait si l'autre inspecteur savait qui il était, et s'il daignerait seulement répondre au message laissé par Milo.

— Merci pour tout, dis-je.

— *De nada.*

Il agita la canette. Vide. S'appuyant sur la table des deux coudes, il se pencha vers moi.

— Qu'y a-t-il ? demandai-je.

— Tu as l'air à plat. Sans jus.

— Il doit y avoir un peu de ça. Toutes ces théories, et le pauvre bout de chou n'est pas plus en sûreté...

— Je comprends ce que tu veux dire. Le mieux est de rester concentré, et de ne pas trop s'écarter du sujet principal. C'est toujours le risque avec les affaires apparemment insolubles. Dieu ou plutôt le Diable sait que j'en ai connu ma part. Tu te sens impuissant, tu commences à te démener dans tous les sens et en fin de compte tu n'es pas plus avancé, seulement un peu plus vieux.

Il partit peu après et j'appelai la chambre d'hôpital de Cassie. Il était neuf heures passées et les appels directs aux patients étaient suspendus. Je dus m'identifier auprès du standardiste pour être connecté. Vicki décrocha.

— Bonsoir, c'est le Dr Delaware.

— Oh... Que puis-je pour vous, Docteur ?

— Comment ça se passe ?

— Bien.

— Vous vous trouvez dans la chambre de Cassie ?

— Non, juste à l'extérieur.

— Au bureau des infirmières ?

— Oui.
— Comment va Cassie ?
— Bien.
— Elle dort ?
— Oui.
— Et Cindy ?
— Aussi.
— Rude journée pour tout le monde, n'est-ce pas ?
— Oui.
— Le Dr Eves est passé récemment ?
— Vers huit heures. Vous désirez que je vous donne l'heure exacte ?
— Non, merci. Rien de neuf à propos de l'hypoglycémie ?
— Il faudrait le demander au Dr Eves.
— Pas de nouvelle crise ?
— Non.
— Très bien. Dites à Cindy que j'ai appelé. Je passerai demain.

Elle raccrocha. Malgré son hostilité, j'éprouvais un sentiment bizarre, presque corrupteur, de puissance. Parce que j'étais au courant de son triste passé familial et qu'elle ne le savait pas. Mais je me rendis compte que le peu que je savais ne me rapprochait pas plus de la vérité.

Ne pas trop s'écarter du sujet, avait dit Milo.

Je restai assis à la table de cuisine, tandis que la sensation de puissance s'évanouissait.

13

Le lendemain je me réveillai à l'aube, dans la clarté printanière. J'allai courir plus de trois kilomètres, ignorant la douleur dans mes genoux et concentrant mes pensées sur la soirée avec Robin.

Ensuite je me douchai, donnai à manger aux poissons et pris enfin mon petit déjeuner en parcourant le journal. Rien de neuf sur le meurtre d'Ashmore.

J'appelai les renseignements et demandai le numéro de téléphone correspondant à l'adresse que Milo m'avait donnée pour Dawn Herbert. Mais aucun n'était enregistré, et les deux autres Herbert habitant Culver City ne connaissaient aucune Dawn.

Je raccrochai, sans trop savoir si tout cela changeait quelque chose. En admettant que je la localise, quelle excuse emploierais-je pour la questionner sur le dossier de Chad ?

Je décidai de me limiter au travail que j'avais appris à accomplir. Je m'habillai, accrochai le badge hospitalier au revers de mon veston et sortis. Sur Sunset, je tournai vers l'est et Hollywood.

En quelques minutes j'étais à Beverly Hills. Je passai devant Whittier Drive sans même ralentir. De l'autre côté du boulevard, quelque chose attira mon regard.

Une Cutlass blanche qui venait de l'est. Elle s'engagea dans Whittier et remonta jusqu'au bloc des 900.

Au premier carrefour je fis demi-tour. Quand j'atteignis à mon tour la grande demeure géorgienne, l'Oldsmobile était arrêtée dans l'allée, à l'endroit exact où je l'avais vue hier, et une femme noire sortait du côté du conducteur.

Elle était jeune — la trentaine, à peine —, assez petite, et mince. Elle avait passé un pull-over à col roulé sur une robe descendant jusqu'aux chevilles, et portait des chaussures noires sans talon. Dans une main elle tenait un sac Bullock, dans l'autre un sac à main en cuir brun.

Sans doute une employée de maison, apportant quelques courses à la veuve éplorée d'Ashmore.

En se tournant vers la maison elle m'aperçut. Je lui souris. Elle me jeta un regard étonné et approcha lentement, d'un pas court et léger. Je me rendis compte qu'elle était très jolie, avec une peau si sombre qu'elle en paraissait bleutée, un visage rond terminé par un menton volontaire, des traits nets et réguliers comme un masque nubien. Et de grands yeux vifs qui étaient braqués sur moi.

— Bonjour. Vous êtes de l'hôpital ? dit-elle avec un accent anglais qui signait une éducation soignée.

— Oui, répondis-je, un peu surpris avant de comprendre qu'elle avait simplement vu mon badge.

Ses iris avaient deux teintes de marron : acajou près du centre et noisette à la périphérie.

Et les bords de ses yeux étaient rougis. Elle avait pleuré. Ses lèvres tremblaient un peu.

— C'est très gentil à vous d'être venu, ajouta-t-elle.

— Alex Delaware, dis-je en lui tendant la main par la vitre baissée de la portière.

Elle posa son sac de provisions sur la pelouse et me serra la main. La sienne était étroite, sèche et très froide.

— Anna Ashmore, se présenta-t-elle à son tour. Je ne m'attendais pas à voir quelqu'un aussi vite.

— Je ne connaissais pas le Dr Ashmore personnellement, mais je voulais présenter mes respects.

Elle laissa sa main retomber le long de son corps. Quelque part, au loin, une tondeuse à gazon démarra.

— Il n'y aura pas de service funèbre. Mon mari était un athée convaincu, dit-elle avant de pivoter vers la grande maison. Voulez-vous m'accompagner à l'intérieur ?

Le hall d'entrée constituait un ensemble imposant couleur crème, sur deux étages, dallé de marbre noir. Un escalier également en marbre et bordé d'une magnifique rambarde en cuivre ouvragé montait en courbe vers le second étage. À droite s'ouvrait une salle à manger spacieuse décorée de mobilier noir luisant de style Art Déco. La véritable employée de maison était occupée à le faire briller. Des œuvres d'art ornaient les murs derrière l'escalier, en un mélange réussi de peintures contemporaines et de batiks africains. Au-delà de l'escalier, un vestibule étroit se terminait par des portes vitrées révélant une carte postale californienne : de la pelouse très verte, une piscine aux reflets argentés, des cabines de bains blanches derrière une colonnade blanche ornée d'un treillis, des haies et des massifs de fleurs abrités du soleil par le feuillage d'arbres rares. Sur le toit en tuiles des cabines s'étalait une tache d'écarlate : la bougainvillée aperçue de la rue.

L'employée sortit de la salle à manger et débarrassa Mme Ashmore de son sac de provisions. La maîtresse de maison la remercia, puis désigna les portes ouvertes sur la gauche, par lesquelles on découvrait un salon deux fois plus vaste que la salle à manger.

— Je vous en prie, me dit-elle en me précédant dans la pièce et en allumant un interrupteur qui commandait de multiples lampes basses.

Un piano à queue noir trônait dans un coin. Le mur de droite était en grande partie composé de hautes fenêtres aux volets tirés ne laissant pénétrer que des lames de lumière. Le plancher en bois blond disparaissait sous les tapis persans. Un plafond à caissons dominait des murs abricot auxquels étaient accrochés d'autres tableaux et tentures exotiques. Je crus reconnaître un Hockney au-dessus de la cheminée en granite.

La pièce était glacée et ponctuée de meubles qui semblaient tout droit sortis d'un magasin de design. Des canapés tendus de cuir italien blanc, un fauteuil Breuer noir, d'énormes tables en pierre de style peut-être postneandertalien et quelques autres en verre teinté bleu sur des pieds de cuivre entortillé. Une des tables en pierre était placée devant le plus grand des canapés. En son centre se trouvait un compotier en bois de rose débordant de pommes et d'oranges.

— Je vous en prie, répéta Mme Ashmore.

Je m'assis devant les fruits.

— Je peux vous offrir quelque chose à boire ?

— Non, merci.

Elle s'installa en face de moi, droite comme un I et silencieuse.

Le temps de venir jusqu'ici, ses yeux s'étaient emplis de larmes.

— Je suis désolé de ce qui vous arrive, dis-je.

Du bout de l'index elle essuya le coin interne de ses yeux.

— Merci d'être venu, répondit-elle.

Le silence déferla sur le salon, le rendant encore plus froid. Elle s'essuya de nouveau les yeux et croisa les doigts de ses deux mains.

— Vous avez une maison magnifique.

Elle eut un geste d'impuissance des deux mains.

— Je ne sais pas ce que je vais en faire.

— Vous vivez ici depuis longtemps ?

— Un an seulement. Larry la possédait depuis beaucoup plus longtemps, mais nous n'y avions jamais vécu ensemble auparavant. Quand nous sommes arrivés en Californie, Larry a décrété que ce serait notre foyer.

Elle eut le même mouvement des mains, puis les laissa retomber sur ses genoux.

— Elle est si grande, c'est vraiment ridicule... Nous avions envisagé de la revendre... — Elle secoua la tête. — Je vous en prie, prenez quelque chose.

Je choisis une pomme dans le compotier et croquai dedans. Mon initiative parut la réconforter.

— D'où veniez-vous ? demandai-je.

— New York.

— Et le Dr Ashmore avait déjà résidé à Los Angeles avant que vous vous installiez ici ?

— Non, mais il était déjà venu pour affaires. Il aimait acheter des propriétés, un peu partout dans le pays. C'était son... hobby.

— Acheter des propriétés ?

— Acheter, revendre. Investir. Il a même possédé une maison en France, un temps. Une très vieille bâtisse, un château. Un duc le lui a racheté et s'est vanté que le château appartenait à sa famille depuis des siècles, ce qui a bien fait rire Larry. Il détestait ce genre de prétention. Mais il adorait acheter et revendre. À cause de la liberté que cela lui procurait.

Je pouvais comprendre cela, ayant établi mon indépendance financière en profitant de l'élan immobilier au milieu des années 1970. Mais j'avais opéré à un niveau bien inférieur.

— L'étage est complètement vide, dit-elle.

— Vous vivez seule ici ?

— Oui. Pas d'enfant. Goûtez une orange, je vous en prie. Elles proviennent de nos propres arbres, derrière la maison. Elles sont très bonnes.

Je m'exécutai, pelai la moitié du fruit et détachai un quartier gonflé de jus. Le bruit de mes mâchoires au travail me parut produire un vacarme épouvantable.

— Larry et moi ne connaissons pas grand monde, dit-elle en niant inconsciemment son veuvage par l'emploi du présent.

Je me rappelai alors qu'elle s'était dite surprise que j'arrive aussi tôt.

— Quelqu'un de l'hôpital devait passer vous voir ?

— Oui, avec le don. Le certificat de versement à l'UNICEF. Ils ont tout organisé. Un homme a téléphoné hier pour savoir si j'étais d'accord. Pour le don à l'UNICEF.

— Un dénommé Plumb ?

— Non... Je ne crois pas. C'était un nom plus long, à consonance plutôt germanique.

— Huenengarth ?

— Oui, c'est ça. Il s'est montré très gentil. Il a eu des paroles très amicales sur Larry.

Son regard s'éleva jusqu'au plafond.

— Vous êtes bien certain de ne rien vouloir boire ?

— Un peu d'eau, alors. Ce sera très bien.

Elle acquiesça et se mit debout.

— Avec un peu de chance, le livreur de Sparkletts sera passé. L'eau a mauvais goût à Beverly Hills. À cause des minéraux. Larry et moi ne la buvons jamais.

Pendant son absence je me levai et inspectai les tableaux. Le Hockney était bien un original, une aquarelle représentant une scène extérieure figée sous le verre. À côté était accrochée une petite toile abstraite qui se révéla un De Kooning. Puis je découvris un Jasper Jones, une étude de drapé de Jim Dine, un satyre et une nymphe dus à la plume de Picasso, et beaucoup d'autres que je ne pus identifier, intercalés avec des batiks figurant des scènes tribales ou des motifs géométriques, peut-être des talismans.

Elle revint porteuse d'un plateau ovale laqué sur lequel étaient posés une bouteille de Perrier, un verre vide et une serviette pliée en lin.

— Je m'excuse, il n'y a pas d'eau plate. J'espère que ceci vous conviendra.

— Bien sûr. Merci.

Elle versa l'eau gazeuse pour moi avant de reprendre sa place assise.

— Belles œuvres, fis-je.

— Larry les achetait à New York, quand il travaillait au Sloane-Kettering.

— L'institut de recherche sur le cancer ?

— Oui. Nous y sommes restés quatre ans. Larry s'intéressait beaucoup au cancer, aux fluctuations du nombre de cas, comment le monde en était gangrené. Il était très préoccupé par le bien-être du monde.

Elle ferma les yeux une seconde.

— Vous vous êtes rencontrés là-bas ?

— Non. Nous nous sommes rencontrés dans mon pays, au Soudan. Je suis originaire d'un petit village du Sud. Mon père en était le chef. J'ai été éduquée au Kenya puis en Angleterre, car les grandes universités de Khartoum et Omdourman sont islamiques, or ma famille était chrétienne. Le Sud est chrétien ou animiste. Savez-vous ce que cela signifie ?

— Des religions tribales ancestrales ?

— Oui. Primitives, mais très résistantes. Les Nordistes ont cette endurance en horreur. Pour eux, tout le monde doit embrasser la religion islamique. Il y a une centaine d'années, ils ont vendu les Sudistes comme esclaves. À présent ils essaient de nous réduire en esclavage avec la religion.

Seul signe de nervosité, ses mains se crispèrent.

— Le Dr Ashmore faisait des recherches au Soudan ?

— Oui, pour le compte des Nations unies. Il étudiait le schéma de prolifération des maladies. C'est pour cela que Mr. Huenengarth a pensé que la donation à l'UNICEF serait appropriée.

— Le schéma de prolifération des maladies... Il faisait de l'épidémiologie ?

— En effet. De formation, il était toxicologue et spécialiste de la médecine environnementale, mais il n'a exercé que brièvement. Sa vraie passion, c'étaient les mathématiques, et grâce à l'épidémiologie il avait la possibilité de combiner les mathématiques et la médecine. Au Soudan, il a étudié la prolifération de la contagion bactérienne de village en village. Mon père admirait son travail, et il m'a ordonné de l'aider pour les prélèvements de sang auprès des enfants. À l'époque je venais juste de terminer mes études d'infirmière à Nairobi. — Elle sourit : Je suis devenue « la dame aux piqûres ». Larry n'aimait pas faire de mal aux enfants. Nous avons sympathisé. Et puis les musulmans sont arrivés. Mon père a été tué. Toute ma famille... Larry m'a emmenée avec lui dans l'avion des Nations unies, jusqu'à New York City.

Elle avait résumé cette tragédie personnelle d'un ton neutre, comme si les épreuves successives avaient engourdi sa capacité au chagrin. Je me demandai si cette fréquentation passée de la souffrance l'aiderait à supporter la disparition de son mari quand la douleur la frapperait de plein fouet, ou si cela aggraverait les effets.

— Les enfants de mon village... ont tous été massacrés quand les Nordistes sont arrivés. Les Nations unies n'ont pas levé le petit doigt pour empêcher ces atrocités, et Larry est devenu fou de rage. C'est alors qu'il a perdu ses dernières illusions. De retour à New York, il a écrit et a voulu voir des bureaucrates. Mais ils ont refusé de le recevoir. Sa colère a encore grandi, et il s'est renfermé. C'est à cette époque qu'il s'est mis à acheter.

— Pour passer sa colère ?

— Oui. L'art est devenu une sorte de refuge pour lui, docteur Delaware. Il disait que c'était le domaine le plus élevé où l'homme pouvait trouver une place. Il achetait une nouvelle œuvre, l'accrochait, la contemplait des heures durant et parlait du besoin de nous entourer de choses sans danger pour nous.

Elle regarda autour d'elle et eut une moue désabusée.

— Et maintenant je suis seule avec tout ça, alors que la plupart de ces œuvres ne signifient rien pour moi. Des photos et le souvenir de sa colère. C'était un homme habité par la colère, M. Delaware. On peut même dire que c'est par sa colère qu'il a gagné sa fortune.

Elle remarqua mon expression perplexe.

— Veuillez me pardonner, je m'écarte du sujet. Je voulais faire référence à ses débuts, à ce qui l'a poussé vers le jeu. Il s'est mis à jouer au black jack, au craps, à d'autres jeux de hasard. Quoique le mot jeu ne soit pas approprié, à mon avis. Il n'y avait rien de ludique dans sa façon de faire. Quand il jouait, il était dans son univers personnel, privé, il ne s'arrêtait même pas pour manger ou dormir.

— Où jouait-il ?

— Partout. Las Vegas, Atlantic City, Reno, Lake Tahoe. Ce qu'il gagnait, il l'investissait dans d'autres domaines, à la Bourse, en obligations.

D'un geste large elle balaya la pièce.

— Il gagnait souvent ?

— Presque toujours.

— Avait-il découvert une sorte de martingale ?

— Plusieurs. Il les avait créées avec l'aide de programmes informatiques de son cru. C'était un génie des mathématiques, docteur Delaware. Ses systèmes requéraient une mémoire extraordinaire. Il était capable d'additionner des colonnes de chiffres mentalement, comme un ordinateur humain. Mon père disait que c'était de la magie. Quand nous avons fait les prélèvements de sang aux enfants, je lui ai demandé de les occuper en jonglant avec les chiffres. Ils étaient hypnotisés par ce qu'il leur montrait, et pas un ne sentait la prise de sang.

Elle sourit et couvrit aussitôt sa bouche de la main.

— Il croyait pouvoir continuer indéfiniment, dit-elle en relevant les yeux. À faire fortune sur le dos des casinos. Mais ils l'ont repéré et l'ont interdit de jeu. C'était à Las Vegas. Alors il a pris l'avion pour Reno, mais ils avaient été mis au courant là-bas aussi. Larry était furieux. Quelques mois plus tard il est retourné au premier casino affublé d'une barbe et vêtu autrement. Il a misé plus gros et gagné encore plus.

Elle resta avec ce souvenir à l'esprit un moment, et un sourire évanescent passa sur ses lèvres. Parler semblait lui faire du bien, et l'aider à rationaliser ma présence.

— Et puis un jour il a tout arrêté. Le jeu. Il disait qu'il s'était lassé. Et il a commencé à acheter et revendre des propriétés... Il était très doué pour ça aussi... Je ne sais pas ce que je vais faire de toutes ces possessions...

— Vous avez de la famille ici ?

Je notai la crispation des mains.

— Non. Pas plus ici qu'ailleurs. Et les parents de Larry sont morts aussi. Quelle ironie... Quand les Nordistes sont arrivés en tuant femmes et enfants, Larry s'est planté devant eux et les a injuriés. Il les a traités de noms horribles. Ce n'était pas un homme très corpulent... L'avez-vous jamais rencontré ?

— Non.

— Il était de très petite taille, fit-elle avec un autre sourire attendri. Oui, très petit. Dans son dos mon père le surnommait « le petit singe », mais c'était affectueux. Un petit singe qui se prenait pour un lion. Au village, c'était devenu une plaisanterie, mais Larry n'y prêtait pas attention. Peut-être les musulmans ont-ils cru qu'il était vraiment un lion. Jamais ils ne l'ont molesté. Et ils l'ont laissé m'emmener dans l'avion. Un mois après notre arrivée à New York, j'ai été dévalisée par un drogué en pleine rue. J'ai été terrifiée. Mais la ville n'a jamais fait peur à Larry. En plaisantant, je disais parfois que c'était lui qui faisait peur à la ville. Mon petit singe féroce. Et maintenant...

De nouveau elle plaqua une main sur sa bouche, et détourna les yeux. Un long moment passa avant que je me décide à prendre la parole :

— Comment en êtes-vous venus à vous installer en Californie, si ce n'est pas indiscret ?

— Larry n'était pas heureux au Sloane-Kettering. Trop de règles et d'interférences politiques. Il a dit que nous devrions déménager en Californie et vivre dans cette maison. C'était la plus belle propriété qu'il avait achetée. Il estimait idiot que quelqu'un d'autre en profite pendant que nous vivions dans un appartement. Alors il a évincé le locataire, un genre de producteur de cinéma qui n'avait pas payé le loyer.

— Et pourquoi a-t-il choisi Western Pediatrics ?

Elle hésita.

— Ne le prenez pas comme une offense, Docteur, je vous en prie, mais il estimait que Western Peds était un hôpital... sur le déclin. À cause de ses problèmes de trésorerie. De la sorte, son indépendance financière signifiait qu'il aurait toute latitude de poursuivre ses recherches.

— Quelle sorte de recherches poursuivait-il ?

— Comme toujours, il travaillait sur le schéma d'apparition des maladies. Je ne sais pas grand-chose sur le sujet. Larry n'aimait pas parler de son travail. Il ne parlait pas beaucoup, d'ailleurs. Après le Soudan, les malades du cancer à New York, il ne voulait plus avoir affaire aux gens réels et à leurs souffrances.

— J'ai entendu dire qu'il était solitaire.

Elle eut un sourire très tendre.

— Il aimait la solitude, oui. Il ne voulait même pas de secrétaire. Il prétendait pouvoir taper plus vite sur le clavier de son ordinateur, alors à quoi bon ?

— Il avait pourtant des assistants de recherche, non ? Comme Dawn Herbert.

— Je ne connais pas les noms, mais en effet il lui arrivait de louer les services de jeunes diplômés de l'Université. Mais aucun n'a correspondu à ce qu'il exigeait.

— L'université à Westwood ?

— Oui. Sa contribution payait le personnel de laboratoire et il y avait même des tâches qu'il aurait pu se dispenser d'accomplir. Mais il n'était jamais satisfait du travail d'autrui. La vérité, docteur, c'est qu'il détestait dépendre de quelqu'un d'autre. L'autonomie était devenue sa religion. Après mon agression à New York, il a insisté pour que nous apprenions tous deux l'autodéfense. Il disait que la police était trop paresseuse et indifférente. Dans Lower Manhattan il a trouvé un vieux Coréen qui nous a enseigné le *tae-kwon-do* et le combat de rue. J'ai suivi deux ou trois leçons, puis j'ai arrêté. Ça paraissait complètement illogique. Comment vous protéger à mains nues d'un drogué qui vous menace d'un revolver ? Mais Larry a été très assidu. Il a même décroché une ceinture.

— Noire ?

— Rouge. Larry disait que rouge suffisait. Vouloir plus n'aurait été que vouloir flatter son ego. C'est ce qu'il a dit.

Baissant la tête elle pleura sans bruit dans ses mains ouvertes. Je pris la serviette sur le plateau, me levai et vins me placer près d'elle. Je lui tendis la serviette dès qu'elle se redressa. Sa main agrippa mes doigts avec assez de vigueur pour y laisser des marques, puis elle me lâcha. Je me rassis.

— Désirez-vous autre chose ? demanda-t-elle en désignant mon verre.

— Non, merci. Et moi, puis-je faire quelque chose pour vous ?

— Non. Mais vous avez déjà beaucoup fait par votre visite. Nous ne connaissons pas beaucoup de monde.

Du regard elle survola de nouveau la pièce.

— Avez-vous réglé le problème des funérailles ? demandai-je.

— C'est l'avocat de Larry qui s'en occupe. Apparemment, Larry avait tout planifié. Les détails, la concession. Il y a une concession pour moi aussi. Je ne le savais même pas. Mais Larry avait prévu toutes les éventualités... Je ne sais même pas quand auront lieu les funérailles...

Sa main vola jusqu'à sa bouche. D'autres larmes.

— Excusez-moi, c'est ridicule... Je suis tellement puérile...

Elle se tamponna les yeux avec la serviette.

— C'est une perte terrible, Mme Ashmore.

— Rien que je n'aie déjà connu, dit-elle très vite, et soudain sa voix était dure, raidie par la rage.

Je gardai mon calme.

— Eh bien, fit-elle, je crois qu'il est temps que je m'occupe de tout ça.

Je me levai. Elle me raccompagna jusqu'à la porte.

— Merci d'être venu, docteur Delaware.

— Si je peux faire quelque chose...

— C'est très aimable à vous, mais je suis certaine que je saurai faire face à la situation.

Elle ouvrit la porte.

Je la saluai et tournai les talons. La porte se referma dans mon dos.

Je me dirigeai vers la Seville. La tondeuse s'était tue et la rue était aussi belle que silencieuse.

14

Quand j'entrai dans la chambre 505W, les yeux de Cassie se braquèrent sur moi et me suivirent, mais ce fut sa seule réaction.

Les rideaux étaient tirés, et une lumière jaune s'étalait dans la pièce par la porte entrouverte de la salle de bains. J'aperçus des vêtements mouillés accrochés au-dessus de la pomme de douche. Les barreaux du lit étaient abaissés et une odeur de vieux bandages flottait dans l'air.

L'aiguille d'une perfusion était toujours plantée dans son bras gauche. Un liquide clair descendait en un goutte-à-goutte très lent de la bouteille suspendue. Les LuvBunny entouraient Cassie. Un plateau de petit déjeuner intact était posé sur la table.

— Bonjour, la puce, dis-je.

Elle répondit d'un demi-sourire, ferma les yeux et se mit à bouger la tête d'avant en arrière comme le ferait un enfant aveugle.

Cindy sortit de la salle de bains.

— Bonjour, docteur Delaware.

Elle avait ramené sa tresse en couronne sur sa tête, et son chemisier était fermé jusqu'au dernier bouton.

— Bonjour. Comment ça se passe ?

— Bien.

Je m'assis sur le bord du lit de Cassie. Cindy vint se mettre à côté de moi. Mon poids sur le sommier créa un léger mouvement qui fit ouvrir les yeux à l'enfant. Je lui souris et effleurai ses doigts des miens. Son estomac émit un bruit sourd et ses paupières se rabaissèrent. Ses lèvres étaient sèches, et un minuscule lambeau de peau morte pendait à la supérieure. Chaque respiration l'agitait.

Je pris sa main libre. Elle ne résista pas. Sa peau était tiède et soyeuse, douce comme le ventre d'un dauphin.

— Tu es un très gentil bout de chou, murmurai-je.

Derrière le voile des paupières, les globes oculaires bougèrent.

— Nous avons eu une nuit difficile, dit Cindy.

— Je suis au courant. Désolé.

J'observai la petite main que je tenais. Pas de nouvelles blessures, mais une quantité d'anciennes. L'ongle du pouce était petit, carré, et aurait eu besoin d'être nettoyé. J'appuyai doucement et la dernière phalange se redressa, resta tendue un instant puis se rabaissa jusqu'à toucher ma main. Je répétai la pression et la même réaction suivit. Mais les yeux restaient clos et les traits de son visage s'étaient amollis. Quelques secondes de plus et elle dormait, sa respiration prenant le rythme exact du goutte-à-goutte.

Cindy se pencha et caressa la joue de sa fille. Une des peluches tomba du lit. Elle la ramassa et voulut la placer près du plateau du petit déjeuner, mais elle sous-estima la distance, accentua son mouvement et se trouva déséquilibrée. Je l'empêchai de basculer in extremis en la retenant par le coude. Sous le tissu de la manche son bras était maigre et mou. Je la lâchai mais elle agrippa une seconde ma main.

Je remarquai des ridules de souci au coin de ses yeux et de sa bouche, et je sus ce que le temps ferait à son visage. Nos regards se rencontrèrent. Le sien était à la fois ravi et apeuré. Elle se leva et alla s'asseoir sur le canapé-lit.

— Où en est-on ? demandai-je, bien qu'ayant lu le dossier avant de venir.

— Perfusion et examens, répondit-elle. Tout un tas de radios. Elle n'a pu souper que très tard dans la nuit et a été incapable de garder ce qu'elle avait avalé...

— Pauvre puce.

La mère se mordit la lèvre inférieure.

— D'après le Dr Eves, son manque d'appétit serait soit dû à l'anxiété, soit une réaction aux isotopes utilisés pour les radios.

— Ça arrive, en effet, dis-je. En particulier quand il y a beaucoup d'examens : le taux d'isotopes devient trop important pour l'organisme.

Elle acquiesça.

— Elle est épuisée. Je crois que vous ne pourrez pas dessiner avec elle aujourd'hui.

— Je le crains, oui.

— Quel dommage... Ça avait si bien marché. Vous n'avez pas eu le temps d'appliquer vos techniques.

— Comment a-t-elle supporté les procédures ?

— En fait, elle était si fatiguée après sa crise d'épilepsie qu'elle est restée assez passive.

Elle regarda vers le lit, détourna aussitôt la tête et, appuyant le plat de ses mains sur le canapé, se propulsa debout.

De nouveau, nous nous regardâmes. Elle étouffa un bâillement et dit :

— Excusez-moi.

— Je peux faire quelque chose ?

— Merci. Mais je ne vois rien pour l'instant.

Elle ferma les yeux.

— Alors je vous laisse vous reposer, dis-je en rejoignant la porte.

— Docteur Delaware ?

— Oui ?

— Cette visite à domicile dont nous avons parlé, quand nous sortirons enfin de cet hôpital, vous avez toujours l'intention de la faire ?

— Bien sûr.

— Parfait.

Quelque chose dans sa voix, une intonation aiguë que je n'avais encore jamais détectée, me fit m'immobiliser et attendre.

Mais elle répéta simplement « parfait » d'un ton las et détourna les yeux, l'air résigné. Comme si un moment critique venait d'être passé. Puis elle se mit à rouler l'extrémité de sa natte entre deux doigts, et je sortis de la chambre.

Aucun signe de Vicki Bottomley. L'infirmière de garde m'était inconnue. Après avoir résumé ma visite dans le dossier, je relus la section tenue par Stephanie, celles du neurologue et de l'endocrinologue, un nommé Alan Macauley à l'écriture large et puissante.

Le neurologue n'avait décelé aucune anomalie dans les deux électro-encéphalogrammes et avait donc cédé la place à Macauley. Ce dernier ne faisait mention d'aucun indice d'un quelconque désordre métabolique, bien que ses examens de laboratoire soient encore à l'analyse. Pour autant qu'en pouvait juger la science médicale, le pancréas de Cassie était normal, d'un point de vue structurel et biochimique. Macauley proposait d'autres examens génétiques ainsi que des scannographies du cerveau pour éliminer toute éventualité de tumeur cérébrale, et il recommandait des « séances intensives de consultation psychologique avec le Dr Delaware ».

Je n'avais jamais rencontré ce médecin et sa recommandation me surprit un peu. Comme je voulais savoir ce qu'il entendait par « intensives », je cherchai son numéro dans le répertoire hospitalier et l'appelai.

— Macauley à l'appareil.

— Docteur Macauley, ici Alex Delaware. Le psychologue qui voit Cassie Jones.

— Veinard. Vous l'avez vue récemment ?

— Il y a une minute.

— Comment va-t-elle ?

— Elle est épuisée. Le contrecoup de la crise, à mon avis.

— Probable.

— Sa mère a dit qu'elle avait vomi son repas.

— Sa mère, hein ?... Et que puis-je pour vous ?

— J'ai lu vos observations dans le dossier. Et votre recommandation pour une aide psychologique. Je me demandai si vous aviez une suggestion.

Il réfléchit un long moment avant de répondre :

— Où vous trouvez-vous en ce moment ?

— Au bureau des infirmières du service de pédiatrie.

— Bon, écoutez : je dois aller à la section des diabétiques dans une vingtaine de minutes. Je peux y être d'ici cinq minutes. Pourquoi ne pas me rejoindre là-bas ?

Il me fit un signe en me voyant arriver et je me rendis compte que je l'avais vu la veille lors de la réunion à la mémoire d'Ashmore. L'homme chauve et large d'épaules qui avait parlé du Texas et d'armes à feu, un Smith & Wesson dans chaque sac à main.

Debout, il était encore plus impressionnant, avec ses énormes épaules voûtées et ses bras de docker. Il portait des bottes de cow-boy en autruche, un jeans repassé et un polo blanc, son badge accroché juste au-dessus du logo. D'une main il tenait son stéthoscope, de l'autre il exécutait des mouvements de voltige aérienne — piqués et chandelles principalement — tout en parlant à un adolescent efflanqué.

Quinze minutes avant l'ouverture affichée, la salle d'attente des consultations d'endocrinologie se remplissait déjà. Des posters vantant les bienfaits d'une alimentation saine tapissaient les murs. Sur la table basse s'entassaient livres pour enfants et revues en piteux état.

Macauley donna une tape dans le dos de l'adolescent et je l'entendis lui dire :

— Tu te débrouilles très bien. Continue comme ça. Je sais bien que ça n'est pas facile, mais essaie de ne plus laisser ta mère s'occuper de ça et profite de la vie.

— Ouais, sûr, fit le garçon.

Il avait un menton et un nez trop gros pour le reste de son visage. Le lobe d'une de ses oreilles était orné de trois anneaux en or. Il dépassait le mètre quatre-vingts, mais Macauley le dominait encore largement. Sa peau était huileuse et jaunâtre, piquetée de boutons sur les joues et le front. Sa chevelure était coiffée à la mode, avec plus d'angles et de plans obliques qu'un rêve érotique d'architecte.

— Eh, profite en souriant, mon gars, grogna Macauley. Tant que c'est gratuit.

— Ouais, c'est la baise, fit l'adolescent.

— Ah, ça c'est mieux. Tu peux en profiter autant que tu peux, tant que tu n'oublies pas le préservatif.

Malgré lui, le garçon sourit.

Macauley lui tapa sur l'épaule amicalement une fois encore.

— Allez, taille-toi, trace, arrache, mets les bouts. J'ai des gens vraiment malades à voir.

— Ouais, sûr.

Le garçon sortit un paquet de cigarettes de sa poche, en ficha une au coin de sa bouche mais ne l'alluma pas.

— Eh, mon poulet, pour tes poumons c'est un autre service, hein, fit Macauley.

L'autre eut un petit rire qui se voulait désinvolte et sortit en traînant les pieds.

Macauley vint vers moi.

— Des adolescents indociles au diabète invalidant. Quand je mourrai, je sais que j'irai au Paradis parce que l'Enfer, je connais déjà.

Il tendit un bras épais dans ma direction. La main qui le terminait aurait convenu à un étrangleur professionnel, mais il serra la mienne sans excès. Son visage tenait du basset, avec une touche de bull-terrier : nez épais, lèvres pleines, petits yeux sombres aux coins extérieurs tombants. Sa calvitie et l'ombre de barbe dès cinq heures de l'après-midi le vieillissaient, mais il ne devait pas avoir dépassé trente-cinq ans.

— Al Macauley, se présenta-t-il.

— Alex Delaware.

— Ah, la réunion des Al, fit-il. Sortons donc d'ici avant que les autochtones ne se réveillent.

Nous passâmes des portes battantes identiques à celles du secteur de Stephanie, puis croisâmes le même mélange d'employés, d'infirmières et d'internes sur fond de sonneries de téléphone et de stylos grattant des formulaires. Il me précéda dans une salle d'examens décorée d'un grand poster récapitulant le taux de sucre dans les aliments et offert par une chaîne de fast-foods, comme le prouvait d'ailleurs l'emphase accordée aux burgers et aux frites.

— Que puis-je pour vous ? dit-il en s'asseyant sur un tabouret et en pivotant d'un quart de tour dans un sens puis dans l'autre.

— Des idées sur Cassie ? dis-je.

— Des idées ? Ça n'est pas votre domaine, plutôt ?

— Dans un monde parfait, oui. Malheureusement, Al, la réalité se refuse à coopérer.

Il eut un reniflement ironique et passa une paume rapide sur son crâne comme pour aplatir une chevelure fantôme. Sur la table d'examens, quelqu'un avait laissé un maillet à tête caoutchoutée. Il le prit et s'en servit pour se tapoter le genou.

— Vous avez recommandé un suivi psychologique intensif, dis-je. Et je me demandais simplement si...

— Si j'étais un type un peu trop sensible ou si je trouvais ce cas suspect, c'est bien ça ? La seconde réponse est la bonne. J'ai lu vos annotations dans le dossier, alors je me suis renseigné sur votre compte et on m'a dit que vous étiez bon dans votre partie. Je me suis donc permis de mettre mon grain de sel.

— Suspect comme le serait un cas de syndrome de Münchausen relayé ?

— Appelez ça comme vous voulez. Moi je suis endocrinologue, pas psy. Mais je peux vous affirmer que le métabolisme de notre Cassie est tout à fait normal.

— Vous en êtes bien certain ?

— Écoutez, ce n'est pas la première fois que je suis appelé sur ce cas. J'ai déjà examiné ce petit bouchon il y a quelques mois, quand il était question de sang dans les selles. En fait, personne n'a pu le constater de visu en dehors de la mère, et pour moi une couche avec des traces de sang ne prouve rien. Il pouvait très bien s'agir d'une irritation due aux couches employées. Et mon premier examen a été rigoureux, vous pouvez me croire. J'ai fait tous les tests habituels, et quelques-uns en plus.

— Sa dernière crise a eu un témoin.

— Je suis au courant, fit-il avec une pointe d'impatience. D'un point de vue physiologique, c'est vrai, un taux de sucre bas est une explication valable. Mais ce que ça n'explique pas, c'est pourquoi. Elle ne présente aucune anomalie génétique ou métabolique, pas de dysfonction dans la fixation glycogénique, et son pancréas fonctionne parfaitement bien. Pour l'instant, je ne fais que reprendre ce qui est connu et lancer quelques hypothèses empruntées à l'université de médecine. Nous avons peut-être l'enfant de deux ans qui a subi le plus d'examens de tout l'Occident. Si on appelait les types du Guinness des records ?

— Et s'il s'agissait de symptômes idiopathiques ? Une variante très rare d'une affection connue ?

Il me considéra un long moment en faisant passer le maillet d'une main à l'autre.

— Tout est possible, reconnut-il enfin.

— Mais vous n'y croyez pas.

— Ce que je ne crois pas, c'est que ce soit une affection glandulaire. C'est une gamine en bonne santé qui a fait une crise d'hypoglycémie pour une raison extérieure.

— Quelque chose que quelqu'un lui aurait administré ?

Il lança le maillet en l'air et le rattrapa avec deux doigts. Il réitéra l'exploit deux fois encore avant de répondre.

— Et vous, qu'en pensez-vous ? fit-il avec un petit sourire. Ah, j'avais toujours rêvé de faire ça à l'un de vous. Bon, pour être sérieux : oui, c'est ce que je pense. Et c'est logique, non, quand on reprend l'historique du cas ? Sans parler du premier enfant décédé...

— Vous êtes intervenu pour lui aussi ?

— Non. Pourquoi l'aurais-je fait ? C'était un problème respiratoire. Et je ne dis pas que le décès du gamin soit forcément suspect. La mort subite du nourrisson frappe effectivement des nourrissons. Mais dans le cas présent, ça fait réfléchir, vous ne trouvez pas ?

— En effet. Quand j'ai entendu parler d'hypoglycémie, j'avoue avoir pensé à un empoisonnement à l'insuline. Mais Stephanie m'a assuré qu'elle n'avait remarqué aucune trace d'injection récente sur le corps de Cassie.

— Possible, convint-il. Je n'ai pas fait d'examen physique complet. Mais il y a des moyens de faire une piqûre avec subtilité. Par exemple en utilisant une aiguille ultra-fine, comme pour les bébés, et en choisissant un repli de peau à une articulation, ou entre les orteils, ou sous le cuir chevelu. Mes patients drogués sont très inventifs dans ce domaine, et une injection d'insuline n'est que sous-cutanée. Si elle est faite avec une de ces aiguilles ultra-fines, la trace d'une piqûre aussi petite disparaît très vite.

— Avez-vous fait part de vos soupçons à Stephanie ?

— Bien sûr, je lui en ai parlé, mais elle est toujours braquée sur un truc inédit. Entre nous, je n'ai pas eu l'impression qu'elle voulait vraiment m'écouter. Non que ça me tracasse particulièrement, notez bien. Je suis en dehors du coup. Et bientôt en dehors d'ici, pour tout dire.

— Vous quittez l'hôpital ?

— Exactement. Encore un mois et je mets le cap sur des contrées plus verdoyantes. Le temps de finir de m'occuper de mes dossiers. Ça va faire du foin, il y aura pas mal de familles qui m'en voudront. Alors vous pensez, la dernière chose que je désire, c'est bien fourrer mon nez dans les affaires de la famille de Chuck Jones en sachant que de toute façon je ne pourrai rien faire.

— Parce qu'il s'agit de sa famille ?

— Non, et pourtant j'aimerais pouvoir répondre : « Oui, c'est bien ça, tout ce truc est une question de politique. » Mais non, il s'agit du cas lui-même. Cassie pourrait être la petite-fille de n'importe qui, nous cracherions de la même façon dans le vent tout simplement parce que nous ne disposons d'aucune preuve pour étayer nos soupçons. Regardez-nous, ici, dans cette salle. Vous savez très bien ce qui se passe ; je sais très bien ce qui se passe ; même Stephanie savait très bien ce qui se passait avant que l'hypoglycémie ne la rende marteau. Mais savoir n'a aucune valeur légale, pas vrai ? Parce que nous ne pouvons rien faire. C'est ce que je déteste dans ces affaires d'abus. Quelqu'un accuse les parents, ils nient, claquent la porte ou exigent un autre médecin. Et même si vous pouviez prouver qu'il y a anguille sous roche, il vous faudrait des années pour le faire admettre, avec une armée d'avocats et des montagnes de paperasses. Tout ça aurait pour effet de ruiner votre réputation, et pendant ce temps la gosse paierait l'addition à votre place, et vous ne pourriez même pas obtenir un placement.

— On dirait que vous avez déjà connu cette expérience...

— Ma femme est assistante sociale. Le système est tellement surchargé que les gosses avec des os cassés ne sont plus considérés comme prioritaires. C'est partout pareil. J'ai eu un cas comme ça, au Texas, un gamin diabétique. La mère ne lui donnait pas son insuline et nous avons eu toutes les peines du monde pour assurer la sécurité du gosse. Et c'était une infirmière très bien notée.

— À propos d'infirmières, que pensez-vous de celle qui s'occupe de Cassie ?

— Qui donc ? Ah, oui : Vicki. Une satanée grincheuse, mais très pro. — Une lueur passa dans ses yeux. — Elle ? Merde, je n'avais jamais envisagé ça, mais c'est inimaginable, non ? Jusqu'à cette dernière crise, les problèmes de la gosse se sont déclarés chez elle.

— Vicki s'est rendue à domicile, une fois ou deux. Pas assez pour faire tous ces dégâts.

— Et puis, ce syndrome de Münchausen frappe toujours la mère, non ? Et celle-là est bizarre, enfin, de mon avis de profane.

— Comment cela ?

— Je ne sais pas trop expliquer mon impression. Elle est simplement bien trop gentille, en particulier quand on songe aux diagnostics que nous avons faits. À sa place, j'aurais déjà rué dans les brancards en exigeant qu'on fasse quelque chose. Mais elle, elle continue à sourire. Voilà : elle sourit trop à mon goût. « Bonjour, Docteur, comment allez-vous, Docteur »... Ne faites jamais confiance à quelqu'un qui sourit autant. J'ai épousé une femme qui était comme ça. Son sourire dissimulait toujours quelque chose. Je suppose que vous seriez capable me détailler tous les ressorts psychologiques motivant une telle attitude, pas vrai ?

— C'est un monde parfait, dis-je en haussant les épaules.

— Excellent commentaire, fit-il avec un petit rire.

— Des impressions sur le père ?

— Jamais rencontré. Pourquoi ? Il est bizarre, lui aussi ?

— Je ne dirais pas ça. Simplement il n'est pas exactement tel qu'on pourrait imaginer un fils de Chuck Jones. Barbe, boucle d'oreille. Et il n'a pas l'air d'aimer l'hôpital outre mesure.

— Eh bien, ça fait au moins un point commun entre lui et Chuck... Pour moi, c'est une bataille perdue et j'en ai un peu marre des batailles perdues. C'est pourquoi j'ai parié sur vous.

Il reprit le maillet, le lança et le rattrapa puis s'en servit pour tambouriner sur le bord de la table.

— L'hypoglycémie pourrait expliquer tout ou partie des symptômes précédents de Cassie ?

— Les diarrhées, à la rigueur. Mais elle a eu aussi des poussées de fièvre, il y avait donc probablement un phénomène infectieux en cause. Pour les problèmes respiratoires, c'est une explication valable aussi. Dès que le métabolisme est agressé, tout est possible.

Il ramassa son stéthoscope et consulta sa montre.

— Il faut que j'y aille, j'ai du travail. Pour certains des gosses que je dois voir, ce sera notre dernier contact.

Je me levai et le remerciai.

— Pour quelle raison ? Sur ce coup, je n'ai pas fait grand-chose.

— Je ressens la même chose en ce qui me concerne, Al.

— Le blues du toubib qui joue au consultant. Vous connaissez l'histoire du coq obsédé sexuel qui n'arrêtait pas de courir après les poules dans le poulailler, au point de les perturber dans leur ponte ? Le fermier décide donc de le castrer et le transforme en consultant. Du coup le coq passe son temps perché sur la barrière, à observer et conseiller les autres coqs en essayant de se rappeler comment c'était...

Je ris poliment et nous quittâmes la salle d'examen pour retourner dans la salle d'attente. Une infirmière vint porter une pile de dossiers à Macauley sans lui adresser un mot. Elle repartit aussitôt, l'air irrité.

— Bonjour chez vous aussi, ma douce, lança l'endocrinologue quand elle se fut éloignée, avant de me glisser : Je suis déjà le déserteur honni. Ces quelques semaines restantes vont constituer mon châtiment.

Il contempla les patients dans la salle et se rembrunit.

— Des cieux plus cléments, ça veut dire un cabinet privé ? demandai-je.

— Avec une bonne clientèle. Une petite ville du Colorado, pas très loin de Vail. On peut skier en hiver, pêcher en été, et le reste de l'année trouver de nouvelles bêtises à faire.

— Le programme semble plutôt attrayant.

— Il devrait l'être. Il n'y a pas d'endocrinologue, là-bas, j'aurai peut-être une chance d'appliquer ma spécialité de temps à autre...

— Depuis combien de temps êtes-vous à Western Peds ?

— Deux ans. Et ça fait dix-huit mois de trop.

— La situation financière ?

— C'est en partie pour ça, mais pas seulement. En arrivant ici, je ne me faisais pas d'illusions Un hôpital dans les quartiers pauvres d'une ville a toujours des problèmes pour équilibrer ses comptes. Non, c'est l'ambiance qui m'a usé.

— Papy Chuck ?

— Lui et ses gars. Ils se sont mis en tête de gérer l'établissement comme n'importe quelle autre affaire. Nous pourrions tout aussi bien produire des gadgets, ils auraient la même attitude. C'est ça qui coince : leur manque de compréhension. Même les gitans savent que ça va mal. Vous connaissez les gitans d'Hollywood ?

— Bien sûr. Ils s'entassent à douze dans de grandes Cadillac blanches, ils campent dans les halls et vivent de troc.

Il eut un rictus ironique.

— Ils m'ont déjà payé avec de la nourriture, des pièces détachées pour ma MG et même une vieille mandoline. Mais à tout prendre c'est un taux de remboursement supérieur à celui pratiqué par le gouvernement. Bref, un de mes patients est un gitan. Neuf ans, futur roi de la tribu. Sa mère est une femme instruite et qui en impose, avec peut-être un siècle d'expérience derrière elle. D'habitude, quand elle vient me voir elle est tout sourire, elle me passe de la pommade en m'assurant que je suis la réponse de Dieu au blasphème de la science médicale. Mais cette fois elle était vraiment très calme, comme si quelque chose la tracassait. Pourtant il ne s'agissait que d'un examen de routine : le gamin va bien, sur le plan médical. J'ai fini par lui demander ce qui n'allait pas et elle m'a répondu : « C'est cet endroit, docteur Al. Il y a de mauvaises vibrations. » Et elle me regardait avec les yeux plissés, comme une tireuse de cartes des rues. Je lui ai demandé ce qu'elle entendait par là, mais elle n'a pas voulu répondre. Elle m'a pris la main et m'a dit : « Je vous aime bien, docteur Al, et Anton aussi vous aime bien. Mais nous ne reviendrons plus ici. À cause des mauvaises vibrations. »

Il souleva les dossiers et les coinça sous son bras.

— Plutôt risqué, hein ?

— Peut-être devrions-nous la consulter au sujet de Cassie ? fis-je.

Il sourit en observant les patients qui continuaient à entrer dans la salle d'attente pourtant déjà bondée. Certains le saluaient et il leur répondait d'un clin d'œil.

Je le remerciai à nouveau pour le temps qu'il m'avait consacré.

— Désolé que nous n'ayons pas la possibilité de travailler ensemble, dit-il.

— Bonne chance dans le Colorado.

— Merci. Vous skiez ?

— Non.

— Moi non plus... — Il balaya la salle d'attente d'un regard résigné et fit la moue. — Quel endroit... À l'origine je me destinais à la carrière de chirurgien. Le bistouri magique. Et puis, en deuxième année, je me suis découvert diabétique. Pas de symptômes dramatiques, seulement une certaine perte de poids qui ne m'avait pas inquiété parce que je mangeais très irrégulièrement. J'ai eu une crise en plein labo d'anatomie, et je me suis écroulé sur le cadavre que je lutinais... C'était juste avant Noël. Je suis rentré chez moi et ma famille a réagi très discrètement, en passant le rôti de porc au miel devant moi, sans m'en proposer. Moi j'ai réagi en balançant une jambe sur la table et en la poinçonnant devant tout le monde. Finalement je me suis dit qu'il était temps d'oublier les scalpels et ces gens-là. C'est ce qui m'a intéressé ici : travailler avec les gosses et leur famille. Mais quand je suis entré ici, je me suis rendu compte que tout ça s'était enfui. Mauvaises vibrations, elle avait bien raison, la gitane, elle l'a senti dès qu'elle a franchi la porte. Ça va peut-être vous paraître un peu délirant, mais elle a cristallisé ce qui me tournait dans la tête depuis un bout de temps. Bien sûr, le Colorado, ce ne sera pas très marrant : rhumes et irritations cutanées. Et je ne suis pas resté ici assez longtemps pour avoir une pension, de sorte que financièrement ces deux années ont été une perte de temps. Mais au moins je ne resterai pas sur la barrière. Cocorico.

15

Robin appela à sept heures pour dire qu'elle était en route. Une demi-heure plus tard, elle sonnait à ma porte. Ses cheveux tirés en arrière et disciplinés en une tresse sobre rehaussaient la douce perfection des lignes de son cou. Elle portait des boucles d'oreilles noires en forme de gouttes et une robe en jean rose qui moulait ses hanches. Elle avait les bras chargés de plats à emporter chinois.

Quand nous vivions ensemble, un repas chinois signifiait que nous ripaillerions au lit. À cette époque, je l'amenais dans la chambre en jouant mon rôle de Joe le Suave. Mais deux années de séparation et une réconciliation encore confuse avaient bouleversé mes instincts. Je déposai un baiser léger sur ses lèvres, pris les paquets et les plaçai sur la table de la salle à manger.

Passant une main derrière ma nuque elle accentua le baiser.

— J'espère que ça te convient de ne pas sortir, dit-elle quand enfin nous rompîmes le contact.

— J'ai eu mon content de sorties aujourd'hui.

— Moi aussi. J'ai livré les Stealths à l'hôtel des membres du groupe. Ils voulaient que je reste pour faire la fête avec eux.

— Ils ont meilleur goût pour les femmes que pour la musique.

Elle rit, m'embrassa de nouveau puis s'écarta et simula une respiration rauque.

— Assez pour les hormones, déclara-t-elle. Les choses primordiales en premier. Je vais réchauffer ça et nous piqueniquerons à l'intérieur.

Elle emporta les plats dans la cuisine. Je me contentai de la suivre du regard. Malgré toutes ces années je ne m'étais jamais lassé d'admirer sa façon de bouger.

Sa robe était d'une facture qui aurait fait aimer le rodéo à n'importe quel mâle. Beaucoup de franges en cuir et de la vieille dentelle à l'empiècement. Elle portait des bottines qui claquaient sèchement sur le dallage de la cuisine, tandis que sa tresse ondulait à chaque pas. Elle était plus courte et plus claire que celle de Cindy Jones, pourtant elle me fit penser à l'hôpital.

Robin déposa les paquets sur le plan de travail, commença une phrase et se rendit soudain compte que je n'avais pas bougé. Jetant un coup d'œil par-dessus son épaule, elle me lança :

— Quelque chose ne va pas, Alex ?

— Non. J'admirais le spectacle, c'est tout.

Une de ses mains s'envola vers sa chevelure, et je saisis sa nervosité. Cela me donna envie de l'embrasser encore.

— Tu es resplendissante, lui dis-je.

Elle me décocha un sourire qui me serra la poitrine et m'ouvrit les bras. J'entrai dans la cuisine.

— Délicat, décréta-t-elle plus tard en faisant mine de tricoter les quelques poils ornant ma poitrine avec une paire de baguettes.

— L'idée est de montrer ton amour en me *tricotant* un pull, pas en me *transformant* en pull.

Elle eut un rire perlé.

— Quel plaisir de gourmet...

— En ce moment, du sable mouillé sur un toast ferait l'affaire, affirmai-je en lui caressant le visage.

Elle posa les baguettes sur la table de chevet et se rapprocha de moi. Nos corps huilés de sueur entrèrent en contact avec un bruit de plastique mouillé. Sa main papillonna sur mon torse, effleurant à peine la peau, puis elle se redressa, écrasa son nez contre le mien et baisa mon menton. Ses cheveux étaient toujours en tresse. Pendant l'amour, je l'avais saisie et passée entre les doigts pour ne la lâcher qu'au moment crucial, par peur de lui faire mal. Quelques mèches s'étaient échappées et venaient chatouiller mon visage. Je les repoussai et la caressai sous le menton.

Elle releva la tête. Après m'avoir massé encore un peu, elle se mit à inspecter ma poitrine un moment et entoura son index avec un seul poil.

— Hmm...

— Quoi ?

— Un poil gris. Comme c'est mignon...

— Adorable.

— Vraiment, Alex. Tu mûris.

— Qu'est-ce que c'est, l'euphémisme du jour ?

— La vérité, Docteur. Le temps est un pourceau sexiste : les femmes se fanent tandis que les hommes mûrissent. Même les types qui n'avaient rien de bien attirant dans leur jeunesse ont une seconde chance s'ils ne se laissent pas aller. Et les hommes comme toi, qui étaient adorables dès le départ, décrochent carrément la timbale.

Je me mis à haleter.

— Je suis sérieuse, Alex. Tu vas sans doute devenir une beauté burinée pleine de sagesse, comme si tu comprenais vraiment les mystères de la vie...

— Ah, si tu parles publicité mensongère...

Elle examina mes tempes avec soin, en faisant pivoter ma tête de ses doigts fermes et en les enfonçant dans ma chevelure.

— C'est l'endroit idéal pour commencer à grisonner, dit-elle d'un ton professoral. Rapport classe-sagesse maximum. Hmm, hélas non, je ne vois rien pour l'instant, seulement ce gentil petit homme, ici... — Elle fit glisser un ongle en travers de ma poitrine, égratigna un mamelon. — Quel dommage que tu sois encore un blanc-bec.

— Eh, bébé, faisons donc la fête.

Elle reposa sa tête sur l'oreiller et sa main descendit sous les draps.

— Mais les blancs-becs ont d'autres atouts, il faut bien reconnaître, ronronna-t-elle.

Nous passâmes dans le salon pour écouter des cassettes qu'elle avait apportées. Le dernier opus de Warren Zevon jetait un éclairage froid sur le côté sombre de l'existence, un vrai roman en miniature. Un génie texan nommé Eric Johnson tirait de sa guitare des textures musicales qui me donnèrent envie de brûler la mienne. Puis il y eut Lucinda Williams, une jeune femme à la magnifique voix rauque, servant des textes poignants de justesse.

Recroquevillée contre moi, la tête contre ma poitrine, Robin respirait lentement.

— Ça va ? dit-elle quand le dernier morceau se termina.

— Bien sûr. Pourquoi cette question ?

— Je ne sais pas, tu as l'air un peu ailleurs.

— Ce n'est pourtant pas mon intention, répondis-je en m'étonnant qu'elle m'ait ainsi percé à jour.

Elle s'assit dans le lit et défit sa tresse. Les boucles de sa chevelure s'étaient agglomérées et elle les ébouriffa en secouant la tête.

— Quelque chose dont tu voulais me parler ?

— Oh, rien de bien grave, le boulot, un cas difficile. Je lui donne sans doute trop d'importance.

Je ne m'attendais pas qu'elle relève, et pourtant elle enchaîna :

— C'est confidentiel, n'est-ce pas ? fit-elle d'un ton où perçait le regret.

— La confidentialité de ce cas n'est que relative, répondis-je. Je suis consultant et ce cas risque fort de déborder sur le système judiciaire criminel.

— Oh, c'est donc *ce genre de cas...*

Elle me caressa la joue de la main, attendit.

Je lui narrai alors l'histoire de Cassie Jones, sans toutefois citer de noms ou de détails trop personnels.

— Et on ne peut rien faire ? interrogea-t-elle quand j'eus fini.

— Je suis ouvert à toute suggestion, répondis-je. J'ai demandé à Milo d'éplucher le passé des parents et de l'infirmière, et de mon côté je fais de mon mieux pour comprendre leur façon d'être. Le problème, c'est qu'on ne dispose pas de la moindre preuve tangible. Notre position ne tient que par la logique, et cette logique-là n'a aucun poids légal. Le seul indice vraiment exploitable pour l'instant, c'est le fait que la mère ait menti en prétendant avoir été victime d'une épidémie de grippe à l'armée. J'ai appelé son ancien cantonnement et j'ai réussi à découvrir qu'il n'y avait eu aucune épidémie à cette époque.

— Mais pourquoi mentirait-elle sur un détail comme celui-là ?

— Pour cacher la raison véritable de sa réforme, peut-être. Ou bien, si elle est atteinte du syndrome de Münchausen, elle ment pour le plaisir.

— Dégoûtant, lâcha Robin. Un être humain faisant cela à la chair de sa chair. À n'importe quel enfant, d'ailleurs... Quel effet d'être de retour à l'hôpital ?

— Assez déprimant, pour être tout à fait franc. C'est un peu comme revoir un vieil ami qui a sombré. L'établissement m'a semblé lugubre. Le moral est aussi bas que les finances, une bonne partie du personnel a pris le large. Tu te souviens de Raoul Melendez-Lynch ?

— Le cancérologue ?

— Oui. Lui, il était quasiment marié avec l'hôpital. Je l'ai vu supporter toutes les crises sans broncher. Eh bien, il est parti. Il a trouvé un job en Floride. Tous les anciens médecins ont l'air d'avoir quitté le navire. Ceux que j'ai rencontrés dans les couloirs me sont inconnus. Et ils sont tous jeunes. Ou alors c'est moi qui ai pris un coup de vieux...

— Tu n'es pas vieux, tu es mature. Répète après moi : ma-ture.

— Moi qui me croyais inexpérimenté.

— Mature et inexpérimenté. C'est le secret de ton charme.

— Pour couronner le tout, la criminalité qui sévit dans les rues s'introduit de plus en plus dans l'hôpital. Des infirmières ont été agressées, dépouillées... Et il y a de ça deux nuits, un assassinat a été commis dans le parking intérieur. Un médecin.

— Je suis au courant. Je l'ai entendu à la radio. Si j'avais su que tu recommençais à travailler là-bas, je me serais fait un sang d'encre.

— J'étais là-bas quand c'est arrivé.

Ses doigts se crispèrent autour de ma main.

— Eh bien, c'est rassurant... Promets-moi d'être prudent, d'accord ? Pff, comme si ce que je disais avait de l'importance...

— Ça en a. Promis, Rob.

Elle soupira et appuya sa tête sur mon épaule. Nous restâmes ainsi un long moment.

— Je serai prudent, dis-je. Je suis sérieux. Les vieux comme moi ne peuvent plus se permettre l'agitation.

— Très bien, fit-elle pour ajouter après un court silence : C'est donc pour ça que tu es aussi maussade. Je craignais d'en être la cause.

— Toi ? Pourquoi ?

— Ces changements... Tout ce qui s'est passé.

— Impossible. Tu es le centre lumineux de mon existence.

Elle se colla contre moi et plaça une main à plat sur ma poitrine.

— Ce que tu as dit tout à l'heure, sur l'hôpital devenu lugubre. Moi j'ai toujours eu cette impression dans les hôpitaux.

— Western Peds était différent. Auparavant, c'était un endroit... plein de vie. Tout se coordonnait parfaitement, comme dans une merveilleuse machine organique.

— Je n'en doute pas, Alex, dit-elle doucement. Mais quand tu y réfléchis, aussi vital et salvateur qu'il soit, l'hôpital reste un endroit de mort, non ? Quand j'entends le mot hôpital, la première image qui me vient à l'esprit est celle de mon père allongé dans son lit, avec tous ces tuyaux, totalement impuissant. Et ma mère qui appelait l'infirmière à chacun de ses gémissements, alors que personne ne se souciait vraiment de lui... Le fait que ton hôpital soigne les enfants est encore pire à mes yeux. Qu'y a-t-il de plus affreux qu'un enfant qui souffre ? Je n'ai jamais compris comment tu as pu rester là-bas aussi longtemps.

— Tu te construis une carapace, répondis-je. Tu fais ton boulot en ne laissant passer que la dose d'émotion nécessaire pour être le plus utile possible à tes patients. C'est comme cette vieille pub pour un dentifrice : la protection invisible.

— C'est peut-être ce qui t'ennuie. Tu reviens après toutes ces années, et tu n'as plus ta protection...

— Tu as sans doute raison, fis-je d'un ton dépité.

— Quel psy je fais...

— Non, non, ça me fait du bien d'en parler.

Elle se pelotonna contre moi.

— C'est gentil de dire ça, que ce soit vrai ou pas. Et je suis heureuse que tu m'aies confié ce qui te tracasse. Tu n'as jamais beaucoup parlé de ton travail. Les rares fois où j'ai essayé d'aborder le sujet, tu en as changé très vite, et j'en ai déduit que tu n'étais pas très à l'aise pour en discuter. C'est pour ça que je n'ai jamais insisté. Je sais bien qu'une partie de ce que tu fais doit rester confidentielle, mais je ne voulais pas de détails sanguinolents, Alex. Je désirais seulement savoir ce que tu vivais, pour t'aider. J'imagine que tu voulais me protéger en m'en disant le moins possible.

— Peut-être, oui. Mais à la vérité, je crois que je n'avais jamais vraiment compris que tu t'intéressais à mon travail.

— Pourquoi donc ?

— Tu m'as toujours paru plus intéressée par, comment dire, les angles et les plans.

Elle eut un petit rire.

— Oui, tu as raison. En fait, quand nous nous sommes rencontrés, il y a eu une chose que je n'étais pas certaine de beaucoup aimer en toi : que tu sois psychologue. Ça ne m'a pas empêchée de te fréquenter, mais ça m'a surprise, je veux dire, d'être attirée par un psy. Je ne savais rien de la psychologie, je n'en avais même pas suivi un cours à l'université. Sûrement à cause de mon père. Il faisait tout le temps des commentaires sur les psys qui étaient fous, et les médecins escrocs. Et il continuait en prétendant qu'on ne pouvait faire confiance à ceux qui ne travaillent pas de leurs mains. Mais j'ai appris à te connaître et j'ai constaté combien tu prenais à cœur ton métier. Alors je me suis un peu décrispée. J'ai tenté de comprendre, et j'ai même lu certains de tes livres de psychologie. Tu le savais ?

— Non, avouai-je.

— Le soir, dans la bibliothèque, précisa-t-elle en souriant. Je m'y rendais en catimini quand tu étais endormi et que je n'arrivais pas à trouver le sommeil. C'est comme ça que j'ai lu *Schémas de renfort*, ou *De la théorie cognitive*. Des trucs assez étranges pour une tailleuse de bois comme moi, non ?

— Je ne l'ai jamais soupçonné, murmurai-je, abasourdi.

— C'est que... je me sentais mal à l'aise. Je ne sais pas pourquoi. Pas parce que je voulais devenir experte en psychologie, ou quoi que ce soit d'autre. Non, c'était juste pour être plus proche de toi. Je sais que je n'ai pas bien fait passer le message... Je crois que ce que je veux dire, c'est que j'espère que nous pourrons continuer comme ça, à nous connaître un peu plus avec le temps.

— Bien sûr. Et je ne t'ai jamais trouvée antipathique, seulement...

— Préoccupée ? Un peu trop accaparée par mes problèmes ?

Elle me dévisagea avec un autre de ses sourires qui me serraient le cœur.

— Très concentrée, dis-je. Tu es une artiste, tu as besoin de la concentration maximale pour travailler, normal.

— Très concentrée, hein ?

— Assurément.

Elle éclata d'un rire léger.

— Nous avons assurément quelque chose en commun, docteur Delaware. Probablement quelque chose de chimique, les phéromones ou un truc comme ça.

— C'est bien possible, oui...

Elle appuya la tête contre ma poitrine et je caressai ses cheveux en l'imaginant qui se glissait nuitamment dans la bibliothèque pour lire mes livres.

— Tu crois qu'on peut faire un nouvel essai ? demandai-je. Tu accepterais de revenir ?

Je la sentis qui se tendait de tout son corps.

— Oui, souffla-t-elle. Mon Dieu, oui...

Elle se rassit, prit mon visage entre ses mains et m'embrassa. Puis elle m'enfourcha et m'agrippa les épaules.

Je laissai mes mains courir le long de son dos jusqu'à ses hanches et la soulevai pour entrer en elle. Une nouvelle fois nous fusionnâmes, tanguâmes en un rythme silencieux.

Plus tard, haletante, elle s'échoua sur le dos. J'avais moi aussi le souffle court, et il me fallut un long moment pour recouvrer une respiration apaisée.

Je roulai sur le flanc et l'entourai de mes bras. Elle pressa son ventre contre le mien, se colla à moi.

Nous restâmes ainsi un très long moment. Quand elle s'agita enfin, comme elle le faisait toujours, et voulut s'écarter, je l'en empêchai.

16

Elle resta pour la nuit et, comme toujours, se leva tôt.

Mais contrairement à son habitude, elle traîna une heure de plus à lire le journal en sirotant son café. Elle était attablée à côté de moi, une main sur mon genou, et terminait la section Arts tandis que j'étais plongé dans les comptes rendus sportifs. Ensuite nous descendîmes jusqu'au bassin pour jeter des boulettes aux poissons. La chaleur alourdissait déjà le printemps, supplantant la brise venue de l'océan, et l'air apportait des images de vacances estivales.

Samedi. Pourtant j'avais envie de travailler.

Elle demeurait auprès de moi. Nos contacts physiques étaient nombreux, mais elle commençait à montrer des signes de nervosité, tressaillements des muscles, regards vagues, courts silences avant de répondre, que seul un amoureux ou un paranoïaque pouvait remarquer.

— Une journée chargée ? dis-je enfin.

— Quelques trucs en retard, à rattraper. Et toi ?

— Idem. Je pensais aller faire un tour à l'hôpital.

Elle approuva, passa les deux bras autour de ma taille et nous retournâmes ainsi dans la maison, enlacés. Elle récupéra son sac à main et nous descendîmes de concert jusqu'à l'abri à voitures.

Un nouveau 4X4 était garé près de la Seville. Un Chevrolet bleu roi décoré d'une ligne blanche horizontale sur les flancs.

— Joli jouet, dis-je. Tu l'as depuis longtemps ?

— Hier. Le Toyota commençait à avoir de sérieux problèmes de moteur et d'après l'estimation du garagiste, ça devait me coûter entre mille et deux mille dollars, alors j'ai décidé de m'offrir un petit plaisir, tant qu'à faire.

Je l'accompagnai jusqu'au véhicule.

— Papa l'aurait beaucoup aimé. Il a toujours préféré les Chevrolet. D'ailleurs, il a rarement conduit une autre marque. Quand je roulais en Toyota j'avais parfois l'impression qu'il regardait derrière mon épaule et qu'il marmonnait ses vieux sarcasmes...

Elle s'installa au volant, posa son sac sur le siège passager et se pencha par la portière pour un baiser.

— Miam, commenta-t-elle. Il faut qu'on remette ça bientôt, beau gosse ! C'est quoi ton prénom, au fait ? Félix ? Ajax ?

— M. Propre.

— Ô combien vrai, lança-t-elle, et elle démarra en riant.

J'appelai le beeper de Stephanie, et l'opératrice me rappela pour m'annoncer que le Dr Eves me contacterait dès que possible. Je raccrochai, ouvris mon *Guide Thomas* et venais de localiser l'adresse de Dawn Herbert sur Lindblade Street quand le téléphone sonna.

— Steph ?

— Non, *Mile*. Je joue les interférences, Casanova ?

— J'attendais seulement qu'on me rappelle de l'hôpital.

— Et bien sûr tu n'as pas de système de mise en attente ?

— Bien sûr.

Milo poussa une sorte de hennissement moqueur que le récepteur transforma en quelque chose d'apocalyptique.

— As-tu au moins troqué tes lampes à pétrole contre cette merveilleuse innovation qui vient de rendre célèbre un certain Edison ?

— Si Dieu avait voulu que l'homme soit électrique, il l'aurait équipé de piles.

Nouveau borborygme inqualifiable.

— Je suis au Parker Center. Bigophone-moi dès que tu en auras fini avec *Steph*.

Il raccrocha. L'appel de Stephanie arriva dix minutes plus tard.

— Bonjour, Alex. Quoi de neuf ?

— J'allais te poser la même question.

— Pas grand-chose de mon côté. Je l'ai vue il y a une heure à peu près, dit-elle. Elle a l'air d'aller mieux. Elle était réveillée, très alerte, et elle a hurlé dès mon arrivée.

— Et les résultats de l'hypoglycémie ?

— Il n'y a pas de problèmes métaboliques, d'après les experts. Son pancréas a été examiné sous tous les angles possibles. Impeccable. Et mon ami le Suédois en revient comme tout le monde au syndrome de Münchausen. Je crois donc que *moi aussi* je vais me ranger à l'avis général.

— Tu comptes la garder encore combien de temps ?

— Deux ou trois jours, et puis je la renverrai chez elle si rien d'autre n'arrive. Je sais bien qu'il est sans doute dangereux de la laisser partir, mais que puis-je faire d'autre ? Proposer le service comme famille adoptive ? À moins que tu n'aies une suggestion...

— Aucune pour l'instant.

— Tu sais, dit-elle, je crois que je me suis un peu trop laissée aller avec cette théorie du sucre. J'y croyais vraiment.

— Ne te flagelle pas. C'est un cas assez déconcertant. Comment Cindy et Chip ont-ils réagi à ces nouvelles incertitudes ?

— Je n'ai vu que Cindy. La résignation habituelle.

Je me remémorai le commentaire d'Al Macauley et demandai :

— Aucun sourire ?

— Un sourire ? Oh, tu veux parler de cette expression un peu éthérée qu'elle a parfois ? Non, pas ce matin. Alex, je me fais beaucoup de souci à propos de cette affaire. En faisant sortir Cassie, je me demande à quels dangers je l'expose...

Je ne disposai d'aucun remède miracle, je ne pus donc proposer qu'un sparadrap :

— Ta décharge me permettra au moins de faire une visite à domicile.

— Quand tu seras là-bas, pourquoi ne pas jouer à l'espion et chercher des indices ?

— De quel genre ?

— Des seringues dans les tiroirs, des doses d'insuline dans le frigo. Non, je plaisante... Enfin, non, pas tant que cela. Pour être franche, j'en suis vraiment au point où je me retiens pour ne pas passer Cindy à l'interrogatoire. Et si la gamine retombe malade, je craquerai peut-être. Tant pis s'ils le prennent mal et s'adressent ailleurs, je sais que j'aurai fait tout ce que je pouvais... Ah, on m'appelle au beeper. Le néonatal. Un de mes prématurés. Il faut que j'y aille, Alex. Téléphone-moi si tu as du nouveau, d'accord ?

Je rappelai Milo.

— Alors, tu travailles les week-ends, maintenant ?

— J'ai fait un marché avec Charlie. Les samedis, en échange d'un peu de flexibilité pour mes nuits d'amour. Où en est cette bonne vieille *Steph* ?

— Elle a laissé tomber la théorie du désordre organique,

et elle est revenue au syndrome de Münchausen. Personne n'a pu trouver de raison organique à l'hypoglycémie.

— Dommage, grogna-t-il. Bon, moi je me suis tuyauté sur Reggie Bottomley, le fils indigne de l'infirmière. Le gars est mort depuis deux ans. On a oublié de le rayer des fichiers. Suicide.

— Comment ?

— Il s'est enfermé dans les chiottes et s'est foutu à poil. Il s'est assis sur le trône, a fumé un calumet entier de crack, s'est branlé et s'est fait sauter la pastèque au fusil de chasse. Le résultat faisait très désordre, tu imagines. L'inspecteur de Tujunga, une copine nommée Dunn, m'a dit que Vicki était à la maison quand ça s'est produit : elle regardait la télé dans la pièce voisine.

— Bon Dieu...

— Mouais. La mère et le fils venaient de s'engueuler à propos de la vie dissolue de Reggie. Ce taré est allé chercher son matos et le flingue dans sa chambre, il s'est enfermé dans les gogues et s'est éparpillé les neurones. Maman a entendu la détonation, mais évidemment elle n'a pas réussi à ouvrir la porte. Elle a essayé avec une hache, sans y parvenir. Quand les types des Urgences sont arrivés elle était assise dans le couloir à pleurer et à hurler qu'elle voulait qu'il sorte pour qu'ils discutent. Les types ont enfoncé la porte et quand ils ont découvert le tableau, ils ont voulu l'empêcher de voir ce qui restait de son rejeton, mais elle a quand même réussi à jeter un coup d'œil. Rien que ça pourrait expliquer son caractère actuel.

— Oh bon sang, fis-je, quelle épreuve... rien dans l'historique familial qui puisse expliquer le suicide ?

— Dunn m'a dit qu'il n'y avait pas d'histoire de violence à enfants. Elle n'a vu là-dedans que l'histoire de base du fiston faible et pourri par la maman trop gentille. Et comme elle avait serré Reggie plusieurs fois, elle le connaissait bien.

— Et le père ?

— Décédé dans la prime jeunesse de Reggie. Alcoolo au dernier degré, comme tu l'as dit. Reggie avait les mauvaises cartes dès le début. Il s'est mis à fumer des joints quand il avait encore des culottes courtes, ensuite il est passé à l'armoire à pharmacie. Dunn l'a décrit comme un petit gars paumé doué seulement pour apprendre à s'enfoncer un peu plus à chaque fois. Pas très futé, incapable de garder un boulot très longtemps. Même dans le crime il était incompétent : il se faisait choper à chaque fois, mais il avait l'air tellement pitoyable que les juges ne le chargeaient pas trop. Il ne s'est montré violent que sur la fin, quand il a été condamné pour violences physiques. Et même ce truc était assez bancal : une bagarre dans un bar, il a cassé une queue de billard sur le crâne d'un autre taré. D'après Dunn, c'est le crack qui le rendait plus agressif et ce n'était qu'une question de temps avant qu'on le retrouve *muerto*. Elle pense que la mère était du type qui supporte longtemps sans moufter, en faisant de son mieux. Voilà toute l'histoire. Ça te donne des éléments sur la culpabilité possible de la mère ?

— Pas vraiment. Merci quand même.

— Et maintenant, tu comptes faire quoi ?

— Puisque je n'ai pas grand-chose d'autre, je pensais à une visite chez Dawn Herbert. Hier j'ai parlé à la veuve d'Ashmore, et elle m'a dit qu'il employait des étudiants diplômés de l'Université. Donc Herbert avait peut-être assez de connaissances pour savoir ce qu'Ashmore cherchait dans le dossier de Chad.

— La veuve d'Ashmore ? Tu es allé lui présenter tes condoléances ?

— Oui. Une femme agréable. Ashmore était un personnage assez intéressant...

Je lui parlais du séjour du couple au Soudan, des martingales d'Ashmore et de ses investissements.

— Au black jack ? Il avait dû trouver un sacré bon système, pas de doute.

— Elle m'a dit que c'était un véritable génie des mathématiques, et un sorcier de l'informatique, presque ceinture noire en karaté coréen. Pas précisément une proie sans défense pour un petit braqueur de parkings...

— Non ? Je sais que tu as pratiqué ces trucs et je ne voudrais pas ruiner tes illusions, mais j'ai vu un tas d'*artistes* martiaux se faire étendre par des petites frappes. Faire des courbettes dans un dojo et sauter en criant comme si on avait une épingle à chapeau dans le derche, c'est une chose. La rue, ça n'a rien à voir. À propos, j'ai vérifié auprès de la Division d'Hollywood pour le meurtre d'Ashmore. Ils ont peu d'espoir de résoudre l'affaire. J'espère que la veuve ne met pas toute sa foi dans l'infaillibilité des limiers de la police.

— La veuve est encore trop choquée pour avoir foi en quoi que ce soit.

— Ouais...

— Quoi ?

— Eh bien, j'ai pas mal cogité sur ton affaire, le côté psycho de ce truc de Münchausen. Et je trouve qu'on a beaucoup négligé un suspect potentiel.

— Qui donc ?

— Ta copine *Steph.*

— Stephanie ? Pour quelle raison ?

— C'est une femme, formation médicale, qui aime défier l'autorité et être au centre des choses.

— Je ne l'ai jamais considérée comme quelqu'un cherchant à attirer l'attention.

— Ce n'est pas toi qui m'as dit qu'elle a été une vraie meneuse, dans son jeune temps ? Présidente de l'Union des internes ?

— Bien sûr, mais elle me semblait sincère. Idéaliste, pour tout dire.

— Possible. Mais imagine le scénario : s'occuper de Cassie la met au centre du binz, et plus la gamine est malade, plus Stephanie a les spotlights braqués sur elle. En jouant au sauveteur, le héros de l'hosto qui fonce aux Urgences et qui prend la direction des opérations. Le fait que la gosse soit la fille d'une grosse huile rend la chose encore plus juteuse, si on prend cet angle de vue. Et ces changements d'attitude subits : un jour elle parie sur le syndrome de Machin Chose, le lendemain sur un problème du pancréas, et puis retour à Münchausen. Tu ne trouves pas un petit côté *hystérique* à tout ça ? Cette foutue valse dont tu parlais ?

Je mis un temps à digérer son hypothèse.

— Alex, la gosse a peut-être une raison valable pour devenir dingue quand elle la voit...

— Mais la logique qui s'applique à Vicki s'applique aussi à elle, contrai-je. À l'exception de la dernière crise, tous les problèmes de Cassie ont pris naissance chez les Jones. Comment Stephanie aurait-elle pu agir, de ce point de vue ?

— Elle est déjà allée chez eux ?

— Au début seulement, une ou deux fois, pour régler le moniteur de surveillance nocturne.

— Impec, que penses-tu de ça : les premiers problèmes de la gosse étaient réels : le croup, ou autre chose. Stephanie les a traités, et par la même occasion elle a découvert que c'était le pied de se retrouver toubib de la petite-fille du big boss. L'attrait du pouvoir. Tu as dit toi-même qu'elle envisageait de prendre la direction d'un service.

— Mais si c'était son but, guérir Cassie la servirait certainement beaucoup plus.

— Les parents ne l'ont pas encore virée, pas vrai ?

— Non. Ils la jugent très compétente.

— Bingo. Elle serait arrivée à ce qu'ils soient dépendants d'elle, et de son côté elle bricolerait avec la santé de Cassie. Elle tirerait le meilleur parti des deux côtés. Et toi-même tu m'as dit que la pauvre gosse a des problèmes peu après les rendez-vous. Et si c'était parce que Stephanie lui fait quelque chose pendant le check-up avant de la renvoyer chez elle, genre bombe à retardement ?

— Mais que pourrait-elle faire à Cassie dans la salle d'examens, en présence de Cindy ?

— Comment sais-tu que Cindy s'y trouvait ?

— Parce qu'elle reste continuellement auprès de sa fille. Et les visites à domicile ont aussi été effectuées par d'autres médecins, des spécialistes, et non par Stephanie.

— Peux-tu certifier que Stephanie n'a pas vu Cassie les mêmes jours que ces spécialistes ?

— Non. Mais je suppose qu'en consultant le fichier des visites à domicile je pourrais facilement le savoir.

— Si elle s'y est inscrite. Elle aurait pu trouver des subterfuges malins, comme de regarder la gorge de la gamine et d'enduire la spatule à langue d'une substance quelconque. Enfin bref, il me semble que c'est une hypothèse à envisager, non ?

— Un médecin qui renverrait le bébé malade à la maison avec autre chose qu'une sucette ? C'est assez obscène...

— Plus qu'une mère qui empoisonnerait sa propre fille ? Une autre motivation à laquelle tu pourrais réfléchir, c'est l'esprit de vengeance. Elle déteste Papy Jones à cause de ce qu'il fait à l'hôpital, alors elle cherche à l'atteindre à travers sa petite-fille.

— On dirait que tu as beaucoup réfléchi...

— Le propre des esprits tordus, Alex. Et en plus, on me paie pour ça, quel panard, huh ? En fait, c'est en bavardant avec Rick que l'idée m'est venue. Il avait entendu parler du syndrome de Münchausen, mais de celui qui ne touche que les adultes. Il m'a dit qu'il avait vu des toubibs et des infirmières avec ces tendances. Des erreurs de dosage qui ne sont pas accidentelles, et ensuite le héros sauve la situation in extremis, grâce à son savoir-faire. Un peu comme les pompiers pyromanes.

— Chip m'en a parlé aussi, admis-je. Erreurs médicales,

dosages mal calculés. Peut-être sent-il quelque chose chez Stephanie sans vraiment s'en rendre compte... Mais alors pourquoi m'aurait-elle appelé à la rescousse ? Pour jouer aussi avec moi ? Nous n'avons jamais travaillé ensemble de façon aussi proche. Psychologiquement, je ne peux pas représenter une telle importance pour elle...

— Elle te fait venir, ça prouve qu'elle fait son boulot à fond. Et tu as la réputation d'être un type finaud. Si elle est une adepte de Münchausen, pour elle c'est un vrai défi. Ça corse la sauce. En plus, tous les autres psys ont décampé.

— C'est vrai, mais... Je ne sais pas... Stephanie ?

— Eh, aucune raison d'en faire un ulcère, hein ? Ce n'est qu'une théorie. Je t'en balance une autre dans le sens inverse quand tu veux.

— Ça me retourne l'estomac, mais je vais la surveiller de plus près. Et je crois que je ferais bien de prêter attention à ce que je lui dis, et d'arrêter de penser en terme d'équipe de travail.

— Est-ce que ce n'est pas toujours la même vieille et triste histoire ? Nous sommes tous des voyageurs solitaires marchant sur une route déserte.

— Très joli... En attendant, et puisque nous en sommes à échafauder des hypothèses, j'en ai une autre : nous ne progressons pas parce que nous cherchons un seul ou une seule coupable. Et s'il y avait une sorte de collusion ?

— À qui penses-tu ?

— Chip et Cindy ne forment pas la paire idéale. Le mari typique d'une femme atteinte du syndrome de Münchausen est décrit comme une personnalité passive et sans grande volonté. Ce qui ne cadre pas du tout avec Chip. C'est quelqu'un qui sait ce qu'il veut, intelligent, avec des opinions marquées. Donc, en admettant que sa femme maltraite leur enfant, pourquoi ne s'en rendrait-il pas compte ? Mais il pourrait également s'agir de Cindy et de Vicki...

— Quoi ? Une histoire d'amour ?

— Ou bien un rapport mère-fille particulièrement biscornu. Cindy redécouvrant sa tante décédée en Vicki. Quant à Vicki, hantée par son échec avec son fils, elle trouverait en Cindy un substitut de fille. Il est possible que leurs pathologies respectives se soient accordées d'une façon très complexe et inédite. Bon sang, c'est peut-être Cindy et Stephanie qui ont ce genre de rapport... Et peut-être un rapport affectif. Je viens de m'apercevoir que je ne sais strictement rien de la vie privée de Stephanie. Dans le passé, elle n'avait même pas l'air d'en avoir une.

— Puisqu'on y est, pourquoi par le couple Chip et Stephanie ?

— Bien sûr. Le père et le médecin, le père et l'infirmière. Vicki a beaucoup d'admiration pour Chip, c'est une évidence. L'infirmière et le médecin, et caetera. *Ad nauseam. E pluribus unum.* Et peut-être qu'ils sont tous impliqués, Milo. Syndrome de Münchausen généralisé. Le Crime de l'Orient Express dans le service de pédiatrie. Peut-être que la moitié de ce foutu monde est psychopathe...

— Je trouve ton estimation assez optimiste, lâcha-t-il.

— Probablement.

— Doc, tu as besoin de prendre des vacances...

— Impossible, répondis-je. Il y a tant de psychopathologies à soigner, et si peu de temps. Merci de me l'avoir rappelé.

Il eut son rire de gargouille.

— Toujours heureux de remonter le moral des gens. Tu veux que je farfouille dans la paperasserie sur Stephanie ?

— Bonne idée. Et tant que tu y es, pourquoi ne pas étendre tes recherches à Ashmore ? Les morts ne font pas de procès.

— Accordé. Quelqu'un d'autre ? Profite de ma bonne humeur et des ordinateurs du LAPD.

— Moi, peut-être ?

— C'est déjà fait. Depuis des années, dès que j'ai commencé à craindre qu'on ne devienne potes.

Je décidai un saut à Culver City en espérant que Dawn Herbert faisait la grasse matinée chez elle le samedi. Le trajet m'amena devant le bâtiment en forme de fromage où j'avais passé ma période d'étudiant-interne. L'atelier de carrosserie voisin existait toujours, mais l'établissement où j'avais traîné tant d'heures avait été abattu et remplacé par une casse automobile.

Sur Washington Boulevard je pris vers l'ouest jusqu'à Sepulveda, puis vers le sud un bloc après Culver. Je tournai à gauche devant une boutique de poissons exotiques à la vitrine peinte de carreaux multicolores et descendis la rue plus lentement pour trouver l'adresse tirée du sommier des immatriculations automobiles de la police.

Lindblade était un alignement serré de petits bungalows à toits en stuc précédés de bouts de pelouse juste assez grands pour y installer une marelle. Utilisation très libérale de revêtements colorés. Ce mois-ci, les tons jaunes semblaient à la mode. De grands ormes asiatiques ombrageaient la rue. La plupart des maisons étaient bien entretenues, malgré un environnement — vieux oiseaux de paradis, tonnelles minuscules, rosiers grêles — assez hétéroclite.

La demeure de Dawn Herbert se résumait à un cube bleu pâle au coin d'une allée transversale. Un vieux minibus Volkswagen marron était garé dans l'allée, le hayon arrière constellé d'autocollants de voyages. La peinture avait pris la fadeur du cacao en poudre.

Un homme et une femme jardinaient devant la maison, accompagnés d'un beau golden retriever et d'un petit corniaud aux prétentions d'épagneul nain.

Le couple avait la quarantaine, le teint pâle du bureaucrate avec le hâle rougeaud d'une exposition récente au soleil sur le visage et les bras. La même chevelure brun clair sur les épaules, les mêmes lunettes sans monture. Ils portaient tous deux des débardeurs, des shorts avec des bretelles et des sandales en caoutchouc.

L'homme élaguait un massif d'hortensias avec un sécateur, et des fleurs flétries étaient amassées autour de ses pieds. Il était mince, sec même, avec des pattes qui descendaient bas le long de sa mâchoire étroite. Un bandeau anti-sueur ceignait son front.

La femme ne portait pas de soutien-gorge et sa position penchée révélait largement des seins pendants. Elle devait avoir la taille de son compagnon, dans les un mètre-soixante-dix ou quinze, mais elle pesait à l'évidence une bonne quinzaine de kilos de plus, la plupart répartis dans la poitrine et les cuisses. Un physique correspondant à peu près à la description de Dawn Herbert, mais elle accusait au moins une dizaine d'années de trop pour être née en 1963.

En arrêtant la voiture je me rendis compte que tous deux me semblaient vaguement familiers, mais sans m'expliquer le pourquoi de ce sentiment.

Je coupai le moteur. Ni l'un ni l'autre ne relevèrent la tête. Le petit chien se mit à aboyer.

— Du calme, Homer, lui lança l'homme sans cesser de tailler ses hortensias.

À ce signal, le bâtard se déchaîna. Devant cet effort extrême, le retriever daigna regarder autour de lui, l'air un peu étonné. La femme cessa d'arracher les mauvaises herbes et chercha d'un regard las la source de toute cette irritation.

Quand elle l'eut trouvée, elle la fixa des yeux. Je sortis de la Seville. Le petit chien ne recula pas mais s'aplatit sur le sol en signe de soumission.

— Eh, mon joli, dis-je en lui caressant le crâne.

L'homme abaissa son sécateur. Tous quatre m'accordaient enfin leur attention.

— Bonjour, tentai-je.

La femme se redressa. Elle était également trop grande pour la description de Dawn Herbert. Son visage rougeaud, aux traits lourds, aurait convenu à merveille dans un paysage agraire.

— Que puis-je pour vous ? demanda-t-elle.

Elle avait une voix bien modulée et j'eus aussitôt l'assurance de l'avoir déjà entendue. Mais où ?

— Je cherche Dawn Herbert.

Le regard qu'ils échangèrent me donna l'impression d'être un policier.

— Ah ouais ? fit l'homme. Elle n'habite plus ici.

— Savez-vous où je pourrais la trouver ?

Autre échange de regards soupçonneux, plus inquiets qu'ennuyés.

— Aucune raison de vous alarmer, dis-je. Je suis médecin au Western Pediatric Hospital, dans Hollywood. Dawn travaillait là-bas et elle détient peut-être des renseignements importants pour un de mes patients. Et c'est la seule adresse qu'on m'ait donnée d'elle.

La femme se rapprocha de l'homme. Le mouvement ressemblait à une mesure de protection, mais je n'aurais su dire qui voulait défendre qui.

De sa main libre, l'homme fit tomber quelques pétales de son short. Ses mâchoires s'étaient crispées. Il avait pris un coup de soleil sur le bout du nez, qui était à vif.

— Vous avez fait tout ce chemin seulement pour des renseignements ? lâcha-t-il.

— C'est un peu plus compliqué que ça, dis-je pour gagner le temps d'inventer un prétexte crédible. Il s'agit d'un cas important. Un enfant en danger. Dawn a pris son dossier médical à l'hôpital pour l'étudier, mais elle ne l'a jamais rapporté. Normalement, j'aurais dû m'adresser au supérieur hiérarchique de Dawn, un médecin du nom d'Ashmore. Mais il est décédé. Assassiné il y a quelques jours dans le parking intérieur de l'hôpital. Vous en avez peut-être entendu parler...

Une nouvelle expression s'étendit sur leurs traits. Peur et

ébahissement mêlés. La nouvelle les avait visiblement pris au dépourvu et ils ne savaient quelle attitude adopter. Après un instant ils optèrent pour la suspicion. Mains jointes, ils me dévisagèrent avec une hostilité à peine déguisée.

Le retriever n'apprécia pas cette tension nouvelle qu'il sentait dans l'aïr. Il se tourna vers ses maîtres et se mit à geindre.

— Jethro, dit simplement la femme, et l'animal se tut, mais le roquet dressa les oreilles et gronda.

— Tranquille, Homer, ordonna la femme d'une voix chantante, presque caressante.

— Homer et Jethro, dis-je d'un ton détendu, est-ce qu'ils jouent eux-mêmes d'un instrument ou en play-back ?

Pas l'ombre d'un sourire en réponse. Et soudain je me rappelai où je les avais vus. Dans l'atelier de Robin, l'année dernière. Des clients venus pour une double réparation, une guitare et une mandoline, la première en très mauvais état. Deux musiciens habités par le feu sacré, sans trop d'argent mais avec du talent. Robin avait accompli un travail de cinq cents dollars sur leurs instruments, pour un album qu'ils voulaient auto-produire, contre un plat de gâteaux secs faits maison et soixante-quinze dollars en liquide. J'avais assisté à la transaction incognito, du lit dans la mezzanine surplombant l'atelier. Plus tard, Robin et moi avions écouté un ou deux de leurs albums. Des reprises de standards, en grande partie, ballades et quadrilles, sur une orchestration traditionnelle et plutôt réussie.

— Vous êtes Bobby et Ben, n'est-ce pas ?

D'être reconnus écorna leur méfiance mais accrut leur confusion.

— Robin Castagna est une de mes connaissances, expliquai-je.

— Ah bon ? laissa échapper l'homme.

— Elle a réparé des instruments à vous l'hiver dernier. Une Gibson A-4 avec une crosse fendue, non ? Et une D-18 avec des chevilles trop molles, un manche faussé, des barrettes à remplacer et un chevalet décollé ? Je ne sais pas qui a cuisiné ces petits gâteaux, mais c'était un régal.

— Qui êtes-vous ? dit la femme.

— Seulement qui j'ai dit que j'étais, et rien de plus. Appelez Robin, elle est à l'atelier en ce moment. Questionnez-la à propos d'Alex Delaware. Mais si vous ne voulez pas prendre cette peine, pourriez-vous simplement me dire où joindre Dawn Herbert ? Je ne suis pas ici pour lui créer des ennuis, seulement pour récupérer ce dossier medical.

Ils ne répondirent pas. L'homme passa un pouce sous une de ses bretelles et l'étira.

— Va téléphoner, lui commanda la femme.

Il retourna dans la maison. Elle campa sur ses positions, à me surveiller, poitrine en berne, respiration profonde. Les chiens m'observaient. Silence absolu. Du coin de l'œil je perçus un mouvement à l'ouest et je me tournai pour découvrir un campeur de l'autre côté de l'allée. Plus loin, au bout de Sepulveda, un drapeau américain flottait dans la brise au sommet de son mât. Juste en dessous, un vieil homme était avachi dans un fauteuil de jardin. Difficile à dire à cette distance, pourtant j'aurais parié que lui aussi me surveillait.

L'homme aux bretelles réapparut quelques minutes plus tard, aussi souriant que s'il venait de croiser le Messie. Il apportait une assiette bleu pâle débordant de petits gâteaux.

Son hochement de tête et sa décontraction rassurèrent la femme. Les chiens se mirent à remuer la queue.

J'attendis que quelqu'un me propose une danse.

— Prends ça, Bob, fit l'homme à sa compagne. Ce gars est son petit ami.

— Le monde est petit, dit-elle en se décidant à ébaucher un sourire à son tour.

Je me remémorai sa façon de chanter sur le disque, haut perché mais très clair, avec un vibrato subtil. Son phrasé quand elle parlait était très agréable aussi. Elle aurait pu gagner une fortune en travaillant pour les messageries du téléphone rose.

— Vous avez une petite amie formidable, dit-elle, avec l'air de toujours chercher à me sonder. Vous en êtes conscient ?

— De ma chance ? À chaque minute.

Elle acquiesça et tendit la main.

— Bobby Murtaugh. Lui, c'est Ben. Mais vous nous connaissez *déjà*.

On passa enfin aux platitudes obligées d'accueil. Je caressai les chiens et Ben me présenta l'assiette. Nous abusâmes tous trois des petits gâteaux, toujours aussi bons. Le tout ressemblait un peu à un rite tribal. Mais même en se goinfrant de leur production, ils gardaient l'air soucieux.

Bobby engloutissait les gâteaux à la file, et des miettes cascadaient sur son décolleté. Elle les épousseta sans manière et déclara :

— Passons donc à l'intérieur.

Les chiens nous suivirent et passèrent dans la cuisine où ils lapèrent à grand bruit dans leur gamelle d'eau. Le salon était assez bas de plafond et assombri par les stores baissés. Il y flottait des odeurs de sucre et de chien. Les murs étaient ocre, le plancher en pin manquait cruellement de finition, les étagères bricolées avaient des tailles très diverses. Dans un coin, un pupitre à musique croulait sous un véritable annuaire de partitions. Plusieurs étuis à instruments occupaient la place où l'on trouve habituellement une table basse, devant le canapé. Le reste du mobilier provenait de récupérations des années noires, sans doute déniché au hasard de ventes de charité ou de brocantes. Les murs étaient décorés d'une horloge arrêtée à deux heures pile, d'un poster sous verre d'une guitare Martin et de plusieurs affichettes vantant les concours successifs de violon et de banjo de Topanga.

— Asseyez-vous, proposa Ben.

Avant que je puisse m'exécuter, il déclara :

— Je regrette de devoir vous annoncer ça, mon vieux, mais Dawn est morte. Quelqu'un l'a assassinée. C'est pour ça que nous avons flippé quand vous avez mentionné son nom et que vous avez parlé de l'autre meurtre. Désolé.

Il contempla tristement l'assiette de gâteaux presque vide.

— On n'a pas encore surmonté le choc, continua Bobby. Mais vous pouvez toujours vous asseoir, si vous en avez envie.

Elle s'écroula sur le canapé vert fatigué. Ben prit place à côté d'elle et posa l'assiette en équilibre précaire sur un genou osseux.

Je me posai sur un fauteuil tendu de tapisserie.

— Quand est-ce arrivé ? demandai-je.

— Il y a deux mois, dit Bobby. En mars, un week-end. Le dix, je crois. Non, le neuf...

Elle lança un regard interrogateur à son mari.

— Le neuf, oui, j'en suis certain, chérie. C'était le week-end de Sonoma, tu te souviens ? Nous y avons joué le neuf et nous sommes revenus à L.A. le dix. Tu te rappelles, on est rentrés très tard à cause des problèmes de moteur du van à San Simeon ? Du moins, c'est le neuf qu'il a dit que c'est arrivé. Le flic. Oui, le neuf.

— Tu as raison, approuva-t-il.

Elle me considéra une seconde.

— Nous n'étions pas en ville, nous jouions dans un festival au nord de Los Angeles. Le Volkswagen a eu des problèmes, et nous nous sommes retrouvés en rade un bout de temps, ce qui fait que nous ne sommes revenus ici que tard dans la nuit du dix. On était déjà le onze, en fait. On a trouvé une carte de visite d'un flic dans la boîte à lettres, avec un numéro à rappeler. Un inspecteur de la Criminelle. On ne savait pas trop quoi faire, et on ne lui a pas téléphoné. Mais lui a appelé. Il nous a dit ce qui s'était passé et nous a posé tout un tas de questions. Nous, on ne pouvait pas lui apprendre grand-chose, évidemment. Le lendemain il est venu avec deux autres flics et ils ont fouillé la maison. Ils avaient un mandat en règle, mais ils se sont montrés très corrects.

Un coup d'œil à Ben, avant de rectifier :

— Enfin, ça aurait pu être pire.

— Ils voulaient seulement voir ses affaires. Ils cherchaient des indices, une piste, je suppose. Mais bien sûr ils n'ont rien trouvé. Nous, ça ne nous a pas surpris. Le meurtre n'a pas eu lieu ici et dès le début, ils nous ont dit qu'ils ne soupçonnaient aucune de ses connaissances.

— Pourquoi donc ?

— Il, je veux parler de l'inspecteur, il nous a dit qu'il s'agissait d'un...

Elle ferma les yeux, réussit à prendre un gâteau dans l'assiette d'un geste très précis, et en avala une bonne moitié.

— D'après ce flic, poursuivit Ben, c'était le meurtre type d'un désaxé. Il a dit que le corps avait été vraiment...

Il secoua la tête avec tristesse.

— Horrible, lâcha Bobby.

— Ils n'ont rien trouvé ici, répéta Ben.

Visiblement, l'évocation du drame les perturbait beaucoup.

— Dure nouvelle à apprendre quand on rentre tranquillement chez soi, dis-je pour relancer leurs confidences.

— Oh oui, fit Bobby. Ça nous a vraiment effrayés. Quelqu'un que nous connaissions...

Elle prit un autre gâteau, malgré la moitié restante dans sa main.

— Vous étiez co-locataires ?

— Non, *elle* était notre locataire, corrigea Bobby d'un ton étonné. La maison est à nous. Il y a une pièce en plus, dont nous nous servions pour répéter et enregistrer des maquettes. Et puis j'ai perdu mon boulot à la garderie, alors nous avons décidé de louer la pièce pour compenser la perte d'argent. Nous avons juste affiché une annonce à l'Université, en nous disant qu'un étudiant se satisferait plus facilement d'une seule pièce. Et c'est Dawn qui a répondu la première.

— Et c'était à quelle époque ?

— En juillet.

Elle engloutit le gâteau entier et la moitié du premier. Ben lui tapota gentiment le genou.

— Ce que vous avez dit tout à l'heure, fit-il, à propos du dossier médical... Elle n'avait pas le droit de le prendre ?

— Elle était supposée le rapporter, au moins.

Ils s'entre-regardèrent.

— Vous avez eu des problèmes de... « choses égarées » avec elle ? hasardai-je.

— Eh bien... marmonna Ben, embarrassé.

— Pas au début, dit Bobby. Au début elle était très bien, comme locataire. Elle rangeait quand elle se servait de quelque chose, elle nettoyait, et elle était très discrète. En fait, on ne la voyait pas beaucoup parce que nous avions nos boulots dans la journée, sans compter les soirs où nous allions chanter ici ou là. Et quand nous n'avions pas de concert nous nous couchions assez tôt. Elle, elle était tout le temps dehors. Un vrai oiseau de nuit. La cohabitation marchait plutôt bien.

— Le seul problème, intervint Ben, c'est qu'elle rentrait à n'importe quelle heure. Et Homer est un bon chien de garde, alors il aboyait à chaque fois, ce qui nous réveillait. Mais nous n'allions quand même pas lui imposer des horaires pour entrer et sortir, évidemment... Non, en gros ça se passait bien.

— Quand a-t-elle commencé à emprunter des choses ?

— C'était plus tard, ça, fit-il.

— Deux mois après son arrivée, à peu près, dit Bobby. Et au début, on n'a pas fait le rapport. Il ne s'agissait que de petites choses, des stylos, des médiators. Nous ne possédons rien de valeur, hormis nos instruments, et il arrive qu'on égare des trucs, n'est-ce pas ? Regardez, tout le monde se retrouve avec une seule chaussette d'une paire, sans pouvoir retrouver l'autre. Mais par la suite c'est devenu de plus en plus visible. Des cassettes, des packs de bière — alors qu'on les lui aurait donnés si elle les avait demandés. Nous sommes très larges au sujet de la bouffe, même si au départ on avait convenu qu'elle achèterait la sienne. Et puis des bijoux ont commencé à disparaître. Deux paires de boucles d'oreilles. Et un des bandanas préférés de Ben, plus une vieille paire de bretelles qu'il avait dégottée à Seattle. C'étaient des bretelles très jolies, en cuir épais décoré, comme on n'en fait plus maintenant. Ce qui m'a vraiment ennuyée, c'est la dernière chose qu'elle nous a volée : une très vieille broche anglaise que je tenais de ma grand-mère, en argent avec un grenat. La pierre était un peu abîmée, mais j'y attachais une grande valeur sentimentale. Je l'avais laissée sur la commode et le lendemain elle avait disparu.

— Vous lui en avez parlé ?

— Je n'ai pas voulu l'accuser directement, mais oui, je lui ai demandé si elle ne l'avait pas vue. Ou les boucles d'oreilles. Et elle a répondu que non, pas du tout, et d'un air très naturel, en plus. Mais ça ne pouvait être qu'elle, nous le savions bien. Qui d'autre ? C'était la seule autre personne à entrer dans la maison, et rien n'avait jamais disparu avant qu'elle emménage.

— Elle devait avoir un problème psychologique, dit Ben. De la kleptomanie, ou quelque chose comme ça. Parce qu'elle ne pouvait pas espérer retirer beaucoup d'argent de ce qu'elle nous volait. D'ailleurs, elle n'avait pas besoin d'argent. Elle avait une quantité de vêtements et même une voiture neuve.

— Quelle sorte de voiture ?

— Une de ces petites décapotables, vous savez, une Mazda, je crois. Elle l'a eue juste après Noël. Si elle était arrivée avec quand elle a emménagé, nous aurions peut-être demandé un peu plus pour la location de la pièce. Nous ne lui prenions que cent dollars par mois, parce que nous croyions que c'était une étudiante sans beaucoup de sous.

— Non, elle avait vraiment quelque chose qui n'allait pas dans sa tête, décréta Bobby. J'ai retrouvé tout ce qu'elle nous avait volé dans le garage, enterré sous le plancher, dans une boîte, avec une photo d'elle. Comme si elle voulait prouver que c'était bien elle la coupable. Ça m'a fait penser aux écureuils qui accumulent des petites choses dans leur nid. Et puis, pour être franche, elle était intéressée, aussi. Je sais que ce n'est pas très charitable de dire ça, mais tant pis, c'est la vérité. Ce n'est que plus tard que nous avons additionné tous ces petits détails.

— Intéressée de quelle manière ?

— Elle se réservait le meilleur de tout. Par exemple, s'il y avait un litre de glace au chocolat fondant avec une couche de vanille dessus dans le frigo, on ne retrouvait plus que la vanille. Ou quand on achetait des cerises, elle prenait toujours les plus mûres.

— Est-ce qu'elle payait sa location dans les temps ?

— Plus ou moins. Il lui est arrivé d'avoir une ou deux semaines de retard. Nous ne disions jamais rien et elle finissait toujours par payer, d'elle-même.

— Mais l'ambiance devenait de plus en plus tendue, à force, ajouta Ben.

— Nous en étions au point où nous aurions fini par lui demander de partir, approuva Bobby. Nous avons discuté tous les deux de la façon de lui présenter les choses, pendant une quinzaine de jours. Et puis nous avons eu le concert à Sonoma et nous avons été très occupés par les répétitions. Et quand nous sommes revenus à la maison...

— Où a-t-elle été assassinée ? demandai-je.

— Quelque part en ville, dans une boîte.

— Une boîte de nuit ?

Ils acquiescèrent avec un bel ensemble.

— D'après ce que j'ai cru comprendre c'était un de ces club new wave. Comment il s'appelait, déjà, Ben ? Un nom avec une consonance indienne, non ?

— Le Mayan. Le Moody Mayan, ou un truc approchant. — Sourire fugace. — Le flic nous a demandé si nous y étions déjà allés. Quelle blague !

— Dawn était une adepte de la new wave ?

— Pas au début, dit Bobby. Je veux dire, quand nous l'avons rencontrée, elle faisait plutôt dans le genre normal, sérieuse. Presque trop, même. Un peu guindée, quoi. Nous nous sommes dit qu'elle allait peut-être nous trouver trop cool. Et puis, au fur et à mesure, elle s'est mise à jouer à la punk. Une chose est sûre, c'est qu'elle n'était pas bête du tout. Elle lisait tout le temps des livres scientifiques, des manuels. Elle préparait un doctorat de biomathématiques ou quelque chose comme ça. Mais le soir, elle changeait complètement. Elle s'habillait à la punk, avec beaucoup de trucs noirs, et elle sortait. Et elle se teignait souvent les cheveux avec ces produits qui partent à l'eau, vous savez ? Elle se maquillait comme dans *La Famille Adams*, et je l'ai vue plusieurs fois se coiffer les cheveux en crête avec du gel fixant. On aurait dit qu'elle se déguisait. Et le lendemain matin elle était redevenue toute sage pour aller travailler. Vous ne l'auriez pas reconnue.

— C'est dans cette boîte de nuit qu'elle s'est fait assassiner ?

— Je ne sais pas, avoua-t-elle. En fait, nous ne nous sommes pas du tout intéressés aux détails. Nous ne voulions qu'une chose : que les flics embarquent toutes ses affaires, et oublier tout ça.

— Vous souvenez-vous du nom de l'inspecteur ?

— Gomez, dirent-ils à l'unisson.

— Ray Gomez, précisa Bobby. C'était un fan de Los Lobos et il aimait bien le doo-wop. Pas trop désagréable, pour un flic.

Ben approuva de la tête. Leurs cuisses étaient pressées l'une contre l'autre, si fort que les genoux en était blancs.

— Quel drame, quand même, dit-elle après un moment. Et cet enfant pourrait souffrir à cause du dossier volé par Dawn ?

— Nous pourrons nous débrouiller sans, assurai-je. Mais le dossier nous aurait sans doute bien aidés...

— Quel dommage que nous ne puissions pas vous aiguiller pour le retrouver. La police a pris toutes ses affaires et je n'y ai rien vu qui ressemble à un dossier médical. Remarquez, je ne les ai pas surveillés de très près, je dois reconnaître.

— Et dans les choses qu'elle vous a dérobées ?

— Non, dit Bobby. Il n'y avait pas de dossier là-dedans non plus. Les flics ne se sont quand même pas trop foulés dans leurs recherches pour ne pas trouver le carton, vous ne pensez pas ? Mais attendez, je vais aller vérifier. Il est peut-être coincé dans le couvercle du carton, ou quelque chose comme ça. On ne sait jamais...

Elle disparut dans la cuisine et revint peu après avec une boîte à chaussures et un morceau de papier fort.

— Vide. Voilà la photo qu'elle avait mise sur tout le reste, comme pour bien montrer que c'était elle qui nous avait volé tout ça.

Je pris le cliché. Un de ces mauvais tirages noir et blanc qu'on obtient par quatre dans les Photomaton. Quatre versions d'un visage naguère joli, à présent marqué de graisse et gâté par la méfiance. Des cheveux noirs et raides, de grands yeux très sombres. Un regard meurtri. Je tendis le quadruple cliché à Bobby.

— Gardez-le, dit-elle. Je n'en veux plus.

Je jetai un dernier coup d'œil au visage sur le papier avant de l'empocher. Quatre poses identiques, amères, attentives.

— Elle a l'air triste, dis-je.

— Oui, elle ne souriait pas beaucoup, ajouta Bobby.

— Peut-être qu'elle l'a laissée à son bureau, à l'Université ? intervint Ben. Le dossier, je veux dire.

— Savez-vous dans quel département elle travaillait ?

— Non, mais elle avait un numéro de poste qu'elle nous avait communiqué. 22 38, c'est ça ?

— Je crois, oui, fit Bobby.

Je notai le numéro.

— Et vous dites qu'elle préparait un doctorat ?

— C'est ce qu'elle a prétendu quand elle est venue pour la chambre. Biomathématiques, il me semble.

— A-t-elle jamais mentionné le nom de son professeur ?

— Elle nous a donné un nom comme référence, dit Bobby, mais à dire vrai nous n'avons jamais cherché à le contacter.

Elle prit un air penaud.

— Nous étions un peu justes question finances, à l'époque, expliqua Ben. Nous voulions trouver un locataire le plus vite possible, et elle avait l'air bien.

— Le seul professeur dont elle nous ait parlé, c'est ce type à l'hôpital qui s'est fait tuer aussi.

— Oui, fit Ben. Elle n'avait pas l'air de beaucoup l'apprécier.

— Pourquoi cela ?

— Aucune idée. Elle ne nous faisait pas vraiment de confidences. Elle a seulement dit que c'était un trou-du-cul, un type vraiment difficile à vivre, et qu'elle allait le laisser tomber. Et c'est ce qu'elle a fait, en février.

— A-t-elle trouvé un autre poste ?

— Pas à notre connaissance, en tout cas, répondit Bobby.

— Mais comment réglait-elle son loyer ?

— Oh, pour ça, elle avait toujours de l'argent à dépenser.

Ben eut un sourire écœuré.

— Quoi ? fit Bobby.

— Elle et son patron. Elle le détestait, mais maintenant ils sont tous les deux dans le même bateau. L.A. a eu leur peau.

Bobby frissonna et prit un autre gâteau sec.

17

Les révélations sur le meurtre de Dawn Herbert et ses tendances kleptomanes m'avaient donné à réfléchir.

J'étais parti de l'hypothèse qu'elle avait subtilisé le dossier de Chad pour Lawrence Ashmore. Mais si elle l'avait fait pour son propre compte, après avoir découvert des informations gênantes pour la famille Jones, dans le but d'en tirer un profit personnel ?

Et maintenant, elle était morte...

Je m'arrêtai chez le marchand de poissons exotiques et achetai un sac de vingt kilos de nourriture pour les koï. J'en profitai pour demander à passer un coup de fil de la boutique. L'adolescent à la caisse réfléchit un moment, consulta le total de mes achats et finit par accepter. Il me désigna un vieux téléphone mural noir près d'un aquarium d'eau de mer où évoluait un petit requin tacheté. Deux poissons rouges s'agitaient près de la surface. Le squale miniature glissait paisiblement près du fond. Ses yeux étaient calmes et bleus, presque aussi beaux que ceux de Vicki Bottomley.

J'appelai Parker Center. L'homme qui répondit m'apprit que Milo était absent pour une durée indéterminée.

— C'est Charlie ? tentai-je.

— Non.

Clic.

Je composai le numéro personnel de Milo. Le jeune homme derrière le comptoir ne me quittait pas des yeux. Je lui souris et levai un index pour expliquer que j'attendais, tandis que dans l'écouteur les sonneries s'accumulaient.

Peggy Lee me récita le petit boniment de Blue Investigations. Après le bip, je confiai au répondeur :

— Dawn Herbert a été assassinée en mars. Probablement le 9, quelque part en ville, près d'une boîte de nuit punk. L'inspecteur chargé de l'affaire s'appelait Ray Gomez. Je devrais me trouver à l'hôpital d'ici une petite heure. Si tu veux qu'on en parle, tu peux me joindre par mon beeper.

Je raccrochai et me dirigeai vers la porte. Du coin de l'œil je saisis un mouvement brusque et regardai dans cette direction, vers l'aquarium. Les deux poissons rouges avaient disparu.

Le calme particulier au week-end régnait sur la partie de Sunset dans Hollywood. Les banques et les firmes artistiques précédant Hospital Row étaient fermées, et quelques familles pauvres et autres désœuvrés erraient sur les trottoirs. La circulation, très fluide, était principalement composée de travailleurs de fin de semaine et de touristes qui avaient dépassé Vine par inadvertance. J'arrivai aux grilles du parking pour médecins en moins d'une demi-heure. L'endroit était de nouveau en fonction, et les places libres ne manquaient pas.

Avant de monter dans les étages, je passai à la cafétéria pour prendre un café.

L'heure du déjeuner tirait à sa fin, mais la salle était déjà presque déserte. Alors que j'approchai de la caisse pour payer, je reconnus Dan Kornblatt qui empochait la monnaie rendue par l'employée. Le cardiologue tenait un gobelet en plastique à couvercle. Le café s'en était renversé et maculait le petit récipient de traînées sales. Kornblatt fronça les sourcils. Il semblait soucieux. Il empocha sa monnaie, me vit et me salua d'un bref hochement de tête.

— Salut, Dan. Quoi de neuf ?

Mon sourire parut le contrarier un peu plus encore.

— Tu as lu le journal de ce matin ? demanda-t-il.

— Je l'ai juste parcouru en vitesse.

Il me regarda de biais, d'un air définitivement maussade. Je me faisais l'impression d'être l'élève qui vient de donner une mauvaise réponse dès le début de l'examen oral.

— Qu'est-ce que tu veux que je te dise, alors ? fit-il un peu sèchement, et il s'éloigna.

Je payai ma consommation en me demandant quel article avait pu le mettre d'une humeur aussi massacrante. J'eus beau fouiller la cafétéria du regard, je ne vis traîner aucun journal. J'avalai deux gorgées de café, reposai la tasse sur le comptoir et me rendis à la salle de lecture de la bibliothèque. Cette fois, la porte en était verrouillée.

Le service de pédiatrie était désert et toutes les portes des chambres ouvertes, à l'exception de celle de Cassie. Lumières éteintes, lits nus, l'ensemble baignait dans l'odeur parfumée d'un désodorisant senteur prairie. Un homme en tenue jaune du service de maintenance passait l'aspirateur dans le couloir. La musique d'ambiance était à peine audible. Une mélodie viennoise, lente et sirupeuse à souhait.

Assise bien droite au bureau des infirmières, Vicki Bottomley lisait un dossier médical. Sa coiffe était légèrement de travers.

— Bonjour, lançai-je aimablement. Quoi de neuf ?

Elle secoua la tête négativement et me tendit le dossier sans relever les yeux.

— Allez-y, terminez-le, offris-je, conciliant.

— Terminé, laissa-t-elle tomber en agitant le dossier à bout de bras.

Je le pris, mais sans l'ouvrir, et m'accoudai au comptoir.

— Comment va Cassie, aujourd'hui ?

— Un peu mieux.

Elle évitait toujours de croiser mon regard.

— Quand s'est-elle réveillée ?

— Vers neuf heures.

— Son père était déjà là ?

— Tout est noté là-dedans, dit-elle en désignant le dossier, la tête toujours basse.

J'ouvris la chemise et recherchai les feuillets concernant les faits de la journée. Je parcourus les quelques notes lapidaires rédigées par Al Macauley et celles du neurologue.

Vicki avait commencé à remplir un formulaire.

— La dernière crise de Cassie a l'air d'avoir été plutôt sérieuse, commentai-je.

— Rien que je n'aie déjà vu.

Je reposai le dossier sur le comptoir et me figeai dans une immobilité parfaite. Enfin elle daigna lever les yeux, qu'elle cligna à plusieurs reprises, très vite.

— Vous avez vu beaucoup de cas d'épilepsie infantile ? demandai-je.

— J'ai tout vu. J'ai travaillé en onco. Je me suis occupée de bébés atteints de tumeurs au cerveau, alors...

— J'ai travaillé en oncologie moi aussi. Il y a quelques années. En support psychologique.

— Ah bon.

Elle s'était replongée dans la rédaction de son formulaire.

— Enfin, au moins Cassie ne semble pas atteinte d'une tumeur, dis-je.

Pas de réponse.

— Le Dr Eves m'a dit qu'elle comptait signer sa sortie bientôt.

— Ah bon.
— J'ai pensé leur rendre une petite visite à domicile.
Son stylo courait sur la feuille.
— Vous êtes déjà allée chez les Jones, n'est-ce pas ?
Pas de réponse.
Je répétai la question sur le même ton. Elle cessa d'écrire et m'affronta du regard.
— Et si je l'ai fait, il y a quelque chose de répréhensible à ça ?
— Non, je disais juste ça comme ça...
— Oh oui, vous parliez au hasard, hein ? — Elle posa son stylo, recula sa chaise sur roulettes et un sourire narquois déforma ses lèvres. — Ou bien vous êtes en train d'essayer de m'interroger ? Parce que vous voulez savoir si je suis allée là-bas pour faire quelque chose à la pauvre petite. Non ?
Elle repoussa encore un peu son siège sans me quitter des yeux ni cesser ce rictus de défi.
— Et pourquoi penserais-je cela ? m'étonnai-je.
— Parce que je sais comment vous pensez, vous autres les psys.
— C'était une simple question, Vicki.
— Ah oui, bien sûr ! C'est comme ça depuis le début, n'est-ce pas ? Vous ne faites que bavarder pour bavarder, peut-être ? Non, vous me sondez pour voir si je ne serais pas comme cette infirmière du New Jersey...
— De quelle infirmière parlez-vous ?
— Celle qui tuait les bébés. Ils ont écrit un bouquin dessus, et on en a beaucoup parlé à la télé.
— Vous vous croyez suspectée ?
— Pourquoi, je ne le suis pas ? Ce n'est pas toujours sur l'infirmière que tout retombe, peut-être ?
— Cette infirmière du New Jersey a été accusée à tort ?
Son sourire se mua en une grimace franchement désagréable.
— J'en ai par-dessus la tête de ce petit jeu ! grinça-t-elle en se levant et, dans le mouvement, elle propulsa le siège en arrière. Avec vous autres c'est toujours la même chose.
— Vous autres, cela signifie les psychologues ?
Elle croisa les bras sur sa poitrine et lâcha tout bas quelque chose d'inintelligible. Puis elle me tourna le dos.
— Vicki ?
Pas de réponse.
— Mon seul but, Vicki, déclarai-je en m'efforçant de

conserver un ton calme, est de découvrir ce qui arrive à Cassie.

Elle feignit de lire le tableau de service accroché au mur.

— Au temps pour notre petite trêve, dis-je.

Elle fit volte-face d'un bloc.

— Oh, ne vous en faites pas, dit-elle d'une voix qui était montée dans les aigus, mettant un phrasé acide sur la musique d'ambiance lénifiante. Je ne m'opposerai pas à vous. Vous voulez quelque chose, vous le demandez. Et je ferai tout ce qui est en mon pouvoir pour aider cette pauvre petite chérie. Contrairement à ce que vous pensez, je me fais du souci pour elle, figurez-vous. Je descendrai même vous chercher un café si ça peut vous impressionner assez pour que vous vous occupiez vraiment d'elle. Je ne suis pas une de ces *féministes* qui trouvent qu'on ne peut que s'opposer aux médecins. Mais inutile de faire comme si nous étions *amis*, d'accord ? Faisons chacun notre travail sans ces bavardages idiots et ces courbettes, d'accord ? Et pour répondre à votre question, je me suis rendue chez les Jones deux fois, très exactement. Il y a des mois. Vous avez bien noté ?

Elle se rendit à l'autre bout du bureau, prit un formulaire différent du premier et fit mine de s'absorber dans sa lecture, en le tenant à bout de bras. Elle aurait eu besoin de lunettes pour voir de près.

— Lui faites-vous quelque chose, Vicki ?

Ses mains tressautèrent et le feuillet leur échappa. Elle se pencha pour le ramasser et sa coiffe tomba. Elle se courba de nouveau, la saisit et se redressa, rigide. Elle avait forcé sur le mascara et quelques grains de la substance noire étaient tombés de ses cils sur le haut d'une joue.

Je restai immobile.

— *Non !*

Ce n'était qu'un murmure, mais très puissant.

Des pas nous firent tous deux tourner la tête. L'employé de maintenance sortit du couloir en tirant derrière lui l'aspirateur. C'était un homme d'un certain âge, d'origine hispanique, au regard las et à la moustache tombante.

— Y'a aut' chose ? s'enquit-il.

— Non, répondit Vicki. *Partez.*

Il la dévisagea, un sourcil relevé en accent circonflexe, puis il tira brusquement l'aspirateur et se dirigea vers les portes en teck. Mains crispées sur la coiffe, Vicki le suivit des yeux.

Dès qu'il eut disparu, elle se campa face à moi.

— C'était une question *horrible* ! Comment pouvez-vous avoir des pensées aussi laides ? Pourquoi faudrait-il que *quelqu'un* fasse *quelque chose* à cette pauvre enfant ? Elle est *malade* !

— Et tous ces symptômes seraient ceux d'une maladie mystérieuse ?

— Et *pourquoi pas* ? rétorqua-t-elle. Pourquoi pas ? Nous sommes dans un hôpital, et c'est ce que nous faisons ici : nous recevons des enfants malades. C'est ce que font les *vrais* médecins. Ils soignent des enfants malades...

Je gardai le silence.

Ses bras s'élevèrent lentement, et elle parut lutter pour les baisser, comme un sujet résistant à l'hypnotiseur. À la place qu'avait occupée la coiffe, sa chevelure formait un petit monticule de même taille.

— Les vrais médecins n'ont pas beaucoup de chance, on dirait, fis-je.

Elle souffla par le nez.

— Encore ces petits jeux, siffla-t-elle. Avec vous autres, c'est encore et toujours ces petits jeux.

— Vous semblez en savoir beaucoup sur « *nous autres* », remarquai-je.

La réflexion sembla la désorienter et elle s'essuya nerveusement les yeux du dos de la main. Son mascara commençait à couler et les articulations de ses doigts se couvrirent de taches grises. Mais elle n'y prêta aucune attention. Son regard restait rivé sur moi.

Je l'affrontai, l'absorbai.

Le sourire fielleux revint.

— Désirez-vous autre chose, monsieur ?

Elle tira de son chignon des épingles et s'en servit pour clouer de nouveau la coiffe à sa place.

— Avez-vous fait part de vos sentiments envers les thérapeutes aux Jones ? demandai-je.

— Je garde mes sentiments pour moi. Je suis une professionnelle, moi.

— Leur avez-vous dit que quelqu'un soupçonnait des causes non naturelles ?

— Bien sûr que non ! Je viens de vous le dire, je suis une professionnelle.

— Une professionnelle qui n'aime pas les thérapeutes, n'est-ce pas ? Ce ramassis d'incapables qui promettent d'aider, mais qui ne font rien que jouer à leurs petits jeux...

Elle eut un mouvement de recul. La coiffe tangua et sa main jaillit pour la stabiliser.

— Vous ne savez rien de moi, dit-elle. Rien du tout.

— C'est vrai, mentis-je. Et c'est devenu un problème pour le bien-être de Cassie.

— C'est ridic...

— Votre comportement gêne grandement les soins qui lui sont prodigués, Vicki. Mais ce n'est pas le lieu pour en discuter.

Je désignai la chambre réservée aux infirmières, dont la porte donnait derrière le bureau.

— Pour quoi faire ? rétorqua-t-elle en posant les mains sur ses hanches.

— Discuter.

— Vous n'avez aucun droit de me l'imposer.

— Je vais être direct, Vicki. J'ai tous les droits de vous l'imposer. Je vous signale que si vous êtes encore attachée aux soins de Cassie, c'est uniquement grâce à moi. Le Dr Eves admire vos capacités techniques, mais votre attitude lui porte sur les nerfs, à elle aussi.

— Ah, bien sûr ! railla-t-elle.

Je décrochai le téléphone.

— Appelez-la.

Elle inspira difficilement, effleura sa cape de la main, passa une langue rapide sur ses lèvres.

— Qu'attendez-vous de moi, à la fin ?

Je discernai une intonation plaintive dans sa voix.

— Pas ici, répétai-je. Dans la pièce, là, Vicki, s'il vous plaît.

Elle faillit protester, mais n'émit aucun son. Un frémissement agita sa bouche. Elle le dissimula de la main.

— Laissons tomber, dit-elle. Je suis désolée, d'accord ?

La peur rôdait dans ses yeux. Je me rappelai alors la dernière vision qu'elle avait eue de son fils et me trouvai quelques dons de Torquemada. Mais je secouai la tête.

— Plus de bagarre, plaida-t-elle. Je vous le promets. Cette fois, je suis vraiment sincère, Docteur. Vous avez raison, je n'aurais pas dû être aussi insolente. Mais c'est parce que je me fais du souci pour Cassie, tout comme vous. Je me tiendrai bien. Désolée. Ça ne se reproduira plus...

— Vicki, s'il vous plaît, fis-je en désignant la porte de la pièce adjacente.

— Je vous le jure. Allez, faites-moi une fleur.

Je restai imperturbable.

Elle avança vers moi, poings à demi dressés, comme si elle s'apprêtait à me frapper. Puis elle les décrispa et laissa retomber les bras, fit brusquement demi-tour et entra dans la pièce voisine. Épaules basses, elle traînait les pieds sur la moquette. Je la rejoignis.

La pièce était meublée d'un convertible bon marché orange, d'un fauteuil assorti, et d'une table basse. Un téléphone s'y trouvait, près d'une cafetière électrique débranchée qui n'avait pas dû servir ni être nettoyée depuis longtemps. Des posters de chats et de chiots décoraient le mur principal au-dessus d'un autocollant proclamant **LES INFIRMIÈRES TRAVAILLENT AVEC LEUR CŒUR...**

Je refermai la porte, m'assis sur le canapé.

— Tout ça ne me dit rien du tout, fit-elle, mais sans grande conviction. Je pense que vous n'avez aucun droit d'agir comme ça. Je crois que je vais appeler le Dr Eves.

Je décrochai, appelai le standard et demandai à faire prévenir Stephanie par son beeper.

— Une minute, dit Vicki. Raccrochez.

J'annulai donc la demande et remis le récepteur en place. Elle exécuta une petite danse très lente sur les talons avant de s'écrouler dans le fauteuil. Les deux pieds étaient posés bien à plat. Je remarquai alors quelque chose que je n'avais pas encore vu : une petite marguerite dessinée au pinceau à vernis à ongles sur son badge, juste sous la photo. Le vernis commençait à s'écailler et la fleur en paraissait fanée.

Elle plaça les mains sur les cuisses, bien sagement. L'expression du condamné s'étendit sur ses traits.

— J'ai du travail, dit-elle. Il faut encore que je change les draps, et que je vérifie que la restauration a bien pris la commande du déjeuner pour les régimes.

— L'infirmière du New Jersey, éludai-je. Pourquoi avoir fait allusion à elle ?

— Vous en êtes resté là ?

J'attendis.

— Ça ? C'est un détail. Je vous l'ai dit, un livre est paru sur elle, et je l'ai lu, c'est tout. D'habitude, je n'aime pas lire ce genre de livres, mais... quelqu'un me l'a donné, alors je l'ai lu, voilà. D'accord ?

Elle esquissa un sourire, mais ses yeux s'étaient emplis de larmes. Des doigts, elle tenta de les effacer. Je regardai autour de moi. Pas de mouchoir en vue. Le mien était propre, je le lui offris.

Elle le fixa des yeux, l'ignora. Son visage était strié de

larmes et le mascara traçait des traînées sombres sur le masque de son fond de teint.

— Qui vous a donné ce livre ? demandai-je.

Son visage se crispa sous l'effet d'une souffrance intérieure subite. Comme si je venais de lui infliger un coup de poignard.

— Je ne suis pour rien dans les problèmes de Cassie. Je vous le jure.

— D'accord. Qu'a fait cette infirmière, exactement ?

— Elle empoisonnait les bébés. Avec de la Lidocaïne. Mais ce n'était pas une vraie infirmière. Les vraies infirmières aiment les enfants. Les vraies...

Son regard glissa vers l'autocollant au mur et ses pleurs redoublèrent.

Quand elle se fut reprise, je lui tendis de nouveau le mouchoir. Et une nouvelle fois elle feignit de ne pas le voir.

— Que voulez-vous de moi ? interrogea-t-elle.

— Un peu d'honnêteté...

— Sur quoi ?

— Toute cette hostilité contre moi...

— Je vous ai dit que j'étais désolée d'avoir agi comme ça.

— Je n'ai pas besoin d'excuses, Vicki. Mon honneur n'est pas en jeu et nous n'avons pas à devenir amis ni à bavarder pour ne rien dire. Mais nous devons communiquer de façon assez satisfaisante pour prendre soin au mieux de Cassie. Et votre comportement nous en empêche.

— Je ne suis pas d'acc...

— Si, Vicki. Et je sais que cela ne peut découler de quelque chose que j'aurais dit ou fait, parce que vous vous êtes montrée hostile envers moi avant même que j'aie ouvert la bouche. Il est donc évident que vous avez quelque chose contre les psychologues, et je pense qu'ils vous ont déçue, ou maltraitée.

— Qu'est-ce que vous faites ? Une analyse ?

— Si c'est nécessaire.

— Ce n'est pas juste.

— Si vous voulez continuer à travailler sur ce cas, il faut régler le problème. Dieu sait que c'est assez difficile comme ça. Cassie est plus malade à chacune de ses visites ici, et personne ne sait ce qui se passe. Encore quelques crises comme celle à laquelle vous avez assisté et elle pourrait bien risquer des dommages cérébraux sérieux. Nous ne pouvons pas nous permettre d'être distraits par des considérations imbéciles sur nos rapports personnels.

Sa lèvre supérieure se retroussa en une mimique inconsciente.

— Il n'est pas indispensable de vous montrer grossier.

— Vous avez raison. Toutes mes excuses. En dehors de mon vocabulaire, que me reprochez-vous ?

— Rien.

— Foutaises, Vicki.

— Il n'est vraiment pas indisp...

— Vous n'aimez pas les psys, dis-je. Et j'ai l'intuition que c'est pour de bonnes raisons.

Elle se laissa aller contre le dossier du fauteuil.

— Comment ça ?

— Les mauvais psys ne manquent pas dans le coin. Ils sont heureux de prendre votre argent sans rien faire pour vous. Il se trouve que je ne fais pas partie de cette catégorie, mais je ne m'attends pas que vous me croyiez sur parole.

Le rictus prit de l'ampleur, puis disparut progressivement. Un pli subsistait au-dessus de sa lèvre supérieure, et son maquillage restait totalement ruiné par ses pleurs. Oui, j'aurais pu tenir le rôle du Grand Inquisiteur.

— D'un autre côté, c'est peut-être seulement moi que vous n'appréciez pas. Peut-être pour une raison liée à Cassie, parce que vous voulez rester le patron dans les soins qui lui sont apportés.

— Ce n'est pas du tout ça !

— Alors qu'y a-t-il, Vicki ?

Elle ne répondit pas. Elle baissa les yeux sur ses mains, repoussa la cuticule d'un ongle. Son visage restait sans expression, mais elle pleurait toujours.

— Pourquoi ne pas tout expliquer et en finir ? dis-je. Si tout cela n'a aucun rapport avec Cassie, rien de ce que vous me direz ne passera la porte de cette pièce.

Elle renifla et se pinça le bout du nez.

Je me penchai un peu vers elle et adoptai un ton adouci pour continuer :

— Écoutez, inutile d'en faire une séance-marathon. Je ne suis pas ici pour vous confondre. Je veux seulement une explication claire et nette. Que nous parvenions à une véritable trêve.

— Et ça ne sortira pas de cette pièce, hein ? fit-elle tandis que le rictus réapparaissait. J'ai déjà entendu ce genre de promesses !

Nos regards se rencontrèrent. Elle cligna des yeux. Je restai impassible.

Soudain ses bras s'agitèrent dans l'air. Elle arracha sa coiffe et la jeta dans la pièce. Elle fit mine de se lever, changea d'avis.

— Allez au diable ! cracha-t-elle.

Le sommet de sa chevelure ressemblait à un nid d'oiseau.

Je repliai mon mouchoir et le posai sur un de mes genoux. Quel garçon ordonné, cet Inquisiteur...

Elle plaqua la pointe de ses doigts sur ses tempes.

Je me levai et plaçai une main sur son épaule. J'avais la quasi-certitude qu'elle l'ôterait avec humeur, mais elle n'en fit rien.

— Je suis désolé, dis-je.

Elle sanglota et se mit à parler, et je ne pus que l'écouter.

Elle ne me raconta qu'une partie de son histoire. Elle rouvrait de vieilles blessures tout en s'efforçant de conserver quelque dignité.

Dans sa bouche, Reggie le criminel devint « un enfant très actif avec des problèmes à l'école ».

— Oh, il était assez intelligent pour réussir, mais il n'arrivait pas à trouver une matière intéressante pour l'occuper, et il rêvassait sans arrêt.

Le garçon s'était transformé en un adolescent « hyperactif » qui « n'arrivait pas à rester en place ».

Des années de menus larcins réduits à « quelques problèmes ».

Elle sanglota un peu plus. Cette fois elle accepta mon mouchoir.

Dans un murmure humide de larmes, elle révéla le point clef : la mort de son fils unique à dix-neuf ans, des suites d'un « accident ».

Soulagé d'avoir obtenu un aveu, même partiel, le Grand Inquisiteur se tint coi.

Elle resta également silencieuse, un long moment, sécha ses yeux, essuya son visage, puis se remit à parler.

Le mari alcoolique se mua en un héros de la classe ouvrière. Décédé à trente-huit ans à cause du « cholestérol ».

— Grâce au Ciel, la maison nous appartenait. Sinon, la seule autre chose de valeur que nous a laissée Jimmy était une vieille Harley Davidson, vous savez, une de ces *choppers*. Il la bricolait tout le temps, et emmenait Reggie derrière lui pour faire le tour du quartier. Il l'avait appelée « le pourceau » parce qu'elle consommait beaucoup, et jusqu'à l'âge de quatre ans, Reggie a cru qu'un pourceau était une moto.

Elle eut un sourire à ce souvenir.

— C'est la première chose que j'ai revendue. Je ne voulais pas que Reggie pense qu'il avait le droit naturel d'aller se tuer sur l'autoroute avec cet engin. Il a toujours aimé la vitesse. Comme son père. Alors j'ai revendu la Harley à un des médecins avec lesquels je travaillais en ce temps-là, au Foothill General. J'y avais un poste avant la naissance de Reggie. Après la mort de Jimmy, j'ai dû y retourner.

— En pédiatrie ?

— Non, au service général. Là-bas, ils n'avaient pas de service de pédiatrie. J'aurais préféré, mais j'avais besoin d'un emploi proche de la maison, pour rester le plus près possible de Reggie. À l'époque il avait déjà dix ans, mais je n'aimais quand même pas le laisser seul. Je voulais être à la maison avec lui. Alors j'ai pris les services de nuit. Je le mettais au lit à neuf heures, j'attendais qu'il s'endorme, ensuite je faisais une sieste d'une petite heure et je partais vers dix heures moins le quart pour être à l'hôpital à onze heures.

Elle attendit mon jugement.

L'Inquisiteur n'en proposa aucun.

— Il était tout seul chaque nuit, vous comprenez. Mais je me disais qu'il était endormi, et que rien ne pouvait lui arriver. Maintenant, c'est plus courant, mais c'était plutôt rare dans ces années-là. Je n'avais pas le choix : il n'y avait personne pour m'aider. Pas de famille, pas de système comme les crèches de jour qu'il y a maintenant. La seule solution aurait été de prendre une baby-sitter pour la nuit, et ça me serait revenu aussi cher que ce que je gagnais.

Elle se tamponna les yeux du mouchoir, jeta un coup d'œil à l'autocollant et combattit un nouvel accès de larmes.

— Je n'ai jamais cessé de me faire du souci pour lui. Et en grandissant il s'est mis à m'accuser de ne m'être jamais occupée de lui, de l'avoir laissé seul la nuit parce que je n'en avais rien à faire. Il m'a même accusée d'avoir revendu la moto de son père pour lui nuire, alors que c'était exactement le contraire.

— Les difficultés d'élever seule un enfant, approuvai-je d'un air que j'espérais plein de sympathie.

— À sept heures du matin, vous pouvez me croire, je me précipitais à la maison en priant pour qu'il soit encore endormi. Comme ça, je pouvais le réveiller et faire comme si j'étais restée avec lui toute la nuit. Au début ça a marché, mais il s'est très vite rendu compte de ce que je faisais et il s'est mis à se cacher avant mon arrivée. C'était comme une sorte de jeu, pour lui. Il s'enfermait dans la salle de bains, ou les toilettes...

Une culpabilité terrible imprégna instantanément ses traits.

— Vous n'êtes pas obligée de me raconter ça, dis-je d'un ton compréhensif.

— Vous n'avez pas d'enfant, vous ne savez pas ce que c'est. Quand il a été un peu plus âgé, vers quinze ans, il s'est mis à sortir des nuits entières ; parfois je ne le voyais pas pendant deux jours. Si je l'enfermais, il se débrouillait pour sortir quand même. Et toutes les punitions que j'ai pu essayer, il s'en moquait complètement. Quand j'ai voulu le raisonner, il m'a lancé au visage que c'était moi qui l'abandonnais. Pas de raison : c'est *toi* qui as commencé à être absente toute la nuit, maintenant c'est *moi*. Jamais il n'a...

Elle secoua la tête, désespérée.

— Jamais il n'a eu la moindre aide. Pas la plus petite parcelle, d'aucun d'entre eux. Vous autres, les « experts ». Tous ces conseillers, ces experts en éducation... Tout le monde savait comment faire, sauf moi. Mais bien sûr, puisque c'était moi le problème, n'est-ce pas ? Oh, par contre ils étaient très forts pour me culpabiliser ! De vrais experts, là, c'est vrai... De toute façon, aucun d'entre eux n'aurait pu l'aider. Il n'apprenait rien à l'école, et c'était de pire en pire chaque année. Finalement je l'ai emmené voir... un de vos collègues. Un clown privé. Il fallait que je l'emmène jusqu'à Encino, alors que je n'en avais pas les moyens.

Elle cracha un nom que je ne connaissais pas.

— Grand cabinet, fit-elle, avec une très belle vue sur les montagnes et des petites poupées sur les étagères, à la place des livres. Soixante dollars de l'heure, et à cette époque-là ça faisait beaucoup... surtout pour une perte de temps pareille ! Deux années à être roulée dans la farine et à payer une fortune pour ça, voilà tout ce que j'ai récolté.

— Où aviez-vous connu ce psychologue ?

— Il m'avait été recommandé — *hautement* recommandé — par un des médecins du Foothill. Moi-même j'ai cru qu'il était vraiment capable, au début. Il a passé deux semaines avec Reggie sans rien me dire. Et puis il m'a fixé un rendez-vous pour me dire que Reggie avait de très sérieux problèmes qui venaient de la façon dont il avait grandi. Il m'a dit qu'il faudrait beaucoup de temps pour arranger les choses, mais qu'on finirait par les arranger. Si...

« Il y avait tout une série de « si ». *Si* je ne mettais aucune pression sur Reggie ; *si* je respectais Reggie en tant qu'individu ; *si* je respectais son droit à la confidentialité. Alors je lui ai demandé ce que je devais faire au juste. Il m'a dit de continuer à régler les factures et de m'occuper de moi. Reggie devait développer son propre sens des responsabilités. Tant que j'avais tout assumé pour lui, il n'avait pas pu le développer. Mais lui, il n'a pas jugé bon de garder pour lui ce que je lui disais sur Reggie. Oh non, pas de confidentialité pour le *docteur*, bien sûr ! J'ai engraissé ce charlatan deux années durant, et total, je me suis retrouvée avec un enfant qui me détestait à cause de tout ce que ce bon docteur lui avait fourré dans la tête ! Ça, je ne l'ai découvert que plus tard, quand Reggie m'a répété tout ce que j'avais confié au psychologue.

— Avez-vous porté plainte ?

— Pour quoi faire ? C'est moi qui étais l'idiote dans cette histoire, non ? Parce que j'y avais cru. Vous voulez savoir jusqu'à quel point j'ai été idiote ? Après... Après que Reggie eut... Après son... sa disparition, une année entière après, je suis allée voir un autre psychologue. Un de vos collègues. Parce que le chef de service pensait que ce serait une bonne chose. Mais bien sûr, elle n'a pas trouvé un sou à me donner pour payer tout ça. Et ce n'était pas parce que je faisais mal mon travail. J'ai toujours accompli mon rôle comme il faut. Mais je n'arrivais plus à dormir, je ne mangeais plus, je n'avais plus goût à rien. J'avais l'impression de ne plus être vraiment vivante. Alors elle m'a envoyée voir un psychologue qu'elle connaissait. Quelle plaisanterie ! Celui-là habitait Beverly Hills ! L'heure était passée à cent vingt dollars ; l'inflation, bien sûr ! Mais le résultat a été le même. Au début, celui-là avait l'air encore plus compétent que le premier, très calme, très poli. Vraiment comme il faut. Et il avait l'air de comprendre. J'avais l'impression... que parler me faisait du bien, et dans les premiers temps j'ai même pu me remettre à travailler. Et puis...

Elle se tut et serra les lèvres. Son attention allait de moi au mur, du sol au mouchoir froissé dans ses mains. Elle contempla le morceau de tissu trempé avec une sorte de surprise dégoûtée.

Elle le lâcha comme s'il grouillait de lentes.

— Bah, je préfère oublier, dit-elle. Il a passé tant d'eau sous les ponts...

J'acquiesçai.

Elle ramassa le mouchoir et me le rendit en me le lançant. Je l'attrapai au vol.

— Base-ball Bob, fit-elle devant la réussite de mon geste-réflexe.

Elle rit, cessa aussitôt.

— Base-ball Bob ? dis-je en posant le mouchoir sur la table basse.

— C'était une expression dans la famille, répondit-elle, aussitôt sur la défensive. Entre Reggie, moi et son père. Quand Reggie était petit. Si quelqu'un attrapait quelque chose au vol, on l'appelait Base-ball Bob. C'est idiot.

— Dans ma famille c'était « Tu peux jouer dans mon équipe ».

— Oui, j'ai déjà entendu ça aussi.

Nous restâmes un moment silencieux, indécis comme deux boxeurs au treizième round.

— Voilà, fit-elle enfin. Vous savez tout. Mes petits secrets. Satisfait ?

La sonnerie du téléphone vint fort à propos. Je décrochai.

— Docteur Delaware, s'il vous plaît, dit la standardiste.

— Lui-même.

— Il y a un appel pour vous d'un certain Dr Sturgis. Il vous appelle sur le service beeper général depuis dix minutes.

Vicki se leva.

Je lui fis signe d'attendre un instant.

— Dites-lui que je le rappellerai.

Je raccrochai. Vicki resta debout, immobile.

— Ce second thérapeute, dis-je, il vous a trompée, n'est-ce pas ?

— Trompée ? — Le mot semblait l'amuser. — Vous voulez dire, comme un mari trompe sa femme ?

— C'est très comparable, ne trouvez-vous pas ? Il a trompé votre confiance ?

— Trompé ma confiance ? Je dirais plutôt qu'il a tout fichu par terre en me mentant, oui ! Mais c'est du passé. J'en ai tiré la leçon. Ça m'a rendue plus forte. Maintenant je fais attention à ce que je dis, et à qui.

— Vous n'avez jamais porté plainte contre lui non plus ?

— Non. Je vous l'ai dit, je suis idiote.

— Je...

— Oh bien sûr, coupa-t-elle, comme si j'avais besoin de ça à l'époque ! Ça aurait été sa parole contre la mienne, d'accord ? Et qui aurait-on cru ? Il aurait pris des avocats pour fouiller dans ma vie, et il aurait tout étalé. Reggie... Et il aurait sûrement trouvé des experts pour affirmer que j'étais une menteuse et une mère indigne... — De nouvelles larmes. — Je voulais que mon fils repose en paix, moi, vous comprenez ? Même si...

Elle leva les mains, les plaqua l'une contre l'autre en un geste curieux évoquant la prière.

— Même si quoi, Vicki ?

— Même si lui ne m'a jamais laissée en paix, *moi*, voilà ! fit-elle d'une voix qui grimpait vers l'hystérie. Il m'a accusée jusqu'à la fin. Il n'a jamais pu se débarrasser de ces idées que ce premier clown lui avait enfoncées dans le crâne : je ne m'étais jamais occupée de lui ; je l'avais poussé à rater ses études, je n'avais pas surveillé ses devoirs à la maison ; je ne l'avais pas forcé à aller à l'école parce que je m'en contrefichais. C'était à cause de moi s'il avait laissé tomber l'école et commencé à... à traîner dans de mauvais milieux et... J'étais coupable de tout, à cent pour cent, cent cinq pour cent même...

Elle eut un rire qui me donna la chair de poule.

— Vous voulez que je vous dise quelque chose de confidentiel, le genre de choses que *vous autres* les psys vous adorez entendre ? C'est *lui* qui m'a donné ce livre sur l'infirmière du New Jersey. Pour la fête des Mères. Il l'avait enveloppé dans du papier-cadeau, avec un ruban, et il avait marqué *maman* sur le couvercle. En lettres capitales, parce qu'il n'arrivait pas à écrire en minuscules. Il n'y est jamais parvenu. Et même ses capitales étaient mal faites, bancales, comme celles d'un enfant du CP. Pendant des années il ne m'avait pas fait un seul cadeau, pas depuis qu'il avait cessé de ramener à la maison les babioles qu'on leur fait faire en cours d'expression artistique. Mais il avait fait ce petit paquet, enveloppé dans du papier-cadeau, avec dedans ce livre de poche acheté d'occasion qui parlait de bébés assassinés. J'ai bien failli vomir en le lisant, mais je me suis obligée à le lire jusqu'à la fin. Pour voir s'il n'y avait pas un indice, s'il n'essayait pas de me dire quelque chose avec ce livre, quelque chose que je ne comprenais pas. Mais non, rien. C'était juste horrible. Cette femme était un monstre. Aucun rapport avec une vraie infirmière. Et il y a une chose dont je suis sûre, une chose que j'ai trouvée toute seule, en réfléchissant, sans l'aide d'aucun expert : elle n'a rien à voir avec moi, d'accord ? Elle et moi, nous ne vivons pas sur la même planète. Avec moi, les enfants se sentent *mieux*. Je suis *douée* pour ça. Et je ne leur fais jamais de mal, d'accord ? *Jamais*. Et je vais continuer à les aider et à leur faire du bien jusqu'à la fin de ma vie.

18

— Je peux partir, maintenant ? demanda-t-elle. J'aimerais me laver le visage.

Incapable de trouver une raison de la retenir plus longtemps, je ne pus que répondre par l'affirmative. Elle rajusta sa coiffe.

— Écoutez, je n'ai pas besoin de chagrin supplémentaire, d'accord ? Le principal, c'est que Cassie aille mieux. Non que je croie que...

Elle rougit et se dirigea vers la porte.

— Non que vous croyiez que je puisse être de quelque utilité ici, c'est bien ça ? dis-je.

— Ce que je voulais dire, c'est que ce ne sera pas facile. Si c'est vous qui réussissez à trouver ce qui ne va pas chez elle, vous aurez toutes mes félicitations et ma gratitude.

— Pensez-vous que les médecins ne peuvent rien dépister ?

Sa main s'était immobilisée sur la clenche.

— Les médecins ne peuvent pas tout trouver. Si les patients savaient la part de devinette qu'il y a dans les diagnostics, ils... — Elle s'interrompit subitement. — Je recommence, et je sens que je vais encore avoir des ennuis.

— Pourquoi êtes-vous si certaine que ses troubles sont d'origine organique ?

— Parce que je ne vois pas d'autre cause possible. Ses parents ne sont pas de mauvais parents. Cindy est une des meilleures mères que j'aie rencontrées, et le Dr Jones est un vrai gentleman. Et malgré ça, vous ne le devineriez jamais parce qu'ils n'essaient pas d'épater les gens. Ça, pour moi, c'est la vraie classe. Allez constater par vous-même. Ils aiment leur fille. Ce n'est qu'une question de temps.

— Avant quoi ?

— Avant que quelqu'un découvre ce qui ne va pas chez elle. J'ai vu ça des dizaines de fois. Les médecins n'arrivent pas à dire ce qui se passe, alors ils déclarent que c'est « psychosomatique ». Et puis d'un seul coup quelqu'un remarque un détail que les autres avaient négligé, et on découvre une nouvelle maladie. On appelle ça le progrès médical.

— Et vous, comment l'appelez-vous ?

Elle me regarda fixement.

— J'appelle ça le progrès, moi aussi.

Mes pensées revinrent à ce cadeau cruel que lui avait fait son fils. Pure méchanceté ? Ou cherchait-il à lui envoyer un message ?

M'avait-elle fait ces confidences dans un but spécieux ? En sélectionnant ce qu'elle voulait que je sache, et rien d'autre ?

J'étudiai la question un moment, mais sans arriver à rien. Alors je la laissai de côté pour le moment et me rendis à la chambre 505W.

Cassie était assise à la tête de son lit, dans un pyjama rouge à fleurs, avec le col et les manchettes blanches. Ses joues étaient d'un joli rose et ses cheveux avaient été ramenés sur le sommet de son crâne en un nœud tenu par un ruban blanc. On lui avait ôté la perfusion dont le support était rangé dans un coin, pareil à un épouvantail décharné. Des sacs vides de solution de glucose pendaient aux deux bras métalliques. Un sparadrap rond masquait la marque de l'aiguille sur le dos d'une des mains de l'enfant, mais la tache jaunâtre de Bétadine en dépassait un peu. Ses yeux luirent en suivant mon entrée.

Cindy était assise près du lit et nourrissait sa fille de céréales avec une cuillère. Elle portait un T-shirt marqué SAUVONS LES OCÉANS, une jupe en jeans et des sandales. Les dauphins ornant le coton du T-shirt bondissaient sur les courbes de sa poitrine. La ressemblance entre la mère et la fille était plus forte que jamais.

À mon approche Cassie ouvrit une bouche pleine de céréales en bouillie. Une particule brune était collée à sa lèvre supérieure.

Cindy l'ôta d'un geste précis.

— Avale, ma chérie. Bonjour, docteur Delaware. Nous ne nous attendions pas à vous voir aujourd'hui.

Je posai mon attaché-case sur le bout du lit. Cassie parut intriguée, mais sans crainte.

— Pourquoi donc ? demandai-je.

— C'est le week-end.

— Vous êtes ici, donc je suis ici.

— C'est très gentil de votre part. Regarde, ma chérie, le docteur Delaware est venu exprès pour te voir un samedi.

La fillette dévisagea sa mère, puis moi. Elle gardait une expression déconcertée.

— Comment va ? dis-je, un peu inquiet des séquelles possibles de la dernière crise.

— Oh, bien.

Je touchai la main de Cassie. Pendant une seconde elle ne réagit pas, puis elle retira lentement sa main. Quand j'effleurai son menton du pouce, elle baissa les yeux sur mon doigt.

— Bonjour, Cassie, dis-je.

Elle continua de m'observer fixement. Une goutte de lait coula du coin de ses lèvres entrouvertes. Cindy l'essuya prestement et referma avec douceur la bouche de sa fille. Cassie se remit à mâcher avec application. Puis elle ouvrit la bouche et dit, malgré la bouillie :

— Jou'.

— Oui ! s'exclama Cindy. *Bonjour !* C'est très bien, ma chérie !

— Jou'.

— Nous avons très bien mangé aujourd'hui, docteur Delaware. Du jus de fruits, un fruit et des gâteaux secs au petit déjeuner. Et une belle part de Krispies pour le déjeuner.

— Excellent.

— Excellent, oui, approuva-t-elle, mais d'une voix tendue.

Je me rappelai le court moment de tension lors de ma dernière discussion avec elle, et cette impression qu'elle était prête à me confier quelque chose d'important. Je tentai ma chance :

— Aimeriez-vous me parler d'un sujet en particulier ?

Elle caressa les cheveux de Cassie.

— Non, je ne crois pas.

— Le Dr Eves m'a dit que vous alliez bientôt rentrer chez vous avec notre petite vedette.

— Oui, c'est ce qu'elle dit. — Elle rajusta le nœud sur la tête de la fillette. — Je suis impatiente qu'elle donne son feu vert.

— Je le devine aisément. Plus de médecins pendant quelque temps.

Elle me contempla d'un air indéchiffrable.

— Les médecins ont été merveilleux. Je sais qu'ils font tous de leur mieux.

— Vous avez vu certains des meilleurs, approuvai-je. Bogner, Torgeson, Macauley, Dawn Herbert...

Aucune réaction.

— Des projets après votre retour chez vous ?

— Seulement de reprendre une vie normale.

La réponse me parut des plus sibyllines.

— J'aimerais venir vous rendre visite dès que possible.

— Oh... Bien sûr. Vous pourrez dessiner avec Cassie à son petit bureau. Je suis certaine que nous trouverons une chaise à votre taille. N'est-ce pas, Cass ?

— Aille.

— Oui ! *Taille !*

— Aille.

— Excellent, ma chérie ! Tu aimerais que le Dr Delaware dessine avec toi à ta petite table de jeu ? Comme la fillette ne réagissait pas, elle insista : Dessiner ? Dessins ? Et elle mima l'action d'une main.

— Sinn-eh.

— Oui, dessiner. Avec le Dr Delaware.

Cassie la regarda, puis se tourna vers moi. Elle eut un hochement de tête affirmatif. Et sourit.

Je restai quelque temps, à distraire l'enfant tout en guettant des signes qui auraient pu indiquer des dommages consécutifs à la crise. Cassie avait l'air en forme mais je savais que les séquelles mentales pouvaient revêtir des formes subtiles. Pour la millième fois, je m'interrogeai sur ce qui se passait dans ce petit corps.

Cindy se montra plutôt amicale, mais je ne pouvais me défaire du sentiment que l'enthousiasme affiché pour mes services s'était éteint. Assise sur la couchette, elle passait la main dans ses cheveux tout en parcourant le *TV Guide*. L'air de l'hôpital était frais et sec, et chaque passage des doigts dans sa chevelure déclenchait de petits craquements d'électricité statique. La lumière venue du nord pénétrait par l'unique fenêtre en un faisceau doux qui dorait le papier peint sur les murs. Le bas du rayon lumineux touchait les longues mèches brunes qu'il teintait de reflets métalliques.

L'effet était aussi étrange que séduisant, et la rendait très belle. J'avais été trop occupé à la soupçonner d'être un monstre pour remarquer une seule seconde sa féminité. Mais à cet instant, je constatai à quel point elle jouait peu de ses charmes naturels.

Mes pensées furent interrompues par l'entrée de Chip. Il

était vêtu d'un survêtement marine et de chaussures de jogging. Un diamant brillait à son oreille. Ses mains tenaient deux gobelets de café.

Son salut avait la décontraction qu'on rencontre entre vieux amis au bar, mais enrobée d'un ruban d'acier. Une sorte de résistance qui n'était pas tellement éloignée de celle de Cindy. J'en arrivai à me demander si les deux parents n'avaient pas longuement discuté de ma position. Quand il s'assit entre sa femme et moi, je me levai.

— Je vais y aller. À bientôt.

Personne ne protesta, mais Cassie me suivit d'un regard étonné. Je lui souris. Elle me fixa une seconde encore, avant de reporter son attention sur un dessin. Je ramassai mes affaires et me dirigeai vers la porte.

— Au revoir, docteur Delaware, dit Cindy.

— Au revoir, dit Chip. Et merci pour tout.

Par-dessus mon épaule, je lançai un coup d'œil à Cassie. Je lui fis un petit signe. Elle leva une main, referma les doigts. Son nœud était de nouveau de travers. J'eus la brusque envie d'aller la prendre dans mes bras et de l'emmener loin d'ici.

— Au revoir, bouchon.

— O-ouah.

19

Il fallait que je quitte l'hôpital.

Je me sentais comme un chiot qui fait ses dents et ne trouve rien à mordiller. Je sortis du parking et remontai Hillhurst pour me rendre à un restaurant situé en haut de l'artère. Milo me l'avait recommandé et c'était l'occasion de l'essayer. Cuisine européenne, photographies dédicacées de modestes célébrités sur les lambris de bois sombre.

Un écriteau accroché dans l'entrée m'avertit que le restaurant ne servirait pas avant une demi-heure. Si j'étais pressé, je pouvais me rabattre sur la salle du bar pour prendre un sandwich.

Derrière le bar officiait une femme d'une quarantaine d'années, en smoking et à la chevelure d'un roux très improbable. Quelques buveurs visiblement chevronnés sirotaient leurs consommations sur des tabourets rembourrés, grignotaient des chips ou croquaient des glaçons tout en suivant d'un œil distrait une poursuite de voiture sur l'écran du téléviseur perché en haut du mur. Son support métallique était du même modèle que celui dans la chambre de Cassie.

L'hôpital... Il dominait de nouveau mes pensées, comme tant d'années auparavant. Je desserrai ma cravate, m'assis et commandai un club-sandwich avec une bière. Pendant que la rousse flamboyante préparait ce festin, j'appelai Park Center du téléphone public au fond de la salle.

— J'écoute, fit la voix de Milo.

— *Docteur* Sturgis ?

— Ouais, je me suis dit qu'un titre de toubib autoriserait un peu d'action à l'hosto.

— Si c'était vrai... Désolé d'avoir mis aussi longtemps pour te rappeler mais j'ai été bloqué avec Vicki Bottomley, et ensuite avec Cassie et ses parents.

— Il y a du nouveau ?

— Pas grand-chose, sauf que je trouve les Jones assez froids avec moi.

— Peut-être qu'ils se sentent menacés par toi. Tu es peut-être trop présent, trop proche.

— Je ne vois pas comment. Quant à Vicki, nous avons joué un petit psychodrame tous les deux. J'ai voulu détendre un peu l'atmosphère et m'appuyer un peu sur elle, du coup elle m'a accusé de la soupçonner de maltraiter Cassie. Je lui ai donc demandé si c'était ce qu'elle faisait, et ça a mis le feu aux poudres. Pour finir, j'ai eu droit à une version édulcorée de la vie de son fils, avec quelques détails que j'ignorais encore : Reggie lui a offert un livre pour la fête des Mères, un document sur une infirmière du New Jersey qui assassinait les bébés dont elle s'occupait.

— Chouette cadeau. Tu crois qu'elle essayait de te faire passer un message ?

— Je ne sais pas encore. Peut-être devrais-je demander à Stephanie de la retirer de ce cas, pour voir ce qui se produit. *Si* je peux faire confiance à Stephanie... En attendant, je reviens à Dawn Herbert : en plus d'avoir été assassinée, elle était kleptomane.

Je lui fis part de ma théorie du chantage.

— Qu'en penses-tu ?

— Uh-huh... Bah, excellente question, m'sieur, mais cette information n'est pas actuellement disponible.

— Le moment tombe mal pour bavarder ?

— Oui, monsieur. Tout de suite, monsieur... — Après un instant de silence, il reprit à voix beaucoup plus basse : On a la visite d'un groupe de grosses huiles, un genre de tournée d'inspection durant le week-end. Je termine dans cinq minutes. Si nous prenions un déjeuner tardif, ou un dîner avancé, disons dans une demi-heure ?

— J'ai déjà commencé, avouai-je.

— T'es un vrai pote. Où ripailles-tu en solitaire ?

Je le lui dis.

— Bon, fit-il dans le même murmure. Commande-moi une soupe de pois, du jambonneau, des blancs de poulet, et deux petits pains.

— Pour le moment, ils ne font que des sandwichs...

— Mais quand j'arriverai ils serviront de la nourriture pour humains, répliqua-t-il. Précise-leur bien que c'est pour moi. Tu te souviendras ?

— Soupe, jambonneau, blancs de poulet, deux pains de maïs farcis.

— Si un jour on fait un remake des *Trente-Neuf Marches*, tu pourras toujours jouer le rôle de M. Mémoire. Dis-leur de préparer tout ça pour mon arrivée, que rien n'ait refroidi. Et ajoute une pression. Brune. Une irlandaise, ils savent.

Je retournai au bar passer la commande de Milo et dis à Cheveux de Feu de me servir mon sandwich à l'arrivée de mon ami seulement. Elle transmit la commande à la cuisine puis me servit ma bière, qu'elle accompagna d'une coupelle emplie d'amandes. Je lui demandai si elle avait un journal.

— Désolée, répondit-elle en balayant les autres consommateurs du regard. Ici personne ne lit. Mais il y a un distributeur sur le trottoir.

Je retournai sur Hillhurst où le soleil m'éblouit. Quatre distributeurs de journaux étaient en effet alignés sur le trottoir. Trois étaient vides, dont un brisé et couvert de graffitis. Le dernier était empli d'un quotidien populaire promettant *Du sexe, des filles excitées et du plaisir sensuel.*

Je revins dans la salle du bar. La télévision diffusait à présent un vieux western. Mâchoires crispées, marquage de veaux, longs plans d'étendues immenses. Les habitués fixaient l'écran d'un regard hypnotisé. Comme si tout cela n'avait pas été tourné à deux pas de là, de l'autre côté de la colline, à Burbank.

Trente-cinq minutes plus tard, Milo pénétra dans le bar. Il me fit un signe et sans s'arrêter traversa la salle pour entrer dans celle du restaurant. Je pris ma bière et le rejoignis. Il portait sa veste sur une épaule et l'extrémité de sa cravate était coincée dans sa ceinture, laquelle comprimait sérieusement l'ampleur du ventre. Deux ou trois consommateurs lui jetèrent un coup d'œil plus désabusé que soupçonneux. Milo ne le remarqua pas, mais je savais qu'il n'aurait pas aimé cette preuve du parfum de flic qu'il portait toujours sur lui.

Si l'on exceptait un aide-serveur passant un balai mécanique dans un coin, la salle du restaurant était déserte. Un vieux serveur décharné apparut. Il apportait les pains fourrés de Milo, sa bière, une assiette d'olives et de petits piments.

— Lui aussi, Irv, lâcha Milo.

— Certainement, M. Sturgis.

Quand le serveur se fut éclipsé, Milo choqua son verre contre le mien.

— Tu devrais remplacer cette pisse d'âne contre une bonne brune, mon pote. À voir ton regard exténué, je dirais que tu l'as bien méritée.

— Oh merci p'pa. Dis, je pourrais aussi avoir un vélo sans les petites roues ?

Il grimaça un sourire, desserra un peu le nœud de sa cravate avant de la défaire complètement. Puis il passa sa main ouverte sur son visage et se laissa aller contre la banquette rembourrée en émettant un reniflement sonore.

— Comment as-tu appris l'assassinat d'Herbert ? demanda-t-il.

— Par ses derniers propriétaires, dis-je avant de lui résumer ma conversation avec Bobby et Ben Murtaugh.

— Tu crois qu'ils ont joué franc-jeu ?

— Oui, et ils sont encore sous le choc.

— Bon, de mon côté rien de neuf. Elle est répertoriée à la Division Centrale, rubrique « Divers ». En gros, ce serait une histoire de sadique. Très peu d'indices matériels.

— Encore une piste sans grand potentiel ?

— Uh-huh. Dans ce genre d'affaires de branques, le meilleur espoir est que le taré recommence et qu'il se fasse serrer. Celui-là est plutôt grave. Elle a été assommée, puis égorgée, ensuite ce malade lui a enfoncé un objet en bois dans le vagin : le médecin légiste a retrouvé des échardes dans les muqueuses. C'est à peu près tout ce qu'ils ont, sur le plan physique. Le meurtre a eu lieu près d'une boîte punk, dans l'entrepôt d'un grossiste en vêtements, dans Union District. Ce n'est pas très loin de Convention Center.

— Le *Moody Mayan*, complétai-je.

— Où as-tu entendu ce nom ?

— Chez les Murtaugh.

— Ils n'ont pas la réponse complètement juste. Il s'agissait du *Mayan Mortgage*. L'établissement a fermé quelques semaines plus tard.

— À cause du meurtre ?

— Sûrement pas ! Le seul effet qu'aurait pu avoir le meurtre, c'est d'augmenter le chiffre d'affaires. On parle d'une clientèle d'oiseaux de nuit, Alex. Des gosses gâtés venus de Brentwood et de Beverly Hills pour jouer au *Rocky Horror Picture Show*. Du sang et des entrailles, ceux de quelqu'un d'autre, voilà ce qui aurait pu les séduire...

— Ça colle avec ce que les Murtaugh m'ont dit d'Herbert. Étudiante type le jour, elle se transformait en punk le soir. Elle utilisait ces teintures fluo qui disparaissent à l'eau le lendemain matin.

— Bel exemple de l'ambiance Los Angeles. Rien n'est vraiment ce qu'il semble... Bon, pour en revenir à la fermeture du *Mayan Mortgage*, elle est probablement due à la désaffection de la clientèle. Très versatile, ce genre de clientèle. Elle n'arrête pas de changer d'établissement.

— Tu connais ce club ?

— Non, mais ils se ressemblent tous. Montage délirant, pas de permis d'exploitation, pas de licence pour la vente d'alcool. Parfois ils investissent un bâtiment abandonné pour ne pas avoir à payer de loyer. Quand le proprio réagit ou que les pompiers viennent fermer la boîte, ils prennent la tangente. Ça ne changera que le jour où une centaine de ces clowns se fera rôtir dans un incendie...

Il leva son verre et trempa sa lèvre supérieure dans la mousse. Après avoir bu une gorgée, il s'essuya la bouche et reprit :

— D'après la Division Centrale, un des barmen a vu Herbert quitter le club peu après deux heures du mat, en compagnie d'un autre client. Il l'a identifiée parce que c'est une des rares femmes corpulentes qu'ils aient laissée entrer et parce qu'elle dansait beaucoup. Mais il n'a pas pu fournir de détails sur le type, à part qu'il était plus vieux qu'elle et de style classique. L'heure correspond à l'estimation de la mort faite par le coroner : entre deux et quatre. Le médico-légal a retrouvé des traces de coke et d'alcool dans le cadavre.

— Beaucoup ?

— Suffisamment pour annihiler son sens commun, si elle en avait. Ce qui est assez douteux quand on pense qu'elle traînassait du côté d'Union District, seule et tard la nuit.

— Ses propriétaires m'ont dit qu'elle était plutôt intelligente. Diplômée, etc.

— Mouais. Mais il y a intelligence et intelligence, hein. Le meurtre a eu lieu dans une petite rue à deux blocs du club. Dans sa Mazda. La clef de contact était encore dans le démarreur.

— Elle aurait été tuée dans sa voiture ?

— D'après les projections de sang, elle est morte derrière son volant. Ensuite elle s'est écroulée sur les deux sièges avant. Le corps a été découvert peu après le lever du soleil par deux travailleurs qui allaient au boulot. Du sang avait coulé sous la portière et jusque sur la rue. La pente de la rue le faisait couler sur le trottoir où il formait une flaque. C'est elle que les ouvriers ont remarquée d'abord.

Le serveur apporta ma bière et la soupe de pois pour Milo. Il attendit que le policier la goûte.

— Parfait, Irv, fit Milo.

Le vieil homme approuva d'un hochement de tête et repartit.

Milo s'accorda quelques cuillerées de soupe avant de

reprendre le cours de son récit à travers la vapeur montant du bol :

— La capote de la Mazda était relevée, mais il n'y avait pas de sang sur le côté intérieur, donc le coroner en a déduit que la capote était ouverte au moment des faits. Les projections de sang révèlent également que le meurtrier se trouvait à l'extérieur du véhicule, du côté conducteur. Il s'est penché sur elle, peut-être par-derrière, et il l'a frappée sur le crâne. D'après les dégâts observés, le coup a dû lui faire perdre connaissance, et peut-être même la tuer. Ensuite l'agresseur a utilisé une lame quelconque pour lui trancher la jugulaire et la trachée. Et c'est seulement après qu'il a procédé au viol mécanique. Il n'est donc pas impossible qu'il s'agisse d'un nécrophile.

— Un acharnement dans le carnage, d'après ce que tu dis. Un genre de frénésie meurtrière.

— Ou alors une mise en scène minutieuse, fit Milo entre deux cuillères de soupe. Le type était assez maître de lui pour refermer la capote.

— Et dans le club, on l'a vue danser avec quelqu'un ?

— L'enquête n'en dit rien. Le barman se souvient d'elle parce qu'il faisait sa pause cigarette dehors, devant la porte d'entrée, quand elle est sortie.

— On ne l'a pas soupçonné ?

— Non. Je vais te dire un truc, l'enfoiré qui a tué Herbert était venu avec du matos. Pense aux diverses armes utilisées. On a affaire à un prédateur, Alex. Peut-être qu'il surveillait le club, qu'il sillonnait les parages parce qu'il savait que beaucoup de femmes y venaient. Prenons ça comme base de départ. Il attend jusqu'à ce qu'il repère la femme qui correspond exactement à son désir. Une cible isolée sûrement, et le type physique a peut-être de l'importance, à moins qu'il n'ait décidé de passer à l'action cette nuit-là en particulier. Ajoute le fait que la bagnole est une décapotable garée dans une rue tranquille et sombre, avec *la capote baissée*. C'est presque une invitation.

— Ça se tient, admis-je en sentant ma gorge se serrer.

— Elle était diplômée, tu dis ? Dommage qu'elle ait séché les cours de logique. Je ne cherche pas à blâmer la victime, Alex, soyons bien clairs, mais en ajoutant la coke et l'alcool à son comportement, on n'obtient pas vraiment le portrait d'une femme dotée d'un solide instinct de conservation. Qu'avait-elle volé ?

Tandis que je le lui expliquais, il termina la soupe et s'attaqua au jambonneau.

— Les Murtaugh m'ont dit qu'elle paraissait avoir beaucoup d'argent même après qu'elle eut quitté son emploi. Et tu viens d'ajouter la cocaïne à ses dépenses. Le chantage devient plausible, non ? Elle s'intéresse au fait que le premier enfant des Jones est mort en bas âge et que le second séjourne à l'hôpital pour des crises inexplicables. Elle dérobe des preuves incriminantes et essaie d'en tirer profit. Et maintenant elle est morte. Tout comme Ashmore.

Milo posa lentement son verre sur la table.

— Il y a une sacrée différence entre chaparder des petits trucs et vouloir faire chanter des huiles, Alex. Et il n'y a aucune raison de ne pas croire qu'elle se soit fait taillader par un barge. Quant à son argent, on ne sait même pas si ce ne sont pas ses parents qui le lui ont donné. De même, rien ne prouve que la coke lui ait coûté un cent. Et si elle la gagnait ? Imagine un peu qu'elle ait dealé un peu, juste pour payer sa propre consommation, huh ?

— Si sa famille lui donnait tant d'argent, pourquoi louait-elle une simple chambre chez les Murtaugh ?

— Pour s'encanailler. Nous savons déjà qu'elle aimait bien jouer des rôles. Pense à tout son cinéma de fausse punk. Et les vols chez les proprios étaient illogiques, sans but de profit. Exactement le genre d'acte qui risque d'être découvert. Pour moi, elle était incohérente, Alex. Aucune organisation. Pas du tout le genre à monter une combine de chantage aussi sophistiquée.

— Personne n'a prétendu qu'elle était douée pour le chantage, objectai-je. Mais réfléchis à la façon dont elle est morte.

Milo regarda autour de lui comme s'il craignait soudain d'être espionné. Il vida son reste de bière et poussa l'os du jambonneau avec sa fourchette.

— La façon dont elle est morte... répéta-t-il, pensif. Bon, alors qui l'a tuée ? Papa ? Maman ? La bonne ?

— Et si on avait mis un contrat sur elle ? Ces gens-là ne se chargent pas des basses besognes.

— Un pro qui l'aurait tailladée de cette manière et qui l'aurait ensuite violée avec un morceau de bois ?

— Un pro à qui on aurait ordonné de maquiller le meurtre en crime de détraqué sexuel, puisque les flics n'espèrent pas résoudre ces homicides tant qu'ils ne se répètent pas. Bon sang, peut-être même que le décès d'Ashmore a la même source. Le tueur aurait déguisé son contrat en vol crapuleux ayant mal tourné.

— Tu as de l'imagination, reconnut-il. Et tu bavardes avec ces gens-là, tu joues avec leur gosse en pensant à tout ça ?

— Tu n'estimes donc pas impossible mon hypothèse ?

— Écoute, Alex, je te connais depuis assez longtemps pour apprécier la façon dont fonctionne ton cerveau. Mais sur cette affaire, je pense que tu brodes un peu.

— C'est possible, mais ça me permet de ne pas penser à Cassie et à tout ce que nous ne faisons pas pour elle.

On apporta le reste de notre commande. J'observai Milo pendant qu'il découpait ses blancs de poulet avec une précision chirurgicale que je ne lui connaissais pas.

— Un faux meurtre de désaxé pour Herbert, grommela-t-il, un faux meurtre crapuleux pour Ashmore...

— Ashmore était le supérieur direct de Herbert. C'est lui qui s'occupait des ordinateurs et c'est lui qui avait fait un contrôle toxicologique sur Chad Jones. Il est donc logique de penser qu'il savait tout ce que pouvait faire Herbert. Et même s'il ignorait une partie de ses agissements, on peut supposer que la personne qui a supprimé Herbert lui ait réglé son compte à lui aussi, par simple mesure de précaution.

— Mais pourquoi Ashmore aurait-il été impliqué dans une histoire de chantage ? Il bénéficiait d'une indépendance financière totale.

— Il avait investi dans l'immobilier, et le marché est en chute. Qui sait s'il n'était pas en difficulté ? À moins qu'il n'ait pas arrêté de jouer, comme le pensait sa femme. Il aurait pu perdre de grosses sommes aux tables de jeu et avoir besoin de liquidités rapidement. Il y a des riches qui deviennent pauvres, n'est-ce pas ? L'ambiance Los Angeles...

— Admettons qu'Ashmore en ait croqué. Je dis ça juste pour creuser ton idée, OK ? Pourquoi aurait-il voulu s'associer avec quelqu'un comme Herbert ?

— Qui dit qu'il le voulait ? Elle a pu découvrir le filon seule en farfouillant dans les fichiers de l'ordinateur et décider de jouer en solo.

Sans répondre il s'essuya les lèvres avec sa serviette alors même qu'il n'avait pas encore mangé une bouchée de poulet.

— Il reste un écueil, ajoutai-je. Ashmore a été tué deux

mois après Herbert. Si leurs meurtres ont un rapport, pourquoi avoir attendu aussi longtemps pour éliminer Ashmore ?

Des doigts d'une main il pianota sur le bord de la table.

— Uh-huh... On peut aborder le problème sous un autre angle : Ashmore découvre sur le tard ce que trame Herbert, par exemple en dépistant des données qu'*elle* aurait planquées dans un coin de l'ordinateur. Là, je vois deux possibilités : il décide d'en croquer, ou bien il en parle à la personne qu'il ne fallait pas prévenir...

— Tu sais que ça concorderait avec quelque chose que j'ai vu l'autre jour ? Huenengarth, le chef de la Sécurité, déménageait les ordinateurs d'Ashmore le lendemain du meurtre d'Ashmore. J'ai tout d'abord pensé qu'il s'appropriait l'équipement du mort. Mais à la réflexion, et s'il avait surtout voulu s'approprier *ce que contenaient les ordinateurs* ? Les données. Huenengarth travaille pour Plumb, donc pour Chuck Jones. Ce type est un vrai chien de garde aux ordres de son boss. Hier, quand je parlais à Mme Ashmore, son nom est ressorti. C'est lui qui a appelé pour présenter les condoléances de l'hôpital. Et c'est lui qui devait apporter le certificat de l'UNICEF et la plaque. Curieux boulot pour le chef de la Sécurité, non ? À moins que sa motivation réelle n'ait été de voir si Ashmore gardait chez lui un autre ordinateur pour le récupérer...

Milo contemplait fixement son assiette. Il se mit enfin à manger son poulet à gestes vifs, mécaniquement, sans beaucoup de plaisir apparent. Je savais combien il aimait manger et je me culpabilisai un peu d'avoir ainsi gâché son repas.

— C'est assez intrigant, admit-il enfin. Mais ce n'est qu'une supposition.

— C'est vrai. Laissons tomber le sujet pour le moment.

Il posa sa fourchette.

— Mais il y a un hic à tout ça, Alex. Si le grand-père savait que Junior et/ou Mme Junior a tué Chad, et qu'il ait voulu étouffer l'affaire au point de céder au chantage et d'engager un tueur, pourquoi permettrait-il que Cassie soit amenée dans le même hôpital ?

— Peut-être qu'il l'ignorait jusqu'à ce que Herbert et/ou Ashmore le fasse chanter.

— Même ainsi, pourquoi ne pas envoyer Cassie ailleurs pour être soignée ? Pourquoi courir le risque de la confier aux mêmes médecins qui ont traité Chad et qu'ils établissent le même rapport que les maîtres chanteurs ? La famille aurait eu toutes les raisons de ne pas agir ainsi. Cassie ne va pas mieux, tu m'as toi-même dit que Jones Junior avait parlé d'erreurs médicales. Personne ne pourrait les critiquer s'ils voulaient une seconde expertise. Et puis, c'est une chose de dire que les parents maltraitent la gamine et que le grand-père les couvre, jusqu'à faire éliminer un ou des maîtres chanteurs. Mais si le grand-père *savait* qu'on empoisonne Cassie, tu penses qu'il n'aurait pas agi pour arrêter tout ça ?

— Il n'est peut-être pas meilleur qu'eux, dis-je.

— Une famille de détraqués ?

— Où crois-tu que tout commence ?

— Je ne sais pas...

— Imagine que Chuck Jones ait été un père indigne et que Chip ait suivi son exemple. La manière dont il désosse l'hôpital ne lui donne pas une image d'Ange de Miséricorde...

— Les problèmes de gestion sont une chose, Alex. C'en est une autre que d'assister les bras croisés à des crises d'épilepsie provoquées chez sa petite-fille.

— Oui, sans doute que nous imaginons tout ça. Bon, tu ne veux pas terminer ton repas ? Ton manque d'appétit m'inquiète.

Avec un sourire d'approbation il reprit sa fourchette.

— Huenengarth, dit-il comme s'il se parlait à lui-même. Je suppose qu'il n'y a pas beaucoup de personnes avec ce nom dans les fichiers. Son prénom ?

— Presley.

— Encore mieux ! railla-t-il. À ce propos, tiens, j'ai vérifié pour Ashmore et Steph. Rien pour lui, à part deux contredanses pas encore payées au moment de sa mort. Steph n'a rien eu pendant très longtemps, mais il y a quelques années elle a provoqué un accident.

— Ivresse au volant ?

— Uh-huh. Elle a causé une collision. Pas de blessés. Elle s'en est tirée avec une mise à l'épreuve. On l'a sans doute obligée à suivre quelques réunions aux Alcooliques Anonymes ou dans un centre de traitement.

— C'est peut-être la raison de sa métamorphose.

— Quelle métamorphose ?

— Elle a beaucoup minci, s'est mise à se maquiller, à suivre la mode. L'image parfaite de la jeune cadre dynamique. Elle a même une cafetière de luxe dans son bureau. Elle fait du vrai espresso.

— Ça se tient, fit-il. Le café fort est souvent conseillé dans le sevrage de l'alcool.

Je pensai à ses propres périodes où il taquinait un peu trop la bouteille.

— Tu crois que cela signifie quelque chose ?

— Quoi, qu'elle ait été reconnue ivre au volant ? Tu sais si elle picole toujours ?

— Non, rien ne l'indique, mais je n'ai pas beaucoup cherché dans cette direction.

— Il y a une relation établie entre l'alcoolisme et ton syndrome de Münchausen ?

— Non. Mais quel que soit le problème, l'alcool l'amplifie. Si elle a vécu dans l'ambiance classique qui crée ce syndrome, inceste, maladie, violences physiques, ça pourrait expliquer son besoin de se réfugier dans la boisson.

— Bon, tu réponds à tes propres questions, quoi, soupira-t-il. Au minimum, ça signifie qu'il y a quelque chose en elle qu'elle aimerait oublier. Ce qui la rend semblable à la plupart d'entre nous.

20

— Je vais essayer d'en apprendre le plus possible sur Dawn Herbert, fit Milo alors que nous quittions le restaurant. On verra bien. Et toi, que vas-tu faire ?

— Une visite à domicile. Les voir dans leur habitat naturel me donnera peut-être un indice exploitable.

— Pas bête. Bon sang, tant que tu y es, tu pourrais fouiner un peu. Tu as la couverture rêvée !

— C'est exactement ce que m'a conseillé Stephanie. Elle m'a même suggéré de fureter dans leur armoire à pharmacie. Et elle ne plaisantait qu'à moitié.

— Pourquoi pas ? Après tout, vous autres psys êtes payés pour chercher. Vous n'avez même pas besoin de mandat de perquisition...

Sur le chemin du retour je fis halte à la maison des Ashmore. J'étais toujours intrigué par Huenengarth, et je voulais aussi m'assurer que la veuve allait bien. Une couronne noire était accrochée à la porte d'entrée. Personne ne répondit à mes coups de sonnette.

Je retournai dans ma voiture, montai le volume de l'autoradio et parcourus le reste du trajet sans penser à la mort ni aux maladies mystérieuses. Arrivé chez moi, mon premier soin fut d'appeler mon service de répondeur. Robin avait laissé un mot précisant qu'elle serait de retour vers six heures. Le journal était encore sur la table de la salle à manger, soigneusement plié comme elle en avait l'habitude.

Le commentaire de Dan Kornblatt à la cafétéria me revint à l'esprit et je feuilletai le journal à la recherche de ce qui l'avait marqué. Rien dans les pages générales, mais je repérai l'article à la deuxième page de la section Économie.

Je ne lis jamais les pages financières, mais même si j'en avais eu l'habitude j'aurais pu rater l'entrefilet. Quelques lignes en bas d'une page, près des cours de la Bourse.

ÉTABLISSEMENTS DE SANTÉ DU SECTEUR : OPTIMISME EN BAISSE, disait le titre. En substance, l'article expliquait que le secteur privé de la santé, naguère considéré comme un filon rentable par Wall Street, s'était révélé tout le contraire. Ce jugement était étayé par des exemples d'hôpitaux transformés en gouffres financiers, avec témoignages de responsables parmi lesquels George Plumb, anciennement directeur général de MGS Healthcare Consultants, à Pittsburgh, et actuellement directeur général du Western Pediatric Medical Center de Los Angeles.

Pittsburgh... L'équipement destiné à réorganiser la bibliothèque avec un système informatique déjà dépassé, le BIODAT, venait de Pittsburgh également.

Plumb jouait-il sur deux tableaux ? Je poursuivis ma lecture.

La principale critique portait sur l'intervention du gouvernement dans l'établissement des barèmes de soins et la « restriction du marché », mais aussi sur les difficultés rencontrées avec les compagnies d'assurances, le prix astronomique des nouvelles technologies médicales, les prétentions salariales des médecins et des infirmières, et l'échec des malades à se comporter selon la définition des statistiques.

« Un seul malade atteint du sida nous coûte des millions », se lamentait un administrateur de la côte Est. « Et nous ne voyons toujours pas le bout du tunnel. Cette maladie était totalement inconnue lorsque les plans de santé ont été établis. On nous a changé les règles en cours de partie. »

L'épidémie de sida était citée à plusieurs reprises par divers responsables, comme si cette peste moderne était avant tout une petite méchanceté destinée à démolir toutes les prévisions financières des spécialistes.

La contribution de Plumb insistait sur les difficultés à diriger un hôpital urbain avec les « problèmes démographiques et sociaux venus du voisinage et qui s'introduisent dans l'établissement. Ajoutez des revenus en diminution et la vétusté progressive du matériel, sans parler du refus grandissant des malades à contracter une couverture sociale. »

En guise de solutions, Plumb suggérait une orientation future marquée par « la décentralisation, c'est-à-dire de remplacer les grands établissements urbains par des unités plus réduites et plus faciles de gestion, situées dans les zones stratégiques de développement positif, dans les quartiers périphériques ».

« Néanmoins, nuançait-il, une analyse économique détaillée s'avérerait nécessaire avant toute réforme de cette amplitude. Et les aspects non-financiers ne doivent pas être négligés. Une grande partie de ces établissements jouit d'une réputation et d'un passé sociaux qui méritent d'être pris en compte. »

L'ensemble avait des allures de ballon d'essai lancé pour tester l'opinion publique avant de proposer des réformes décisives et de mettre en vente les « grands établissements » pour déménager dans les verts pâturages de la banlieue. En cas de contestation, Plumb pourrait toujours se retrancher derrière l'immunité de son analyse d'expert.

À la lumière de cet article, la remarque de Kornblatt concernant la vente immobilière de l'hôpital perdait beaucoup de son aspect paranoïaque pour se parer des atours d'une juste intuition.

Bien sûr, Plumb n'était que le porte-parole de l'homme que je venais tout juste d'imaginer en commanditaire de meurtre, sans parler de ses possibles violences à enfant.

Je me souvins alors de ce que Stephanie m'avait appris sur le parcours de Chuck Jones. Avant d'être nommé président du conseil d'administration de Western Peds, il en avait dirigé le portefeuille d'investissement. Qui pouvait mieux connaître les atouts de l'hôpital — y compris immobiliers — que celui qui tenait les comptes ?

Je les visualisai tous deux, Chuck Jones et Plumb, en compagnie des jumeaux dévoreurs de chiffres, les gris Roberts et Novak, penchés sur de vieux livres de comptes tels des vautours sortis d'un dessin animé.

La situation financière alarmante de l'établissement pouvait-elle avoir d'autres causes que la baisse des revenus et les problèmes démographiques ? Jones avait-il commis des erreurs d'investissement assez graves pour provoquer cette crise, et tentait-il de masquer sa mauvaise gestion par une vente immobilière forcée ?

Dans ce cas il ajouterait l'injure à la blessure en prenant au passage une jolie commission sur la transaction.

Des *zones stratégiques de développement positif.*

Comme les cinquante parcelles que détenait Jones dans West Valley ?

Un jeu sur les deux tableaux ?

Mais pour réaliser une opération aussi juteuse, il fallait la déguiser avec soin. De sorte que Jones et ses pairs devaient afficher une loyauté indéfectible au dinosaure hospitalier, jusqu'à son dernier souffle.

Retirer de l'hôpital la petite-fille du grand patron ne pouvait faire partie de ce plan.

En attendant, néanmoins, il y avait moyen de prendre certaines dispositions qui accéléreraient la fin du dinosaure.

Par exemple en encourageant les médecins les plus anciens à quitter leur poste pour les remplacer par de jeunes diplômés sans expérience afin que leurs pairs du secteur privé perdent confiance en l'hôpital et n'y envoient plus leurs patients payants.

Ensuite, quand tout rétablissement serait devenu impossible, en déclamant un discours passionné sur les évolutions sociales insolubles et la nécessité de se diriger sans crainte vers l'avenir.

Détruire l'hôpital pour le sauver.

Si Jones et ses sbires y parvenaient, ils y gagneraient l'image de visionnaires assez courageux pour avoir mis fin à la misère d'un hôpital au bord de l'asphyxie et privilégier des unités de santé destinées aux classes aisées.

La manœuvre possédait une certaine beauté dans le vice.

Des hommes aux lèvres serrées préparant une guerre d'usure en s'armant d'organigrammes, de bilans et de diagrammes informatiques.

L'informatique...

Huenengarth qui confisquait les ordinateurs d'Ashmore...

Cherchait-il des données sans rapport aucun avec la mort subite du nourrisson ou les empoisonnements d'enfants en bas âge ?

Ashmore ne s'intéressait nullement à soigner des patients, en revanche il était fortement attiré par la finance. Avait-il découvert par hasard les machinations de Plumb et Jones en s'introduisant par mégarde dans la mauvaise base de données ? À moins qu'il n'ait surpris une conversation révélatrice au sous-sol.

Avait-il voulu profiter de ces révélations, pour finir par le payer de sa vie ?

Un peu tiré par les cheveux, aurait dit Milo.

Je me remémorai ce que j'avais entrevu du bureau d'Ashmore avant que Huenengarth n'en verrouille la porte.

Quelles recherches en toxicologie pouvaient être menées sans l'aide de microscopes et d'éprouvettes ?

Ashmore, mort pour avoir été trop curieux... Et Dawn Herbert ? Pourquoi avait-elle subtilisé le dossier d'un enfant décédé ? Pourquoi avait-elle été assassinée deux mois *avant* Ashmore ?

Des explications séparées ?

Y avait-il complicité ?

Tiré par les cheveux... Et même si une de ces hypothèses était la bonne, quel rapport avec ce qu'endurait Cassie Jones ?

J'appelai l'hôpital et demandai la chambre 505W. Personne ne répondit. Je recommençai, mais me fis brancher sur le poste du bureau des infirmières. Celle qui décrocha avait une pointe d'accent espagnol. Elle m'informa que la famille Jones avait quitté le service pour une petite promenade.

— Rien de neuf ? À propos de Cassie ?

— Je ne suis pas certaine... Il faudrait que vous demandiez à un responsable. Je crois que c'est le Dr...

— Eves.

— Oui, c'est ça. Je suis ici en stage, je ne suis pas trop au courant, navrée.

Je la remerciai et raccrochai. Le regard fixé sur la cime des arbres qui virait au gris dans le jour déclinant, à travers la fenêtre de la cuisine, je réfléchis encore un peu à la piste financière.

Quelqu'un pouvait me renseigner dans ce domaine. Lou Cestare, naguère *golden boy* à la Bourse, à présent vétéran repenti du Lundi noir.

Le krach l'avait pris par surprise et il en était encore à redorer sa réputation professionnelle. Mais je l'avais gardé au premier rang de ma liste d'experts.

Des années auparavant, j'avais réussi à économiser un peu d'argent en travaillant quatre-vingts heures par semaine et en évitant les sorties. Lou avait assuré ma sécurité financière en investissant mon pécule dans des terrains balnéaires juste avant la flambée des prix de l'immobilier, ce qui avait permis des profits importants, lesquels avaient alors été transformés en placements de tout repos et en titres exonérés d'impôts. Il m'avait évité les opérations trop spéculatives, car il savait qu'en tant que psychologue je ne ferais jamais fortune et que je ne pouvais me permettre le risque de pertes importantes.

Les dividendes de ces investissements tombaient toujours dans mon escarcelle avec une rassurante régularité, augmentant les revenus que je tirais de mes expertises légales. Jamais je n'aurais les moyens de m'offrir une toile d'impressioniste français, toutefois je vivais bien, et je ne serais sans doute pas obligé de travailler si je n'en avais plus envie.

Lou était resté un homme fortuné malgré ses énormes pertes, en avoirs comme en clientèle. Il partageait son temps entre son bateau dans le Pacifique Sud et une propriété dans Willamette Valley.

J'appelai l'Oregon et discutai avec sa femme. Comme toujours elle paraissait sereine, et je me demandai si c'était une preuve de force de caractère ou une simple façade. Nous échangeâmes quelques banalités puis elle m'annonça que Lou se trouvait dans l'État de Washington, en randonnée avec leur fils du côté du mont Rainier, et que « les hommes » ne rentreraient pas avant demain soir, peut-être même lundi matin. Je lui transmis la liste de mes demandes. Elle n'y comprit probablement pas grand-chose, car les époux Cestare ne parlaient jamais argent, de l'aveu de Lou.

Après quelques considérations générales, je mis fin à la communication.

Je m'accordai un autre café en attendant que Robin revienne et m'aide à oublier cette journée.

21

Elle portait deux valises et semblait de bonne humeur. Un troisième bagage attendait près de sa nouvelle camionnette. Je m'en chargeai, puis la regardai pendant qu'elle accrochait ses vêtements dans la penderie, là où un espace vide attendait depuis plus de deux ans.

Elle s'assit sur le lit et me sourit.

— Et voilà.

Nous nous câlinâmes un moment, allâmes contempler les poissons, puis nous sortîmes pour dîner dans un endroit calme de Brentwood où nous étions les clients les plus jeunes. De retour chez moi, nous passâmes le reste de la soirée à écouter de la musique, lire et jouer au gin rami. L'humeur était romantique, un peu vieillotte mais très agréable. Le lendemain matin nous partîmes pour une longue balade dans la vallée où nous jouâmes les ornithologues en nommant au hasard les volatiles que nous apercevions.

Le déjeuner dominical se résuma à des hamburgers arrosés de thé glacé, sur la terrasse. Ensuite Robin s'absorba dans la grille des mots croisés du journal avec force mordillements du bout de son crayon et froncements de sourcils. Pour ma part je m'affalai dans une chaise longue en simulant la décontraction. Peu après deux heures de l'après-midi, Robin abandonna son casse-tête.

— Pff, je laisse tomber. Trop de mots en français.

Elle vint s'allonger auprès de moi. Nous restâmes immobiles sous le soleil jusqu'à ce qu'elle commence à s'agiter.

Je me penchai sur elle et déposai un baiser sur son front.

— Mmmh... Je peux faire quelque chose pour toi ? dit-elle.

— Non, merci.

— Sûr ?

— Moui...

Elle tenta de s'assoupir, et son échec eut pour seul effet de l'agiter un peu plus.

— J'aimerais faire un saut à l'hôpital aujourd'hui, à un moment ou un autre, annonçai-je.

— Oh, bien sûr... Moi j'en profiterai pour passer à l'atelier. J'ai deux ou trois bricoles à terminer.

La chambre de Cassie était déserte, le lit défait, la literie ôtée. La moquette gardait les traces du passage de l'aspirateur. La salle de bains était vide et sentait le désinfectant. Le siège des toilettes était couvert d'un papier de protection.

Je sortis de la pièce quand on m'interpella :

— Attendez.

Je me retrouvai face à un membre de la Sécurité, visage triangulaire buriné, lèvres serrées, lunettes miroir. Le même héros que j'avais rencontré le premier jour : le défenseur du port du badge.

Il bloquait la sortie de la chambre et paraissait prêt à monter à l'assaut.

— Excusez-moi, dis-je poliment.

Il ne bougea pas d'un pouce. Nous étions si proches l'un de l'autre que je pus tout juste baisser les yeux pour déchiffrer son badge. *Sylvestre, Service actif.*

Il lut le mien et fit un seul pas en arrière, dans le couloir. Une retraite partielle qui ne libérait pourtant pas le passage.

— Vous voyez, il est tout neuf, dis-je. Tout brillant, avec de belles couleurs. Bien, maintenant vous serait-il possible de vous écarter légèrement, afin que je puisse vaquer à mes tâches professionnelles ?

Il me détailla de la tête aux pieds deux fois, vérifia longuement que la photo sur mon badge était bien la mienne, puis il fit deux pas de côté.

— Cette chambre est inutilisée.

— Je l'ai constaté. Pour combien de temps ?

— Jusqu'à ce qu'elle soit utilisée.

Je le dépassai et me dirigeai vers les portes en teck.

— Vous cherchiez quelque chose en particulier ? lança-t-il dans mon dos.

Je m'arrêtai et me retournai vers lui. Il avait une main posée sur la crosse de son arme, l'autre sur sa matraque.

— Je suis venu voir une *patiente*, fis-je en résistant à l'envie subite de mimer un cow-boy qui dégaine. Le bruit court qu'on soigne des patients, ici.

J'appelai le service des admissions d'un téléphone public dans le couloir. J'eus confirmation du départ autorisé de

Cassie, une heure plus tôt. J'empruntai l'escalier pour rejoindre le rez-de-chaussée. Là je pris un Coca sans bulle à un distributeur automatique. Je le buvais en arrivant dans le grand hall d'entrée quand je croisai le chemin de George Plumb et Charles Jones Sr. Ils riaient en marchant vite, ce qui sollicitait grandement les courtes jambes de Jones.

Ils arrivaient droit sur moi. Jones me vit le premier et son rire s'arrêta d'un coup. Une seconde plus tard ses pieds firent de même. Plumb s'immobilisa aussitôt et resta derrière son patron. Il avait le teint plus rose que jamais.

— Docteur Delaware, dit Jones, et sa voix rocailleuse ressemblait au grondement d'une bête fauve.

— M. Jones.

— Auriez-vous un moment à me consacrer, Docteur ?

Pris au dépourvu, j'acquiesçai.

Il jeta un simple coup d'œil à Plumb.

— Je vous rejoindrai tout à l'heure, George.

Plumb hocha la tête docilement et s'éloigna en balançant les bras. Jones attendit qu'il soit à quelques mètres pour me demander :

— Comment va ma petite-fille ?

— Elle vient de sortir.

Ses sourcils broussailleux s'agitèrent et masquèrent un peu plus ses yeux déjà étrécis. Pour la première fois, je remarquai leur couleur marron pâle.

— Ah oui ? Et quand donc ?

— Il y a une heure.

— Bon sang... — Il referma deux doigts sur son nez cassé et le fit bouger de droite et de gauche. — Je suis venu ici exprès pour la voir, parce que je n'ai pas pu le faire hier à cause de ces bon Dieu de réunions toute la journée. C'est ma seule petite-fille, vous comprenez. Ravissante enfant, vous ne trouvez pas ?

— Tout à fait d'accord avec vous. Il ne lui manque que d'être en bonne santé...

Il me toisa d'un regard impénétrable, enfonça les mains dans ses poches et tapota le sol du bout de sa chaussure. Le hall était presque désert et son numéro de claquettes résonna dans le grand espace froid. Il recommença. Sa posture s'était quelque peu amollie, mais il se redressa aussitôt. Son regard délavé semblait perdu.

— Trouvons un endroit plus tranquille pour bavarder, fit-il.

Il me précéda dans le hall. Il paraissait avoir repris tout

son aplomb. Il marchait avec l'assurance de quelqu'un qui n'a pas le doute inscrit dans ses gênes.

— Je n'ai pas de bureau ici, expliqua-t-il. Avec tous ces problèmes financiers et de place, je ne voudrais surtout pas qu'on pense que je joue double jeu.

Nous atteignions les ascenseurs quand les portes de l'un d'eux s'ouvrirent. La chance du Big Boss. Il pénétra dans la cabine comme si elle lui était réservée et enfonça la touche *Sous-Sol*.

— Si nous allions dans la salle du self ? dit-il tandis que nous descendions.

— C'est fermé.

— Je sais. C'est moi qui ai limité les horaires.

L'ascenseur s'arrêta et nous en sortîmes pour prendre la direction de la cafétéria. Devant les portes closes, Jones prit dans sa poche un trousseau de clefs et chercha la bonne d'un pouce rapide.

— Il y a peu, j'ai ordonné une étude de la fréquentation horaire. Elle a prouvé que presque personne ne venait à la cafétéria durant cette période de la journée.

Il trouva enfin la bonne clef et déverrouilla un des deux battants.

— Privilège de dirigeant, commenta-t-il froidement. Ce n'est pas très démocratique, mais la démocratie n'est pas un système adapté à ce genre d'établissement.

À son invite je pénétrai dans la salle enténébrée. Je tâtonnai une seconde le long du mur à la recherche de l'interrupteur mais il me devança et l'actionna. Un ensemble de barres au néon se mit à clignoter avant de s'allumer définitivement.

Jones me désigna un box au milieu de la salle. J'allai m'y installer pendant qu'il passait derrière le comptoir, remplissait une tasse d'eau et y ajoutait un quart de citron. Puis il prit quelque chose dans une des vitrines — un feuilleté aux fruits — qu'il déposa sur une assiette. Ses gestes étaient précis et vifs, comme s'il s'affairait dans sa propre cuisine.

Emportant avec lui son en-cas, il vint me rejoindre. Il mordit dans la pâtisserie, but une gorgée d'eau et poussa un soupir de satisfaction.

— Bon sang, fit-il enfin, elle *devrait* être en parfaite santé. Et je ne comprends vraiment pas pourquoi elle ne l'est pas. Et personne ne peut me dire ce qui se passe exactement.

— Avez-vous parlé au Dr Eves ?

— À Eves, aux autres, à tout le monde. Mais aucun ne

semble comprendre. Vous avez une explication à proposer, vous ?

— Je crains que non.

Il se pencha vers moi.

— Ce que je ne comprends pas, c'est pourquoi ils ont fait appel à vous. N'y voyez rien de personnel, mais je ne vois pas l'intérêt d'un psychologue pour s'occuper du cas de ma petite-fille.

— Je ne peux vraiment pas discuter ce point, M. Jones.

— Chuck. M. Jones est le titre d'une chanson de ce type frisotté, comment s'appelle-t-il déjà... Bob Dylan ? — Un sourire fugitif. — Ça vous étonne que je sache ça, pas vrai ? Ce serait plus votre époque que la mienne, bien sûr. Mais c'est devenu une blague dans la famille, ça remonte d'ailleurs à l'époque de la chanson, quand Chip faisait ses études secondaires. Il était toujours sur mon dos, et tout était prétexte à affrontement. Tout était comme ça.

Il crispa ses mains comme des serres, les mêla et simula un effort infructueux pour les séparer.

— Le bon temps, fit-il avec un sourire inattendu. C'est mon fils unique, mais il en valait une demi-douzaine pour ce qui était de l'aptitude à la rébellion. Dès que je lui demandais de faire quelque chose qui lui déplaisait, il ruait dans les brancards et m'accusait d'agir comme le type dans cette chanson, M. Jones, qui ne sait rien de ce qui se passe. Il passait cette chanson très fort. Je n'ai jamais vraiment écouté les paroles, mais j'ai bien compris le message. Et aujourd'hui nous sommes les meilleurs amis du monde, et il nous arrive de rire en évoquant ces temps-là.

Je souris à l'idée d'une amitié cimentée par de juteuses opérations immobilières.

— C'est quelqu'un de solide, continua-t-il. La boucle d'oreille et la coupe de cheveux, c'est juste pour l'image. Il est enseignant dans le supérieur, vous saviez ?

— Oui.

— Les jeunes de ses classes sont dingues de ce genre de choses. C'est un excellent professeur, il a même eu des récompenses pour son travail.

— Vraiment ?

— De nombreuses récompenses, même. Mais jamais vous ne l'entendrez en parler. Il est modeste par nature. Et c'est moi qui fais sa pub à sa place. Il a commencé à se distinguer quand il était étudiant, à Yale. Il avait déjà ce goût de l'enseignement, et il aidait les camarades de sa fraternité plus lents que lui. Il s'est même occupé de collégiens, par autorisation spéciale. Chez lui, la pédagogie est un don.

Ses doigts étaient toujours entrecroisés. Il les desserra, écarta les mains, pianota sur le Formica de la table.

— Vous semblez très fier de lui, dis-je.

— Et je le suis. De Cindy aussi. Une jolie femme, intelligente et sans prétention. Ils forment un couple solide, et la preuve en est Cassie. Je sais que je ne suis pas objectif, mais cette enfant est adorable, jolie et très éveillée. Elle a un bel avenir.

— Si elle l'a, fis-je. Étant donné la situation...

Son regard s'égara dans la salle vide.

— Vous savez que nous avons perdu un enfant avant elle, n'est-ce pas ? Un petit garçon adorable. Décédé encore bébé. Et ils ne savent toujours pas ce qui lui est arrivé, hein ?

— En effet.

— Ça a été l'enfer descendu sur terre, Docteur. D'un coup, sans prévenir. Il était là, bien vivant, et le lendemain... Je n'arrive pas à comprendre pourquoi personne ne peut me dire ce qui se passe avec Cassie.

— Personne ne le sait avec certitude, Chuck.

Il balaya la remarque d'un revers de main.

— Je ne comprends toujours pas pourquoi on a fait appel à vous. Ne le prenez pas contre vous, je vous le répète. Je me doute que vous avez entendu tout un tas d'horreurs sur les raisons qui nous ont poussés à supprimer le service de psychiatrie. En réalité, ça n'a rien à voir avec l'approbation ou la désapprobation des traitements concernant la santé mentale. J'approuve, bien entendu. Qui pourrait être d'un autre avis ? Mais les faiblards qui dirigeaient le service de psychiatrie n'avaient aucune idée de la façon dont on définit un budget et comment on s'y tient. Et je ne parle même pas de leur incompétence professionnelle. D'après les autres médecins, c'était du gaspillage pur et simple. Bien sûr, maintenant si on écoute ce qui se dit, il n'y avait que des génies, et nous avons détruit un foyer incomparable de la science psychiatrique... — Il leva les yeux au ciel. — Aucune importance. Avec un peu de chance, un jour nous serons en mesure d'établir un service solide, et efficace, en prenant quelques vrais professionnels. Vous y avez travaillé, je me trompe ?

— Oui, il y a des années.

— Si on vous le proposait, vous reviendriez ?

— Non.

— Pourquoi êtes-vous parti ?

— Différentes raisons.

— La liberté offerte par le secteur privé ? Le désir d'être votre propre patron ?

— En partie.

— Alors, avec l'expérience, vous pouvez être objectif et saisir ma position. Sur la nécessité d'un fonctionnement efficace. Un certain réalisme. En général, ce sont les praticiens du secteur privé qui me comprennent, parce que avoir un cabinet, c'est diriger une entreprise. Il n'y a que ceux qui vivent dans un monde... Enfin bref. Revenons plutôt à mon propos précédent, sur vos rapports avec ma petite-fille. Personne n'a eu le toupet de prétendre que ses problèmes n'existaient que dans sa tête, j'espère ?

— Il m'est réellement difficile d'aborder ces détails, Chuck.

— Bon sang, et pourquoi donc ?

— Le secret médical.

— Chip et Cindy n'ont aucun secret pour moi.

— Il faudrait que je l'entende de leur bouche. C'est la loi.

— Vous êtes un dur, hein ?

— Pas particulièrement, répondis-je.

J'agrémentai ma réponse d'un sourire neutre et il m'imita.

— D'accord, fit-il après avoir bu une gorgée d'eau. C'est *votre* domaine et vous devez vous conformer à vos propres règles. Je suppose qu'il faudra que j'aie quelque chose comme une autorisation écrite de leur part.

— C'est probable, oui.

Son sourire s'élargit, découvrant des dents jaunies et mal alignées.

— En attendant, dit-il, ai-je *moi* le droit de *vous* parler ?

— Bien sûr.

Il posa sur moi un regard scrutateur où brillait autant de scepticisme que d'intérêt.

— Bon, je pars du principe que personne ne croit sérieusement que les problèmes de Cassie sont d'origine mentale, c'est trop ridicule.

Un petit silence très attentif. Espérait-il un indice non verbal de ma part ?

Je pris bien garde de ne trahir aucune réaction.

— Donc la seule explication que je vois pour qu'on vous ait engagé est que quelqu'un pense qu'il y a un problème avec Cindy ou Chip. Ce qui est tout aussi ridicule.

Il se laissa aller contre le dossier de son siège sans cesser de me surveiller. Peu à peu une lueur de triomphe illumina ses prunelles. J'étais pourtant persuadé de ne pas avoir bougé un muscle. Je n'avais même pas cligné des yeux. Ou bien il avait détecté une réaction quasi subliminale, ou bien il essayait de jouer au plus fin en bluffant.

— On ne fait pas appel à un psychologue uniquement pour une analyse, Chuck. Il nous arrive aussi d'apporter un soutien aux gens en état de stress.

— Une sorte d'ami sous contrat, hein ? — Il tordit encore le bout de son nez, sourit et se leva. — Alors, soyez un bon ami. Ce sont de bons gosses. Tous les trois.

22

Pendant que je m'éloignais en voiture, je m'efforçai de définir ce qu'il avait cherché à obtenir, et si je le lui avais donné.

Voulait-il que je le voie comme un grand-père attentionné ?

Chip et Cindy n'ont aucun secret pour moi.

Pourtant Chip et Cindy n'avaient pas pris la peine de l'informer que sa petite-fille quittait l'hôpital. Je me rendis soudain compte que durant tous mes échanges avec les parents de Cassie, à aucun moment ils n'avaient prononcé le nom de son grand-père.

Un homme qui ne pensait qu'aux affaires. Même pendant les quelques minutes de notre entretien, il n'avait pu s'empêcher de mêler ses problèmes de famille avec ceux de l'hôpital.

Pas un instant il ne s'était risqué sur le terrain du débat, pas une fois il n'avait tenté de me faire changer d'opinion.

Il avait préféré diriger la conversation.

Même le choix du lieu de rencontre était mûrement réfléchi. Cette cafétéria qu'il avait fait fermer et qu'il traitait maintenant comme son bien personnel. Il s'était servi quelque chose sans rien me proposer.

Il avait brandi son trousseau de clefs pour bien me faire comprendre qu'il pouvait ouvrir n'importe quelle porte de l'établissement. Il s'en était vanté, mais avait aussitôt ajouté qu'il était trop intègre pour s'approprier l'espace d'un simple bureau personnel.

Il avait exposé mon hostilité présumée à la fermeture du service de psychiatrie et s'était aussitôt efforcé de me neutraliser en enchaînant sur quelques propos assez subtils pour garder l'apparence d'une conversation à bâtons rompus :

Avec un peu de chance un jour nous serons en mesure d'établir un service solide, et efficace, en prenant quelques vrais professionnels... Si on vous le proposait, vous reviendriez ?

Et devant ma réticence, il avait immédiatement battu en

retraite. Puis il avait assuré comprendre cette preuve de mon bon sens avant d'utiliser ce point pour développer sa propre opinion.

S'il avait été éleveur de cochons, il aurait trouvé moyen d'utiliser le cri des porcs.

De toutes ces constatations je pouvais raisonnablement déduire que, si nous ne nous étions pas rencontrés rapidement, c'est lui qui aurait provoqué une entrevue.

Il me considérait comme quantité trop négligeable pour se soucier de ce que je pouvais penser de lui.

Sauf quand il y avait un rapport avec Cassie, Chip et Cindy.

Il avait cherché à savoir ce que j'avais appris sur sa famille.

De là à supposer qu'il avait quelque chose à cacher et qu'il ne savait pas si j'avais découvert ce secret, il n'y avait qu'un pas.

Je me remémorai une phrase de Cindy : *Les gens doivent me croire folle.*

Avait-elle eu des problèmes psychologiques par le passé ?

Et si la famille entière redoutait plus que tout une approche psychologique de la situation ?

En ce cas, quel meilleur endroit pour éviter une enquête qu'un hôpital dépourvu de service psy ?

Une raison de plus pour ne pas transférer Cassie ailleurs.

Mais Stephanie avait tout flanqué par terre en m'appelant à la rescousse de son propre chef.

Je me souvins de la surprise de Plumb quand elle lui avait annoncé ma spécialité.

Et le supérieur de Plumb venait de me sonder lui-même, au vol. Il avait imposé sa vision des choses, et peint un portrait angélique de Chip et Cindy.

Surtout de Chip, en fait. Il avait très peu parlé de Cindy.

Fierté paternelle ? Ou avait-il pris soin de ne pas m'intéresser à sa belle-fille parce qu'il valait mieux en dire le moins possible sur son compte ?

Je m'arrêtai à un feu rouge, au croisement de Sunset et de La Brea.

Mes mains étaient crispées sur le volant. J'avais parcouru plus de trois kilomètres sans trop m'en rendre compte, presque en automate.

Quand je rentrai, j'étais de mauvaise humeur et j'appréciai que Robin ne soit pas là pour en profiter.

L'opératrice de mon service de répondeur téléphonique m'annonça qu'elle n'avait reçu aucun message pour moi.

— C'est agréable, non ? ajouta-t-elle.

— Cela va sans dire, fis-je avant de lui souhaiter une bonne fin de journée.

Incapable de ne pas penser à Dawn Herbert et Ashmore, je repris la voiture et me rendis à l'Université. Je pénétrai dans le campus par le nord et descendis vers le sud jusqu'au centre médical.

Une nouvelle exposition sur les saignées occupait le hall d'entrée de la bibliothèque biomédicale, reproductions de gravures médiévales et mannequins en cire de patients couverts de parasites caoutchouteux. La salle de lecture principale resterait encore ouverte deux heures. Une seule bibliothécaire, une jeune femme blonde et séduisante, était de permanence derrière le comptoir.

Je feuilletai une décennie de l'*Index medicus* en quête d'articles d'Ashmore et d'Herbert. J'en découvris quatre de lui.

Le plus ancien avait paru dans le bulletin d'hygiène publique de l'Organisation mondiale de la santé. C'était un résumé de ses travaux sur les maladies infectieuses au Sud Soudan, où il s'appesantissait un peu sur les difficultés rencontrées pour mener des recherches dans un environnement bouleversé par la guerre. Malgré une écriture mesurée, on percevait sa colère.

Les trois autres communications avaient été diffusées dans des revues spécialisées en biomathématiques. La première de ces publications, financée par le National Institutes of Health (NIH), comportait la contribution d'Ashmore au désastre de Love Canal. La deuxième était une revue fédérale d'applications mathématiques en sciences de la vie. Ashmore terminait par cette phrase : « Il y a des mensonges, des mensonges éhontés, et puis il y a les statistiques. »

Le dernier article décrivait les travaux dont m'avait parlé Mme Ashmore : l'analyse des relations entre la concentration de pesticides dans les terres cultivées et le taux de leucémie, de tumeur au cerveau, de cancer du foie chez les enfants. Les résultats n'étaient pas franchement spectaculaires : il existait certes un rapport ténu entre les produits chimiques et certaines affections, mais rien de statistiquement probant. Néanmoins, selon Ashmore, le salut d'une seule vie humaine justifiait amplement ces recherches.

Le ton était un peu véhément, l'autocongratulation trop

peu discrète pour un écrit scientifique. Je cherchai le financement de cette étude : l'institut Ferris Dixon pour la recherche chimique, Norfolk, Virginie. Subvention n° 37958.

Une caution apparemment industrielle, alors que la position d'Ashmore en faisait un candidat très improbable aux largesses de l'industrie chimique. L'absence de publications ultérieures signifiait-elle que l'institut avait coupé les crédits ?

Si oui, qui payait ses factures au Western Peds ?

J'allai demander à la bibliothécaire s'il existait une compilation des financements scientifiques accordés par des structures privées.

— Bien sûr, répondit-elle. Sciences de la vie ou sciences physiques ?

— Les deux, dis-je, car je ne savais trop où cataloguer les travaux d'Ashmore.

Elle alla ouvrir les tiroirs d'un meuble de rangement, trouva rapidement ce qu'elle cherchait et prit deux livres épais, à reliure souple.

— Voilà, dit-elle en les posant sur le comptoir. Ce sont les plus récents. Si vous voulez les recherches des financements fédéraux, c'est là-bas, à droite.

Je la remerciai et allai m'asseoir à une table pour étudier les deux recueils.

CATALOGUE DES RECHERCHES À FINANCEMENT PRIVÉ — VOLUME 1 : SCIENCES DE LA VIE ET BIOMÉDICALES.

CATALOGUE DES RECHERCHES À FINANCEMENT PRIVÉ — VOLUME 2 : MATHÉMATIQUES ET SCIENCES PHYSIQUES.

J'ouvris le premier volume à l'index. Le nom d'Ashmore renvoyait à une page de la section **ORGANISMES SUBVENTIONNANT LES RECHERCHES**. Je la lus :

INSTITUT FERRIS DIXON POUR LA RECHERCHE CHIMIQUE
NORFOLK, VIRGINIE.

L'institut avait subventionné deux projets seulement durant l'année académique courante :

N° 37959 : Ashmore, Lawrence Allan. Western Pediatric Medical Center, Los Angeles, Californie. *De la toxicité des sols comme facteur dans l'étiologie des néoplasmes chez l'enfant : étude complémentaire.* Coût 973 652,75 $. Durée 3 ans.

N° 37960 : Zimberg, Walter William. Université du Maryland, Baltimore, Maryland. *Statistiques non paramétriques contre corrélations de Pearson dans la prédiction scientifique : de la valeur prédictive et heuristique d'une détermination a priori de la répartition des prélèvements.* Coût 124 731,00 $. Durée 3 ans.

La seconde étude était fouillée et très intéressante, mais à l'évidence l'institut Ferris Dixon ne payait pas suivant la longueur. Ashmore avait reçu quatre-vingt-dix pour cent de la subvention globale.

Près d'un million de dollars pour trois ans de recherches.

Cela faisait beaucoup d'argent pour un projet réservé à un chercheur et ressemblant fort à une redite. J'aurais beaucoup aimé savoir comment il avait pu impressionner à ce point l'institut Ferris Dixon. Mais on était dimanche, et même les généreux donateurs étaient en repos.

Je retournai chez moi, enfilai une tenue d'intérieur et m'adonnai à des bricoles diverses pour me prouver que le week-end signifiait quelque chose pour moi aussi. Vers six heures j'avais épuisé mes talents de comédien. Je téléphonai chez les Jones. J'écoutais les sonneries quand Robin fit son apparition. Elle passa dans la cuisine pour déposer un baiser sur ma joue avant d'aller dans la chambre. Au moment où elle s'éclipsait, Cindy répondit :

— Allô ?

— Bonjour, ici Alex Delaware.

— Oh, bonjour... Comment allez-vous, Docteur ?

— Très bien, et vous ?

— Oh... bien, merci.

Elle paraissait tendue.

— Quelque chose ne va pas, Cindy ?

— Non, non... Hem, vous pouvez patienter une seconde, s'il vous plaît ?

Elle dut couvrir le microphone de sa main, car je perçus à peine sa voix soudain étouffée et ne pus comprendre ce qu'elle disait. Un timbre plus grave lui répondit. Chip, assurément.

— Désolée, dit-elle clairement de nouveau. Nous venons tout juste de rentrer. J'avais cru entendre Cassie. Elle fait la sieste.

Très tendue.

— Fatiguée par le trajet ? dis-je.

— Eh bien... Il y a de ça, et la réadaptation au foyer. Elle a pris un bon repas, avec un dessert, et puis elle s'est écroulée. Je suis dans le couloir face à sa chambre, en ce moment. Je garde l'oreille tendue, au cas où... Vous me comprenez.

— Bien sûr.

— Je garde sa porte ouverte sur la salle de bains. Nos deux chambres communiquent par la salle de bains. Et je laisse une veilleuse allumée, comme ça je peux vérifier régulièrement qu'elle dort.

— Et vous, quand vous reposez-vous ?

— Oh, je me débrouille. Si je suis trop lasse, je me repose en même temps qu'elle. À force d'être tout le temps ensemble, nous avons fini par accorder nos rythmes.

— Vous vous relayez, avec Chip ?

— Non, je ne pourrais pas lui demander cela. Durant tout le semestre, il a un programme de cours très chargé. Désirez-vous venir nous voir bientôt ?

— Que diriez-vous de demain ?

— Demain ? Bien sûr. Voyons... dans l'après-midi, plutôt ; vers quatre heures ?

Les traditionnels problèmes de circulation sur la Freeway 101 me poussèrent au marchandage :

— Un peu plus tôt, ce ne serait pas possible ?

— Eh bien... D'accord : trois heures et demie ?

— Je pensais à plus tôt encore, Cindy. Deux heures, par exemple ?

— Oh, je comprends... Écoutez, j'ai quelques petites choses à faire... Deux heures et demie, ça vous conviendrait ?

— Ce serait parfait.

— Très bien, docteur Delaware. Nous sommes impatients de vous revoir.

Je me rendis dans la chambre en réfléchissant à la plus grande nervosité de Cindy quand elle se trouvait chez elle. Peut-être quelque chose au foyer aggravait son anxiété et provoquait l'émergence du syndrome de Münchausen et de ses manipulations ?

Mais il était assez logique que sa maison l'inquiète, même si elle était totalement innocente. Son foyer était un lieu de souffrances, subies ou infligées.

Robin s'était endormie sur le lit, vêtue d'une petite robe noire que je n'avais encore jamais vue. Je descendis la fermeture Éclair et pressai ma joue entre ses omoplates. Avec un peu de constance, je réussis à la réveiller. Nous allâmes dîner dans un restaurant italien d'un centre commercial, près de Mulholland. Nous n'avions pas réservé et dûmes attendre devant un bar glacial en faux onyx. C'était la soirées des solitaires au bronzage patiemment acquis. Nous appréciâmes de ne pas faire partie de la fête et nous savourâmes en silence un apéritif délicieux. Je commençais à croire vraiment en notre réunion. Y penser m'emplissait d'aise.

Une demi-heure plus tard nous étions assis dans un coin de la salle et passions notre commande avant que le serveur puisse s'échapper. Nous dégustâmes du veau et un vin fort agréable une heure durant, puis nous rentrâmes pour nous déshabiller et filer sous les couvertures sans attendre. En dépit de l'alcool notre union fut brève, vive, presque joviale. Ensuite Robin fit couler un bain et m'invita à l'y rejoindre. J'allais me soumettre de bonne grâce quand le téléphone sonna.

— Docteur Delaware, ici Janie, du service de répondeur. J'ai un appel pour vous de Chip Jones.

— Merci. Passez-le-moi, je vous prie.

— Docteur Delaware ?

— Bonsoir, Chip. Qu'y a-t-il ?

— Rien, enfin rien de médical, Dieu soit loué. J'espère que l'heure de mon appel n'est pas trop tardive ?

— Pas du tout.

— Cindy vient de me téléphoner pour m'annoncer que vous deviez passer chez nous demain après-midi. Je voulais savoir si ma présence était nécessaire.

— Votre présence est toujours bienvenue, Chip.

— Hmm.

— Il y a un problème ?

— Je le crains, oui. J'ai un cours à treize heures trente et une réunion avec certains de mes élèves juste après. Rien de très important, la permanence habituelle, mais avec l'approche des examens les étudiants paniquent pour un rien...

— Aucun problème, l'assurai-je. Nous nous rattraperons la prochaine fois.

— Parfait. Et s'il y a quelque chose que vous désirez me demander, ne vous gênez pas pour m'appeler. Je vous ai donné mon numéro ici, je crois ?

— Oui, je l'ai.

— Bon. Alors tout va bien.

Je raccrochai. Son coup de fil me laissait perplexe. Dans la salle de bains, Robin roucoula mon prénom et j'allai la rejoindre. Seul l'éclairage de la glace était allumé, jetant une pénombre langoureuse sur les lieux. Robin était immergée jusqu'au cou dans une mer de bulles, tête renversée contre le bord de la baignoire, yeux clos. Elle resta ainsi quand je me glissai dans l'eau. Alors seulement elle couvrit ses seins de ses mains.

— Frisson d'angoisse, murmura-t-elle d'un ton dramatique. Espérons que ce n'est pas Norman Bates...

— Norman préférait les douches.

— Oh, c'est vrai. Le frère méditatif de Norman, alors.

— Le frère humide de Norman, plutôt. Merman le sous-marinier.

Elle éclata de rire. Je m'étirai dans le bain, fermai les yeux moi aussi. Elle fit passer ses jambes sur les miennes. Je me laissai aller dans l'eau, heureux de sa chaleur, et tentai de me détendre. Mais ma conversation avec Chip m'obsédait et je ne parvins pas à me décontracter.

Cindy vient de me téléphoner pour m'annoncer que vous deviez passer chez nous demain après-midi.

Il ne se trouvait pas chez eux quand j'avais appelé.

La voix masculine qui avait répondu à Cindy n'était pas la sienne.

Sa nervosité...

— Qu'y a-t-il ? grogna Robin. Tes épaules sont toutes tendues.

Je le lui dis.

— Tu ne pousserais pas un peu trop loin tes déductions, Alex ? Il s'agissait peut-être d'un ami en visite, de son père ou de son frère.

— Elle n'a ni l'un ni l'autre.

— Alors un cousin, ou un oncle ? Ou le plombier, l'électricien, je ne sais pas, moi...

— Essaie donc de faire venir un plombier ou un électricien un dimanche soir...

— Ils sont riches, n'oublie pas. Et les riches obtiennent ce qu'ils veulent quand ils le veulent.

— Oui, c'est peut-être ça... Mais je l'ai quand même trouvée tendue. Comme si je l'avais surprise à un mauvais moment.

— D'accord, alors disons qu'elle a un amant. Tu la soupçonnes déjà d'empoisonner sa fille, une liaison serait faute vénielle, en comparaison.

— Elle verrait son amant le soir où elle rentre de l'hôpital ?

— Son mari n'a pas trouvé anormal de retourner à ses cours dès le premier jour, pas vrai ? Si c'est sa façon de faire habituelle, ta cliente est une épouse bien solitaire, Alex. Il ne lui donne pas ce dont elle a besoin, alors elle le cherche ailleurs. L'adultère pourrait avoir un rapport avec tout ce truc de Münchausen ?

— Tout ce qui peut fragiliser quelqu'un ayant ces tendances peut avoir un rapport. Mais il y a plus, Robin. Dans l'hypothèse où Cindy aurait une liaison, cela pourrait être un mobile, la pousser à se débarrasser du mari et de l'enfant pour être libre de voir son amant.

— Il existe des manières moins compliquées de se séparer de sa famille.

— Nous parlons de quelqu'un qui est malade.

— Très malade, alors.

— Je ne suis pas payé pour m'occuper de cerveaux en parfait état.

Elle se colla contre moi.

— Ça te préoccupe beaucoup, n'est-ce pas ?

— Oui, bien sûr. Cassie est tellement désarmée, et tout le monde la trahit...

— Tu fais tout ce que tu peux, toi.

— J'espère...

Nous restâmes encore un long moment dans le bain, et je parvins à détendre mon corps, à défaut de mon esprit. Des amas de mousse entouraient les épaules de Robin comme une étole d'hermine. Je la trouvai très belle et le lui avouai.

— Quel flatteur, Monsieur le Sous-Marinier, railla-t-elle.

Mais son sourire était sans ambiguïté. J'en fus un peu rasséréné. Enfin j'avais réussi à ce que quelqu'un se sente bien.

Nous retournâmes au lit où nous épluchâmes le journal dominical. Cette fois je lus tout avec méthode pour repérer la moindre information concernant le Western Peds ou Lawrence Ashmore, mais sans résultat. Le téléphone sonna à onze heures moins le quart. C'est Robin qui répondit.

— Salut, Milo.

Ce qu'il lui dit déclencha son hilarité.

— Tout à fait, gloussa-t-elle avant de me tendre le combiné et de se replonger dans ses mots croisés.

— Ça fait plaisir de l'entendre de nouveau, me dit-il. Finalement, tu as peut-être encore une parcelle de bon sens.

La communication était claire, mais il semblait éloigné.

— Où te trouves-tu ?

— Une ruelle derrière une maroquinerie. Je planque pour prendre un chapardeur sur le fait, mais pour l'instant ça n'a rien donné. Vous aurais-je interrompu dans quelque activité prenante ?

— Béatitude domestique, dis-je en caressant le bras de Robin.

Le visage tendu par la concentration, elle mâchonnait son crayon avec une belle vigueur, mais sa main vint à la rencontre de la mienne et nos doigts s'entrelacèrent.

— Bon, j'ai deux-trois trucs qui devraient t'intéresser, annonça Milo. Primo, ton Mr Huenengarth est un vrai fantôme. Il possède bien un permis valide et un numéro de sécu, mais l'adresse du permis est une boîte postale à Tarzana, et il n'a pas de numéro de téléphone, il est inconnu des services fiscaux et des archives des organismes de crédit. Fiché nulle part dans le comté. Aucun dossier dans les archives militaires ou sur les listes électorales. Le profil type d'un taulard en longue peine tout juste relâché, quelqu'un qui n'a pas voté ni payé d'impôts depuis un bail, quoi. Il n'apparaît pourtant pas sur les fichiers des libérés sur parole, mais il y a peut-être eu oubli de saisie informatique, à moins que je n'aie merdé en tapotant ma demande. Je mettrai Charlie sur le coup dès demain.

— Le fantôme de l'hôpital... Je suis rassuré de savoir qu'il dirige le service de Sécurité.

Robin releva la tête pour me jeter un coup d'œil, puis revint à ses définitions cryptées.

— Ouais, fit Milo, tu serais surpris du nombre de bizarros qui bossent comme vigiles. Pas mal de branques qui ont voulu entrer dans la police et ont été écartés après les tests psychologiques... Pour l'instant, garde tes distances avec lui tant que je n'en ai pas appris plus. Deuzio, j'ai fouiné autour du dossier Herbert, et j'ai l'intention de faire une petite descente nocturne en ville, pour tailler une bavette avec ce barman.

— Il t'a dit qu'il avait des renseignements à révéler ?

— Non, mais je trouve que Gomez et son partenaire n'ont pas assez creusé. Ce type est fiché comme drogué et ils ont estimé que ce n'était pas un témoin crédible. Ils ne lui ont posé que quelques questions et ils lui ont lâché la bride. J'ai déniché son numéro, j'ai parlé à sa nana et j'ai découvert qu'il avait un autre boulot dans un club voisin, dans Newton. Alors j'ai pensé aller bavarder un peu avec lui, et à te prévenir, si ça t'intéresse. Mais tu dois avoir nettement mieux à faire.

Robin leva un regard étonné vers moi. Je me rendis compte que j'avais crispé mes doigts entre les siens et je les détendis.

— Quand y vas-tu ?

— Dans une heure à peu près. Il vaut mieux se pointer après minuit dans ce genre de bouge, quand ça commence vraiment. Je veux le choper dans son élément, mais avant que ça devienne trop le boxon. Bon, allez, profite de ton *farniente...*

— Attends. J'ai moi aussi quelques petites choses à te communiquer. Tu as un peu de temps ?

— Sûr. Il n'y a rien dans cette ruelle, à part des chats. De quoi s'agit-il ?

— Je me suis fait accrocher par Papy Jones aujourd'hui, au moment où je quittais l'hôpital. Il m'a fait le numéro de la famille heureuse et a défendu l'honneur du clan, tout comme nous l'avions prévu. Pour couronner le tout, il m'a proposé de travailler pour lui. J'en ai déduit qu'il voulait que je me tienne tranquille et que je ne cherche pas trop profond.

— Pas très subtil de sa part.

— En fait, il a réussi à faire passer le message avec une certaine subtilité. Même si on avait enregistré notre conversation, on n'aurait jamais pu l'accuser de pressions. Non que son offre ait eu quelque réelle valeur, parce qu'une place au Western Peds n'offre pas beaucoup de sécurité.

Je lui relatai l'interview de Plumb dans le journal et les hypothèses de montage financier qui m'avaient poussé à m'intéresser de plus près aux travaux de Lawrence Ashmore. Quand j'abordai le sujet de l'institut Ferris Dixon, Robin posa son crayon et m'écouta avec attention.

— En Virginie, huh ? fit Milo. Je me suis rendu là-bas quelquefois pour des séminaires fédéraux d'entraînement. Chouette coin, mais tout ce qui vient de là-bas porte l'estampille du gouvernement, pour moi.

— L'institut est répertorié dans les organismes privés. Je me suis dit qu'il s'agissait peut-être d'un sorte d'organisation corporatiste.

— La subvention portait sur quoi ?

— Les effets des pesticides sur les enfants. Ashmore ressassait de vieilles données. Ça fait beaucoup trop d'argent pour ce genre de recherches, Milo. Je pensais appeler l'institut demain, pour voir ce que je pourrais apprendre de plus. Je vais aussi essayer de contacter Mme Ashmore de nouveau. Pour savoir si Huenengarth le Mystérieux est repassé chez elle.

— Souviens-toi, Alex, garde tes distances...

— Ne t'inquiète pas, je ne m'approcherai que par téléphone. Dans l'après-midi je dois appliquer ce que j'ai appris durant mes études, chez Chip et Cindy Jones. Lesquels ne doivent pas se trouver dans un état de béatitude domestique, eux...

Je lui passai en revue mes divers soupçons sans omettre les remarques de Robin.

— Qu'en penses-tu ?

— Je pense qu'on ne peut pas savoir, pour l'instant. Elle a peut-être bien un robinet qui fuit, ou une collec de mâles enamourés. Je vais te dire un truc, en admettant qu'elle cocufie le Jones Junior, je ne la trouve pas très prudente. Si elle te laisse entendre la voix de son étalon de passage...

— Mais mon coup de fil l'a surprise, et dans l'affolement elle a pu commettre une erreur. Elle avait l'air très tendue, elle a couvert le microphone presque tout de suite. En réalité, je n'ai entendu que quelques mots incompréhensibles prononcés par une voix masculine. Et si elle souffre du syndrome de Münchausen, flirter avec un autre danger collerait tout à fait avec le reste.

— Une voix masculine, huh ? Et tu es sûr que ce n'était pas la télé, tout bonnement ?

— Non, c'était une conversation réelle. Cindy a dit quelque chose et le type lui a répondu. J'ai supposé que c'était Chip. S'il ne m'avait pas téléphoné un peu plus tard, je n'aurais jamais su qu'il n'était pas là.

— Mouais... Bon, et tout ça aurait quel rapport avec Cassie ?

Je lui répétai ma théorie.

— N'oublie pas le fric de Chip. C'est une sacrément bonne motivation.

— Et un sacré problème familial également, si tout est étalé sur la place publique et qu'il y a un joli divorce pour conclure. C'est peut-être ce que Chuck s'efforce d'éviter. Il m'a dit que Cindy et Chip bâtissaient quelque chose de solide, il affectionne cet adjectif, et il a qualifié sa bru de jolie, intelligente et sans prétention. Même si elle n'a pas vraiment le profil de la jeune femme que quelqu'un dans la position de Chuck pourrait rêver d'avoir comme belle-fille. D'un autre côté, d'après l'aspect de ses dents, il a dû connaître des temps difficiles dans son enfance. Il n'a peut-être pas d'a priori snobs.

— Ses dents ?

— Elles sont abîmées, mal plantées. Personne ne l'a fait

suivre par un dentiste dans son enfance, c'est visible. Ce n'est pas un exemple de raffinement.

— Un self-made man. Ce qui expliquerait qu'il respecte Cindy qui suit le même parcours.

— C'est possible... Rien sur la raison de sa réforme militaire ?

— Pas encore. Faut que je pousse un peu Charlie sur le sujet... Allez, je te rappelle demain.

— Si tu découvres quoi que ce soit avec le barman, préviens-moi au plus tôt.

Je détectai la tension dans ma propre voix. Mes épaules s'étaient de nouveau tétanisées.

Robin les caressa d'une main légère.

— Que se passe-t-il ?

Je couvris le microphone avec la paume de ma main pour lui répondre.

— Il a trouvé une piste qui a peut-être un rapport avec toute cette affaire.

— Et il appelle pour t'inviter à venir suivre cette piste avec lui, n'est-ce pas ?

— Oui, mais...

— Et tu as envie d'y aller.

— Non, je...

— C'est dangereux ?

— Non, il s'agit juste d'interroger un témoin.

Elle me donna une petite bourrade.

— Vas-y.

— Ma présence n'est pas vraiment nécessaire, Robin.

— Vas-y quand même, rétorqua-t-elle en riant.

— Je ne suis pas indispensable. Et je suis bien ici.

— La béatitude domestique ?

— La mégabéatitude, dis-je en l'entourant d'un bras.

Elle déposa un baiser sur ma main, puis libéra ses épaules en douceur.

— Vas-y, Alex. Je n'ai pas envie que tu regrettes.

— Je ne regretterai pas.

— Tu sais bien que si.

— Tu préfères être seule.

— Je ne le serai pas. Pas dans ma tête. Pas avec ce que nous avons maintenant tous les deux.

23

Je la mis au lit et repassai dans le salon pour patienter. Milo tambourina doucement à la porte peu avant minuit. Il portait une mallette et était vêtu d'un polo, d'un pantalon en serge et d'un anorak léger, le tout noir. La tenue de celui qui veut paraître branché à L.A.

— Tu veux te fondre dans la nuit, Zorro ? plaisantai-je.

— On prend ta bagnole. Pas question que je risque la Porsche dans cette zone.

Nous prîmes donc la Seville après qu'il eut enfermé son attaché-case dans le coffre. Je m'installai au volant et conduisis selon ses indications, d'abord par Sunset en direction de l'ouest jusqu'à la 405 Sud où nous rencontrâmes le flot des camions et des véhicules se dirigeant vers l'aéroport. Arrivé au croisement avec Santa Monica Freeway, je bifurquai vers L.A. et continuai vers l'est sur la voie rapide. Jamais l'autoroute n'avait été aussi vide, et une brume tiède l'adoucissait en lui donnant une touche presque impressionniste.

Milo baissa sa vitre, alluma un cigarillo et souffla la fumée vers la ville. Il semblait harassé, comme s'il s'était épuisé au téléphone. Moi-même j'étais assez fatigué, et nous n'échangeâmes pas un mot.

Près de La Brea, une voiture de sport basse et bruyante se colla derrière nous, fit un appel de phares et nous doubla en un éclair, sans doute à plus de 160 kilomètres heure. Milo se redressa brusquement, cédant au réflexe professionnel, suivit du regard les feux de signalisation du bolide jusqu'à leur disparition, puis s'affala de nouveau sur son siège. Il regardait par le pare-brise, un peu en hauteur.

Je l'imitai et vis une grosse lune zébrée de nuages et presque pleine. Elle paraissait suspendue dans le ciel comme un énorme yoyo immobile.

— Aux trois quarts pleine, commentai-je.

— Je dirais plutôt aux sept huitièmes. Et ça veut dire que

presque tous les branques sont de sortie. Reste sur la 10 jusqu'à l'échangeur et prends la sortie pour Santa Fe.

Il continua de m'indiquer le chemin en grommelant, nous menant dans une zone étendue et morte d'entrepôts, de fonderies et de soldeurs douteux. Pas d'éclairage dans les rues, pas de mouvement. Les seuls véhicules que j'aperçus étaient parqués derrière des grilles dignes de prisons. Nous nous éloignions de l'océan et la brume s'était dissipée, dévoilant la ligne brisée des gratte-ciel de la ville. Le silence baignait le paysage d'une ambiance lugubre, comme si les limites géographiques de Los Angeles échappaient à l'énergie de la cité.

Nous effectuâmes un parcours zigzagant par une succession de chemins asphaltés qui auraient pu être des rues ou des allées, un labyrinthe dont je n'aurais su me sortir de mémoire. Milo laissa son cigare s'éteindre, mais l'odeur de tabac froid avait imprégné la Seville. Malgré la brise tiède et agréable, il se mit à remonter sa vitre. Je compris pourquoi juste avant qu'il n'ait terminé : une odeur inédite s'imposait, aigre-douce, métallique et pourtant écœurante. Elle s'insinua dans la voiture en même temps qu'un bruit rythmé, froid et monstrueux comme celui de géants invisibles frappant dans leurs mains, au loin.

— Les abattoirs et les entrepôts de conditionnement, dit-il. L.A. Est, jusqu'à Vernon, mais le son porte loin. J'étais encore un bleu quand je suis venu ici pour la première fois en patrouille, une nuit. Parfois ils abattent les porcs de nuit. On les entend gueuler et se cogner dans leurs enclos. Maintenant je crois qu'ils s'efforcent de les calmer avant de les découper... Tourne à droite, là, ensuite la première à gauche. Tu continues sur environ un bloc et tu te gares où tu peux.

Le dédale se terminait sur une longue rue bordée de chaque côté par des barrières anticyclone. Pas de trottoirs. Des herbes folles jaillissaient de l'asphalte défoncé. Des voitures étaient alignées le long des barrières, pare-chocs contre pare-chocs.

Je me garai dès que je trouvai une place, derrière une vieille BMW dont l'arrière était envahi d'un capharnaüm assez indescriptible.

Nous sortîmes de la Seville. L'air s'était rafraîchi mais l'odeur des abattoirs subsistait, plus ou moins nette selon les caprices de la brise. Le son des machines à équarrir était supplanté par les notes imprécises d'une basse et des stridulations qui appartenaient peut-être à des guitares électriques. S'il y avait un tempo, je ne parvenais pas à le distinguer.

— La fête bat son plein, ironisai-je sombrement. C'est quoi, la danse à la mode cette semaine ?

— La lambada du crime. Faut se coller à son partenaire comme une ventouse et lui faire les poches, grogna-t-il en enfonçant les mains dans *ses* poches.

Nous remontâmes la rue qui finissait en cul-de-sac par un grand bâtiment aveugle. La façade de brique pâle était à peine rosie par deux spots anémiques. Trois étages pareils à d'énormes boîtes de plus en plus réduites empilées. Un toit plat et des portes d'acier asymétriques sous des fenêtres condamnées. Plusieurs échelles d'incendie rouillées étaient accrochées aux briques comme du lierre métallique. Tandis que nous approchions, je parvins à déchiffrer le lettrage à demi effacé au-dessus de l'entrée :

BAKER FERTILIZER & POTASH CO.

La musique était de plus en plus forte. Il y eut un solo de claviers répétitif et laborieux, puis je perçus des voix dans ce magma sonore et vis la file de silhouettes qui serpentait devant l'une des portes.

Nous commençâmes à la remonter d'un pas égal. Des visages se tournaient à notre passage, tels des dominos animés. Les vêtements sombres formaient l'uniforme général, la moue renfrognée, l'expression commune. Bottes à chaînes, cigarettes — légales ou non —, ricanements et lazzis murmurés, un tressaillement dû aux amphétamines ici et là ; des épaules dénudées et des décolletés provocants révélaient des peaux blafardes sous la lune. Un commentaire très vulgaire accompagna une phrase de l'orgue, déclenchant quelques rires.

L'âge oscillait entre dix-huit et vingt-cinq ans, mais la majorité était plus proche de la limite inférieure. Quelqu'un imita le crachement d'un chat derrière moi, salué par un chœur moqueur.

La porte devant laquelle attendait tout ce beau monde était un rectangle d'acier rouillé fermé par un loquet, devant laquelle un homme au gabarit impressionnant montait la garde. Il portait un short de surf vert à motif floral, un débardeur noir et des bottes lacées. Il avait une vingtaine d'années, les traits bovins, des yeux rêveurs et une peau qui aurait été colorée même sans l'aide des spots. Son crâne rasé sur les côtés ne laissait apparaître que deux éclairs de cheveux noirs très courts. Je remarquai des trous dans le dessin, comme s'il n'était pas complètement remis d'une chimiothérapie. Cela expliquait les cheveux manquants.

Les tenants de la tête de file lui parlaient, mais il ne leur répondait pas et ne sembla pas remarquer notre approche, à moins qu'il n'ait décidé de l'ignorer.

Milo alla droit vers lui.

— 'Soir, Champion, fit-il aimablement.

Le videur continua de regarder ailleurs.

Milo répéta son salut sur le même ton. L'autre tourna la tête vers lui et poussa un grognement menaçant. N'eût été sa carrure, le son émis aurait pu prêter à rire. En tout cas, les jeunes les plus proches parurent impressionnés.

— Ouais, *Kung-Fu* ! lança quelqu'un.

Le videur sourit, détourna les yeux de nouveau, fit craquer les articulations de ses doigts et bâilla ostensiblement.

Milo se planta face à lui et brandit son badge à vingt centimètres de son visage. Je ne l'avais pas vu le sortir de sa poche.

Le videur grogna une fois encore, mais il avait perdu de sa superbe. Je regardai par-dessus mon épaule. Une adolescente aux cheveux rose pâle me tira la langue et l'agita. Son petit ami cessa de lui pétrir les seins pour cracher et dresser le majeur dans son poing fermé, à notre adresse.

Le badge de Milo effectuait un mouvement de balancier que le videur suivait des yeux, comme hypnotisé.

Milo cessa son manège. Avec un effort visible de concentration, l'autre lut l'intitulé du badge.

Quelqu'un jura. Un autre se mit à imiter le hurlement du loup. Aussitôt la meute se déchaîna en un concert qui transforma la rue en bande sonore pour une nouvelle de Jack London.

— Ouvre, Beauté, fit Milo. Sinon nous commençons à vérifier les identités de la clientèle...

Derrière nous, les hurlements s'intensifièrent au point de couvrir un instant le grondement de la musique. Le visage du videur s'était contracté sous l'effet d'une concentration apparemment assez pénible pour lui. Enfin il émit un rire silencieux et sa main passa derrière lui.

Milo saisit instantanément son poignet pour arrêter son geste.

— Doucement, Beauté, gronda-t-il.

— J'ouvre, mec, c'est tout, fit l'autre. La clef, d'accord ?

Sa voix plaintive était étonnamment grave et lente, évoquant un enregistrement sur une bande magnétique passée au ralenti.

Milo recula d'un pas pour lui laisser un peu de place, mais sans cesser de surveiller ses mains. Le videur sortit lentement une clef passée dans la ceinture de son short, dans son dos. Il déverrouilla la barre qu'il releva.

La porte métallique s'entrouvrit de quelques centimètres. Une chaleur suffocante et le magma assourdissant de la musique se déversèrent dans la rue. La meute chargea.

Le videur bondit en avant, rictus meurtrier et mains brandies dans ce qu'il croyait être une pause de karaté. Les louveteaux s'arrêtèrent, battirent en retraite de quelques pas avec de maigres protestations. Le Gardien du seuil sabra l'air de ses deux bras pour mettre en pièces des ennemis imaginaires. La lumière des spots teintait ses prunelles de rouge. Ses aisselles étaient rasées, et marquées d'acné.

— On recule, bordel ! rugit-il.

La meute se figea.

— Impressionnant, Apollon, railla Milo.

L'autre gardait les yeux braqués sur la file d'attente. Bouche entrouverte, il haletait sourdement. Je constatai qu'il transpirait d'abondance.

Milo posa la main contre le panneau d'acier qu'il repoussa. La porte grinça, attirant l'attention du videur qui se tourna vers lui.

— Enfoiré ! lança une voix derrière nous.

— On va entrer, Beauté, annonça Milo. Tiens ces trous-du-cul tranquilles.

Le videur referma la bouche et inspira bruyamment par le nez. Une bulle de morve bouchait une de ses narines.

— C'est pas Beauté mon prénom, dit-il. C'est James.

— D'accord, répondit Milo en souriant. Tu fais du bon boulot, James. Déjà bossé au *Mayan Mortgage* ?

Le portier essuya son nez d'un revers de main. Il paraissait très perplexe.

— Hein ?

— Bon, laisse tomber.

James prit une mine boudeuse.

— Qu'est-ce t'as dit, mec ? Sérieusement.

— J'ai dit que tu avais un avenir radieux devant toi, James. Si jamais tu en as marre de la scène musicale, tu pourras toujours tenter ta chance à la vice-présidence.

La salle était vaste, mal éclairée par quelques spots. Le sol était en ciment nu, et on avait simplement peint les murs de brique. Un entrelacs de tuyaux, de rouages rouillés et de conduits masquait le plafond.

Le bar se trouvait sur la gauche. Quelques battants de portes posés sur des tréteaux devant une étagère métallique où étaient alignées les bouteilles. Des cuvettes en céramique blanche pleines de glaçons étaient alignées à côté de l'étagère.

Des cuvettes au couvercle relevé.

Des cuvettes de W.-C.

Deux hommes s'affairaient à servir la foule assoiffée des consommateurs. Il n'y avait pas de pression ; les boissons gazeuses et l'eau étaient servies en bouteilles.

Le reste de l'espace était occupé par la piste de danse, sans rien pour empêcher la masse excitée des corps de se presser contre le comptoir de fortune. Ici la musique était encore plus informe, mais assez forte pour être enregistrée par les centres de surveillance sismique des environs.

Les génies de la mélodie coupables de cette symphonie industrielle se tenaient au fond de la salle, sur une estrade bricolée. Cinq créatures aux joues creuses, en tenue moulante, qui auraient pu être des junkies s'ils avaient paru en meilleure santé. Des haut-parleurs Marshall de la taille de malles de voyage formaient un mur noir derrière eux.

Accroché au mur au-dessus de la scène, je vis une autre enseigne **BAKER FERTILIZER** partiellement cachée par une bannière accrochée en travers et peinte à la main :

BIENVENUE AUX CHIOTTES

Le dessin illustrant le slogan était encore plus sophistiqué.

— Quelle créativité... lançai-je, assez fort pour sentir mon palais vibrer mais sans presque m'entendre.

Milo dut lire sur mes lèvres, car il eut un sourire ironique et secoua la tête d'un air faussement attristé. Puis il chargea la mer de danseurs en direction du bar.

Je plongeai dans son sillage.

Nous parvînmes au comptoir bousculés mais à peu près intacts. Des coupelles de cacahouètes non décortiquées étaient posées près de feuilles de papier toilette faisant office de serviettes. Les portes servant de comptoir auraient eu grand besoin d'être nettoyées. Le sol était jonché de cosses de cacahouètes là où il n'était pas mouillé et glissant.

Milo réussit à se glisser derrière le bar. Les deux serveurs étaient minces et bruns, barbus, vêtus à l'identique d'un maillot de corps grisâtre et d'un bas de pyjama blanc flottant. Le plus proche de Milo avait le crâne totalement dégarni, l'autre ressemblait à Rapunzel en guenilles.

Milo s'approcha du premier. Sans cesser de verser du Coca dans un verre rempli au quart de rhum, le chauve tendit un bras pour repousser l'intrus. La main de Milo jaillit et enserra le poignet de l'autre, le tordit d'un mouvement brusque mais calculé pour ne pas blesser. Le serveur ouvrit toute grande la bouche et les yeux et posa la bouteille de Coca. D'une saccade, il essaya de se libérer.

Milo tint bon. Son autre main pêcha le badge dans sa poche et il le montra discrètement au chauve. De la foule jaillit une main qui emporta aussitôt le verre abandonné. Des consommateurs impatients se mirent à frapper le comptoir du plat de la main. Quelques-uns poussèrent des cris imperceptibles dans l'enfer sonore.

Le chauve posa un regard paniqué sur Milo.

Milo lui parla à l'oreille.

Le serveur lui répondit.

Milo ajouta quelque chose.

L'autre désigna alors son collègue et Milo lâcha son poignet. Le chauve rejoignit Rapunzel et tous deux conférèrent un moment. Rapunzel acquiesça et le Chauve revint vers Milo, l'air résigné.

Je les accompagnai tous deux dans une intrépide expédition pour traverser la piste de danse. Très lente, notre progression tenait à la fois du ballet désarticulé et de l'exploration en forêt vierge, mais nous finîmes par arriver au fond de la salle, derrière le mur d'amplis, là où serpentaient une multitude de câbles électriques. Rapunzel poussa une porte marquée TOILETTES et nous le suivîmes.

Nous pénétrâmes dans un long couloir cimenté couvert de feuilles de papier hygiénique et de petites mares à l'aspect répugnant. Plusieurs couples occupaient la pénombre. Quelques solitaires étaient prostrés à même le sol. Des relents de vomi et de marijuana empuantissaient l'air. Ici, la musique était réduite au niveau sonore d'un jet au décollage.

Nous progressâmes entre les corps et les détritus divers. Le chauve était très doué pour ce genre de slalom qu'il exécutait d'un pas dansant. Le couloir se terminait sur une porte métallique identique à celle gardée par le videur de l'entrée.

— Dehors, d'accord ? fit le chauve d'une voix haut perchée.

— Qu'y a-t-il dehors, Robert ?

Le serveur se gratta le menton d'un air absent.

— La cour arrière.

Il pouvait avoir entre trente-cinq et quarante-cinq ans. Sa barbe n'était guère plus qu'un duvet et masquait à peine sa mâchoire. C'était pourtant un visage qui aurait mérité d'être caché, un visage de rat, émacié, à l'expression mauvaise.

Milo ouvrit la porte, jeta un coup d'œil à l'extérieur et saisit le serveur par le coude.

Nous sortîmes dans un petit parking ceint de grillage. Un camion et trois voitures y étaient garés. Ici, les tas d'ordures atteignaient par endroits 30 cm de hauteur. Au-delà du grillage, la lune blafarde veillait sur la nuit.

Milo mena le serveur jusqu'à un endroit dégagé, au centre du parking.

— Je te présente Robert Gabray, me dit-il. Un véritable expert du mélange... — Au serveur, il lâcha aimablement : Tu as des mains de fée, pas vrai, Robert ?

Mal à l'aise, l'autre se tordit les doigts.

— J'ai du boulot...

— Oh, cette bonne vieille éthique protestante qui te reprend ?

Regard vide.

— Tu aimes bosser, Robert ?

— Faut bien. Ils notent tout.

— Qui ça,« ils » ?

— Les proprios.

— Ils te surveillent dans la salle ?

— Non. Mais ils ont des espions.

— On se croirait à la CIA, Robert.

Le serveur ne répondit pas.

— Qui règle ton salaire, Robert ?

— Des types.

— Quels types ?

— Les proprios du bâtiment.

— Quel est le nom imprimé sur ton chèque de salaire ?

— Je suis pas payé par chèque.

— Payé en liquide, alors ?

Il approuva d'un hochement de tête.

— Tu dissimulerais des revenus au fisc ?

Gabray croisa les bras et se frictionna les épaules.

— Bon, j'ai fait quoi, à la fin ?

— Tu devrais le savoir mieux que moi, non ?
— Une bande d'Arabes, les proprios...
— Les noms.
— Fahrizad, Nahrizhad, Nahrishit, je sais pas au juste.
— Ça sonne iranien plutôt qu'arabe.
— Je sais pas.
— Depuis combien de temps travailles-tu ici ?
— Deux mois, à peu près.
Milo secoua la tête avec un soupir de regret.
— Non, Robert, je ne crois pas. Tu veux tenter une autre réponse ?
— Quoi ? fit Gabray, visiblement dérouté.
— Essaie de te rappeler où tu te trouvais réellement, il y a deux mois.
Le serveur se frottait les épaules avec énergie.
— Frileux, Robert ?
— Ça va... Bon d'accord, c'est deux *semaines*, pas deux mois.
— Ah, voilà qui est mieux.
— N'importe.
— Une semaine, un mois, il n'y a pas de différence pour toi ?
Gabray ne répondit pas.
— Ça t'a paru durer des mois, c'est ça ?
— Je sais pas.
— Le temps passe si vite que ça quand tu t'amuses ?
— Je sais pas.
— Deux semaines, répéta Milo. C'est beaucoup plus crédible, Robert. Sûrement ce que tu voulais dire. Tu n'aurais quand même pas essayé de me mentir, n'est-ce pas ? C'était une erreur tout ce qu'il y a d'honnête, bien sûr ?
— Ouais.
— Sûr. Tu as oublié qu'il y a deux mois tu ne travaillais pas puisque tu étais derrière les barreaux pour détention de marijuana.
Le serveur haussa les épaules qu'il frottait toujours de ses mains.
— C'était pas à moi.
— Ah.
— C'est vrai, mec.
— Tu as donc plongé pour quelqu'un d'autre ?
— Ouais.
— Tu es une vraie crème, Robert, tu savais ça ? Un héros du quotidien.

Robert haussa encore les épaules, se gratta le sommet du crâne.

— Ça te démange, Robert ?

— Ça va, mec.

— Tu es sûr que ce n'est pas la came qui te rend frileux ?

— J'ai rien, mec.

Milo se tourna vers moi.

— Robert mélange les poudres aussi bien que les liquides. Un adepte de la chimie à domicile. Pas vrai, Robert ?

Nouveau haussement d'épaules.

— Tu as un emploi de jour, Robert ?

Mouvement négatif de la tête.

— Ton officier de probation sait que tu bosses ici ?

— Pourquoi je pourrais pas bosser ici ?

Milo se pencha vers lui et le gratifia d'un sourire patient.

— Parce que toi, en tant que criminel minable mais récidiviste, tu dois te tenir éloigné de toute mauvaise influence, et que cette faune à l'intérieur ne semble pas trop saine.

Gabray se mordilla la lèvre inférieure et regarda le sol à ses pieds.

— Qui vous a dit que j'étais là ?

— Épargne-moi un interrogatoire, Robert, d'accord ?

— C'est cette salope, hein ?

— De quelle salope parles-tu ?

— Tu sais bien, mec.

— Ah oui ?

— Tu dois savoir. Tu savais que j'étais là.

— Oh, tu m'en veux, Robert ?

— Non.

— Pas du tout ?

— Je m'énerve pas, moi.

— Tu fais quoi, alors ?

— Rien.

— Tu es rentré dans le rang ?

— Je peux fumer ? éluda Gabray.

— Elle a payé ta caution, Robert. De mon point de vue, ça fait d'*elle* le héros.

— D'accord, je l'épouserai. Je peux en griller une, alors ?

— Bien sûr, Robert, tu es un homme libre, du moins jusqu'au procès. Grâce à *cette salope* qui a réglé ta caution.

Gabray sortit un paquet de Kool de la poche de son pyjama. Milo avait déjà une allumette prête.

— Parlons plutôt de l'endroit où tu bossais il y a *trois* mois.

Le regard absent, Gabray tira longuement sur sa cigarette.
— Un mois avant que tu te fasses serrer, Robert. En mars.
— Et alors ?
— Le *Mayan Mortgage*.
Gabray fumait en contemplant le ciel.
— Et alors ?
— Alors, ça.
Milo sortit quelque chose de la poche de sa chemise. Une lampe-crayon et une photographie en couleurs. Il tint le cliché devant les yeux de Gabray et l'éclaira. Je me plaçai derrière le serveur et jetai un œil par-dessus son épaule.
Le même visage que celui de la photo que m'avaient donnée les Murtaugh. Sous la racine des cheveux, car au-dessus le crâne avait été aplati en une masse incapable de contenir le cerveau, et ce qui restait de cheveux n'était plus qu'un nuage rouge sombre. Un collier sanglant cerclait la gorge. Les yeux étaient deux aubergines pourpres.
Gabray contempla une seconde la photographie, tira sur sa cigarette et dit sans grande émotion :
— Et alors ?
— Tu te souviens d'elle ?
— Je devrais ?
— Elle s'appelle Dawn Herbert. Elle a été assassinée non loin du Mayan, et toi tu as dit aux inspecteurs que tu l'avais vue avec un type.
D'une pichenette Gabray fit tomber sa cendre. Il souriait.
— C'est donc pour ça, tout ce raffut ? Ouais, c'est ce que je leur ai dit. Je crois.
— Tu crois ?
— C'était il y a longtemps, mec.
— Trois mois.
— Ça fait longtemps, mec.
Milo s'approcha de l'homme nettement plus petit et le toisa sans aménité. Il agita la photo sous le nez du serveur.
— Tu vas m'aider sur cette affaire, oui ou non ?
— Et les autres flics, où ils sont passés ? Il y en avait un, le cerveau, ce mec.
— Ils ont pris une retraite anticipée.
Gabray eut un rire aigre.
— Ah ouais ? À l'asile ?
— Parle-moi, Robert...
— Moi je sais rien de rien.
— Tu as vu la victime avec un type.
Haussement d'épaules.

— Aurais-tu menti à ces pauvres inspecteurs qui triment si dur, Robert ?

Un autre sourire narquois.

— Moi ? Jamais de la vie.

— Dis-moi ce que tu leur as raconté.

— Ils n'ont pas fait un rapport écrit ?

— Dis-moi quand même.

— C'était il y a longtemps.

— Trois mois.

— Ça fait longtemps, trois mois, mec.

— Sûr, Robert, sûr... Ça fait quatre-vingt-dix jours pleins, et réfléchis à ça : avec tes antécédents, même un peu d'herbe suffira à t'envoyer au trou pour deux ou trois fois ce temps-là. Alors pense à trois cents jours au frais... Et il y avait une belle quantité d'herbe dans ta bagnole.

Gabray étudia la photo, détourna la tête, tira sur sa cigarette.

— C'était pas à moi. L'herbe.

Ce fut au tour de Milo de sourire.

— Ça va être ta ligne de défense ?

Gabray se rembrunit, pinça le filtre de sa cigarette pour aspirer une dernière bouffée.

— Tu veux dire que tu peux m'aider, mec ?

— Ça dépend de ce que tu peux me dire.

— Je l'ai vue, ouais.

— Avec un type ?

— Ouais.

— Raconte-moi tout, Robert.

— Voilà. C'est tout.

— Raconte ça comme une histoire. Il était une fois...

Le serveur émit un ricanement méprisant.

— Ouais, pourquoi pas. Il était une fois... je l'ai vue avec un type. Fin de l'histoire.

— Dans la boîte ?

— Dehors.

— Où, dehors ?

— À un bloc de la boîte, à peu près.

— C'est la seule fois où tu as vu la victime ?

Gabray mit un temps avant de répondre :

— Peut-être bien que je l'ai vue une autre fois. À l'intérieur.

— C'était une habituée ?

— Je sais pas.

Milo soupira et tapota l'épaule du serveur d'une main plutôt lourde.

— Ah, Robert, Robert, Robert...

À chaque mention de son prénom, Gabray tressaillait.

— Quoi ?

— Pas terrible, ton histoire.

Gabray laissa tomber son mégot par terre et l'écrasa sous sa chaussure pour en prendre aussitôt une autre. Il attendit les bons offices de Milo et devant sa passivité sortit sa propre pochette d'allumettes.

— Je l'ai peut-être vue une autre fois, dit-il. C'est tout. J'ai bossé là-bas que deux-trois semaines, mec.

— Des difficultés à garder un boulot, Robert ?

— J'aime bouger, moi, mec.

— Homme d'action, hein ?

— N'importe.

— Deux fois en deux semaines, dit Milo. On dirait qu'elle aimait bien ta boîte, non ?

— Une branleuse comme les autres, ouais ! s'exclama Gabray avec une passion subite. Tous des branleurs, des putains de branleurs de richards qui venaient se la jouer zone avant de calter chez eux, sur Rodeo Drive !

— Dawn Herbert donnait donc l'impression d'être riche ?

— Sont tous pareils, mec.

— Tu lui as parlé ?

Une lueur inquiète passa dans le regard du serveur.

— Nan. Je l'ai déjà dit, je l'ai vue qu'une fois, peut-être deux. C'est tout. Je la connaissais pas du tout. Je n'avais rien à voir avec elle, et je n'ai rien à voir avec ça.

Il pointait l'index sur la photo.

— Tu en es bien certain, Robert ?

— Certain, ouais. Vraiment certain, mec, OK ? C'est pas mon truc, ça.

— Parle-moi du soir où tu l'as vue avec le type.

— Je l'ai déjà dit, il était une fois moi qui bossais là-bas, et il était une fois moi qui prenais cinq minutes dehors pour en griller une et j'ai vu cette gonzesse. Je me souviens d'elle à cause du type. Il était pas comme les autres.

— Quels autres ?

— Les branleurs de richards. *Elle*, c'en était une, mais pas *lui*. Dans le genre, il était différent.

— Comment ça, différent ?

— Classe, quoi.

— Genre homme d'affaires ?

— Nan.
— Alors quel genre ?
Haussement d'épaules.
— Il était en costume, Robert ?
Gabray tira furieusement sur sa cigarette tout en réfléchissant.
— Nan. Il était sapé un peu comme toi, mec. Un Sears Roebuck, ce genre de blouson.
— Un anorak ?
— Ouais, c'est ça.
— Quelle couleur ?
— Sais pas. Sombre. C'était il y a long...
— Il y a longtemps, on sait, coupa Milo. Le reste de sa tenue ?
— Des pompes, un fute, n'importe. Un peu comme toi, mec.
Il sourit, souffla la fumée sans hâte.
— Comment ça, comme moi ?
— Je sais pas. Comme ça.
— Il était costaud ?
— Ouais.
— Mon âge ?
— Ouais.
— Ma taille ?
— Ouais.
— Même couleur de cheveux que moi ?
— Ouais.
— Tu as deux queues ?
— Ou-hein ?
— Arrête tes conneries, Robert. Ses cheveux, comment ?
— Courts.
— Calvitie ou chevelure fournie ?
Gabray fronça les sourcils et passa une main sur la surface lisse de son propre crâne.
— Fournie, fit-il comme à regret.
— Barbe, ou moustache ?
— Sais pas. Eh, ils étaient loin, mec.
— Tu ne te rappelles pas s'il avait la barbe ou la moustache ?
— Nan.
— Quel âge pouvait-il avoir ?
— Sais pas. Cinquante, quarante, n'importe.
— Tu as vingt-neuf ans ; il était beaucoup plus vieux que toi ?

— Vingt-huit. Vingt-neuf le mois prochain.
— Joyeux anniversaire. Donc il était plus vieux que toi ?
— Beaucoup plus, ouais.
— Assez pour être ton père ?
— Peut-être.
— Peut-être ?
— Nan. Pas assez vieux. Quarante, quarante-cinq, quoi.
— Couleur des cheveux ?
— Sais pas. Bruns.
— Peut-être ou sûrement ?
— Probablement.
— Brun clair ou brun foncé ?
— Sais pas. Il faisait nuit, mec.
— Et elle, de quelle couleur, ses cheveux ?
— T'as sa photo, nan ?
Milo brandit le cliché à cinq centimètres des yeux du serveur.
— C'est à ça qu'elle ressemblait quand tu l'as vue ?
Gabray recula et s'humecta les lèvres.
— Eh-oh... Nan, ses cheveux étaient... différents.
— Sûr. Ils étaient plantés sur un crâne intact.
— Ouais... Nan, je veux dire, pour la couleur. Jaunes ils étaient, mais vraiment jaunes, comme un jaune d'œuf, quoi. On les voyait dans la lumière.
— Ils étaient dans la lumière ?
— Je crois... Ouais. Ils étaient tous les deux sous un réverbère. Mais juste une seconde, ils se sont séparés dès qu'ils m'ont entendu.
— Tu n'as pas parlé de cette lumière aux autres inspecteurs.
— Ils m'ont pas posé la question.
Milo abaissa la photo. Gabray emplit ses poumons de fumée, la souffla en détournant la tête.
— Et que faisaient Dawn Herbert et le type classe dans la lumière du réverbère ?
— Ils parlaient.
— Ses cheveux à lui n'étaient pas blonds ?
— Je l'ai déjà dit, c'est elle qu'avait les cheveux clairs. Ils se voyaient un max. Ça faisait comme... une banane.
Gabray gloussa.
— Et lui était brun.
— Ouais. Eh, si c'est tellement important, pourquoi tu prends pas des notes, mec ?
— Tu te souviens d'autre chose à propos de lui ?

— Nan, c'est tout.

— Quarante-cinquante ans, anorak sombre, cheveux bruns. Un peu léger pour qu'on fasse affaire tous les deux, Robert...

— Eh, je te dis ce que j'ai vu, mec.

Milo lui tourna le dos et s'adressa à moi :

— Bon, on aura essayé de l'aider, tant pis.

— Vous avez quelqu'un ? questionna le serveur d'un ton inquiet. Vous avez serré quelqu'un ?

— Que veux-tu dire, Robert ? fit Milo sans se retourner vers lui.

— Vous avez serré quelqu'un ? J'ai pas envie de dire quelque chose et qu'un mec vienne me buter demain, tu comprends ?

— Pour l'instant, tu ne m'as pas dit grand-chose, Robert.

— Vous avez serré quelqu'un ?

Lentement, Milo pivota sur place et lui fit face.

— Je n'ai que toi, Robert, qui en fais des tonnes pour m'énerver en taisant des détails, malgré l'herbe retrouvée dans ta bagnole. Je dirais six mois minimum, mais si tu tombes sur un juge un peu dur, ça pourrait atteindre l'année de vacances, peut-être plus.

Gabray leva les mains.

— Eh, c'est juste que je veux pas que quelqu'un vienne me faire la peau, moi. Ce type était...

— Il était quoi ?

Gabray garda le silence, puis grommela :

— Du genre ancien taulard, OK ? Ça avait l'air d'être un vrai dur.

— Tu t'es rendu compte de ça de loin ?

— Il y a des trucs qu'on remarque, même de loin, mec. Sa façon de se tenir, je sais pas. Et puis il avait ces pompes, là, ces grosses pompes comme celles qu'on a en taule.

— Tu as pu voir ses chaussures ?

— Pas de près. Mais dans la lumière, ouais. J'ai déjà vu des pompes comme ça... Qu'est-ce tu veux de plus, mec ? J'essaie d'aider, là, nan ?

— Eh bien, ne te fais pas de cheveux blancs, Robert. On n'a arrêté personne.

— Ouais, mais si... ?

— Si quoi ?

— Si je te dis et que ça te permet de le serrer ? Comment je peux être sûr qu'il va pas ressortir et venir me buter ?

Milo lui montra la photo une nouvelle fois.

— Regarde ce qu'il a fait, Robert. Tu crois qu'on va le laisser sortir quand on l'aura agrafé ?

— Moi je suis sûr de rien, mec. J'ai pas confiance dans ce système de merde.

— Vraiment ?

— Ouais. J'en vois tout le temps des mecs qui font des saloperies et qui se baladent peinards dans la rue.

— Tss-tss, fit Milo, on se demande où va le monde, pas vrai ? Bon, écoute-moi bien, le génie : si on lui met la main dessus, il ne se baladera plus jamais dans la rue. Mais toi, si tu me dis quelque chose qui nous aide à l'arrêter, tu pourras te balader dans n'importe quelle rue. Avec des bons points en prime. Imagine ça, Robert, avec les bons points que tu récolteras, tu pourras même te permettre deux ou trois incartades sans qu'on vienne t'ennuyer.

Gabray tapota le sol de la pointe de sa chaussure. Il fronça les sourcils en aspirant une autre bouffée de sa cigarette.

— Qu'y a-t-il, Robert ?

— Je *réfléchis*.

— Ah — Se tournant vers moi, Milo ironisa : Silence pour la méditation.

— Sa tronche, dit enfin le serveur. Je l'ai vue. Pas plus d'une seconde, mais je l'ai vue.

— Il était en colère ?

— Nan. Il lui parlait, c'est tout.

— Et elle ?

— Elle écoutait. Je me suis dit, quand je les ai vus : « Putain, ça rime à rien cette pétasse punk qui cause à Monsieur Classe. »

— Monsieur le Taulard.

— Ouais. Mais il faisait toujours tache dans le paysage. Dans le coin, à cette heure-là on ne voit que des barjots, des branleurs et des nègres. Ou des flics. D'ailleurs au début j'ai cru que c'en était un, de flic. Et puis je me suis dit qu'il ressemblait plutôt à un taulard. Pas grande différence.

— De quoi lui parlait-il ?

— Je pouvais pas entendre, mec ! J'étais trop...

— Il tenait quelque chose à la main ?

— Genre ?

— Genre n'importe quoi.

— Ah, tu veux dire genre un truc pour la tabasser, hein, mec ? Moi j'ai rien vu. Tu penses vraiment que c'est lui qui l'a butée, alors ?

— Comment décrirais-tu son visage ?

— Régulier... Euh... Plutôt carré, dans le genre. Coinçant sa cigarette entre ses lèvres, Gabray mima des deux mains un rectangle. Ouais, une tronche carrée, quoi.
— Couleur de peau ?
— C'était un Blanc.
— Pâle, basané, bronzé ?
— Sais pas, mec. C'était un Blanc, c'est tout.
— Même teint qu'elle ?
— Nan, elle, elle était maquillée, tu sais, avec cette merde blanche qu'elles adorent, là ? Lui il était moins pâle, évidemment. Blanc nature, quoi.
— La couleur des yeux ?
— J'étais trop loin pour voir ça, mec.
— À quelle distance exactement ?
— Je sais pas au juste, un demi-bloc, peut-être.
— Mais tu étais assez proche pour voir ses chaussures ?
— Bon, j'étais peut-être un peu plus près que ça... Ouais, j'ai vu ses pompes. Mais pas la couleur de ses yeux.
— Quelle taille faisait-il ?
— Il était plus grand qu'elle.
— Plus grand que toi ?
— Euh... Peut-être. Mais pas de beaucoup, alors.
— Combien mesures-tu ?
— Un soixante-dix-sept.
— Alors il faisait combien, d'après toi ? Un mètre quatre-vingts ? Un mètre quatre-vingt-cinq ?
— Dans ces eaux-là, ouais.
— Costaud, tu as dit ?
— Ouais, mais pas gros, tu sais.
— Si je savais, je ne poserais pas la question, Robert.
— Costaud, ouais, du genre qui se tient en forme.
— Athlétique ?
— Ouais.
— Tu reconnaîtrais ce type si tu le revoyais ?
— Pourquoi ? — Un autre regard inquiet. — Ça veut dire que vous avez quelqu'un, hein ?
— Non. Tu l'identifierais si tu voyais une photo de lui ?
— Ouais, pas de blème, lâcha Gabray avec une fausse désinvolture. J'ai une bonne mémoire, mec. Tu le mets en ligne avec d'autres gonzes, je te le désigne et on fait affaire ?
— Tu n'essaierais pas de me pigeonner, Robert ?
Gabray sourit et haussa les épaules.
— Nan, mec, juré. Je cherche juste à arranger mes affaires, quoi.

— Alors on va parler affaires tout de suite, dit Milo.

Nous traversâmes le parking, Gabray entre nous, puis une tranchée emplie de gravats et débouchâmes dans la rue. La file d'attente devant le bâtiment n'avait pas beaucoup diminué. Cette fois le videur nous remarqua lorsque nous passâmes près de lui.

— Salut, King Kong de mes deux, jura Gabray à mi-voix.

— Le type avec Dawn Herbert était du même gabarit que James ? interrogea Milo.

Gabray étouffa un rire sec.

— Nan, nan, impossible. James est pas humain. Ils ont dû le trouver dans un zoo.

Milo le poussa en avant sans cesser de le questionner jusqu'à la Seville, mais sans obtenir d'information exploitable.

— Classe, les enjoliveurs, fit Gabray quand nous nous arrêtâmes devant ma voiture. C'est de la récup' de saisie, ou quoi ?

— C'est le fruit d'un dur labeur, Robert. La bonne vieille éthique protestante.

— Moi, mec, je suis catholique. Enfin je l'étais. C'est des conneries de merde, tous ces trucs de religion.

— Ta gueule, Robert, dit Milo d'un ton affable en ouvrant le coffre.

Il en sortit sa mallette, fit monter Gabray à l'avant, côté passager, et s'installa lui-même derrière le volant sans fermer sa portière, pour profiter de la veilleuse. Je restai dehors et le regardai ouvrir l'attaché-case. À l'intérieur se trouvait une petite boîte estampillée IDENTIKIT. Milo montra à Gabray des bandes de plastique transparent sur lesquelles étaient peintes des sections de visage. Le serveur en sélectionna certaines. Quand Milo eut fini de les assembler, il avait constitué un visage de type européen, au menton lourd, à l'expression légèrement ironique. Monsieur Taulard.

Milo contempla le résultat un moment avant de l'assujettir dans les encoches d'une feuille cartonnée. Ensuite, il demanda à Gabray de marquer au feutre jaune certains points sur un plan de quartier. Après quelques questions, il sortit de la Seville, imité par le serveur. Malgré la brise tiède, la chair de poule piquetait ses épaules nues.

— C'est bon, mec ? fit-il.

— Pour le moment, Robert. Je suis sûr que je n'ai pas besoin de te le dire, mais je vais te le dire quand même : ne change pas d'adresse. Que je puisse toujours te joindre.

— Pas de blème, mec, répondit Gabray en s'apprêtant à partir.

Milo lui bloqua le passage en levant un bras à l'horizontale.

— En attendant, Robert, *moi* je vais écrire quelques lettres. Une pour ton officier de probation, pour lui dire que tu bosses ici sans l'en avoir averti. Une autre à M. Fahrizad et ses amis pour les informer que tu les as balancés, ce qui explique pourquoi les pompiers sont venus fermer leur boîte. Et une troisième au fisc pour annoncer que tu touches du liquide depuis une éternité sans l'avoir jamais déclaré.

Le serveur se plia en deux comme s'il était pris d'une crampe soudaine.

— Oh, mec...

— Et bien sûr, je vais rédiger un rapport à destination du procureur à propos de ta petite histoire d'herbe, pour lui expliquer que tu t'es montré très peu coopératif, donc que je ne recommande aucune remise de peine. Vois-tu, Robert, je n'aime pas écrire des lettres. Écrire des lettres me met de très mauvaise humeur. Alors si je dois perdre mon temps à te chercher, je vais être de plus mauvaise humeur encore, et j'irai porter moi-même ces lettres à leurs destinataires. Tu te tiens à carreau, je les déchire. *Comprende ?*

— Eh, mec, t'es *dur*, là ! J'ai été réglo...

— Pas de problème si tu te tiens sage, Robert.

— Ouais... Ouais, j'ai pigé.

— Tu te tiendras bien sage ?

— Ouais, juré, mec. Je peux y aller, maintenant ? J'ai du taff qui m'attend, moi.

— Tu m'as bien compris, Robert ?

— J'ai compris, ouais. Je bouge pas de mon appart et je joue au putain de boy-scout. Pas d'embrouilles, pas de gratte. Pigé. Je peux y aller ?

— Une dernière chose, Robert. Ta petite amie...

— Ouais ? rétorqua Gabray d'un ton hargneux qui le métamorphosa d'un coup en tout autre chose qu'un paumé un peu rogue. Qu'est-ce qu'il y a avec elle ?

— Elle est partie. Elle a quitté votre petit nid d'amour, Robert. Ne pense *même pas* à essayer de la retrouver. Et *surtout* ne pense même pas à lui filer une dérouillée parce qu'elle m'a parlé. Je t'aurais retrouvé, de toute façon. Aucune raison de lui en vouloir, donc, n'est-ce pas ?

Les yeux du serveur s'étaient agrandis.

— Elle est partie ? Bordel de merde, mec, qu'est-ce que tu veux d...

— Elle t'a largué. Elle en avait marre.

— Ah, merde...

— Elle faisait ses bagages quand je suis venu lui parler. Elle avait l'air assez perturbée par ta conception de la vie en couple.

Gabray ne répondit pas.

— Elle en avait marre de prendre des raclées, Robert, précisa Milo.

Gabray laissa tomber sa cigarette et l'écrasa avec une insistance déplaisante.

— Elle *ment*, grinça-t-il. Saloperie de gonzesse...

— C'est elle qui a payé ta caution.

— Elle me devait bien ça ! Et elle me doit encore !

— Laisse tomber, Robert. Pense aux lettres...

Gabray fit un effort visible pour se maîtriser.

— Ouais, pigé, mec. N'importe, je suis cool, comme mec, moi. Je tiens pas à me compliquer la vie.

24

Quand nous fûmes sortis du dédale de ruelles pour retrouver San Pedro, Milo alluma sa lampe-crayon et se concentra sur le portrait-robot dressé grâce à l'Identikit.

— Tu penses qu'on peut croire Gabray ? demandai-je.

— Pas trop, non. Mais dans l'hypothèse hautement improbable qu'un vrai suspect finisse par être repéré, ça pourrait aider.

J'arrêtai la Seville à un feu rouge et jetai un coup d'œil au visage.

— Pas très caractéristique.

— Non.

Je me penchai un peu pour mieux voir.

— Sans la moustache, ça pourrait être Huenengarth.

— Tu trouves ?

— Huenengarth est plus jeune que le type décrit par Gabray, il doit avoir dans les trente-cinq ans, et son visage est un peu plus plein. Mais il a le gabarit et la coupe de cheveux. Et depuis mars il peut très bien s'être laissé pousser la moustache. Même dans le cas contraire elle n'est pas très visible, surtout à une certaine distance. Et tu as dit toi-même que c'était peut-être un ex-taulard.

— Mouais...

Le feu passa au vert et je pris la direction de l'autoroute.

Milo gloussa doucement.

— Quoi ?

— Je réfléchissais. Si j'arrive à trouver le fin mot de l'affaire Herbert, mes ennuis ne feront que commencer. Avoir consulté son dossier, m'être aventuré sur le territoire de la Division Centrale, sans parler de la protection promise à Gabray alors que je n'avais aucune autorisation... Pour le Département, pas de doute, je ne suis pas l'employé modèle...

— Résoudre un homicide n'impressionnerait pas favorablement le Département ?

— Pas autant que de ne jamais faire de vagues. Mais bon,

je crois que j'aurai mes cartes à jouer si on en arrive là. Je ferai un cadeau à Gomez et Wicker : je leur laisserai toute la gloire et même l'espoir de médaille. Gabray morflera peut-être... Mais bon sang, ce n'est pas un innocent. Si ses tuyaux se révèlent corrects, il s'en sortira sans bobo.

Il referma le boîtier de l'Identikit et le posa sur le sol, entre ses pieds.

— Tu m'entends ? grogna-t-il. Voilà que je parle comme un foutu politicien...

Je m'engageai sur la bretelle de raccordement. Toutes les voies étaient libres et l'autoroute ressemblait à un immense tapis d'asphalte rayé.

— Empêcher les méchants de croquer de l'argent sale devrait constituer une satisfaction suffisante, non ? Ce que vous autres appelez *motivation intrinsèque*.

— Certainement, approuvai-je. Si tu fais le bien pour le bien, le Père Noël ne t'oubliera pas.

Nous arrivâmes chez moi peu après trois heures. Il rentra dans sa Porsche et j'allai me glisser entre les draps le plus silencieusement possible. Robin s'éveilla pourtant et tâtonna pour prendre ma main. Doigts croisés, nous naviguâmes vers le sommeil.

Elle était levée et partie avant que j'ouvre un œil. Je trouvai un petit pain fraîchement grillé et un verre de jus d'orange à ma place, sur la table de la cuisine. Je m'en régalai tout en planifiant ma journée.

L'après-midi chez les Jones.

Le matin au téléphone.

Mais celui-ci sonna avant que je ne commence mes coups de fil.

— Alex, dit Lou Cestare, que de questions intéressantes vous m'avez posées ! Vous vous lancez dans l'investissement ?

— Pas encore, non. Comment s'est passée la randonnée ?

— Trop longue. Je pensais que mon gamin se fatiguerait mais il a voulu jouer à Edmund Hillary. Pourquoi ces demandes de renseignement sur Chuck Jones ?

— Il est président du conseil d'administration de l'hôpital où j'ai travaillé. Et il en gère également le portefeuille de placements. Je fais toujours partie du personnel, et j'ai gardé une sorte d'affection pour l'établissement. Tout ne va pas très bien sur le plan financier, et d'après la rumeur, Jones ferait tout pour mettre l'hôpital en faillite afin de le démanteler et de revendre les terrains.

— Ça ne lui ressemble pas du tout.
— Vous le connaissez ?
— Je l'ai rencontré quelquefois, dans des soirées. Bonjour bonsoir, rien de plus. Il ne se souvient certainement pas de moi. Mais je connais sa façon de faire.
— Quelle est-elle ?
— Construire plutôt que détruire. C'est un des meilleurs financiers du pays, Alex. Il ne se soucie pas de ce que les autres font, lui chasse les actions d'entreprises solides au rabais. Il fait de véritables affaires parce qu'il sait flairer les bonnes occasions sur le marché mieux que quiconque.
— Comment procède-t-il ?
— Il a le sens pour deviner la santé réelle d'une entreprise et ses possibilités. Ce qui signifie qu'il n'en reste pas aux rapports trimestriels d'exploitation. Une fois qu'il a repéré des actions sous-évaluées prêtes à monter en flèche, il achète massivement, ensuite il attend pour revendre au meilleur moment. Il a un sens de l'à-propos inégalable.
— Utilise-t-il des renseignements confidentiels aux entreprises ?
Après un court silence, Lou répondit d'un ton amusé :
— Vous parlez déjà d'horreurs, si tôt dans la journée ?
— Donc il le fait ?
— Alex, la spéculation a pris une ampleur hors de proportion. Pour ma part, je n'ai pas encore rencontré quelqu'un qui puisse m'en donner une définition satisfaisante.
— Allons, Lou...
— Pourquoi, vous en avez une ?
— Bien sûr, dis-je. C'est l'utilisation de données non disponibles au grand public dans le but de faire des profits en achetant ou revendant des biens.
— Bon, alors, que pensez-vous d'un investisseur qui invite à un dîner bien arrosé un employé clef dans le but de découvrir si son entreprise est saine ? Quelqu'un qui prend le temps de se plonger dans les détails cachés des opérations de l'entreprise ? Est-ce de la corruption ou de la méticulosité ?
— S'il y a petit cadeau, il y a corruption.
— Quoi, le dîner bien arrosé ? Quelle différence de méthode avec un journaliste qui graisse la patte d'un informateur ? Ou avec un flic encourageant un témoin à déposer en lui offrant un café-croissants pour le détendre, ou bien en lui faisant miroiter la possibilité d'une remise de peine ? Je ne connais aucune loi déclarant illégal un simple repas entre hommes d'affaires. En théorie, tout le monde peut le faire à

condition de le vouloir. *Mais personne ne prend cette peine, Alex.* Là est toute la nuance. Même les prospecteurs professionnels préfèrent se référer aux graphiques et aux courbes de croissance des entreprises. Et beaucoup d'entre eux ne se rendent même pas dans l'entreprise qu'ils analysent.

— Je suppose que ça dépend de ce que l'investisseur potentiel découvre lors du repas bien arrosé.

— Très juste. Si l'employé lui apprend que quelqu'un va faire une offre d'achat sérieuse à telle date, ça s'appelle un délit d'initié et c'est illégal. Mais si ce même employé se contente de dire à l'investisseur que l'entreprise est dans une position financière qui la rend mûre pour une O.P.A., il ne fait que communiquer des informations. La distinction est très subtile, si vous voyez ce que je veux dire. Chuck Jones fait bien son boulot, voilà tout. C'est un acharné.

— Quel est son parcours ?

— Je ne suis même pas sûr qu'il ait fait des études secondaires. En gros, il serait passé de la misère à la richesse. Enfant, je crois qu'il ferrait les chevaux. Vous ne trouvez pas ça émouvant, vous ? Jones a gagné ses galons de financier quand il est sorti du Lundi noir en héros pour avoir revendu ses actions quelques mois auparavant et converti ses avoirs dans les bons du Trésor et l'or. Alors que ses actions *montaient*. Si on l'avait appris à l'époque, on aurait jugé qu'il devenait sénile. Mais quand le marché s'est effondré, Jones a racheté à bas prix et a fait de nouveau fortune.

— Comment se fait-il que personne n'ait su, pour ses actions revendues en pleine hausse ?

— Il a le goût du secret. Toute sa stratégie en dépend. Il achète et vend constamment. Il évite les trop grosses affaires et n'investit jamais dans le domaine de l'informatique, par exemple. Trop imprévisible. Je ne l'ai découvert moi-même que des mois plus tard.

— Comment l'avez-vous découvert ?

— La rumeur. Son calme alors que nous en étions tous à soigner nos blessures.

— Comment a-t-il pu prévoir le krack ?

— La prescience, Alex ! Les meilleurs joueurs possèdent ce don. C'est une combinaison de toutes les données amassées et d'une sorte de sixième sens qui se développe avec l'expérience. À une époque, j'ai cru l'avoir, moi aussi ; heureusement, depuis je me suis calmé. Je m'ennuyais un peu et j'ai eu envie d'y croire. Mais Jones, lui, possède vraiment cette prescience. Je ne dis pas qu'il n'enregistre jamais de pertes. Mais ses gains sont beaucoup plus importants.

— Dans quoi est-il, actuellement ?

— Je ne sais pas. Il est vraiment *très* discret. Il n'investit que pour son propre compte, il n'a donc aucune justification à donner. Mais je doute qu'il soit très attiré par l'immobilier.

— Pourquoi donc ?

— Parce que l'immobilier n'est pas un investissement intéressant. Je ne parle pas pour quelqu'un comme vous qui avez acheté il y a des années et qui ne cherchez qu'un revenu stable. Mais pour Jones et ses pareils, qui chassent le profit rapide, c'est un domaine peu attirant pour l'instant. Moi-même je me suis séparé de mes biens immobiliers pour revenir aux actions. Jones est bien plus malin que moi, il est probable qu'il a fait la même chose bien avant.

— Son fils possède pourtant une grande étendue de terrains dans la Valley.

— Qui a dit que la sagesse était héréditaire ?

— Son fils est professeur dans l'enseignement supérieur. Je doute qu'il ait pu acheter cinquante terrains avec ses seules économies.

— Sans doute avec ses fonds en fidéicommis, je ne sais pas. Mais vous aurez du mal à me convaincre que Chuck s'est remis à l'immobilier sur une échelle aussi grande. L'hôpital est bâti sur les terrains d'Hollywood, c'est bien ça ?

— Plusieurs hectares, oui. Achetés il y a longtemps — l'hôpital a soixante-dix ans d'existence —, donc certainement payés intégralement. Même en période de baisse, une vente constituerait un profit pur.

— Bien sûr, Alex. Mais l'hôpital lui-même, quel intérêt Jones trouverait-il à son démantèlement ?

— Une commission sur la vente.

— Combien d'hectares sont en jeu, et où exactement ?

Je le lui dis et il réfléchit quelques secondes.

— Bon, ça fait entre dix et quinze millions de dollars, disons même vingt puisque tout le terrain est d'un seul tenant. Mais c'est l'estimation extrême, parce qu'il s'agit d'un terrain important qui ne se vendrait peut-être que divisé en parcelles. Et ça risquerait de prendre du temps, à cause des réglementations, des permis à obtenir, sans parler des divers pièges habituels dans ce genre de transaction. Au mieux et sans faire de vagues, Chuck pourrait s'adjuger vingt-cinq pour cent, mais plus probablement dix pour cent. Ce qui ferait entre deux et cinq millions dans sa poche...

Non, je ne vois pas Chuck se donner du mal pour ce genre de somme.

— Et s'il y avait plus que la vente ? S'il n'avait pas pour seul projet de fermer un hôpital mais aussi d'en ouvrir un autre, sur les terrains appartenant à son fils ?

— Il se mettrait d'un seul coup dans le business hospitalier ? J'en doute fort, Alex. Sans vouloir vous vexer, le domaine de la santé n'est pas rentable. Les hôpitaux ont fait la culbute aussi vite que l'immobilier.

— Je sais bien, mais peut-être Jones pense-t-il pouvoir faire de bonnes affaires en profitant à contre-courant de la situation. Vous venez de dire qu'il ne se souciait pas de ce que les autres faisaient.

— Tout est possible, Alex, mais une fois de plus il faudra que vous me le prouviez. D'où vous viennent ces théories, au fait ?

Je lui parlai des commentaires de Plumb dans le journal.

— Ah, l'autre nom sur votre liste... Lui, je n'en avais jamais entendu parler, j'ai donc fait quelques recherches. En gros, ce que j'ai trouvé, c'est l'archétype du cadre aux dents longues : maîtrise de gestion, doctorat, plusieurs postes de direction, l'ascension classique de l'échelle sociale. Il a commencé dans une firme de comptabilité d'ampleur nationale, Smothers & Crimp. Ensuite il est passé au siège social d'une autre entreprise.

— Où donc ?

— Attendez, j'ai noté ça quelque part... Ah, voilà : Plumb, George Haversford. Né en 1934 ; marié à Mary Ann Champlin en 1958 ; deux enfants, bla-bla-bla... Diplôme en 1960, travaille chez Smothers & Crimp de 1960 à 1963 pour finir comme associé. De 1963 à 1965, il est contrôleur chez Hardfast Steel, à Pittsburgh ; contrôleur et directeur de production chez Readilite Manufacturing, à Reading, en Pennsylvanie, de 1965 à 1968 ; il gravit un échelon supplémentaire vers la direction générale chez Baxter Consulting où il reste jusqu'en 1971 ; de 1971 à 1974, il travaille chez Advent Management Specialists, puis il se met à son compte avec le Plumb Group, de 1974 à 1977 ; retourne dans le monde en 1978, une firme nommée Vantage Health Planning où il est directeur général jusqu'en 1981...

— Il a l'air assez instable, non ?

— Pas dans sa partie : changer tous les deux ou trois ans pour placer plus haut la barre à chaque fois, c'est la façon de faire classique de ce genre de personne. Et c'est une des raisons qui m'ont fait abandonner cette voie très tôt. Pour la famille, c'est l'enfer. L'épouse se met à boire, les gamins à pratiquer la délinquance comme un art... Où en étais-je ? Ah oui, donc Vantage Health jusqu'en 1981, ensuite il semble s'être spécialisé dans le médical. Arthur-McLennan Diagnostics pendant trois ans ; Neo-Dyne Biologicals durant le même laps de temps, puis MGS Healthcare Consultants. C'est le job à Pittsburgh sur lequel vous vouliez des renseignements.

— Et qu'avez-vous découvert ?

— Création d'unités hospitalières réduites ou moyennes, spécialisées dans les thérapies de pointe, dans des agglomérations petites ou moyennes des États du Nord. Fondé en 1982 par un groupe de médecins, nationalisé en 1945, ergothérapie, mauvais rendements, reprivatisé l'année suivante, racheté par un syndicat et fermé.

— Pourquoi un syndicat l'a-t-il racheté pour le fermer ensuite ?

— Les raisons possibles sont multiples. Peut-être se sont-ils rendu compte que l'achat de cette firme était une erreur financière, et ils ont voulu limiter les pertes. Ou bien ils voulaient acquérir les ressources de l'entreprise plutôt que l'entreprise elle-même.

— Quelle sorte de ressources ?

— Le matériel, les investissements, le fonds vieillesse. L'autre structure sur laquelle vous m'avez interrogé, la BIO-DAT, était à l'origine une filiale de MGS. La branche s'occupant de l'analyse de données. Avant le rachat, elle avait été revendue à une autre firme, la Northern Holdings de Missoula, dans le Montana, sans changement d'optique commerciale.

— C'est une entreprise publique ?

— Privée.

— Et les autres entreprises pour lesquelles a travaillé Plumb ? Vous en connaissez une, ou plusieurs ?

— Aucune, non.

— Y en a-t-il qui soient publiques ?

— Une seconde, je vais vous dire ça... Il faut que mon vieux PC mouline un peu. Je vais faire une liste. Vous voulez que je remonte au début, jusqu'à Smothers et le reste ?

— Si vous en avez le temps.

— J'en ai à revendre, du temps. Ne quittez pas...

Je l'entendis solliciter frénétiquement son clavier.

— Nous y voilà, fit-il après une petite minute. Je lance la recherche...

Bip.

— Rien pour New York.

Bip.

— Aucune de ces boîtes ne figure sur le fichier Amex non plus.

— Aucune inscription, Alex. Je vérifie dans la liste des holdings privées.

Bip.

— Non plus, dit-il avec une pointe d'irritation dans la voix.

— Vous voulez dire qu'aucune de ces sociétés n'est plus en activité ?

— On dirait, oui.

— Et vous trouvez cela normal ?

— Eh bien, il est vrai que des entreprises font faillite ou ferment tous les jours, mais ce Plumb m'a tout l'air de porter la poisse aux entreprises où il passe.

— Chuck Jones l'a embauché pour diriger l'hôpital, Lou. Tout ça ne vous pousse pas à réviser votre jugement sur ses intentions ?

— Vous pensez qu'il a été nommé pour provoquer la mort de l'établissement ?

— Qu'est-il arrivé aux autres entreprises ayant employé Plumb par le passé ?

— Il serait difficile de le savoir. Toutes étaient des entreprises de petite taille, et si elles étaient privées, on ne trouvera pas trace des actions, et certainement pas grand-chose dans la presse spécialisée.

— Et la presse locale ?

— S'il s'agit d'une entreprise locale avec beaucoup de gens qui ont été mis sur le pavé à sa fermeture, oui, peut-être. Mais je vous souhaite bien du plaisir pour en retrouver des traces...

— Très bien. Je vous remercie, Lou.

— C'est vraiment important, Alex ?

— Je ne le sais pas encore.

— Vous savez, Alex, il me serait beaucoup plus facile de rechercher des renseignements si j'étais tenu au courant...

Après qu'il eut raccroché, j'appelai les renseignements de l'État de Virginie pour obtenir le numéro de l'institut Ferris

Dixon pour la recherche chimique. Une voix féminine agréable répondit :

— Institut Ferris Dixon, bonjour. Que puis-je pour vous ?

— Bonjour, ici le Dr Schweitzer du Western Pediatric Medical Center de Los Angeles. Je suis un des associés du Dr Lawrence Ashmore.

— Une seconde, je vous prie.

Une longue attente meublée par de la musique : le Hollywood Strings dans une version mielleuse du succès de *Police Every Breath You Take*.

— Oui, Dr Schweitzer, dit enfin la même voix suave. Que puis-je pour vous ?

— Votre institut a financé les recherches du Dr Ashmore.

— Oui ?

— Je me demandais si vous saviez qu'il est décédé.

— Oh, c'est terrible, dit-elle sans véritable surprise. Mais je crains que la personne qui pourrait vous aider ne soit pas à l'institut actuellement.

Je n'avais demandé aucune aide, mais je ne relevai pas.

— Et de qui s'agirait-il ?

— Je ne suis pas totalement certaine, docteur. Il faudrait que je vérifie.

— Pourriez-vous le faire, je vous prie ?

— Certainement, mais cela prendra un peu de temps. Si vous voulez bien me donner votre numéro, je vous rappellerai.

— Je vais devoir m'absenter. Si je vous rappelais, plutôt ?

— Certainement, Docteur. Je vous souhaite une bonne...

— Excusez-moi, mais puisque nous discutons, vous pourriez peut-être me donner quelques renseignements sur votre institut. C'est au sujet de mes propres recherches.

— Que désirez-vous savoir, Docteur ?

— Quel genre de projets financez-vous en priorité ?

— C'est une question assez technique, et je crains de ne pouvoir vous renseigner sur ce sujet.

— N'y a-t-il pas une quelconque brochure que vous pourriez m'envoyer ? Une liste des études que vous avez déjà financées, peut-être ?

— Je crains que non. Nous sommes une agence relativement nouvelle.

— Vraiment ? Jeune à quel point ?

— Un moment, je vous prie.

Une autre attente sur fond musical.

— Désolée de vous avoir fait patienter aussi longtemps,

Docteur, dit enfin la voix d'aéroport. Je crains de ne pouvoir prolonger notre conversation, j'ai beaucoup d'autres appels en attente. Pourquoi ne pas rappeler plus tard, avec toutes vos questions ? Je suis sûre que la personne concernée pourra vous aider.

— La personne concernée...

— C'est cela, oui, fit-elle avec un enjouement subit. Bonne journée, Docteur.

Clic.

Je rappelai aussitôt, mais la ligne était occupée. Je demandai à l'opératrice de faire passer ma communication en urgence, et elle me pria d'attendre un instant.

— Je suis désolée, monsieur, mais ce numéro est hors service.

Je restai sans voix, mais en esprit j'entendais encore la voix doucereuse qui m'avait répondu.

Sans accroc... Elle connaissait bien son rôle.

Un mot qu'elle avait employé s'imposa soudain à mon esprit : « Nous sommes une *agence* relativement nouvelle. »

Curieuse façon de définir une fondation privée.

La Virginie... Tout ce qui vient de là-bas sent le gouvernement pour moi... avait dit Milo.

Je recomposai le numéro. Toujours occupé. Je parcourus alors mes notes pour voir quels autres projets avaient été financés par l'institut.

Zimberg. Walter William. Université du Maryland. Baltimore.

Une étude en rapport avec les statistiques dans la recherche scientifique.

L'école de médecine ? Les mathématiques ? Ou la santé publique ?

Je trouvai le numéro de l'Université et le composai. Aucun Zimberg n'était enregistré au département de médecine. Idem au département de mathématiques.

À la Direction des Affaires sanitaires et sociales, une voix mâle me répondit.

— Le professeur Zimberg, je vous prie, demandai-je.

— Zimberg ? Personne de ce nom ici, désolé.

— Excusez-moi, j'ai dû avoir un renseignement erroné. Auriez-vous un tableau de service de l'Université à portée de main ?

— Une minute... J'ai un professeur *Walter* Zimberg, mais il est au département d'économie.

— Pourriez-vous me passer son bureau ?

Un clic, puis une voix de femme :

— Département d'économie.

— Le Professeur Zimberg, je vous prie.

— Ne quittez pas.

Autre clic, puis autre voix féminine :

— Bureau du professeur Zimberg, j'écoute.

— Le Professeur Zimberg, je vous prie.

— J'ai bien peur qu'il ne soit pas en ville, monsieur.

Je tentai une hypothèse :

— Il est parti à Washington, peut-être ?

— Hum... Qui le demande, s'il vous plaît ?

— Le Professeur Schweitzer, un ancien collègue. Est-ce que Wall, je veux dire est-ce que le professeur Zimberg est parti à la convention ?

— Quelle convention, Professeur ?

— Celle de l'Association nationale de biostatistique, au Capital Hilton, non ? J'ai cru comprendre qu'il devait présenter de nouvelles données non paramétriques. L'étude financée par l'institut Ferris Dixon.

— Je... Le Professeur devrait téléphoner d'ici peu. Si vous voulez bien me communiquer votre numéro, je lui demanderai de vous rappeler.

— C'est très aimable de votre part, mais je dois sauter dans un avion dans très peu de temps. C'est pourquoi je n'ai pu me rendre à la convention. Le Professeur n'aurait-il pas rédigé un résumé de son intervention avant de partir ? Quelque chose que je pourrais lire quand je reviendrai ?

— Il faudrait que vous en parliez directement avec lui.

— Quand doit-il être de retour ?

— En fait, le Professeur a pris une année sabbatique.

— Ah bon ? Je n'en avais pas entendu parler... Mais il finira bien par revenir, n'est-ce pas ? Où est-il parti ?

— En différents endroits, Professeur...

— Schweitzer.

— En différents endroits, Pr Schweitzer. Mais comme je vous l'ai dit, il téléphone régulièrement. Si vous me communiquez votre numéro, je lui demanderai de vous rappeler...

Elle répétait presque mot pour mot ce qu'elle m'avait dit une minute plus tôt.

Et ce qu'elle disait était presque mot pour mot ce qu'une autre voix féminine tout aussi agréable m'avait débité *cinq* minutes plus tôt des bureaux de l'Institut Ferris Dixon pour la recherche chimique.

25

Au diable le téléphone.

Je pris la voiture pour me rendre dans des bureaux que je pourrais voir et arpenter.

Une seule place payante était libre près du bâtiment administratif de l'Université. Au bureau des inscriptions, je demandai à une employée indienne en sari couleur pêche de rechercher des informations sur Dawn Kent Herbert.

— Désolé, monsieur, mais nous ne communiquons aucune information de caractère personnel.

Je lui montrai alors ma carte médicale universitaire.

— Je ne veux rien de personnel, lui assurai-je. Simplement savoir dans quel département elle est affectée. C'est en rapport avec un travail universitaire. Vérification de la formation.

Après avoir soigneusement examiné ma carte, l'Indienne me fit répéter ma demande et s'éclipsa un moment.

— Elle est enregistrée comme étudiante de troisième cycle à l'Institut d'hygiène publique, monsieur, annonça-t-elle à son retour. Mais son inscription est périmée.

Je savais que l'Hygiène publique se trouvait dans le bâtiment des sciences de la santé, mais je ne m'y étais encore jamais rendu. Je retournai alimenter en pièces le parcmètre puis me dirigeai vers le sud du campus. Je passai devant le bâtiment de psycho où j'avais appris à entraîner des rats et à écouter différemment, traversai les cours du département des sciences puis pénétrai dans le bâtiment central, près de l'école dentaire.

Le long couloir menant au département de santé publique commençait près de la bibliothèque où j'avais étudié le passé universitaire d'Ashmore. Les murs étaient tapissés de photos de groupe représentant les promotions successives de diplômés. Des médecins frais émoulus aux visages d'adolescents. La foule des blouses blanches que je croisai dans le couloir paraissait tout aussi jeune. Mais à l'approche du département de santé publique, l'ambiance devint beaucoup plus calme. Je franchis les portes de cette section au moment où une femme sortait du bureau principal. Je lui tins poliment la porte.

Un autre couloir, une autre employée coincée dans un espace de travail très réduit. Celle-là était une Noire très jeune aux cheveux défrisés et au sourire qui paraissait sincère. Elle portait un pull vert vif brodé d'un perroquet jaune et rose qui souriait également.

— Bonjour, je suis le Dr Delaware, du Western Pediatric. Une de vos étudiantes a travaillé chez nous un temps, et j'aimerais connaître le nom de son directeur d'études.

— Oh, bien sûr. Quel nom, je vous prie ?

— Dawn Herbert.

Aucune réaction particulière.

— Et le département ?

— Santé publique.

Le sourire s'accentua.

— Vous vous trouvez à l'école de santé publique, Docteur. Nous avons divers départements, chacun avec sa propre faculté.

Elle prit une brochure sur une pile bien nette près de son coude et l'ouvrit à la page de garde pour m'en montrer la table des matières :

DÉPARTEMENT DE L'ÉCOLE

Biostatistique

Sciences générales de la santé

Sciences environnementales de santé

Sciences environnementales et ingénierie

Épidémiologie

Services de santé

D'après les travaux conduits par Ashmore, je proposai biostatistique ou épidémiologie.

Elle ouvrit un classeur et en sortit une chemise bleue à la tranche marquée BIOSTAT.

— Oui, nous y voilà. Elle était inscrite dans le programme de doctorat de biostat, et son directeur d'études était le Dr Yanosh.

— Et où pourrais-je trouver le Dr Yanosh ?

— À l'étage inférieur, bureau B 345. Voulez-vous que j'appelle pour voir si elle est là ?

— S'il vous plaît, oui.

Elle décrocha un téléphone, enfonça une touche.

— Docteur Yanosh ? Bonjour. Ici Merilee. J'ai un médecin d'hôpital qui désirerait vous parler d'une de vos étudiantes... Dawn Herbert... Oh... Oui, bien sûr. Froncement de sourcils. Vous pouvez me redonner votre nom, Docteur, je vous prie ?

— Delaware. Du Western Pediatric Medical Center.

Elle répéta l'information.

— Oui, bien entendu, docteur Yanosh... Docteur Delaware, pourrais-je voir un accréditif, je vous prie ?

De nouveau j'exhibai ma carte universitaire.

— Oui, c'est exact, docteur Yanosh. — Elle épela mon nom. — Très bien, Docteur, je le lui dis.

Elle raccrocha et me regarda :

— Le docteur n'a pas beaucoup de temps, mais elle va vous recevoir.

Elle semblait quelque peu mal à l'aise.

Alors que j'ouvrais la porte, elle me lança :

— Elle a été *assassinée* ?

— Je le crains, en effet.

— C'est vraiment *horrible*.

L'ascenseur se trouvait juste à côté du bureau d'accueil, près d'une salle de lecture plongée dans le noir. Je descendis d'un niveau. La pièce B 345 était à quelques portes sur la gauche. Fermée à clef. Dans la plaque à coulisse était glissé un rectangle de bristol imprimé : ALICE JANOS, Médecine générale.

Je frappai sans hâte. Entre le premier et le second coup, une voix me pria d'attendre un instant.

Claquements de talons aiguilles sur le carrelage. La porte s'ouvrit. Une femme d'une cinquantaine d'années me détailla d'un regard aigu.

— Docteur Delaware ?

Je tendis la main. Elle la serra brusquement et la relâcha aussitôt. Elle était petite, un peu ronde, un peu blonde, la coiffure en boule, le maquillage soigné, sa robe rouge et blanc visiblement taillée sur mesure ; chaussures rouges de la même teinte que le vernis à ongles, bijoux en or. Le visage menu dégageait un certain charme, à sa façon. Jeune, elle avait sans doute eu un beau succès sur le campus.

— Entrez, dit-elle.

Je décelai une pointe d'accent européen. La sœur intello de Zsa Zsa Gabor.

Je pénétrai dans le bureau. Elle laissa la porte ouverte et

me suivit. La pièce était d'une propreté scrupuleuse, meublée avec économie. Il y flottait un parfum d'ambiance discret. Aux murs étaient accrochés des posters d'art dans des cadres chromés, Miró, Albers, Stella, et l'affiche d'une exposition de Gwathmey Siegel au Boston Museum.

Une boîte ouverte de truffes en chocolat était posée sur une table basse ronde en verre. Un micro-ordinateur et une imprimante, tous deux recouverts de housses, occupaient un petit meuble placé perpendiculairement au bureau. Sur l'imprimante, je vis un sac à main rouge, en cuir, de marque à l'évidence. Le bureau était du modèle métallique universitaire standard, personnalisé par une sorte de nappe de satin disposée en diagonale, un sous-main à motif floral et des photos de famille. D'une famille importante. Le mari ressemblait vaguement à Albert Einstein, les cinq enfants, tous adolescents, offraient des visages ouverts et souriants.

Elle s'assit près de la boîte de chocolats et croisa les jambes au niveau des chevilles, qui auraient pu être celles d'une ballerine.

Je m'installai en face d'elle.

— Vous êtes médecin ?

— Psychologue.

— Et quels rapports avez-vous avec Dawn Herbert ?

— On m'a appelé en tant que consultant sur un cas traité à l'hôpital. Dawn a obtenu le dossier médical du frère du patient concerné et elle ne l'a jamais rapporté. Je me suis dit qu'elle l'avait peut-être laissé ici.

— Le nom du patient ?

Devant mon hésitation, elle ajouta :

— J'aurai beaucoup de difficultés à vous donner des réponses satisfaisantes si je ne sais pas ce que je dois rechercher.

— Jones.

— Charles Lyman Jones, quatrième du nom ?

— Vous avez ce dossier ? fis-je sans cacher mon étonnement.

— Non. Mais vous êtes la deuxième personne qui vient le demander. Y aurait-il une question de génétique qui rendrait la chose aussi urgente ? Une étude de la carte génétique, ou quelque chose de ce genre ?

— C'est un cas assez complexe...

Elle décroisa les jambes.

— La première personne désirant ce dossier n'a pas été plus explicite que vous quant à ses motivations, lâcha-t-elle.

— De qui s'agissait-il ?

Un moment elle m'étudia d'un regard indéchiffrable, puis elle se renversa dans le canapé.

— Pardonnez-moi, Docteur, mais j'aimerais voir la pièce d'identité que vous avez montrée à Merilee.

Pour la troisième fois en moins d'une demi-heure je présentai ma carte universitaire, que j'agrémentai de mon tout nouveau badge électronique en couleurs de l'hôpital.

Elle mit des lunettes à montures en or et prit son temps pour examiner les deux. Le badge parut l'intéresser tout particulièrement.

— Votre prédécesseur avait le même, dit-elle en l'agitant comme pour s'éventer. Il a prétendu être responsable de la sécurité de l'hôpital.

— Un dénommé Huenengarth ?

— Exact. Vous semblez tous deux très désireux d'accomplir les mêmes démarches...

— Quand est-il venu vous voir ?

— Jeudi dernier. Le Western Pediatrics est coutumier d'une telle attention envers ses patients ?

— Comme je vous l'ai dit, c'est un cas très complexe.

Elle eut un sourire ironique.

— Sur un plan médical ou plutôt... socioculturel ?

— Désolé, mais je ne peux pas entrer dans ce genre de détails.

— La confidentialité du psychothérapeute, sans doute ?

— En effet.

— Eh bien, je ne peux que respecter cette attitude, docteur Delaware. M. Huenengarth a utilisé une autre formule pour légitimer sa discrétion : « Renseignements confidentiels ». J'ai trouvé que la formule était digne d'un mauvais dialogue de roman d'espionnage, et je le lui ai dit. Il n'a pas apprécié outre mesure. Un individu assez désagréable, au total.

— Lui avez-vous donné le dossier ?

— Non, pour la bonne raison que je ne l'ai pas, Docteur. Dawn n'a laissé derrière elle aucun dossier médical d'aucune sorte. Désolée de vous avoir fourvoyé par omission, mais l'intérêt qu'on lui porte depuis quelque temps m'a poussée à une certaine prudence. Et son assassinat, bien entendu. Quand la police est venue enquêter ici, j'ai fait personnellement l'inventaire de son casier. Je n'y ai trouvé que quelques livres scolaires et les disquettes informatiques contenant ses travaux pour sa thèse.

— Avez-vous consulté ces disquettes ?

— Cette question serait-elle en relation avec votre cas « complexe » ?

— Peut-être.

— Peut-être... Eh bien, vous au moins vous ne vous montrez pas aussi brutal que M. Huenengarth. Il a exercé une pression certaine sur moi pour les obtenir.

Elle ôta ses lunettes, me rendit mon badge et ma carte universitaire, se leva et alla fermer la porte. Une fois réinstallée dans son fauteuil, elle déclara :

— Dawn aurait-elle été impliquée dans quelque chose de...

— Ce n'est pas impossible du tout.

— M. Huenengarth a été beaucoup plus direct que vous, Docteur. Il a affirmé d'entrée que Dawn avait *volé* ce dossier. Et il m'a informé qu'il était de mon devoir que ce dossier soit restitué. Il s'est montré assez... véhément. J'ai dû lui demander de sortir.

— Ce n'est pas vraiment M. Séduction.

— Certes non. Son comportement est digne du KGB. En fait il faisait plus flic que les vrais policiers qui sont venus enquêter sur le meurtre de Dawn. *Eux* n'étaient *vraiment pas* curieux. Ils ont posé quelques questions de routine, et bonsoir. Je ne leur donnerais pas la moyenne. Quelques semaines plus tard, j'ai appelé pour savoir si l'enquête avait progressé, et personne n'a voulu me répondre. J'ai laissé un message avec mes coordonnées, mais en pure perte.

— Quel genre de questions ont-ils posé ?

— Qui elle fréquentait, si on l'avait vue en compagnie d'individus suspects, si elle se droguait. Par malheur je n'ai pu répondre à aucune de ces questions. Même après l'avoir eue pour étudiante pendant quatre années, je ne connaissais pratiquement rien d'elle. Avez-vous jamais participé à des comités de doctorat ?

— À quelques-uns, oui.

— Alors vous comprenez ce que je veux dire. Vous finissez par devenir réellement proche de certains étudiants, mais d'autres vous restent totalement inconnus. Dawn appartenait à la seconde catégorie. Non parce qu'elle n'était pas intéressante. Elle était extrêmement intelligente, du point de vue des mathématiques. C'est la raison principale pour laquelle je l'ai acceptée, malgré mes réserves quant à ses motivations. Je cherche toujours des femmes qui ne sont pas effrayées par les chiffres, et elle possédait un véritable don pour les maths. Mais nous n'avons jamais, comment dire... « accroché » ensemble.

— Comment définiriez-vous ce problème concernant ses motivations ?

— Elle n'en avait aucune. J'ai toujours eu le sentiment qu'elle s'est inscrite en troisième cycle parce que c'était le plus simple pour elle. Elle a voulu entrer à la faculté de médecine et a été refusée. Même après avoir commencé ici, elle a tenté de nouveau de se faire accepter à la fac de médecine. Mais c'était sans espoir parce que ses notes dans toutes les matières non mathématiques étaient mauvaises. Toutefois, ses capacités mathématiques étaient telles que j'ai décidé de l'accepter quand même. Je suis allée jusqu'à appuyer son dossier pour une bourse universitaire supérieure. Mais à l'automne dernier, j'ai dû cesser. C'est à cette époque qu'elle a trouvé cet emploi dans votre hôpital.

— Résultats décevants ?

— Progrès très insuffisants dans l'élaboration de sa thèse. Elle avait terminé son programme avec des notes acceptables, avait soumis une proposition de recherche digne d'intérêt, puis l'avait laissée tomber, en avait soumis une autre, pour l'abandonner également, et ainsi de suite. Finalement elle en a présenté une qui semblait la motiver réellement. Et puis elle a tout arrêté. Elle n'a absolument rien fait. Vous savez comment c'est : sur ce genre de projet, les étudiants se défoncent ou traînent des années durant. J'ai réussi à aider pas mal de ceux qui traînent, et j'ai essayé de faire la même chose pour Dawn. Mais elle a repoussé mes conseils. Elle ne se présentait pas aux rendez-vous que nous avions fixés, trouvait des excuses, affirmait qu'elle se débrouillerait, qu'il lui fallait seulement un peu plus de temps... Je n'ai jamais eu l'impression de posséder la moindre influence sur elle. J'en étais arrivée au point où j'envisageais de la rayer du programme. Et puis elle a été...

Du bout d'un doigt, elle frotta un ongle écarlate.

— Mais je suppose que tout cela n'a plus grande importance, à présent. Voulez-vous un chocolat ?

— Non, merci.

Elle regarda fixement la boîte de truffes, la ferma d'un geste vif.

— Considérez mon petit discours comme une réponse un peu longuette à votre question sur ses disquettes. Mais oui, j'y ai jeté un œil, et je n'y ai rien trouvé de très révélateur. Elle n'avait pas accompli le moindre travail sérieux sur sa thèse. En fait, je n'avais même pas pris la peine de les parcourir avant que l'aimable M. Huenengarth ne vienne rouler des biceps ici. Je les avais mises dans un coin et je les avais oubliées. Je dois dire que sa mort m'avait beaucoup frappée. Et je trouvais assez morbide le simple fait d'examiner le contenu de son casier. Mais il a tant insisté pour que je les lui donne que dès son départ je les ai passées au crible. C'était encore pis que ce que j'avais imaginé. Après tous mes encouragements et toutes mes relances, elle s'était contentée de répéter à l'envi ses hypothèses et une liste de nombres aléatoires.

— Une liste de nombres aléatoires ?

— Pour un échantillonnage aléatoire. Vous connaissez le principe, bien sûr ?

— Oui. Générer une collection de nombres aléatoires par informatique ou une autre technique, puis l'utiliser pour sélectionner des sujets et créer ainsi un échantillonnage général. Si la liste donne cinq, vingt-trois, sept, vous prenez les cinquième, vingt-cinquième et septième personnes de la liste.

— C'est exactement ça. Et la table de Dawn était immense : des milliers de nombres. Des pages et des pages prises sur les fichiers du département. Quelle perte de temps dans l'utilisation d'un ordinateur... Elle n'avait même pas fait le premier pas pour sélectionner un échantillon. Elle n'avait même pas défini sa méthodologie de travail.

— Quel était le sujet de sa recherche ?

— La prédiction de l'incidence du cancer sur la situation géographique. Elle n'était pas allée plus loin. La lecture de ces disquettes était vraiment pathétique, je vous l'assure. Même le peu qu'elle avait rédigé était totalement inacceptable. Aucune organisation, aucune séquence. J'en suis arrivée à me demander si elle ne se droguait pas...

— En avait-elle déjà montré des signes ?

— Je suppose que l'inconstance peut en être un. Et parfois elle semblait particulièrement agitée, presque frénétique. Quand elle essayait de me convaincre — ou de *se* convaincre — qu'elle faisait des progrès. Mais je sais qu'elle ne prenait pas d'amphétamines. Elle a pris beaucoup de poids pendant ces quatre années, au moins vingt kilos. Quand elle était arrivée, c'était plutôt une jolie fille.

— Peut-être prenait-elle de la cocaïne ?

— Ce serait une explication. Mais j'ai vu la même chose survenir à des étudiants qui ne se droguaient absolument pas. Le stress des études peut détraquer n'importe qui, vous savez.

— C'est très vrai.

Elle frotta encore son ongle, jeta un coup d'œil à la photo de famille sur son bureau.

— Quand j'ai appris qu'elle avait été assassinée, ça a quelque peu modifié la perception que j'avais d'elle. Jusqu'alors j'étais absolument furieuse contre elle. Mais en apprenant sa mort, et comment elle avait été retrouvée... Je me suis sentie désolée pour elle. La police m'a dit qu'elle était habillée comme une punk, et je me suis alors rendu compte qu'elle avait une autre vie qu'elle m'avait cachée. C'était simplement une de ces personnes pour qui le monde des idées n'a jamais vraiment d'importance.

— Pensez-vous que son manque de motivation ait pu découler de revenus autres ?

— Oh non, dit-elle aussitôt. Elle était pauvre. Quand je l'ai acceptée, elle m'a presque suppliée de lui obtenir une bourse. Elle m'a affirmé que, sans cette aide, jamais elle ne pourrait s'inscrire.

Je pensai à la façon dont elle avait dilapidé de l'argent face aux Murtaughs. Et à l'automobile flambant neuve dans laquelle elle était morte.

— Et sa famille ?

— Je crois me souvenir qu'elle m'avait touché un mot de sa mère. Une alcoolique. Mais la police a dit qu'ils n'avaient pu localiser personne pour réclamer le corps. En fait, nous avons fait une quête ici pour payer l'enterrement.

— C'est triste.

— Très, oui.

— De quelle région venait-elle ?

— De quelque part dans l'Est. Non, docteur Delaware, elle n'était pas riche. Son manque de motivation avait une autre cause.

— Comment a-t-elle réagi quand elle a appris qu'elle perdait sa bourse ?

— Elle n'a eu *aucune* réaction. Je m'attendais à une explosion de colère, ou à des larmes, quelque chose qui aurait pu permettre de remettre les compteurs à zéro pour que nous puissions repartir sur des bases stables. Mais elle n'a même pas essayé de me contacter, et c'est moi qui ai fini par l'appeler pour lui demander comment elle comptait se débrouiller. C'est alors qu'elle m'a parlé de ce poste à votre hôpital. Elle en a parlé comme de quelque chose de prestigieux. Elle était un peu hautaine, même. Alors que votre M. Huenengarth m'a dit qu'elle ne faisait pas grand-chose de plus que laver les flacons.

Aucun flacon dans le labo d'Ashmore, mais je n'en dis rien.

Elle jeta un coup d'œil à sa montre, puis à son sac à main, et un instant je crus qu'elle allait se lever. Mais elle se contenta de rapprocher son fauteuil du bureau et m'observa un moment sans rien dire. Son regard bleu ciel était très fixe, intense.

— Pourquoi toutes ces questions, Docteur ? demanda-t-elle enfin.

— Je ne peux vraiment pas vous donner de détails à cause du secret médical, répondis-je. Je m'en excuse, je sais que ce n'est pas très correct de ma part...

Elle ne dit rien pendant quelques secondes encore, puis :

— Dawn était une voleuse, Docteur. Ces livres de cours, dans son casier : ils avaient été volés à une autre étudiante. J'ai trouvé d'autres choses, aussi. Un pull qui n'était pas à sa taille. Un stylo-plume en or que j'avais cru avoir égaré. C'est pourquoi je ne serais pas surprise si j'apprenais qu'elle a été effectivement impliquée dans des activités... louches.

— Ce n'est pas impossible.

— Quelque chose qui aurait pu provoquer son assassinat ?

— Peut-être.

— Et quel est votre investissement personnel dans toute cette affaire, Docteur ?

— Le bien-être de ma patiente en dépend peut-être.

— La sœur de Charles Jones ?

J'acquiesçai. J'étais un peu étonné qu'Huenengarth en ait révélé autant.

— Soupçonnerait-on des mauvais traitements à enfant ? dit-elle. Quelque chose que Dawn aurait découvert et dont elle aurait voulu tirer profit ?

Faisant de mon mieux pour dissimuler mon ébahissement, je passai un doigt sur mes lèvres.

Elle eut un sourire bienveillant.

— Non, je ne suis pas Sherlock Holmes, docteur Delaware. Mais la visite de M. Huenengarth a éveillé ma curiosité. Surtout à cause de son attitude excessive. J'étudie les systèmes de santé depuis trop longtemps pour croire qu'on puisse se donner autant de mal pour un patient. J'ai demandé à mon mari de faire quelques recherches à propos du fils Jones. Il est spécialiste en chirurgie vasculaire, de sorte qu'il a conservé de menus privilèges au Western Peds, bien qu'il n'y ait pas opéré depuis des années. Je sais donc qui sont les Jones ainsi que le rôle du grand-père dans les bouleversements qui affectent actuellement l'établissement. Je sais également que le premier enfant est mort du syndrome de la mort subite du nourrisson et que le second est très souvent admis aux Urgences. Les rumeurs vont vite et loin. Reliez ces faits au vol par Dawn du dossier du garçon, à sa pauvreté extrême et à son attitude presque cavalière envers l'argent, ajoutez deux visites séparées de professionnels qui recherchent chacun de leur côté à récupérer ce dossier, et les conclusions ne nécessitent pas de grandes capacités de détective...

— Je n'en suis pas moins impressionné.

— Vous et M. Huenengarth travaillez en adversaires ?

— Nous ne travaillons pas ensemble.

— De quel côté êtes-vous ?

— Celui de l'enfant.

— Et qui vous paie ?

— Officiellement, la famille.

— Vous ne subodorez pas un conflit d'intérêts ?

— Si tel est le cas, je ne présenterai pas de note de frais.

Elle m'étudia un très long moment.

— J'ai l'impression que vous dites la vérité. Maintenant, dites-moi : la possession de ces disquettes me fait-elle courir un quelconque danger ?

— J'en doute, mais ce n'est malheureusement pas une hypothèse à écarter.

— Voilà une réponse qui n'est pas très rassurante.

— Je ne tiens pas à vous mentir.

— Et je l'apprécie. J'ai survécu aux tanks russes à Budapest en 1956, et depuis j'ai continué à entretenir mon instinct de survie. Quelle importance pensez-vous que ces disquettes puissent receler ?

— Elles pourraient contenir certaines données codées, dis-je, noyées dans la liste de nombres aléatoires.

— Je dois avouer que j'ai pensé la même chose. Il n'y avait aucune raison valable pour qu'elle ait généré cette table à un stade aussi primaire de son travail. En conséquence je l'ai étudiée un peu, je l'ai soumise à quelques programmes de base, mais aucun algorithme révélateur n'en est ressorti. Avez-vous quelques connaissances en cryptographie ?

— Aucune, je dois l'avouer.

— Moi non plus, bien qu'il existe des programmes de décodage assez poussés, ce qui peut éviter d'être expert en la matière. Quoi qu'il en soit, pourquoi ne pas y jeter un coup d'œil maintenant, pour voir si nos sagacités réunies peuvent produire quelque étincelle ? Ensuite, je vous confierai les disquettes et j'en serai définitivement débarrassée. Mais j'enverrai également une lettre à Huenengarth et à la police, ainsi qu'un carbone à mon directeur universitaire pour y expliquer que je vous ai confié les disquettes et qu'elles n'ont pour moi aucun intérêt.

— Pourquoi pas uniquement à la police ? Je peux vous donner le nom d'un inspecteur.

— Non.

Elle se leva, prit son sac à main sur l'imprimante et l'ouvrit. Elle en sortit une petite clef qu'elle inséra dans la serrure du tiroir supérieur de son bureau.

— D'habitude je ne le ferme pas à clef, dit-elle. Mais ce gorille m'a rappelé de mauvais souvenirs de Hongrie.

Elle ouvrit le tiroir et fouilla du regard son contenu une seconde, se rembrunit, glissa sa main à l'intérieur, la ressortit vide.

— Disparues, annonça-t-elle en me regardant. Comme c'est intéressant...

26

Nous montâmes tous deux dans les bureaux du département et Janos demanda à Merilee de lui apporter le dossier d'études de Dawn Herbert. Elle n'obtint qu'une fiche de douze centimètres sur vingt.

— C'est tout ? fit-elle avec une moue de dépit.

— Nous recyclons toute la vieille paperasserie maintenant, docteur Janos, vous vous souvenez ?

— Ah, oui. C'est très politiquement correct...

Nous lûmes la carte : elle était barrée en sa partie supérieure d'un RADIÉ(E) rouge appliqué au tampon. En dessous, quatre lignes :

HERBERT, D.K. Prog : Doct. d'Ét. biostat.
née le : 13/12/63
à : Poughkeepsie. Ét. de New York.
licence Math, Poughkeepsie Coll.

— C'est peu, fis-je.

Janos eut un sourire froid et rendit la fiche à Merilee.

— J'ai une réunion, docteur Delaware, si vous voulez bien m'excuser.

Et elle sortit du bureau.

Merilee resta un instant plantée là, bristol en main, avec l'air gêné de quelqu'un qui vient d'assister à une dispute entre époux.

— Eh bien, bonne journée, dit-elle enfin avant de tourner les talons.

Assis dans la Seville, j'essayai de défaire les nœuds que les Jones avaient créés dans ma tête.

Papy Chuck nourrissait des intentions nébuleuses concernant l'hôpital.

Chip, Cindy ou les deux faisaient quelque chose à leurs enfants.

Ashmore, Herbert ou les deux avaient appris quelque

chose sur ce qui se passait. Les données rassemblées par Ashmore avaient été confisquées par Huenengarth, et Herbert avait probablement été assassinée par un homme ressemblant assez à Huenengarth.

Le scénario du chantage s'imposait, même pour une observatrice aussi peu intéressée que le Dr Janos.

Mais si Ashmore et Herbert avaient manigancé quelque chose ensemble, pourquoi Herbert était-elle morte la première ?

Et pourquoi Huenengarth avait-il attendu si longtemps après son décès pour rechercher ses disquettes en s'appropriant les ordinateurs d'Ashmore un jour après l'assassinat du toxicologue ?

À moins qu'il n'ait appris l'existence des disquettes d'Herbert qu'*après* avoir épluché celles d'Ashmore.

Je réfléchis à cette hypothèse un bon moment et l'affinai en prenant l'ordre chronologique pour fil conducteur:

Herbert aurait été la première à soupçonner une relation entre le décès de Chad Jones et les problèmes de Cassie. L'étudiante poussant son professeur parce que son professeur ne s'intéressait pas du tout à la chose auparavant.

Elle avait donc subtilisé le dossier de Chad, et avait vu ses soupçons confirmés. Alors elle avait enregistré sa découverte — en la codant en une suite de chiffres sans signification apparente — dans l'ordinateur de l'Université, puis elle en avait fait une copie sur une disquette qu'elle avait rangée dans son casier d'étudiante. Ensuite seulement elle avait mis la pression sur la famille Jones.

Mais pas avant d'avoir fait une copie et de l'avoir transférée dans un des ordinateurs d'Ashmore, et *à son insu*.

Deux mois après la mort d'Herbert, Ashmore avait trouvé le fichier et voulu l'utiliser.

Attiré par l'appât du gain, malgré sa bourse de près d'un million de dollars ?

Je songeai aux fonds que lui avait alloués l'institut Ferris Dixon. La somme était bien supérieure à ce qu'Ashmore aurait pu raisonnablement demander pour ses recherches. Pourquoi une entreprise de chimie avait-elle dispensé de telles largesses à un homme qui critiquait les entreprises de chimie ? Une fondation que personne ne semblait vraiment connaître, supposée dédiée à la recherche dans le domaine des sciences de la vie, mais dont le seul autre bénéficiaire était un *économiste*.

L'insaisissable Pr Zimberg... protégé par des secrétaires

au discours lénifiant, à son bureau comme à l'institut Ferris Dixon.

Un jeu bien complexe...

Une valse.

Et si Ashmore et Herbert avaient œuvré chacun de leur côté ? Lui, faisant pression sur Chuck Jones parce qu'il avait découvert ses magouilles financières, elle, essayant de faire chanter Chip et Cindy sur leur infanticide secret.

Deux maîtres chanteurs dans le même labo ?

J'envisageai cette possibilité un moment.

L'argent et la mort, les dollars et la science.

Mais je n'arrivais pas à faire cadrer le tout.

Avec un petit *clic*, la partie rouge du parcmètre devint visible. Ma montre indiquait midi dépassé de quelques minutes. Encore deux heures avant mon rendez-vous avec Cassie et maman.

En attendant, pourquoi ne pas rendre une petite visite à papa ?

D'un téléphone public situé dans le hall du bâtiment administratif j'appelai le West Valley Community College pour qu'on m'indique le chemin.

Un trajet de trois quarts d'heure, à condition que la circulation soit fluide. Je quittai le campus en direction du nord, puis tournai vers l'ouest sur Sunset pour arriver à la 405. À l'échangeur j'empruntai Ventura Freeway qui m'amena à l'extrémité ouest de la Valley. Là je pris Topanga Canyon Boulevard.

Je traversai une zone commerçante composée de places bordées de boutiques prétendant que la consommation battait toujours son plein, d'autres plus délabrées qui n'y croyaient plus.

Au-dessus de Nordhoff, l'ambiance devenait franchement résidentielle et je longeai des alignements de petits appartements et d'immeubles en copropriété. Quelques bouquets de citrus et des fermettes vendant leurs produits avaient résisté à l'urbanisation à outrance. Les odeurs d'engrais, d'essence et de feuilles de citronniers se mêlaient sans parvenir à totalement masquer celle, entêtante, de la pollution.

Je voulus me diriger vers Santa Susanna Pass mais la route était bloquée sans raison apparente. Je continuai donc jusqu'à l'extrémité de Topanga où un ensemble de ponts autoroutiers semblait buter contre les montagnes. Sur ma droite je vis un groupe de jeunes femmes à cheval. Certaines portaient des tenues de chasse à courre, et toutes paraissaient très satisfaites d'elles-mêmes.

Je repérai la bretelle d'accès à la 118 de justesse et roulai plein ouest sur quelques kilomètres avant de prendre une sortie visiblement récente indiquée par le panneau COLLEGE ROAD. Le West Valley Community College se trouvait à moins d'un kilomètre, et c'était la seule construction dans le paysage.

Rien à voir avec le campus d'où je venais. Celui-là était annoncé par un immense parking presque désert. Au-delà, une série de préfabriqués de plain-pied et des caravanes étaient éparpillés sans beaucoup d'harmonie sur une vaste surface poussiéreuse cimentée en partie seulement. Les aménagements paysagers étaient timides par endroits, ratés ailleurs. Quelques étudiants suivaient les rubans cimentés des allées.

Je sortis de voiture et me dirigeai vers la caravane la plus proche. Le soleil écrasait à la verticale la Valley et je dus plisser les yeux pour éviter l'éblouissement. La plupart des étudiants marchaient seuls. L'air surchauffé ne charriait que de très rares conversations.

Après quelques essais infructueux j'abordai quelqu'un qui put m'indiquer où trouver le département de sociologie. Bâtiments 3A jusqu'à 3F.

Les services administratifs se trouvaient dans le 3A. La secrétaire, blonde et mince, semblait avoir terminé ses études la veille. Quand je lui demandai où se trouvait le bureau du professeur Jones, elle parut se renfrogner mais me répondit pourtant :

— Deux bâtiments plus loin, le 3C.

Le sol battu séparait les structures préfabriquées. Il était si sec qu'il ne portait aucune trace de pas. On était bien loin des établissements huppés de l'Ivy League. Le bureau de Chip Jones était l'une des six pièces constituant le petit bâtiment de stuc rose. Sa porte était verrouillée, et un simple bristol spécifiait ses horaires de présence, avec ce commentaire :

LES PREMIERS ARRIVÉS SONT TOUJOURS
LES PREMIERS SERVIS

Les autres portes étaient closes, elles aussi. Je retournai au secrétariat et demandai à ma blonde interlocutrice si le Pr Jones se trouvait actuellement sur le campus. Elle consulta son planning.

— Oui, il donne un cours de socio en 5J.

— Quand termine-t-il ?

— Dans une heure. C'est un cours de deux heures, de midi à deux.

— Y a-t-il une pause au milieu ?

— Je ne sais pas.

Elle me tourna le dos et je dus insister poliment pour qu'elle daigne indiquer la direction pour rejoindre le bâtiment 5J.

C'était l'un des trois préfabriqués occupant l'angle ouest du campus, près d'un ravin abrupt.

Malgré la chaleur, Chip Jones faisait son cours dehors, assis face à une dizaine d'élèves sur une des rares zones herbues du lieu, sous l'ombre imparfaite d'un jeune chêne. Je comptai onze étudiants, dont deux garçons seulement, assis en retrait tandis que les jeunes filles faisaient cercle autour de Chip.

Je m'immobilisai à une trentaine de mètres.

Jones était à demi tourné et gesticulait avec emphase. Il portait un polo blanc et un jeans. En dépit de sa position, il parvenait à mimer avec beaucoup de talent son message. Tandis qu'il oscillait d'un côté et de l'autre, les têtes des étudiants suivaient ses gestes et les chevelures féminines ondulaient à l'unisson.

Soudain je me rendis compte que je n'avais rien à lui dire — en fait, je n'avais aucune raison pour expliquer ma présence — et fis demi-tour pour retourner à la voiture.

J'entendis alors un cri et jetai un coup d'œil par-dessus mon épaule. Il m'avait vu et me faisait signe.

Il dit quelques mots à sa classe et courut jusqu'à moi d'un trot de sportif. De près, j'eus l'impression qu'il était effrayé.

— Je pensais bien que c'était vous, dit-il. Tout va bien ?

— Tout va bien. Je ne voulais pas vous inquiéter. Je voulais juste passer ici avant de me rendre chez vous.

— Oh... bien sûr, fit-il en soufflant longuement. Eh bien, vous me rassurez. Dommage que vous n'ayez pas prévenu de votre visite, j'aurais pu aménager une pause pour que nous bavardions un peu. Là je donne un cours jusqu'à deux heures. Si vous voulez, vous pouvez venir vous asseoir avec nous, mais j'imagine que vous n'avez pas trop envie d'entendre la définition de la structure des organisations. Ensuite j'ai une réunion de profs, et puis une autre classe.

— Une journée chargée, on dirait.

— Pour moi c'est une journée habituelle, fit-il avec un

sourire aussitôt disparu. En fait, c'est Cindy qui a les journées les plus dures. Moi, je peux m'échapper.

Il lissa sa barbe d'une main paresseuse. Aujourd'hui sa boucle d'oreille était un simple petit saphir qu'enflammait le soleil. Ses bras nus étaient secs, bronzés, sans poils.

— Vous vouliez me parler de quelque chose en particulier ? Je peux quand même arrêter quelques minutes.

— Non, rien de spécial.

Je balayai le campus d'un regard circulaire.

— Oui, ce n'est pas tout à fait Yale, dit-il comme s'il lisait mes pensées. Je n'arrête pas de leur répéter que quelques arbres de plus seraient bienvenus. Mais j'aime assez ce genre de défi, créer à partir du désert. Toute cette zone est la future nouvelle implantation dans le bassin de L.A. Revenez dans quelques années, ce sera une véritable fourmilière.

— Malgré la crise immobilière ?

Il prit une expression maussade, tirailla sa barbe une seconde puis répondit :

— Oui, je le crois. La population ne peut aller que dans un sens. — Un autre sourire fugitif. — Enfin, c'est ce que m'affirment mes amis démographes.

Il se tourna vers les étudiants qui nous observaient et leva une main pour leur faire comprendre de patienter.

— Savez-vous comment vous rendre chez nous, à partir d'ici ?

— En gros, oui.

— Alors je vais vous donner le meilleur chemin à suivre. Reprenez l'autoroute — la 118 — jusqu'à la septième sortie. Ensuite vous ne pourrez pas vous tromper.

— Parfait. Je ne vais pas vous retenir plus longtemps...

Il posa un regard absent sur moi.

— Merci, dit-il platement avant de jeter un autre coup d'œil derrière lui. C'est ce qui me tient, en ce moment, ce qui me donne une illusion de liberté. Je suis sûr que vous comprenez ce que je veux dire.

— Absolument.

— Eh bien, je crois que je ferais bien d'y retourner. Dites bonjour à mes deux amours pour moi !

27

J'estimai le trajet jusque chez les Jones à une cinquantaine de minutes, ce qui me laissait trois quarts d'heure de libre avant mon rendez-vous avec Cassie, à deux heures et demie.

Me rappelant les réticences de Cindy à ma venue plus tôt, je décidai d'aller directement chez eux. Et sans attendre. Pour changer un peu, j'allais faire les choses à *ma* façon.

Chaque sortie de la 118 rythmait ma progression dans l'isolation des montagnes que cinq années de sécheresse avaient dramatiquement déforestées. La septième était marquée d'un panneau WESTVIEW et m'entraîna dans des courbes douces sur une route récente qui s'élargit très vite à deux voies. De hauts poteaux en métal la ponctuaient tous les vingt mètres. Un tracteur jaune était garé à un embranchement, mais je ne vis aucun autre véhicule. Le flanc des montagnes et le ciel bleu constituaient l'intégralité du paysage. Les poteaux défilaient comme des barreaux de prison.

La route se terminait par une esplanade en brique de vingt mètres sur vingt, ombragée par des oliviers, devant un haut portail métallique grand ouvert. Près de cette entrée, sur la gauche, une pancarte de belle taille annonçait WESTVIEW ESTATES en grandes majuscules rouges. En dessous, dans des tons pastel, un artiste avait ébauché un ensemble de maisons sur fond de montagnes décliné dans des verts rafraîchissants.

Je manœuvrai la Seville pour l'approcher du panneau où je pus lire un calendrier rédigé en un lettrage plutôt confidentiel. Il résumait six phases de construction, chacune concernant « vingt à cent des lots à la vente, de 1/2 à 5 acres de superficie ». D'après les dates, trois phases avaient été achevées. En jetant un œil au-delà des grilles, j'aperçus quelques rares toits disséminés dans un océan brun. Le commentaire de Chip sur l'augmentation de la population locale, quelques minutes plus tôt, prenait des allures de vœu pieux...

Je passai devant un poste de gardien inoccupé, aux fenêtres encore marquées d'X en papier collant, pour déboucher dans un parking totalement vide frangé de gazanias jaunes. La sortie opposée donnait sur une large artère baptisée Sequoïa Lane, dont les trottoirs semblaient si récents qu'on les aurait crus blanchis à la chaux.

Le côté gauche de la rue n'était qu'une étendue livrée à la vigne vierge. Après une distance correspondant à un demi-pâté de maisons, sur la droite, les premières constructions apparurent : quatre maisons d'une architecture audacieuse, avec beaucoup d'ouvertures, de baies vitrées et de fenêtres. L'ensemble était très réussi, mais à l'évidence il s'agissait de logements témoins.

Imitations d'une bâtisse de style Tudor, d'une hacienda, d'une demeure Régence, d'un ranch — très idéalisé — du Montana, toutes précédées d'une pelouse bordée de cactées et de massifs de gazanias. Le coin d'un court de tennis dépassait derrière la fausse maison Tudor, et j'entrevis le reflet bleu paon de piscines derrière les autres constructions. Sur la porte principale de chacune, un écriteau avouait **MAISON TÉMOIN**. Les heures de visite étaient indiquées sur un petit panneau fiché au centre de la pelouse, devant la résidence Régence, ainsi que le numéro de téléphone d'une agence immobilière sise à Agoura. D'autres fanions rouges. Les quatre portes d'entrée étaient closes, et toutes les fenêtres sombres.

Je poursuivis mon exploration tout en cherchant Dunbar Court. Les rues transversales portaient toutes le nom de « Court » : de larges allées se terminant en cul-de-sac. Je vis très peu de véhicules garés sur les trottoirs ou devant les propriétés. Ici une bicyclette était couchée en plein milieu d'une pelouse anémique, là un tuyau d'arrosage serpentait sur le gazon, tel un reptile endormi. Mais je ne repérai aucune présence humaine. Une brise momentanée apporta quelques sons, mais sans alléger la chape de plomb de la chaleur.

Dunbar était le sixième « Court ». La demeure des Jones se trouvait à l'entrée de l'impasse. C'était un vaste ranch de plain-pied, en stuc blanc et brique patinée. Au centre de la pelouse, une roue de chariot était appuyée contre un bouleau trop maigre pour la supporter. Une plate-bande fleurie courait le long de la façade. Les vitres luisaient sous le soleil. Derrière la maison, la masse des montagnes lui donnait l'allure d'une construction d'enfant. L'air sentait l'herbe fraîchement coupée et le pollen.

Un van Plymouth Voyager était garé dans l'allée, et une camionnette à plateau marron tournait au ralenti dans celle de l'habitation voisine, l'arrière surchargé de tuyaux, de filets, de grillages et de bidons en plastique de tailles diverses. Sur la portière, je lus SERVICE D'ENTRETIEN DES PISCINES DE VALLEYBRITE. Alors que je me rangeais le long du trottoir, la camionnette sortit dans la rue en marche arrière. Le chauffeur me vit et freina sec. Je lui fis un signe de salut. C'était un homme jeune, torse nu, aux cheveux longs serrés en queue de cheval. Il passa la tête par la vitre baissée et m'observa une seconde. Soudain il sourit, sortit un bras bronzé et m'adressa un signe amical, poing fermé et pouce dressé. Il termina sa marche arrière, exécuta un quart de tour dans la rue et lança son véhicule vers l'artère principale.

Je marchai jusqu'à la porte. Cindy l'ouvrit avant que je l'aie atteinte. Elle repoussa les mèches qui tombaient sur son visage et consulta sa Swatch.

— Bonjour, lança-t-elle.

Sa voix était heurtée, comme si elle avait couru.

— Bonjour, dis-je avec un sourire de convenance. La circulation était plus fluide que je ne l'avais prévu...

— Oh... Oui, bien sûr. Entrez donc.

Elle ne s'était pas fait de natte, mais ses cheveux gardaient le mouvement en arrière. Elle portait un T-shirt noir et un short blanc très court. Je jugeai ses jambes, pourtant pâles et minces à la limite de la maigreur, plutôt agréables à regarder. Ses pieds nus étaient petits, bien faits. Le T-shirt sans manches révélait une partie de l'épaule, et descendait à peine à la taille. Tandis qu'elle ouvrait la porte d'une main, l'autre bras vint entourer son torse dans un geste embarrassé. Elle devait me montrer plus d'elle-même qu'elle ne l'aurait voulu, supposai-je.

J'entrai et elle referma la porte derrière moi en prenant soin de ne pas la faire claquer. D'une longueur modeste, le vestibule était tendu d'un papier peint bleu sarcelle et décoré d'une douzaine de photos encadrées. Cindy et Chip et Cassie, dans des poses candides, et deux clichés d'un joli bébé brun.

Un garçon, qui souriait. Je me détournai de ces photos et m'intéressai à un agrandissement montrant Cindy en compagnie d'une femme plus âgée. Cindy paraissait avoir dix-huit ans. Vêtue d'un caraco blanc et de jeans moulants aux jambes enfoncées dans des bottes également blanches, les cheveux frisés auréolant son visage. La femme semblait taillée dans le cuir le plus dur, mince mais large de hanches, vêtue d'un chemisier tissé sans manches, rayé rouge et blanc, d'un pantalon blanc à pli et de chaussures basses assorties. La coupe presque masculine de la chevelure gris sombre accentuait la sévérité d'une bouche aux lèvres inexistantes. Elle et Cindy portaient des lunettes de soleil, et toutes deux souriaient. Mais le sourire de la femme signifiait « on ne plaisante pas ». Des mâts de bateaux et un arrière-plan d'eau bleu-vert servaient de décor au cliché.

— C'est ma tante Harriet, dit Cindy.

Je me souvins alors qu'elle avait grandi à Ventura.

— Où est-ce, Oxnard Harbor ? hasardai-je.

— Non, Channel Islands. Nous y allions souvent déjeuner, lors de ses jours de congé... — Un autre coup d'œil à sa montre. — Cassie dort encore. Elle fait sa sieste à ce moment de la journée.

— Elle a vite repris ses habitudes, dis-je en souriant. C'est une bonne chose.

— Cass est une enfant adorable... Elle ne devrait pas tarder à se réveiller.

De nouveau, cette tension dans la voix.

— Je peux vous offrir quelque chose à boire ? dit-elle en s'écartant lentement du mur et des photos. Il y a du thé glacé au frigo, si vous aimez.

— Ce sera parfait.

Je la suivis dans un salon spacieux, dont trois murs sur quatre étaient occupés par des étagères en acajou chargées de livres reliés. Les canapés de cuir rouge sombre et les fauteuils club paraissaient neufs. Un carré de tissu afghan dans les tons marron couvrait l'un d'eux. Deux fenêtres aux rideaux tirés aéraient un peu le dernier mur dont le papier à motifs fondus noir et vert assombrissait encore l'ambiance et lui donnait un air indiscutable de cercle masculin.

Une preuve de la domination de Chip dans la décoration ? Ou une certaine indifférence pour ce domaine de la part de Cindy ? Je la laissai prendre quelques pas d'avance pour l'observer. Ses pieds nus s'enfonçaient dans l'épaisse moquette brune. Une marque verte, sans doute d'herbe, marquait la fesse gauche de son short. Elle marchait d'un pas un peu raide, les bras pressés contre le corps.

Nous passâmes dans une salle à manger au papier peint marron clair à dessins géométriques minuscules, et pénétrâmes dans la cuisine, toute de chêne et de carrelage blanc, presque trop grande pour la pauvre table ronde et les quatre chaises assorties. Je ne décelai pas la moindre tache. Les portes vitrées des placards dévoilaient des services de verres disposés par tailles et de la vaisselle proprement rangée. Rien sur l'égouttoir. Rien sur le plan de travail.

Au-dessus de l'évier immaculé, l'appui d'une fenêtre placée haut dans le mur avait été transformé en mini-serre où s'alignaient des pots en terre contenant des fleurs d'été et des herbes aromatiques. Sur la gauche, une fenêtre plus grande ouvrait sur le jardin à l'arrière de la maison. J'aperçus un patio dallé, un bassin couvert de toile plastique entouré d'une grille basse en fer forgé. Puis une longue bande de gazon parfaitement entretenu, interrompue seulement par une aire de jeu sur un plancher en bois devant un mur en parpaings de deux mètres de haut. Au-delà, les montagnes omniprésentes me semblèrent aussi irréelles qu'une peinture en trompe l'œil. Étaient-elles distantes de plusieurs kilomètres, ou de quelques mètres ? Mon sens de la perspective ne parvenait pas à me l'indiquer. La pelouse se mit à ressembler à une voie verte pour l'éternité.

— Je vous en prie, dit Cindy, asseyez-vous.

Elle plaça un set de table devant moi et déposa en son centre un verre empli de thé glacé.

— C'est un mélange. J'espère que ça vous plaira.

Sans me laisser le temps de répondre, elle retourna devant le réfrigérateur et en toucha la porte.

Je bus deux gorgées.

— Fameux, assurai-je.

Elle prit un torchon et se mit à essuyer le plan de travail carrelé qui n'en avait nul besoin. Elle évitait mon regard.

J'avalai une autre gorgée, attendis qu'elle se retourne enfin pour tenter un autre sourire.

Celui qu'elle me renvoya n'était qu'un rictus mécanique et je crus déceler un début de rougeur à ses joues. Elle tira sur le bas de son T-shirt et garda les jambes serrées en repassant un coup de torchon au même endroit. Puis elle rinça le carré de toile, l'essora et le replia avec soin. Elle le garda dans ses deux mains, l'air de ne savoir qu'en faire.

— Eh bien... souffla-t-elle.

Je me tournai vers la fenêtre et les montagnes.

— Belle journée.

Elle acquiesça, détourna vivement la tête et plaça le torchon sur le col du robinet. Puis elle arracha une feuille de papier essuie-tout au dévideur en bois fixé au mur et se mit à astiquer la robinetterie. Ses mains étaient humides. Un petit numéro à la Macbeth ou simplement sa manière personnelle de dissiper la tension intérieure ?

Je l'observai sans bouger une pleine minute. Soudain, elle baissa les yeux et je suivis leur cible. Les mamelons de ses seins qui pointaient nettement sous le fin tissu noir du T-shirt. Petits, mais durcis.

Quand elle releva la tête, je regardai ailleurs.

— Elle devrait se lever bientôt, dit-elle. Elle dort rarement plus d'une heure ou deux, dans la journée.

— Désolé d'être arrivé si tôt.

— Oh non, ce n'est pas un problème. Je ne faisais rien de précis, de toute façon.

Elle fourbit une nouvelle fois le robinet, froissa la feuille d'essuie-tout et la jeta dans une poubelle sous l'évier.

— Pendant que nous l'attendons, dis-je, avez-vous des questions sur le développement de Cassie ? Ou un autre sujet ?

— Euh... Pas vraiment. — Elle se mordit la lèvre, fit luire un peu plus le robinet providentiel. — J'aimerais seulement que... que quelqu'un puisse me dire ce qu'elle a. Mais je sais bien que ce n'est pas votre partie.

J'approuvai de la tête, mais elle regardait la fenêtre soulignée de pots et ne le vit pas.

Soudain elle se pencha sur l'évier, se hissa sur la pointe des pieds et replaça une plante, manœuvre d'une urgente nécessité. Elle me tournait le dos et le mouvement releva le T-shirt, découvrant quelques centimètres de son dos nu, au niveau des reins. L'étirement soulevait ses chevilles et durcissait ses cuisses. Sa chevelure oscillait entre ses épaules comme une véritable queue de cheval. Elle replaça le pot, força encore la pose pour aligner son voisin et n'y tint plus. Ses doigts effleurèrent le pot qui tomba. Il heurta l'angle de l'évier et se brisa. Les débris de terre cuite, de plante et de terre s'éparpillèrent sur le sol.

En un éclair elle était accroupie et rassemblait le tout des deux paumes. La terre salissait ses mains et son short. Je me levai pour l'aider mais n'en eus pas le temps. Déjà elle avait bondi sur ses pieds, foncé pour ouvrir la porte étroite d'un placard et pris un balai. Elle fit un tas de la terre et des éclats de pot avec des gestes courts et rageurs. Je déchirai une feuille de papier essuie-tout et la lui tendis quand elle eut fini.

Son visage s'était coloré et des larmes brillaient dans ses

yeux. Elle prit le papier sans me regarder, s'en frotta les mains et déclara :

— Excusez-moi, il faut que j'aille me changer.

Elle sortit de la cuisine par une autre porte. Pendant ce répit, je fis le tour de la pièce et ouvris placards et tiroirs. C'était un peu ridicule. Rien de plus menaçant que des ustensiles de cuisine et de la nourriture en boîte ou en conserve, évidemment. Je jetai un œil par la porte qu'elle avait laissée ouverte et découvris un petit cabinet de toilette et la sortie de service. Par acquit de conscience j'inspectai les lieux. Une machine à laver, un sèche-linge, des placards bourrés d'une collection de détergents, de flacons de crème à faire reluire à peu près toutes les matières, de produits ménagers de base. La plupart étaient toxiques sans doute, mais cela prouvait quoi ?

J'entendis des pas et me hâtai de retourner m'attabler dans la cuisine. Elle réapparut en chemise ample jaune, jean confortable et sandales : son uniforme à l'hôpital. Elle avait approximativement tressé ses cheveux, et son visage paraissait savonné de frais.

— Désolée. Quelle maladroite je fais !

Elle alla ouvrir le réfrigérateur. Ses mouvements ne révélaient aucune liberté de la poitrine, et les mamelons étaient insoupçonnables sous le tissu.

— Encore un peu de thé ?

— Non, merci.

Elle prit une canette de Pepsi, la décapsula et s'assit en face de moi.

— Vous avez fait bon voyage jusqu'ici ?

— Très.

— C'est agréable quand il n'y a pas trop de circulation.

— En effet.

— J'ai oublié de vous dire qu'ils avaient fermé le col pour élargir la route...

Elle continua à parler ainsi, du temps et du jardinage, le front plissé.

Elle se donnait beaucoup de mal pour entretenir une conversation des plus anodines.

Mais elle me semblait étrangère à son propre foyer. Elle parlait de façon contrôlée, comme si elle avait répété son texte mais n'avait pas confiance en sa mémoire.

Par la grande fenêtre, le paysage était aussi figé que la mort.

Pourquoi vivaient-ils ici ? Pourquoi le fils unique de

Chuck Jones avait-il choisi cette quarantaine en lointaine banlieue, dans son propre projet immobilier raté, alors qu'il aurait pu s'offrir n'importe quelle autre résidence moins morne ?

La proximité de l'établissement où il enseignait n'expliquait rien. Les terrains magnifiques où bâtir cette maison et les parcelles rattachées à des country-clubs fort agréables ne manquaient pas à l'extrémité ouest de la vallée. Et Topananga Canyon était toujours très coté.

Une sorte de rébellion ? Une démarche vaguement idéologique de la part de Chip, qui pensait s'assimiler à la communauté qu'il voulait créer ? Ou simplement le genre de chose qu'un rebelle pourrait faire pour se déculpabiliser de ses gros profits. Encore que, d'après ce que j'en avais vu, les profits ne fussent pas si gros...

Un autre scénario pouvait expliquer leur installation ici : les parents abusifs cherchaient souvent à soustraire leur famille aux regards indiscrets de sauveteurs potentiels.

Je repris conscience de la voix de Cindy. Elle parlait de la machine à laver la vaisselle et débitait ses phrases en un flot nerveux. Elle m'expliquait qu'elle s'en servait rarement, préférant nettoyer les plats elle-même à l'eau très chaude pour qu'ils sèchent presque instantanément. Elle s'animait, comme si elle n'avait pas parlé à quelqu'un depuis une éternité.

Et c'était probablement le cas. J'imaginais mal Chip assis à ma place pour écouter ces considérations sur les tâches ménagères quotidiennes.

Je me demandai combien de livres rangés dans le salon étaient à elle. Et ce qu'elle pouvait avoir en commun avec son mari.

Elle fit une pause pour reprendre son souffle et j'en profitai :

— C'est vraiment une très belle maison.

Un peu hors de propos, mais cette banalité fit mouche.

Elle me remercia d'un sourire lumineux, ses yeux brillèrent et sans s'en rendre compte elle humecta ses lèvres d'une langue mutine. Une fois encore je constatai combien elle pouvait être séduisante quand elle paraissait heureuse.

— Vous voulez voir le reste de la maison ? proposa-t-elle.

— Avec plaisir.

Nous retournâmes dans la salle à manger et elle ouvrit un vaisselier pour me montrer non sans fierté un service complet en argent, cadeau de mariage, qu'elle me fit admirer pièce par pièce. Puis nous passâmes dans le salon et elle me détailla leurs diffficultés à dénicher des charpentiers assez doués pour monter des étagères solides, et non ces choses en contre-plaqué, qui très vite s'effritaient aux angles.

— Nous voulions que la maison reste aussi propre que possible, vous comprenez.

Je faisais mine d'écouter avec intérêt, alors que j'inspectais les tranches des livres.

Des textes universitaires : sociologie, psychologie, sciences politiques. Quelques romans quand même, mais rien de plus récent qu'Hemingway.

On avait intercalé des certificats et des trophées universitaires entre les séries de volumes. Sur une plaque en cuivre était inscrit : **SINCÈRES REMERCIEMENTS A C.L. JONES — CENTRE D'ORIENTATION DE LOURDES HIGH SCHOOL. VOUS NOUS AVEZ MONTRÉ QU'ENSEIGNER ET ÉTUDIER SONT LES DEUX FACES D'UNE MÊME AMITIÉ.** La date remontait à dix ans.

Juste à côté était exposé un diplôme en parchemin offert par le Projet de Travaux Dirigés de Yale à **CHARLES CHIP JONES POUR SON DÉVOUEMENT AUX ENFANTS DU DISPENSAIRE DE NEW HAVEN.**

Sur un des rayons supérieurs je vis un autre diplôme décerné par une fraternité de Yale. Deux autres plaques plastifiées données par le Collège des Arts et Sciences de l'université du Connecticut de Storrs attestaient de l'excellence pédagogique de Chip. Papy Chuck n'avait pas menti.

Plusieurs autres témoignages plus récents venaient du West Valley Junior College : une citation du département de psychologie, un maillet sur une plaque, offert par le Conseil des étudiants du WVJC et symbolisant les **REMERCIEMENTS AU PROFESSEUR C.L. JONES POUR SON RÔLE DE CONSEIL UNIVERSITAIRE**, une photo de groupe où Chip était entouré d'une cinquantaine de jeunes filles souriantes, aux joues roses, sur un stade. Tous portaient le même T-shirt rouge frappé de lettres grecques. Le cliché était dédicacé : *Meilleurs souvenirs, Wendy ; merci, Professeur Jones, Debra ; affectueusement, Kristie.* Chip était accroupi sur la bande blanche d'un terrain de sport, les bras passés sur les épaules de deux jeunes filles. Il rayonnait de joie et faisait penser à la mascotte d'une équipe.

Cindy fait le plus dur. Moi, je peux m'échapper.

Je me demandai ce que sa femme faisait pour attirer l'attention, et je me rendis soudain compte qu'elle avait cessé de parler. Je me tournai vers elle. Cindy me regardait fixement.

— C'est un très bon professeur, déclara-t-elle. Vous voulez voir son coin préféré ?

Le même mobilier confortable, les mêmes étagères surchargées, avec d'autres preuves des triomphes de Chip en cuivre, bois et plastique, et en prime un téléviseur encastré, une chaîne stéréo et une collection de disques compacts de jazz et de musique classique rangés par ordre alphabétique. La seule étendue de mur non masquée par les bibliothèques était tendue d'un autre tissu écossais, bleu et rouge celui-là, sur lequel étaient accrochés deux diplômes. Sous les parchemins bien imités, placées si bas que je dus m'accroupir pour les contempler à bonne hauteur, deux aquarelles.

Des paysages neigeux, avec des arbres dénudés et des granges en bois brut. Sous le cadre de la première était marqué UN HIVER EN NOUVELLE-ANGLETERRE, sous la seconde RÉCOLTE DU SIROP D'ÉRABLE. L'absence de signature et la facture amateur indiquaient que le peintre admirait la famille Wyeth mais n'en avait nullement le talent.

— C'est Mme Jones, la mère de Chip, qui les a peintes, dit Cindy.

— Elle habitait dans l'Est ?

— Oui. Il y a longtemps, à l'époque de la naissance de Chip... Ah, je crois que j'entends Cassie.

Elle leva un index comme pour définir d'où venait le vent.

Un geignement distant et peu naturel s'élevait d'une des étagères. Je repérai l'interphone portable, un petit boîtier sombre.

— Je l'allume quand elle dort, expliqua Cindy.

L'appareil retransmit un autre gémissement.

Nous quittâmes la pièce et parcourûmes un couloir moquetté de bleu, passâmes devant une chambre transformée en bureau pour Chip. La porte en était entrouverte, marquée d'une petite plaque proclamant **UNIVAIRCITÈRE O TRAVAÏE**. Un autre espace meublé de cuir et encombré d'ouvrages.

Puis venait la chambre parentale, une harmonie de tons bleu sombre, qui devait donner sur une salle de bains d'après ce que m'avait dit Cindy. La chambre de Cassie se trouvait au bout du couloir. C'était une belle pièce au papier peint arc-en-ciel, éclairée de fenêtres aux rideaux de coton blanc à liseré rose. Vêtue d'une chemise de nuit rose, Cassie était assise dans un lit d'enfant à baldaquin et pleurait sans grand enthousiasme en serrant ses petits poings. La chambre sentait le bébé.

Cindy la prit dans ses bras et la serra contre sa poitrine. La gamine cala son visage dans le creux de l'épaule maternelle. Cassie me regarda, ferma les yeux et baissa la tête.

Elle chantonna quelque chose de rassurant, et Cassie parut se détendre et ouvrit la bouche. Sa respiration se fit plus régulière. Cindy la berçait doucement.

J'examinai la pièce. Deux portes ouvraient dans le mur sud. Deux fenêtres. Des décalcomanies de canards et de peluches parsemaient le mobilier. Un rocking-chair pour adulte était disposé près du lit. Je notai les boîtes de jeu, les jouets et assez de livres pour un an de lecture avant l'endormissement.

Au centre de la chambre, trois chaises miniatures entouraient une table de jeu circulaire. Sur celle-ci se trouvaient un paquet de feuilles, une boîte neuve de crayons de couleurs, une gomme et un morceau de carton sur lequel était inscrit

BIENVENUE DOCTEUR DELAWARE

Des peluches — une bonne douzaine — étaient posées sur le sol, contre un mur, à intervalles d'une régularité toute militaire.

Cindy s'installa dans le fauteuil à bascule, la fillette dans les bras. Elle la caressait comme on étale du beurre sur du pain. Le petit corps ne montrait aucun signe de tension.

Cindy ferma les yeux et se mit à se balancer tout en massant d'une main légère le dos de sa fille et en démêlant ses cheveux humides. Cassie inspira profondément, expira de même et nicha sa tête sous le menton de sa mère avec un soupir de contentement.

Je m'assis sur le sol en tailleur, la posture du lotus pour psy en pleine méditation analytique, afin de mieux observer, mieux réfléchir et mieux imaginer les pires turpitudes.

Après quelques minutes, mes articulations se firent douloureuses et je dus m'étirer. Cindy ouvrit les yeux. Nous échangeâmes un sourire neutre. Elle pressa sa joue contre le crâne de Cassie et eut un léger haussement d'épaules en signe d'excuse.

— Vous avez tout votre temps, murmurai-je.

Elle referma les yeux. Je me levai et fis sans bruit le tour de la chambre. Je passai la main sur les étagères — pas un grain de poussière —, scrutai le contenu des boîtes à jouets en m'efforçant de ne pas paraître trop curieux.

Les jouets étaient appropriés, et de bonne qualité. Chaque jeu remplissait les normes de sécurité pour enfant et correspondait à l'âge de Cassie. La plupart étaient éducatifs.

Une tache blanche attira mon regard sur le côté. La dent carrée d'un des LuvBunnies. Dans la lumière douce de la pièce la grimace de la peluche et de ses pairs me parut soudain malveillante.

Je me remémorai ces jouets dans la chambre d'hôpital et une pensée folle me traversa l'esprit.

Des jouets toxiques... Un empoisonnement *accidentel.*

J'avais lu la relation d'un cas semblable dans une publication pédiatrique : des peluches importées de Corée et qui s'étaient révélées être bourrées de fibres usagées d'une usine chimique.

Sherlock Delaware résout le mystère et tout le monde rentre chez soi content.

Je pris la peluche la plus proche, une jaune, et pressai son ventre rond. Je sentis sous mes doigts l'élasticité d'une mousse ferme. Je la reniflai le plus discrètement possible. Aucune odeur. L'étiquette indiquait MADE IN TAÏWAN. ININFLAMMABLE. CONFORME AUX NORMES INTERNATIONALES DE SÉCURITÉ. En dessous figurait le logo d'une organisation de consommateurs particulièrement sourcilleuse.

Je remarquai alors quelque chose le long de la couture. Deux boutons-pression. Je les ouvris, et le son infime attira l'attention de Cindy. Elle ouvrit les yeux et les fixa sur moi, sourcils levés.

Je passai un doigt dans l'ouverture, ne trouvai rien d'anormal et remis les pressions en place avant de reposer la peluche.

— Vous pensez à une allergie, n'est-ce pas ? chuchota-t-elle. Dans le rembourrage. J'y ai songé aussi. Mais le Dr Eves a fait des tests et Cassie n'a pas d'allergie. Cela ne m'a pas empêchée de laver toutes les peluches chaque jour, pendant un temps, et tous les vêtements de ses poupées avec un détergent très doux.

J'approuvai d'un hochement de tête.

— Nous avons soulevé la moquette, aussi, pour voir s'il n'y avait pas de la moisissure dans la mousse ou quelque chose dans la colle. Chip a entendu parler de gens tombés malades dans des bureaux à cause de choses de ce genre. Une entreprise spécialisée est venue nettoyer les conduits du conditionnement d'air, et Chip a fait analyser la composition des peintures pour dépister d'éventuels produits chimiques toxiques.

Sa voix s'était tendue et avait augmenté de volume. Cassie s'agita un peu. Elle la berça un moment en silence.

— Je cherche tout le temps, reprit-elle dans un murmure. Tout le temps... Depuis... le début.

Elle couvrit ses lèvres d'une main, l'ôta et en gifla son genou, ce qui fit rosir sa peau blanche.

Cassie ouvrit des yeux étonnés.

Cindy la berça de plus belle. Elle s'efforçait de regagner son calme.

— D'abord le premier, et maintenant elle, lâcha-t-elle dans un murmure au bord du sifflement. Peut-être que je ne suis pas faite pour être mère !

Je m'approchai et posai la main sur son épaule, pour lui témoigner ma sympathie. Elle se déroba et jaillit du rocking-chair. Elle me tendit l'enfant en tremblant. Des larmes échappèrent à ses yeux.

— Tenez ! Tenez ! Je ne sais pas ce que je fais... Je ne suis pas faite pour être mère !

Cassie se mit à gémir, et sa respiration s'accéléra.

Cindy me la tendit encore et, dès que je l'eus prise, elle traversa la pièce en courant. Je tenais Cassie par la taille, et la fillette se cabrait pour me résister, dos rigide, en geignant.

Je tentai de la réconforter, mais sans aucun succès.

Cindy ouvrit une porte à la volée et s'engouffra dans une salle de bains carrelée de bleu. La porte claqua derrière elle. Je perçus des hoquets, puis le bruit d'une chasse d'eau qu'on tirait.

Cassie se débattait maintenant et hurlait. Je modifiai ma prise pour la tenir plus fermement et tapotai doucement son dos.

— Tout va bien, mon chou, maman revient tout de suite. Tout va bien.

Elle rua plus brusquement, me décocha des coups de genoux et chercha à me boxer le visage de ses deux poings. Elle emplit ses poumons d'air et se lança dans un hurlement surpuissant. Son visage avait viré à un écarlate inquiétant. D'un coup elle se rejeta en arrière et je réussis de justesse à la retenir.

— Maman revient tout de suite, Cass...

La porte de la salle de bains s'ouvrit et Cindy se précipita vers nous. Je m'attendais qu'elle m'arrache sa fille des bras, au lieu de quoi elle tendit simplement les mains et articula un « s'il vous plaît » couvert par les hululements de l'enfant. Elle semblait presque craindre que je ne refuse.

Je lui redonnai Cassie.

Elle l'étreignit et commença à faire le tour de la chambre très vite. Elle marchait à grands pas nerveux qui faisaient frissonner les muscles de ses cuisses, en murmurant à sa fille des propos que je ne pus saisir.

Une vingtaine de circuits plus tard, les cris de Cassie avaient notablement baissé d'intensité. Une autre dizaine et elle s'était calmée.

Cindy continua ses cercles, mais à chaque passage devant moi elle marmonnait :

— Je suis désolée. Vraiment désolée.

Ses yeux et ses joues étaient humides. Je lui dis de ne pas s'en faire. Le son de ma voix réveilla les geignements de Cassie.

— Calme-toi, mon bébé, calme-toi... répéta Cindy en accélérant le tour.

Je m'assis tant bien que mal sur une des petites chaises, à la table ronde. Le carton de bienvenue me narguait comme une mauvaise plaisanterie.

Quelques moments après, des sanglots las remplacèrent les gémissements de Cassie. Puis elle se tut et je vis qu'elle avait fermé les yeux.

Cindy retourna s'asseoir dans le rocking-chair et se mit à murmurer d'une voix heurtée :

— Je suis vraiment, vraiment désolée. Je suis tellement... C'était si... Mon Dieu, quelle horrible mère je fais !

C'était à peine audible, mais l'angoisse de son ton fit rouvrir les yeux à Cassie. La fillette contempla une seconde sa mère et geignit.

— Non, non, ma chérie. Tout va bien. Je suis désolée. Tout va bien.

À mon attention, elle articula en silence : « Je suis horrible. »

Cassie se remit à pleurer.

— Non, non, ma chérie, tout va bien : je suis gentille. Si tu veux que je sois gentille, je suis gentille. Je suis une gentille maman, oui, oui, ma chérie, et tout va bien. D'accord, ma chérie ?

Elle se força à sourire à sa fille qui leva une main et toucha la joue humide.

— Oh, tu es tellement gentille, ma petite chérie, dit

Cindy d'une voix qui menaçait de se briser. Tu es tellement gentille avec ta maman. Tu es tellement, tellement gentille.

— Ma-ma.

— Maman t'aime très fort, ma chérie.

— Ma-ma.

— Tu es tellement gentille avec ta maman, ma chérie... Oh oui, Cassie Brooks Jones est la plus gentille de toutes les petites filles.

— Ma-ma. Ma-ma-ma.

— Maman t'aime très, très fort. Oui, maman t'aime tellement fort, ma chérie...

Cindy me regarda, puis regarda la table.

— Maman t'aime très fort, chuchota-t-elle encore à l'oreille de l'enfant. Et le docteur Delaware est un très bon et très gentil ami, ma chérie. Là, tu le vois ?

Elle tourna la tête de Cassie vers moi. Je risquai un nouveau sourire, en l'espérant plus convaincant qu'il n'était convaincu.

— Nah ! lâcha Cassie en secouant violemment la tête.

— Tu te souviens, c'est ton ami aussi, ma chérie ? Tous ces animaux amusants qu'il a dessinés pour toi à l'hôpi...

— Nah !

— Les animaux...

— Nah-naah !

— Allons, ma chérie, tu n'as aucune raison d'être effrayée par...

— Naaahaah !

— D'accord, d'accord. Tout va bien, Cass, calme-toi.

Je me levai.

— Vous partez ? fit-elle avec une pointe d'inquiétude.

Je désignai la salle de bains.

— Je peux ?

— Oh, bien sûr, oui. Il y en a une autre qui donne sur l'entrée, si nous en avons besoin.

— C'est une bonne chose.

— Oui... Je vais essayer de la calmer, pendant ce temps... Je suis vraiment, vraiment désolée.

Je refermai la porte derrière moi ainsi que celle communiquant avec la chambre parentale, tirai la chasse d'eau des toilettes et en profitai pour soupirer. L'eau dans la cuvette était aussi bleue que le carrelage. J'ouvris le robinet du lavabo, me rinçai le visage et l'essuyai avec un torchon immaculé. Dans le mouvement, je jetai un coup d'œil à mon reflet dans le miroir.

Las et l'air vieilli par le soupçon, ce bon docteur Delaware. Je testai quelques sourires, adoptai celui qui ressemblait le moins à un rictus commercial de vendeur de voitures d'occasion. Le miroir doublait la porte d'une petite armoire à pharmacie suspendue.

Le système d'ouverture aurait découragé toute main enfantine. Je le défis.

Quatre étagères. J'ouvris le robinet en grand et commençai la fouille par le haut.

De l'Aspirine, du Tylénol, des lames de rasoir, une bombe de mousse à raser. Une eau de Cologne de marque pour homme, un déodorant, une lime à ongles, un flacon de liquide alcalin. Une petite boîte de capsules de gelée spermicide. Une bouteille d'eau oxygénée, un paquet de coton-Tige, un flacon en plastique de lotion solaire...

Je refermai l'armoire à pharmacie et arrêtai l'eau. De l'autre côté de la porte, j'entendais Cindy qui murmurait des paroles réconfortantes à sa fille.

Jusqu'à ce geste violent pour me tendre l'enfant, cette dernière m'avait plutôt bien acceptée.

Peut-être que je ne suis pas faite pour être mère... Quelle horrible mère je fais...

Avait-elle dépassé le point de rupture ? Ou n'agissait-elle ainsi que pour saboter ma visite ?

Je me frottai les yeux. Un autre placard sous le lavabo. Avec un autre système de fermeture anti-enfant. Ces parents avaient pensé à tout, ils avaient regardé sous la moquette, nettoyé tous les jouets...

Sous le tuyau d'écoulement coudé, on avait empilé en réserve des boîtes de mouchoirs et des rouleaux de papier hygiénique. Derrière se trouvaient deux bouteilles d'eau dentifrice mentholée, et une bombe aérosol. J'examinai cette dernière. Du désodorisant d'atmosphère, parfum « Senteurs montagnardes ». Je voulus la replacer, mais elle m'échappa et je fis un geste brusque pour la rattraper. J'y parvins, mais touchai du dos de la main quelque chose sur la droite, que je n'avais pas vu. Un objet aux angles durs.

J'écartai les paquets de mouchoirs et les rouleaux et sortis une boîte cubique de carton lisse blanc, d'environ douze centimètres de côté. Sur la face supérieure était imprimé un logo constitué d'une flèche rouge transperçant l'inscription stylisée HOLLOWAY MEDICAL CORP. Au-dessous était collé un papillon doré orné de la même flèche et indiquant : ÉCHANTILLON, POUR : RALPH BENEDICT, DOCTEUR EN MÉDECINE.

La boîte était fermée par deux fils terminés en disques qu'on entremêlait. Je les séparai, repoussai les rabats et dévoilai une feuille de papier ondulé marron. En dessous se trouvait une rangée de cylindres en plastique blanc, de la taille de réservoirs de stylo à encre, calés dans un lit de billes en polystyrène. Une bande de papier maintenue par un élastique entourait chaque cylindre.

J'en pris un. Léger comme une plume, presque trop. Un anneau numéroté ceignait le bas du cylindre. À son sommet, je vis un trou entouré d'un filet de vis ; l'autre extrémité était terminée par une sorte de capuchon qui tournait sur son axe sans se dévisser.

Sur le corps du cylindre était gravé INSUJECT. J'ôtai le papier imprimé. La notice du fabricant, dont le copyright remontait à cinq ans. Le siège social de la Holloway Medical Corporation se trouvait à San Francisco.

Le premier paragraphe disait :

INSUJECT (MARQUE DÉPOSÉE) est un système de dosage ultra-léger pour administration sous-cutanée d'insuline humaine ou porcine purifiée. Doses de 1 à trois unités. INSUJECT doit être utilisé en conjonction avec d'autres composés du système INSU-EASE (MARQUE DÉPOSÉE), les aiguilles jetables INSUJECT et les recharges INSUFILL (MARQUE DÉPOSÉE).

Le second paragraphe mettait en relief les atouts commerciaux du système : son faible encombrement, l'utilisation d'aiguilles ultra-fines qui réduisaient la douleur de la piqûre et le risque d'abcès hypodermiques, accroissant « la facilité d'administration et la précision du dosage ». Une série de croquis expliquait comment fixer l'aiguille, placer la recharge dans le cylindre et la façon adéquate d'injecter l'insuline sous la peau.

Facilité d'administration.

Une aiguille ultra-fine ne laisserait qu'une piqûre minuscule, comme l'avait suggéré Al Macauley. Si l'endroit choisi pour l'injection était un tant soit peu dissimulée par un repli de peau, la marque pouvait fort bien échapper à un examen, même poussé.

Je passai les doigts au fond de la boîte à la recherche des aiguilles.

Aucune. Rien que les cylindres. Le placard ne révéla rien de plus.

L'endroit était assez frais pour conserver les doses d'insuline, mais on avait peut-être préféré un endroit plus sûr. Se pouvait-il que les cartouches d'Insufill se trouvent dans le réfrigérateur de la cuisine ?

Je me redressai, plaçai la boîte sur l'évier et empochai la brochure. La chasse d'eau venait de s'arrêter. Je m'éclaircis bruyamment la gorge, toussotai et tirai de nouveau la chasse. Puis je cherchai une autre cache dans la petite pièce.

La seule possibilité que je vis était le réservoir des toilettes. J'en soulevai le couvercle et jetai un œil à l'intérieur. Rien que la cuve et une pastille colorante pour l'eau.

Des aiguilles ultra-fines... La salle de bains constituait pourtant l'endroit idéal pour les cacher. Une halte parfaite entre la chambre parentale et celle de l'enfant...

Parfaite pour préparer une petite injection en plein milieu de la nuit.

Il suffisait de verrouiller la porte donnant sur la chambre des adultes, de prendre le matériel sous l'évier et de l'assembler, puis d'entrer sans bruit dans la chambre de l'enfant.

La morsure de l'aiguille réveillait sans doute Cassie, provoquait ses pleurs, mais la gamine ne comprenait rien à ce qui lui arrivait.

Personne ne comprendrait. Se réveiller en pleurant était normal pour une enfant de son âge. Et tout spécialement pour elle qui avait été si souvent malade.

La nuit dissimulait-elle les traits de la personne qui faisait ces piqûres clandestines ?

Dans le salon, la voix si douce de Cindy récitait des paroles rassurantes.

Mais une fois encore, il y avait au moins deux solutions : les cylindres étaient utilisés soit par elle, soit par Chip.

Non. Stephanie avait assuré qu'elle les avait sondés tous les deux pour de possibles troubles du métabolisme et qu'elle les avait trouvés parfaitement sains.

Je regardai la porte donnant sur la chambre parentale, puis je consultai ma montre. J'avais déjà passé trois minutes dans ce repaire de carrelage bleu, mais elles me paraissaient aussi longues qu'un week-end entier. Je déverrouillai la porte et pénétrai dans la chambre silencieuse, heureux de l'épaisse moquette qui étouffait mes pas.

La pièce, assombrie par les stores baissés, était meublée d'un grand lit et de quelques pièces au style lourdement victorien. Une pile de livres occupait une des tables de chevet, un téléphone posé à son sommet. Près d'elle un valet en bois garni de cuivre supportait un jeans. Sur l'autre table de chevet se trouvait une lampe Tiffany et une chope à café. La courtepointe était repliée avec soin à mi-lit. La pièce sentait le désinfectant, la même odeur que celle de la bombe aérosol dans la salle de bains.

Beaucoup de désinfectant. Pourquoi ?

Une commode double faisait face au pied du lit. J'ouvris le tiroir supérieur. Des soutien-gorge, des slips de femme, des bas, et un sachet de fleurs aromatiques. Je tâtonnai sous la soie sans rien sentir d'autre. Je passai au tiroir suivant en me demandant quel plaisir avait bien pu éprouver Dawn Herbert en jouant à la petite cambrioleuse.

Neuf tiroirs. Des vêtements, deux appareils photographiques et des pellicules emballées, une paire de jumelles. De l'autre côté de la pièce je remarquai la penderie. J'en fis rapidement l'inventaire : d'autres vêtements, des raquettes de tennis et des boîtes de balles, un rameur replié, des sacs et des valises, d'autres livres, tous de sociologie, un agenda téléphonique, des ampoules électriques de rechange, des cartes routières, un appareil orthopédique de genou, une autre boîte de crème spermicide. Vide.

Je fouillai les poches des sacs et ne trouvai rien. Les coins sombres de la penderie recelaient peut-être quelque chose d'intéressant, mais j'étais là depuis déjà trop longtemps. Je refermai la porte coulissante et regagnai la salle de bains. Les toilettes avaient cessé de gargouiller et Cindy ne parlait plus.

Mon absence prolongée avait-elle éveillé ses soupçons ? Je me raclai la gorge de nouveau, fis couler l'eau du robinet. Cassie bougonna une protestation et sa mère lui répondit d'un ton toujours aussi lénifiant.

Je détachai le rouleau de papier hygiénique entamé, le dissimulai au fond du placard sous l'évier et en pris un neuf que je mis en place. L'emballage portait une publicité vantant la douceur des choses.

Je ramassai la boîte blanche et poussai la porte donnant sur la chambre de l'enfant, avec aux lèvres un sourire qui me coûtait beaucoup.

28

Elles étaient assises à la table, crayon en main. Plusieurs feuilles étaient couvertes de zigzags multicolores.

En me voyant, Cassie agrippa le bras de sa mère et se mit à geindre.

— Tout va bien, ma chérie. Le docteur Delaware est notre ami, tu te souviens ?

Cindy remarqua la boîte dans ma main et fronça les sourcils. Son regard remonta vers mon visage, et j'y traquai la moindre trace de culpabilité.

Je n'y trouvai qu'une interrogation muette.

— Je cherchais du papier hygiénique, expliquai-je. J'ai trouvé ça.

Elle se pencha en avant pour déchiffrer la pastille dorée.

Cassie l'observa une seconde, puis elle saisit un crayon et le jeta au sol. La manœuvre ne lui redonnant pas toute l'attention maternelle, elle gémit un peu plus fort.

— Chut, mon bébé, dit Cindy en se concentrant sur sa lecture, l'air de plus en plus déroutée. Comme c'est curieux....

Cassie leva brusquement les bras.

— Uh-uh-uuh !

Cindy l'attira à elle.

— Je n'avais pas vu de boîte semblable depuis bien longtemps, me dit-elle.

— Je ne voulais pas être indiscret. Mais je sais qu'Holloway fabrique des produits pour diabétiques, et en voyant son logo j'ai été surpris. Je me suis rappelé le déficit en sucre détecté dans le sang de Cassie. Vous ou votre mari êtes diabétiques ?

— Oh non, dit-elle. Cette boîte appartenait à tante Harriet. Où l'avez-vous trouvée ?

— Sous l'évier.

— C'est vraiment curieux... Non, Cass, les crayons sont faits pour dessiner, pas pour qu'on les jette.

Elle saisit un crayon rouge et traça une ligne brisée sur la feuille.

Cassie suivit le mouvement des yeux, puis enfouit son visage dans le giron de sa mère.

— Mon Dieu, je ne les avais pas revus depuis une éternité. J'ai nettoyé sa maison, mais je croyais avoir jeté tous ses médicaments...

— Le docteur Benedict était son médecin traitant ?

— Et son supérieur, oui.

Elle releva la cuisse rythmiquement, faisant doucement tressauter la tête de la fillette. Celle-ci se redressa à demi et gratta d'une main la gorge de sa mère.

— Tu me chatouilles ! protesta Cindy en riant. Puis, d'un ton redevenu sérieux : C'est quand même bizarre que cette boîte se soit trouvée sous l'évier pendant tout ce temps, non ? — Un sourire embarrassé. — Ça ne plaide pas vraiment en faveur de mes qualités de maîtresse de maison, n'est-ce pas ? Désolée que vous ayez dû chercher du papier-toilette. D'habitude je m'assure que le rouleau ne soit pas vide.

— C'est sans grande importance, dis-je en remarquant soudain qu'il n'y avait pas le moindre grain de poussière sur le couvercle de la boîte.

Je sortis un cylindre et le fis rouler entre mes doigts.

— Cai-on, dit Cassie.

— Non, ce n'est pas un crayon, ma chérie, fit Cindy sans trace d'anxiété dans la voix. C'est juste un... un truc.

Cassie tendit la main vers la mienne. Je lui donnai le cylindre et les yeux de Cindy s'agrandirent. L'enfant mit l'objet dans sa bouche, grimaça et tenta de dessiner avec.

— Tu vois, je te l'avais dit, Cass. Tiens, si tu veux dessiner, prends plutôt ça.

Cassie ignora le crayon proposé et continua ses essais artistiques avec le cylindre. Après quelques secondes elle plaqua l'objet récalcitrant sur la table d'un geste irrité et exprima son déplaisir dans une langue inconnue.

— Allons, ma chérie. Si nous dessinions avec le docteur Delaware, hein ?

Mon nom provoqua un gargouillis désapprobateur.

— Cassie Brooks, le docteur Delaware est venu exprès de très loin pour jouer avec toi et pour dessiner des animaux. Tu sais bien, des hippopotames et des kangourous ? Tu te souviens des kangourous ?

Cassie geignit un peu plus fort.

— Calme-toi, ma chérie... Non, ne casse pas les crayons. Non, il ne faut pas, Cass. Allons, sois gentille...

— Uh-uh-uuuuh, protesta l'enfant en cherchant à quitter les genoux de sa mère.

Cindy m'interrogea du regard.

— Vous croyez qu'il vaut mieux que je la laisse ?

— Sans doute, oui. Je préfère ne pas être associé à un souvenir de mouvements interdits.

Cindy la fit descendre et Cassie rampa sous la table.

— Nous avons dessiné un peu en vous attendant. Je suppose qu'elle en a assez pour l'instant.

Elle se pencha et regarda sous la table.

— Tu ne veux plus dessiner, Cass ? Tu veux qu'on fasse autre chose ?

La fillette ne réagit pas. Elle était très occupée à tirer sur les poils de la moquette.

Cindy soupira.

— Je suis vraiment désolée, pour tout à l'heure. Je... Je ne fais pas du tout ce qu'il faut, n'est-ce pas ? Je ne sais pas ce qui m'a prise.

— Il arrive que l'accumulation des soucis devienne assez insupportable, fis-je d'un ton badin, mais je restais à l'affût de la plus petite trace de nervosité chez mon hôtesse.

— Oui, mais j'ai quand même tout fait rater entre vous et Cassie.

— Il est peut-être plus important que nous discutions tous les deux, de toute façon.

— Oui, bien sûr. — Elle toucha sa tresse d'une main absente, jeta un nouveau coup d'œil sous la table. — Un peu d'aide ne me serait certainement pas inutile, je crois. Alors Miss Cassie, si vous ressortiez de là-dessous ?

Pas de réponse.

— Je peux vous demander un autre thé glacé ?

— Oh, mais bien sûr, pas de problème. Cass, le docteur Delaware et moi nous allons dans la cuisine, d'accord ?

J'accompagnai la jeune femme jusqu'à la porte. Cassie jaillit de sous la table, se releva et courut vers sa mère en tendant les bras. Cindy la cueillit au vol et la tint d'un bras, en l'appuyant sur sa hanche. Je suivis, la boîte blanche toujours à la main.

Dans la cuisine, Cindy ouvrit le réfrigérateur de sa main libre et voulut prendre le pichet de thé. Mais avant qu'elle ait terminé son geste, Cassie se laissa glisser le long de sa jambe et la mère eut besoin des deux mains pour accompagner le mouvement.

Je posai la boîte sur la table de la cuisine et m'avançai.

— Pourquoi ne pas vous occuper d'elle ?

Je saisis le pichet.

— Attendez, je vais au moins vous donner un verre...

Elle me tourna le dos une seconde et j'en profitai pour scruter le contenu du frigo d'un regard frénétique. Rien de plus médical qu'une tablette de margarine allégée. Le beurre se trouvait très logiquement dans le beurrier, et le boîtier marqué FROMAGES contenait des tranches de cheddar.

Je sortis le pichet du réfrigérateur dont je refermai la porte. Cindy plaçait un verre sur un set. Je le remplis à moitié, le bus immédiatement. J'avais la gorge irritée. Le thé me parut doux à l'excès. Mon esprit travaillé par ces questions de taux de sucre, peut-être.

Cassie m'observait avec une attitude soupçonneuse d'enfant désorientée. Mon sourire ne sembla pas la rassurer, au contraire. Pas certain du tout que je puisse jamais regagner sa confiance. Je posai le verre sur le set.

— Vous désirez autre chose ? s'enquit-elle.

— Non, merci. Je vais y aller. Tenez.

Je désignai la boîte blanche.

— Oh, je n'en ai pas besoin, dit-elle. Mais peut-être que ça pourra être utile à quelqu'un, à l'hôpital. Ces médicaments sont très coûteux. C'est pour ça que le docteur Ralph nous donnait des boîtes d'échantillons.

Nous.

— C'est très aimable de votre part, fis-je en prenant la boîte.

— Bah, nous n'en avons aucune utilité... C'est quand même bizarre que vous les ayez retrouvés... Ça fait resurgir certains souvenirs...

Les coins de sa bouche s'abaissèrent, ce qui n'échappa pas à Cassie.

— Uh, fit-elle, et elle s'agita.

Cindy remplaça cette expression amère par un sourire instantané.

La fillette tapota la bouche de sa mère d'un doigt, et sa mère couvrit la petite paume de baisers.

— Mais oui, maman t'aime très fort, ma chérie. Et maintenant nous allons raccompagner le docteur Delaware pour lui faire au revoir, d'accord ?

Dans l'entrée je m'arrêtai un instant pour contempler les photos accrochées au mur, et pour la première fois je notai qu'aucune ne comportait les parents de Chip. Mes yeux revinrent à celle montrant Cindy avec sa tante.

— Ce jour-là, dit-elle d'une voix douce, nous nous promenions. Le long des quais. Elle faisait beaucoup de marche à pied. De longues marches, pour combattre son diabète. L'exercice l'aidait à en contrôler le taux.

— Et elle parvenait à le contrôler de manière satisfaisante ?

— Oh, oui. Ce n'est pas ce qui... l'a emportée. C'est une C-R-I-S-E cardiaque. Oui, et elle faisait très attention à ce qu'elle mangeait. Quand je vivais avec elle, je n'avais droit ni aux bonbons ni aux sucreries. De ce fait je n'en ai jamais développé le goût, et nous n'en avons pas beaucoup ici.

Elle déposa un baiser sur la joue de sa fille.

— Je me dis que si elle n'y prend pas goût maintenant, peut-être qu'elle l'évitera plus tard.

Je me détournai des photos.

— Nous faisons tout ce que nous pouvons pour la garder en bonne santé. Sans la santé, il n'y a... rien. N'est-ce pas ? C'est le genre de choses que vous entendez quand vous êtes enfant, mais c'est seulement plus tard que vous commencez à y croire.

L'angoisse emplissait son regard.

Cassie s'ébroua et émit quelques sons sans signification.

— C'est vrai, répondis-je. Que diriez-vous de nous retrouver tous les deux ici, demain ?

— Bien sûr.

— Quelle heure vous conviendrait ?

— Avec ou sans... E-L-L-E ?

— Sans, si c'est possible.

— Alors il faudrait que ce soit pendant qu'elle dort. En général, elle fait sa sieste de une heure à deux heures et demie, et le soir elle se couche vers huit heures. Si ce n'est pas trop tard pour vous...

— Huit heures, parfait.

— Chip pourra sans doute être là, aussi. Ce sera mieux, non ?

— Tout à fait. Alors, à demain ?

De la main elle effleura mon bras.

— Merci pour tout ce que vous faites, et encore toutes mes excuses. Je sais que vous nous aiderez à sortir de cet enfer.

Sur Topanga, je m'arrêtai à la première station-service et utilisai une cabine pour appeler Milo à son poste de travail.

— Timing au poil, dit-il. Je viens de raccrocher avec Fort Jackson. Apparemment, notre petite Cindy a été vraiment malade. Et déjà en 1983. Mais pas de pneumonie ou de méningite, non-non-non : de blennorragie. Une chaude-pisse, quoi. Ils l'ont sacquée à cause de ça, en période probatoire. Ce qui veut dire qu'elle a servi moins de cent quatre-vingts jours sous les drapeaux, et qu'ils voulaient se débarrasser d'elle avant d'avoir à lui payer une pension à vie.

— Tout ça à cause d'une simple maladie vénérienne ?

— Une maladie et ce qu'elle a entraîné. Il semblerait que pendant ses quatre mois là-bas, elle se soit taillé une sacrée réputation dans le domaine de la promiscuité sexuelle, pour parler comme un psy. Alors si elle trompe son petit mari, ça pourrait signifier qu'elle n'a pas vraiment changé.

— Promiscuité sexuelle... Je reviens d'une visite à domicile et c'est la première fois que j'ai ressenti son caractère sexuel. Je suis arrivé tôt, exprès. J'étais curieux de savoir pourquoi elle ne voulait pas me voir là-bas avant deux heures et demie. Elle avait les cheveux défaits, portait un T-shirt sans rien dessous et un short ultra-court.

— Elle t'a fait du rentre-dedans ?

— Non. En fait, mon arrivée a paru la gêner, plutôt. Après quelques minutes elle a trouvé le moyen de se salir et s'est hâtée de se changer pour une tenue beaucoup plus sage.

— Tu as peut-être raté son amant d'un cheveu.

— Possible. Elle m'a dit que Cassie faisait la sieste de une heure à deux heures et que Chip donnait des cours ce jour-là de midi à deux heures, ce qui effectivement lui aurait laissé une plage horaire parfaite pour ce genre de récréation. Et la chambre puait le désodorisant.

— Pour masquer cet inénarrable parfum que développe l'amour bestial, commenta-t-il. Tu n'as vu personne ? Tu n'as croisé aucun véhicule dans les environs immédiats ?

— Seulement le type s'occupant de l'entretien des piscines qui sortait de l'allée voisine... Bon sang, tu crois que... ?

— Pour sûr que je crois que ! fit-il en riant. Rappelle-toi, chez chacun je soupçonne le pire — Il rit un peu plus, puis reprit : Le type de l'entretien des piscines... Mouais, horriblement classique et merveilleusement probable, je dirais.

— Mais il sortait de la maison d'à côté, pas de chez elle.

— Et alors ? Ces mecs-là s'occupent souvent de toutes

les piscines d'un même coin. Et à cette distance de la ville, il a peut-être en charge l'entretien de toutes les piscines du lotissement. Ce qui multiplie les bonnes occases de satisfaire sa libido. Les Jones possèdent une piscine ?

— Oui, mais elle était couverte quand je suis arrivé.

— Et tu as vu M. Propre ?

— Jeune, athlétique, bronzé. Sur sa camionnette était inscrit Service d'Entretien des piscines de ValleyBrite, avec un numéro de téléphone commercial.

— Il t'a vu arriver ?

— Oui. Il sortait en marche arrière. Il a pilé, a passé la tête par la portière et m'a observé. Et puis il m'a souri et a levé le pouce.

— Sympa, huh ? Même s'il venait de la sauter, il n'est peut-être pas le seul sur les tablettes de madame. À l'armée, elle ne s'est pas fait une réputation de nonne.

— Comment as-tu découvert ça ?

— Avec difficulté. La grande muette mérite bien son nom. Charlie a passé un bon bout de temps à essayer de consulter son dossier sans y parvenir. Finalement j'ai ravalé mon amour-propre et j'ai appelé le colonel. J'ai fait ça pour toi, mon chéri.

— J'apprécie beaucoup le sacrifice.

— Mouais... À la décharge de ce guerrier, il faut reconnaître que ce n'est pas une balance. Il m'a renvoyé sur un numéro non listé de Washington. Un genre d'archives parallèles. Ils n'avaient pas de détails, seulement le nom, le rang, le numéro matricule et l'unité, mais j'ai eu le bol de tomber sur un officier chargé des états de service qui a rigolé dans les rizières à la même époque que moi. On a taillé une petite bavette et j'ai réussi à le convaincre d'appeler la Caroline du Sud pour me trouver un interlocuteur. Dix minutes d'attente et il m'a filé les coordonnées d'une femme devenue capitaine mais qui était sergent quand Cindy a fait son stage de bleue. Elle se souvenait très bien d'elle. Notre cliente m'a tout l'air d'avoir été le sujet de conversation favori dans les baraquements pendant son séjour.

— C'est une base uniquement féminine, remarquai-je. Il s'agirait de promiscuité lesbienne ?

— Raté, chef. Elle allait écumer les slibards masculins dans les rades du bled d'à côté. D'après le capitaine, ça s'est terminé quand Cindy s'est fait accrocher avec une ribambelle de jeunots dont l'un était le rejeton d'un ponte local. Elle lui avait refilé une chaude-pisse en dolby stéréo. Le maire a rendu visite au commandant de la base, et bye bye. Sordide historiette, n'est-ce pas ? Tu vois une connection possible avec ton syndrome de Machin ?

— La promiscuité ne fait pas partie du profil habituel, mais si on considère cette attitude comme une autre façon d'attirer l'attention sur soi, je suppose que ça pourrait coller. De plus, les gens atteints du syndrome de Münchausen ont souvent subi un inceste dans leur enfance, et la promiscuité pourrait constituer une réaction découlant de ce traumatisme. Ce qui cadrerait en plein, c'est l'expérience précoce avec des maladies graves, et la blennorragie n'était pas la première pour elle : la tante qui l'a élevée était diabétique.

— Encore du sucre. Intéressant...

— Attends, ce n'est pas tout.

Et je lui racontai ma découverte des doses d'Insuject et la réaction de Cindy quand je les lui avais montrées.

— J'ai pensé que j'avais peut-être l'opportunité de cette confrontation tant attendue. Mais elle n'a fait preuve d'aucune anxiété, d'aucune culpabilité. Seulement l'étonnement en apprenant qu'il y en avait une pleine boîte sous l'évier de la salle de bains. Elle m'a dit que c'était sûrement un reste de ceux que prenait sa tante. Elle croyait s'en être débarrassée quand elle avait nettoyé la maison de sa tante, après sa mort. Mais je n'ai pas vu de poussière sur la boîte, donc c'est certainement un mensonge de plus...

— Sa tante a passé l'arme à gauche quand ?

— Il y a quatre ans. Le médecin à qui étaient adressés les échantillons était le médecin traitant de la tante, et son patron.

— Quel nom ?

— Ralph Benedict. Bon sang, d'après ce que je sais, c'est peut-être lui l'amant mystérieux... Qui plus qu'un médecin serait plus à même de provoquer des réactions simulant une maladie ? Et nous savons qu'elle est attirée par les hommes plus vieux qu'elle. La preuve, elle en a épousé un.

— Elle ne crache pas sur les jeunes, non plus.

— Oui, mais ça concorderait. Un amant médecin ? Benedict pourrait lui fournir les doses et le matériel nécessaires aux injections. Et il pourrait lui avoir appris comment simuler une maladie chez sa fille.

— Admettons. Quel serait son mobile ?

— L'amour. S'il voit les enfants comme une gêne, il veut s'en débarrasser pour avoir Cindy pour lui seul. Peut-être avec un peu de l'argent de Chip en prime. En tant que médecin, il serait parfaitement apte à monter ce stratagème. Il saurait prendre toutes les précautions nécessaires. Parce que deux enfants qui meurent l'un après l'autre dans une famille, ça éveille les soupçons. Mais si les morts sont d'origine différente et que chacune est validée d'un point de vue médical, ça peut passer.

— Ralph Benedict, huh ? grogna Milo. Je vais vérifier son dossier professionnel.

— À propos, Cindy a grandi à Ventura. Il s'y trouve peut-être toujours.

— Tu as le nom de la firme pharmaceutique qui lui a envoyé ces cylindres ?

— Holloway Medical Corporation, à San Francisco.

— Nous allons voir ce qu'ils ont pu lui envoyer d'autre, et quand. Ces cylindres, ça ressemble à des tubes vides ?

— Ils font partie d'un kit, répondis-je, et je lui décrivis le système Insuject.

— Pas d'aiguilles ou de drogues sous l'évier ?

— Non, les aiguilles et les recharges d'insuline sont conditionnées séparément. — Je lui narrai ma fouille de la chambre et du réfrigérateur. — Mais ils pourraient se trouver n'importe où ailleurs dans la maison. Tu crois possible d'obtenir un mandat de perquisition maintenant ?

— Avec les cylindres pour seul prétexte ? M'étonnerait. Avec les aiguilles et l'insuline dans le réservoir, peut-être. Il y aurait preuve de préméditation, quoique : elle pourrait toujours prétendre que tout ça a été laissé par sa tante.

— Pas si l'insuline est fraîche. Je ne suis pas certain du délai d'utilisation des doses d'insuline, mais ça n'atteint pas quatre ans quand même.

— Ouais. Alors dégotte-moi de l'insuline fraîche et j'irai parler au juge. Mais pour l'instant, il n'y a pas de preuve suffisante.

— Même avec le taux de sucre anormalement bas chez Cassie ?

— Même avec ça. Mais je me demande pourquoi elle a laissé l'attirail sous l'évier, comme ça.

— Elle n'imaginait sans doute pas que quelqu'un irait fouiner là. Il fallait vraiment chercher pour découvrir la boîte dans le coin...

— Et elle n'a pas eu l'air énervée du tout de savoir que tu avais farfouillé comme un malpropre dans ses gogues ?

— Si elle l'a été, elle n'en a rien laissé paraître. J'ai dit que je cherchais du papier-toilette et que j'avais regardé sous l'évier. Et elle s'est seulement excusée de ne pas être une maîtresse de maison parfaite.

— Accommodante, huh ? Note, les gars de Caroline du Sud devaient dire la même chose.

— Ou alors elle arrive à faire agir les gens comme elle le veut en endossant le rôle de la fille un peu bêbête et passive. Je ne suis pas ressorti de chez elle avec l'impression que j'avais maîtrisé l'entrevue, je te l'avoue.

— Ce bon vieux détective des salles de bains ! railla Milo. Tu m'as tout l'air mûr pour la brigade des mœurs, tu sais ça ?

— Merci, je passe mon tour. Tout ça m'a semblé presque surréaliste. En plus, je ne me suis pas montré très bon dans mon rôle de thérapeute.

Je lui expliquai comment Cindy m'avait fourré l'enfant dans les bras, et la panique immédiate de Cassie.

— Jusqu'alors, mes rapports avec le petit bouchon étaient en amélioration progressive. Maintenant tout est foutu, Milo. Au point que je me demande si Cindy n'a pas fait tout ça dans le but délibéré de saboter ce que je commençais à construire.

— C'est elle qui mènerait la danse, d'après toi ?

— Elle m'a dit quelque chose qui suggère que la notion de contrôle est capitale pour elle. Quand elle était enfant, sa tante ne voulait pas qu'elle mange la moindre sucrerie, même si Cindy n'avait aucun problème de pancréas. C'est certes loin du syndrome de Münchausen, mais il y a là un fort indice de pathologie : l'interdiction faite à une enfant en parfaite santé de manger une glace de temps à autre. C'est peut-être révélateur.

— La tantine qui projetterait son diabète sur elle, tu veux dire ?

— Précisément. Et qui sait si la tante ne projetait pas d'autres aspects de sa maladie sur Cindy enfant. Les injections, par exemple. Pas d'insuline, disons des injections de vitamines. Ce n'est qu'une hypothèse, bien entendu, mais Cindy m'a dit qu'elle aussi réduisait au maximum les sucreries pour Cassie. A priori, c'est une attitude de mère responsable, qui surveille de près la santé de son enfant, après le décès du précédent. Mais il se pourrait aussi que tout ça ait un rapport assez biscornu avec le sucre.

— Ah, les péchés de la mère parfaite...

— La tante a remplacé sa mère pour Cindy. Et regarde un peu le modèle qu'elle lui donnait : une professionnelle de la santé atteinte d'une maladie chronique qu'elle contrôlait. Cindy en a parlé avec une fierté visible. Elle a très bien pu grandir en associant son rôle de femme — son rôle de mère — avec le fait d'être malade et rigide émotionnellement. Contrôlée et contrôlante. De ce fait, il n'y a rien de surprenant à ce qu'elle ait embrassé la carrière militaire après ses études secondaires : c'était passer d'un environnement très structuré à un autre environnement tout aussi structuré. Après son échec dans l'armée, l'étape suivante a été une formation en techniques respiratoires. Parce que la tante Harriet lui avait dit que c'était une bonne profession. Le contrôle et la maladie ; le schéma se répète.

— Elle a déjà dit pourquoi elle n'avait pas terminé sa formation en techniques respiratoires ?

— Non. À quoi penses-tu ? Tu soupçonnes une autre histoire de promiscuité ?

— Je crois beaucoup à la répétition des schémas... Et après, elle a fait quoi ?

— Institut universitaire. C'est là qu'elle a rencontré Chip. Elle a laissé tomber, s'est mariée. Elle a été enceinte presque immédiatement. Encore de grands changements dans son existence, qui lui ont peut-être donné l'impression qu'elle ne contrôlait plus la situation. Le mariage a constitué pour elle une promotion sociale indéniable, mais elle s'est retrouvée à vivre dans un endroit très isolé.

Je lui décrivis Dunbar Court et les environs.

— Pour quelqu'un qui recherche l'attention des autres, c'est une vraie mort lente, Milo. Et quand Chip rentre à la maison, je parierais que la situation ne change pas beaucoup. Il est à fond dans la vie universitaire. Le gros poisson dans le petit aquarium. Je suis passé à l'institut universitaire avant d'aller chez eux et je l'ai vu enseigner. Le gourou sur la pelouse, avec les disciples à ses pieds. Tout un monde dont Cindy est exclue. La maison en est un reflet criant : pièce après pièce, il n'y en a que pour ses diplômes, ses trophées, ses livres, avec un mobilier typiquement masculin. Même dans son propre foyer, elle n'imprime pas sa marque.

— Alors elle imprimerait sa marque sur la gosse...

— Avec des techniques qui lui sont familières, dont elle garde le souvenir : aiguilles, insuline. Ou d'autres substances. Et elle manipule ce que Cassie mange, tout comme sa tante le faisait avec elle pour la contrôler.

— Et Chad dans tout ça ?

— Peut-être a-t-il réellement succombé à la mort subite

du nourrisson, ce qui aurait constitué un autre traumatisme dans la vie de la mère et provoqué le reste, le tout faisant basculer Cindy. Il faut également envisager la possibilité qu'elle l'ait étouffé de ses propres mains.

— Tu penses que ta découverte des cylindres pourrait l'effrayer au point de commettre une erreur ?

— Ce serait logique, mais avec le syndrome de Münchausen et tous ces jeux de pouvoir, la logique est souvent battue en brèche. Ça pourrait tout aussi bien produire sur elle un effet inverse : mettre la barre plus haut, la pousser à me défier un peu plus. De sorte que tout ça peut avoir rendu la position de Cassie encore plus précaire. Du diable si je peux le dire...

— Tu n'a rien à te reprocher, Alex. Où sont les cylindres, maintenant ?

— Ici, dans ma voiture. Tu veux les faire examiner, pour les empreintes ?

— Sûr, mais les empreintes de Cindy ou de Chip ne prouveraient rien du tout. L'un ou l'autre les a mis là il y a des années, et puis il a oublié leur existence.

— Et l'absence de poussière sur la boîte ?

— C'est une maison très propre, un placard très propre. Et tu as pu faire tomber le peu de poussière qu'il y avait dessus en bougeant la boîte. Je sais, je parle comme un avocat de la défense, alors que rien ne dit que quelqu'un en aura besoin un jour. Et si ce Benedict a laissé des empreintes dessus, ça ne prouve rien non plus. C'est à lui qu'a d'abord été envoyée la boîte, non ?

— Mais après le décès de la tante, il n'avait aucune raison de donner cette boîte à Cindy.

— Tu marques un point. Si nous pouvons prouver qu'il a reçu cette boîte après la mort de la tante, ça ferait progresser l'enquête. Il y a un numéro de série sur tes trucs ? Ou une facture ?

— Attends que je vérifie... Non, pas de facture. Mais il y a bien des numéros de série. Et le copyright figurant sur la brochure de la firme remonte à cinq ans.

— Bon. Donne-moi ces numéros de série et je vais m'en occuper. En attendant, je crois que ta meilleure carte est de continuer de jouer le jeu avec Cindy. *Son* jeu.

— Comment ?

— Arrange une entrevue avec elle. Sans la gosse.

— C'est déjà fait. Demain soir. Chip devrait être présent.

— C'est encore mieux. Attaque-la d'entrée. Dis-lui que

tu penses que quelqu'un rend Cassie malade et que tu sais de quelle manière. Tu montres un des cylindres et tu affirmes que tu ne crois pas du tout à cette histoire de boîte remisée là par hasard. Si tu veux bluffer, dis que tu as parlé au juge et qu'il est en train de préparer un mandat pour tentative de meurtre. Ensuite prie pour qu'elle pète les boulons.

— Et si tel n'est pas le cas ?

— Alors tu es viré de toute l'affaire, mais au moins elle saura que quelqu'un a percé à jour son foutu jeu de branque. Je ne vois pas ce que tu pourrais gagner à attendre plus longtemps, Alex.

— Et Stephanie ? Est-ce que je la mets dans le bain ? Elle n'est plus suspecte ?

— Comme on l'a dit, elle pourrait être l'amante secrète de Cindy, mais rien ne le prouve. Et si c'est elle qui est impliquée dans ce coup tordu, pourquoi Cindy ferait-elle appel aux services de Benedict ? Stephanie est toubib, elle peut obtenir les mêmes trucs que lui. Tout est possible, mais d'après ce que je sais, maman a commencé à être intéressante, et elle l'est de plus en plus.

— Si Steph est hors du coup, je devrai lui en parler. C'est elle le médecin traitant. Agir à un tel niveau sans la prévenir serait probablement contraire à l'éthique de la profession.

— Pourquoi tu n'essaierais pas de la sonder, d'abord, pour voir comment elle réagit ? Tiens, j'ai même le test : parle-lui des cylindres... Si tu penses qu'elle est propre, alors tu peux la mettre dans la partie pour jouer avec Cindy. L'union fait la force, à ce qu'il paraît.

— Jouer avec Cindy ? On dirait que c'est un amusement...

— Ça l'est rarement, reconnut-il. Si je pouvais le faire à ta place, je n'hésiterais pas, doc.

— Merci. Pour tout.

— Autre chose ?

Je me rendis compte que les derniers événements avaient relégué la visite chez le docteur Janos à l'arrière-plan de mes pensées.

— Beaucoup d'autres choses, oui.

Je lui relatai comment Huenengarth m'avait précédé pour retrouver les disquettes informatiques de Dawn Herbert, puis je lui résumai mes appels téléphoniques à l'institut Ferris Dixon et au bureau du Professeur W.W. Zimberg. Je terminai par ma dernière théorie concernant le chantage possible d'Herbert et d'Ashmore.

— Sacré sac de nœuds, Alex... Si ça se trouve, tu as même vu juste pour certains. Mais ne te laisse pas distraire de Cassie. Je continue à vérifier, pour Huenengarth. Rien encore, mais je ne lâche pas prise. Où pourrai-je te joindre, au cas où j'aurais du nouveau ?

— Je vais appeler Stephanie dès que nous aurons fini. Si elle est à son poste, je fais un saut à l'hôpital. Sinon, je rentre chez moi.

— Impec. Que dirais-tu d'une petite entrevue en tête à tête pour échanger nos derniers potins sur la misère humaine, ce soir ? Disons huit heures ?

— Ça me va. Merci encore, Milo.

— Ne me remercie pas. Nous sommes encore loin de pouvoir nous féliciter à propos de cette affaire.

29

— Le docteur Eves est sorti, m'annonça la réceptionniste du service de pédiatrie. Attendez, je vais l'appeler par beeper.

Je patientai en contemplant la circulation à travers la paroi vitrée poussiéreuse du réceptacle téléphonique. Les cavaliers réapparurent. Ils remontaient le long d'une artère et semblaient revenir d'un circuit. Les jambes gainées de bottes étroites serraient le torse luisant des chevaux. Les sourires étaient de rigueur.

Ils retournaient sans doute au club pour profiter de boissons fraîches en bavardant de tout et de rien. Je pensai à toutes les façons dont Cindy Jones aurait pu occuper son temps.

La réceptionniste revint en ligne au moment où le dernier cheval disparaissait.

— Elle ne répond pas, docteur. Désirez-vous lui laisser un message ?

— Vous savez quand elle sera de retour ?

— Elle a une réunion à cinq heures. Vous pourriez essayer de la joindre juste avant.

Soit d'ici deux heures. Je redescendis Topanga en songeant aux dommages qu'on pouvait infliger à une enfant en bas âge durant ce laps de temps. Je continuai vers le sud.

Les véhicules étaient refoulés de la rue. Je tournai vers l'est. Se rendre à Hollywood n'était pas facile. La nuit venue, pourtant, une ambulance devait pouvoir foncer jusqu'à un hôpital...

Je me garai dans le parking réservé aux médecins juste avant quatre heures, accrochai mon badge à la poche de mon veston et dans le hall je fis appeler Stephanie. La tension vaguement inquiète qui m'avait frappé une semaine plus tôt avait fait place à un sentiment de colère très net.

Quelle différence en une petite poignée de jours...

Pas de réponse. J'appelai de nouveau son bureau, et tombai sur la même réceptionniste. Même laïus, débité sur un ton un peu las.

Je montai à l'étage du service de pédiatrie générale, passai la salle d'examens sans regarder les patients, les médecins et les infirmières.

Le bureau de Stephanie était fermé. J'écrivis un petit mot la priant de me contacter et allai le glisser sous la porte quand une voix féminine rauque résonna dans mon dos :

— Je peux vous aider ?

Je me redressai. Une femme d'une bonne soixantaine d'années m'observait. Elle portait la blouse la plus blanche que j'aie jamais vue, boutonnée sur une robe noire. Son visage fortement hâlé, aux mille rides, paraissait contracté sous le casque neigeux de la chevelure. Sa posture aurait poussé un Marine à rectifier la sienne.

Elle vit mon badge et perdit un peu de sa sévérité.

— Oh, excusez-moi, Docteur.

Elle parlait avec un accent à la Marlene Dietrich mâtiné d'inflexions londoniennes. Ses yeux, petits et d'un bleu vert singulier, possédaient une vivacité électrique. Un stylo en or dépassait de la poche de poitrine de sa blouse. À son cou pendait une chaîne en or très fine portant une perle unique nichée dans un écrin rond doré.

— Bonjour, docteur Kohler, dis-je. Alex Delaware.

Nous échangeâmes une poignée de main formelle et son regard s'attarda sur mon badge. Le trouble ne lui allait pas du tout.

— J'ai fait partie du personnel, précisai-je aimablement. Nous avons travaillé ensemble sur certains cas atteints de la maladie de Crohn.

— Ah oui, bien sûr.

Son sourire était chaleureux, et il rendit inoffensif le petit mensonge. Elle avait toujours eu ce sourire, même lorsqu'elle corrigeait le diagnostic erroné d'un interne. Le charme germé sur le terreau d'une enfance dans la haute société pragoise et brutalement élagué par Hitler, puis revigoré par son mariage avec le célèbre chef d'orchestre. Je me souvins comment elle avait proposé d'utiliser son carnet d'adresses afin de réunir des fonds pour l'hôpital, et comment le conseil d'administration avait repoussé son offre en qualifiant ce genre de méthode de « bêtise crasse ».

— Vous cherchez Stephanie ?

— Oui, pour lui parler, à propos d'un patient.

Le sourire persistait, mais le regard s'était refroidi.

— Je la cherche moi aussi. Elle devrait être là, pourtant. Mais je suppose que notre futur chef de service est très occupée.

Je feignis la surprise.

— Oh oui, appuya-t-elle. Ceux qui sont dans le secret estiment sa promotion imminente.

Son sourire s'accentua et prit un air quelque peu carnassier.

— Eh bien, je lui souhaite de réussir... même si j'espère qu'elle apprendra très vite à mieux anticiper les événements. Un de ses patients, un adolescent, est arrivé sans rendez-vous, et il fait une véritable scène dans la salle d'attente. Et Stephanie a disparu sans dire où on pouvait la joindre.

— Voilà qui ne lui ressemble guère, remarquai-je.

— Vraiment ? Ces derniers temps, ça lui a pourtant beaucoup ressemblé... Peut-être qu'elle se croit déjà promue.

Une infirmière passa devant nous.

— Juanita ?

— Oui, docteur Kohler ?

— Avez-vous vu Stephanie ?

— Je crois qu'elle est sortie.

— De l'hôpital ?

— Je crois, Docteur. Elle avait son sac à main.

— Merci, Juanita.

Une fois l'infirmière partie, Kohler sortit un trousseau de clés de sa poche et en sélectionna une sans hésiter.

— Voilà, fit-elle en l'introduisant dans la serrure.

Elle ouvrit la porte et récupéra le trousseau. Quand je posai la main sur la clenche, elle tournait déjà les talons.

La machine à espresso était éteinte, mais une tasse à demi pleine était posée sur le bureau, à côté du stéthoscope de Stephanie. Le parfum du café fraîchement passé supplantait avec bonheur l'odeur aigre de désinfectant émanant des salles d'examens voisines. Sur le bureau se trouvaient également une pile de dossiers et un bloc-notes aux feuilles marquées de l'emblème d'une compagnie pharmaceutique. Alors que je glissais mon petit mot sous son socle, je remarquai ce qui était inscrit sur la feuille supérieure.

Des dosages, des références de magazines, plusieurs numéros de postes de l'hôpital... Et en dessous, séparé du reste par un blanc net, une annotation solitaire, griffonnée à la hâte, à peine lisible

Browsers, l'endroit où elle avait emprunté l'édition reliée plein cuir de Byron. L'ouvrage était rangé sur l'étagère.

Le B signifiait-il Byron ? Qu'elle allait emprunter un autre livre de cet auteur ?

Ou bien qu'elle devait rencontrer quelqu'un dans cette librairie ? Si c'était pour aujourd'hui, elle devait s'y trouver en ce moment même.

En plein milieu d'un après-midi pour le moins surchargé, un tel rendez-vous serait assez insolite.

Cela ne lui ressemblait pas du tout.

Du moins jusqu'à récemment, s'il fallait en croire Kohler.

Une petite aventure romantique qu'elle désirait séparer de l'usine à rumeurs que constituait l'hôpital ? Ou un simple besoin d'intimité, un moment de calme entourée de poèmes et de papiers jaunis ?

Elle avait plus que droit à préserver sa vie privée.

Dommage pour elle, car je m'apprêtais à violer cette oasis.

Moins d'un kilomètre séparait l'hôpital de Los Feliz et Hollywood, mais la circulation allait au pas, et ce court trajet dura dix bonnes minutes.

La librairie était sise sur le côté ouest de la rue, sa façade inchangée depuis dix ans, avec son enseigne crème sur laquelle se détachait en lettrage noir LIVRES RARES au-dessus des fenêtres poussiéreuses. Je dépassai la librairie et cherchai une place où me garer. Je dus faire le tour du bloc et cette fois je repérai une vieille Pontiac dont les feux arrière de signalisation étaient allumés. J'attendis qu'une très petite et très vieille femme conduise son véhicule loin du trottoir. Je venais de terminer mon créneau quand quelqu'un sortit de la librairie.

Presley Huenengarth.

À cette distance, sa moustache devenait presque invisible.

Je me laissai glisser sur mon siège. Il redressa sa cravate, prit une paire de lunettes à verres fumés de sa poche, les mit et scruta la rue dans les deux sens. Je me tassai un peu plus derrière le volant, mais j'étais à peu près certain qu'il n'avait pu me repérer. Il toucha encore sa cravate, puis partit d'un bon pas vers le sud, jusqu'au coin. Là il tourna sur la droite et disparut.

Je me redressai.

Une coïncidence ? Je n'avais remarqué aucun livre dans ses mains.

Mais j'avais du mal à admettre que c'était lui que devait rencontrer Stephanie. Pourquoi l'aurait-elle appelé « B » ?

Elle ne l'appréciait pas vraiment. Elle avait même dit : « Il en arrive à faire peur à certains ».

La croyant sur parole, j'avais estimé qu'il représentait un danger potentiel, bien qu'indéfini.

Et pourtant les supérieurs de Huenengarth étaient sur le point de promouvoir Stephanie.

Avait-elle joué à la rebelle tout en fraternisant avec l'ennemi ?

Simplement pour ménager son plan de carrière ?

Alex, tu me vois à la tête d'un service ?

Tous les autres médecins avec qui j'avais discuté envisageaient de quitter les lieux, mais *elle* caressait le rêve d'une promotion.

L'hostilité ouverte de Rita Kohler impliquait une transition qui n'irait pas sans difficultés. Stephanie était-elle récompensée pour un comportement apprécié, parce qu'elle avait traité la petite-fille du grand patron sans faire de vagues ?

Je me souvins de son absence lors de la réunion en hommage à Lawrence Ashmore. Et son arrivée tardive, sous prétexte d'un retard inattendu.

C'était peut-être la vérité, mais jadis elle se serait débrouillée d'une façon ou d'une autre pour être là. Sur l'estrade.

Assis dans la Seville, je réfléchissais à tous ces éléments en essayant de leur trouver une autre signification, quand Stephanie émergea de la librairie. Je sus alors qu'une explication différente était impossible.

Elle arborait un sourire satisfait.

Et elle ne tenait aucun livre, elle non plus.

Elle jeta un œil à gauche et à droite, tout comme Huenengarth un moment plus tôt.

Le docteur Eves cultivait de grandes aspirations.

Le rat sautant *sur* le navire en perdition ?

J'étais venu ici dans l'intention de lui montrer les cylindres d'Insuject. Pour voir sa réaction, être rassuré et pouvoir la déclarer innocente. Elle aurait participé à la confrontation projetée le lendemain, face à Cindy Jones.

À présent, je me retrouvais bien en peine pour la situer. Les soupçons de Milo avaient pris un certain poids.

Quelque chose clochait, et gravement.
Je m'affaissai de nouveau derrière le volant.
Elle prit la même direction que *lui*.
Arrivée au croisement, elle regarda sur sa droite. Dans la direction qu'*il* avait empruntée.
Elle resta là quelques secondes, puis traversa le carrefour et continua tout droit.
J'attendis un peu avant de mettre le contact. Dès que la Seville quitta la place, un autre véhicule s'y gara.
Pour la première fois de la journée, je me sentis utile.

Chez moi je trouvai un mot de Robin m'annonçant qu'elle comptait travailler tard, à moins que je n'aie quelque chose en tête. Beaucoup de choses m'occupaient l'esprit, mais aucune n'était très plaisante. Je la rappelai, tombai sur son répondeur et lui dis que je l'aimais et que j'aurais moi aussi une journée chargée. Tout en laissant ce message, je m'interrogeai quelque peu sur la nature de ces charges...
Je téléphonai à Parker Center. Une voix masculine nasillarde et haut perchée me répondit :
— Sommier, j'écoute.
— Je voudrais parler à l'inspecteur Sturgis, s'il vous plaît.
— Il n'est pas là.
— Savez-vous quand il reviendra ?
— Qui est-ce ?
— Alex Delaware. Un ami.
Il répéta mon nom avec le même entrain que s'il s'était agi d'une maladie contagieuse, puis déclara :
— Je n'en ai absolument aucune idée, M. Delaware.
— Savez-vous s'il est absent pour la journée ?
— Je ne sais pas non plus.
— C'est Charlie ?
Une pause. Mon interlocuteur s'éclaircit la gorge.
— Oui, c'est *Charles* Flannery. Je vous connais ?
— Non, mais Milo m'a parlé de tout ce qu'il a appris auprès de vous.
Un silence un peu plus long. Charlie se racla la gorge une nouvelle fois.
— Comme c'est aimable de sa part. Si l'emploi du temps de votre ami vous intéresse, je vous conseille de contacter le capitaine.
— Pourquoi serait-il au courant ?
— Parce que c'est *dans son bureau* que se trouve

M. Sturgis. Et depuis plus d'une demi-heure. Et ne me demandez pas pour quelle raison, parce que je ne la connais pas. On ne me dit *jamais* rien, alors...

Dans le bureau du capitaine... Milo avait des ennuis, de nouveau. J'espérai que ce n'était pas par ma faute, à cause de ce qu'il faisait pour moi. Le téléphone sonna. Robin.

— Bonjour. Alors, comment va ta petite protégée ?

— J'ai peut-être une piste pour expliquer ce qui lui arrive, dis-je, mais je crains que ça ne mette un peu plus en danger sa situation.

— Comment est-ce possible ?

Je le lui dis.

— Tu en as parlé à Milo ?

— Je viens d'essayer de le joindre, mais il a été appelé dans le bureau du capitaine. Il a musardé pour moi sans autorisation dans les archives informatiques du Département. J'espère que je ne lui ai pas créé d'ennuis...

— Oh, eh bien il est capable de s'en sortir, de toute façon. Il l'a déjà démontré, non ?

— Quel embrouillamini... Cette affaire réveille trop de souvenirs, Robin. Toutes ces années passées à l'hôpital, ces semaines de quatre-vingts heures, immergé dans la souffrance humaine. Et tant de problèmes contre lesquels je ne pouvais rien faire... Les toubibs n'étaient pas toujours efficaces non plus, mais au moins ils avaient leurs médicaments et leur scalpel. Moi, je ne disposais que de belles paroles et d'attitudes compréhensives, sans parler de quelques recettes comportementales que j'ai rarement pu mettre en pratique. La moitié du temps j'arpentais les services comme un charpentier doté d'outils inutilisables...

Elle ne dit rien.

— Oui, je sais, repris-je. L'auto-apitoiement, c'est très barbant à entendre.

— Tu ne peux pas nourrir au sein le monde entier, Alex.

— Voilà une image qui te conviendrait mieux, il me semble.

— Je suis sérieuse. Tu es aussi masculin qu'il est possible, mais je pense que tu as un instinct de mère frustrée. Tu veux *nourrir* tout le monde. *Prendre tout en charge*. C'est souvent une attitude très louable, et qui donne des résultats très positifs. Regarde tous ces gens que tu as aidés... Y compris Milo, d'ailleurs, mais...

— Milo ?

— Bien sûr. Considère un peu la situation qu'il doit affronter. Un *flic* homo dans un département qui nie qu'une telle chose puisse exister. Officiellement, lui et sa particularité n'existent pas. Pense à l'aliénation continuelle qu'il subit, dans son travail comme en dehors. Oh, bien sûr, il a Rick, mais c'est son univers strictement privé. Ton amitié représente pour lui une connexion, une extension au reste du monde, Alex.

— Je ne suis pas son ami par charité, Robin. Ça n'a rien d'une position sociale. Simplement je l'apprécie, en tant qu'être humain.

— Justement. Il sait très bien quel genre d'amitié tu as pour lui. Un jour il m'a dit qu'il lui avait fallu six mois pour s'habituer à l'idée d'avoir un ami hétéro, quelqu'un qui l'accepte tel qu'il est sans pour autant partager ses inclinations. Il m'a dit qu'il n'avait pas eu d'ami de cette sorte depuis l'école primaire. Et il t'est reconnaissant de ne pas jouer au thérapeute avec lui. C'est à cause de tout ça qu'il fait du mieux qu'il peut quand tu le lui demandes. Et s'il a des ennuis à cause de ça, il est de taille à s'en débrouiller tout seul, crois-moi. Dieu sait qu'il s'est dépêtré de problèmes autrement graves. Oops, il faut que j'éteigne la scie circulaire. Bon, c'est toute la profondeur métaphysique que tu obtiendras de moi aujourd'hui, mon joli !

— Quand as-tu acquis une telle sagessc ?

— Elle a toujours été là, bébé ! Il te suffisait d'ouvrir les yeux !

Je me retrouvai seul de nouveau, et toujours sur les nerfs. J'appelai mon service-répondeur. Quatre messages : un avocat me sollicitant pour consulter un enfant dans un cas de garde parentale, un diplômé me proposant une association pour améliorer ma clientèle, l'amicale des psychologues du comté qui voulait savoir si je participerais à la prochaine réunion mensuelle et, si j'en avais l'intention, quel plat je préférais pour le repas : poulet ou poisson. Le dernier message provenait de Lou Cestare. Il m'annonçait qu'il n'avait rien découvert de neuf sur les antécédents professionnels de George Plumb, mais qu'il continuait à chercher.

J'essayai encore de joindre Milo, au cas où il serait ressorti du bureau de son supérieur. Charles Flannery me répondit, et j'écourtai la conversation.

Quel était le but de Stephanie en rencontrant Huenengarth ?

Un carriérisme forcené ou le résultat de pressions extérieures, par exemple avec cette vieille histoire d'arrestation routière en état d'ivresse ?

À moins que son alcoolisme ne soit pas de l'histoire ancienne. Et si elle ne maîtrisait toujours pas ce penchant et qu'ils l'utilisaient sous forme de chantage ?

Mais comment pouvaient-ils la faire chanter et lui laisser miroiter une promotion ? La carotte et le bâton ?

Ça n'avait pas de sens. À moins que...

Si je ne me trompais pas et que l'objectif de Chuck Jones était bien de démanteler l'hôpital, mettre une personne diminuée à la tête d'un service s'expliquait très bien.

Un rat qui montait à bord du navire en train de couler...

Je songeai à quelqu'un qui avait quitté le vaisseau.

Pour quelle raison Melendez-Lynch avait-il démissionné ?

Je n'avais aucune assurance qu'il accepte de me la révéler. Notre dernier contact remontait à des années, et il avait été obscurci par l'humiliation qu'il ressentait alors, à cause d'un cas qui s'était compliqué, et d'une petite faute éthique de sa part, que j'avais d'ailleurs apprise par hasard.

Mais qu'avais-je à perdre si je tentais ma chance ?

Les renseignements de Miami ne trouvèrent personne de ce nom sur leurs tablettes. Je tentai l'hôpital où il était en poste, Notre-Dame de la Miséricorde. En Floride, il était huit heures et demie. Son assistant était sans doute parti mais, à moins d'avoir subi une transplantation de personnalité, Raoul travaillait encore.

Je composai le numéro. Une voix enregistrée de femme, aux inflexions posées, m'informa que j'étais en ligne avec le bureau du médecin en chef, fermé à présent, et débita une série de codes numériques permettant d'atteindre la messagerie vocale du docteur Melendez-Lynch.

Je fis le numéro d'appel et attendit qu'il me rappelle. Je me demandais quand les machines commenceraient à se répondre entre elles, éliminant ainsi les inutilités inhérentes au facteur humain.

Je n'eus pas longtemps à patienter :

— Docteur Melendez-Lynch, annonça-t-il.

— Raoul ? Ici Alex Delaware.

— *Ahleex* ? Sans blague ! Comment allez-vous ?

— Bien, Raoul. Et vous ?

— Je suis bien trop gros et bien trop occupé. En dehors de ça, je ne me plains pas... Eh bien, pour une surprise, c'est une surprise ! Vous êtes ici, à Miami ?

— Non, toujours à L.A.

— Ahh... Alors, dites-moi, qu'avez-vous fait ces dernières années ?

— Même chose qu'auparavant, Raoul.

— Vous êtes retourné dans le privé ?

— Uniquement pour des consultations à court terme.

— Court terme... Toujours en retraite très anticipée, alors ?

— Pas exactement. Et vous ?

— Plus ou moins la même chose aussi, Alex. Nous sommes embarqués dans quelques trucs passionnants, des études sur la perméabilité des cloisons cellulaires, au labo de cancérogenèse, et plusieurs programmes expérimentaux sur de nouveaux médicaments. Mais dites-moi donc, à quoi dois-je l'honneur de votre appel ?

— J'aurais une question à vous poser, mais elle est d'ordre personnel. Donc, si vous refusez de répondre, pas de problème.

— D'ordre personnel ?

— C'est à propos de votre démission.

— Que voulez-vous savoir à ce sujet ?

— Simplement la raison qui vous a poussé à démissionner.

— Et si ce n'est pas indiscret, pourquoi êtes-vous tellement intéressé par mes motivations, tout à coup ?

— Parce que je suis revenu au Western Peds en tant que consultant pour un cas qu'ils traitent. Et l'ambiance est vraiment triste là-bas, Raoul. Le moral général est au plus bas. Les gens démissionnent les uns après les autres, et certains dont j'aurais parié que jamais ils n'agiraient de la sorte. Vous êtes celui que je connais le mieux, c'est pourquoi je me permets de vous contacter.

— Oui, c'est en effet assez personnel, dit-il. Mais ça ne me dérange pas de vous le dire. — Il eut un rire bref. — La réponse est simple, Alex : Je suis parti parce qu'on ne voulait plus de moi.

— Vous parlez de la nouvelle administration du Western Peds ?

— Oui. Une équipe des Vandales. Ils m'ont offert un choix très simple : partir, ou mourir professionnellement. C'était une question de survie, en effet. N'écoutez pas ce qu'on vous racontera, l'argent n'a en aucune manière influencé ma décision. Personne n'a jamais travaillé au Western Peds pour l'argent, vous le savez bien. Remarquez, les finances ont commencé à poser un problème aussi, quand ces Vandales ont pris le contrôle de la baraque. Avec le gel des salaires, celui des personnels intérimaires, sans parler de la réduction du secrétariat... Ils ont de suite adopté une attitude totalement méprisante envers les médecins, comme si nous étions leurs domestiques. Ils nous ont même relégués hors de l'hôpital, dans des préfabriqués de l'autre côté de la rue. Comme des sans-logis qu'on daigne tout juste abriter de la pluie... Tout ça, je pouvais encore le supporter, à cause du boulot. La recherche.

— Ils ont coupé les crédits de vos recherches ?

— Pas de façon explicite. Mais au début de ma dernière année universitaire, le conseil d'administration a annoncé une nouvelle politique : sous prétexte de difficultés financières, l'hôpital ne contribuerait plus aux frais généraux afférents aux diverses recherches. Vous savez comment sont établies les subventions données par l'État pour les recherches : en proportion de la contribution interne de l'établissement concerné. Certaines fondations privées ont également adopté ce système de calcul, ces derniers temps. Et tous mes subsides venaient du NCI. Une nouvelle règle qui n'avait aucun rapport avec les frais généraux a quasiment *annulé* tous mes projets. J'ai fait du foin, j'ai voulu discuter du problème pour faire valoir mes arguments, je leur ai montré les résultats, les comptes, et ce qu'ils risquaient d'infliger à nos recherches. Bon Dieu, elles étaient toutes sur le cancer infantile ! Ça n'a eu aucun effet. Alors j'ai pris l'avion pour Washington et je suis allé voir les Vandales du gouvernement lui-même. J'espérais qu'ils voudraient bien suspendre leurs nouvelles mesures. Peine perdue ! Nos dirigeants, si doux, si humains, hein ? Pas un ne fonctionne en être humain. Que me restait-il comme choix, Alex ? Rester en jouant un rôle de technicien supérieur et balancer à la poubelle quînze années de travail ?

— Quinze années... La décision a dû être difficile à prendre...

— Ça n'a pas été facile, c'est vrai, mais cette décision s'est révélée une chance fantastique. Ici, à Notre-Dame, je suis membre du conseil d'administration, et je vote. Oh, l'hôpital a lui aussi son lot d'imbéciles, mais je peux les ignorer. Et en bonus, ma fille Amelia a été embauchée à l'école de médecine de Miami, et maintenant elle habite avec moi. Mon appartement offre une vue splendide sur l'océan et quand il m'arrive de visiter Little Havana [1], j'ai

1. Little Havana : quartier de Miami où sont regroupés depuis 1959 les Cubains ayant fui le régime castriste (N.d.T.).

l'impression de retomber en enfance. Ça a été comme de passer sur le billard, Alex. Sur le moment, c'était dur, mais les résultats valent largement l'épreuve.

— Vous perdre prouve leur stupidité.

— Ça, c'est certain. Quinze ans de travail, et je n'ai même pas eu de montre en or comme lot de consolation. — Il rit de nouveau. — Ces gens-là n'ont aucun respect pour la profession médicale. Tout ce qui les intéresse, c'est l'argent.

— Jones et Plumb ?

— Et ces deux lèche-bottes qui les suivent comme de gentils chiens-chiens. Novak et Je-ne-sais-plus-qui. Ils sont peut-être comptables, mais ils me rappellent les hommes de main de Fidel. Suivez mon conseil, Alex : faites bien attention où vous mettez les pieds... Pourquoi ne venez-vous pas vous installer à Miami, pour utiliser vos compétences dans un endroit où elles seront appréciées à leur juste valeur ? À nous deux, nous pourrions décrocher une subvention pour une recherche commune. Cette saloperie de sida est devenu un sujet de première importance ici. C'est tellement triste... Deux tiers des hémophiles ont reçu du sang infecté. Vous seriez vraiment très utile ici, Alex, vous savez.

— Merci de l'invitation, Raoul.

— Elle est sincère. Je me souviens du bien que nous avons réussi à faire ensemble.

— Moi aussi.

— Alors réfléchissez-y, Alex.

— Promis.

— Mais bien sûr, vous ne le ferez pas.

Nous nous mîmes à rire de concert.

— Est-ce que je pourrais vous poser encore une question ? dis-je.

— Personnelle aussi ?

— Non. Que savez-vous de l'institut Ferris Dixon pour la recherche chimique ?

— Jamais entendu parler. Pourquoi ?

— Il a subventionné un médecin du Western Peds. Y compris les frais généraux.

— Vraiment ? Et qui était-ce ?

— Lawrence Ashmore, un toxicologue. Il a fait quelques travaux épidémiologiques sur les cancers infantiles.

— Ashmore... Le nom ne me dit rien non plus. Quel genre de travaux ?

— Sur les pesticides et leurs taux de malignité. Surtout d'un point de vue théorique. Statistiques.

Il eut un reniflement méprisant.

— Et combien lui a alloué cet institut ?

— Près d'un million de dollars.

Un silence. Puis :

— Quoi ?

— C'est la vérité, assurai-je.

— Avec les frais généraux ?

— Ça fait beaucoup, n'est-ce pas ?

— C'est absurde. Rappelez-moi le nom de cet institut ?

— Ferris Dixon. Il n'a subventionné qu'une autre étude, beaucoup moins importante. Un économiste nommé Zimberg.

— Avec les frais... Hmm, il va falloir que je me renseigne là-dessus. Merci du tuyau, Alex. Et réfléchissez à ma proposition. Ici aussi, le soleil brille.

30

Je n'avais pas de nouvelles de Milo et je commençai à douter qu'il soit là pour notre rendez-vous. À 8 h 20 il n'était pas arrivé, et je me dis qu'il avait été retenu par une affaire ou une autre à Parker Center. Mais à 20 h 37 le carillon résonna et j'allai ouvrir. C'était lui. Quelqu'un se tenait derrière.

Presley Huenengarth. Son visage flottait au-dessus de l'épaule de Milo comme une lune de mauvais augure, avec sa bouche de bébé trop vite grandi.

Milo vit mon expression et me décocha un clin d'œil pour m'assurer que tout était en ordre. Il posa une main sur mon épaule et entra. Huenengarth hésita une seconde avant de le suivre, bras ballants. Il ne portait pas son arme de service, et nul renflement suspect ne déformait sa veste. Bien : aucun signe de coercition.

Mes visiteurs auraient pu être deux policiers travaillant en équipe.

— Je reviens tout de suite, lâcha Milo avant de s'engouffrer dans la cuisine.

Huenengarth s'immobilisa et attendit. Ses mains épaisses étaient tavelées, et ses yeux furetaient partout, très vite. La porte était restée ouverte. Je la fermai, et il ne bougea pas d'un cil.

Je retournai dans le salon. Bien que je ne l'entendisse pas, je savais qu'il m'avait emboîté le pas.

Je m'assis sur le canapé en cuir. Alors seulement il déboutonna son veston et se laissa choir dans un fauteuil. Son ventre débordait sur sa ceinture et tendait le tissu blanc de sa chemise. Il donnait l'impression d'une masse brute. La chair de son cou, rosée, faisait des plis sur son col pourtant largement ouvert. Sa carotide battait sur un rythme régulier et rapide.

J'entendis Milo qui fouillait dans la cuisine.

— Jolie maison, fit Huenengarth. Le panorama est à l'avenant ?

J'entendais sa voix pour la première fois. Elle trahissait des inflexions typiques du Middle West, et je la jugeai assez haut perchée, bien qu'avec un côté rocailleux. Au téléphone, j'aurais imaginé un homme bien moins corpulent.

Je m'abstins de répondre.

Il posa une main sur chaque genou et survola la pièce d'un regard délibérément lent.

D'autres bruits dans la cuisine.

Huenengarth se tourna dans cette direction.

— En ce qui me concerne, déclara-t-il d'un ton posé, la vie privée des gens ne m'intéresse pas du tout, tant qu'elle n'interfère pas avec mon boulot. Je suis là parce que je peux les aider.

— Magnifique. Et si vous me disiez qui vous êtes ?

— Sturgis m'a affirmé que vous saviez garder un secret. C'est une qualité rare.

— En particulier à Washington, peut-être ?

Le visage indéchiffrable, il me fixa des yeux.

— Ou plutôt à Norfolk, en Virginie ?

Il avança les lèvres en une moue qui accentuait leur forme poupine. La moustache qui les surmontait ressemblait à une queue de rat grisâtre. Ses oreilles étaient collées au crâne, presque sans lobe, engoncées dans la partie supérieure de son cou de taureau. Malgré la saison, son costume gris était épais. Il portait un pantalon à revers, des chaussures basses noires ressemelées, et un stylo bleu dépassait de la poche de sa chemise. Une ligne de transpiration soulignait la racine de ses cheveux.

— Vous avez essayé de me suivre, fit-il, mais vous n'avez aucune idée de ce qui est en train de se passer.

— Amusant. J'avais justement l'impression d'être suivi.

Il secoua la tête d'un air attristé et son regard s'assombrit. Comme s'il était le professeur et que l'élève venait de donner une réponse erronée.

— Alors, faites donc mon éducation, proposai-je.

— Avant tout, j'ai besoin d'un serment de totale discrétion.

— Sur quoi ?

— Tout ce que je pourrais vous dire.

— C'est plutôt vague.

— C'est à prendre ou à laisser.

— Y a-t-il un rapport avec Cassie Jones ?

Ses doigts se mirent à marteler sur ses rotules.

— Pas directement.

— Mais indirectement, oui ?

Il ne répondit pas.

— Vous voulez que je fasse serment de silence, mais vous ne me donnez aucun indice du sujet en question. Vous travaillez pour le gouvernement, ce n'est pas possible autrement...

Silence. Il était plongé dans la contemplation des motifs de mon tapis persan.

— Si ce que vous êtes disposé à me dire sous le sceau du secret peut mettre en péril Cassie, inutile d'ouvrir la bouche, ajoutai-je.

— Vous faites erreur, dit-il. Si vous teniez vraiment à elle, vous ne joueriez pas ce petit jeu.

— Et pourquoi donc ?

— Je peux l'aider, elle aussi.

— Vous êtes un type drôlement serviable, hein ?

Il haussa les épaules.

— Si vous êtes en position d'arrêter ce qu'elle endure, pourquoi ne pas l'avoir déjà fait ?

Ses doigts cessèrent de tambouriner sur ses genoux. Les deux index se rapprochèrent, se touchèrent.

— Je n'ai pas dit que j'étais omniscient, rétorqua-t-il. Mais je peux aider. Et vous, vous n'avez pas beaucoup progressé jusqu'alors, ou je me trompe ?

Avant que j'aie pu répondre, il s'était levé et marchait vers la cuisine. Il en ressortit avec Milo qui apportait trois tasses de café.

Il en posa deux sur la table basse et en garda une pour lui. Puis il s'installa à l'autre bout du canapé. Nos regards se rencontrèrent. Il eut un hochement de tête très léger. Comme une excuse.

Huenengarth se rassit, mais dans un autre fauteuil que celui qu'il occupait précédemment. Ni lui ni moi ne touchâmes à notre café.

— *Skôl*, grogna Milo avant de boire.

— Et maintenant ? dis-je.

— Ouais, il manque sans doute un peu de charme, fit Milo, mais peut-être est-il capable de faire ce qu'il prétend.

Huenengarth le fusilla du regard.

Milo sirota une gorgée de café, croisa les jambes.

— Tu es venu de ton propre gré, hein ? lui demandai-je.

— Bah, tout est relatif. Se tournant vers Huenengarth : Arrêtez de jouer au méchant bleu du FBI et filez-lui quelque chose à mâcher entre les oreilles.

Huenengarth le tança d'un second regard courroucé, avec autant d'effet que le premier. Il se tourna alors vers moi. Baissa les yeux sur son café. Effleura sa moustache d'un doigt.

— Cette théorie que vous avez, commença-t-il. Sur Charles Jones et George Plumb qui essaieraient de couler l'hôpital... À qui en avez-vous parlé jusqu'à maintenant ?

— D'abord, ce n'est pas *ma* théorie. Le personnel dans son ensemble pense que la direction administrative fait tout pour saboter l'établissement.

— Mais le personnel dans son ensemble n'est pas allé aussi loin que vous. À qui en avez-vous parlé, en dehors du docteur Lou B. Cestare ?

Je réussis à cacher ma surprise et ma peur.

— Lou ne sait rien de tout ça.

Huenengarth réprima un sourire las.

— Par malheur, il est au courant, docteur. Un homme dans sa position, avec tous ses contacts dans le monde de la finance... Il aurait pu se révéler un problème sérieux pour moi. Par bonheur, il se montre coopératif. En ce moment même, il discute avec un de mes collègues, dans l'Oregon. Ce collègue m'a dit que M. Cestare possédait une bien jolie propriété.

Son sourire s'élargit.

— Ne vous inquiétez pas, Docteur. Nous ne sortons les poucettes qu'en dernier ressort.

Milo baissa sa tasse.

— Bon, si tu arrêtais ton numéro, mon pote ?

Le sourire de Huenengarth disparut. Il se redressa peu à peu dans le fauteuil et posa sur Milo un regard minéral.

Ils s'affrontèrent un instant en silence.

Puis une expression de dégoût très net emplit les prunelles de Milo qui termina son café.

Huenengarth mit un temps avant de revenir à moi.

— Avez-vous parlé à quelqu'un d'autre que M. Cestare ? insista-t-il. Je ne compte pas votre amie, Mlle Castagna. Pas d'inquiétude de ce côté-là non plus, Docteur : d'après ce que je sais d'elle, ce n'est pas le genre à pousser la porte du *Wall Street Journal*.

— Mais bon sang, que voulez-vous ?

— Le nom de tous ceux à qui vous avez pu confier votre petite théorie, surtout s'il s'agit de personnes ayant des accointances avec les milieux financiers, ou des raisons d'en vouloir à Jones, ou Plumb.

Je me tournai vers Milo. Il acquiesça, bien que sans enthousiasme.

— Une seule autre personne, répondis-je. Un médecin qui a travaillé au Western Peds et qui vit maintenant en Floride. Mais je ne lui ai rien dit qu'il ne savait déjà, et nous ne sommes pas entrés dans les détails...

— Le Dr Lynch, lâcha Huenengarth.

Je ne pus retenir un juron.

— Qu'est-ce que vous avez fait ? Vous avez mis mon téléphone sur écoute ?

— Non, ça n'a pas été nécessaire. Le Dr Lynch et moi avons déjà bavardé. Nous bavardons régulièrement, en fait.

— C'est lui qui jouait l'espion pour vous ?

— Ne nous égarons pas, docteur Delaware. Le principal est que vous m'ayez avoué lui avoir parlé. C'est une bonne chose. Vous êtes d'une franchise admirable. Et j'ai apprécié vos hésitations à le reconnaître. Les dilemmes moraux ne vous sont pas étrangers, et je ne vois pas cette réaction très souvent, vous pouvez me croire. Si bien que ma confiance en vous s'est nettement accrue depuis mon entrée ici. Et cela constitue un excellent point pour nous deux.

— Bon sang, j'en suis vraiment touché ! raillai-je. Et quelle sera ma récompense ? Je vais apprendre votre véritable identité ?

— La coopération, Docteur. Voilà la récompense. Je pense que nous pouvons nous être mutuellement utiles. Pour le bien de Cassie Jones.

— En quoi pouvez-vous lui être utile ?

Il croisa les bras sur la barrique de son torse.

— Votre théorie — la théorie du personnel dans son ensemble — est attendrissante. Tout à fait valable pour un feuilleton télé. Des capitalistes cupides saignent à blanc une institution bien-aimée. Heureusement les bons arrivent et font le ménage. Coupure pour la pub.

— Et qui seraient les bons, dans le cas présent ?

Il plaqua une main sur sa poitrine dans un geste théâtral.

— Vous me peinez, Docteur.

— Vous êtes du FBI ?

— Les initiales sont différentes, mais peu importe : le sigle ne vous dirait rien. Revenons à votre théorie : attendrissante, mais erronée. Vous vous rappelez la première réaction de Cestare quand vous la lui avez exposée ?

— Il a dit que c'était très improbable.

— Pour quelle raison ?

— Parce que Chuck Jones est un bâtisseur, pas un dynamiteur.

— Ah.

— Mais ensuite il a décortiqué le passé de Plumb et il a découvert que les firmes auxquelles Plumb est associé ont une fâcheuse tendance à ne pas vivre longtemps. On peut donc se demander si Jones n'a pas changé son fusil d'épaule et s'il ne s'est pas mis à la dynamite...

— Plumb est un dynamiteur, approuva-t-il, et par le passé il a déjà préparé plusieurs sociétés à la reprise, pour empocher une bonne grosse commission au moment du rachat. Mais il s'agissait de sociétés possédant des avoirs qui les rendaient intéressantes à piller. Quel intérêt aurait-il à détruire un établissement non rentable, un gouffre financier comme le Western Pediatrics ? Où voyez-vous des avoirs, Docteur ?

— Le terrain sur lequel est bâti l'hôpital, par exemple.

— Le terrain... — Autre mouvement de tête attristé, accompagné cette fois d'un index agité en rythme. — Ce gars-là avait tout du professeur refoulé. En fait, le terrain appartient à la municipalité qui le loue à l'hôpital selon un contrat de quatre-vingt-dix-neuf ans renouvelable, contre un loyer de un dollar par an. C'est vérifiable aux archives municipales. Vous pouvez consulter tous les documents officiels au bureau de l'assesseur. Comme je l'ai fait.

— Mais vous n'êtes pas ici parce que Jones et sa bande sont innocents, contre-attaquai-je. Que cherchent-ils donc ?

Il avança un peu sur son siège.

— Pensez plutôt à des avoirs *convertibles*, Docteur. Une quantité énorme de titres et d'actions de première qualité à la disposition de Chuck Jones...

— Le portefeuille géré par l'hôpital... C'est Jones qui s'en occupe. Que fait-il ? Il ne déclare pas tout ?

Encore un mouvement de tête négatif.

— Vous n'êtes pas loin, Docteur, mais ce n'est pas encore ça. Quoique l'hypothèse soit tout à fait valable. En réalité, le portefeuille de placements de l'hôpital n'est qu'une vaste plaisanterie. Trente années de ponctions dans ce portefeuille pour rééquilibrer le budget d'exploitation, et il n'en reste pratiquement plus rien. Non, depuis son arrivée Chuck Jones l'a même regarni un peu. C'est un investisseur très calé. Mais la hausse des coûts continue de dévorer ce qu'il reste du portefeuille. Il n'y aura jamais assez pour que

Chuck Jones ait envie de le piller. Insuffisant pour le niveau auquel il opère.

— Et à quel niveau opère-t-il ?

— Le niveau des sommes à huit chiffres. Manipulations financières de haut niveau. Fisk et Gould auraient recompté leurs doigts après avoir serré la main de Jones. Il a la réputation d'un génie de la finance, et il a même sauvé quelques entreprises pendant sa carrière. Mais c'est son *pillage* délibéré des autres qui lui a permis ces coups d'éclat. Ce type a détruit plus d'affaires que les Bolcheviques.

— Donc c'est lui aussi un dynamiteur, tant que le jeu en vaut la chandelle ?

Huenengarth leva les yeux au plafond.

— Et pourquoi personne n'est au courant ? demandai-je.

Il avança encore un peu sur son fauteuil. Il ne le touchait plus qu'à peine.

— Ça viendra, et très bientôt, déclara-t-il avec un calme inquiétant. Je suis sur sa trace depuis quatre ans et demi, et le dénouement est enfin en vue. Et personne ne viendra tout foutre par terre. C'est pourquoi j'exige votre entière discrétion. Je ne permettrai à *personne* de faire rater l'opération. Compris ?

Le rose qui colorait son cou avait viré au rouge tomate. Il desserra sa cravate, passa un doigt dans son col et l'ouvrit.

— C'est un type très discret, dit-il. Il couvre superbement bien ses arrières. Mais je vais le battre à son propre jeu.

— Comment couvre-t-il ses arrières ?

— Par des couches de sociétés commerciales bidon et de holdings fantômes, par des consortiums en carton-pâte, avec une multitude de comptes bancaires à l'étranger. Il a littéralement des centaines de comptes commerciaux, qui opèrent simultanément. Sans compter des bataillons de laquais comme Plumb, Roberts et Novak, dont la plupart ne connaissent qu'une infime partie du tableau. Le tout forme un écran tellement efficace que même des gens comme M. Cestare n'ont pas réussi à le percer. Mais quand cet écran va tomber, Docteur, ça va faire du bruit, je vous le promets. Il a commis des erreurs, et je l'ai enfin dans ma ligne de mire.

— Comment dynamite-t-il le Western Peds ?

— Il n'est vraiment pas nécessaire que vous soyez au courant de ces détails, Docteur.

Il prit sa tasse et but une gorgée de café.

Je repensai à ma conversation avec Lou.

Pourquoi un consortium rachèterait-il l'établissement, si c'est pour le fermer ensuite ?

Il peut y avoir nombre de raisons... Ils voulaient obtenir les ressources de la société plutôt que la société elle-même.

Quel genre de ressources ?

Le matériel, le portefeuille d'investissements, les fonds de pension...

— Le fonds vieillesse des médecins, m'exclamai-je. Jones s'en occupe également, n'est-ce pas ?

Il ne répondit pas.

— Et merde, maugréa Milo.

— Quelque chose comme ça, lâcha Huenengarth à contrecœur.

— Le fonds vieillesse atteint les huit chiffres ?

— Un beau huit, oui.

— Allons, comment est-ce possible ?

— Un peu de chance, un peu de savoir-faire, mais surtout l'aide du temps qui passe, Docteur. Jamais calculé ce que rapporteraient en soixante-dix ans mille dollars placés sur un compte rémunéré à cinq pour cent ? Vous devriez faire le calcul, un jour. Le fonds vieillesse des médecins équivaut à soixante-dix ans de placements de tout repos qui ont été multipliés par dix, vingt, cinquante, cent, convertis et reconvertis des dizaines de fois, et les dividendes payés réinvestis dans le fonds. Depuis la Seconde Guerre mondiale, la Bourse a suivi une progression à peu près constante. Le fonds regorge de petits trésors comme des actions IBM achetées deux dollars l'unité, ou des Xerox raflées à un dollar. Et, au contraire des fonds d'investissement commerciaux, presque rien ne ressort. Les règlements régissant le fonds vieillesse précisent qu'il ne peut servir aux dépenses de l'hôpital, de sorte que les seules dépenses obligatoires se limitent au paiement des médecins quand ils prennent leur retraite. Ce qui ne représente presque rien, parce ce que ces mêmes règlements minimisent les sommes payées si les médecins prennent leur retraite avant vingt-cinq années passées à l'hôpital.

— La structure mathématique, fis-je en repensant à Al Macauley qui m'avait dit ne pouvoir toucher aucune pension. Quiconque quitte l'établissement avant un certain temps ne récupère rien du tout.

Huenengarth acquiesça avec une satisfaction visible. L'étudiant commençait enfin à comprendre.

— On appelle ça la loi des fractions, Docteur. La plupart

des fonds vieillesse sont concoctés de cette façon, sous le prétexte de récompenser la loyauté des contractants. Quand l'école de médecine a accepté de contribuer au fonds, il y a soixante-dix ans, il a été stipulé qu'un médecin quittant l'établissement avant cinq années révolues ne toucherait pas un dollar. Même chose pour celui qui démissionne après n'importe quelle durée et qui continue de travailler en qualité de médecin pour un salaire équivalent. Les médecins sont des gens qui bougent pas mal, de sorte que ces deux groupes représentent quatre-vingt-neuf pour cent des cas. Sur les onze pour cent restant, très peu de médecins ont travaillé les vingt-cinq années pleines nécessaires pour prétendre à leur assurance vieillesse. Et pourtant l'argent versé au fonds par chaque médecin ayant travaillé à l'hôpital reste là, et il rapporte.

— Qui a contribué, en dehors de l'école de médecine ?

— Vous faisiez partie du personnel. Vous n'avez jamais lu le détail fourni avec vos contrats d'assurance vieillesse ?

— Les psychologues n'étaient pas inclus dans le fonds.

— Oui, vous avez raison. Eh bien, estimez-vous chanceux.

— Qui a contribué ? répétai-je.

— L'hôpital verse le complément.

— Les médecins ne paient rien ?

— Pas un dollar. C'est pourquoi ils ont accepté des conditions aussi strictes. Mais c'était une vision à très court terme de leur part. Pour la majorité d'entre eux, la pension ne vaudra rien.

— La partie était truquée dans les règles, dis-je. Et Jones en a tiré un joli magot à huit chiffres. Ça explique pourquoi il rend la vie si misérable au personnel. Il veut qu'aucun médecin ne reste très longtemps. Il s'arrange pour que le renouvellement soit constant, que personne ne reste les cinq ans fatidiques, ou que les médecins soient assez jeunes pour chercher ensuite une place comparable. Le fonds accumule les dividendes, il n'a rien à débourser et il peut faire main basse sur le surplus.

— C'est exactement ça ! approuva Huenengarth avec chaleur. Du rapt financier à grande échelle, Docteur. Ça arrive partout dans le pays. Il y a plus de neuf cent mille fonds vieillesse sur tout le territoire. Deux milliards de dollars placés pour quatre-vingts millions de travailleurs. Quand le marché financier a grimpé au plafond et généré des milliards de dollars d'excédents, les sociétés ont demandé au

Congrès d'adoucir la législation sur l'utilisation de ces excédents. À présent, cet argent est considéré comme faisant partie des avoirs de chaque société plutôt qu'appartenant de droit aux travailleurs. Rien que l'année dernière, les soixante plus grandes entreprises du pays disposaient de soixante milliards de dollars pour s'amuser. Certaines sociétés se sont mises à contracter des polices d'assurance afin de pouvoir utiliser ce capital. C'est en bonne partie ce qui a déclenché cette frénésie d'O.P.A. : un des premiers paramètres dont s'assurent les raiders avant de faire une offre, c'est justement le statut du fonds vieillesse de la firme visée. Ils dissolvent la société, se servent des excédents pour en acheter une autre, qu'ils dissolvent à son tour, etc. Et au passage, des tas de gens perdent leur boulot...

— Ils s'enrichissent avec l'argent des autres.

— Et sans avoir à créer de produits ou à offrir le moindre service. De plus, dès que vous commencez à penser que vous possédez quelque chose, contourner les lois devient beaucoup plus attrayant. Et plus aisé. Les manipulations illégales de fonds se sont multipliées, détournements de fonds, prêts personnels contractés sur les fonds vieillesse, attribution de contrats de gestion à des copains contre un pourcentage, tandis que les copains facturent outrageusement leurs services... Tout ça constitue une énorme contribution au crime organisé. En Alaska, la mafia a réussi à vider le fonds vieillesse d'un syndicat local, et les travailleurs ont perdu jusqu'au dernier dollar qui leur revenait légalement. Des sociétés ont également modifié les règlements en passant à des plans de contribution définis. Au lieu de pension mensuelle, le retraité touche une grosse somme calculée sur sa durée de vie présumée. Pour l'instant c'est légal, mais ce système nie le rôle premier des pensions : la sécurité financière des travailleurs jusqu'à la fin de leur existence. L'employé moyen ne sait pas comment investir. Seulement cinq pour cent des employés le font. La grande majorité des retraites payées en une fois est dépensée pour des besoins immédiats ou des futilités quelconques, et très vite le pauvre type se retrouve sans revenu.

— Vous parlez excédents et hausse de la Bourse... Mais que se passe-t-il quand l'économie ralentit, comme en ce moment ?

— Si la société fait la culbute et que le plan de contribution a été pillé, les travailleurs doivent se retourner vers les compagnies d'assurances qui garantissaient le fonds. Il existe aussi un Fonds fédéral de garantie, et un Fonds direct d'indemnisation compensée, mais si un nombre important de sociétés ayant adopté des plans de contribution définis ont été razziées, la dernière crise boursière ressemblera à une blague. Et même avec le FFG et le FDIC, un travailleur mettra des années à récupérer un peu d'argent. Et ceux qui ont le plus à perdre sont les employés les plus âgés et les plus malades, en gros les types les plus loyaux, qui ont consacré leur vie à trimer pour la société. Les gens demandent l'aide sociale, ils attendent. Et ils finissent par mourir.

Son visage s'était empourpré, et ses larges mains s'étaient serrées en deux poings durs comme la pierre.

— Le fonds vieillesse des médecins est en danger ?

— Pas encore. Comme vous l'a dit M. Cestare, Jones a vu arriver le Lundi noir et il en a tiré des profits fabuleux. Et le conseil d'administration de l'hôpital qui l'adore...

— Il construit son magot, pour d'autres pillages ?

— Non, il en est déjà au stade du pillage. Il injecte des dollars et il en soustrait autant.

— Comment fait-il pour ne pas être inquiété ?

— Il est le seul à pouvoir influer sur chacune des transactions opérées. Lui seul connaît le tableau dans son intégralité. Et il utilise aussi le fonds pour ses achats personnels. Il y place des sommes importantes, mélange les comptes des fonds avec les siens, ce qui lui permet des mouvements bancaires d'une heure sur l'autre. Il en joue au maximum. Il achète et revend sous des noms d'emprunt qu'il change quotidiennement. Il fait des *centaines* de transactions, et *chaque jour*.

— Et il touche beaucoup de commissions, bien sûr ?

— Beaucoup, oui. Et il est très difficile de le pister avec ce système.

— Mais vous y êtes parvenu.

Il acquiesça. Il était toujours très rouge, et son regard brillait de l'éclat du chasseur.

— Ça m'a pris quatre ans et demi, mais j'ai finalement réussi à avoir accès à ses banques de données et, jusqu'ici, il ne le sait pas. Il n'a d'ailleurs aucune raison de se croire soupçonné, puisque le gouvernement ne s'intéresse absolument pas aux fonds de pension sans profits, en temps normal. S'il n'avait pas commis quelques petites erreurs avec certaines des sociétés qu'il a coulées, il serait inattaquable, au paradis fiduciaire.

— Quel genre d'erreurs ?

— C'est sans importance, répliqua-t-il d'un ton sec.

Je le dévisageai.

Il se força à sourire et leva une main en signe d'armistice.

— Ce qui importe, c'est que sa coquille ait fini par se fissurer, et je vais l'éventrer. Je suis tout près de le faire. Le moment est crucial, Docteur. C'est pourquoi je deviens un rien susceptible quand des gens se mettent à me filer. Vous comprenez ? À présent, votre curiosité est-elle satisfaite ?

— Pas vraiment.

Il se raidit.

— Quel est votre problème ?

— Deux meurtres non élucidés, pour commencer. Pourquoi Lawrence Ashmore et Dawn Herbert sont-ils morts ?

— Ashmore... Ashmore était un drôle d'oiseau. Un médecin qui comprenait les arcanes de l'économie et qui possédait le savoir technique suffisant pour utiliser cet atout. Il a fait fortune, et comme beaucoup de gens riches, il s'est mis à penser qu'il était plus futé que tout le monde. Tellement futé qu'il ne se croyait plus assujetti à l'impôt sur le revenu. Il s'en est tiré pendant quelque temps, mais le fisc a fini par lui tomber dessus. Il aurait pu passer un très long temps en prison. Alors je l'ai aidé...

— Et en contrepartie, enchaînai-je, il a piraté les banques de données de Jones pour vous, n'est-ce pas ? L'espion rêvé : un médecin sans patients. Son diplôme était vrai ?

— À cent pour cent.

— Vous lui avez trouvé un job et une subvention d'un million de dollars, avec les frais généraux. Finalement, l'hôpital a été payé pour l'embaucher.

Il eut un petit sourire ironique.

— La cupidité. Ça marche à chaque fois.

— Vous êtes du fisc ?

Sans se départir de son sourire, il fit « non » de la tête.

— Seulement de façon très occasionnelle, quand un tentacule rencontre un autre tentacule...

— Dans quelle partie êtes-vous, alors ? Vous avez simplement demandé au fisc de vous trouver un médecin en délicatesse avec ses impôts ? Et ils ont obéi ?

— Ça n'a pas été aussi simple. Trouver quelqu'un comme Ashmore a pris du temps, beaucoup de temps. Mais sa personne m'a aidé à convaincre mes supérieurs de financer mon projet.

— Vos supérieurs, répétai-je. L'institut Ferris Dixon pour la recherche chimique ? Le FDICR. Comme le FDIC : le

Fonds direct d'indemnisation compensée... Et le R, que signifie-t-il ?

— Razzia. Fonds direct d'indemnisation compensée pour la razzia. C'est l'idée qu'Ashmore se faisait d'une bonne plaisanterie. Pour lui, tout était un jeu. Il aimait à se croire plein d'esprit. Mais je l'ai persuadé de jouer tout en finesse.

— Et qui est le professeur Walter William Zimberg ? Votre patron ? Un autre espion ?

— Personne. Littéralement.

— Il n'existe pas ?

— Pas au sens propre, non.

— Encore un type à la Münchausen, grogna Milo.

Huenengarth lui lança un regard aigu.

— Il a pourtant un bureau à l'université du Maryland, remarquai-je. J'ai parlé à sa secrétaire.

Huenengarth reprit sa tasse, la vida.

— Pourquoi vous importait-il tant qu'Ashmore ait un poste à l'hôpital ? demandai-je.

— Parce que c'est à l'hôpital que se trouve la banque de données de Jones. Je voulais qu'Ashmore ait un accès direct à son matériel informatique.

— Jones se sert de l'hôpital comme centre de ses affaires ? Mais il m'a dit qu'il ne disposait même pas d'un bureau.

— Techniquement, c'est vrai. Vous ne verrez son nom sur aucune porte. Mais tout son système est enterré dans l'espace qu'il a supprimé à certains services.

— Au deuxième sous-sol ?

— Disons que son système est bien enterré. Dans un endroit très difficile à trouver. En tant que chef de la Sécurité, je m'en suis personnellement assuré...

— Vous faire attribuer un poste dans l'hôpital a dû représenter un véritable tour de force, n'est-ce pas ?

Pas de réponse.

— Vous ne m'avez toujours pas répondu, dis-je. Pourquoi Ashmore est-il mort ?

— Je ne le sais pas encore.

— Qu'a-t-il fait ? Il a essayé de vous doubler ? Il a utilisé ce qu'il avait appris sur Jones pour lui extorquer de l'argent ?

Il humecta ses lèvres d'une langue rapide.

— C'est possible. Les données qu'il a réunies sont encore à l'analyse.

— Par qui ?

— Des spécialistes.

— Et pour Dawn Herbert ? Elle était au courant ?

— Je ne sais pas quel jeu elle jouait, dit-il. Je ne sais même pas si elle jouait.

Sa frustration semblait sincère.

— Alors pourquoi avez-vous recherché ses disquettes ?

— Parce qu'elles intéressaient Ashmore. Quand nous avons commencé à décoder les fichiers d'Ashmore, son nom est apparu.

— Dans quel contexte ?

— Il avait fait une note codée recommandant de la prendre au sérieux. Il l'avait qualifiée de « nombre entier négatif », son expression pour désigner quelqu'un de suspect. Mais elle était déjà morte.

— Que disait-il d'autre sur elle ?

— C'est tout ce que nous avons décrypté à son sujet, pour l'instant. Il a tout codé, et ses codes sont très complexes. Il faut du temps pour les percer.

— Il travaillait pour vous et il ne vous a pas donné les clefs de ses codes ?

— Seulement quelques-unes.

La colère étrécit ses yeux.

— Donc vous avez volé les disquettes d'Herbert.

— Je les ai *récupérées*, plutôt. Elles me revenaient de droit. Elle les avait compilées en travaillant pour Ashmore, et Ashmore travaillait pour moi. Donc, légalement, ces disquettes étaient ma propriété.

Il avait prononcé les deux derniers mots très vite, avec la possessivité d'un enfant pour un jouet flambant neuf.

— Ce n'est pas *simplement* un job pour vous, n'est-ce pas ? dis-je.

Son regard balaya la pièce avant de se reposer sur moi.

— C'est très exactement un job, pour moi. Il se trouve *simplement* que j'aime mon boulot.

— Vous n'avez donc pas d'idées sur les raisons du meurtre de Dawn Herbert ?

— D'après la police, ce serait l'œuvre d'un détraqué sexuel.

— Et vous, vous accordez du crédit à cette théorie ?

— Je ne suis pas policier, Docteur.

— Ah non ? raillai-je, et ce qui passa dans ses yeux me poussa à continuer : Je parierais pourtant que vous avez été une sorte de policier avant de reprendre des études. Avant d'apprendre à parler comme un professeur d'école de commerce.

Ses yeux prirent un éclat dur.

— Qu'est-ce que vous faites, là, une psychanalyse gratuite ?

— Administration commerciale, supputai-je. Ou peut-être économie politique...

— Je ne suis qu'un humble fonctionnaire, Docteur. Vos impôts paient mon salaire.

— Un humble fonctionnaire disposant d'une fausse identité et d'un million de dollars de fausses subventions, insistai-je. C'est vous, Zimberg ? Mais ce n'est sans doute pas non plus votre véritable nom. Que signifie le « B » que j'ai trouvé sur le bloc-notes de Stephanie ?

Il me dévisagea un long moment, puis se leva et fit le tour de la pièce. Il effleura le cadre d'un tableau. Ses cheveux se clairsemaient au sommet de son crâne.

— Quatre ans et demi, dis-je. Vous avez donné beaucoup de votre temps pour le coincer...

Il ne répondit pas, mais je vis sa nuque se raidir.

— Quel est le rôle de Stephanie dans tout ça ? demandai-je. À part son amour.

Il se retourna et me fit face. De nouveau, son visage s'était empourpré. Un adolescent surpris en plein pelotage.

— Pourquoi ne le lui demandez-vous pas vous-même ? dit-il avec calme.

Elle attendait dans une Buick Regal sombre garée devant la maison, juste derrière la haie, hors de vue de la terrasse. Un point lumineux bougeait à l'intérieur de la voiture, telle une luciole en captivité.

Une lampe-stylo. Assise sur le siège avant droit, Stephanie s'en servait pour lire. La vitre de sa portière était baissée. Elle portait un collier doré qui accrochait la lumière, et s'était parfumée.

— Bonsoir, dis-je en m'approchant.

Elle leva les yeux, ferma son livre et ouvrit la portière. Le plafonnier du véhicule s'alluma automatiquement au moment où elle éteignait sa lampe-stylo, l'éclairant un peu à la façon d'une soliste sur scène. Elle portait une jupe plus courte qu'à son habitude. L'idée du rendez-vous amoureux s'imposa à mon esprit. Son beeper se trouvait sur le tableau de bord. Elle se glissa derrière le volant, et je m'assis à la place qu'elle venait de quitter. Le siège était encore tiède de sa présence.

Elle ne prit la parole que lorsque j'eus refermé la portière et que la voiture se retrouva plongée dans l'obscurité.

— Désolée de ne rien t'avoir dit, mais il avait besoin de la plus grande discrétion.

— Comment l'appelles-tu, Press ou Wally ?

Elle se mordit la lèvre inférieure.

— Bill.

— Comme pour Walter *William*...

Elle se rembrunit.

— C'est son surnom. Ses amis l'appellent comme ça.

— Il ne m'en a rien dit, *à moi*. J'en déduis que je ne fais pas fait partie de ses amis.

Elle posa les mains sur le volant et regarda la nuit à travers le pare-brise.

— Écoute, je sais que je t'ai quelque peu induit en erreur par mon silence, mais la chose a quand même un caractère très personnel. Ce que je fais dans ma vie privée ne te concerne en rien, d'accord ?

— Quelque peu induit en erreur ? M. Sécurité est ton petit copain. Que m'as-tu caché d'autre ?

— Rien. Rien qui ait un rapport avec le cas dont tu t'occupes.

— Ah bon ? Il prétend pouvoir aider Cassie. Alors pourquoi ne l'as-tu pas poussé à intervenir plus tôt ?

Ses mains se crispèrent sur le volant.

— Merde, lâcha-t-elle et, après un court silence : C'est compliqué, Alex.

— Je n'en doute pas.

— Écoute, je t'ai dit qu'il faisait peur parce que c'est l'image qu'il cherche à donner, d'accord ? Il est absolument capital qu'on voie en lui un type désagréable, pour le but qu'il poursuit. Et ce qu'il fait est *important*, Alex. Aussi important que la médecine. Il y travaille depuis très longtemps.

— Quatre ans et demi, je sais. J'ai eu droit au couplet sur la noblesse de sa quête, et in extenso. Ta promotion à la tête d'un service fait partie de son plan ?

Elle se tourna enfin vers moi.

— Je n'ai pas à répondre à cette question. Je mérite cette promotion, Alex. Rita est un dinosaure ! Elle vit sur sa réputation depuis des années. Laisse-moi te raconter une anecdote très révélatrice : il y a deux mois, nous faisions notre tournée dans l'unité spéciale. Quelqu'un avait mangé un Mc Donald's dans le bureau des infirmières et laissé la boîte sur le comptoir ; tu sais, ces emballages rigides en polystyrène expansé, avec le logo imprimé sur le couvercle. Rita l'a pris et a demandé ce que c'était. D'abord, tout le monde a cru qu'elle plaisantait. Et puis nous nous sommes rendu compte qu'elle était très sérieuse. Elle ne savait pas ce qu'était un emballage de *Mc Do*, Alex ! Oui, elle est larguée à ce point. Alors comment pourrait-elle comprendre les problèmes de nos patients ?

— Quel rapport avec Cassie ?

Stephanie brandit son livre comme un bouclier. Je parvins à en déchiffrer le titre, malgré l'obscurité : *Les Urgences pédiatriques*.

— Une lecture pour le plaisir, ou pour ton avancement professionnel ?

— Tu m'emmerdes ! cracha-t-elle en saisissant la clenche de la portière pour la relâcher presque aussitôt et se laisser aller sur son siège. Bien sûr, ça l'arrangerait si je prenais la direction du service. Plus il aura d'amis proches d'eux et meilleures seront ses chances d'obtenir des renseignements susceptibles de les faire tomber. Quel mal y a-t-il à ça ? S'il ne les arrête pas, bientôt il n'y aura plus du tout d'hôpital...

— Des amis ? répétai-je. Tu es bien certaine qu'il connaît la signification exacte de ce mot ? Lawrence Ashmore aussi travaillait pour lui, et il ne parle pas de lui avec beaucoup d'affection.

— Ashmore était un pauvre type, insupportable de prétention.

— Je croyais que tu ne le connaissais pas ?

— Et c'est la vérité. Je n'avais aucune raison de le fréquenter. Je t'ai dit comment il me traitait, et son arrogance quand il avait besoin de moi.

— Qui a eu l'idée de lui faire éplucher le dossier de Chad ? Toi ? Ou *Bill* ? C'était dans l'espoir de découvrir d'autres faits incriminant un peu plus les Jones ?

— Quelle différence cela fait-il ?

— J'aimerais assez savoir si nous nous occupons de médecine ou de politique...

— Mais quelle différence cela fait-il, Alex ? Quelle foutue différence ? L'important, c'est le résultat ! Oui, c'est mon ami. Et oui, il m'a beaucoup aidée ! Et je veux l'aider en retour, c'est vrai ! Quel mal y a-t-il à cela ? Nos buts se rejoignent !

— Alors pourquoi ne pas avoir aidé *Cassie* ? répliquai-je avec la même agressivité. Je suis sûr que vous avez parlé d'elle, tous les deux ! Pourquoi lui infliger une minute de plus cette torture si M. Propre peut l'arrêter ?

Elle se rencogna contre la portière.

— Mais que diable attends-tu de moi, Alex ? La perfection ? Eh bien, je suis désolée, mais je ne peux pas satisfaire à cette demande. J'ai essayé, et c'est le plus court chemin pour la souffrance. Alors lâche-moi un peu, d'accord ?

Elle se mit à pleurer.

— D'accord, oublions ça, dis-je d'un ton plus calme. Concentrons-nous seulement sur Cassie, si tu veux bien.

— C'est ce que je fais, dit-elle d'une toute petite voix. Crois-moi, Alex, c'est ce que je fais depuis le début. Mais nous ne pouvions rien, parce que nous ne savions pas. Il fallait que nous soyons certains. C'est pour cette raison que j'ai fait appel à toi. Bill ne le voulait pas, mais j'ai insisté. Je me suis battue pour que tu nous aides, Alex. C'est la vérité.

Je gardai le silence.

— J'avais besoin de toi pour comprendre, poursuivit-elle. Pour être sûre de ce que Cindy infligeait à sa fille. Ensuite, et ensuite seulement, Bill pouvait intervenir. À ce moment, nous pouvions les confronter.

— À ce moment ? Ou tu attendais que Bill te donne le feu vert ? Que son plan soit en place et qu'il soit prêt à faire tomber toute la famille ?

— Non ! Il... Nous voulions uniquement agir d'une façon qui soit... efficace. Les accuser d'un coup n'aurait pas été...

— Stratégique ?

— Efficace ! Ou éthique... Ce n'était pas la chose à faire. Que se serait-il passé si elle était innocente ?

— Oh, les problèmes de Cassie seraient d'origine organique ? Métabolique ?

— Et pourquoi pas ? Je ne suis qu'un médecin, bon sang, pas Dieu. Comment diable aurais-je pu savoir ? Le fait que Chuck Jones soit un escroc n'impliquait pas automatiquement la même chose pour Cindy ! Je n'avais aucune certitude, tu comprends ça ? Aller au fond des choses, c'est ton boulot, à toi ! Et c'est pour ça que je t'ai appelé à la rescousse.

— Merci pour le boulot.

— Alex, dit-elle d'une voix plaintive, pourquoi me rends-tu les choses si difficiles ? Tu sais très bien quel genre de médecin je suis.

Elle renifla et se frotta les yeux des deux poings.

— Depuis que tu m'as mis sur ce cas, dis-je, j'ai l'impression de naviguer à vue dans un véritable labyrinthe.

— Moi aussi, figure-toi. Si tu crois qu'il est facile d'assister à des réunions avec ces salopards en jouant le rôle du faire-valoir en jupons... Plumb a l'air de penser que la place naturelle de sa main est sur mon genou.

Elle grimaça et tira sur le bas de sa jupe.

— Si tu crois que c'est facile de se retrouver avec d'autres médecins, de croiser Bill dans un couloir et d'entendre ce qu'ils disent de lui... Écoute, je sais que pour toi il ne représente pas le modèle du type bien, mais c'est parce que tu ne le connais pas. C'est vraiment quelqu'un de bien. Il m'a beaucoup aidée.

Elle détourna la tête et regarda par la vitre de sa portière.

— J'avais un problème. Il est inutile que je te donne les détails... Oh, et puis après tout, quelle importance, hein ? J'avais un problème de boisson, voilà. Tu saisis ?

— Je saisis.

Elle se retourna vivement vers moi.

— Tu n'es pas surpris ? Est-ce que ça se voyait ?

— Non. Mais ça arrive aussi aux gens bien.

— Je ne l'ai jamais laissé voir ?

— Tu n'es pas vraiment l'image de la soûlarde imbibée, non.

— Non, approuva-t-elle avec un rire tendu. Plutôt l'alcoolique *comateuse*. Tout comme ma mère. Ce bon vieil héritage génétique...

Elle rit de nouveau, plus amèrement encore. Ses mains s'étaient crispées sur le volant.

— Ah, mon père... C'était l'alcoolique *violent*. Et mon frère Tom, lui, l'alcoolique *gentil*. Plein d'esprit et de charme, tout le monde l'aimait... quand il avait bu quelques verres de trop, évidemment. Il était dessinateur industriel, et bien plus intelligent que moi. Artiste, créateur... Il est mort il y a deux ans, de cirrhose. Il avait trente-huit ans.

Elle renifla.

— J'ai réussi à retarder ma chute quelque temps. J'ai toujours été l'enfant rebelle. Et puis, pendant mon internat, j'ai rejoint la tradition familiale. Je me soûlais durant mes jours de repos. J'étais très douée pour ça, Alex. Je parvenais à être présentable pour l'heure de mes rotations. Mais j'ai fini par me laisser aller. Mon timing commençait à avoir des ratés. Le timing, c'est ce qu'il y a de plus difficile à conserver quand on boit en cachette...Il y a quelques années, j'ai été arrêtée pour conduite en état d'ivresse. J'ai causé un accident. Joli tableau, non ? Imagine que j'aie tué quelqu'un,

Alex. Un enfant, par exemple. « Une pédiatre ivre transforme un gamin en steak tartare. » Un beau titre pour les journaux, non ?

Elle se remit à pleurer. Puis elle s'essuya les yeux avec un tel geste qu'elle me donna presque l'impression de vouloir se punir.

— Merde, assez d'apitoiement sur ma petite personne ! Mes copains des Alcooliques anonymes n'arrêtaient pas de me reprocher ce travers. Je suis allée aux Alcooliques anonymes pendant un an. Et puis j'ai laissé tomber. Je n'avais pas le temps pour ces réunions, et puis j'allais beaucoup mieux, évidemment ! Mais l'année dernière, avec le prétexte du stress et quelques buts personnels que je n'arrivais pas à atteindre, j'ai recommencé. Tu sais, ces mignonnettes qu'on te donne dans les avions ? J'en ai pris une pleine poignée lors d'un vol, au retour d'une convention de médecins. Juste un petit coup avant de me coucher. Et puis quelques autres... Et je me suis mise à emporter des mignonnettes au travail. Pour profiter un peu plus de ce moment si doux, quand la journée vient de se terminer. Mais j'étais très futée, je prenais bien soin de remettre les vides dans mon sac à main. Tu vois, je suis douée pour tromper mon monde, n'est-ce pas ? Tu ne savais rien de tout ça jusqu'à maintenant, pas vrai ? Je t'ai eu, toi aussi, non ? Oh, merde !

Elle frappa le volant des deux mains, puis y appuya son front.

— Ça va, dis-je. C'est sans importance.

— Oui, bien sûr : tout va bien. C'est super, c'est magnifique, merveilleux... Une nuit — une nuit d'enfer, avec des gamins malades toute la nuit dans le service — j'ai vidé tout une série de mignonnettes, et j'ai perdu conscience à mon bureau. Bill faisait une ronde, et il m'a trouvée là, à trois heures du matin. J'avais vomi sur mes dossiers. Quand je l'ai vu penché sur moi, j'ai cru que j'allais mourir de honte. Mais il m'a rassurée, il a nettoyé le bureau, il m'a aidée à me laver et il m'a ramenée chez moi. Il a pris soin de moi, Alex. Personne n'avait jamais fait ça auparavant. C'est toujours moi qui prenais soin de ma mère quand elle était...

Elle frotta lentement son front contre le volant.

— C'est grâce à lui que j'ai remonté la pente. Tu as remarqué que j'avais minci ? Et ma coupe de cheveux ?

— Oui, tu es superbe comme ça.

— J'ai appris à m'habiller, Alex. Parce que ça avait enfin de l'importance pour moi. Pour lui. C'est Bill qui m'a acheté la machine à café. Il me comprend, parce que dans sa famille aussi il y a eu... Son père était un alcoolique, très violent. Il buvait le week-end, mais il a conservé le même emploi dans une usine pendant vingt-cinq ans. Ensuite la firme a été rachetée et dissoute, son père a perdu son travail et ils ont découvert que le fonds vieillesse avait été vidé. Complètement. Son père n'a pas retrouvé d'autre place et il s'est littéralement suicidé à l'alcool. À l'époque, Bill était au lycée. Un jour il est revenu d'un entraînement de football et il l'a trouvé mort. Tu comprends maintenant pourquoi il sait ce que j'ai vécu ? Et pourquoi ce qu'il fait en ce moment revêt une telle importance pour lui ?

— Oui.

Je n'arrivais pourtant pas à définir la part de vrai dans toute cette histoire... Puis je repensai au visage révélé par l'Identikit, celui de l'homme qui avait discuté avec Dawn Herbert dans la rue près de la boîte de nuit, peu avant sa mort.

— Et il s'est occupé de sa mère, lui aussi, reprit-elle. Il a naturellement le caractère à arranger les problèmes. C'est la raison qui l'a poussé à s'engager dans la police, et c'est pourquoi il a repris ses études pour se spécialiser dans les matières financières. Il a décroché son diplôme, Alex. Ça lui a pris dix ans, parce qu'il travaillait en même temps. — Elle releva la tête et un sourire détendit son profil. — Mais ne l'appelle jamais docteur...

— Qui est le vrai Presley Huenengarth ?

Elle hésita.

— Un autre secret d'État ? dis-je.

— C'est... D'accord, je vais te le dire parce que je veux que tu aies confiance en moi. D'ailleurs, ce n'est pas si important : Presley était un de ses amis de jeunesse ; un gamin qui est mort d'une tumeur au cerveau à l'âge de huit ans. Bill a pris son identité parce qu'elle était sûre : le dossier du vrai Presley ne contenait qu'un certificat de naissance, et ils étaient nés le même mois. C'était la couverture parfaite.

Elle paraissait essoufflée, exaltée, et je compris que Bill et le monde qu'il lui proposait représentaient pour elle plus qu'une aide.

— S'il te plaît, Alex, veux-tu oublier tout ça pour que nous retravaillions ensemble ? Je sais, pour les cylindres d'insuline. Ton ami en a parlé à Bill. Tu vois, ton ami lui fait confiance. Unissons nos forces pour la mettre hors d'état de nuire. Bill nous y aidera.

— Comment ?

— Je ne sais pas. Mais lui saura. Tu verras.

Elle accrocha le beeper à sa ceinture et nous retournâmes ensemble dans la maison. Milo n'avait pas bougé du canapé. Huenengarth-Zimberg-Bill était debout à l'autre bout de la pièce, dans un coin, occupé à feuilleter un magazine.

— Bonsoir, les gars, lança Stephanie d'une voix mal assurée.

Huenengarth posa la revue, vint la prendre par le coude et la guida jusqu'à un fauteuil. Il en approcha un autre et s'assit auprès d'elle. Stephanie ne le quittait pas des yeux. Il leva la main comme pour la toucher, se ravisa et tripota un bouton de son veston à la place.

— Où sont les disquettes de Dawn Herbert ? attaquai-je. Et ne me dites pas que c'est sans importance, je ne le crois pas. Herbert a — ou n'a pas — découvert ce qu'Ashmore faisait pour vous, mais j'ai la quasi-certitude qu'elle avait des soupçons sur ce qui est arrivé aux enfants des Jones. À ce propos, avez-vous retrouvé le dossier de Chad ?

— Pas encore.

— Et les disquettes ?

— Je viens de les envoyer à l'analyse.

— Et vos spécialistes savent-ils seulement ce qu'ils ont en main ? La table de nombres aléatoires ?

Il acquiesça, l'air serein.

— C'est probablement un code de substitution. Ça ne devrait pas leur poser de problèmes particuliers.

— Vous n'avez pas encore déchiffré tous les fichiers d'Ashmore. Qu'est-ce qui vous fait penser que vous aurez plus de succès avec ceux d'Herbert ?

Il regarda Stephanie et lui sourit à demi.

— Bonne question du collègue, intervint Milo.

— Ashmore était un cas à part, répondit Huenengarth, pas très loin du génie, avec un QI astronomique.

— Et pas Herbert ?

— Pas d'après ce que j'ai appris sur son compte.

— Qu'avez-vous appris ?

— Ce que vous savez déjà. Douée en maths, mais surtout une kleptomane doublée d'une personne assez détestable. Une droguée et une ratée.

Stephanie tressaillit devant l'intensité mise dans ces derniers termes. Il s'en rendit compte, se tourna vers elle et lui effleura brièvement la main de la sienne, pour la rassurer.

— Si les disquettes contiennent quelque chose qui vous intéresse, me dit-il, soyez tranquille, je vous le communiquerai.

— Il faut que nous soyons fixés maintenant, insistai-je. Les informations détenues par Herbert pourraient nous être très utiles. — Je regardai Milo : Tu lui as parlé de notre ami le barman de la boîte de nuit ?

Milo acquiesça.

— Tout ?

— Inutile de faire dans le sous-entendu, coupa Huenengarth. J'ai vu le chef-d'œuvre qu'a composé votre junkie de barman, et non, ce n'est pas moi. Je n'assassine pas les femmes.

— De quoi parlez-vous ? s'étonna Stephanie.

— Oh, des idioties, fit-il. Ils ont eu le signalement d'un type soupçonné de meurtre, celui qui a peut-être assassiné cette Dawn Herbert, et ils estiment qu'il présente une étrange ressemblance avec moi.

Horrifiée, elle plaqua une main sur sa bouche. Il eut un petit rire détendu.

— Aucune chance, Steph. La dernière fois que j'ai été aussi mince, ça remonte au lycée. — À mon adresse, il lança : On peut se mettre au travail, maintenant ?

— Je n'ai jamais cessé de travailler, répliquai-je. Avez-vous des informations sur Vicki Bottomley ?

Huenengarth fit un geste à l'intention de Milo.

— Dites-lui.

— On a vérifié tous les appels partis de chez elle pour voir s'il y en avait adressés au domicile des Jones ou au bureau de Chip.

— « On » ?

— Ouais, bon : lui, grogna Milo. Avec un mandat fédéral. La semaine prochaine il serait capable de se faire pousser une paire d'ailes au derche.

— Des résultats ?

— *Nada*. Pas d'appels. Et aucun des voisins de Bottomley n'a jamais vu Cindy ou Chip dans les parages. Donc, s'il y a un lien, ils l'ont foutrement bien caché. Mon intuition me dit qu'elle n'a rien à voir là-dedans. En tout cas, ce n'est certainement pas elle notre empoisonneuse. Quand le rideau tombera, on verra si elle a pu jouer un rôle à un moment ou un autre.

— Bon, que faisons-nous, alors ?

Milo regarda Huenengarth, qui me regarda et désigna le canapé d'un geste large.

— Je suis resté assis toute la journée, dis-je.

Il se renfrogna et lissa une seconde sa cravate.

— Encore un échantillon de double langage fédéral et je me tire d'ici, avertit Milo.

— Très bien, fit Huenengarth. Avant toute chose, je tiens à réitérer ma demande de discrétion absolue. Et de coopération totale de votre part à tous les deux. Pas d'improvisation. Je suis sérieux, messieurs.

— Et en retour ?

— Sans doute un support technique plus que suffisant pour coincer Cindy. Parce que je dispose de tous les mandats nécessaires contre Chuck Jones, et qu'en deux minutes au téléphone je peux inclure Junior et tout ce qu'il possède dans le filet. Je parle de surveillance audio et vidéo, à leur domicile, sur leur lieu de travail, et même dans leurs déplacements. Ils vont faire un bowling, j'aurai quelqu'un qui les surveillera de derrière les quilles. Il me faut deux heures seul chez eux et je truffe leur maison de toute une collection de merveilles miniatures. J'ai une caméra qui se place dans leur télévision : dès qu'ils regardent le poste, elle les surveille. Je peux faire fouiller chaque pièce de fond en comble, pour rechercher de l'insuline ou n'importe quelle substance que vous soupçonnez, et ils n'en sauront jamais rien. Vous n'avez qu'une chose à faire : garder le silence.

— C'est la chambre de Cassie qui doit être mise sous surveillance, dis-je. Ainsi que la salle de bains qui communique avec la chambre des parents.

— Les murs de la salle de bains sont carrelés ?

— Oui. Et il y a une fenêtre.

— Aucun problème. Et les joujoux que je n'ai pas sous la main, je peux les obtenir en moins de vingt-quatre heures.

— Pour une fois que nos impôts servent à quelque chose, marmonna Milo.

Huenengarth fronça les sourcils.

— Ça arrive, oui, grommela-t-il.

Je n'avais pas vraiment la certitude qu'il sache ce qu'était une plaisanterie. Stephanie ne semblait pas se poser la question : son expression disait assez qu'elle était sous le charme.

— J'ai rendez-vous chez eux demain soir, annonçai-je. Je

vais essayer de déplacer l'entrevue à l'hôpital. Vous aurez votre équipement prêt, d'ici là ?

— Sans doute. Si ce n'est pas le cas, je serai paré d'ici un jour ou deux. Mais pouvez-vous m'assurer que la maison sera totalement déserte ? Je suis sur le point de faire tomber Papy Jones, et je ne peux me permettre aucun faux pas.

Je me tournai vers Stephanie.

— Tu pourrais contacter Chip et Cindy pour une petite conversation à l'hôpital ? Dis-leur que les tests de laboratoire ont révélé quelque chose de nouveau, que tu veux examiner Cassie, et ensuite retiens-les en leur parlant. Une fois qu'ils seront là, fais tout pour qu'ils y restent un bon moment.

— Très facile, affirma-t-elle. Je peux les faire attendre, et leur dire que le labo s'est trompé, ou quelque chose dans ce genre-là.

— Ça roule, commenta Huenengarth.

— Comment se fait-il que vous puissiez inclure Chip sur vos mandats ? lui demandai-je. Il a trempé dans les magouilles de son père ?

Pas de réponse.

— Je croyais que nous n'avions plus de secrets entre nous...

— C'est un raté, lui aussi, lâcha Huenengarth avec une irritation non dissimulée.

— Les cinquante terrains qu'il détient ? C'est vraiment un des placements de Chuck ?

— Ces terrains ne valent rien. Chuck est trop malin pour avoir investi là-dedans pour lui-même. Mais Junior est une nullité, incapable de garder un dollar en poche. Il en a déjà dépensé un bon paquet, donné par Papy.

— En dehors de ces terrains, comment les a-t-il dépensés ? Il a tout l'air d'avoir un train de vie ordinaire.

— Bien sûr, c'est l'impression qu'il donne. Mais ce n'est que la partie émergée de l'iceberg. M. Self-Made-Man... En fait c'est un vrai raté. L'institut universitaire où il enseigne le paie vingt-quatre mille dollars par an. Vous croyez qu'il peut acheter une maison dans Watts avec ça ? Et je ne parle même pas du reste. Quoique... maintenant il ne possède plus rien, du reste.

— À qui est-ce, alors ?

— À la banque qui avait consenti le prêt.

— Il y a eu saisie ? Forclusion ?

— Ça risque à tout moment, répondit Huenengarth avec

un grand sourire. Papy a acheté les terrains pour quelques dollars, il y a de ça des années. Il les a donnés à Junior, dans l'idée que son fiston pourrait les revendre au meilleur moment et faire fortune tout seul. Il lui a même dit quand ce moment était venu. Mais Junior ne l'a pas écouté...

Le sourire devint immense.

— Et ce n'est pas la première fois qu'il fait le coup à son père. Quand il était à Yale, Junior a créé sa propre boîte. Location d'immeubles de rapport. Il affirmait pouvoir faire mieux que les concurrents. Papy a fourni les fonds, dans les cent mille dollars. Mais ça a été un désastre. En dehors des difficultés du marché, Junior s'en est très vite désintéressé. Il est comme ça. Il a un gros problème pour terminer ce qu'il entreprend. Quelques années plus tard, alors qu'il préparait sa thèse, il décide de devenir éditeur. Il lance un magazine de sociologie grand public. Encore un quart de million de dollars perdu pour Papy. Il y a eu d'autres désastres du même tonneau. D'après mes calculs, Papy a gaspillé environ un million de dollars pour financer les toquades du fiston. Ce n'est pas grand-chose pour lui, mais on pourrait penser que quelqu'un de pas trop idiot serait capable de faire quelque chose de solide avec une telle somme, non ? Pas Junior. Ce n'est pas vraiment un créateur...

— Quel a été le problème, pour les terrains ? dis-je.

— Aucun problème particulier, si ce n'est la période où nous sommes : la récession, qui a fait chuter les prix. Au lieu de revendre aussitôt pour limiter les pertes, Junior a décidé de se lancer dans la construction immobilière. Papy savait bien que c'était complètement idiot, et il a refusé de financer le projet. Alors Junior a contracté un emprunt bancaire, en se servant du nom de Papy. Comme à son habitude, Junior a très vite perdu tout intérêt pour le projet, les sous-traitants se sont rendu compte qu'ils avaient sous la main le pigeon idéal et ils ont commencé à le plumer. Les maisons sont construites n'importe comment.

— Six phases, dis-je en me souvenant de l'échéancier affiché à l'entrée du lotissement. Et peu ont été achevées.

— Une demi, au maximum. Et il avait prévu toute une ville. Juniorville ! — Il eut un rire méprisant. — Vous auriez dû voir le projet qu'il a rédigé pour convaincre son père. Une vraie dissertation de fin de trimestre. Illusions de grandeur. La banque se retournera d'abord contre Papy, ça ne fait aucun doute. Et Papy épongera peut-être les dettes. Parce qu'il adore Junior, qu'il n'arrête pas de dire à qui veut l'entendre quel grand universitaire est son fils... Quelle blague ! Junior a changé dix fois de matière principale, il n'a jamais présenté sa thèse de doctorat. L'ennui, encore.

— Il y a une chose pour laquelle il marque une certaine constance, pourtant, dis-je. L'enseignement. Et il semble plutôt bien se débrouiller. Il a décroché pas mal de récompenses.

Huenengarth prit une mine amusée.

— Oh oui. Les organisations formelles, les techniques de management du New Age... Tout ça est repompé sur les théories marxistes, avec un zeste de rock'n'roll. Ce type est un fantaisiste, un rigolo. J'ai des cassettes audio de ses cours. En gros, il flatte bassement ses étudiants. Il s'embourbe dans une rhétorique anticapitaliste flamboyante, où il fustige les démons de la corruption et du tout-profit. Pas besoin de s'appeler Freud pour deviner d'où lui vient cette tendance, pas vrai ? Il aime cracher au visage de son vieux père. Même son mariage a l'air de faire partie de cette tendance, vous ne trouvez pas ?

— De quelle façon ?

— Allons, Docteur ! Milo ici présent vous a dit ce qu'il avait découvert sur sa carrière militaire. Cette femme est une traînée. Une ratée intégrale. En plus, vous savez ce qu'elle fait à leur fille... Je ne crois pas que c'est tout à fait l'épouse dont Papy rêvait pour son fils.

Il eut un rictus de loup. Il était écarlate, et transpirait d'abondance. Une joie sauvage le consumait, et sa haine en devenait presque palpable. Stephanie devait la sentir, elle en paraissait captivée.

— Et la mère de Chip ? demandai-je. Comment est-elle morte ?

— Suicide, lâcha-t-il d'un ton presque badin. Aux somnifères. Toute cette famille est tarée. Mais à la réflexion, on ne peut pas lui en vouloir. Ne croyez pas que vivre avec Chuck était une sinécure. Il avait la réputation d'être assez porté sur la chose. Il aimait faire ça en groupe, à trois ou quatre, de préférence blondes, jeunes, avec de gros seins et un petit QI.

— Vous aimeriez les faire tous tomber, n'est-ce pas ? dis-je.

— Ils ne m'intéressent pas du tout, dit-il très vite.

Il se leva, fit quelques pas, se retourna vers nous et s'étira sans hâte.

— Bon, fit-il, récapitulons, pour demain. Vous vous

débrouillez pour les éloigner de chez eux, et on transforme leur maison en studio de cinéma.

— Oui, Bill, dit Stephanie.

Son beeper sonna. Elle le décrocha de sa ceinture et lut le message sur le petit écran à cristaux liquides.

— Où est ton téléphone, Alex ?

Je la conduisis dans la cuisine et m'attardai tandis qu'elle composait le numéro.

— C'est le docteur Eves. Je viens de recevoir... Quoi ?... Quand ?... D'accord, Passez-moi l'interne de garde... Jim ? C'est Stephanie. Que se passe-t-il ?... Oui, oui, il y a des antécédents. Tout est dans le dossier... Absolument. Une perfusion, oui. Eh bien, on dirait que vous faites ce qu'il faut, mais je veux aussi une batterie de tests toxicos. Vérifiez s'il n'y a pas de métabolites hypoglycémiques. Et cherchez d'éventuelles traces de piqûres, aussi. Mais ne dites rien à personne, compris ? C'est très important, Jim, je vous en prie... Merci. Et gardez-la en isolation totale. Personne ne doit l'approcher... Non, surtout pas eux... Quoi ? Dans le couloir ? Bon, laissez les rideaux ouverts, qu'ils puissent la voir, mais interdiction *formelle* d'entrer dans la salle... Je m'en fiche, Jim... Oui, je sais. J'en prends l'entière responsabilité... Quoi ?... Non. Vous la gardez en soins intensifs. Même si son état s'améliore, oui... Débrouillez-vous, Jim. Trouvez un lit quelque part. C'est d'une importance vitale... Quoi ?.... Bientôt, dès que je pourrai. Dans moins d'une heure... Oui, entendu. Merci, Jim, je vous revaudrai ça.

Elle raccrocha. Elle était livide et respirait par à-coups.

— Encore ? dis-je.

Elle regarda dans le vide, au-delà de moi. Posa une main tremblante sur son front.

— Encore, oui. Et cette fois elle est inconsciente.

31

Nuit calme dans l'Unité Spéciale. Les chambres vides ne manquaient pas.

Celle-ci se trouvait séparée par deux pièces vides de la 505W. La chambre de Cassie.

Les images que je regardais sur le petit écran noir et blanc étaient granuleuses. La réalité en miniature et sans couleur.

L'atmosphère y était froide, propre, aseptique, toute médicale. J'y avais passé une grande partie de la journée et le début de la nuit.

La nuit...

La porte était verrouillée, la pièce plongée dans les ténèbres, à l'exception du cône doré bien délimité d'une lampe posée sur le sol, dans un coin. Des doubles rideaux effaçaient la présence d'Hollywood. J'étais assis sur une chaise orange, aussi confiné qu'un patient contagieux. Ici, la musique d'ambiance dispensée dans le couloir était à peine audible.

L'homme qui se faisait appeler Huenengarth était assis de l'autre côté de la chambre, près de la lampe, sur une chaise identique à la mienne, qu'il avait poussée contre le lit vide. Une petite radio portable était posée sur ses genoux.

Le matelas sur le lit était nu. Sur sa toile se trouvaient un tas de feuillets. Des documents gouvernementaux.

Celui que lisait Huenengarth l'absorbait depuis une bonne heure. En bas de la feuille, j'avais aperçu une ligne de nombres, d'astérisques et trois mots qui me semblèrent être MISE À JOUR. Mais je n'aurais pu l'affirmer à cause de la distance que ni lui ni moi n'avions grande envie de réduire.

J'avais de quoi lire, moi aussi : les derniers rapports de laboratoire sur Cassie et un article inédit que Huenengarth m'avait donné. Cinq pages dactylographiées traitant des fraudes sur les fonds de pension, par le professeur W.W. Zimberg. Un style rigidifié par une optique très légale, avec beaucoup de termes dissimulés par de larges traits de marqueur noir.

Je retournai mon attention vers le téléviseur. Aucun mouvement sinon le lent goutte-à-goutte de la solution sucrée dans le système de perfusion. J'inspectai le monde miniaturisé d'un coin à l'autre de l'écran. Pour la millième fois peut-être...

La literie, les barreaux de sécurité, la tache sombre de la chevelure et celle, trop pâle, des joues gonflées, la jauge de la perfusion, avec son arrivée et sa sortie, sa roulette de débit.

Je perçus un mouvement à la limite de mon champ de vision. Huenengarth avait sorti un stylo d'une poche et rayait quelque chose sur le document qu'il lisait.

D'après des documents qu'il avait montrés à Milo dans le bureau du capitaine, Huenengarth se trouvait à Washington la nuit où Dawn Herbert avait été assassinée. Tandis que nous roulions ensemble vers l'hôpital, peu avant l'aube, Milo m'avait affirmé avoir recoupé ces informations avec ses propres sources.

— Pour qui travaille-t-il, exactement ? avais-je demandé.

— Je ne sais pas en détail, mais c'est une sorte de service spécial assez secret, probablement en relations étroites avec le Département du trésor.

— Il serait quelque chose comme agent secret ? Tu crois qu'il connaît notre bon ami le colonel ?

— Je me suis posé la question. Il a découvert foutrement vite que je faisais joujou avec certaines banques de données. Quand nous sommes sortis du bureau du capitaine, je lui ai balancé le nom du colonel pour voir sa réaction. *Nada.* Mais je ne serais pas surpris qu'ils se voient tous les deux aux mêmes réunions. Je vais te dire un truc, Alex : ce trou-du-cul est un peu plus qu'un simple agent du gouvernement. Il a un sacré soutien.

— Un sacré soutien et une sacrée motivation. Quatre ans et demi pour venger son père. Comment penses-tu qu'il ait pu obtenir un budget d'un million de dollars pour sa mission ?

— Va savoir... Il a dû lécher les bons derches et poignarder les dos qu'on lui désignait. À moins qu'il ne s'agisse seulement du bon suspect à faire tomber. En tout cas, ce type-là est loin d'être idiot.

— Et c'est un très bon comédien, pour avoir réussi à approcher Jones et Plumb d'aussi près.

— Ouais, un jour il se présentera peut-être à la présidence, hein ? Eh, tu sais que tu dépasses largement la vitesse autorisée, là ?

— Si je ramasse une contravention, tu pourras t'en occuper, n'est-ce pas ? Maintenant que tu es redevenu un policier à part entière...

— Ouais, sûr...

— Comment as-tu fait ?

— Je n'ai rien fait du tout. Quand je suis entré dans le bureau du capitaine, Huenengarth était déjà là. Il me rentre dedans illico, en me demandant pourquoi je cherche à le tracer. Je réfléchis une seconde et je décide de lui dire la vérité. De toute façon, quoi faire d'autre, hein ? Si je joue au dur, le Département risque fort de me coller un blâme pour utilisation illégale du matériel sur mon temps de travail. Alors Huenengarth se met à me poser tout un tas de questions sur la famille Jones. Et pendant tout ce temps, le capitaine reste le cul sur son fauteuil, sans parler, et je me dis que j'ai décroché la timbale et que je vais pouvoir me mettre complètement à mon compte. Mais dès qu'il a terminé son interrogatoire, Huenengarth me remercie de ma coopération, et il ajoute qu'avec la criminalité galopante, c'est vraiment une honte qu'un type de mon expérience soit forcé de rester planté toute la journée devant un écran au lieu de bosser sur le terrain. Du coup le capitaine prend la même tête que si on lui avait fait avaler de la merde de cochon à la paille, mais il ne proteste même pas. Et là, tiens-toi bien, Huenengarth demande à ce que je sois affecté à son enquête, genre liaison entre le LAPD et les Feds. Le capitaine tourne verdâtre mais il dit que ça ne pose aucun problème, et même que le Département avait depuis longtemps l'intention de me rebalancer au turbin. Je repars avec Huenengarth et dès que nous sommes seuls, il me dit qu'il se contrefout de moi en tant qu'individu, mais qu'il va bientôt clore le dossier Jones et que je n'ai pas intérêt à lui mettre des bâtons dans les roues pendant qu'il prépare la mise à mort.

— La mise à mort ? Il a employé cette expression ?

— Ouais, c'est un type très doux, qui refuse sans doute de porter des fourrures... Ensuite il me dit : « Peut-être qu'on peut trouver un arrangement. Pas d'interférences de votre côté, et moi je vous donnerai un coup de main pour vos petits problèmes. » Ensuite il me raconte qu'il est au courant par Stephanie, à propos de Cassie, mais qu'il n'a rien fait parce qu'il manquait de preuves. Mais que maintenant, peut-être, ça va bouger...

— Pourquoi ce revirement soudain ?

— Sans doute parce qu'il sait qu'il va mettre le grappin

sur Papy et que la destruction totale de la famille ne lui déplairait pas. Je vais te dire, ça ne m'étonnerait pas qu'à un certain niveau il se réjouisse de voir souffrir Cassie. Genre « la malédiction des Jones », si tu vois ce que je veux dire. Il les déteste vraiment, Alex... D'un autre côté, sans lui nous en serions où ? Alors autant en profiter au max, et nous verrons bien. Comment tu me trouves, sapé comme ça ?

— Tu fais très haute couture. Top model en goguette.

— Ouais. Prends une photo. Quand ce sera fini.

Un mouvement sur l'écran.

Puis plus rien.

Mon cou était complètement raide. Je modifiai légèrement ma position sans quitter le téléviseur des yeux.

Huenengarth continuait de se concentrer sur son travail. Depuis des heures il n'avait eu aucune réaction à ce que je pouvais faire.

Le temps passait avec une lenteur insupportable.

Un autre mouvement.

Une ombre, là, dans le coin supérieur droit.

Ensuite rien. Durant une éternité.

Et puis...

— Eh ! lançai-je.

Huenengarth me jeta un coup d'œil blasé.

L'ombre avait réapparu. Elle s'étendait, s'éclaircissait.

Prenait forme. Une forme blanche, encore imprécise.

Une main humaine.

Une main humaine qui tenait quelque chose entre le pouce et l'index.

Huenengarth me regardait fixement.

— Allez-y ! chuchotai-je. Ça y est.

Il sourit.

Sur l'écran, la main avançait, grandissait, se faisait plus nette...

— Dépêchez !

Huenengarth posa son document sur le matelas.

La main tressauta... saisit quelque chose.

Huenengarth paraissait se régaler de la scène.

Il me regarda comme si j'avais interrompu un rêve merveilleux.

La chose entre les doigts de la main formait une protubérance cylindrique.

Le sourire de Huenengarth s'élargit sous sa moustache trop fine.

— *Allez au diable*, sifflai-je.

Il ramassa la petite radio et l'approcha de ses lèvres.

— À vos marques, murmura-t-il.

La main s'était rapprochée du sélecteur de la perfusion et plaçait l'objet entre ses doigts contre le tuyau de sortie.

Un objet pointu.

Un cylindre blanc, de la taille d'un stylo. Terminé par une aiguille ultra-fine.

La seringue piqua brusquement, comme le bec d'un oiseau harponnant un ver de terre.

— Allez-y, lâcha Huenengarth dans le micro de sa radio.

32

Il s'élança vers la porte mais je l'avais déjà rejointe et la déverrouillai. Je me précipitai dans le couloir et fonçai vers la chambre 505W. Toutes ces années de jogging étaient enfin mises à profit.

La porte était grande ouverte.

Cassie gisait sur le dos et respirait par la bouche.

Sommeil profond, caractérisitique après une crise.

Le drap était remonté sous son menton. Le tuyau de la perfusion sortait de sous les couvertures.

Cindy dormait elle aussi, mais sur le ventre, un bras pendant du canapé convertible en position ouverte.

Milo se tenait près du support de la perfusion. Il était vêtu de la tenue verte chirurgicale. Un badge de l'hôpital était épinglé à sa chemise et annonçait DR STURGIS, avec un cliché où il avait le faciès engageant d'un condamné à perpétuité.

Son visage réel était figé sur l'expression dure du flic en action. Une de ses grosses mains enserrait le poignet de Chip Jones. L'autre lui tordait l'autre bras derrière le dos, sans douceur aucune. Chip poussa un cri de douleur.

Milo se mit à lui réciter ses droits.

Chip portait un survêtement de jogging marron clair et des chaussures de course à bandes. La prise de Milo forçait son dos dans une courbure peu naturelle et ses yeux brillaient de terreur.

C'est sa peur qui me donna envie de le tuer.

Je me ruai vers le lit et vérifiai la molette d'écoulement. Elle était bloquée par une pointe de colle forte. Une idée de Stephanie. Rien de ce qui s'était trouvé dans le cylindre de la seringue ne pouvait entrer dans le sang de Cassie. Le stratagème était ingénieux, mais risqué : quelques secondes de plus et Chip aurait senti la pression monter au bout de la seringue. Et il aurait compris.

Milo venait de lui passer les menottes. Chip se mit à sangloter, puis cessa brusquement.

Huenengarth passa une langue gourmande sur ses lèvres.

— Tu es foutu, Junior.

Je ne l'avais pas entendu entrer dans la chambre.

Chip le dévisagea. Il gardait la bouche mollement entrouverte et sa barbe tremblotait. Il laissa tomber quelque chose sur le sol. Un cylindre blanc, avec au bout une courte aiguille très fine, qui roula sur la moquette avant de s'arrêter. Chip leva le pied, dans l'intention évidente de l'écraser.

Milo le tira brutalement en arrière. Huenengarth passa un gant chirurgical et ramassa la seringue.

Il l'agita devant les yeux de Chip.

Celui-ci poussa un gémissement et Huenengarth lui répondit d'un geste obscène.

Je m'approchai de Cindy et la poussai doucement. Elle roula sur le dos sans se réveiller. Je la pris par les épaules et la secouai, mais sans plus de résultat. J'accentuai le mouvement, prononçai son prénom. Aucune réaction.

Un gobelet à moitié vide était posé sur le sol, près de sa main inerte.

— Avec quoi l'avez-vous droguée ? demandai-je à Chip.

Il ne répondit pas. Je répétai la question et il fixa le sol des yeux. Cette nuit, c'était une émeraude qui décorait le lobe de son oreille.

— Que lui avez-vous donné ? dis-je en décrochant le téléphone.

Il eut une moue de gamin boudeur.

Le standard répondit et je demandai l'équipe de réanimation en urgence.

Les yeux écarquillés, Chip m'observait.

Huenengarth avança vers lui. Milo l'arrêta d'un regard impérieux et dit à l'oreille de son prisonnier :

— Si elle est en danger et que tu refuses de répondre, tu ne fais qu'aggraver ton cas.

Chip toussota comme s'il allait se lancer dans une annonce de la plus haute importance. Mais il ne dit rien.

J'allai me pencher au-dessus de Cassie.

— D'accord, grogna Milo. C'est la taule pour toi, mon pote. — Il poussa Chip vers la porte, sans ménagement. — Le labo trouvera bien ce que tu lui as filé.

— Il doit s'agir de diazépane, dit Chip. Du Valium. Mais ce n'est pas moi qui le lui ai administré.

— Combien ? dis-je.

— Quarante milligrammes. C'est ce qu'elle prend, d'habitude.

Milo me regarda.

— Sans doute pas mortel, répondis-je à sa question muette. Mais c'est beaucoup pour une personne de son gabarit.

— Pas vraiment, répliqua Chip. Elle y est habituée.

— Je n'en doute pas, dis-je en entrecroisant les doigts de mes mains pour m'empêcher de le frapper.

— Allons, fit Chip, ne soyez pas stupides. Fouillez-moi, pour voir si j'ai une drogue sur moi.

— Non, tu n'en as pas, bien sûr : parce que tu lui as déjà tout donné, intervint Huenengarth.

Chip réussit à simuler un rire narquois, mais la peur luisait toujours dans ses yeux.

— Allez-y, fouillez-moi...

Huenengarth lui donna satisfaction avec des mouvements rapides de professionnel. Il ne trouva qu'un portefeuille et un trousseau de clefs.

Chip le défia du regard, rejeta la tête en arrière pour chasser une mèche qui tombait sur son front, et sourit.

— Quelque chose d'amusant, Junior ?

— Vous commettez une grave erreur, messieurs, dit-il avec un certain aplomb. Si je n'étais pas la victime, je serais désolé pour vous.

— Ah oui ? railla Huenengarth.

— Tout à fait, oui.

— Junior trouve la situation amusante, messieurs, nous dit-il avant de revenir à Chip. Qu'est-ce que tu crois qu'il se passe en ce moment ? Tu penses vraiment qu'un des avocats de ton Papa arrivera à te sortir de ça ? On t'a enregistré sur vidéo quand tu tentais d'assassiner ta propre gosse. Depuis le moment où tu as chargé la seringue jusqu'à celui où tu l'as piquée dans le tuyau. Tu ne devines pas où la caméra est planquée ?

Chip ne se départait pas de son sourire, mais la panique avait remplacé la peur dans ses prunelles. Ses yeux parcoururent la pièce avec la vélocité d'un animal traqué. Soudain il les ferma et baissa le menton sur sa poitrine en marmonnant.

— Quoi ? aboya Huenengarth. Tu disais ?

— La discussion est close.

Huenengarth s'approcha un peu plus.

— Tentative de meurtre, ce n'est pas une petite dissertation. Quel genre de salopard peut faire ça à la chair de sa chair ?

Chip gardait la tête baissée.

— Eh bien, reprit Huenengarth, tu pourras toujours continuer tes conférences en taule. Il y a quelques brutes qui vont adorer ton anus d'intellectuel.

Chip ne bougeait pas. Son corps s'était tellement amolli que Milo le soutenait à demi.

Un son monta du lit. Cassie remua un peu, et changea de position. Chip tourna la tête vers elle.

Une expression terrifiante déforma son visage, celle de la déception devant une tâche non terminée.

Avec assez de haine pour déclencher une guerre.

Nous la vîmes tous les trois. Soudain la chambre parut très petite.

Huenengarth rougit et souffla comme un taureau prêt à charger.

— Je te souhaite une bonne fin de vie, fumier, murmura-t-il.

Et il sortit.

Quand la porte se referma, Chip ricana, mais il dut se forcer.

Milo le poussa vers le couloir. Ils y apparurent au moment où Stephanie arrivait avec l'équipe de réanimation.

33

Je surveillais le sommeil de Cassie. Stephanie repartit avec l'équipe, pour revenir une demi-heure plus tard.

— Comment va Cindy ? m'enquis-je.

— Elle souffrira certainement d'une migraine monstre, mais elle survivra.

— Elle aura peut-être besoin d'être désintoxiquée, dis-je dans un murmure. Il a dit qu'elle avait l'habitude de telles doses, même s'il a nié les lui avoir administrées. Il a même beaucoup insisté sur le fait qu'il n'avait aucune drogue sur lui. Mais je suis sûr qu'il la lui glissait dans le café. Chaque fois que je l'ai vu, il tenait un café à la main.

Elle secoua la tête avec tristesse, s'assit sur le bord du lit et ajusta les écouteurs de son stéthoscope à ses oreilles. Après avoir réchauffé la pastille métallique de son haleine, elle la plaça sur la poitrine de l'enfant et écouta.

— Rien d'anormal chez Cassie ? demandai-je quand elle en eut terminé.

— Non, à part un taux de sucre trop bas. — Elle saisit délicatement le poignet de l'enfant entre ses doigts pour lui prendre le pouls. — Fort et régulier, chuchota-t-elle en reposant la main sur le drap.

Elle resta assise là un moment, puis arrangea les couvertures autour du cou de l'enfant et lui caressa tendrement la joue du dos de la main. Les rideaux étaient ouverts, et je la vis jeter un regard las vers le rectangle de nuit.

— Ça n'a aucun sens, dit-elle. Pourquoi a-t-il utilisé de l'insuline, alors que tu venais de découvrir les cylindres ? À moins que Cindy ne lui ait pas dit que tu les avais trouvés... Leurs rapports étaient mauvais à ce point ?

— Je suis certain qu'elle le lui a dit, et c'est précisément pour cette raison qu'il s'en est servi. Il les avait mis là pour que je les trouve. Il s'est même assuré que je viendrais chez eux et qu'il ne serait pas présent lors de ma visite. Il jouait au père inquiet alors qu'en fait il mettait tout en scène. Parce qu'il se doutait que je devais commencer à envisager le syndrome de Münchausen relayé, et qu'il espérait que je fouinerais un peu partout. Si je découvrais les cylindres, comme il le voulait, j'en viendrais en toute logique à soupçonner Cindy. Et c'est exactement ainsi que j'ai réagi. C'était l'hypothèse la plus logique : les cylindres avaient été adressés à la tante de Cindy. Elle tenait la maison, donc elle était la plus susceptible d'avoir caché la boîte sous l'évier. Et Cindy est la mère, ce qui la désigne comme coupable depuis le début. Lors de notre première rencontre, il a insisté sur leur mariage à la mode traditionnelle. Donc c'était à elle qu'il revenait de s'occuper de leur enfant...

— Il la désignait dès le début... dit-elle avec une pointe d'incrédulité. C'était tellement... orchestré.

— Méticuleusement orchestré, oui. Et si je n'avais pas découvert les cylindres durant ma visite, hier, il aurait trouvé d'autres occasions pour faire porter les soupçons sur elle.

— Quel monstre...

— Le Diable en survêtement.

Elle serra ses deux bras autour d'elle, comme si elle avait soudain très froid.

— Quel dosage comportait l'injection d'Insuject ? demandai-je.

Elle contempla Cassie et répondit dans un murmure rauque :

— Plus qu'assez.

— Ainsi, il voulait en finir cette nuit... Cassie aurait eu une attaque fatale, avec Cindy endormie à côté d'elle, Cindy que nous soupçonnions tous. Si nous ne l'avions pas pris sur le fait, il aurait probablement glissé la seringue vide dans son sac à main, ou dans un autre endroit tout aussi accusateur pour elle. Et le Valium qu'elle a ingéré aurait ajouté la touche finale à sa culpabilité : une tentative de suicide consécutive aux remords immédiats pour avoir assassiné son enfant, ou tout simplement à son esprit dérangé.

Stephanie se frotta les yeux avec lenteur, puis elle appuya son menton sur une de ses mains.

— Quel incroyable salaud... Mais comment a-t-il pu pénétrer dans l'hôpital sans alerter la Sécurité ?

— D'après ton ami Bill, il ne serait pas entré par la porte principale mais par l'arrière, sans doute en se servant d'une des clefs de son père. Peut-être par l'entrée des fournisseurs. À cette heure de la nuit, il n'y a personne par là. D'après la caméra de surveillance du couloir, nous savons qu'il est monté par les escaliers et qu'il s'est caché jusqu'à ce que l'infirmière du cinquième étage soit allée s'allonger dans la chambre derrière le bureau des infirmières. Alors seulement il est passé dans l'Unité Spéciale. Sans doute a-t-il agi de la même façon pour provoquer la première crise de Cassie à l'hôpital. Une sorte de répétition générale. Il a dû se glisser ici pendant les heures creuses, lui injecter une dose d'insuline calculée pour produire un effet différé. Ensuite il est retourné chez eux et a attendu l'appel de Cindy pour revenir et jouer son rôle de père en la consolant dans la salle des urgences. Le fait que l'Unité Spéciale soit presque toujours déserte a facilité ses allées et venues incognito.

— Et pendant tout ce temps, il s'évertuait à faire porter les soupçons sur Cindy. Bravo pour ta finesse d'esprit, Eves.

— Oh, je suis tombé dans le piège tout autant que toi. Il nous a tous bernés. Elle faisait une suspecte idéale pour le syndrome de Münchausen relayé. Un amour-propre défaillant, une attitude curieusement accommodante, une expérience antérieure avec les maladies graves, une formation dans les professions de santé. Il a sans doute découvert le syndrome dans ses lectures. Il a vu le parti à en tirer pour la faire accuser. C'est pour cette raison qu'il n'a pas fait transférer Cassie dans un autre hôpital. Il voulait nous offrir le temps de développer des soupçons assez solides sur sa femme. Il nous a mis en condition comme un comédien met en condition son public. Exactement sa façon de procéder avec ses étudiants. C'est lui l'exhibitionniste, Steph. Mais nous ne l'avons jamais compris parce que toutes les publications sur le syndrome de Münchausen accusent la mère.

Silence.

— Il a tué Chad, n'est-ce pas ? dit-elle enfin.

— C'est très probable.

— Mais pourquoi, Alex ? Pourquoi se servir de ses propres enfants pour accuser Cindy ?

— Je ne sais pas, mais il y a une chose dont je suis sûr : il déteste Cassie. Avant qu'on ne l'emmène, il lui a jeté un regard réellement effrayant. Un regard de haine pure. Si la bande vidéo a saisi son visage à cet instant et que l'enregistrement est validé devant la Cour, le ministère public n'aura pas besoin de plus.

Elle secoua la tête et caressa de nouveau la joue de l'enfant toujours endormie.

— Pauvre petite chérie. Pauvre chérie innocente.

Je restai là, assis, sans avoir envie de penser, de parler, de faire quoi que ce soit, de ressentir quoi que ce soit.

Un trio de LuvBunny était posé sur le sol, à mes pieds.

J'en pris un et le fis passer d'une main à l'autre. Je sentis quelque chose de dur, au ventre.

Je défis les agrafes et inspectai d'un doigt les morceaux de mousse, comme je l'avais déjà fait auparavant, dans la chambre de Cassie. Cette fois je découvris quelque chose au cœur de la bourre.

J'extirpai un petit paquet, d'environ deux centimètres et demi de côté, enveloppé dans de la cellophane.

Je déroulai la pochette. Quatre cachets d'un bleu pâle, chacun barré d'une ligne en creux, pour être plus aisément scindé en deux parties.

— Valium, lâcha Stephanie.

— Et voilà notre cache secrète, murmurai-je en rempaquetant les cachets et en les mettant de côté pour Milo. Il s'est tant vanté de n'avoir aucune drogue sur lui... Pour lui, tout était un jeu.

— C'est Vicki qui a acheté ces peluches, remarqua Stephanie. C'est elle qui a offert les premières à Cassie...

— Il faudra l'interroger aussi.

— C'est fou, balbutia-t-elle. En cours, on ne t'apprend jamais ce genre de déviation...

Un petit bruit s'éleva du lit. Cassie battit des paupières, puis les ouvrit. Sa petite bouche se crispa. Elle cligna encore des yeux.

— Tout va bien, bébé, lui susurra Stephanie.

Les lèvres de l'enfant s'arrondirent, émirent enfin un son :

— Eh-eh-eh.

— Tout va bien, chérie. Tout ira bien, à partir de maintenant. Tu n'auras plus de problèmes.

— *Eh-eh-eh-eeh.*

D'autres clignements de paupières. Un frémissement. Cassie tenta de bouger, mais échoua et pleura de frustration. Elle plissa les paupières avec irritation. Son menton minuscule se plissa.

Stephanie la souleva à demi dans ses bras et la berça. Cassie essaya de se dégager de l'étreinte.

Je me remémorai la façon dont elle avait combattu mon contact, dans sa chambre.

Une réaction à l'anxiété de sa mère ? Ou le souvenir diffus d'un autre homme qui surgissait en pleine nuit, enveloppé de ténèbres, pour la blesser ?

Mais pourquoi n'avait-elle jamais paniqué à l'approche de

son père ? Pourquoi avait-elle sauté avec joie dans ses bras, la première fois où je les avais vus ensemble ?

— *Eh-eh-eh...*

— Chut, bébé.

— Eh... eh-eh.... Eh.

— Rendors-toi, chérie. Rendors-toi.

— Eh... marmonna l'enfant.

— Chht...

— Eh...

Cassie ferma les yeux.

Elle se mit à ronfler doucement.

Stephanie la tint encore un moment, puis la déposa très tendrement contre les oreillers.

— La magie du contact humain, ironisa-t-elle dans un murmure lourd de tristesse.

Elle ôta son stéthoscope et sortit sans bruit de la chambre.

34

Une infirmière et une femme-policier arrivèrent peu après.

Je confiai le paquet de Valium au sergent et me rendis d'un pas de somnambule dans le couloir.

Passé les portes en teck, je vis des gens qui s'affairaient ou discutaient dans le cinquième Est, mais je ne leur prêtai aucune attention particulière. Je descendis au sous-sol par l'ascenseur. La cafétéria était fermée. Je pris un café au distributeur dans le couloir, en me demandant si Chip possédait également un double pour entrer dans la cafétéria. Je trouvai un téléphone public et sirotai la boisson brûlante en appelant les renseignements pour obtenir le numéro d'une certaine Jennifer Leavitt. Inconnue sur leurs tablettes.

Avant que l'opératrice ne coupe, je la priai de chercher ce nom dans tout le district de Fairfax. Elle en trouva deux, dont l'un correspondait au vague souvenir que j'avais de la description faite par Jennifer de la résidence de ses parents.

Ma montre indiquait neuf heures et demie. Je savais que M. Leavitt se couchait tôt, car il se rendait à la boulangerie dès cinq heures du matin. Je composai le numéro en espérant qu'il n'était pas trop tard.

— Allô !

— Mme Leavitt ? C'est le docteur Delaware.

— Docteur ! Comment allez-vous ?

— Très bien. Et vous-même ?

— Très bien aussi, je vous remercie.

— Je n'appelle pas trop tard ?

— Oh, non. Nous regardons la télévision. Mais Jennifer n'est pas là. Elle a son propre appartement, maintenant. Ma fille le docteur, avec son indépendance chérie !

— Vous devez être très fière d'elle ?

— Nous avons toutes les raisons de l'être ! Elle nous a toujours rendus fiers d'elle. Vous voulez son numéro ?

— S'il vous plaît.

— Attendez une minute... Elle habite Westwood Village,

tout près de l'Université. Avec une autre fille, très gentille... Ah, voilà. Si elle n'est pas chez elle, elle est sans doute à son poste de travail. Elle a un bureau aussi, maintenant !

Gloussement ravi.

— Formidable, dis-je en notant le numéro qu'elle me donnait.

— Un bureau... reprit la mère de Jennifer d'une voix rêveuse. Élever une enfant comme elle, c'est un privilège... Elle me manque déjà. La maison est devenue trop calme à mon goût !

— J'imagine.

— Vous l'avez beaucoup aidée, docteur Delaware. Vous savez, à l'âge qu'elle avait, ce n'était pas très facile d'entrer à l'Université. Vous pouvez être fier de vous aussi !

À son appartement, personne ne répondit. Mais elle décrocha après la première sonnerie, à son bureau.

— Leavitt, j'écoute.

— Jennifer, c'est Alex Delaware.

— Bonsoir, Alex ! Alors, vous avez résolu ce cas de syndrome de Münchausen relayé ?

— J'ai trouvé le coupable, dis-je, mais le mobile n'est pas encore très clair. C'était le père.

— Eh bien, voilà une surprise, non ? Ainsi donc ce n'est pas *toujours* la mère...

— Mais il espérait bien que nous accuserions la mère. Il a tout fait pour cela.

— Quel machiavélisme...

— Il se targue d'être très intelligent. Il est professeur.

— Ici ?

— Non, dans un institut universitaire. Mais pour ses recherches il se rend à l'Université, et c'est pour cette raison que je vous appelle. Je pense qu'il s'est renseigné sur le syndrome de Münchausen, pour créer de toutes pièces un cas classique. Son premier enfant est décédé de la mort subite du nourrisson. Un autre cas d'école, et je me demande s'il n'aurait pas déguisé cette mort aussi.

— Oh, non... Ce serait trop horrible !

— Je pensai à votre système Recherche et Impression, dis-je. S'il a un compte à l'école de médecine, serait-il possible de le savoir ?

— La bibliothèque garde un listing de tous les utilisateurs, oui. Pour la facturation.

— Et chaque facture détaille les sujets consultés ?

— Absolument. Quelle heure est-il ? Dix heures moins le quart... La bibliothèque ne ferme qu'à dix heures. Je pourrais téléphoner à la bibliothèque pour savoir si quelqu'un y travaille. Donnez-moi le nom de ce salopard.

— Jones, Charles L. Sociologie, West Valley Community College.

— C'est noté. Je vous mets en attente et je les appelle sur l'autre ligne. Juste au cas où nous serions coupés, vous pouvez me donner votre numéro ?

Cinq minutes plus tard, elle se reconnectait sur notre ligne.

— Voilà, Alex. Cet imbécile a laissé un magnifique listing de ses recherches. Tout ce qu'il a consulté sur la banque de données concerne trois sujets : le syndrome de Münchausen, la mort subite du nourrisson et la structure sociologique des établissements hospitaliers. Plus quelques articles isolés sur deux autres sujets : la toxicité de la diazépane et — tenez-vous bien ! — les fantasmes féminins sur la taille du pénis. J'ai tout en détail : titres des articles consultés, date, heure précise de la demande. Je vous fais un tirage du tout pour demain.

— Fantastique ! Je vous suis très reconnaissant, Jennifer.

— Ah, autre chose : il n'a pas été le seul à utiliser ce compte. Il y a une autre signature pour certaines des recherches. Kristie Kirkash. Ce nom vous dit quelque chose ?

— Non. Mais je ne serais pas étonné qu'il s'agisse d'une jeune fille agréable à regarder et qui suit ses cours. Peut-être même qu'elle fait partie de l'équipe de football universitaire...

— Un béguin pour le prof ? Comment le savez-vous ?

— C'est un homme d'habitudes.

35

La matinée était caniculaire, et West Valley grillait littéralement sous le soleil. Un semi-remorque s'était renversé sur l'autoroute, recouvrant les voies de milliers d'œufs. Même l'accotement était impraticable, et Milo dévida un chapelet de jurons impressionnant en attendant que le policier de patrouille nous fasse passer.

Nous arrivâmes à l'institut universitaire dix minutes après l'heure prévue. Nous rejoignîmes la classe au moment où les étudiants y entraient.

— Bon sang, grogna Milo. Juste à temps.

Nous gravîmes les quelques marches du préfabriqué. Je restai sur le seuil tandis qu'il se rendait au tableau.

C'était une petite pièce prenant la moitié du préfabriqué que coupait en deux un mur rétractable, meublée d'une table de conférence et d'une douzaine de chaises pliantes.

Dix des sièges étaient occupés. Huit femmes, deux hommes. Une des étudiantes avait la soixantaine, les autres paraissaient très jeunes. Je donnai une quarantaine d'années à chaque homme. L'un était un Blanc avec une chevelure blonde coupée court, l'autre un Hispanique barbu. Le premier ne leva les yeux qu'une seconde, pour se replonger aussitôt dans un livre.

Milo prit une règle et tapota le tableau.

— M. Jones ne viendra pas aujourd'hui, annonça-t-il. Je suis M. Sturgis, son remplaçant.

Tous les regards étaient braqués sur lui, sauf celui du lecteur.

— Il va bien ? interrogea une des jeunes filles.

Elle avait des cheveux frisés très longs, un visage agréable, aux traits fins, et portait des boucles d'oreilles faites de billes blanches et bleues en plastique reliées en grappe par des fils de nylon. Son débardeur noir mettait en valeur une poitrine orgueilleuse et des bras à la peau lisse et bronzée. Mais son fard à paupières était d'un bleu trop pâle, son rouge à lèvres trop clair. Et elle n'avait pas lésiné sur la quantité.

Malgré ces petites fautes de goût, elle était beaucoup plus jolie au naturel que sur la photographie de son dossier universitaire.

— Pas vraiment, Kristie, répondit aimablement Milo.

L'étonnement la laissa bouche bée. Les autres étudiants l'observaient avec attention.

— Eh, que se passe-t-il ? s'exclama-t-elle avec humeur en saisissant son sac à main.

Milo sortit son badge de sa poche et le brandit.

— À vous de me le dire, Kristie.

Ellc se figea. Les autres étouffèrent des ricanements venimeux. Les yeux de l'homme au livre se relevaient lentement, très lentement.

Je vis Milo le fixer d'un regard dur comme la pierre qui descendit ensuite vers le sol.

Ses chaussures.

Noires, massives, au bout rond, en désaccord total avec son jeans de marque et sa chemise en soie.

Les yeux de Milo s'étrécirent. Ceux du lecteur s'étaient tournés vers moi. Puis il parut regarder dans le vide et il releva un peu son livre.

Théorie des organisations.

Kristie se mit à pleurer.

Les autres étudiants s'étaient transformés en statues.

— Fouille ! Debout ! tonna soudain Milo.

L'homme sursauta et leva des yeux apeurés vers lui. La lueur qui y passa ne subsista qu'une fraction de seconde, mais c'était assez.

M. Classe ou M. le Taulard, vu d'un demi-bloc de distance, de nuit. De près, les détails faisaient pencher pour la seconde identité : le menton lourd, mangé d'une barbe de deux jours, les joues grêlées, la cicatrice coupant un sourcil, le tatouage sur le dos d'une main...

Et la transpiration qui luisait sur son front comme une couche de laque fraîchement appliquée.

Il se leva. Une expression agressive avait envahi ses traits. Ses mains étaient de véritables battoirs, et je remarquai sur ses avant-bras épais d'autres tatouages, d'un bleu vert cru.

Il ramassa ses livres et s'écarta de la table en baissant la tête.

— Eh, restez avec nous, fit Milo. Je ne note pas vache.

L'homme s'immobilisa, parut se ramasser sur lui-même et bondit vers la porte.

Je me campai devant lui et m'apprêtai à l'arrêter.

Il me bouscula de l'épaule, en jetant tout son poids dans l'attaque. L'impact me projeta contre la porte qui s'ouvrit à la volée.

Je tombai à la renverse sur le ciment et une douleur aiguë me ravagea le coccyx. J'eus la présence d'esprit de chercher à l'agripper, et mes mains se refermèrent sur sa chemise. Il m'écrasa de son poids, se débattit et me donna une volée de coups. Des gouttes de sa sueur m'aspergèrent.

Milo le prit par le col et le releva violemment. Il le frappa très vite au visage puis au ventre et le plaqua face contre la paroi du préfabriqué. L'homme tenta de se dégager. Milo lui assena un coup très dur au niveau des reins et lui passa les menottes pendant que l'autre s'affaissait en geignant.

Il l'allongea au sol et lui écrasa le dos d'un pied.

Une fouille rapide se solda par un rouleau de billets, un cran d'arrêt à manche noir, une fiole de pilules et un petit portefeuille en faux cuir. Milo en sortit trois permis de conduire.

— Eh bien, eh bien, mais qu'avons-nous là, hein ? Sobran, prénom Karl avec un K ; Sebring, prénom Carl avec un C ; et... Ramsey, prénoms Clark Edward. Lequel est le bon, gros bras ? Ou tu souffres du syndrome des personnalités multiples ?

L'homme ne desserrait pas les mâchoires.

Milo toucha une des chaussures de l'homme du pied.

— Jolies pompes de prisonnier. Locale ou prison d'État ?

Pas de réponse.

— Faudrait que tu fasses ressemeler, gros bras.

Sous la chemise de soie, les muscles des épaules se contractèrent.

Milo se tourna vers moi.

— Trouve un bigo et appelle la sous-station de Devonshire. Dis-leur qu'on a un suspect pour un homicide dont s'occupe la Division centrale, et donne-leur le nom d'Herbert in extenso.

Alors l'homme au sol parla :

— Foutaises, fit-il d'une voix basse et enrouée.

Une des jeunes étudiantes sortit sur les marches. Vingt ou vingt et un ans, les cheveux blonds coupés à la garçonne, vêtue d'une robe à manches courtes, avec un visage à la Mary Pickford.

— Kristie est dans tous ses états, annonça-t-elle d'une voix timide.

— Dites-lui que je viens la voir dans une minute, répondit Milo avec calme.

— Euh... Oui, d'accord. Dites, qu'est-ce qu'il a fait, Karl ?

— Il bâcle ses devoirs à la maison.

L'homme plaqué au sol grogna, et l'étudiante resta interdite.

Milo le maintenait allongé en pressant un genou contre ses reins.

— Ta gueule, gronda-t-il.

La blonde jeune fille agrippa le chambranle de la porte nerveusement.

— Tout va bien, lui assura Milo d'une voix adoucie. Aucune inquiétude à avoir. Soyez gentille, retournez à l'intérieur et attendez avec les autres. J'arrive.

— Oh, ce ne serait pas encore une de ses expériences ? dit-elle.

— Une *expérience* ?

— Un jeu de rôle, vous savez ? Le professeur Jones en organise parfois, pour nous pousser à développer notre sensibilité consciente.

— Je n'en suis pas vraiment étonné... Non, mademoiselle, ce n'est pas un jeu. De la sociologie en action, plutôt. Observez bien. Ça fera partie de l'examen de fin de cycle.

36

L'enveloppe arriva par porteur à sept heures du soir, juste avant que Robin ne rentre. Je mis de côté le document et m'efforçai de jouir de notre soirée d'amoureux. Après que Robin se fut endormie, j'emportai ce courrier exceptionnel dans le bureau. J'allumai toutes les lampes et m'installai pour lire :

TRANSCRIPTION D'INTERROGATOIRE

DR n° 102-789 793
DR n° 64-458-990
DR n° 135-935 827

LIEU :	PRISON DE L.A. — section Haute Sécurité.
HEURE/DATE :	01/06/89 - 19 H 30
SUSPECT :	JONES, CHARLES LYMAN III 1,97 M, 85 KG CHVX BRUNS, YX BLEUS 38 A.
AVOCAT DÉF. :	TOKARIK, ANTHONY M.
REPRÉS. LAPD :	MILO B. STURGIS. MAT. 15994 — Dépt. L.A. OUEST. (DÉTACHÉ À TITRE EXCEPT.) STEPHEN MARTINEZ, MAT. 27782 — DÉPT. DEVONSHIRE.

Inspecteur STURGIS : Ceci est l'enregistrement audio-vidéo de la deuxième séance avec le suspect Charles Lyman, troisième du nom. Le suspect a été informé de ses droits au moment de son arrestation pour tentative de meurtre. Ses droits lui ont été lus également lors d'une précédente séance commencée à onze heures le 1er juin 1989, et transcrite le même jour à quatorze heures. Ladite séance a été écourtée à la requête de l'avocat du suspect, Maître Anthony Tokarik. La présente séance est donc la reprise de l'entrevue, à la demande de Maître Tokarik. Dois-je lui relire ses droits, Maître ?

Maître TOKARIK : Ce ne sera pas nécessaire, à moins que le professeur Jones n'en fasse la demande expresse. Voulez-vous entendre vos droits de nouveau, Chip ?

M. JONES : Non. Finissons-en.

Me TOKARIK : À vous, inspecteur.

Inspect. STURGIS : Bonsoir, Chip.

Me TOKARIK : Je préférerais que vous vous adressiez à mon client avec un minimum de respect, inspecteur.

Inspect. STURGIS : Professeur, ça ira ?

Me TOKARIK : Oui. Néanmoins, si cela vous est trop difficile, « M. Jones » nous conviendra.

Inspect. STURGIS : Pourtant vous, vous venez de l'appeler Chip.

Me TOKARIK : Je suis son avocat.

Inspect. STURGIS : Uh-huh... Ouais... D'accord. Eh, moi je veux bien l'appeler « docteur », même, mais il n'a jamais passé son doctorat, pas vrai, Chip — M. Jones ? Quoi ? Je n'ai pas entendu.

M. JONES : (*inintelligible*)

Inspect. STURGIS : Il faut articuler, M. Jones. Grogner, ça ne nous avancera pas.

Me TOKARIK : Un instant, inspecteur. Si le ton de cette entrevue ne change pas, nous nous verrons dans l'obligation de demander sa suspension immédiate.

Inspect. STURGIS : Comme vous voulez. Je croyais que vous aimeriez être mis au courant des preuves accumulées contre ce vieux Chip... Excuses : M. Jones.

Me TOKARIK : Je peux prendre connaissance de toutes les pièces du dossier auprès du représentant du ministère public.

Inspect. STURGIS : Impec. Alors autant attendre le procès. On y va, Steve.

Inspect. MARTINEZ : C'est parti.

M. JONES : Attendez. (*inintelligible*)

Me TOKARIK : Attendez, Chip. (*Inintelligible*). J'aimerais m'entretenir avec mon client en privé, si cela ne vous dérange pas, Inspecteur.

Inspect. STURGIS : Si ça ne prend pas trop longtemps.

INTERRUPTION DE L'ENREGISTREMENT : 19 H 39
REPRISE DE L'ENREGISTREMENT : 19 H 51

Me TOKARIK : Allez-y, dites-nous ce que vous avez.

Inspect. STURGIS : Ouais, sûr, mais est-ce que M. Jones répondra aux questions, ou est-ce que je vais parler tout seul ?

Me TOKARIK : Mon client se réserve le droit de refuser de répondre à tout ou partie des questions. Poursuivez si vous le désirez.

Inspect. STURGIS : Tu en penses quoi, Steve ?

Inspect. MARTINEZ : Je ne sais pas.

Me TOKARIK : Votre décision, messieurs ?

Inspect. STURGIS : Ouais, d'accord... Eh bien, Chip — M. Jones, pardon, heureux de voir que vous avez dégotté un avocat de haute volée comme Me Tokarik ici présent, parce vous allez en avoir be...

Me TOKARIK : Cette entrevue prend à l'évidence une tournure inacceptable. Mes émoluments n'ont rien à voir avec...

Inspect. STURGIS : Pourquoi sommes-nous ici, Maître ? Pour interroger un suspect ou pour critiquer mon style oratoire ?

Me TOKARIK : Je m'élève avec vigueur contre votre...

Inspect. STURGIS : C'est ça, élevez-vous autant que vous voulez. Nous ne sommes pas au tribunal.

Me TOKARIK : J'exige un autre aparté avec mon client.

Inspect. STURGIS : Pas question. On se casse, Steve.

Inspect. MARTINEZ : Pas de problème.

M. JONES : Attendez. Rasseyez-vous.

Inspect. STURGIS : On me donne des ordres, maintenant, Junior ?

Me TOKARIK : Je m'insurge contre...

Inspect. STURGIS : Allez, Steve, on s'en va.

M. JONES : Non, attendez !

Me TOKARIK : Chip, ce n'est...

M. JONES : La ferme !

Me TOKARIK : Chip, vous...

M. JONES : La ferme, j'ai dit !

Inspect. STURGIS : Uh-uh, pas question que je continue avec ce genre de friction entre vous deux. Trop facile. Après, le suspect prétendra qu'il n'était pas représenté convenablement.

Me TOKARIK : Ne jouez pas à l'avocat avec moi, inspecteur.

M. JONES : Vous allez la fermer, oui, Tony ? Toute cette histoire est ridicule !

Inspect. STURGIS : Qu'est-ce qui est ridicule, professeur ?

M. JONES : Vos prétendues accusations.

Inspect. STURGIS : Vous n'avez pas tenté de faire une injection d'insuline à votre fille, Cassandra Brooks ?

M. JONES : Bien sûr que non. J'ai trouvé la seringue dans le sac à main de Cindy, j'ai été horrifié parce que ça confirmait ce que je soupçonnais depuis quelque temps déjà, et j'ai juste voulu voir si elle avait déjà...

Me TOKARIK : Chip...

M. JONES : -... jecté le contenu dans le tuyau de la perfusion de Cassie. Arrêtez de me regarder de cette façon, Tony ! C'est mon avenir qui est en jeu, là. Je veux savoir quel genre de dossier ils croient avoir constitué contre moi, pour que je puisse démolir leurs accusations une bonne fois pour toutes.

Inspect. STURGIS : Un dossier ?

Me TOKARIK : Chip...

Inspect. STURGIS : Je refuse de continuer si...

M. JONES : C'est mon avocat, et c'est moi qui l'ai choisi, d'accord ? Allez-y, continuez.

Inspect. STURGIS : Vous êtes bien sûr ?

M. JONES : (*inintelligible*)

Inspect. STURGIS : Veuillez parler dans le micro qui est là.

M. JONES : Allez, videz votre sac. Je veux sortir d'ici le plus vite possible, bon sang !

Inspect. STURGIS : Oui, bwana. Tout de suite, bwana.

Me TOKARIK : Inspecteur Stur...

M. JONES : La ferme, Tony.

Inspect. STURGIS : Bon, tout le monde est prêt ? Impec. Tout d'abord, nous avons un enregistrement vidéo vous montrant en train d'essayer d'injecter de l'insuline...

M. JONES : Erreur. Je vous ai dit ce qu'il en était. J'essayais de savoir ce que Cindy avait pu faire à notre fille.

Inspect. STURGIS : Je disais donc que nous vous avons sur une vidéo en train d'essayer d'injecter de l'insuline dans le tuyau de la perfusion de votre fille. De plus, nous disposons des enregistrements vidéo surveillant l'entrée principale du Western Pediatric Medical Center, enregistrements qui prouvent que vous n'avez pas pénétré dans l'établissement par ce chemin. Une des clefs de votre trousseau est un passe-partout de l'hôpital. Vous vous en êtes sans doute servi pour vous glisser par...

Me TOKARIK : Object...

M. JONES : Tony...

Me TOKARIK : J'exige de m'entretenir une minute avec mon...

M. JONES : Ça suffit, Tony ! Je ne suis pas un de vos abrutis de sociopathes. Continuez votre roman, inspecteur. Et vous avez raison, j'ai en effet utilisé une des clefs de mon père. Et alors ? Je préfère éviter l'entrée principale à chaque fois que je viens à l'hôpital. Parce que je préfère ne pas me faire remarquer. La discrétion serait-elle un délit majeur ?

Inspect. STURGIS : Je continue. Vous avez pris deux cafés à un distributeur automatique, puis vous êtes monté au cinquième étage par les escaliers. Nous avons aussi une vidéo de vous au début et à la fin de votre ascension. Dans le hall qui distribue le cinquième Est et le cinquième Ouest, c'est-à-dire l'Unité Spéciale Hannah Chappell, vous vous êtes arrêté devant les portes battantes de l'Unité Spéciale et vous avez regardé par l'interstice les séparant pendant un long moment. Pour moi, vous avez attendu que l'infirmière de service passe dans la pièce de repos située à l'arrière du bureau de garde. Alors seulement vous êtes entré dans l'Unité Spéciale puis dans la chambre 505W où vous êtes resté cinquante-cinq minutes, jusqu'à ce que j'intervienne et que je vous surprenne en train d'enfoncer l'aiguille d'une seringue dans le tuyau de raccordement de la perfusion de votre fille. Nous allons vous montrer les enregistrements vidéo prouvant mes assertions. D'accord ?

M. JONES : Tout ça me semble parfaitement superflu, mais je vous en prie, faites donc !

Inspect. STURGIS : Envoyez le cinéma.

INTERRUPTION DE L'ENREGISTREMENT : 20 H 22
REPRISE DE L'ENREGISTREMENT : 21 H 10

Inspect. STURGIS : Bien. Des commentaires ?

M. JONES : Ce n'est pas du Godard.

Inspect. STURGIS : Non ? Moi, je trouve beaucoup de vérité à ces enregistrements.

M. JONES : Êtes-vous un fan du cinéma-vérité, inspecteur ?

Inspect. STURGIS : Pas vraiment, M. Jones. Ça ressemble trop à mon boulot.

M. JONES : Ah, j'aime ça !

Me TOKARIK : Ce sont là toutes vos preuves ?

Inspect. STURGIS : Toutes les preuves ? Il s'en faut de beaucoup. Bon, donc nous avons la preuve que vous avez essayé d'injecter de l'insuline dans la perfusion de votre...

M. JONES : Je vous ai déjà dit ce que je faisais : une vérification. Je vérifiais la perfusion de Cassie pour voir si Cindy n'y avait pas déjà injecté de l'insuline.

Inspect. STURGIS : Pourquoi une telle vérification ?

M. JONES : Pourquoi ? Mais pour le bien-être de ma fille !

Inspect. STURGIS : Pourquoi soupçonniez-vous votre épouse de vouloir du mal à Cassie ?

M. JONES : Des indices. Des choses que j'avais remarquées.

Inspect. STURGIS : Des choses ?

M. JONES : Exactement.

Inspect. STURGIS : Pourriez-vous m'en dire un peu plus sur ces « choses » ?

M. JONES : Sa personnalité — des choses que j'avais remarquées. Depuis quelque temps, elle se comportait bizarrement. Elle était devenue... fuyante. Et Cassie semblait toujours tomber malade juste après qu'elle eut passé du temps en compagnie de sa mère.

Inspect. STURGIS : D'accord... Nous avons également trouvé une trace de piqûre à l'aisselle gauche de Cassie.

M. JONES : Je ne mets pas en doute cette affirmation, mais je ne suis pas responsable de cette trace de piqûre.

Inspect. STURGIS : Aha... Et le Valium que vous avez mis dans le café de votre épouse ?

M. JONES : Je vous l'ai expliqué dans la chambre même, inspecteur. Je ne le lui ai pas donné. C'était pour ses nerfs, souvenez-vous. Elle est réellement à cran, et elle en prend depuis un certain temps déjà. Et si elle le nie, elle ment.

Inspect. STURGIS : Elle le nie, en effet. Elle dit qu'elle ne s'est jamais rendu compte que vous la droguiez.

M. JONES : Elle a l'habitude de mentir. Tout est là. Si vous essayez de m'accuser sur la foi de ses dires, cela revient purement et simplement à construire un syllogisme fondé sur des prémisses totalement erronées. Comprenez-vous ce que je veux dire par là ?

Inspect. STURGIS : Sûr, professeur. Des cachets de Valium ont été découverts dans une des peluches de Cassie.

M. JONES : Nous y voilà. Comment aurais-je pu le savoir ?

Inspect. STURGIS : Votre épouse dit que vous avez apporté plusieurs de ces peluches à votre fille.

M. JONES : J'ai apporté de nombreux jouets à Cassie. Et je vous signale que d'autres personnes lui ont apporté des LuvBunny. Une infirmière du nom de Vicki Bottomley, par exemple. Une personnalité très, très douteuse. Pourquoi ne vous intéressez-vous pas à elle, pour voir si elle n'est pas impliquée ?

Inspect. STURGIS : Pourquoi le serait-elle ?

M. JONES : Elle et Cindy m'ont toujours paru étonnamment proches. J'ai voulu la faire transférer ailleurs, mais Cindy a refusé. Vous devriez vous intéresser à elle, croyez-moi : elle est très bizarre.

Inspect. STURGIS : Nous l'avons fait. Elle a subi un interrogatoire sous détecteur de mensonge, sans parler des autres tests auxquels nous l'avons soumise.

M. JONES : Les détecteurs de mensonge ne sont pas admis devant un jury, non ?

Inspect. STURGIS : Vous accepteriez de passer ce test ?

Me TOKARIK : Chip, ne...

M. JONES : Je ne vois aucune raison d'accepter. Tout ça est parfaitement ridicule.

Inspect. STURGIS : Poursuivons. Aviez-vous une ordonnance pour le Valium que nous avons découvert dans votre bureau, à l'institut universitaire ?

M. JONES : (*rire*) Non. C'est un crime ?

Inspect. STURGIS : Selon la législation en vigueur, oui. Où vous l'êtes-vous procuré ?

M. JONES : Je ne me souviens plus.

Inspect. STURGIS : Par une de vos étudiantes ?

M. JONES : Bien sûr que non !

Inspect. STURGIS : Par une étudiante nommée Kristie Marie Kirkash ?

M. JONES : Euh... Absolument pas. Je l'avais peut-être depuis longtemps, je ne sais plus.

Inspect. STURGIS : Pour votre propre usage ?

M. JONES : Évidemment. Ça doit remonter à des années. Quand j'étais stressé. Maintenant que j'y repense, oui, je suis sûr que c'est ça. Quelqu'un m'en avait donné. Un collègue.

Inspect. STURGIS : Quel est le nom de ce collègue ?

M. JONES : Je ne m'en souviens pas. Ce n'était très important. De nos jours, on se procure du Valium aussi facilement que des bonbons. Bon, d'accord : je plaide coupable pour en avoir eu sans ordonnance. Ça vous va ?

Inspect. STURGIS : Ça me va.

Me TOKARIK : Que venez-vous de sortir de votre mallette, inspecteur ?

Inspect. STURGIS : Quelque chose qui concerne cette affaire. Un document que je vais lire pour enregistrement...

Me TOKARIK : J'exige de disposer d'une copie de ce document avant que vous le lisiez. Non, deux copies : une pour moi et une pour le professeur Jones.

Inspect. STURGIS : Dûment noté. Nous solliciterons la photocopieuse dès que nous en aurons terminé ici.

Me TOKARIK : Pas question. Je veux disposer du document en simultané avec votre...

M. JONES : Arrêtez donc cette obstruction systématique, Tony ! Laissez-le lire ce document. Je veux sortir d'ici le plus vite possible, bon sang !

Me TOKARIK : Chip, rien n'est plus important pour moi que votre relaxe immédiate, mais je...

M. JONES : Du calme, Tony. Allez, lisez, inspecteur.

Me TOKARIK : Pas du tout. Je ne peux accepter que...

M. JONES : Peu importe. Lisez, inspecteur.

Inspect. STURGIS : Bon, c'est réglé ? Sûr ? D'accord. Voici la transcription d'informations encodées sur un microdisque souple, capacité formatée 1,44 Mo, double face, haute densité, référencée au Bureau fédéral d'investigation sous le muméro 133355678345, tiret, 452948. La disquette a été décodée par le service de décryptage du laboratoire criminel national du FBI, à Washington, et a été réceptionnée au quartier général du LAPD ce matin, à 6 h 45, après transmission par la valise gouvernementale. Une fois commencée cette lecture, je la mènerai à son terme, Maître, y compris si vous décidez de quitter cette pièce avec votre client. Afin d'établir que cette preuve vous a été présentée et que vous avez refusé d'en prendre connaissance. Compris ?

Me TOKARIK : Nous exerçons tous nos droits sans préjudice aucun.

M. JONES : Lisez, inspecteur. Je suis très intrigué.

Inspect. STURGIS : C'est parti :

J'encode ce qui suit pour me protéger, mais le code n'est pas complexe, seulement une substitution basique avec une paire d'inversions. Je pense donc que vous pourrez le percer sans mal, Ashmore. Et s'il devait m'arriver quoi que ce soit, amusez-vous bien avec.

Charles Lyman Jones, troisième du nom, connu sous le surnom de Chip, est un monstre.

Il est venu dans ma fac comme directeur d'études volontaire, et il m'a séduite, sentimentalement et sexuellement. Il y a dix ans de cela. J'avais dix-sept ans et je préparais ma licence de maths, mais j'avais besoin d'aide en anglais et en sciences sociales, parce que je n'aimais pas beaucoup ces matières. Il avait vingt-huit ans et était étudiant de troisième cycle. Il m'a séduite et nous avons eu des rapports sexuels répétés sur une période de six mois, dans son appartement et à la fac, avec certaines activités que j'ai personnellement trouvées répugnantes. Il était fréquemment impuissant et il me faisait des choses écœurantes pour s'exciter. Finalement je me suis retrouvée enceinte et il m'a promis le mariage. Mais nous ne nous sommes jamais mariés, nous avons seulement vécu ensemble dans un taudis près de l'université du Connecticut, à Storrs. Ensuite la situation s'est dégradée.

Premièrement, il n'avait pas parlé de moi à sa famille. Il avait un autre appartement en ville, où il séjournait quand son père venait le voir.

Deuxièmement, son comportement est devenu vraiment bizarre. Il me faisait des choses physiques douloureuses. Il mettait des drogues dans mes boissons, me piquait avec des aiguilles pendant mon sommeil. Au début je n'étais pas certaine de ce qui se passait, et je me réveillais avec des marques sur tout le corps, toute courbatue. Il me disait que j'étais anémique et que j'avais les capillaires qui éclataient à cause de ma grossesse. Comme il m'avait affirmé avoir suivi une année préparatoire de médecine à Yale, je l'ai cru. Et puis, une nuit, je me suis réveillée en sursaut et je l'ai surpris en train de m'injecter quelque chose de brun et de dégoûtant — je suis sûre maintenant qu'il s'agissait de fèces. Apparemment, il ne m'avait pas donné une dose suffisante de drogue pour me garder endormie, ou bien je commençais à être dépendante et il aurait fallu qu'il augmente la dose. Toujours est-il qu'il a tenté de justifier l'injection en prétendant que c'était pour mon bien — il a dit que c'était un tonique vitaminé d'origine organique.

J'étais jeune et j'ai cru tous ses mensonges. Mais c'est devenu beaucoup trop bizarre et je suis partie. J'ai essayé de vivre avec ma mère mais elle buvait tout le temps et elle n'a pas voulu m'héberger. Je crois aussi qu'il lui avait versé de l'argent pour qu'elle refuse que je revienne habiter chez elle, parce qu'elle a subitement eu tout un stock de vêtements neufs. Alors je suis revenue vers lui et plus ma grossesse progressait, plus il devenait vicieux et méchant. Une fois il a fait une vraie crise d'hystérie et m'a dit que le bébé détruirait tout ce qui nous unissait et que je devais m'en débarrasser. Et puis il a prétendu qu'il n'était pas le père, ce qui était ridicule puisque j'étais vierge quand je l'ai connu et que je n'avais jamais couché avec personne d'autre. Finalement le stress qu'il me faisait subir a provoqué une fausse couche. Mais il n'en a pas été plus heureux pour autant, et il n'arrêtait pas de venir auprès de moi quand je dormais, pour me hurler à l'oreille et me piquer avec des aiguilles. J'avais des poussées de fièvre et des maux de tête horribles, et j'ai commencé à entendre des voix et à avoir des vertiges. Pendant tout un temps j'ai pensé que j'allais devenir folle.

Finalement je me suis sauvée de Storrs et je suis retournée à Poughkeepsie. Il m'a suivie et nous avons eu une véritable scène en plein Victor Waryas Park. Ensuite il m'a donné un chèque de dix mille dollars et il m'a dit de disparaître de sa vie, et j'ai accepté. Je me sentais trop déprimée et trop fatiguée pour travailler, si bien que je me suis mise à faire le trottoir pour survivre et je me suis fait exploiter et j'ai fini par me marier avec Willie Kent, un Noir qui dealait et faisait le souteneur de temps en temps. Ça a duré six mois à peu près. Ensuite j'ai suivi une cure de désintoxication et j'ai repris mes études.

Je me suis spécialisée en maths et en informatique, et j'ai vraiment bien réussi. Et puis je me suis laissé séduire par un autre prof nommé Ross M. Herbert et j'ai été mariée avec lui deux ans. Ce n'était pas un monstre comme Chip, mais il était ennuyeux et malpropre. J'ai divorcé et j'ai quitté l'Université au bout de trois ans.

J'ai trouvé un emploi dans l'informatique qui ne demandait aucune créativité, seulement l'application de programmes déjà définis. Alors j'ai décidé de reprendre encore mes études et de tenter une préparation en médecine. Il fallait que je travaille la nuit et que je saute certaines heures de cours. C'est pourquoi je n'ai pas eu des notes aussi hautes que j'aurais pu, mais j'ai obtenu des A en maths.

Quand j'ai eu fini, j'ai demandé mon entrée dans plusieurs écoles de médecine mais n'ai eu aucune réponse favorable. J'ai travaillé comme assistante de laboratoire pendant un an, ensuite je me suis représentée aux écoles de médecine, et aussi à des programmes de la Santé publique, pour obtenir une équivalence de diplôme, et le meilleur établissement qui m'a acceptée se trouvait à Los Angeles, alors je suis venue ici.

J'ai vivoté pendant quatre ans en continuant de présenter ma candidature aux écoles de médecine. Et puis j'ai lu dans le journal un article sur Charles Lyman Jones Jr., et je me suis rendu compte que c'était le père de Chip. C'est seulement à ce moment-là que j'ai compris combien sa famille était riche et à quel point il m'avait spoliée. Alors j'ai décidé de reprendre un peu de ce qui me revenait. J'ai essayé de joindre son père mais je n'y suis jamais parvenue. Je lui ai même écrit plusieurs lettres mais il n'a jamais répondu. Alors j'ai cherché à localiser Chip et j'ai découvert qu'il vivait dans la Valley. Je suis allée voir à quoi ressemblait sa maison. Je l'ai fait de nuit, pour que personne ne me voie. Je l'ai fait à de nombreuses reprises et j'ai aperçu sa femme. Ce qui m'a horrifiée, c'est sa ressemblance avec moi avant que je ne prenne tous ces kilos. Sa fille était vraiment très mignonne, et je peux dire que je me suis vraiment sentie désolée pour elles deux.

Je ne voulais pas du tout leur faire de mal — la femme et la fille — mais j'avais aussi l'impression que je devais les mettre en garde contre ce qu'elles risquaient. Et puis, il avait une vraie dette envers moi.

Je suis revenue là-bas plusieurs fois, sans arriver à décider ce que j'allais faire, quand une nuit j'ai vu une ambulance qui partait de la maison. Il l'a suivi dans sa Volvo, et je l'ai suivi à distance jusqu'au Western Pediatric Medical Center. Je suis restée derrière lui jusqu'à la salle des urgences et je l'ai entendu demander des nouvelles de sa fille, Cassie.

Le lendemain matin, je suis revenue à l'hôpital. J'avais mis ma blouse blanche et je me suis présentée comme étant le docteur Herbert. Je suis allée consulter les archives. C'était vraiment facile, il n'y avait aucun contrôle. Plus tard, ils ont changé tout ça. Bref, la fille : son dossier n'était pas là, mais il y avait une carte avec la liste de toutes ses autres admissions, et j'ai compris qu'il avait recommencé sur elle. La pauvre petite.

C'est ce qui m'a décidée, et pas seulement l'argent. Croyez-le ou pas, Ashmore, mais c'est la vérité. Quand j'ai vu cette carte sur la petite fille, j'ai su qu'il fallait que je le fasse payer. Je me suis rendue au service du personnel et j'ai déposé ma candidature. Trois semaines plus tard ils m'ont proposé un poste à mi-temps. Avec vous, Ashmore. Un boulot de merde, mais je pouvais surveiller Chip à son insu. Finalement j'ai pu consulter le dossier entier de Cassie et j'ai découvert tout ce qu'il lui faisait subir. J'ai aussi appris qu'ils avaient eu un garçon avant Cassie, et qu'il était mort. Alors j'ai cherché son dossier aux archives et j'ai lu qu'il était décédé de la mort subite du nourrisson. Chip avait donc fini par assassiner. Quand j'ai vu le nom de Cassie sur le registre des admissions et des renvois, j'ai cherché Chip, je l'ai suivi jusqu'au parking et je lui ai dit : « Surprise ! »

Il a eu vraiment peur, et il a essayé de prétendre qu'il ne me connaissait pas. Ensuite il a cherché à me mettre sur la défensive en me disant que j'avais pris beaucoup de poids. Mais moi je lui ai simplement répondu que je savais tout de son petit manège et qu'il ferait mieux d'arrêter tout de suite. Et puis j'ai ajouté que j'irais tout dire à la police s'il ne me donnait pas un million de dollars. Il s'est mis à pleurer, il m'a juré qu'il n'avait jamais voulu faire de mal à personne. Exactement comme il faisait quand nous étions ensemble. Mais cette fois ça n'a pas marché. Et je le lui ai dit.

Alors il m'a dit qu'il me ferait un chèque de dix mille dollars et qu'il essaierait de trouver un peu plus, mais que je devais lui laisser un peu de temps et qu'il ne pourrait pas me donner un million de dollars, parce qu'il ne disposait pas d'autant d'argent. J'ai exigé cinquante mille dollars tout de suite, et après avoir discuté nous sommes tombés d'accord sur un premier versement de vingt-sept-mille cinq cents. Le lendemain il m'a rejointe au Barnsdale Park de Hollywood et il m'a donné la somme en liquide. Je lui ai dit qu'il avait intérêt à trouver au moins deux cents mille dollars de plus d'ici la fin du mois. Il s'est remis à pleurer et il a promis de faire de son mieux. Ensuite il m'a suppliée de lui pardonner. Je suis partie et avec l'argent j'ai acheté une voiture neuve, parce que celle que j'avais tombait tout le temps en panne, et qu'à L.A. on n'est rien si on n'a pas une voiture convenable. J'ai caché le dossier de Chad Jones dans une consigne à l'aéroport — LAX United Airlines, numéro 5632 — et le lendemain j'ai quitté l'hôpital.

Maintenant j'attends la fin du mois et j'écris tout ça pour assurer mes arrières. Je veux devenir riche et je veux être médecin. Je mérite les deux. Mais juste au cas où il manquerait à sa parole, je laisse cette disquette dans un tiroir fermé à clef chaque soir, ensuite je la reprends le matin. Il y en a une autre copie dans mon casier, à l'école de médecine. Si vous lisez cette disquette, c'est sans doute que j'ai eu des ennuis, mais tant pis. Je n'ai pas d'autre choix.

Le 7 mars 1989
Dawn Rose Rockwell Kent Herbert.

Inspect. STURGIS : Voilà.

Me TOKARIK : Je suppose que nous devrions être impressionnés ? Des délires décodés d'une disquette ? Vous savez que c'est totalement inadmissible devant un jury.

Inspect. STURGIS : Si vous le dites.

Me TOKARIK : Allons, Chip, partons d'ici. Chip ?

M. JONES : (*inintelligible*)

Inspect. STURGIS : Vous êtes bien certains de vouloir partir ? Il y a autre chose.

Me TOKARIK : Nous en avons entendu plus qu'assez.

Inspect. STURGIS : Comme vous voudrez, Maître. Mais ne perdez pas votre temps à demander la liberté sous caution. Le représentant du ministère public rédige un mandat de dépôt pour homicide en ce moment même.

Me TOKARIK : Pour homicide ? Mais c'est une honte ! Et qui est la victime ?

Inspect. STURGIS : Dawn Herbert.

Me TOKARIK : Un homicide ? Et sur quoi est fondée cette ineptie ?

Inspect. STURGIS : Sur le témoignage d'un témoin oculaire, Maître. Un citoyen presque exemplaire nommé Karl Sobran. Vous avez vraiment un penchant pour vos élèves, n'est-ce pas, professeur ?

Me TOKARIK : Qui ?

Inspect. STURGIS : Demandez au professeur.

Me TOKARIK : C'est à vous que je le demande, inspecteur.

Inspect. STURGIS : Karl Edward Sobran. Nous avons un anorak taché de sang et des aveux qui incriminent votre client. Et Sobran a des références impeccables. Diplôme de violence sur autrui à Soledad, et spécialisation dans diverses autres institutions semblables. Votre client l'a payé pour assassiner Dawn Herbert en déguisant le meurtre en acte d'un détraqué sexuel. Pas très difficile pour Sobran, il adore la violence sur les femmes. Il a déjà purgé des peines pour viol aggravé. Ses dernières vacances dans un établissement d'État lui ont été offertes pour vol simple, à la prison du comté de Ventura. C'est là-bas que notre professeur Jones l'a rencontré. Il y faisait du professorat bénévole, pour un projet de cours proposé à ses étudiants en sociologie. Sobran a eu un A. Ce bon vieux Chip a même envoyé une lettre pour recommander la liberté sur parole, en prétendant que Sobran avait l'étoffe d'un futur diplômé. Sobran a été élargi et a été engagé au West Valley Community College, avec pour matière principale la sociologie. Ce qu'il a fait à Herbert, c'était quoi, professeur ? Des travaux pratiques ?

Me TOKARIK : C'est la chose la plus ridicule qu'il m'ait été donnée d'entendre.

Inspect. STURGIS : Le représentant du ministère public ne pense pas comme vous.

Me TOKARIK : Il est évident que les motivations du représentant du ministère public sont d'ordre politique. Si mon client était n'importe quel autre Jones, nous ne serions pas ici.

Inspect. STURGIS : D'accord... À la revoyure, alors, Steve ?

Inspect. MARTINEZ : Bonjour chez vous.

Me TOKARIK : Des disquettes encodées ! Le témoignage d'un repris de justice ! Absurde...

Inspect. STURGIS : Demandez à votre client si c'est tellement absurde.

Me TOKARIK : Certainement pas. Partons, Chip. Allons.

M. JONES : Vous m'obtiendrez la liberté sous caution, Tony ?

Me TOKARIK : Ce n'est pas l'endroit pour parler de ce...

M. JONES : Je veux sortir d'ici, Tony. J'ai du travail en retard, moi, des copies à corriger.

Me TOKARIK : J'entends bien, Chip. Mais ça prendra peut-être un peu de...

Inspect. STURGIS : Il n'ira nulle part et vous le savez très bien, Maître. Soyez franc avec votre client.

M. JONES : Je veux sortir d'ici ! Cet endroit est déprimant. Je ne peux pas me concentrer.

Me TOKARIK : Je comprends, Chip, mais...

M. JONES : Il n'y a pas de « mais », Tony : Je veux sortir. SOR-TIR !

Me TOKARIK : Bien sûr, Chip. Vous savez que je ferai tout ce que...

M. JONES : Je veux sortir, Tony. Je n'ai rien à me reprocher. Cette situation est complètement kafkaïenne.

Inspect. STURGIS : Rien à vous reprocher, huh ? Meurtre, mensonge, tortures... Ouais, je suppose que si vous ne comptez pas ces menus détails, vous êtes sur le chemin de la sainteté, Junior.

M. JONES : Rien à me reprocher.

Inspect. STURGIS : Dites ça à votre fille.

M. JONES : Ce n'est pas ma fille.

Me TOKARIK : Chip...

Inspect. STURGIS : Cassie n'est pas votre fille ?

M. JONES : Pas à proprement parler, inspecteur. Mais ça n'a pas d'importance spéciale : je ne ferais jamais de mal à l'enfant de qui que ce soit.

Inspect. STURGIS : Elle n'est pas votre fille ?

M. JONES : Non. Bien que je l'élève comme si elle l'était. Toutes les responsabilités, mais aucun droit.

Inspect. MARTINEZ : De qui est-elle la fille, alors ?

M. JONES : Qui peut le dire ? Sa mère est une telle coureuse, elle saute sur tout ce qui a... quelque chose dans le pantalon. Dieu seul sait qui est le véritable père. Moi en tout cas, je l'ignore.

Inspect. STURGIS : Par « sa mère », vous voulez dire votre épouse, Cindy Brooks Jones ?

M. JONES : Mon épouse sur le papier uniquement.

Me TOKARIK : Chip...

M. JONES : C'est un fauve, inspecteur. Ne vous laissez pas avoir par ces manières d'innocente. C'est une vraie prédatrice. Une fois qu'elle a réussi à m'accrocher, son naturel a repris le dessus.

Inspect. STURGIS : Son naturel ?

Me TOKARIK : Je demande l'interruption immédiate de cette séance. Toute autre question engagera votre responsabilité légale, inspecteur.

Inspect. STURGIS : Désolé, Chip, mais votre chien de garde légal, là, dit que vous ne devez plus parler.

M. JONES : Je parlerai à qui je veux et quand je veux, Tony.

Me TOKARIK : Pour l'amour du Ciel, Chip !

M. JONES : La ferme, Tony. Vous devenez ennuyeux, à la fin.

Inspect. STURGIS : Vous feriez bien de l'écouter, professeur. C'est lui l'expert.

Me TOKARIK : Exactement. Fin de la séance.

Inspect. STURGIS : Comme vous voudrez.

M. JONES : Arrêtez de me traiter comme un gamin, tous

autant que vous êtes. C'est moi qui suis enfermé dans ce trou. Que dois-je faire pour sortir d'ici, inspecteur ?

Me TOKARIK : Chip, à ce point vous ne pouvez rien faire qui vous...

M. JONES : Alors à quoi me servez-vous ? Vous êtes viré.

Me TOKARIK : Chip...

M. JONES : Contentez-vous de la fermer et de me laisser mettre de l'ordre dans mes pensées, d'accord ?

Me TOKARIK : Chip, en conscience je ne peux pas...

M. JONES : Vous n'avez pas de conscience, Tony. Vous êtes un avocat. Souvenez-vous de Shakespeare : « Tuons tous les avocats. » Vu ? Alors restez tranquille... Bon... Écoutez, vous autres, vous êtes des flics, vous avez l'habitude de la faune de la rue, et vous savez comment ces gens-là mentent. C'est le cas de Cindy. Elle ment, par atavisme. C'est inscrit dans ses gènes. Elle m'a trompé pendant longtemps, parce que je l'aimais. « Quand mon amour jure qu'elle est faite de vérité, je la crois, bien que je la sache mentir. » Shakespeare. Tout est dans Shakespeare... Où en étais-je ?

Me TOKARIK : Chip, pour votre propre bien...

M. JONES : Elle est vraiment incroyable, inspecteur. Elle pourrait tromper n'importe qui. Elle me sert à manger et elle me sourit et elle me demande comment s'est passée ma journée, alors qu'une heure plus tôt elle se faisait sauter par le type qui nettoie la piscine, dans le lit conjugal. Bon sang ! L'archétype féminin urbain dégénéré, voilà ce qu'elle est.

Inspect. STURGIS : Par « le type qui nettoie la piscine », vous faites référence à Greg Worley, du service d'entretien des piscines de ValleyBrite ?

M. JONES : Lui, d'autres, où est la différence ? Le charpentier, le plombier, tout ce qui porte un jeans et une ceinture à outils. Aucun problème pour faire venir des artisans chez nous, oh non ! Pour n'importe quel travailleur à la recherche d'un coup facile, notre maison était un vrai Disneyland ! C'est une maladie, inspecteur. D'accord, d'un point de vue rationnel, je peux comprendre ça. Des impulsions irrépressibles. Mais en les satisfaisant elle m'a détruit. La victime, c'est moi.

Me TOKARIK : (*inintelligible*)

Inspect. STURGIS : Vous disiez, Maître ?

Me TOKARIK : Je tiens à ce que soit enregistrée mon opposition totale à toute cette séance.

M. JONES : Oubliez un peu votre petit ego, Tony. C'est moi la victime, alors ne m'exploitez pas pour faire plaisir à votre ego. C'est mon problème en général : les gens ont tendance à profiter de moi parce qu'ils savent que je suis assez naïf.

Inspect. STURGIS : C'est ce qu'a fait Dawn Herbert ? Elle a profité de vous ?

M. JONES : Mais absolument ! Ce que vous avez lu est inventé de bout en bout. C'était une droguée quand je l'ai rencontrée. J'ai essayé de l'aider, et pour toute récompense j'ai dû subir sa paranoïa.

Inspect. STURGIS : Et Kristie Kirkash ?

M. JONES : (*inintelligible*)

Inspect. STURGIS : Vous disiez, professeur ?

M. JONES : Kristie est mon étudiante. Pourquoi ? Elle a dit autre chose ?

Inspect. STURGIS : En effet.

M. JONES : Alors elle a menti. Une autre...

Inspect. STURGIS : Une autre quoi ?

M. JONES : Une autre prédatrice. Vous pouvez me croire, elle est bien plus rouée que son âge ne le laisserait penser. Je dois les attirer. Ce qui s'est passé avec Kristie, je vais vous le dire : je l'ai surprise en train de tricher à un contrôle et j'ai voulu lui inculquer un peu de sens moral. Écoutez mon conseil : ne croyez rien de ce qu'elle peut vous raconter.

Inspect. STURGIS : Elle prétend qu'elle a loué une boîte postale pour vous, à Agoura Hills. Vous pouvez nous donner le numéro, Steve ?

Inspect MARTINEZ : Boîte postale numéro 1498.

M. JONES : C'était pour des recherches.

Inspect. STURGIS : Quelle sorte de recherches ?

M. JONES : J'envisageais un projet : des recherches sur la pornographie en tant que rituel, les images récurrentes dans une société sur-organisée. Vous comprenez bien que je ne désirais pas me faire envoyer de documents chez moi ou à mon bureau de l'Université. Vous êtes noté sur la liste des pervers, et je ne voulais pas être inondé d'ordures diverses. Alors Kristie a loué une boîte postale pour moi.

Inspect. STURGIS : Des raisons pour ne pas l'avoir louée vous-même ?

M. JONES : J'étais très occupé, Kristie habitait là-bas, ça m'a simplement paru plus pratique.

Inspect. STURGIS : Des raisons pour que cette boîte

postale ait été louée sous le nom de Ralph Benedict, docteur en médecine ? Un médecin qui est décédé depuis deux ans et demi et qui, par le plus grand des hasards, avait soigné la tante de votre épouse pour son diabète ?

Me TOKARIK : Ne répondez pas à cette question, Chip.

Inspect. STURGIS : Des raisons pour vous être fait livrer du matériel médical à cette boîte postale sous le nom et la licence médicale de Ralph Benedict ?

Me TOKARIK : Ne répondez pas, Chip.

Inspect. STURGIS : Des raisons pour avoir fait livrer, à cette boîte postale et toujours sous l'identité du docteur Ralph Benedict, de l'insuline et des systèmes d'injection Insuject identiques à celui que nous avons trouvé dans votre main quand nous vous avons interpellé dans la chambre d'hôpital de votre fille ?

Me TOKARIK : Ne répondez pas, Chip.

M. JONES : Ridicule. Cindy était au courant de la boîte postale, elle aussi. Je lui avais donné le double de la clef. Elle a dû l'utiliser.

Inspect. STURGIS : Elle prétend le contraire.

M. JONES : Eh bien, elle ment.

Inspect. STURGIS : Très bien, mais même dans ce cas, pourquoi avoir usurpé l'identité de Ralph Benedict et son titre pour louer cette boîte postale ? Il y a votre nom sur le formulaire de location.

Me TOKARIK : Ne répondez pas à cette question, Chip.

M. JONES : Mais je veux répondre, Tony ! Je veux laver mon nom de ces accusations... Pour être tout à fait honnête, inspecteur, je ne peux pas répondre à cette question. Sans doute une décision subconsciente. Cindy a dû mentionner le nom de Benedict. Oui, maintenant j'en suis sûr, elle a parlé de lui. Comme vous l'avez dit, c'était le médecin de sa tante, et elle parlait beaucoup de lui. Son nom s'est gravé dans ma mémoire, et quand j'ai eu besoin d'un nom pour louer la boîte postale, j'ai donné celui-là comme ça, sans réfléchir.

Inspect. STURGIS : Mais pourquoi aviez-vous besoin d'un faux nom ?

M. JONES : Je vous l'ai déjà expliqué. À cause de la pornographie. Certains documents que je recevais étaient véritablement dégoûtants.

Inspect. STURGIS : Votre épouse dit qu'elle ignorait l'existence de cette boîte postale.

M. JONES : Ça ne m'étonne pas. Elle ment. Vraiment, inspecteur, tout ça est à remettre dans son contexte. Il faut considérer les choses sous un angle différent, sous un éclairage différent.

Inspect. STURGIS : Uh-huh.

Me TOKARIK : Attendez, quelle est cette chose que vous sortez là ?

Inspect. STURGIS : Je crois que c'est évident : un masque.

Me TOKARIK : Je ne vois pas le rapport...

M. JONES : Bah, rien de grave, Tony. C'est un masque de notre carnaval. Le carnaval de Delta-Psi. On m'avait déguisé en sorcière. J'ai gardé le masque en souvenir.

Inspect. STURGIS : C'est Kristie Kirkash qui l'avait en sa possession. Vous le lui avez donné la semaine dernière et vous lui avez demandé de le garder.

M. JONES : Et alors ?

Inspect. STURGIS : Alors, je pense que vous mettiez ce masque quand vous veniez faire une injection à Cassie. Ainsi y vous ressembliez à une femme — la méchante sorcière.

Me TOKARIK : C'est ridicule.

M. JONES : Tout à fait d'accord avec vous, Tony.

Inspect. STURGIS : Un souvenir, huh ? Alors pourquoi l'avoir donné à Kristie ?

M. JONES : C'est une Delta-Psi. J'ai pensé que la sororité aimerait avoir ce masque.

Inspect. STURGIS : Très prévenant.

M. JONES : Je suis leur conseiller d'éducation. Où est la...

Inspect. STURGIS : Vous avez un penchant pour vos étudiantes, n'est-ce pas ? C'est ainsi que vous avez rencontré votre épouse, non ? C'était une de vos étudiantes.

M. JONES : Ça n'a rien d'exceptionnel. La relation professeur-étudiante...

Inspect. STURGIS : Eh bien ?

M. JONES : Souvent... Parfois ça mène à une certaine intimité.

Inspect. STURGIS : Vous étiez son conseiller aussi, n'est-ce pas ?

M. JONES : C'est exact, oui. Mais c'était sans espoir. Elle n'était pas assez brillante.

Inspect. STURGIS : Pourtant, vous l'avez épousée. Vous pouvez m'expliquer ce mystère ? Quelqu'un d'aussi intelligent que vous...

M. JONES : J'ai été séduit. « Ce printemps de l'amour ».

Inspect. STURGIS : Vous vous êtes rencontrés au printemps ?

M. JONES : C'est une citation.

Inspect. STURGIS : Shakespeare ?

M. JONES : En effet, oui. Je suis tombé profondément amoureux et elle en a profité. Je suis d'une nature romantique. C'est mon grand défaut.

Inspect. STURGIS : Et Karl Sobran ? Il a profité de vous, lui aussi ?

M. JONES : Avec Karl, c'est différent. Avec lui, de façon assez ironique, je n'étais pas naïf du tout. J'ai su qui il était dès le premier instant, mais j'ai pensé pouvoir l'aider à contrôler ses pulsions.

Inspect. STURGIS : Vous saviez qu'il était quoi ?

M. JONES : Un sociopathe antisocial classique. Mais contrairement à ce que croient les gens, ces gens ne manquent pas de conscience, ils la mettent de côté selon les situations. Lisez Samenow. En tant qu'officier de police, je vous le recommande. Où en étais-je ? Ah oui, Karl... Karl est quelqu'un de très brillant. J'espérais diriger son intelligence de manière constructive.

Inspect. STURGIS : Par exemple en louant ses services pour un meurtre ?

Me TOKARIK : Ne répondez pas, Chip.

M. JONES : Arrêtez de soupirer, Tony. C'est ridicule. Bien sûr que non. Karl a prétendu une telle absurdité ?

Inspect. STURGIS : Comment le saurais-je, sinon, professeur ?

M. JONES : Ridicule, vraiment. Mais Karl est bien un sociopathe, ne l'oubliez pas. Un menteur génétique. Au pire je suis coupable de l'avoir sous-estimé, de ne pas m'être rendu compte combien il était dangereux. Autant j'avais peu de respect pour Dawn en tant qu'être humain, autant j'ai été horrifié en apprenant sa mort. Si j'avais su, jamais je n'aurais écrit cette lettre de recommandation pour mettre Karl en liberté sur parole. Jamais je n'aurais... Oh, mon Dieu...

Inspect. STURGIS : Vous n'auriez jamais fait quoi ?

M. JONES : Parlé avec une telle négligence à Karl.

Inspect. STURGIS : À propos de Dawn ?

Me TOKARIK : Ne répondez pas à cette question, Chip.

M. JONES : Vous soupirez encore. C'est très lassant, Tony. Oui, à propos d'elle, et sur d'autres sujets aussi. J'ai bien peur d'avoir laissé échapper des commentaires peu flatteurs sur Dawn, des commentaires que Karl a dû interpréter de manière tout à fait horrible.

Inspect. STURGIS : Quelle sorte de commentaires ?

M. JONES : Oh non, je n'arrive pas à croire qu'il ait vraiment... Je lui ai simplement dit qu'elle me persécutait. Il m'a mal compris. Mon Dieu, quel affreux malentendu !

Inspect. STURGIS : Vous dites qu'il a mal interprété vos commentaires et qu'il l'a tuée de son propre chef ?

M. JONES : Croyez-moi, inspecteur, le simple fait d'y penser me rend malade. Mais c'est la seule conclusion possible.

Inspect. STURGIS : Qu'avez-vous dit exactement à Karl Sobran sur Dawn Herbert ?

M. JONES : Que c'était quelqu'un de mon passé qui m'ennuyait encore.

Inspect. STURGIS : C'est tout ?

M. JONES : C'est tout.

Inspect. STURGIS : Aucune sollicitation ? À la tuer, ou la blesser ?

M. JONES : Absolument aucune.

Inspect. STURGIS : Pourtant il y a eu paiement, professeur. Deux mille dollars déposés sur son compte le lendemain du meurtre. Il en avait une partie sur lui quand je l'ai arrêté. Et il a dit que cet argent venait de vous.

M. JONES : Aucun problème. J'aide Karl depuis déjà longtemps. Afin qu'il puisse se remettre sur pied, et qu'il ne revienne pas à ses mauvais penchants.

Inspect. STURGIS : Deux mille dollars ?

M. JONES : Parfois je suis assez lâche avec les cordons de ma bourse. C'est le hasard qui a voulu ça.

Inspect. STURGIS : D'être professeur de sociologie ?

M. JONES : D'être devenu riche. Ce peut être une véritable malédiction, vous savez. C'est pourquoi je me suis toujours efforcé de vivre comme si l'argent n'existait pas. En conservant un style de vie sans prétention, et en me tenant à l'écart de tout ce qui risquait de me corrompre.

Inspect. STURGIS : Comme ces affaires immobilières ?

M. JONES : J'ai investi pour eux — Cindy et les enfants. Je voulais qu'ils disposent d'une certaine sécurité financière, parce que le professorat ne vous la donne pas, c'est évident. C'était avant que je ne découvre ses agissements.

Inspect. STURGIS : Par « ses agissements », vous voulez parler de son comportement sexuel ?

M. JONES : Exactement. Avec tout ce qui passait la

porte. Les enfants n'étaient même pas de moi, mais j'ai quand même pris soin d'eux. Je suis d'un caractère trop sensible. C'est quelque chose que je dois combattre.

Inspect. STURGIS : Uh-huh... Chad était de vous ?

M. JONES : Aucune chance.

Inspect. STURGIS : Comment pouvez-vous être aussi affirmatif ?

M. JONES : Il suffisait de le regarder. C'était le portrait craché de l'ouvrier qui faisait les toits dans le lotissement. Le portrait craché, vraiment. Un clone en miniature.

Inspect. STURGIS : C'est pour cette raison que vous l'avez assassiné ?

M. JONES : Ne soyez pas ennuyeux, inspecteur. Chad est décédé de la mort subite du nourrisson.

Inspect. STURGIS : Qu'est-ce qui vous permet de l'affirmer ?

M. JONES : Un cas d'école. Je me suis renseigné sur le syndrome de la mort subite du nourrisson après le décès du bébé. Ça a été une période horrible pour moi. Chad n'était pas mon fils, pourtant je l'aimais.

Inspect. STURGIS : Très bien, poursuivons. Votre mère, pourquoi l'avoir tuée ?

Me TOKARIK : Je m'élève contre...

M. JONES : Espèce de...

Inspect. STURGIS : Vous voyez, moi aussi j'ai fait quelques recherches...

M. JONES : Espèce de sal...

Me TOKARIK : Je m'élève de la façon la plus solennelle contre ces...

Inspect. STURGIS : - pour mieux vous comprendre, professeur. J'ai interrogé pas mal de gens à propos de votre mère. Vous seriez surpris de savoir combien les gens sont disposés à descendre quelqu'un...

M. JONES : Vous êtes stupide. Vous êtes un psychotique et... et... vous êtes un sacré imbécile doublé d'un ignorant ! J'aurais dû me méfier et ne pas me livrer à quelqu'un comme...

Me TOKARIK : Chip...

Inspect. STURGIS : Une chose sur laquelle ils ont tous été d'accord : votre vieille mère était hypocondriaque. Une santé de fer, mais convaincue qu'elle était malade, au stade terminal. Une des personnes que j'ai interrogées m'a dit que sa chambre ressemblait à une chambre d'hôpital. Et qu'en fait, elle dormait sur un véritable lit d'hôpital, avec la tablette amovible. Et avec tout un tas de pilules, de cachets et de bouteilles de sirop. Et des seringues. Beaucoup de seringues. Elle se piquait elle-même ou vous demandait de lui faire ses injections ?

M. JONES : Oh, mon Dieu...

Me TOKARIK : Prenez mon mouchoir, Chip. Inspecteur, je vous demande de cesser ce sujet de questions.

Inspect. STURGIS : Sûr. Bye.

M. JONES : C'est elle qui faisait les piqûres ! Sur elle et sur moi — et elle me faisait mal ! Des injections de vitamine B12 deux fois par jour. Des piqûres de protéines, des piqûres antihistaminiques alors que je n'étais allergique à rien du tout ! Elle se servait de mon cul comme d'un putain de coussin à piqûres ! Des antibiotiques dès que je toussais, des antitétaniques à la moindre égratignure... J'étais son bouc émissaire, elle me donnait de l'huile de foie de morue, de l'huile de ricin, et si je la vomissais, je devais nettoyer et reprendre une double dose ! Elle avait toujours tous les médicaments qu'elle voulait, parce qu'elle avait été infirmière. C'est comme ça qu'elle l'avait rencontré. À l'hôpital militaire. Il avait été blessé à la bataille d'Anzio. Le grand héros ! Elle a pris soin de lui, mais avec moi, c'était une vraie maniaque sadique ! Vous ne pouvez même pas imaginer ce que j'ai enduré !

Inspect. STURGIS : On dirait que personne ne vous protégeait.

M. JONES : Non, personne ! J'ai vécu un véritable enfer. Chaque jour, il y avait une nouvelle « surprise ». C'est pour ça que je déteste les surprises. Je les hais.

Inspect. STURGIS : Vous préférez que tout soit programmé, n'est-ce pas ?

M. JONES : L'organisation. J'aime l'organisation.

Inspect. STURGIS : On dirait que votre père vous a laissé tomber.

M. JONES : (*Rires*) C'est son passe-temps favori.

Inspect. STURGIS : Et donc vous tracez votre propre voie.

M. JONES : La mère est né... Non : La Nécessité est mère de l'Invention. (*Rires*) Merci, Herr Freud.

Inspect. STURGIS : Revenons à votre mère un moment...

M. JONES : Non.

Inspect. STURGIS : ... à la façon dont elle est morte. Surdose de Valium, avec un sac en plastique sur la tête. Je suppose que nous ne pourrons jamais prouver qu'il ne s'agissait pas d'un suicide.

M. JONES : Parce que c'en était un. Et c'est tout ce que j'ai à dire sur ce sujet.

Inspect. STURGIS : Vous voulez commenter le fait que vous ayez accroché deux aquarelles d'elle chez vous, mais très bas sur le mur ? Qu'est-ce que c'était, un avilissement symbolique ou quelque chose de ce genre ?

M. JONES : Je n'ai rien à dire sur ce sujet.

Inspect. STURGIS : Uh-huh... Mouais... Donc, ce que vous essayez de me dire, c'est que vous êtes la victime et que tout ça n'est qu'un énorme malentendu ?

M. JONES : (*inintelligible*)

Inspect. STURGIS : Quoi ?

M. JONES : Le contexte, inspecteur. Le contexte.

Inspect. STURGIS : Il faut changer d'optique ?

M. JONES : Exactement.

Inspect. STURGIS : Ainsi donc vous vous êtes renseigné sur le syndrome de la mort subite du nourrisson pour comprendre la mort de votre... de Chad ?

M. JONES : Exactement.

Inspect. STURGIS : Vous êtes-vous renseigné sur le syndrome de Münchausen relayé parce que vous vouliez comprendre la maladie de Cassie ?

M. JONES : En fait... c'est exactement ça, oui ! La recherche, c'est ce que j'ai appris à faire, inspecteur. Tous les experts semblaient déroutés par les symptômes de Cassie, alors j'ai décidé de faire mes propres recherches...

Inspect. STURGIS : Dawn Herbert a dit que vous avez suivi une année préparatoire aux études de médecine ?

M. JONES : Très brièvement. J'ai très vite perdu tout intérêt pour ce sujet.

Inspect. STURGIS : Pourquoi ?

M. JONES : Trop concret, aucune imagination dans tout ça. Les médecins ne sont rien de plus que des plombiers encensés par la société.

Inspect. STURGIS : Donc vous avez lu des documents sur le syndrome de Münchausen, à la manière d'un bon vieux professeur.

M. JONES : (*Rires*) Qu'est-ce que je peux vous répondre ? Le naturel reprend toujours le dessus, un jour ou l'autre. Mais ça a été une révélation pour moi, vous pouvez me croire. Je veux dire, d'apprendre tout ça sur ce syndrome. Non que je n'aie pas soupçonné Cindy de lui faire quelque chose, dès le début... Peut-être ai-je été trop lent à la soupçonner, mais ma propre enfance... C'était trop douloureux. Je suppose que j'ai réprimé mes soupçons. Mais finalement... Quand enfin je me suis documenté sur ce sujet...

Inspect. STURGIS : Quoi ? Pourquoi secouez-vous la tête ?

M. JONES : C'est difficile d'en parler... C'est tellement cruel... Vous pensez connaître quelqu'un, et puis... Mais tout s'est peu à peu imbriqué. Tout concordait. Le passé de Cindy. Son obsession de la santé. Les techniques qu'elle a dû utiliser... c'est dégoûtant.

Inspect. STURGIS : Des techniques ? Par exemple ?

M. JONES : Ses tentatives d'étouffement pour simuler une asphyxie. C'était toujours Cindy qui se levait quand Cassie pleurait. Elle ne m'appelait que quand quelque chose de grave se produisait. Et puis il y a eu ces terribles problèmes gastro-intestinaux, et ces poussées de fièvre. Une fois j'ai vu une substance marron dans le biberon du bébé. Cindy m'a dit que c'était du jus de pomme biologique et je l'ai crue. Maintenant je me rends compte qu'il devait s'agir d'une matière fécale quelconque. Elle empoisonnait Cassie avec ses propres déjections, dans le but évident de déclencher une infection mais une auto-infection, si vous voulez, sans intervention d'une substance étrangère qu'on aurait pu déceler dans les analyses de sang. C'est répugnant, non ?

Inspect. STURGIS : Tout à fait, professeur. Quelle est votre théorie pour expliquer les crises ?

M. JONES : Taux de sucre anormalement bas dans le sang, c'est évident. Une surdose d'insuline. Cindy connaissait très bien les effets de l'insuline, à cause de sa tante. Je suppose que j'aurais pu deviner plus tôt : elle parlait du diabète de sa tante tout le temps, et elle interdisait le moindre bonbon à Cassie. Mais je n'ai pas établi de lien. Je pense que je ne voulais pas y croire, mais... les preuves... je veux dire, à un certain point on ne peut tout simplement plus se cacher la vérité, n'est-ce pas ? Il n'empêche... Cindy avait ses propres faiblesses, et bien sûr je lui en voulais de ses aventures sexuelles. Mais faire ça à son propre bébé...

Inspect. STURGIS : Son bébé à elle seule.

M. JONES : Oui, mais c'est sans importance. Qui accepterait de voir un bébé souffrir de la sorte ?

Inspect. STURGIS : Donc vous vous êtes rendu à l'Université pour consulter les articles parus dans les publications médicales à la banque de données Recherche et Impression.

M. JONES : (*inintelligible*)

Inspect. STURGIS : Vous disiez ?

M. JONES : Plus de questions, d'accord ? Je commence à fatiguer, là.

Inspect. STURGIS : Ai-je dit quelque chose qui vous aurait offensé ?

M. JONES : Tony, faites-le arrêter.

Me TOKARIK : La séance est terminée.

Inspect. STURGIS : Sûr. Sans problème. Mais je ne pige pas. Nous parlons tranquille, dans une bonne ambiance bien conviviable, et tout à coup je cite la banque de données Recherche et Impression — ce magnifique système informatique qu'ils ont là-bas, où vous pouvez sélectionner les articles que vous voulez et en avoir une copie-papier immédiate — et on dirait que ça vous ennuie, professeur ? Qu'est-ce qui peut donc vous ennuyer ainsi, huh ? Peut-être le fait que les professeurs ne peuvent ouvrir un compte et obtenir une facture mensuelle détaillée de leurs recherches ?

Me TOKARIK : Mon client et moi n'avons aucune idée de ce dont vous parlez et...

Inspect. STURGIS : Steve ?

Inspect. MARTINEZ : Voilà le relevé.

Me TOKARIK : Ah, encore un gadget sorti de votre sac à malice de policiers.

Inspect. STURGIS : Tenez, Maître, veuillez étudier ce document. Les articles précédés d'une étoile rouge concernent le syndrome de la mort subite du nourrisson. Vérifiez les dates auxquelles votre client et Kristie Kirkash les ont sélectionnés pour impression dans le système informatique. Six mois avant le décès de Chad. Les étoiles bleues signalent les articles sur le syndrome de Münchausen. Vérifiez les dates et vous constaterez que votre client a demandé une copie de ces articles deux mois après la naissance de Cassie, bien avant que ne débutent ses premiers symptômes. Pour moi, l'ensemble évoque la préméditation, vous ne pensez pas, Maître ? Mais j'ai apprécié à sa juste mesure son petit numéro. Peut-être que ses compagnons de cellule apprécieront, eux aussi. Tiens, peut-être que vous pourrez le faire sortir du quartier réservé pour qu'il puisse se mêler à la population carcérale ordinaire, Maître. Ainsi il pourrait apprendre un peu de sociologie à tous ces sociopathes. Que dites-vous ? Quoi ?

M. JONES : (*inintelligible*)

Me TOKARIK : Chip...

Inspect. STURGIS : C'est bien des larmes que je vois là, professeur ? Parlez plus fort, je ne comprends rien.

M. JONES : On peut trouver un arrangement...

Inspect. STURGIS : Un arrangement ? Pour quoi faire ?

M. JONES : Des charges réduites : agression — agression à main armée. Vous n'avez de preuves que pour ça, de toute façon.

Inspect. STURGIS : Votre client veut négocier, Maître.

Me TOKARIK : Ne dites plus rien, Chip. Laissez-moi faire.

M. JONES : Je veux un arrangement, bon sang ! Je veux sortir d'ici !

Inspect. STURGIS : Quel arrangement pouvez-vous proposer, professeur ?

M. JONES : Des informations. Des faits importants. Sur ce qu'a fait mon père. Un vrai meurtre. Il y avait un médecin à l'hôpital, Ashmore, et il devait gêner mon père pour quelque chose, parce que j'ai entendu mon père et un de ses laquais — une limace nommée Novak —, je les ai entendus parler de lui un jour que je venais voir mon père chez lui. Ils étaient dans la bibliothèque et ils ne savaient pas que je me tenais juste derrière la porte. Ils ne faisaient jamais attention à moi. Ils disaient que ce type, ce médecin, Ashmore, devait être mis hors d'état de nuire. Et qu'avec tous les problèmes de sécurité à l'hôpital, ça ne devrait pas poser de gros problèmes. Je n'ai plus pensé à cette conversation jusqu'à ce que j'apprenne qu'Ashmore avait été assassiné dans le parking de l'hôpital, un mois plus tard. Il y avait donc un rapport direct, n'est-ce pas ? Je suis sûr que mon père l'a fait supprimer. Fouillez un peu de ce côté-là, vous verrez, et ça fera passer toute cette affaire pour ce qu'elle est : un tissu de soupçons minables.

Inspect. STURGIS : Toute l'enquête concernant votre fille ?

M. JONES : Croyez-moi, enquêtez un peu sur mon père...

Inspect. STURGIS : Vous essayez de couler votre père, pas vrai ?

M. JONES : Il n'a jamais rien fait pour moi. Il ne s'est jamais occupé de moi. Il ne m'a jamais protégé, pas une seule fois !

Inspect. STURGIS : Vous entendez ça, Maître ? Voilà votre ligne de défense : une enfance malheureuse. Salut, professeur. On y va, Steve.

Inspect. MARTINEZ : Bye, messieurs. On se reverra au tribunal.

M. JONES : Attendez...

Me TOKARIK : Chip, il est inutile de...

FIN DE L'ENREGISTREMENT

37

La mise en accusation parut dans la dernière édition du samedi, en page trois. Le titre de l'article annonçait UN PROFESSEUR ACCUSÉ DE MEURTRE ET DE VIOLENCES À ENFANT, agrémenté d'une vieille photographie de Chip durant ses études. Sur le cliché il avait des airs de hippy heureux de tout. Le texte le décrivait comme un « chercheur en sociologie honoré par de nombreuses récompenses ». L'article comportait également les déclarations rituelles de collègues incrédules.

Le scoop du début de semaine effaça cette première présentation : l'arrestation de Chuck Jones et de George Plumb, pour association de malfaiteurs ayant provoqué l'assassinat de Lawrence Ashmore.

Un autre accusé nommé Warren Novak — un des hommes en gris — avait demandé les circonstances atténuantes en acceptant de tout dire, y compris le fait que Plumb lui avait ordonné de tirer de l'argent sur un compte de l'hôpital pour payer un tueur à gages. L'homme qui avait fendu le crâne du docteur Lawrence Ashmore était présenté comme un ancien garde du corps de Charles Jones, un certain Henry Lee Kudey. Une photo l'avait saisi tandis qu'il était escorté vers la prison par un agent fédéral anonyme. Kudey était un homme grand et corpulent à l'air pataud qui semblait sortir du lit. L'agent fédéral était blond et portait des lunettes de soleil. Son visage formait un triangle. En tant que membre de la Sécurité du Western Peds, il avait arrêté lui-même l'homme de Cro-Magnon.

Je me demandai pourquoi un agent du gouvernement avait effectué une arrestation pour meurtre, jusqu'à ce que je lise le dernier paragraphe : la délivrance imminente d'un mandat fédéral contre Chuck Jones et son gang pour « malversations financières présumées, révélées par une enquête gouvernementale détaillée ». Des « officiels fédéraux » étaient cités, mais les noms Huenengarth et Zimberg n'apparaissaient pas.

À quatre heures un mardi, je fis ma quatrième tentative pour joindre Anna Ashmore. Les trois premières fois, personne n'avait répondu à la maison de Whittier Drive. Aujourd'hui un homme décrocha.

— Qui est-ce ? demanda-t-il.

— Alex Delaware. Je fais partie du personnel du Western Pediatric Medical Center. Je suis venu présenter mes condoléances la semaine dernière et j'appelais juste pour savoir comment allait Mme Ashmore.

— Oh, bien. Je suis son avocat, Nathan Best. Elle va aussi bien qu'il est possible dans de telles circonstances. Elle est partie à New York hier soir pour rendre visite à quelques vieux amis.

— Vous savez quand elle sera de retour ?

— Je ne suis pas certain qu'elle revienne.

— Bon, si vous avez l'occasion de lui parler, je vous serais reconnaissant de lui transmettre mes meilleures salutations.

— D'accord. Vous pouvez me rappeler votre nom ?

— Delaware.

— Vous êtes médecin ?

— Psychologue.

— Vous ne seriez pas intéressé par un terrain cédé un bon prix, par hasard ? La propriété va être scindée en lots.

— Non, merci.

— Eh bien, si vous connaissez quelqu'un que cela pourrait intéresser, faites-moi signe. Au revoir.

À cinq heures, je sacrifiai à une routine récente et me rendis devant une petite maison blanche située au fond d'une impasse ombragée de West L.A., à l'est de Santa Monica.

Cette fois Robin m'avait accompagné. Je me garai et descendis de voiture.

— Ça ne devrait pas être très long, dis-je.

— Prends ton temps.

Elle mit le siège en position basse, posa les pieds sur le tableau de bord et se lança dans l'esquisse d'un ornement très découpé sur un bristol.

Comme d'habitude, les rideaux étaient tirés. Je remontai l'allée en traverses de chemin de fer qui coupait la pelouse. Des pétunias rouge et blanc la bordaient. Un Van Plymouth Voyager était garé devant la maison. Derrière lui se trouvait un vieux modèle de Honda couleur cuivre. La chaleur s'était installée sur la région et l'air paraissait épais, graisseux. Pas la moindre brise. Mais quelque chose faisait s'entrechoquer le carillon en bambou accroché au-dessus de la porte.

J'y frappai. Une jolie prunelle bleue vint emplir l'œil de sécurité. La porte s'ouvrit et Vicki Bottomley s'effaça pour me laisser passer. Elle portait une blouse verte d'infirmière et un pantalon blanc à pli. Sa chevelure était soigneusement coiffée et laquée. Dans une main, elle tenait une chope à café ocre.

— Du café ? proposa-t-elle. Il en reste un peu.

— Non, merci. Comment ça va, aujourd'hui ?

— Un peu mieux, on dirait.

— Pour toutes les deux ?

— Surtout pour la petite. Elle sort vraiment de sa coquille. Elle court partout comme un jeune chien fou.

— Bien.

— Et elle parle toute seule, aussi. C'est normal ?

— J'en suis sûr.

— Ah, c'est ce que je pensais aussi.

— Et de quoi parle-t-elle, Vicki ?

— J'ai du mal à comprendre. Elle babille tellement. Mais elle a l'air heureuse.

— C'est une gamine solide, dis-je en pénétrant dans la maison.

— Comme la plupart des enfants... Et elle est impatiente de vous voir.

— Ah oui ?

— Oui. j'ai prononcé votre nom et elle s'est mise à sourire. Il était temps, vous ne croyez pas ?

— Tout à fait. J'ai dû gagner mes galons.

— Il le faut, avec les petits.

— Comment dort-elle ?

— Bien. Cindy ne dort pas aussi bien, en revanche. Chaque nuit je l'entends qui se lève à plusieurs reprises et qui allume la télé. Peut-être le sevrage de Valium, non ? Quoique je n'aie observé aucun autre symptôme.

— C'est peut-être ça, ou simplement l'anxiété.

— Oui. La nuit dernière elle s'est endormie devant la télé, et j'ai dû la réveiller pour la mettre au lit. Mais elle s'en sortira. Elle n'a pas vraiment le choix, n'est-ce pas ?

— Pourquoi donc ?

— Parce que c'est une mère.

Nous traversâmes le salon d'un même pas. Murs blancs, moquette beige. Un mobilier flambant neuf tout juste livré par le magasin de location. La cuisine se trouvait sur la gauche. En face de nous, les panneaux coulissants de la baie vitrée étaient grands ouverts. Le jardin était constitué d'un espace couvert de gazon artificiel suivi d'une véritable pelouse qui semblait pâle en comparaison. Un oranger aux branches lourdes de fruits mûrs occupait son centre. Au fond, une palissade en séquoia s'opposait aux fils téléphoniques et au toit bas du garage voisin.

Cassie était assise sur l'herbe et suçotait ses doigts tout en inspectant une poupée en plastique rose. Des vêtements miniature étaient éparpillés autour d'elle. Cindy était assise à côté, jambes croisées.

— Je crois que oui, dit Vicki.

— Vous croyez quoi ?

— Que vous avez gagné vos galons.

— Je crois que nous les avons gagnés tous les deux.

— Oui... Vous savez, je n'étais pas très heureuse d'avoir à subir le détecteur de mensonges.

— J'imagine.

— Et répondre à toutes ces questions... Qu'on me soupçonne comme ça... — Elle eut une moue d'incrédulité. — Ça a vraiment été douloureux.

— Toute cette affaire a été douloureuse, dis-je. Il l'avait agencée dans ce but.

— Oui... Je crois qu'il nous a tous bernés en se servant de mes peluches. On devrait appliquer la peine capitale à des monstres comme lui. Mais je vais vraiment apprécier de venir témoigner devant toute la salle pour tout dire sur lui. Quand pensez-vous que ça commencera ? Le procès ?

— Sans doute d'ici quelques mois.

— Sans doute... Bon, amusez-vous bien. À plus tard.

— Quand vous voudrez, Vicki.

— Quand je voudrai quoi ?

— Quand vous voudrez me parler.

— Ah oui ! — Elle me sourit. — Vous et moi, à bavarder pour bavarder, vous imaginez ça ? Ce sera quelque chose !

Elle me gratifia d'une petite tape sur l'épaule et fit demi-tour. Je sortis dans le patio.

Cassie leva les yeux vers moi, puis reporta toute son attention sur sa poupée dénudée. Elle était pieds nus et portait un short rouge et un T-shirt rose piqueté de petits cœurs rouges. Ses cheveux étaient ramenés en un semblant de chignon et de la terre maculait son adorable frimousse. Elle semblait avoir pris un peu de poids.

Cindy décroisa les jambes et se leva souplement. Elle

avait revêtu un short, elle aussi, le même que je lui avais vu porter dans la maison de ValleyBrite, et un T-shirt blanc. Ses cheveux libres cascadaient en arrière, découvrant son front. Une éruption cutanée marquait ses joues et son menton, qu'elle avait essayé de dissimuler avec du maquillage.

— Bonjour, dit-elle.

— Bonjour.

Je lui souris et m'assis auprès de Cassie. Cindy resta immobile un instant, puis regagna la maison. L'enfant tourna la tête et la suivit du regard. Elle releva le menton et ouvrit la bouche.

— Maman va revenir bientôt, dis-je en la soulevant par les aisselles et en l'installant sur mes genoux.

Elle résista un instant, et je la lâchai. Comme elle ne bougeait pas, je plaçai une main sur son ventre et la maintins. Elle ne réagit pas pendant quelques secondes, puis déclara :

— Euh-ah.

— Cheval ?

— Euh-ah.

— Une petite balade à cheval ?

— Euh-ah !

— D'accord, on y va... — Je la fis tressauter doucement. — Hue cocotte !

— Huh-ott.

Elle accentua le mouvement et j'amplifiai le rythme. Elle gloussa de plaisir et leva les bras en l'air. Son chignon me chatouillait le nez à chaque sursaut.

— Huh-Ottt ! Huh-*ottt* !

Quand enfin nous mîmes un terme au galop, elle me quitta en riant et trottina vers la maison. Je la suivis jusque dans la cuisine. La pièce était moitié moins grande que celle de Dunbar Drive et le mobilier y semblait plutôt fatigué. Vicki se tenait devant l'évier, un bras plongé jusqu'au coude dans une haute cafetière métallique.

— Eh bien, regardez donc ce que le vent nous apporte, dit-elle sans cesser de frotter l'intérieur du récipient.

Cassie courut au réfrigérateur et tenta de l'ouvrir. Ses efforts n'eurent aucun succès et elle commença à bougonner.

Vicki abandonna le récurage de la cafetière, posa le tampon à gratter sur le bord de l'évier et se campa face à l'enfant, les poings sur les hanches.

— Et qu'est-ce que vous voudriez, jeune demoiselle ?

Cassie la dévisagea une seconde, puis désigna le réfrigérateur d'un bras dodu.

— Pour avoir quelque chose ici, il faut *parler*, mademoiselle Jones.

Cassie répéta son geste.

— Désolée, je ne comprends pas le langage des signes.

— Eh !

— Quelle sorte de Eh ? Patate ou tomate ?

Cassie secoua la tête négativement, l'air mécontent.

— Poisson ou boisson ? dit Vicki ; orange ou orage ?

Gloussement.

— Bon, alors quoi ? Un peu de glace ou un peu de place ?

— Ha-sss.

— Pardon ? Je n'ai pas entendu.

— Haa-ssss !

— C'est bien ce que je pensais...

Vicki ouvrit le compartiment congélation et en sortit un bac en plastique.

— De la glace à la menthe, dit-elle avec une grimace. De la pâte dentifrice gelée, si vous voulez mon avis, mais elle adore ça. Tous les enfants adorent ça. Vous en voulez ?

— Non, merci.

Cassie effectua une petite danse de plaisir.

— Asseyons-nous à la table, jeune dame, pour manger comme un être humain.

Cassie avança vers une chaise en se dandinant. Vicki la souleva pour l'y installer, puis prit une cuillère à café dans un tiroir et se mit à racler la glace.

— Vous êtes sûr que vous n'en voulez pas un peu ? me demanda-t-elle.

— Certain, merci.

Cindy entra dans la cuisine et s'essuya les mains avec un torchon.

— C'est l'heure du snack, maman, dit Vicki. Elle n'aura probablement pas faim ce soir, mais elle a bien mangé au déjeuner. Pas de problème ?

— Bien sûr, répondit Cindy.

Elle sourit à sa fille et déposa un baiser au sommet de son front.

— J'ai récuré la cafetière, annonça Vicki. Vous voulez que je fasse du café frais ?

— Non, ça va, merci.

— J'irai sans doute chez Von tout à l'heure. Vous avez besoin de quelque chose ?

— Non, rien, Vicki. Merci.

Vicki plaça un bol à demi plein de glace devant Cassie et pressa la partie convexe de la cuillère sur la masse verte.

— Laisse-moi ramollir cette horreur. Ensuite tu pourras l'engloutir.

Cassie passa une langue sur ses lèvres avec une mimique de gourmandise comique et sautilla sur sa chaise.

— Ha-ss !

— Régale-toi, ma chérie, dit Cindy. Vicki, je suis dehors si vous avez besoin de moi.

L'enfant lui fit au revoir de la main et se tourna vers Vicki.

— Tu peux y aller. Régale-toi.

Je ressortis dans le patio. Cindy était allée s'adosser à la palissade. De la poussière s'accumulait au pied des lattes en séquoia et elle enfonçait ses orteils dedans d'un air absent.

— Dieu, qu'il fait chaud, dit-elle en repoussant d'un doigt une mèche qui retombait devant son œil droit.

— En effet. Des questions aujourd'hui ?

— Non... Pas vraiment. Elle a l'air d'aller bien. Je suppose que ça sera plus... Je suppose que durant le procès ce sera plus dur, n'est-ce pas ? Toute cette attention sur nous.

— Plus dur pour vous que pour elle, dis-je. Nous pourrons la garder loin des projecteurs.

— Oui... j'espère.

— Bien sûr, la presse essaiera d'avoir des photos de vous deux. Ce qui peut vous obliger à bouger un peu. D'autres maisons de location. Mais nous nous arrangerons pour la protéger.

— C'est tout ce qui m'importe. Comment va le docteur Eves ?

— Je lui ai parlé hier soir. Elle a dit qu'elle passerait en fin de journée.

— Quand part-elle pour Washington ?

— Dans quinze jours.

— Elle avait l'intention de déménager ou...

— Il faudrait que vous le lui demandiez, mais je sais que sa décision n'a pas de rapport direct avec vous.

— Pas de rapport direct... Que voulez-vous dire ?

— Son déménagement découle de raisons personnelles, Cindy. Rien à voir avec vous ou Cassie.

— C'est quelqu'un de bien... d'intense. Mais je l'aimais bien. Je suppose qu'elle reviendra pour le procès ?

— Oui, elle reviendra.

Une odeur acidulée se dégageait de l'oranger tout proche.

Des pétales blancs constellaient la pelouse au pied de l'arbre, souvenir de fruits qui n'existeraient jamais. Cindy ouvrit la bouche pour parler, mais se ravisa et referma les lèvres en les masquant de la main.

— Vous le soupçonniez, n'est-ce pas ? dis-je.

— Moi ? Je... Pourquoi dites-vous cela ?

— Lors de nos deux dernières conversations, avant l'arrestation, j'ai eu l'impression que vous aviez envie de me dire quelque chose mais que vous vous reteniez. Vous aviez la même expression que maintenant.

— Je... Ce n'étaient pas vraiment des soupçons. Je me posais des questions. Je *commençais* à me poser des questions, c'est tout.

Elle fixa la poussière du regard. La souleva des orteils.

— Quand avez-vous commencé à vous poser des questions ? demandai-je.

— Je ne sais pas... C'est difficile de me rappeler. Vous pensez connaître quelqu'un et puis il se passe des choses et... Je ne sais pas.

— Il va vous falloir tout dire, bientôt. Aux avocats et à la police.

— Je sais, je sais, et ça me fait peur, je vous jure.

Je lui tapotai amicalement l'épaule. Elle s'écarta d'un pas, heurta la palissade du dos. Les planches vibrèrent.

— Excusez-moi, balbutia-t-elle. Mais je n'ai pas envie de penser à tout ça maintenant. C'est encore trop...

Elle baissa les yeux de nouveau. Ce n'est qu'en voyant les larmes créer de petites taches sombres dans la poussière que je me rendis compte qu'elle pleurait.

J'étendis le bras et l'attirai vers moi. Après un instant de résistance, elle s'appuya de tout son poids contre mon torse.

— Vous croyez connaître quelqu'un... répéta-t-elle entre deux sanglots. Vous croyez que... Vous croyez que cette personne vous aime, et puis... tout votre univers s'effondre. Tout ce que aviez cru solide et vrai est... faux. Et il ne reste rien... Tout est brisé. Je... Je...

Je la sentais trembler.

Elle s'efforça de reprendre son souffle, y parvint en partie et dit « Je... » une fois encore, sans pouvoir aller plus loin.

— Qu'y a-t-il, Cindy ?

— Je... C'est...

Elle secoua la tête et ses cheveux effleurèrent mon visage.

— Ça va aller, Cindy. Allez-y. Parlez-moi.

— J'aurais dû... Mais ça n'avait aucun sens !

— Qu'est-ce qui n'avait aucun sens ?

— Le moment... Il était... C'est lui qui a découvert Chad. Mais c'était toujours moi qui me réveillais et qui me levais quand Chad pleurait ou qu'il était malade. C'était *moi* la mère, c'était *à moi* de le faire. Lui ne se levait jamais, mais cette nuit-là c'est *lui* qui s'est levé. Je n'ai rien entendu. Je n'arrivais pas à comprendre ça. Pourquoi n'avais-je rien entendu ? Pourquoi ? J'entendais toujours quand le bébé pleurait. Je me levais tout le temps et je le laissais dormir, mais cette fois-là c'est *lui* qui s'est levé, et pas *moi*. J'aurais dû comprendre !

Elle tambourina sèchement des deux poings contre ma poitrine, puis frotta son visage contre ma chemise comme si elle voulait essuyer la douleur qui l'habitait.

— J'aurais dû comprendre qu'il y avait quelque chose d'anormal quand il m'a réveillée et qu'il m'a dit que Chad n'allait pas bien du tout. « N'allait pas bien du tout » ! Il était *bleu* ! Il était... je me suis précipitée dans sa chambre et je l'ai vu étendu là, immobile. Son teint... C'était... complètement... C'était complètement anormal ! Jamais il ne se levait quand les enfants pleuraient ! Quelque chose n'allait pas du tout, j'aurais dû... J'aurais dû comprendre dès le début ! J'aurais pu... Je....

— Vous ne pouviez pas savoir, dis-je calmement. Personne n'aurait pu savoir.

— Mais je suis *leur mère* ! J'aurais *dû* savoir !

Elle se détacha de moi et frappa la palissade du pied. Puis elle recommença, plus fort. Et elle se mit à marteler les planches du plat des mains.

— Ohhh ! Oh, mon Dieu ! Oh ! gémit-elle sans cesser de frapper la palissade.

De la poussière de bois rougeâtre pleuvait sur elle.

Elle poussa un long cri sourd qui déchira l'air brûlant. Puis elle se précipita contre les planches comme si elle cherchait à les enfoncer.

Je restai planté là, l'odeur des oranges dans les narines, à préparer mes phrases, mes pauses et mes silences.

Quand je retournai à la voiture, Robin avait couvert le tableau de bord de croquis et elle les étudiait d'un air dubitatif. Je me glissai derrière le volant. Elle rassembla les bristols pour les glisser dans la chemise cartonnée.

— Tu es trempé, dit-elle en essuyant la transpiration de mon front. Ça va ?

— Je survivrai. La chaleur.

Je fis démarrer la Seville.

— Des progrès ?

— Un peu, mais ce sera un marathon.

— Tu arriveras au bout.

— Merci.

Je négociai un demi-tour en trois manœuvres et conduisis à vitesse réduite.

Après un demi-bloc, je m'arrêtai le long du trottoir, passai au point mort et l'embrassai fougueusement. Elle entoura ma nuque de ses deux mains et nous restâmes ainsi un très long moment.

Un « Hem ! » retentissant nous fit sursauter et mit fin à notre étreinte.

Nous vîmes alors un homme âgé qui arrosait sa pelouse avec un tuyau. Il accomplissait sa tâche en maugréant et en nous fixant d'un regard désapprobateur. Il ne portait qu'un short et des sandales. Sa poitrine nue révélait des seins qui tombaient comme ceux d'une vieille femme amaigrie par la famine. Ses bras trop minces étaient marqués par les coups de soleil et les pelades successives. Un chapeau de paille à bord effrangé ombrait son visage sans pourtant masquer des traits amers et une expression de dégoût très nette.

Robin lui décocha un sourire éblouissant.

Il secoua la tête avec aigreur et le jet d'eau décrivit un arc de cercle qui vint éclabousser le trottoir.

De sa main libre, il eut un geste de rejet.

Robin passa la tête par la portière.

— Qu'y a-t-il, vous n'appréciez pas la pureté de l'amour ?

— Satanés *gosses*, marmonna-t-il avant de nous tourner le dos.

Nous repartîmes sans le remercier.

"Passion fatale"

Dans la peau

Nicci French

Zoé, jeune institutrice séduisante, vient d'arriver à Londres et cherche à se débarrasser de l'appartement qu'elle vient d'acheter sur un coup de tête.
Jennifer, bourgeoise sophistiquée, se consacre à la rénovation de la maison qu'elle vient juste d'acquérir.
Nadia, animatrice pour enfant, sort d'une relation douloureuse et veut remettre de l'ordre dans son logement.
Trois femmes, apparemment différentes, mais qui ont pour point commun l'amour que leur porte un serial killer au baiser empoisonné...

(Pocket n°11586)

"Trop belle pour vivre"

Descente en eaux troubles

J. Wallis Martin

Disparue il y a de cela vingt ans, Helena Warner est retrouvée morteau fond d'un lac. L'inspecteur Bill Driver, en charge du dossier, reprend l'enquête et décide d'interroger trois amis de la victime, qui avaient paru suspects lors des premières investigations : Richard Wachmann, sculpteur amateur de corps féminin, Joan Pool, jalouse de la beauté d'Helena, et Ian Gillmore, petit ami mystérieusement absent le soir du meurtre. Comme le dit le proverbe, il n'est pire eau que l'eau qui dort...

(Pocket n°11934)

Achevé d'imprimer sur les presses de

BUSSIÈRE

GROUPE CPI

à Saint-Amand-Montrond (Cher)
en mars 2008

POCKET - 12, avenue d'Italie - 75627 Paris Cedex 13

— N° d'imp. : 80510. —
Dépôt légal : mars 1998.
Suite du premier tirage : avril 2008.

Imprimé en France